文明荒原上爱的牧师
——劳伦斯叙论集

黑马 著

新星出版社
NEW STAR PRESS

新人文丛书编辑委员会

主　编　　王晓纯　　吴晚云
副主编　　罗学科　　史仲文（执行）
　　　　　张加才　　郭　涛

特邀编委（以姓氏笔画为序）

于建嵘	马立诚	王向远	王清淮	王鲁湘
刘丽华	安乐哲	尤西林	吴　思	吴祚来
张　柠	汪民安	李雪涛	陈晓明	邵　建
赵　强	单　纯	金惠敏	骆　爽	夏可君
黑　马	熊培云	敬文东	谢　泳	戴隆斌

编委（以姓氏笔画为序）

王文革	王鸿博	王景中	王德岩	曲　辉
刘永祥	孙德辉	李志强	邹建成	张卫平
张　轶	张常年	周　洪	屈铁军	赵玉琦
赵晓辉	赵姝明	袁本文	铁　军	秦志勇

【总序】

新人文：在思想与行动之间

王晓纯

"人文"一词，用法不一：古人将之与"天文"对举，今人把它与"科学"并列；它还常用来概称一种无论西方还是东方都存在的崇扬人性与人道的主义或精神。

"人文"与"天文"对举，最早出现于《周易》。《周易·贲卦》象辞中，有"观乎天文，以察时变；观乎人文，以化成天下"之语。根据后人的解释，"文者，象也"，即呈露的形象、现象。于人而言，包括人世间的事态、状况，并可以引申到个人气象与社会风貌。值得注意的是，文中强调"文明以止，人文也"。文明总是与人文密不可分。人而文之，方谓之文明。在中国传统中，"人文"主要指人类社会的礼乐教化、典章制度和道德观念。而文明在其本质上，乃是人类对"人之为人"在思想上的自觉和这种自觉在实践中的表现。

"人文"与"科学"并列，与西方近代分科之学的出现与发展有关。伴随科学与技术的勃兴和迅猛发展，人类社会传统的文化格局发生了重大改变，尤其通过科学与工业革命不断推波助澜，甚至形成了科学与人文之间所谓"两种文化"的分裂。

"人文"作为一种精神或主义，泛指从古到今东西方都出现过的强调人的地位和价值、关注人的精神和道德、重视人的权利和自由、追求人的旨趣和理想的一般主张。

当代中国思想者的研究视域从来没有离开过对中国社会的人文关注。如今，中国社会进入了一个重要的转型时期。新时期呼唤新人文，也不断催生着新人文。

新人文是一种新愿景。现代社会使人在工具理性和技术统治面前常感无力，物质的丰富与精神的幸福之间往往容易失衡。新人文将目光聚焦于人本身，重塑价值理性，高扬人性尊严，唤起内心力量，促进个性自由发展，让梦想不再贫乏，让精神充满希望。

新人文是一种方法论。唯人主义和唯科学主义是现代性的基本组成部分，但两者的分隔也有渐行渐远之势。新人文试图重新发现科学与人文的内在融通，增进科学与人文的互补互用，让科学更加昌明，让人文之光更加夺目。

新人文是一种行动哲学。继往圣、开来学不是思想者的唯一目标，理想与现实之间需要架设坚实的桥梁。新人文力图夯实人文基础，作为社会的良知而发出公正的呼声，着力提高全民族的文化素养和精神境界，让思想冲破桎梏，用行动构筑未来。

鉴于以上种种，我们编辑了这套"新人文"丛书，奉献给关心当下中国现代化进程和新人文建设的广大读者。

2012.10.19

目录

序 ········· 001

第一辑 地之灵 ········· 001

 心灵的故乡
  ——D. H. 劳伦斯故乡行 ········· 003

 霍加特行走在劳伦斯故乡 ········· 010

 山水的润泽
  ——劳伦斯小说的背景 ········· 014

 布林斯里的黑精灵 ········· 020

 劳伦斯与诺丁汉：现代启示录 ········· 026

 劳伦斯与伦敦：此恨绵绵 ········· 041

 康沃尔的美丽与修炼 ········· 053

 私奔伊萨河 ········· 058

 加尔达湖畔的《儿子与情人》 ········· 065

 劳伦斯在西澳 ········· 074

 伊特鲁里亚的《查泰莱夫人的情人》 ········· 081

第二辑 道之道 ········· 089

 时代与《虹》 ········· 091

 血韵诗魂虹作舟 ········· 101

 荒原上的苦难历程
  ——《恋爱中的女人》译序 ········· 106

爱与乌托邦的幻灭
　　——《袋鼠》译者序言⋯⋯⋯⋯⋯⋯⋯⋯⋯⋯⋯⋯⋯113
《儿子与情人》论⋯⋯⋯⋯⋯⋯⋯⋯⋯⋯⋯⋯⋯⋯⋯⋯120
废墟上生命的抒情诗
　　——《查泰莱夫人的情人》译者序言⋯⋯⋯⋯⋯⋯131
渐行渐远，高蹈飘逸
　　——劳伦斯中短篇小说创作概述⋯⋯⋯⋯⋯⋯⋯⋯146
D.H.劳伦斯第二自我的成长⋯⋯⋯⋯⋯⋯⋯⋯⋯⋯⋯166
细读霍加特之《查泰莱夫人的情人》开禁版序言⋯⋯189
"瘤结"似水⋯⋯⋯⋯⋯⋯⋯⋯⋯⋯⋯⋯⋯⋯⋯⋯⋯⋯198
劳伦斯的下午茶⋯⋯⋯⋯⋯⋯⋯⋯⋯⋯⋯⋯⋯⋯⋯⋯202
丹青共奇文一色
　　——劳伦斯散文随笔简论⋯⋯⋯⋯⋯⋯⋯⋯⋯⋯⋯205
劳伦斯的美国文化《独立宣言》
　　——《美国经典文学研究》译者前言⋯⋯⋯⋯⋯⋯213
似听天籁⋯⋯⋯⋯⋯⋯⋯⋯⋯⋯⋯⋯⋯⋯⋯⋯⋯⋯⋯219
珠椟之缘⋯⋯⋯⋯⋯⋯⋯⋯⋯⋯⋯⋯⋯⋯⋯⋯⋯⋯⋯222
爱的牧师
　　——关于《唇齿相依论男女》⋯⋯⋯⋯⋯⋯⋯⋯⋯226
寒凝大地发春华
　　——关于劳伦斯散文《鸟语啁啾》⋯⋯⋯⋯⋯⋯⋯229
游走在唇齿之间的劳伦斯散文
　　——劳伦斯散文的诗歌节奏浅谈⋯⋯⋯⋯⋯⋯⋯⋯234
"肉身成道"之道
　　——劳伦斯的绘画与文学的互文性⋯⋯⋯⋯⋯⋯⋯239
现实照进改编
　　——劳伦斯作品影视改编的启示⋯⋯⋯⋯⋯⋯⋯⋯247

第三辑　雪泥篇 ... 253

- 简单的劳伦斯 ... 255
- 劳伦斯：文学市场上沉浮挣扎的一生 ... 258
- 女人：塑造与毁灭劳伦斯的手
  - ——劳伦斯故居中的考证与随想 ... 265
- 劳伦斯的定情与私奔 ... 275
- 劳伦斯与福斯特 ... 280
- 一个天才的画像
  - ——奥尔丁顿著《劳伦斯传》译者序言 ... 285
- "劳伦斯让他们毁了！"
  - ——与沃森教授的对话 ... 290
- 行到水穷处，坐看云起时
  - ——沃森著《劳伦斯：局外人的一生》序言 ... 303
- 劳伦斯的三段秋日 ... 310
- 霍加特：回顾《查泰莱夫人的情人》审判及其文化反思 ... 313
- 萨加：半个世纪的回眸 ... 322
- 赵少伟：开先河者 ... 328
- 劳伦斯进入中国的曲折历程 ... 336
- 劳伦斯研究的悦读文本 ... 344

第四辑　他山石 ... 349

- 劳伦斯小说点评（奥威尔　著）... 351
- 《袋鼠》前言（理查德·奥尔丁顿　著）... 355
- 《袋鼠》评论（格拉姆·哈夫　著）... 360
- 论D. H. 劳伦斯（米哈尔斯卡娅　著）... 374
- 画家劳伦斯的历程（节选）（凯斯·萨加　著）... 391

附录　劳伦斯主要作品写作/发表年表 ... 412

序

本书收入有关劳伦斯的叙论50篇，涉及劳伦斯的创作、传记和研究三个领域，均是笔者过去一些年中叙写劳伦斯的文章积累，此次裒辑成书，多有重大修改，部分文章专为本书写作。

原本书名仅为《劳伦斯叙论集》，但出版社考虑到市场的因素，希望这类学术随笔还是尽可能面向更广泛的读者，要我把原书名作为副标题，另辟一个书名。这让我顿感原书名过于狭隘，也不符合我自己将学问写成散文的追求。于是我就想到给书起个更有凡尘意味的书名，既有散文的韵致，也能泛泛地概括劳伦斯的文学生涯。对劳伦斯及其创作，很多大师如利维斯、福斯特、赫胥黎、奥尔丁顿和霍加特都有经典的凝练评语，我就想到借典，移花接木，将本能中立即浮现于脑海的两本名著的书名合并作为拙著的书名。一个是艾略特的名诗《荒原》，这些年我一直推崇劳伦斯的很多作品是小说中的《荒原》，1988年版《恋爱中的女人》序言标题就是《荒原上的苦难历程》；《查泰莱夫人的情人》序言题目本想以《荒原上生命的抒情诗》命名，但考虑到与《恋》序言标题重复，就改为"废墟上"，意思其实一样，指的都是第一次世界大战后欧洲人精神上的荒芜。借用艾略特的诗名，其实是让我有负罪感的，因为艾略特生前一直贬低劳伦斯并极力阻止对劳伦斯的传播，其贬损用辞之刻薄辛辣几乎令劳伦斯的爱好者发指眦裂，所以利维斯在《小说家劳伦斯》序言中尖锐地指出：艾略特对劳伦斯难以置信的贬低不是可悲至极也算得上可笑（an implausibility that would be comic if not so lamentable）。情理上把艾略特与劳伦斯相提并论肯定显得唐突，但出于对劳伦斯作品之"荒原性"的认知，我还是不揣冒昧借典了。文学的精神对于领会者来说都是主观的，是不以原作者的好恶为转移的。连大批评家利维斯都无可奈何地发出这样自相矛盾的感叹："劳伦斯是我们时代英语作家中无可比拟的最伟大、最富创造力者，这个时代即是艾略特的时代"（Lawrence is incomparably the greatest creative writer in English of our time- if I say, of Eliot's time）。在艾略特的名望如日中天、霸气风扫残云的时代，利维斯在推崇艾略特的时候毫不犹豫地推崇劳伦斯是该时代英语作家中的王者。这样的矛盾并置是美丽的。另一个名字则来自早期劳伦斯的经典传记书名《爱的牧师》，作者是美国学者莫尔，他先于英国学者写出了这本全景式的文学传记，可谓是劳伦斯生平传记的奠基人，不少英国学者对他的研究总是抱以皮里阳秋的态度。但这个书名我甚是喜欢，曾借用来做过一篇拙文的标题。现在要出专门的劳伦斯论集了，编辑让我想个书名，我几乎凭着劳伦斯式的血液感知，欣然命笔，拼凑出《文明荒原上爱的牧师》，写完后才意识到，那"文明"二字是来自劳伦斯的一篇随笔的标题：《为文明所奴役》。这样看来我的独特贡献仅仅是一个"上"字而已，用这个字把三个书（篇）名串联起来做拙作的书名。当然这个书名也体现了我对如何定位劳伦斯（the problem of placing Lawrence）的理解。

　　这些文章大致归入四个话题下，分类标题多有借典：

　　"地之灵"，取自劳伦斯所著《美国经典文学研究》首篇篇名，在英语世界的出版物中，劳伦斯周游世界的游记和叙写故乡的散文随笔经常被归在"地之灵"的分类下，我就亦步亦趋效颦，把自己论述劳伦斯与故乡和世界各地结下的爱恨情仇的文字归到这个题目下。劳伦斯的全部创作都有鲜明的地域特征，不外乎诺丁汉家乡、伦敦、康沃尔、意大利、德国、澳洲和美洲，他还曾经立志要为世界每个大洲都留下一部小说，年轻时甚至狂热地要步行到俄国去。周游世界后，他虽然定居在意大利，但最终仍然是魂系故土，以一部纯英国背景的小说《查泰莱夫人的情人》辉煌收官。但如果没有那些年的异域游走中各种地域之灵对他的陶冶、渗透和冲击，他或许根本捕捉不到这部触动现代文明脉搏的小说之道。因为在1920年代写出这样在后现代社会依旧是经典的小说绝对需要作者具有立足英伦、俯瞰世界的全球视野和高蹈姿态，他的环球游走为这样的先锋视野和姿态提供了可能。当然环游过世界的作家不在少数，但环游后能有此作为的作家却为数寥寥，否则劳伦斯就不成其为劳伦斯了。其实，自从劳伦斯与弗里达私奔到欧洲大陆开始，即从《儿子与情人》开始，劳伦斯的全部创作都应被视为劳伦斯携英伦原汁与欧陆和澳洲、美洲的空气、温度与水分相勾兑的醇酿。英国人普遍认为劳伦斯的文学从此被"脱英伦化"（unEnglished），此言差矣。英伦元素一直强烈地凸现其中，劳伦斯的英国眼光一直没变，外界的因素仅仅是使作品更有国际视野和普世价值，这是劳伦斯文学获得世界性认知的潜在因素，也是其立足于世界文学之林的不可或缺的因素。在这个话题下，笔者的几篇小文就试图探究在与地域之灵互文的过程中劳伦斯文学的地域因素。

"道之道"，其"道"字取典于劳伦斯对基督教基本教义的反驳。《圣经》称"太初有道……道成肉身，是父的独生子。"此"道"在英文中既指《圣经》也是"字词"之意。劳伦斯取其广义，认为人之肉身非神之道或字词所铸就，反之，字词乃肉身之道。由此引发出他对肉身的崇高信仰，认为人的思想来源于人的肉身感受，而非理性，理性是第二位的，他将两者比喻为火与火光的关系。基于此，不揣谫陋，笔者将这一部分解读劳伦斯小说和散文创作的文字看作是道其肉身之道的努力结晶。凡二十篇，有论文，有散论，有译作序跋，其道法，除去而立之年前后所做的三篇正规学术论文外，多跨学术与散文两界，体现了我叙写劳伦斯的追求，虽难登大雅，却也敝帚自珍。

"雪泥篇"顾名思义应该是劳伦斯生平中具有重要结点意义的往事回眸，透过这些人生经历、人际关系和人生际遇，看劳伦斯为人处事的态度和世界观，从中寻觅这些人生经历对他创作的影响，这也是文学发生学的一部分。另外我借机对劳伦斯阴差阳错进入中国的艰难历程做了提纲挈领的回望，这也是劳伦斯作品在中国从1920—1930年代的登陆、历经特殊的半个世纪的空白期，直到1980年代开始复兴和得到全面传播与研究的雪泥鸿爪，是中国学人传播劳伦斯文学活动的剪影，收入本书自然有特殊意义。我们在劳伦斯研究上落后国际学界半个世纪，追赶与同步的努力是艰辛的，意在为中文读者打开国际视野。但将劳伦斯作品翻译成道地的中文和以中国文化的视角研究劳伦斯似乎是中国学界独特的优势，也将是中国学界和出版界对世界文学独一无二的贡献，我们应该为自己筚路蓝缕的开拓性努力而自豪，因为我们生逢其时，责无旁贷。

"他山石"里收入了我在研究和翻译劳伦斯作品过程中翻译的四篇英国和一篇前苏联学者论述劳伦斯作品、绘画和生平的文章。"他山之石，可以攻玉"，在这里更为确切地说我采来的是他山钻石，所"攻"者是中文读者看待劳伦斯作品的眼光。有时我偏执地认为，作为研究者，皓首穷经采众家之长以立自家之言是研究，精心揣摩国外学者的论著，为中文读者做些论文的译文，也是研究，尽管在学界这类译文无法列入研究范围并计入学术成果，其对中文读者的作用或许并非在前者之下。笔者不以论文为晋身之器和稻粱谋，反倒有自由心态潜心迻译之，收在这里也恰当体现了笔者的自由学者身份。

"附录"中的劳伦斯主要作品写作/出版年表来自我对现有各种资料的综合，是编译，仅供读者参考。

在此衷心感谢本丛书编委会和北方工业大学素质教育研究所对拙文的青睐，命我修订成书，忝列学者丛书中出版。作为跨界学者，我深感荣幸，也知不足，更知以此为新的起点，今后更加努力进取，奉献佳作，以不负学界师友的鞭策和希望。

2012年8月18日于北京

第一辑　地之灵

　　劳伦斯从一个英国煤矿小镇走出来,走向伦敦,走向欧洲,浪迹天涯,寻觅人类文明的解码之道,在康沃尔、阿尔卑斯山脉、地中海岸边、佛罗伦萨、新墨西哥和墨西哥汲取古代文明的灵感,犹如受到神灵的启迪,文思如泉,一路挥洒下不朽的文学篇章,这是他能够傲立世界文学之林的根本,是他文学作品普世价值之所在,因此百年来魅力不衰,甚至在后现代文明阶段更彰显其丰厚的文化张力。

心灵的故乡
——D. H. 劳伦斯故乡行

这个标题出自劳伦斯1926年写下的关于故乡的一封信：

> 如果你再到那边去，就去看看伊斯特伍德吧，我在那里出生，长到21岁。去看看沃克街，站在第三座房子前向左边远眺克里契，向前方展望安德伍德，向右首遥望高地公园和安斯里山。我在那座房子里从6岁住到18岁，走遍天下，对那片风景最是了如指掌……那是我心灵的故乡。[①]

心灵的故乡，这是劳伦斯浪迹天涯，对故乡发出的爱恨交织的肺腑之言。

2000年10月26、27和28号，一连三天，在劳伦斯的故乡伊斯特伍德镇由美国的序曲剧团（Prelude Productions）推出并首演表现劳伦斯生平的轻

---

① 劳伦斯：《劳伦斯书信集》，剑桥大学出版社，2002年，第3904封。

歌剧《心灵的故乡》(*The Country of My Heart*)，剧名出自劳伦斯本人的这封信，表达了他身在异国走向黄泉之际，心系故土的拳拳之恋。演出阵容强大，场场爆满，观众来自诺丁汉附近的城乡各地，成为当地的一大盛事。

"心灵的故乡"作为副歌的结束句在劳伦斯的故乡上空久久回荡，和着秋雨。但愿劳伦斯遗落在世界某个角落的灵魂听到这一切，乘着歌声的翅膀梦回故乡！

他的故乡——英国中部诺丁汉西北9英里处的伊斯特伍德城乡在他离开这个世界70年后的今天，街景如初，乡景如故。不同的是店铺和房屋经过修缮变得现代化了一些，有了超市；当年的煤矿都停产了，巷道都填平了，恢复了开采之前的山林和草地，俨然又是山清水秀、古朴悠然了。

从诺丁汉开往伊斯特伍德的1路公共汽车是用劳伦斯的著名小说《虹》命名的，"彩虹1路车"在霏霏细雨中翻山越岭，走过一座座娇小的英国集镇，穿过一壑壑翠谷，一片片绿野，起伏之间，风景如画。

这条路就是当年通向诺丁汉的有轨电车车道（1913—1932），那时坐电车上趟诺丁汉要叮叮当当走上一个多小时。这里的古屋保存得完好无缺，依旧是百年前的模样，这样的街景就需要有轨电车来配套才对。流水般的现代汽车穿行其间倒让人觉得有点虚假，衬得两边的街景象为拍电影搭的布景似的。

多年浸淫在劳伦斯以故乡为背景创作的小说和散文中，一字一句地翻译，几乎与这里的地名朝夕相见，此次真的来到这里，倒像阔别70年归乡一样。伊斯特伍德，它是劳伦斯心灵的故乡，分明也在我心中占据了重要的位置。看到它不像90年前劳伦斯描述得那样阴郁，看到它终于变得繁荣美丽而又不失世纪初的淳朴，我真是打心里为它高兴，每个劳伦斯学者都会有如是的感情。相信劳伦斯看到它的今天也会欣慰的。

离小镇几英里开始，大路边就出现了路牌——劳伦斯故乡，到处是劳伦斯小说中原型的解说牌。这个曾经极力排斥甚至仇视劳伦斯的小镇，如今不仅原谅了劳伦斯当年的偏激，甚至早就开始将劳伦斯引以为自豪了。连小孩都会操着浓重的乡音对我说："I nau ya coom for Lawrensh！"（你是冲劳伦斯来的！）劳伦斯真该瞑目了，你有这么好的小老乡。

劳伦斯目光炯炯的头像旗帜在小镇上空迎风招展，向世人宣告着，这是一个天才的故乡。

我行走在劳伦斯的故乡——他的出生地伊斯特伍德镇、他最为珍爱的镇外乡村和史诗般的长篇小说《虹》的原型地考索村一带，构思着一部"行走文学"，试图以劳伦斯的成长生活地为线索，散点透视劳伦斯的少年和青年时代，描述他26岁前在这里走过的痛苦的生命历程和备受挫折的性爱历程，并昭示他如何采借真实生活原型使之成为虚构的有机成分从而具有超越真实的形而上意义——文学。

镇上劳伦斯住过的五处旧居风貌如故，其出生的房子已经开辟为劳伦斯诞辰纪念馆，这里保存了劳伦斯家的生活实景，更是那个时代矿工之家生活方式的再现。三处仍住着居民，一处变成了小旅舍，里面一楼客厅里陈列着劳伦斯少年时代的用品和全家福照片招徕游客。他与德国女人私奔前断情的未婚妻露易·布罗斯家的村舍在伊斯特伍德几英里开外，是小说《虹》的原型，同名电影在那里拍摄，鸟语花香，景色如初。那房子连带那个村庄和附近的运河都被列入"劳伦斯故乡"的版图成为观光胜地。最近BBC电视台和诺丁汉晚报报道了小楼的内景和历史，小楼又一次转手标价出售，房价达15万英镑，是同样村舍的两倍多。

我徜徉在这绮丽的乡间风景中，着着实实地感受着那浸透了劳伦斯精血的"地之灵"。这样的灵气，让劳伦斯一个人吸收了去，成就了那些不朽的文字，这个过程是怎样的迷人！在这里我感到了劳伦斯强大的生命活力——从这些方圆几英里随处可见的"劳伦斯遗产"解说牌上和实物上。一个从小身体羸弱的苍白男孩子，天生来就是要用自己的双脚丈量这片土地，用心眼记录这片土地上的人情风物，从此让这个地方获得永生。伊斯特伍德在我的眼中恰似文学的伯利恒——天降劳伦斯于此，受尽磨难，造就一个文学的圣子。走在这片浸透了劳伦斯灵魂的土地上，我确实感到我是在朝圣。写作很像宗教，你不能没有一个你崇拜的前辈灵魂引领你。

青少年时代的劳伦斯面对工业化（主要是煤矿业）糟践了的青山绿水，面对为养家糊口而下井挖煤从而沦落为肮脏丑陋的贱民的父老乡亲，面对家乡小镇的寒碜和小镇人的愚昧下作,他对故乡充满了悲悯和厌恶。只有远离矿区的乡村还保存着农业英国的秀美与纯真,劳伦斯在乡村里度过了不少美好的时光,和乡民们一起收获干草,干庄稼活,尽情地享受大自然的恩赐——清澈的溪水,纯净的天空,庄稼的醇香和农民的质朴感情。他曾感叹:"在我眼中,它过去是、现在依然是美丽至极的山乡。"[1] 这一带就是劳伦斯站在丑陋的工业小镇极目远眺的那一片田园风光(就是他那封著名的书信里所描述的那一带山水),他青少年时代的生命与这里的一草一木息息相关,这是他借以逃离工业文明初期丑陋卑贱的小镇的一处世外桃源。他满怀深情地称之为"我心灵的故乡"。他的作品为他赢得了"了解英国乡村和英国土地之美的最后一位作家"[2] 的盛誉。

劳伦斯就在这种美与丑的鲜明对比中长大成人,带着以故乡生活为背景写下的文学作品,走出了故乡,以一个矿工儿子的身份,以质朴纯良血气方刚又略带寒酸的文学天才面目出现在伦敦的文学沙龙里。他以伊斯特伍德——诺丁汉一带城乡为背景写下了一系列文学作品,从小处着眼触及到了一个特定时代的本质并像预言家一样触及到了未来人性共通的问题,仅《虹》、《恋爱中的女人》、《儿子与情人》、《白孔雀》和《查泰莱夫人的情人》这五本小说就足以称得上气势恢宏,是对这一带城乡人民生活和心灵的熨帖入微的记录。说是一长列文学里程碑并不过分。

故乡为劳伦斯的创作提供了得天独厚的创作原料:生长在与乡村一水之隔的小镇上,过着产业工人之家的生活同时能交上真正的农民朋友,又能进一步体验诺丁汉这样初步现代文明起来的城市生活。所以他能够在城市和乡村之间游刃有余地表现他的任何文学主题,从运河两岸几代农民的生活变迁到矿工的家庭悲剧,从矿业主的奢华生活到中原地区豪绅的乡间别业,从小镇才子才女的布尔乔亚情调到伦敦波西米亚艺术家们的放浪生活,写得真切自然,留给后人的是一笔丰厚的财富。如果没有劳伦斯以史家的笔法给中部地区的生活作真实的记录,那段历史就出现了空白。只有他这样出身于底层但又冲破了底层的偏见,以描述为主而不是主观批判为

---

[1] 劳伦斯:《纯净集》,黑马译,中国国际广播出版社,2009年,第35页。
[2] 福克斯:《小说与人民》,中文版,作家出版社,1957年,第105页。

旨的作家的作品，才具有真正的文学与历史遗产的意义。

劳伦斯忠实地描写工人阶级的生活环境，写他们在高贵者看来没有灵魂的痛苦心灵，也写他们不可救药的鼠目寸光，在踏踏实实地讲故事，刻画人物，描述环境对人心灵的影响，总之是为他的故乡转灵——metempsychosis。于是这个似乎可以明辨原型但又似是而非的小说化了的真实之地，因为经过了劳伦斯灵魂的过滤而成为更为接近真实的真实，从而比多少数字和档案照片组成的历史都更有说服力地向世人展示其真实。这个真实远远大于故乡物质和地域的存在，因为它是故乡灵魂再生的源泉。小说并非真实，但它常常可以比仅仅罗列事实而更接近真实。

逝世70年后，劳伦斯成了本地的骄傲，伊斯特伍德成了英国的一个文化景点，声誉紧逼莎士比亚在爱汶河畔斯塔福德镇的故居。人杰自然地灵，再也没有谁像当年一样以"把劳伦斯轰出伊斯特伍德、轰出英国"为荣了（We've kicked him out of Eastwood; we've kicked him out of England!）。当地政府开始大力保护小镇风貌，以求整体保护这里的维多利亚时代的小镇风貌。翻开诺丁汉郡旅游手册，第一页上就是劳伦斯目光炯炯的巨照，连拜伦这样的大诗人都要位居其后，因为拜伦一直激情澎湃地献身于解放希腊的事业，其作品与他的故乡诺丁汉无甚关系。劳伦斯没有拜伦那么大的野心和激情，他只会一头扎在故乡的风土人情中痛苦地写故事，却不期然享誉全球，家乡也跟着沾光。这等功夫似乎仅次于福克纳。福克纳一生也是专注于写故乡"约克纳帕塔法"，甚至专心写那里的黑奴和傻子，竟写出了国际意义，因此得了诺贝尔文学奖。如果劳伦斯生活在这个越来越宽容的时代，或许也有得这个奖的希望。

劳伦斯在这里出生，在矿区恶劣的环境中长大，刻骨铭心地熬着社会底层人的生活，同时他也体悟到了底层人的善良和美，这种善和美同样浸透了他的精血。在这里他经历了美好的初恋，与两个女人有染，与一个女人订了婚，但最终还是被一个有夫之妇的德国女人吸引了去。这26年与故乡血肉相连的生活是他丰沛的创作源泉，以后的日子里，无论是在伦敦和康沃尔偃蹇，还是浪迹澳洲和美洲，他似乎更多的时间里是在反思这26年的生活对自己的意义，最初通过文学作品挖掘和表现这种意义，最终导致更高层次上的复归——通过那5部长篇代表作（劳伦斯还著有另外7部长篇小说，其中《迷途女人》和《亚伦的神杖》，特别是前一部亦以故乡为背景），一系列中短篇和戏剧，还有部分散文和诗歌。由此我们发现，作为一个作家，这26年的生死爱恨和彻底离别后的反观，是劳伦斯成功的两个关键。没有与故乡血肉相连的体验和对故乡切肤的情仇，劳伦斯就不是劳伦斯；而离开后如果不是将故乡作为自己的文学源泉，劳伦斯也不能成为劳伦斯。

故乡，他的根深深地扎在那里的泥土里，即使远走他乡，那根须依旧在故乡的泥土里伸延，在故乡的大地上发芽抽枝，开花结果。这些灵魂之树，心灵之花，以自己固有的语言召唤着劳伦斯，像欲望拖曳着他灵魂的双腿转向故乡，唱出不朽的歌谣。这就是故乡的魔力：无论是恨还是爱，还是爱恨交织，它特有的节奏锁定在了他的心律中，驱使着他不得不把心目永久地投向它，情不自禁地呢喃：这是我的，我心灵的故乡！

在《儿子与情人》中，它是贝斯特伍德，在《白孔雀》中它是伊伯维契，在《亚伦的神杖》中它是贝多弗，在《迷途女人》中它是伍德豪斯，在《虹》和《恋爱中的女人》里它和附近的山村分别是贝多弗和威利·格林，在《查泰莱夫人的情人》中它是特瓦萧。

> 他发现山坡上的镇子并没有向四周蔓延，而似乎被矿工住宅区边上的街道围了起来，形成一个巨大的方块，这令他想起耶路撒冷。（《恋爱中的女人》第十九章）

> 远处，贝多弗闪烁着微黄的灯光，万家灯火在那面黑暗的山坡上铺出一条厚厚的光带。但他和她则在与世隔绝的黑暗中行走着。（《恋爱中的女人》第二十四章）

我走在伊斯特伍德，重新体验着多年前一字一句翻译过的劳伦斯对这小镇的描述，身临其境，自然别有一番滋味在心头。尤其是晚上走在镇外的黑暗中，眺望山上小镇那片银河星海时，那种归乡的渴望会油然而生。

少年劳伦斯满心里为爱的甜蜜所充盈着从初恋女友杰茜家回来时，走的就是这条路，看到的就是这同样的万家灯火，这幅景色百年来依然没变。因为小镇的边界没有扩大，没有盖高楼大厦，街道格局依旧，多数老房子依旧。我正走在从杰茜家通往小镇的那条乡村小路上。这样百年不变的乡景是多么迷人，如果我们都有这样的故乡该是多么幸福。

幸哉，劳伦斯。幸哉，劳伦斯研究者。幸哉，这古朴美丽的劳伦斯故乡。

霍加特行走在劳伦斯故乡

读英国文化批评大家理查德·霍加特的文化随笔，发现他对劳伦斯情有独钟，在他2001年的随笔集 "Between Two Worlds" 里专辟出一章写劳伦斯的意义，那一章的标题是"一个典型的英国声音"（A Very English Voice）。我发现他于1993年，先于我8年在劳伦斯的故乡周游了一圈并写下了《劳伦斯的故乡》一文，而我则写下了一本书《心灵的故乡——游走在劳伦斯生命的风景线上》(2001)。还好我写那本书时没读到霍的文章，所以没有哈罗德·布鲁姆所说的那种"受影响之虞"（这个著名的命题的主流译文是"影响的焦虑"）。不过亲自走一圈并写了书，再来读霍加特的文字还是很值得的，毕竟他是母语批评家而且是大师，看他的感受，反观自己，肯定有收获。我在此夹叙夹议一番，我自己的议论就放在括号中。

首先霍加特说，劳伦斯的故乡一带在很大的程度上综合了英国社会和文化生活的重要内容。也就是说，是个小小的缩影。（指的是那些老房子和街道的景象基本未变；劳伦斯故居和一些纪念馆展示英国中部地区的文化和生活方式，这一点我的旅行充分印证了。）

特别是伊斯特伍德，在劳伦斯时代展示了劳动阶级人民的"富有活力的文化",这种文化的意义在于它能在男人和女人之间保持一种复杂的平衡关系。(这是解读《儿子与情人》的一把钥匙。)从事体力工作的男人有强健的体魄,但女人则在心理上更为坚强。男人干完苦活就进酒馆放松,女人则要维持整个家庭的生活,保证家里不负债。人们要过一种受人尊敬的日子,防止男人酗酒造成赤贫。(爱尔兰著名作家奥康纳曾在1955年做出过同样惊诧的观察:劳伦斯笔下的小镇青年们生活很有情调,对文学和艺术都有爱好和追求。这表明了劳动阶层的人在文化上的努力,他们的生活方式很有尊严,甚至富于美感。[①] 我在一篇谈劳伦斯小说中的下午茶场景的文章里有过类似的评论:英国下午茶在劳伦斯笔下的工人生活中如此流行,他们的生活为这种下午茶文化氛围所弥漫着。劳伦斯的作品对此做出了鲜明生动的记录,成了英国工人阶级情调追求的忠实写照。)

霍加特把那里的埃利沃斯河说成是一条不成样子的小河沟子,但又说了解它的人都爱它,特别是劳伦斯。在劳伦斯的小说里,它的存在如此强大,叫人难忘,简直就如同欧洲大陆小说中的大江大河一样!(此话不假,常言道最美是家乡水。故乡的河才是自己的心河,因为他与你的成长息息相关,启发过你最早的想象。我看到的埃利沃斯河比小河沟要大要湍急,但确实算不得大河,而且现在的水质不算好,但也不浑浊。在劳伦斯的童年,那河一定是清澈的,谁的故乡大地上能淌着那样一条溪流,都应该以此为骄傲,毕竟不是谁的故乡都有一条河的。)

霍加特说镇上保留了劳伦斯家4座故居。这次他说错了,事实上是5座,劳伦斯专家沃森教授带我去看过第五座,在镇上的中产阶级区域里,是一座差强人意的小独栋房。为此我在我的书里专写了一节。那是劳伦斯写《儿子与情人》初稿的地方,也是劳伦斯与弗里达一见钟情后不断约会时期所居住的家。有一次他约会后误了车,一个人走了9英里路回家。他也是从这里出走,揣着12英镑与弗里达私奔大陆的,从此彻底告别小镇,浪迹天涯。可惜霍老不知道这其中的奥妙,没提这一段经历,我要替他补上。

---

① *Sons and Lovers, A Casebook*, Ed. by Gamini Salgado, Macmillan, 1973, p 146.

霍加特的游记本身对我来说已不新鲜，因为我比他看得更细更多，而且我去劳伦斯故乡的次数更多，几乎是在那片土地上野跑了好几回，每个季节都去，不同的天气状态下都要去，目的是试图在某种气场中与劳伦斯有所"通灵"，方才写得好他的评传。

但霍加特最后得出的几段结论却着实启发我，这最后几段还写得着实抒情。

他说，在劳伦斯的故乡游走一圈绝不能代替细读劳伦斯的作品。同样出生在那样的文化环境中，为什么别的英国人就不能像劳伦斯一样透视那个社会文化呢？它的粗砺，错综复杂，其弱点和优点，其野蛮与虔诚，为什么劳伦斯看得那么透？

还有，在缺乏艺术眼光的外人看来不过是贫穷落后的景象，在劳伦斯笔下却显示出那里人民生命的能量、激情、光彩和苦难来。同样的英国人和英国作家们，别人却做不到。劳伦斯的小说因此给了人们一份厚礼，他挖掘出了这一切。

劳伦斯的感官在故乡积累下的记忆，后来居然在国外开花结果，让我们读到的印象是，这里是一片充满戏剧性的土地。两相比较，我们会得出这样的结论：在一双创造性的眼睛里，没有任何景象是无聊和无意义的。

结论：在这里游走可以让我们认识到，在最没希望的环境中，创造性的想象可以将这里的事件、地域和风俗变成一种共性，也就是说，通过小说创作，这里的一切都可以向任何时代和任何地方的读者深刻透彻地讲述自己的故事。

霍加特是真正的鉴赏家，他的话能启发我们正视自己所处的环境：生活不是在别处，就在你我身边。只要我们富有想象力和艺术创造力，身边不起眼的一切都能被我们的虚构写作转化为共性的东西，被外界的任何时代的人所理解。我们家乡的一条不起眼的小河沟子，也能像劳伦斯笔下那条蜿蜒透迤的埃利沃斯河一样具有多瑙河和莱茵河的意义，只要你写得出来。弱冠之年在闽江畔的长安山上翻译劳伦斯的《虹》，翻译到埃利沃斯河，我曾经被劳伦斯饱蘸生命的笔触所感动，以为那是一条多么美丽的河流，与它比，我身边滔滔的闽江黯然失色。2000年亲临埃利沃斯河，我大失所望，那河真的像霍加特所说，委实一般。可它因了劳伦斯的作品而有了世界性。为什么如此壮美秀丽的闽江就没有艺术魅力呢？因为它没有被艺术再创造过，所以它仅仅是一条航道而已，作为有意义的河，它还没有出生。我们都该珍惜自己身边哺育自己的一山一水，艺术地看待它，想象它，虚构它，再创造它。这似乎是霍加特要告诉我们的。

山水的润泽
——劳伦斯小说的背景

劳伦斯在1912年26岁时与32岁的弗里达私奔离开英国后就很少再回国。临终前在意大利,他开始怀旧思乡,满怀深情地写信给去英国的朋友,让他去看看自己"心灵的乡村"。那是与他的出生地煤镇伊斯特伍德一水之隔的镇北面的一片乡村,他的初恋情人杰茜一家住在山后风光旖旎的海格斯农场,那里还有矿主巴伯家的花园别墅、烟波浩渺的莫格林水库、墨绿的安斯里山林。这片青山绿水之地曾经是少年劳伦斯的另一个广阔世界,为他以后的创作提供了更大的背景空间:《白孔雀》的故事全部发生在这山林湖畔;《儿子与情人》伤感的爱情故事在这里的乡村和城镇之间穿梭发生,在某种程度上是劳伦斯和杰茜初恋时来往的记录;《恋爱中的女人》则几乎囊括了这里的一切风物并向伦敦和欧洲辐射;《查太莱夫人的情人》里令人回肠荡气的故事在这片森林里上演;还有不少不朽的中短篇故事和话剧以此为背景展开;早期的诗歌更是对这里田园风光的礼赞。没有这一片风景,劳伦斯的创作就会是另一番情形,甚至他能不能在写作上获得成功都会成为疑问,尽管他是个文学天才。天才仅仅是一种天赐的资质,没有特定的土壤和空气，怎样饱满的种子也难发芽长成。

海格斯农场，右手是波光粼粼的莫格林水库，谷底是汩汩流淌的小溪，小溪通着水库。放眼眺望，是遮天蔽日的山林。安斯里山和高地公园一带的森林雄奇伟岸，是绿林好汉罗宾汉和伙伴们出没的舍伍德原始森林的一部分。海格斯即Haggs，其英文的意思是"森林中的一片开阔地"。劳伦斯第一次来到这样的山林谷地，这种田园与原始森林的奇妙组合对他这样一个从小生长在丑陋煤矿小镇上的孩子产生了巨大的美感冲击。这幅雄浑与阴柔并济的风景从此成为他心灵的风景线。海格斯农场，这里才是劳伦斯梦想中的"老英格兰"！青山绿水的风景，朴素纯洁的人，这两者浑然天成。劳伦斯的笔一经触及到这里，就变得风情万种，无论写景写人，写男写女，写情写意，盖情动于中，师法自然，成就了他最美的散文。

置身于这强大的气场中，我深深地感动了，既为这百年不变的风景，更为了劳伦斯一生的执着。一个人一生都心藏着一幅风景并在这风景上勾勒人的生命故事，那该是一种怎样的爱，怎样的情？劳伦斯应该感到莫大的幸福，他从来没有走出自己的"初恋"，一直在更新着这种恋情。

现在游客们看到的是一个世纪前少年劳伦斯眼中旧农业英国的自然景色。左首的山峦正是拜伦200年前和恋人流连忘返的安斯里山林：他的恋人居住在劳伦斯的故乡。拜伦和恋人背负安斯里山林，眺望的正是海格斯农场这边的风光。比他晚生一百年的劳伦斯，居然能欣赏到同样的景色。拜伦当初没看到的是后人在此拦河修起的莫格林水库，烟波浩渺，真该用蒙古人的话称之为"海子"才形象。

只有身临其境，我才真正理解了矿工的儿子劳伦斯的情调缘自何处：劳伦斯天生超然，是这山水之间的天然贵族，他自成一体，独立于任何尘世的阶级阶层，是个贫穷的精神贵族。这种心性是与自然的陶冶分不开的。但令人万般难解的是：一个矿工的儿子何以生就这样纤敏的心灵，何以在天昏地暗的黑煤粉笼罩的矿乡附近寻到自己眼中世界上最美的景致，从而凭着本真的人性，将这片风景化入他的文字王国，以此作为对人性恶的强烈批判。由此，我们不得不承认劳伦斯具有天赋的贵族气质。而劳伦斯之所以为英国人难容，盖出于这种天赋的贵族气：左派文艺家们（如最初的

《英国评论》杂志主编福德）无法理解这个矿工的儿子何以如此的布尔乔亚；而贵族们压根就看不起他。人们忽视了这样的真理：任何选择了艺术为上帝的人，无论他出身于哪个阶层，都多少有着天赋的超然气质，或许这也可以解释为贵族气。

在这里我们能体验到伯特当年背负丑陋的工业小镇，把胸口贴近大自然怀抱的痛苦与欢乐。劳伦斯选择了这样强烈的对比，实际上是选择了他文学的母题：摧残自然与复归自然。从《白孔雀》、《干草垛中的爱》、《牧师的女儿们》、《菊香》到《儿子与情人》等一系列他26岁离开故乡前写下的作品，还有名著《虹》和《恋爱中的女人》，其风景"是人物活动的背景，亦是其评论者，时而又是优于人物生活的某种道德或非道德的力量"（沃森语）。我们由此明白了，劳伦斯不是吟风弄月的酸诗人，他的风景描写是能动的、对非人的工业化的抗衡。不是精神贵族，何以能超越阶级的利益，承担起道德批判的重负？劳伦斯选择了这里的风景作为超越阶级的道德标准，这对一个穷工人的儿子是多么难能可贵！

尽管人们都把以海格斯农场为主要背景的《儿子与情人》看作是劳伦斯的代表作，事实上这片山水首先孕育出的是劳伦斯的长篇处女作《白孔雀》。其真实背景是与海格斯农场比邻的费里农场及其磨坊池塘。仅小说中对自然界的花鸟草木栩栩如生的描写，就足以令大作家福斯特发出赞美和惊叹，称之为风景描写的杰作。对这片山水和林中万物，劳伦斯可以说是了如指掌，信手拈来，皆成美文，从中可以看出他敏锐细微的观察力和对自然生灵的似水柔情。《白孔雀》一书虽嫌稚嫩，描写略显矫揉造作，但它奠定了劳伦斯全部文学的基调，以后的创作事实上是不断修改《白孔雀》的过程，逐步强化有教养的自然人的形象和主题。多少年后，劳伦斯重读这部小说，承认感到陌生了，但他仍然觉得："我在风格和形式上虽然变了，但我从根本上说绝没有变。"

特别是书中短暂出现的猎场看守安纳贝的形象，简直就是20多年后《查太莱夫人的情人》中的猎场看守麦勒斯的雏形。历经"文明"的教化和荼毒后看破红尘，重返自然，"做个好动物"，以自然人的身份挑战"文明"这把双刃剑，这是自《白孔雀》开始传达的重要理念，到《查太莱夫人的情人》

的麦勒斯，这个人物简直就成了这种理念的活生生的符号。麦勒斯代表着劳伦斯的最高理想。这真应了著名理论家韦勒克和沃伦在《文学理论》中的一句话："一个作家早期作品中的'道具'往往转变成他后期作品中的象征。"

森林在劳伦斯眼中象征着人与自然本真的生命活力，更象征着超凡脱俗的精神的纯洁。与之相对的是工业主义的玷污，既玷污了自然也玷污了人心。森林中万物的生发繁衍，无不包孕着一个性字。劳伦斯选择了森林，选择了森林里纯粹性的交会来张扬人的本真活力，依此表达对文明残酷性的抗争。

但劳伦斯没有选择他情感上最为依恋的矿工来寄寓这种理念，而是选择了"猎场看守"。这种职业的人游离于社会，为有钱人看护森林和林中的动物供其狩猎，另一方面还要保护林场和动物以防穷人偷猎或砍伐树木。这样的人往往过着孤独的生活。他们是有钱人的下人，是劳动者，但又与广大劳动者不同。他选择的是文明与野蛮之间的第三种力量，麦勒斯就是这超然的第三者。这是艺术的选择。因此我谓之"成人的童话"！童话的原型离不开森林，离不开睡美人和点醒睡美人的王子，于是麦勒斯以自己的爱触醒了性爱的睡美人康妮，在森林里，在野花丛中，在滂沱的雨中。

劳伦斯选择了纯净的森林，在此让文明人恢复自己最原始本真的生命活力，这种选择自然与他对这片风景的熟悉有关，自然与他熟悉的这片风景中的人有关。这种稔熟与选择绝对取决于劳伦斯少年时代与海格斯农场和钱伯斯一家的交往。没有与海格斯农场亲如一家的交往，劳伦斯就不会有机会深入这片地区，了解这里乡民们的生活，从而找到这一片风景，以附丽自己的理念。这片山水是解读劳伦斯的索引。

沿着湍急的小溪，穿过阴森的林子我向莫格林水库走去。我必须去那里，因为那是劳伦斯的大作《恋爱中的女人》的重要原型地，我出版的第一部翻译小说就是它。这部小说凝聚了劳伦斯太多的情结，蕴含着劳伦斯太多的哲学思想，写实与思辨并重，表现时代与心理探索并行，是一部现实主义与现代主义手法水乳交融的先锋小说。这样重要的小说，相当一部分以故乡的水库一带为原型背景展开，与沉重阴郁的煤矿和伦敦城形成了鲜明的对比。

这片林子幽深阴冷，与外面的温度差别极大。透过林隙，能看到点点水面，直到走出林子眼前才豁然开朗，看到了波光粼粼的浩渺水面。这座水库三面环山，农田和森林倒映水中，一派自然景象，不像水库，倒像一鉴自然湖泊。在《恋爱中的女人》中，它是威利湖，在《白孔雀》和《儿子与情人》中它都是纳泽米尔。"米尔"是水塘的意思，英国湖区就有很多地名的后缀是米尔，如温德米尔和格拉斯米尔等。"纳泽"是地下和阴间的意思。《白孔雀》的初稿书名就叫《纳泽米尔》。

仅仅一山之隔，当年山的那边就是乌烟瘴气的煤矿和丑陋的煤镇，而山这边则是纯净美丽的湖水和墨绿色的山林，反差之大，令人惊诧。正如《迷途女》的开头向读者交代的那样，煤矿主早就逃离了煤山煤海，躲到山清水秀的乡下，在那里管着煤矿，发着大财。而那些矿工之家则只能糗在煤镇和煤矿附近自生自灭了。

如果从"阶级"的角度出发，劳伦斯似乎应该以巴伯家为原型，写出一部资本家残酷剥削煤矿工人、后者奋起反抗的血泪斗争史来才是。但矿工的儿子劳伦斯应该说让所有人失望了，特别是让"左派"文学家们失望了。他们厌恶了中产阶级的为艺术而艺术的文学，希望有来自草根、富有旺盛生命力的文学给这个血脉枯竭的高雅文学界注入新鲜的活力。但劳伦斯没有这样写，他的笔下没有出现人们盼望的那种阶级斗争的故事。从一开始写作他关注的就是人本身，特别是自然环境的恶化与人的心灵异化堕落的主题，而这种堕落在于任何阶级都是一样的。在劳伦斯眼里，从根本上说，矿主和矿工虽然是对立的，但他们是一种对立统一的关系：双方都受制于金钱、权利和机械，在劳伦斯眼里他们都是没有健康灵魂的人了。在此劳伦斯超越了自身阶级的局限，用道德和艺术的标准衡量人，只用"健康"的标准衡量人的肉体和灵魂。这种对身心"健康"的关切，似乎又是后现代文学的标志了。劳伦斯在一百年前已经开始这样做文学了，所以他被称为先知，因为他的关切在当初竟然少有积极回应，反倒是在百年后与今天时代的脉搏合上了节拍。那是因为劳伦斯超越了阶级的偏见，完全从人的完整性高度上把握他笔下的人物和故事，因此就写出了新意：既不是传统意义上的"左派"战斗文学，也不是脱离生活的纯艺术小说。他的作品有来自草根的良心与生命力，又有深厚的哲学底蕴与审美价值。

正是从"人的完整性"（卢卡契语）角度出发，劳伦斯小说《恋爱中的女人》里的主人公之一的年轻矿主杰拉德才没有被简单地塑造成一个喝工人血的铜臭资本家，而是一个更为复杂的人：一个为赚钱而失去同情心的人，其心灵如此空虚，甚至连爱情——无论异性的还是同性的，都无法将他温暖，最终只能葬身于奥地利的冰谷中，而他自己根本不懂自己何以如此与世界隔膜，他甚至认为自己呕心沥血却没有知音，在冰谷中睡去的前一刻，他一腔的冤屈无人倾听，他孤傲愤懑地死去，这种死亡甚至有一种美感。

同样，写到矿工时，劳伦斯更注重的是他们的无助、无奈和无望，丝毫没有"左派"战斗的艺术家们那种理想，把解救世界的希望寄托于他们身上。从《儿子与情人》中的"父亲"到《受伤的矿工》里那个矿工再到《一触即发》和《迷途女》里面的矿工群体，劳伦斯笔下的矿工绝非"无产阶级文学"里那种英雄人物。他们质朴、善良，但也堕落甚至浑浑噩噩。劳伦斯超越了自己的出身，他看到的是整个"文明"的悲剧。

如果《恋爱中的女人》不让很多故事发生在乡村和湖畔，这部小说就会失去很多的审美价值。是这些山水的灵气氤氲其间，缓解了故事的紧张，造成了叙述的平衡。而作为一部写实与心理探索并重的小说，这些山水之间的叙述，有利于人物心灵故事的展开。还有，这明丽的山水本身就是一面镜子，映衬着书中人物的心灵。无论有钱人还是穷人，他们堕落的灵魂在这山水映衬之下一目了然。正如前面我提到的沃森教授评论《白孔雀》的那段话，用在这里亦很贴切，这里的山水风景"是人物活动的背景，亦是其评论者，时而又是优于人物生活的某种道德或非道德的力量"。劳伦斯看世界用的是审美和自然的眼光，这种眼光不仅超越了阶级，甚至超越了道德，超越了社会准则。

谁又知道，或许劳伦斯的创作冲动本身就来自于这山水，因为从他的一生创作来看，他从来就没有走出这片山水。山水的浸润，山水的哺育，山水的启迪，造就了劳伦斯纤敏的审美心灵，他的眼睛永远是透过这片山水观察世界，世界永远叠印在这片山水上，这就是劳伦斯的审美目光。

如今我走进这山水之间，就是来借劳伦斯的目光。似乎有了这目光，自己看世界时，世界和我的眼睛之间依稀就弥漫起这幅山水画来。

布林斯里的黑精灵

> 我父亲一直在布林斯里煤矿干活，总是在早晨四五点钟起床，黎明时分就出门穿过田野去康尼·格雷上班，一路上在草丛中采些蘑菇，捕一只怯懦的野兔，晚上下班时揣在工作服中带回家来。
>
> ——劳伦斯：《诺丁汉矿乡杂记》

布林斯里，我就要来到布林斯里，这里是那些钻进地下挖煤的黑精灵们出没的地方，是劳伦斯的父辈养家糊口的源泉，亦是造就劳伦斯文学灵魂的炼狱与课堂。没有布林斯里，没有这些黑精灵们的生活和抗争，就没有《儿子与情人》等一系列彪炳文学史的杰作。这片广阔的矿区，孕育着真正的"地之灵"，一代代人浑浑噩噩地从这里走过，在这里生生死死，没有感到这里的丑陋，更没有感到这里的美丽，他们活得实在，死得踏实，但他们没有获得这里的艺术灵气。而这里的灵气最终让一个备受苦难的矿工儿子吸收了去，化作了最富人性的文字，成为这里人们心灵的记录。这个矿工的儿子真该说是文学的圣子了，这里就是文学的伯利恒。文学的上帝就在这里的上空：在云柱与火柱之中。

《儿子与情人》中矿工的儿子保罗（某种意义上说是劳伦斯的化身）和情人克拉拉一起走在矿区，克拉拉惋惜地说，如果这里没有这些矿井该是多么美丽。保罗反驳说："不，我可是喜欢这里一座那里一座的矿井。我喜欢这一列列的货车，这些车头箱，喜欢白天的煤烟和夜晚的灯光。小时候，我就以为矿井就是白天有云柱和夜晚有火柱的地方，那里冒着烟，亮着灯，出车台上燃着火，它让我觉得主就在矿井口上呢。"这里暗喻《圣经》中所说上帝在云柱与火柱之间行走。

劳伦斯以自己切肤的体悟和艺术敏感赋予井下生活一种温馨的人性美："井下的工人像一家人那样干活，他们之间几乎赤诚相见，亲密无间。井下的黑暗和矿坑的遥远以及不断的危险使他们之间在肉体上、本能上和直觉上的接触十分密切，几乎如同身贴身一样，其感触真实而强烈……每想起童年，都觉得似乎总有一种内在的黑暗在闪光，如同煤的乌亮光泽，我们就在那当中穿行并获得了自己真正的生命。"

在《还乡》一文中劳伦斯热切地回忆童年时代这些黑精灵从井下上来走在大路上的情景，那似乎是他的乡恋："我仍记得小时候看到矿工们列队回家的情景。脚步的响声，一张张红润的嘴唇，机敏跳动的眼白，晃动着的井下水壶，地狱里出来的人们前后招呼着，那奇特的叫声在我听来洪亮而欢快，是矿工们获得赦免的欢快叫声。这景象令我发抖，感到自己像变成了一袭幽灵。矿工们喧哗着，欢蹦乱跳着，那种洪亮的地狱之声是我儿时从其他类男人那里从来没有听到过的。"

可以想象，一条路上走着一群群刚从地狱里出来的矿工，除了眼白是白的，嘴唇是红的，浑身都是黑的，那多么像一个个黑色的精灵！

沿这条公路朝北走不远，就到了劳伦斯祖父的家。其祖父是矿上的裁缝，在这里养儿育女，三个儿子都是矿工。

这座房子就在大路的下方，房顶刚刚高出路面。这座低矮的村舍因为劳伦斯的一部不朽的中篇小说而不朽，这就是《牧师的女儿们》。翻译这部小说时，每每被其温婉舒畅的笔调所感动，于是在小说简介中我这样写道："《牧师的女儿们》是劳伦斯最富人性味的婚恋小说。它描绘怀春女子因性的萌动而生出美好的感情，以形而上的肉感美取胜，处处流露着性感与肉感的温情。但小说并未落入'色绚于目，情恋于心，情色相生'的窠臼，而是将这情色二字置于广阔深厚的现实生活背景中，社会地、心理地描摹不同阶级的男女如何冲破偏见相爱，情、性、理熔于一炉，使故事可信，感人。"

《牧师的女儿们》被理论大师利维斯在其名著《小说家劳伦斯》中列入"劳伦斯与阶级"的题目下专门进行研究，被认为是劳伦斯最优秀的中篇小说。而我更感兴趣的是劳伦斯如何将自己身边的人和事信手拈入小说中，使之成为其艺术真实的有机组成部分的。他几乎原封不动地把这座房子搬进了小说中，将自己的祖父和祖母的形象融进小说的那对老夫妻身上！

房子依然矗立在路基下方，只是换了新的房主。但那条台阶路依旧，那个小菜园依旧，那个远离喧闹世界的静谧小村舍依旧。可惜我不能进屋里去看看。我只是畅想冬天里，园子被白雪覆盖，雪地上盛开着小说中描写的雪花莲，那将是一幅多么美丽的景色，那是只有英国的小户人家的园子才有的冬景。

一百年了，这些普普通通的村舍依然如故，不是作为什么文物，而仍然是普通的住家。路还是那条路，房还是那座房，只是环境清雅了，一代代人在这里生活，走了，又有一代代的人来了，住下。我感慨的是英国普通人这一百来年的生活：他们祖祖辈辈都住在祖屋里，都能与祖先在冥冥中对话。社会可以进步，可以盖起新的大厦和超级市场，可以有汽车，屋里添置了冰箱等电器，甚至食品都来自超市，但那个古老的"壳子"依旧。这让人产生物是人非，昨是今非的感觉，同时总感到自己是过去的延续，触摸那一木一石，总让人感到亲切温暖，感到祖先的血脉实实在在地在自己的身上搏动。我还感叹：如果没了这些旧房子，我此次的劳伦斯故乡朝觐还能有如此刻骨铭心的感受吗？我真的感到，劳伦斯的时代是一幅泛黄的黑白老照片，叠印在鲜艳的彩色背景上，过去与现在若即若离，隔着这幅叠画照片，我的手掌紧紧地与劳伦斯的手掌相贴，感受他的温度。

劳伦斯从小就厌恶肮脏的伊斯特伍德小镇，喜欢跑到祖父家来玩，因为这里在他眼里是青翠的乡村了，这本身就是一种象征：逃离肮脏的工业化地带，隐入自然的怀抱。祖父家的园子和附近的乡村是劳伦斯最早接触自然的途径。

就是在这样的背景中,劳伦斯展开了他的故事。一个中产阶级的女儿爱上了一个从海军复员回家当了矿工的青年,劳伦斯极富质感的语言编织出一个实在而超凡脱俗的爱情传奇,其夯实的生活细节是只有劳伦斯这样的矿工之子才能从"内部"道出的,而其浪漫美丽的意境却也是只有劳伦斯的笔才能勾勒出的。劳伦斯作品在他青年时代就开始显露出现实主义的实力与现代心理小说的端倪。现在看来,这个故事和《白孔雀》一样,也是《查太莱夫人的情人》的雏形。

按照说明书的指引,我向前走了一小段路程,向右首张望,据说那里有一座小白楼,那正是劳伦斯的成名作《菊香》的背景,劳伦斯在小说发表之后又将它改编为话剧剧本《霍家新寡》。这是《儿子与情人》出版之前劳伦斯描述矿工生活和劳动阶级心理最为振聋发聩的小说了。当年这篇小说送到《英国评论》杂志时,主编大人立即凭此断定其作者日后定成大家,虽然当时劳伦斯还是个外省矿乡的穷小子。

我心里开始热起来,虽然是在寒雨淅沥的深秋。因为,正是这篇小说引我认识了劳伦斯,而且仅凭这一篇小说,我决定研究这个作家,从此劳伦斯研究成了几乎占据我业余生活最多的不是专业的专业。《菊香》是我的路标。我不能不来拜谒它的原型背景地。

鸟儿鸣啭,林子里更为幽静。我似乎听到了右边溪水的潺潺流动声,于是拨开灌木丛朝前寻觅而去。这才发现眼前的一座小楼。是它,就是它。密林丛中的花园里,这座小楼显然破败了,墙皮都剥落了,窗户开着,屋里空空荡荡,似乎是被遗弃,又似乎是准备装修的样子。周围的园子里依然葳蕤萋青,溪水依旧在园子后面流淌。人去楼空,旧景依然。这是詹姆斯叔叔的家,可怜的叔叔在一次矿井坍塌事故中丧生,是活活憋死的!劳伦斯以此为原型,写出了这篇凄厉幽怨的小说。由于他对这篇小说偏爱有加,日后又将其改编成话剧,突出了其对话语言的生动鲜活。这个话剧以后又被拍成电影,那些演员全讲一口地道的方言,将20世纪初矿区工人的生活活灵活现地表现出来,其细节的真实和艺术的再现是其他作家难以望其项背的。

现在看来，劳伦斯写矿工生活的成功，恰恰在于他写得扎实而没有政治主题，他的文学不是为政治当枪使的左派文学，尽管在反映工人阶级苦难方面与左派文学有着一致的地方。劳伦斯的作品首先以细节的真实取胜——这些细节不是以一个作家的身份"体验生活"体验出来的，而是他作为矿工的儿子亲身活过来的，熬过来的，是他生命的有机部分。但他一旦将这些细节用于文学创作，他既不将他们作为阶级斗争的武器，也不仅仅是单纯地"反映"工人的苦难。他是文学地处理这些细节的——挖掘其象征意义和心理学意义，使每个细节都成为象征，都富有强大的心理能量，对阅读产生悲剧的审美冲击。他的描述和展示甚至如利维斯所说具有史家的笔力，是对英国历史本质的记录。我们会发现，劳伦斯笔下展示的是英国劳工家庭生活方式，是真实的英国民俗。而且这些细腻的记述并不是表现矿工苦难的手段，因此这种真实的生活方式虽然看似琐碎、平庸，但仍然富有某种朴实的美感。

记得当初读这篇小说，读到最后，看到矿工的妻子默默地脱去憋死的丈夫的衣服为他擦洗时的独白，她想看透这具多年来与她频频相交的赤裸男人，但她发现一点也不了解他："他们之间什么也不存在，可他们确实又融为了一体，赤裸的肉体一再相交……她羞涩地看着他的裸体，似乎不曾与之相交过。"这不能不令人感到震撼。

在诺丁汉举办的劳伦斯电影周期间，我观摩了电影《霍家新寡》，再次被其超凡的语言艺术所倾倒。这样鲜活的底层人民的语言，英国作家里除了劳伦斯，还有谁写得出？我立即萌发了将这部话剧翻译成中文并用略带北方某省口音的普通话将它搬上舞台的冲动。我相信只有我能翻译好这个剧本。可在一门心思奔富裕的现实中国，又有哪个导演会对这样的话剧感兴趣？谁肯为它投资上演？但我心里顽强地珍藏着这个小梦。

《牧师的女儿们》和《菊香》分别被不同的学者推崇为劳伦斯表现矿区生活的最佳代表作。无论怎样争论，这两部短中篇与劳伦斯的长篇小说《儿子与情人》一样，都是通过矿工之家的生活冲突和爱情来表现矿工和他们的女人们的心灵，劳伦斯从来没有正面详细地描述过井下劳动过程和场景，但矿井又无处不在，煤黑无处不在，苦难和悲剧无处不在。从写作条件上讲,劳伦斯本人缺少井下生活,但从另一方面讲,他将这个短处变成了自己的长处——侧重写他们的心灵,写他们身上无形的矿井。这种写法类似中国画的写意,勾勒出对象的轮廓,用空白表现真实,用无来表现有,反而获得了更佳的阅读效果。

劳伦斯与诺丁汉：现代启示录

多年前翻译劳伦斯的《恋爱中的女人》和《虹》等一系列以诺丁汉城乡为背景的小说，从书中了解的一百年前即20世纪初的诺丁汉是一个有轨电车穿行其间的灰色古雅小山城，有一两条繁华的主街道，商贾云集，有庄重的旧大学，壁垒森严如同教堂，山坡上有高档的洋房住宅，有火车通往伦敦，其余的是灰暗的窄街，光洁的石子路，还有世俗嘈杂的集市，城外有运河通往附近城乡。《虹》里汤姆·布朗温带小安娜逛的牛市也在诺丁汉，那种农民的狂欢场景让劳伦斯写得活灵活现。这座城像世纪初的任何中小城市一样，是工业文明与农业文明的交汇点。

如今的诺丁汉，一进城，扑面而来的就是古色古香的老房子。教堂林立，错落山坡上，城市依山（丘陵）而建，起伏的马路，两旁是开间很小的店铺，让人想起狄更斯笔下的老古玩店。揉揉眼，不信这座维多利亚式的旧城就是诺丁汉，跟我看过的旧照片似乎别无二致。

据说这样的场景已经是经历了20世纪60年代商业开发的劫后残景了。据说诺丁汉的市中心一带在20世纪60年代还是一派中世纪古城风貌，逶迤起伏的石子路，小店铺鳞次栉比，其中就有很多小开间的旧书店。诺大的教授告诉我那时他们正上大学,手头拮据,老城的旧书店就成了他们经常光顾的地方,一边淘旧书,一边淘小古玩,一边考古,研究这座英国中原最古老的城市,消磨一天的时光,十分惬意。可惜啊,他们悲叹,20世纪60年代他们经济"起飞",为了给商业腾地方,盲目地拆除了市中心的中世纪旧城,盖了大商场和超市。回想起来后悔不迭,痛心疾首!

诺丁汉像许多西方城市一样,只有一个繁华的小市中心,有火车站汽车站和大商场等,然后就是绵延不断的居民区和小镇子,靠几条大街串联起来,这样算起来,诺丁汉市就不算小城市了。它刚好处于伦敦、伯明翰这些大都市和小镇子之间,是松散的城市,不时会有园林甚至田野穿插其间,但大部分是成片的居民区和热闹的小镇子,居民区中间甚至有成片的各家分配的园子(allotment),可以种蔬菜和鲜花,绿色植物疯长着,各家有各家风格的小破棚子,混乱一片,芜杂相间,看似城市里的乡村。这些由方便的公交系统联系在一起,组成一个很适于居住的半农半城的地方。在这里居住有一种与世无争的逍遥感,没有大都市的喧闹,但出了门又有公交车把你和城市与人群连在一起。这种城市是典型的中下阶级的城市。

劳伦斯曾激烈地谴责过英国人身上的这种泥土气质,在《诺丁汉矿乡杂记》中指责诺丁汉"只是乱糟糟一团",进而说"英国人的性格中从未表现出人的城市性的一面。"

劳伦斯似乎不像热爱乡村和矿区那样热爱城市,没怎么正面描述过诺丁汉。他从9英里外的矿区小镇伊斯特伍德来这个城市上中学和附属于伦敦大学的学院,在工厂里当过小职员,这个城市的中产阶级氛围和早期的资本主义文明对他来说是异己的,是不城不乡的大集市,晦暗沉郁嘈杂。他融不进去,这里没有他的位置。《虹》中的厄秀拉狠狠地咒骂过那所大学学院对人的压抑,一连用了好几个"虚伪"。劳伦斯这个矿工的儿子前后在这里学习和生活了5年,留下了自己青少年时代最为值得纪念的足迹。没有这座城市文化艺术的最初熏陶,劳伦斯怕是要埋没在矿区的小学校里一辈子不得出息。如今的旧城虽然略显杂乱,旧建筑破落了,新建筑风格迥异,两者难以和谐,但很多地方还是能透过平庸的市井感觉到当年的贵族气息,这种氛围在离伦敦几百里的中原算得上高贵之最了。

劳伦斯似乎从来不曾热爱过诺丁汉城,但这里确实是他从乡下走向伦敦和世界的跳板。

劳伦斯于1898年13岁时从镇小学毕业,获得了乡政府奖学金进入著名的诺丁汉中学学习。这个机会来之不易,他是这所小学里第一个获得此项奖学金上诺丁汉中学的学生。母亲省吃俭用,为他做了崭新的学生服。小伯特(劳伦斯的昵称)从此得以和镇上有钱人家的孩子一样,身着漂亮的校服,每天乘火车进城读书。此情此景在小镇上很是抢眼。这个时候劳伦斯的二哥在伦敦有了一份很体面的职员工作,每次回家来都是西服礼帽加身,手上戴的是高级的皮手套。他还给母亲买了漂亮的皮靴和手套。劳伦斯家的日子在工人群里开始显山露水了。此时伯特又考入了诺丁汉最好的中学读书,预示着前途远大。劳伦斯太太本就以高贵身份自居,不肯理会那些普通工人家的女人。这样一家人在小镇上的确显得鹤立鸡群。

但劳伦斯从来不与富家子弟同行,即使在火车上也不和他们在一起。他的阶级意识早就根深蒂固了。虽然出身贫寒,但某种内在的高贵让他不肯攀附。这种禀性一直伴随着他,影响着他与人们的交往。尤其在他长大成人后,这一点往往影响了他融入上层的文化圈,特别是他坚决不肯攀附剑桥—布鲁姆斯伯里文学圈,甚至冷嘲热讽之,这种"姿态"彻底断绝了他进入英国主流文化圈的路,因此他生前从来没有得到文学界的由衷认可,他被认可的时间被推迟了20年左右,死后方才声誉鹊起。

我一到诺丁汉,就找到了劳伦斯就学的那个诺丁汉中学。

按照地图的标识一路走到诺丁汉城北的"森林"广场。这是每年10月第一周举办传统大集的地方,一片足有天安门广场大的草地广场,背依着高耸的山林,绿草茵茵。平日里这片广场就是人们进行体育锻炼和举办各种露天文艺演出的地方。周边的山坡草地是人们晒太阳的天堂。所以这里总是人气旺盛,踢球的,练车的,跑步的,晒日光浴的,遛狗的……但那浓荫密布的山上则一片静谧,山坡上是诺丁汉的文化区,这里坐落着旧诺丁汉大学和诺丁汉中学及诺丁汉女子中学(《虹》中对这所女校有所描述)。与这个区毗邻的是植物园、皇家剧院和皇家音乐厅。现在那个旧大学的主楼成了诺丁汉另一所地区性大学——特伦特大学的一部分,依旧是那种半哥特式教堂般深沉的石头建筑，在市中心的莎士比亚路上，与安谧典雅的中产阶级住宅和教堂为邻。

劳伦斯就读的诺丁汉中学一面居高临下俯瞰着"森林"广场，对面是碧绿的植物园，其余两面与雅致的中产阶级住宅区毗邻。那座凝重大气如贵族庄园城堡的古老中学是中原一带最负盛名的学府，据说创办于16世纪。现在仍然是诺丁汉最好的中学。四周仿照旧主楼建起了体育馆等新楼群，但其色调与主楼很是协调。

这样美丽的景色小伯特怕是难得有暇享受。劳伦斯是这里的走读生，每天披星戴月走两英里的路赶火车，下了火车再步行半个小时到学校（他坐不起城里的电车），每天来回要步行3个小时，煞是辛苦，尤其是在寒冷的冬天。这时他的大哥已经在城里有了工作，住在附近的梅普里山上，劳伦斯中午一般是到大哥家吃午饭，总算能得到些照应，但去大哥家要来回步行1个小时。这等往返的艰辛是一个13岁的孩子难以承受的。所以本就病弱的伯特三年中一直脸色苍白，身体消瘦。家境贫寒的他，买不起运动服和体育用品，加之每天要步行赶火车，所以他从来没有机会参加课外的体育活动。劳伦斯在学校里一直比较沉默，毫不引人注目。甚至他没有太多的时间交朋友。三年中也就和两个同学关系比较"铁"，但也只限于课间休息时间聊天游戏。在这个几乎清一色中产阶级子弟的中学里，劳伦斯试图交上几个好友，但终归难以持久。有一个孩子曾热情地请他去家里吃茶点，但得知他是矿工的儿子后就断了来往。似乎只有一个连锁店店主的儿子来过劳伦斯家玩并请劳伦斯到他家住过，但毕业后也就断了联系。可见劳伦斯这三年在学校里是比较难熬的。那本是一个男孩子最生机勃勃的年龄。

在班上他年龄偏小，但在学业上却聪明过人，第一年就取得了骄人的成绩：总分第二名，总评优秀。其中算术和法文名列榜首，英文和德文第二名，代数第三，作文和科学课第四名。评语是：勤奋好学，品德优秀。

如果劳伦斯一直保持这个成绩并每年都获得奖学金，他就能在毕业时获得奖学金入大学学习。但劳伦斯没能这样，劳动阶级的子弟中只有极少数特别优异者才能获得这类稀有的奖学金。劳伦斯因此就失去了直升大学的机会。而对一个穷家子弟来说，自费上大学是根本不可能的。

影响劳伦斯学业突然大幅度下降的原因是1900年那件家庭惨案。他的瓦特叔叔因为一个鸡蛋与儿子争执不休，动手打儿子时将儿子误杀。这件惨案在整个诺丁汉都被媒体炒得沸沸扬扬，劳伦斯家为此无颜面对四邻。它造成了劳伦斯家人凶蛮恶劣的印象。据说那个事件发生后，伯特在学校里变得异常沉默寡言，成绩迅速下降。待到中学最后一年，他更加心灰意懒，无心苦学，只求及格毕业，因为他知道自己不可能有机会直升大学了。看来这种"读书无用"的感觉真是可以将一个聪颖的孩子变得平庸。最终劳伦斯以19人中的第15名毕业。

但无论如何，诺丁汉中学这三年对劳伦斯的成长绝对重要。他在中原一带最负盛名的中产阶级学校里受到了那个年代一般劳动阶级子女难以受到的优质教育，打下了良好的知识基础，这对他以后成为作家是至关重要的。而他对工人阶级生活的体验又是中产阶级作家们永远也难以真正获得的。于是劳伦斯有了得天独厚的条件成为一个表现工人阶级生活的作家。而以他先天的天分和后天的教养，他完全能够表现其他阶层的生活。这种优势，正如利维斯所说，是中产阶级作家们"望尘莫及的"。劳伦斯能够在他那一代作家中脱颖而出，独树一帜，也就是自然的事了。

在诺丁汉市中心圣彼德大教堂对面有一条通往城堡的路，名为"城堡门路"。劳伦斯1901年秋天中学毕业后进城打工的那座工厂就坐落在这条街上。99年后的秋天里，我来到这条街上。一个世纪过去了，但这里对我来说恍若昨天。因为这些年这条街一直浮现在我脑海里，一直是凭想象在"虚构"这条给劳伦斯带来巨大痛苦的街道，以为那一定是一条不堪入目的小街。

根据劳伦斯的自传体小说《儿子与情人》的记录，这条街当年曾经是"阴暗狭窄"的，两边布满了工厂和公司。劳伦斯工作的那个"黑伍德假肢厂"里光线昏暗，通风条件很差。旧照片中没有这条街的全景，只有那座四层楼的工厂外景，是典型的维多利亚时期的英国工厂建筑，现在英国很多工厂还是这样：红砖楼房，历经风雨剥蚀，斑痕累累，墙根上的防水砖红黑红黑的发亮。

劳伦斯中学毕业后，在二哥的帮助下，填写了招工表，在这座假肢厂里当职员，负责收发法文和德文的订单，翻译成英文，交付车间生产订货，然后打包外运。当初在中学里他的法文和德文成绩都比较出色，对他干这一行很有帮助。现在看来劳伦斯当时算是个白领，但薪水很低，每周才挣13个先令。这份工做起来很是辛苦：他照旧每天披星戴月地走路赶火车往返于诺丁汉和伊斯特伍德，天天从早8点到晚8点工作12个小时，中午休息1个小时，晚上赶8点20分的火车回家，到家时已经是9点半左右了。

估计他一天中最为惬意的就是中午那一个小时了。他每天都带一个小篮子，里面装着母亲为他准备的午饭。午休时分，他到楼下仓库里的一张脏兮兮的大条案上用自己的午餐，周围是厂里的工人们，他们边吃边粗话连篇地聊着天。劳伦斯不参与他们的聊天，而是独自一人走出工厂，到附近的运河边上或公园里溜达。当年这里是水陆码头，繁忙嘈杂之地。但在这里，他第一次感到了这座城市的美丽。这个很少进城的小镇苦孩子，出了火车站向城里去时路过运河桥，看到运河两岸的景色，惊呼："像威尼斯一样"。现在看运河，发现两岸仍保留了不少当年的旧红砖楼房，当年的旧船房更显得沧桑。游船穿梭运河上，岸上的露天地里摆满了木头桌椅供人们喝啤酒和咖啡。这幅新旧间杂的景象在英国很是普遍，很多类似的旧船房和仓库都改建成了咖啡屋和啤酒屋，人们可以伴着老掉牙的机器进餐，别有一番风味。

与城北的文化区比，城南是当年的商业区和工厂区，店铺餐馆鳞次栉比，生活气息浓郁。劳伦斯真正在这一带生活过，付出了辛苦的劳动，忍受过屈辱。可能因为这一点，劳伦斯的小说里几乎没有对城北地区的记述，对这一带则有过详尽的描述，特别在《儿子与情人》中记录得很细。也正因此，这条街上和城堡大门口的纪念牌上都有劳伦斯的照片和说明文字。说白了，英国以外的人们知道这世界上有个地方叫诺丁汉，大多是因为读了劳伦斯的作品，当然还有著名的诺丁汉森林足球队。

在这家工厂里劳伦斯只工作了短短的3个月，但他受到的痛苦确是致命的。据当时的工厂主回忆说，劳伦斯因为每天要赶火车往返，所以几乎没有业余时间在城里消磨，因此也没有朋友。甚至午饭一小时里他也是一个人独自出去透口气。在这期间，他十分沉默寡言，只是在默默地工作，下了班就赶火车回家。这一点与他在诺丁汉中学里的表现是一致的。但事实上他是个快言快语的孩子。由此可以看出，诺丁汉的3年中学时间和工厂的3个月时间里，劳伦斯是在无助地压抑着自己的天性。

这期间，劳伦斯与工厂里的女工们关系处得比较紧张。工厂里粗俗点的女工们发现他腼腆文静，就想耍弄这个小镇上的憨小子，她们不仅用语言挑逗他，甚至动手动脚，有一次甚至在车间里把他堵在墙角里试图脱下他的裤子。劳伦斯虽然瘦弱苍白，但关键时刻还是很有力气，挣脱了这些粗俗女人的包围。但那一次事件令他感到恶心至极，对工厂的生活忍无可忍。短篇小说《请买票！》里就有一群女人将一个男电车售票员的裤子强行脱下的情节。这是他对真实生活的再现。

大病一场从死亡线上转回，劳伦斯在老家小镇上当了几年学徒教师，其间接受了良好的教师培训课程，后以优异的成绩考上了诺丁汉大学学院。21岁的劳伦斯穿着母亲节衣缩食给他缝制的新学生服来到了莎士比亚路上那座著名的哥特式大楼里，成了一名大学学院师范生。这座楼离5年前他就读的诺丁汉中学很近，步行只有十几分钟的路程。

曾经看到过这所大学的黑白照片，很被其威严震慑。现在来到这座楼前，灿烂的阳光下，只感到这座楼的典雅。从同一个角度拍下照片来，冲洗后与那张底片似的黑白照片比较，发现每一根线条都没有变。还是那座楼。它是仿哥特式的建筑，建于1881年，比劳伦斯早出生4年。在小说《虹》中，劳伦斯写道："学院那巨大的石头建筑坐落在那条寂静的街上，为草坪和橙树环绕，一切都是那么宁静。"尽管在劳伦斯眼里这座建筑是对另一个世纪建筑的平庸复制，整体感比较差，甚至像修道院，但它还是能让人感到教育就是源于修道院，是神奇的。现在看来，这座庞大的建筑群，真像一座修道院呢：一水儿的棕黄色石砌外墙，一排排哥特式雕塑窗户和一根根高耸的塔尖，莫不是修道院般肃穆庄严。这样的学府让人望而生畏。但在今天现代化建筑的映衬下，其僵硬呆板氛围得到了缓解，反倒让人觉得古风犹存，雅致大方。

但劳伦斯来这座大楼里不久，上大学的热情就烟消云散了，他感到心寒，感到困惑，感到压抑。21岁的他在这座楼里开始了人生的重大思考，开始与过去的一切价值和信仰决裂,特别是与基督教传统决裂。他日后形成的"神秘物质主义"世界观(奥尔都斯·赫胥黎语)正是源自这里的思考。

这是一个万分痛苦无奈的过程和选择。他别无选择,身处尼采、叔本华、达尔文、詹姆斯和马克思学说风云际会的年代,劳伦斯凭着自己血液感知的引领,没有盲从任何一种主义和哲学,而是汲取了各派学说的精华,与自己的体察相融会,得出了自己对世界和人的特殊认知方式,从而将生命看作艺术,艺术地把握人生。在劳伦斯眼里,生命、生活和社会,这些与艺术是一体的了。同样,把握劳伦斯的思想和艺术亦可从这个角度出发。劳伦斯出身于工人阶级、依恋工人阶级并有着强烈的社会主义思想底色,但他最终没有成为左派作家,而他的艺术成就却是任何左派作家难以望其项背的。原因似乎应该是他超越了阶级,皈依了艺术。我们得出这样的结论:劳伦斯是与工人阶级血脉相通但超越任何阶级价值的精神贵族。

这样的贵族是天生的,但后天的修炼亦是不可或缺的,这种修炼之强化,似乎是从大学阶段开始的。在这座阴沉但素雅的大楼里,有一个人的灵魂开始脱胎换骨。这座楼里来来去去多少代学生和学者,人们在这里追求学历,在这里探讨学问,但没人注意到有个叫 D. H. Lawrence 的人曾经经历了那样的精神痛苦和焦灼,他不是在研究学问,他是在将这些学问融化到自己的血液里,改变自己的血液,从而改变了自己的眼光。

来这所大学不久,劳伦斯就发现这里的教员们令人不敢恭维。他给朋友和家人的信中不断地重复同样的话:早知道大学是这样的,就不来上。这里的教授们有一半无论才德都不如我。有的人还不如我来教他们。据说他最为反感的是他的语文教师们。一位女教师毫不欣赏他的作文,经常用红笔把他的文章改得体无完肤。一位男教师甚至禁止他用"种马"这个词。他给校刊投稿的诗也惨遭退稿。

这是多么可悲和不幸的现实。小镇的穷孩子劳伦斯对大学抱有过高的期望,他上大学是指望这里的教授们能帮助他解决自认为是20世纪人的问题,如信仰危机、自然与科学的关系等。在上大学之前劳伦斯就开始在信仰问题上产生困惑,一直和小镇上号称"异教徒"的几个好友讨论信仰危机问题,经常就此向镇上的礼拜堂主教发出质问。他以为大学的教授们会比主教高明些。但这里的人让他失望了。他发现与其听他们讲课，还不如自己在小镇的家里自学现代知识或跟小镇教堂的主教讨论、和年轻的伙伴们辩论来得更实际。而大学，不过是训练人们如何挣钱的基地。在《虹》里，大学生厄秀拉这样谴责这座大楼里的人和他们的"学问"："教授们不再是引导他们探索生活和知识的深奥秘密的牧师了。他们不过是经营商品的经纪人，对此已习以为常，不把学生们放在眼里……一切看来都是虚伪假冒的——假的哥特式拱顶，假的宁馨，假的拉丁文法，假的法国式尊严，假的乔叟式淳朴。这是一个旧货铺子，到这里是为买一件工具应付考试。这不过是城里许多工厂的一个小小的附属零件。这种感觉逐渐占据了她的头脑。这里不是宗教的避难所，不是专心读书的隐居地。这里是一个小小的训练场，进来是为挣钱做进一步的准备。大学本身就是工厂的一个又小又脏的实验室。"

但有趣的是，这里的植物课教师史密斯让他学到了观察世界的方法，他认为这位"植物史密斯"简直是他的哲学老师了。1909年他由衷地写信给史密斯先生："我对你感恩戴德。你是我有生以来第一个哲学老师。是你为我指出了一条路，让我走出了粗鄙、折磨人的一元论，走过实用主义，走入了某种虽说粗浅但能说服人的多元论。"

劳伦斯这三个阶段似乎是他世界观转变的生动写照。而帮助了他的竟是植物课。这样说当然过于绝对。但，是科学知识影响了他，这是事实。

劳伦斯从小就对自然界的花草树木有着特殊的亲情，在父亲的影响下，他识得百草百花，能辨别出它们的细微差别，能叫得上它们的名称，是个小小的植物学家呢！进了大学他自然喜欢植物课，但这时他获得的则是植物的科学知识，这种知识启迪了他对生命和爱情的认识：肿胀的雌性植物的子房和挺拔的雄蕊让他第一次学到了性的知识。原来爱的基础是性吸引，而不是精神爱和神性的爱。他感到基督教过分渲染神性的爱，造成了人与自然的分裂。

他和当时的很多年轻人一样热衷于读叔本华的著作《作为意志与理念的世界》，特别喜欢读其中的一章"爱的玄学"。这一章给了他沉重的一击。叔本华强调性冲动在爱情中的基本作用，否认爱情的浪漫、无私与崇高。他指出人们所谓的"爱情"不过是"物种的意志",两性相吸的秘密在于保证人们繁殖出最优秀的物种来。劳伦斯尤其能将叔本华的学说应用在自己的生活问题上。如叔本华认为对美的热爱是性的爱。于是劳伦斯得出自己的结论:他发现杰茜美丽,但他不爱杰茜,那说明杰茜缺少性的魅力。同理,他认为只有感到自己对女人产生了性欲时才说明他爱上那个女人了。似乎叔本华的学说正好能消除他在性爱上的困惑。他这些年和女友杰茜授受不亲,其原因似乎真正找到了,它们之间不存在性的吸引,不过是精神爱,这种脱离性欲的爱算不得爱情,是应该早点放弃的。

达尔文主义和海克尔的学说加深了他的物质主义信仰,彻底改变了他对基督教的信仰。

劳伦斯从小就在母亲的强烈影响下信奉基督教义,积极参加镇上公理会礼拜堂的活动包括唱诗班和主日学校的活动。可以说劳伦斯是沐浴着基督教的甘霖成长起来的。他信仰上帝,奉行节制,相信压抑本能和欲望能使人完美脱俗。但这些他奉为圭臬的价值到他上大学并大量阅读后突然变得可疑起来。

而达尔文的《物种起源》和海克尔的《宇宙之谜》让他初次明白了物竞天择的真实含义:生命是物质的存在,有其自己的发生和发展规律,世界上没有什么造物主创造了人类。这个从小在清教传统下成长起来的淳朴孩子突然开始意识到男女之间关系至高无上的重要性了:两性之间的吸引不过是大自然法则使然,其根本目的是繁殖物种,生命不过是优胜劣汰的过程,人类最重要的任务本来是找到最合适的伴侣。

上帝死了!甚至不是死了,而是从来就没有一个肉体的上帝存在,没有。

科学的物质主义使劳伦斯放弃了自己对基督教和上帝的信仰,但劳伦斯出于艺术家的良知,发现科学并不能解决人类的所有问题。他又开始挑战科学——科学无法解决人类的感情问题和精神信仰问题。在他眼里,科学甚至使世界变得过于非人和机械,科学试图用机械的规律解释人的灵魂问题,甚至人的一切都可以在实验室里制造出来,纯属荒唐。自此他开始痴迷于人的非物质性的一面了。

于是,正如沃森教授指出的那样,两年的大学生涯,劳伦斯完成了自身的信仰转变：他不再信仰基督教，但也不是一个纯粹的物质主义者，而在某种意义上是威廉·詹姆斯式的多元主义者了，是个有着宗教感但不信任何宗教的人。他的宗教感在于：他诚信，在这个物质的世界上，一定有某种力量是超物质的，它能够超越这些物质的物理或化学运动，让人摆脱物质运动的控制从而能使人获得自己的自我，从而获得解放。如果说世界上还有"上帝"，这种超物质的力量就是上帝，人都应该信仰这样的上帝。

对劳伦斯文学的考察，使我们有理由相信，劳伦斯对性的意识与探索引导他成为一个物质主义者，从而背弃了基督教信仰。但劳伦斯没有停留在科学物质主义上，他认识到了科学与物质主义的局限，开始探索将人类的意识从纯物质主义的控制下拯救出来的道路，倡导一种超越宗教和物质的宗教精神，以此来拯救人类的心灵。这或许就是以后奥尔都斯·赫胥黎称之为"神秘物质主义"的端倪。这个时候劳伦斯还十分年轻，他大学毕业于1908年，那时才23岁。劳伦斯这个时期的思想转变和信仰危机可以部分地在《虹》的女主人公厄秀拉的经历中辨出一二。厄秀拉面临的很多问题都是极具现代性与后现代性的，所以《虹》的哲学价值反倒在20世纪后期得到了人们的深层认可与挖掘。

日后劳伦斯终于以张扬生命活力的《查泰莱夫人的情人》一书艺术地表现了自己的生命哲学思想，通过这本书可以追溯他大学时代的信仰转变，因为与他痛苦的哲学探索同时进行的是他的文学创作。他这个时候开始动笔写作一些诗歌，但主要是写作长篇小说《白孔雀》。而《白孔雀》一书中的一个人物猎场看守安纳贝则正是《查》书中男主人公猎场看守麦勒斯的雏形。评家们普遍认为安纳贝是个叔本华和尼采意义上的人物。我们应该记得安纳贝狠狠批判了文明的弊病后所说的那句著名的话："做个好动物，相信你自己的动物本能……一切文明不过是在腐朽的东西上涂脂抹粉。"多少年后的麦勒斯似乎是在用自己全部的经历和努力重复安纳贝的话。他们似乎是劳伦斯眼中介于"自然与文明之间的第三种力量"，代表着身体力行的人类良知，即是超越物质和宗教力量的代表。他们所具有的是艺术人格，他们是艺术的存在。劳伦斯最终皈依了道德与艺术，用道德和艺术的标准衡量人，用"健康"的标准衡量人的肉体和灵魂，才选择了麦勒斯这样的人作自己小说的英雄。这与他23岁前在这座大楼里的信仰转变绝对有紧密的关系。没有那个转变，绝不会有日后的劳伦斯和他的《查泰莱夫人的情人》。

就这样，劳伦斯从性的探讨到性的结论，完成了一个从形而下到形而上的探索过程。他似乎找到了结论，但这种结论对普通读者来说又是那么虚无缥缈，难以把握。我们只能用赫胥黎的话说他是个神秘物质主义者了。了解他在这座大楼里非同寻常的信仰转变，对我们解读劳伦斯日后的作品是至关紧要的。

劳伦斯进入大学后不久就毅然决定不读学位课程，只读教师资格课程。这样他就失去了获得伦敦大学学士的机会（诺丁汉学院的学生可以参加伦敦大学的校外考试获得伦敦大学的学位），也失去了毕业后找一个比小学教师更好的工作的机会。但他也因此免去了大而无当的拉丁语课程，省出大量的时间来读自己喜欢的法语和植物学课程，课余时间大量阅读自己喜欢的哲学和文学书籍并争分夺秒地进行自己的小说创作。

紧张的精神探索和文学创作占去了他大量的时间，留给课程的时间就少了。即使这样，劳伦斯仍然取得了优异的考试成绩，以三个B和一个A的成绩毕业。在教师证书考试中，他获得了最好的成绩：法语、植物学、数学及史地都获得了优秀，而其他学生充其量不过只获得一个优秀。具有讽刺意味的是，劳伦斯的英语没有获得优秀。

最终他的教授给他的评语很特殊，比其他学生的评语都长。这个评语决定了劳伦斯不能进入普通的学校教书，因为他"品位过精"，"只能教授最优秀的学生"。

果然，毕业后他在诺丁汉范围内寻找教职屡遭失败，最终是伦敦郊区的一个小镇学校雇用了他，因为据说那是个新式学校，校长是个开明的知识分子。

对于1920年代完工的诺丁汉新大学，劳伦斯不乏讽刺。那时英语系所在的带有钟楼的主楼刚刚竣工，在郊外的山上很是风光夺目，成了诺丁汉大地上的新地标。这300英亩的葱茏山地是药业大资本家布特捐赠，从此中原地区耸起了一所园林式大学，这等湖光山色的气势在英国大学里首屈一指。校园里依旧有他家的私人园林和别墅，可谓园中园，门口赫然标着：

私家住地，外人免进。劳伦斯对此很是愤愤不平，写诗嘲弄一番：

诺丁汉的新大学

诺丁汉那座阴郁的城，在那里
我上了中学和学院，在那里
他们建了所新大学，为了
分配新的知识。

它修得堂皇方正，靠的是
高贵的掠夺，通过
好心的杰赛·布特爵爷
精明的算计。

儿时的我绝没想到，当我
把可怜的零钱交到
布特的钱柜上，杰赛会
把成百万同样诚实的小钱转手

堆起这些小钱，最终会
耸立而起，方方正正
庄严辉煌
成为

一所大学，在那里
精明的人会分配一剂剂
精明的赚钱良药，用
浅显易懂的语言！
未来诺丁汉的孩子们

会成为赚钱的理学士。
诺丁汉的电灯都会耸起,说
我是靠布特公司得的文学士。

从此我懂了,尽管我早就明白,
文化的根是深深扎在
金钱的粪堆里,而学问
则是布特公司最后的一条涓流。

但无论怎样,劳伦斯是他们镇上第一个获奖学金上诺丁汉读中学的高材生,后来又读了诺丁汉大学学院的教师资格证书,算大专生,在那个年代很是个知识分子了。在那座沉郁凝重的大楼里(现在的诺丁汉特伦特大学),他获得了进入社会的通行证并彻底摆脱了下矿井挖煤的命运。劳伦斯反对的不是知识,他很有知识,能用法文读名著,用法文写情书,通意大利文和德文;他恨的是知识分子的虚伪和大学教育制度对人的异化,恨的是死读书读死书读书死的知识分子的迂腐与自命不凡自欺欺人。

至于对新大学的讽刺也是可以理解的,是阶级的仇视。布特是药业大王,赚了大钱,其公司是诺丁汉甚至英国的"支柱产业",诺丁汉的发展很是得益于布特等几家大资本家。劳伦斯是劳动阶级出身,认为布特捐大学是沽名钓誉,是拿了赚取的包括他在内的百姓的买药钱给自己立牌坊作秀,免不了对此加以讽刺。

但现代的诺丁汉恰恰将布特视为骄傲,为他树碑立传。他后来被封了勋爵称号,真正是造福一方的善人。当然,在世界范围内他的名气最终是无法同劳伦斯媲美的。但让诺丁汉人民当饭吃的是布特爵爷,劳伦斯则是饭后的清茶咖啡,装修精美的客厅里的画框。对一座名城来说,两者缺一不可。两人的铜像都矗立在诺丁汉大学风景如画的校园里:布特的胸像守候在大学门前水光潋滟的湖畔,劳伦斯赤脚手捧蓝色德国龙胆花的全身铜像则立在图书馆旁。两座铜像的位置恰如其分,两种精神——产业与文化精神的制衡使这座校园倒显得气氛和谐,大学就应该是这样具有高度包容精神的超然之地才对。诺丁汉这个地方，有人为它创下了物质文明，也有人为它留下传世的精神财富，两者曾经势不两立，但如今看似相得益彰，这个城市和这个郡的后人该怎样对他们的先人感恩戴德，又该面对他们留下的遗产做出怎样的思考？在理想与现实之间，在理想的现实和现实的理想之间，每个人该怎样平衡自我？这两尊雕像似乎已经告诉了我们答案，因为这两个人的生命历程已经明确地告诉了我们这些答案，这些答案绝不是在风中！（The answer is not blowing in the wind!）

劳伦斯与伦敦：此恨绵绵

　　20年前的伦敦[①]在我看来是个十分十分刺激的地方，特别刺激，是一切冒险的巨大喧嚣中心，它不仅是世界的心脏，而且是全世界冒险的心脏。斯特兰德大街，英格兰银行，查灵克罗斯[②]之夜，海德公园[③]的清晨！

　　不错，我现在是老了20岁，可我并未失去冒险精神。我觉得伦敦与冒险无缘了。交通太拥挤！这里的车辆曾驶向某个冒险的场地。可现在，它们只是挤成一团向前涌着，没个方向，只是成群结队无聊地向前拱而已，前头半点冒险也没有。车辆陷入了一种乏味的惯性中，然后再乏味地重新启动。（劳伦斯：《我为何不爱生活在伦敦》）

[①] 20年前应该指的是1908年前后。那时劳伦斯正值弱冠之年，风华正茂，从诺丁汉大学学院毕业到伦敦郊区的自治市镇克罗伊顿教小学，业余从事文学创作，迅速成为一个文学新星，发表了诗歌、小说并出版了长篇小说。
[②] Charing Cross，又译为查灵十字架，是伦敦市中心的一处地名的统称，其中有一条同名的街道，其与斯特兰德大街交汇处是著名的特拉法加广场。该处被视为伦敦的中心，以其为起点计算与英国其他地方之间的距离。
[③] 这里经常举行政治集会表达民意而成为政治自由的象征。

> 前些年我在伦敦……感到伦敦这个世界的伟大中心有强有力的中心结点。可在第一次世界大战期间，那个中心在我看来是碎了[①]。世界上的事都是这样。有些地方会失去其生动的中心结点。（劳伦斯：《陶斯》）

这是劳伦斯离开英国在澳洲和美洲浪游几年后两次回到伦敦小住写下的有关伦敦的随笔。从中读者感受到的应该是他对伦敦的巨大失望和辛辣的讽刺。第一次世界大战前的大英帝国是绝对的世界中心，伦敦则是中心的中心，也就是劳伦斯所称的"世界的心脏"和"强有力的中心结点"。但大战使英国开始了第一次衰落，在很多英国人看来就是通过浴血奋战，英国在大战中拯救了世界，但结果是英国自己变成了二流国家，辉煌不再。但劳伦斯对英国和伦敦的感受似乎并非仅仅来自他对时局和政治的体味，而更多的是出自他个人的际遇。

第一次世界大战前夕和大战初期这两年，劳伦斯以令人目眩的速度华丽登场，在英国文学界成为威尔斯之后最耀眼的来自底层的明星作家。《儿子与情人》以写实主义的厚重加现代主义的心理透视力度技压群芳，之前和之后又有《白孔雀》和《逾矩》两个长篇小说，外加在新潮杂志《英国评论》上发表的诗歌和短篇小说，这些风驰电掣连续的出版物令这个来自中部矿区的工人的儿子立即成为文学界的天才明星。而且他后劲十足。这样的年轻才俊在20世纪初的英国文坛上风头甚至盖过了著名的福斯特，而那个时候乔伊斯尚在为出版自己的作品四处碰壁，伍尔夫夫人似乎还在探索小说的写作方法。劳伦斯一枝独秀，自然大受追捧，出版合约不断。麦修恩出版公司干脆签下了他3部长篇小说的出版权，尽管后两部小说还遥遥无期，这几乎是期货的做法，对一个弱冠之年的年轻作家来说简直是一种殊荣。

但很快大战爆发，劳伦斯的新书《虹》因为不识时务地谴责前些年英国在非洲发动的布尔战争而遭到禁毁（实则是因为第一次大战爆发，对布

[①] 劳伦斯随笔《我为何不爱生活在伦敦》和《地之灵》，都对伦敦的衰落发表了自己的见解。

尔的谴责被视作对英国参战的影射，动摇军心和士气），他本人迅速从高峰跌到谷底，几乎难以在英国出版任何作品。苦苦在外省熬过贫病交加的几年，大战结束他就选择去国，他的作品几乎都在美国出版。这个曾经辉煌的大英帝国不能容忍一个本土的优秀作家的作品，根本失去了其文化大国的风范，成了平庸之地。而这样的个人感受恰恰与战后英国生活的消沉氛围相吻合，于是对伦敦越来越严重的"误读"就有了充分的理由，尽管那个时候伦敦还仍然是欧洲和世界的心脏。

劳伦斯还不会料到，这之后英国还查禁了他的绘画，禁止出版他的压卷大作《查泰莱夫人的情人》长达30年之久。但他也不会料到，还是在这个伦敦，1960年，伦敦的刑事法院上演了长达六天的对《查泰莱夫人的情人》审判之剧，可谓举世瞩目。经过律师和来自英国文化界名流们的雄辩和据理力争，此书以"无罪"开禁，是他的祖国的良知首先为他平反。这场战争打了六天，对英国以外的人来说似乎很悲壮，是文明、正义战胜偏见的强权，而在英国国内的文化人眼中，这场拖了30年还需轰轰烈烈打六天口水之战的战争不啻为一场"光荣的喜剧"（霍加特语），禁了30年还要如此悲壮地开禁不如说是英国的耻辱。但毕竟在劳伦斯的祖国这本书重见天日了，文化的英国洗刷掉了一个30年的巨大污点，劳伦斯应该感到欣慰。如果他长寿，到1960年他会是一位75岁的老人。不敢设想，他会因此由衷地再次热爱英国，再次热爱上伦敦吗？这本书解禁后著名诗人菲利普·拉金讽刺地写道：在英国，性交是从解禁《查泰莱夫人的情人》后开始的。劳伦斯如果活着，他会怎么回应拉金？新时代的性自由其实是劳伦斯所反对的，但似乎只有在英国进入性自由的时代（sexually permissive），大众的性观念到了如此开放的时代，解禁这本书的社会氛围才水到渠成地形成。这样的悖论估计令劳伦斯这种把性当成宗教救赎途径的清教徒瞠目结舌。对这样的英国，75岁的他会怎么看？他会成为走在伦敦街头受到追捧的大作家吗？

写到这里，必须让时光倒流到1908年。劳伦斯以一个诺丁汉大学大专毕业生的身份受聘到伦敦南郊的自治市克罗伊顿（Croydon）当小学助理教师，租住在新落成不久的一栋排屋，就是我们现在称为Town House的联排住房里，在英国称之为 terrace house。那条街离火车站和小学都不远，名为科尔沃斯路（Colworth Road），门牌是12号。三年后又随房东搬到一门之隔的16号。这是劳伦斯在伦敦的最初两个落脚点，在这里写出了很多作品。初到伦敦时他23岁。尽管他在大学期间写诗，甚至此时他的第一部小说《白孔雀》的初稿已经在创作中，但他来伦敦的首要目的还不是来这里的文学界闯荡，而是来以教书谋生。他来伦敦，是因为伦敦郊区的小学教师年薪比外省同样的教师高三分之一。即使这样，在他家乡诺丁汉一带还很难找到一个公办小学教师的教职。所以他恋恋不舍地离别亲人和家乡来到伦敦郊区挣命了。他和他的家人此时应该明白，克罗伊顿离劳伦斯的二哥当年在伦敦做职员时居住的泰晤士河南岸的凯特福德镇（Catford）仅仅几英里之遥，二哥就是在那里病故的。当年中学毕业的二哥闯荡伦敦，成了家里的奇迹和骄傲。他迅速成长为一个伦敦青年，交了伦敦的女朋友，每次回家给家人买来新奇贵重的各种礼物，全家人如同过节一样欢天喜地。可好景不常，二哥就因为过于疲劳而患了急症死去，其实就是现在所谓的"过劳死"。如今劳伦斯是以大专毕业生的身份来闯伦敦的，他肯定经常想起与克罗伊顿近在咫尺的凯特福德。他似乎比二哥更有底气，因为他受了更好的教育。在他心里展开的应该是光明的图卷，他要继二哥之后成为新时代的伦敦人。但他没有想到的是几年后他差点步二哥的后尘死在伦敦，一生中伦敦都会给他带来磨难，令他痛不欲生。

离乡之苦尚未完全消退，他就发现他爱上了伦敦，爱上了英国南部。彼时的克罗伊顿，是英国新型的郊区城镇，火车、电车和汽车直达伦敦，便利的交通带来了繁荣，人们开始了住在美丽的郊区，进伦敦上班的新生活模式。伦敦周围这样的小市镇都开始发达起来。而为世界博览会建造的象征维多利亚英国荣耀的水晶宫后来就从海德公园移到附近的西登海姆山（Sydenham Hill）大规模重建，多年中一直是伦敦的一处娱乐休闲购物胜地。这里成了新伦敦的象征，水晶宫在失火之前八十多年中一直是英国物质繁荣时尚的标志。新城市，新郊区，新建的小学大楼，雨后春笋般建起的新联排花园别墅，璀璨耀眼的水晶宫映照下的劳伦斯踌躇满志。

23岁的小学教师劳伦斯对这个大伦敦充满好奇，业余时间全花在进伦敦开阔眼界上，包括逛画廊，逛博物馆，听音乐会，观摩话剧，带朋友逛伦敦，逛百货店，体验光怪陆离的大都市生活。他还骑自行车游遍了附近的古镇如温布尔顿、布莱顿，甚至有时干脆步行在泰晤士河南岸的田园风光地带游走。他不断给家人朋友写信、发风景明信片，对伦敦的迷人生活充满热爱和赞美。在劳伦斯年轻的心里此时展开了一幅别样生动的伦敦地图，这张地图上没有阶级鸿沟，没有仇恨，没有贫穷和丑陋，只有高尚的文化地标和迷人的夜色风情：考文特花园，皇家美术学院，杜里治画廊，泰德美术馆，伦敦桥，伦敦塔，皮卡迪利广场，圣保罗大教堂，塞尔福里奇百货大楼，里士满公园，不一而足。

他不曾料到的是，很快他就步入了伦敦的文学圈。女友杰茜把他的诗歌投给了新创办的《英国评论》杂志，杂志主编胡佛因此而发现了一个文学天才，不仅发表他的诗歌小说，还帮他出版长篇小说。仅仅一年之后，劳伦斯就由一个来伦敦开眼的郊区小学教师摇身一变成为伦敦文学界的新宠。位于市区中心的霍兰德公园路84号（84, Holland Park Avenue），楼下是一家鲜鱼铺。这里既是胡佛的家也是《英国评论》的办公室，这是劳伦斯真正进入伦敦内部的第一扇大门。令他更为惊讶的是，人到中年的胡佛竟然是和他美丽的年轻情妇、著名的小说家维奥莱特·亨特同居于此，两人共同经营杂志。而风情万种又秀外慧中的亨特出身名门，是上流文化贵妇的化身，她以自己的魅力辅佐胡佛，在伦敦社交界呼风唤雨。很快，劳伦斯就被邀请到亨特在肯辛顿的别墅"南宅"做客（South Lodge, 80 Campden Hill Road），这里毗邻肯辛顿公园、绿园和海德公园，不远处就是白金汉宫。还被亨特带到著名的"革新俱乐部"（The Reform Club），这是文化名流出没的交际场所，位于泰晤士河堤岸上风景区的贝尔美尔街（Pall Mall），自然又是一番别样的氛围，以至于亨特再次邀请劳伦斯来此聚会时，劳伦斯因为没有一双像样的皮鞋而自惭形秽，只能婉言谢绝赴会。劳伦斯还被胡佛和亨特像胜利品一样带到伦敦北部文化人的聚集区汉普斯蒂德参加名流聚会，广交朋友，在此结识了正在冉冉升起的诗歌明星庞德和叶芝，随后还被带到大作家威尔斯的别墅里做客。威尔斯同样出身于底层，但已经成为英国最走红的大作家，在福克斯通海边拥有自己豪华的别墅。威尔斯令劳伦斯惊叹的不仅是其渊博的学识，还有其纵横捭阖的酬酢风度，威尔斯的两个儿子已经完全成长为举止高雅的伦敦少爷，临上楼入睡前身着蓝色睡衣与在场的每个客人吻别、道晚安。

一连串的文人圈里的社交活动对劳伦斯产生了巨大的刺激，他禁不住对女友说：我也要一年挣他2000英镑！那时他的年薪只有95英镑，离2000还差19倍，而这19倍的距离却是要付出一生的代价也未可知。他并不知道，一般年薪要达到600镑才能过优越的中产阶级生活。而一本小说的预付金最高时也不过才300镑，如果销售成绩不佳，就不会再有收入，年薪2000镑其实是个难以企及的目标。劳伦斯苦苦写作到中年时，估计年收入刚刚达到1000镑，直到临离世的时候，在有了十几本小说和十几本散文及诗歌的基础上，不断吃着再版版税，还要为报刊勤奋地写随笔外加小规模炒股，这时估计身价也刚刚达到2000镑，远不及写通俗小说并从事话剧编剧工作的很多同时代作家如麦肯奇、赫胥黎等人。他死之前还投出去三篇随笔，没有等到发表他就瞑目了，那几十镑的稿酬还不知多久以后才到遗孀手中。

但不可否认的是，以《英国评论》为中心的文学与社交活动成了小学教师劳伦斯伦敦岁月的崭新起点，这样的起点应该是很高的，是当年的二哥做梦都难想象到的，更是令故乡伊斯特伍德的所有人瞠目结舌的。肯辛顿和汉普斯蒂德似乎是这个时候的劳伦斯的梦想，是劳伦斯的伦敦地图上最亮的两个地标。

这之后劳伦斯受到另一个伦敦文学界资深伯乐加尼特的器重，在他遭到胡佛抛弃后是加尼特继续帮他在文学圈里站稳了脚跟。他因此与加尼特结下了如同父子般的友谊。这份交情为劳伦斯打开了更宽的眼界，他因此有机会去加尼特家中小住，更切身地体验中产阶级家庭生活。加尼特平时住在伦敦，但他的别墅在离克罗伊顿不远的肯特郡海边，雅号是"瑟恩宅"（The Cearne, Edenbridge, Kent），那里聚居着一批文化人，大多是费边主义者。加尼特的妻子是一位著名的俄罗斯文学翻译家。她对加尼特在伦敦自由的两性关系报以宽容态度，仍然与加尼特保持着夫妻关系，维持着正常的家庭生活。劳伦斯在那里发现，这些费边主义者谈吐无所顾忌，很多禁忌词都挂在嘴边，甚至以讲粗口为时髦。这种风气不能不说令劳伦斯开了眼界，才懂得雅俗的分野仅仅是在毫厘之间分寸的把握上，人是可以大雅大俗的，同样的性禁忌词，出自父亲那些粗人口中与出自这些文化人之口，其旨趣竟然完全大相径庭。

胡佛和加尼特的两个中心里人们的性自由与开放令小镇来的清教徒劳伦斯茅塞顿开，性文化的概念开始渐渐在他心中形成，原来性是可以形而下之器，也可以是形而上的道。

劳伦斯的母亲病重不起的那段时间，他要经常在克罗伊顿-伦敦-伊斯特伍德之间穿梭往返，每次都是步行到几英里开外的火车站赶夜车到伦敦的马利勒本车站（Marylebone Station），在清晨4点钟下火车，独自步行穿过冷清的伦敦街区，赶到东边的查灵克罗斯车站（Charing Cross Station）坐早班车回克罗伊顿，这样一早就赶上给学生上课了。无法想象，他在空无一人的伦敦街头独自赶路时的感受，但我相信这样的往返一定把伦敦的街景深深地铭刻在了他的心中。

劳伦斯的四年伦敦生涯以他患重病后辞职为结束。康复后邂逅弗里达，意乱情迷地私奔到欧洲大陆。但他的出版事宜完全由加尼特帮助他在伦敦办理，直到1913年《儿子与情人》在伦敦出版，劳伦斯载誉回国，荣耀伦敦。从此以后几年，劳伦斯的伦敦地图上开始出现更多的新坐标和新的闪光点，他的伦敦生活开始绽放别样的光芒。伦敦成就了他，也毁了他，他与伦敦之间从此结下的爱恨情仇是镂骨铭心的，最终是此恨绵绵无绝期，直到他客死他乡，再也没有踏上英国的土地。因此对伦敦的"误读"就不可避免。

1913年回到英国后他和弗里达先是在伦敦展开社交活动，看望了威尔斯，结识了《韵律》杂志（后更名为《蓝调评论》）的编辑、作家凯瑟琳·曼斯菲尔德和她丈夫、批评家墨里，又拜会了《英国评论》的新任主编，然后就住在加尼特的海边别墅中奋力写作新的作品。不久后就在离伦敦不远的中产阶级海边度假区金斯盖特（Kingsgate）租了别墅住下，一边享受海水浴一边开展社交活动，为自己作品的出版和发表打开市场。这一番酬酢，结交了丘吉尔的私人秘书、《乔治诗集》的主编马什，首相阿斯奎斯的儿子与儿媳，还应邀出席了伦敦文化交际圈的女主人奥托琳·莫雷尔夫人在贝德福德广场（Bedford Square）的家中举行的晚宴。这些人在他一生的文学生涯中都一直起着重要作用。一个文学明星就是这样旋风般地横扫了伦敦社交圈，然后绝尘而去，经德国回了意大利。他给伦敦文学圈留下了星光，伦敦在等他回来续写华章。

不到一年后劳伦斯重返伦敦，这次动静更大。首先要办的事，就是自己当了二年的情夫，弗里达作了两年的情妇，两人终于修成正果，弗里达艰难地与威克利教授离了婚，失去了对孩子的监护权，得以与劳伦斯喜结连理。他们是在肯辛顿的结婚登记处登记结婚的。随后劳伦斯开始与各个出版社打交道，签约出版自己的小说集、诗集和新的长篇小说。拿到定金后，有生以来第一次开设了自己的银行账户，这意味着他职业作家生涯的真正开端。这时他才29岁，提前一年而立。

这次他们住在肯辛顿公园南边的塞尔伍德街（9 Selwood Terrace），是朋友的朋友律师坎贝尔的住处，那里离肯辛顿结婚登记处马洛斯街（Kengsinton Register Office, Marloes Road）很近，步行可至。登记后劳伦斯夫妇与墨里夫妇在坎贝尔家俭朴的红砖围墙的后花园里合影留念。

劳伦斯在塞尔伍德街的住所接待了不少"粉丝"，这些人以后都成了他最坚定的支持者和好友，其中包括批评家卡斯韦尔夫人和著名的精神分析学家埃德博士一家人。那段时间美国著名诗人艾米·洛威尔正好在伦敦，她是"意象派"诗歌的发起人，对作为诗人的劳伦斯很感兴趣，就在海德公园附近时尚的伯克利饭店设宴招待劳伦斯夫妇，随后又在皮卡迪里广场里兹饭店对面的寓所里与劳伦斯长谈，与会者有英国诗人、作家奥尔丁顿和他彼时的美国夫人、著名诗人黑尔达·杜利托（H.D）。洛威尔很快就在自己编著的意象派诗集中收入了劳伦斯的诗作，令劳伦斯步入了先锋诗人的行列。而奥尔丁顿夫妇后来也多次帮助劳伦斯渡过难关，更为难得的是，奥尔丁顿在劳伦斯逝世后很长一段时间内专门致力于的劳伦斯研究和作品推广工作，并完成了迄今为止仍然是最有特色的劳伦斯评传，是把劳伦斯推向文学高峰的最强有力的推手之一。

这次劳伦斯来伦敦，事实上是与恩师加尼特分道扬镳的。尽管加尼特以前对他的创作过于挑剔和严厉，这时从商业的角度还是准备对劳伦斯有所妥协。但劳伦斯受着自己文学理念的驱使，决定不再生活在别人的光环和权威之下，他毅然决然独自划起自己的独木舟去冒险了。他选中品克做自己的代理人，为自己打理各种事物，付出的佣金是每部著作和每篇文章收入的10%，这说明劳伦斯有了一定的底气和自信。此时他的一个大的动作就是"跳槽"。虽然加尼特为之工作的达克华斯出版社很器重他，但却难得取得较好的销售收益。劳伦斯试图用麦修恩提出的较高的预付金标准要求达克华斯，他其实还是想对达克华斯从一而终，只要后者也能提高版税标准。但达克华斯对他这种刚成名就敢与东家谈价钱的人表示了不屑，结果劳伦斯回头就与麦修恩签了约。这两家老牌出版社一直经营至今，都在伦敦最中心地带，距离白金汉宫不远。我们可以想象劳伦斯在两家出版社之间为百十英镑的预付金游走的情形，不要忘了这时他是靠写字生活的专业作家了，没有任何其他经济来源，每谈成100英镑的预付金，就等于获得了一个小学教师一年的收入。在喧闹的伦敦街头奔走，为的是生计。但随后他很快把第一笔100镑预付金花光了。他如此"挥霍"，因为他从来没有过这么多钱，还因为他此时对自己的未来充满信心，大有"千金散尽还复来"的气势。可以想象，那段时间里，他一定是和弗里达忙于在伦敦街头购物消费，可能那是他在伦敦度过的最愉快的短暂时光。

这个时候他在伦敦修改在意大利写下的小说《虹》，里面新女性厄秀拉与恋人在伦敦同游同住，他们的身影出现在伦敦很多著名的地方，看似一段匆匆闪过的旅游纪录片，浮光掠影，节奏明快，恰似一幅幅光影迷离的印象派绘画。他们在皮卡迪里广场租住旅馆，在那里俯瞰伦敦，眺望绿园，夜晚欣赏璀璨的伦敦夜景，对伦敦充满了赞美，那是最现代化的都市夜景。

就在他在湖区愉快地旅游时，第一次世界大战爆发了。他回不了意大利了，只能困在伦敦，可是此时大战期间出版社一律停止出书，麦修恩正对《虹》不满意，就借机准备退稿。劳伦斯的钱已经花光了，约定中出版时付的另一大半预付金事实上等于取消了。劳伦斯立即陷入赤贫之中，完全靠借贷和申请到的50镑文学基金勉强度日。他的噩梦时期开始了。

伦敦之大，居之不易，起初志得意满的劳伦斯此时只能赶紧逃离伦敦，到伦敦北40公里处的小镇切舍姆。这里当初还是远郊的乡镇，房租便宜，空气清新，有铁路通往伦敦，很适合穷艺术家居住。劳伦斯吸引了不少人，连大作家麦肯奇和福斯特都来这荒僻的小地方做客了。但毕竟这里房屋潮湿，又没有室内卫生设施，还是居之不便，于是几个月后，劳伦斯受到一个粉丝的邀请，迁居到她在伦敦东南部乡间的格里特汉居住。这段时间里，在莫雷尔夫人的关照引见下，劳伦斯结识了哲学家罗素和另外一批剑桥—布鲁姆斯伯里文化艺术圈的名流。劳伦斯和这些人大多是相见甚欢，很快就心生芥蒂，不欢而散。他们包括哲学家罗素、经济学家凯恩斯和画家格兰特等。特别是罗素，因为谬托知己，引为莫逆，反倒相互伤害更深，罗素直到耄耋之年，还不忘攻击早就化为灰烬的劳伦斯。莫雷尔夫人经常邀请劳伦斯到牛津乡间的加辛顿庄园（Garsington Manor）度假，给劳伦斯提供了体验上流社会奢华生活的机会，使他得以以此为素材写了《恋爱中的女人》，书中的艺术家和名流的奢华生活显然来自这段时间劳伦斯在伦敦频繁的社交活动。尤为值得纪念的是他与莫雷尔夫人的交往，两人都来自诺丁汉，曾在一个空间里成长，一个是贵族夫人，一个是挖煤工人的儿子，劳伦斯的父亲所劳作的煤矿甚至都属于莫雷尔夫人娘家的大家族。但劳伦斯的作家魅力消弭了巨大的阶级鸿沟，强烈地吸引了这位公爵的女儿，这位奇装异服、头发染成棕色、在伦敦大街上牵着一群巴儿狗招摇过市的时髦贵妇，居然亲切地与劳伦斯用诺丁汉方言愉快地交谈。

不久后，劳伦斯又离开乡间回到伦敦，住在文化人聚集的汉普斯蒂德的拜伦别墅（1 Byron Villas, Vale of Health, Hampstead, Camden），一度与墨里夫妇合作办杂志，但他们都拙于经营，以亏本而告结束。随后此生的第一次重大打击来临，秋末，他呕心沥血写成的史诗般的小说《虹》惨遭查禁，令他生活几乎难以为继，不得不逃到荒僻的康沃尔农家租房居住，艰苦度日。直至1918年被怀疑为德国间谍，驱逐出康沃尔，又回到伦敦，在朋友处东住西住，最终还是到妹妹为他在中部的山里廉价租的房子中住下。苦熬到大战结束，他获准出国后，就迫不及待地离开了英国。

离开了英国，离开了他苦苦爱着的英国，形单影只，只觉得万般情感无以言表。这天很冷，海岸上白雪覆盖的锚地看似尸布一般。当

> 他们的船驶离福克斯通港后，回首身后的英国，她就像陷入海中的一口阴沉沉的灰棺材，只露出死灰色的悬崖，崖顶上覆盖着破布一样的白色雪衣。

1923年出版的小说《袋鼠》中是这样记录劳伦斯离开英国时的情景的。事实上，他自从1908年来到伦敦混生活，就一直狂热地爱着伦敦南部这片舒缓柔媚、风景如画的低矮丘陵地带，几乎是骑自行车加步行逛遍了这里。但最终英国容不下他，他也无法与英国和解，只能痛苦地离开他苦恋着的这片锦绣大地。

《袋鼠》第十二章中有不少对第一次世界大战期间他在伦敦生活的鲜活记录，虽然他借住的地方仍然是他熟悉的汉普斯蒂德、肯辛顿广场和麦克蓝堡广场（Mecklenburgh Square），无所事事时就在伦敦老城区里散步消磨时光，但他无心赏景，此伦敦已经昨是今非，那个意气风发的明星作家此时在伦敦如同丧家犬一般破帽遮颜过闹市，没人理会他的存在，除了监视他的警察。

在离开伦敦蛰居康沃尔时写的小说《恋爱中的女人》里，伦敦城几乎是乌烟瘴气，鬼影幢幢之地，毫无生气。书里的艺术家戈珍离开伦敦时竟然发出这样的吼叫：

> 她在伦敦再也待不下去了。他们必须坐早车从查灵十字街火车站离开这儿。他们坐的火车经过大桥时，她透过巨大的铁梁望着桥下的河水叫道："我再也不要见到这肮脏的城市了，我就无法忍受回到这地方来。"

查灵十字街火车站是劳伦斯经常光顾的车站，每次从家乡返回克罗伊顿都是在这里转乘火车，当年和弗里达私奔时，就是从这里坐火车去的海港。估计大战结束时他坐船离开英国也是从这里乘火车去的福克斯通港口吧（Folkestone），这座古老的车站留下了劳伦斯无数个孤独、凄楚或华丽的身影，见证了劳伦斯在伦敦的兴衰。

离开英国后，劳伦斯只在1923年、1925年和1926年短暂回过英国并在伦敦消磨几日。但伦敦在他心里基本上魅力不再，他只是这里的匆匆过客，住上几天就痛苦难耐，只想一走了之。此时此刻，劳伦斯木然地穿行在伦敦，心中掠过的只有20年前初闯伦敦时那场美丽的伦敦浮华梦，还有就是1913年和1914年在伦敦短暂的灿烂流星雨。于是就有了本文开始时他写下的有关伦敦的随笔片断。他甚至没有再回到克罗伊顿工作过的小学校去看一眼。伦敦对他没有意义了。

作为英国作家，劳伦斯在伦敦仅仅留下了这些足迹和身影，然后就销声匿迹，抛尸海外，这个城市迅速地忘记了他，这个国家不需要一个对衰落帝国的批评家，这个国家无论左翼还是右翼的文化人都对他持敌视和皮里阳秋的态度，如果不是妖魔化的话。1960年在老城郭（Old Bailey）的伦敦刑事法院上演了那场为《查泰莱夫人的情人》昭雪的悲壮闹剧，从此劳伦斯的名字又响彻了伦敦和英国，但他仍是一个最富争议的人。直至1985年他百年诞辰时，他的名字才刻在了西敏寺的诗人角的石碑上，从此伦敦有了他一个永久的位置。但是，正如沃森教授在最新出版的劳伦斯传前言中所说，劳伦斯的讣告还在不停地被改写，他"仍继续给我们烦恼也给我们愉悦"。他离盖棺定论还很遥远，或许这就是他的常青树之魅力所在。

不知道我这篇小文是否能大概绘制出劳伦斯的伦敦地图。图标化劳伦斯的伦敦足迹（the mapping of Lawrence's London）是一项艰难的工作，但也是一场远隔百年时空的伦敦神游，我又复习了一遍2001年秋天在伦敦的游走历程，因此这篇文章的写作就是无比愉快的白日梦了。我为此感谢劳伦斯，感谢伦敦。当然还要感谢的是2012年的伦敦奥运会激发了我的写作热情，新的伦敦地图新鲜出炉了，令我激动，谁让伦敦是我最熟悉的全世界第二个首都城市呢？我就想我应该写些什么，于是我想到了"劳伦斯的伦敦地图"这个话题，既是我的专业写作，也是对奥运伦敦的纪念，一举两得。

康沃尔的美丽与修炼

估计外国人来康沃尔旅游的不多,因为这里没有闻名世界的名胜古迹。但这里却是英国人蜂拥而至的度假胜地,皆因为这里有英国难得的亚热带气候和温暖的大西洋海水沙滩,还有所谓英国的"天涯海角"——Land's End。这里是英国的西南角顶端,树有标志牌,引得人们纷纷在此留影。

我来康沃尔却纯属偶然,因为我研究劳伦斯的生平,了解到因为此地荒僻,生活费用低廉,穷困潦倒的劳伦斯夫妇才逃到此地蛰居一年多,居住在一个海边小村子里。为了实地体验劳伦斯的作品,我才来康沃尔。但这里的景色竟是美得出奇,大大出乎我的意料,这里独特的风情令我着迷,我意外地发现了一个绝好的去处。

一到普利茅斯港,浓郁的亚热带风情扑面而来。这里有棕榈树,这里有英国其他地方难得的灿烂阳光!汽车从19世纪建成的跨海大桥穿过,沿海岸西行,一路上成串的海边石楼小镇,游客如云,海滩雪白,海水湛蓝,分不清谁是游客谁是当地居民,整个康沃尔沿海一路欢腾度假的场景,似乎这个半岛陷入了夏日的狂欢中。

铁路和巴士均以圣艾维斯城为终点站,这座美丽的小山城,条条石子路小巷里都挤满了川流不息的游客,从高处看恰似一条条涌动的溪水,向海边汹涌而去。街边是生意兴隆的餐馆、古董店、咖啡馆、酒肆、书屋,稍微僻静的小街上则是风格各异的小门小户住家,往往是门口窗前花篮参差垂落,考究的绣花窗帘下露出些精美的陶器铜器小摆设,一派小家碧玉样。这种房子在英国通通称作村舍(cottage),其中多半是家庭经营的小旅店,店主一家住隔壁,里面有小门与旅店相通。康沃尔气候比较热,这里每家厨房的门都像中国南方沿海一带渔民的住家那样分成两截,下半截锁住,上半截则打开着通风。

康沃尔因为地处海边,民房均是石材所建,山峦起伏,各色石头小楼依山而建,楼前棕榈摇曳,花木扶疏,粗砺与柔媚相映衬,煞是朴素娇憨。这石头与鲜花绿树的小镇在蓝天碧海辉映下显得玲珑剔透。很多人来这里干脆带了帐篷,支在雪白的沙滩上,白天沐浴,晚上听着海浪声入眠,这样度过两天,很是浪漫。

更让我惊奇的是,在寻找劳伦斯故居的时候,我按照他小说中的描述,沿着海边小径一路走过那举世无双的景色。康沃尔半岛的奇特之处在于,北部沿海陆地高出海面几十米,沿岸全是笔直的悬崖,只有少数的海滩。人们专门在沿岸开辟了行人小径,供人徒步行走用,多少年过去,这条小径今日成了徒步观光路线了。小径在悬崖边起伏蜿蜒,一直从圣艾维斯通向"天涯海角",有几十英里长。据说劳伦斯居住过的小村落就在这条海边小径旁。想象住在临海的悬崖畔是什么感觉?

那天我带着女儿在海边灌木丛掩映的小径上跋涉,忽而下到峡谷底,涉过汩汩奔向大海的泉溪,忽而没入丛林中披荆斩棘。有时不免感到胆怯,生怕遇上什么野兽。但很快这种顾虑就打消了,因为我们不时遇上同样沿海岸线旅行的游客,有人竟是要沿路走到"天涯海角"的,几十英里路呢,实在顽强。据说这是康沃尔旅游的一大特色——沿海步行。

走着走着,前面的女儿突然大叫,说看到了天堂般的美景。我赶忙喘息着爬上山,立即被眼前的景色惊呆了:这是怎样瑰丽的景色啊!脚下大西洋湛蓝无垠,头顶碧空万里,远山浅草如烟,面前竟是漫坡的紫红石楠花,恰似一块漫无边际的厚重绣毯铺展向海边天际。哦,这就是我翻译过的劳伦斯小说中的欧石楠丛！这种植物覆盖了康沃尔大地,皮实茂盛得很,其花质朴憨厚,就像我们北方大地上的马齿苋,俗称"死不了"。但只有在这海边悬崖的山坡上,它才开得这么盛,与蓝天碧海构成简单醒目的三色图,让你一看惊诧,二看目眩,三看难忘。康沃尔的热烈、宁静和艳丽是它不同于英国其他地方的特色,很多英国人都说康沃尔无论从文化风光还是民风民情都和英国大相径庭,有一种异域风情,让人不虚此行。原来康沃尔的原住民祖先是古代的凯尔特人,现在本地人的方言其实是古代凯尔特语的变种,自称Cornish,几乎与外语一样。不同的人种,迥异的生活方式,又是与英格兰腹地全然不同的地貌,怎么看都像另一个国家。

劳伦斯蛰居的那座小楼就与这原始艳丽的景色近在咫尺,俭朴的农家石屋依山临海,深陷在野灌木丛中,远离尘嚣。劳伦斯曾给这房子起的雅号是"美人鱼村舍",因为据说附近的海里确实有美人鱼出没,在夏夜里,能听到她们一家人的歌声。现在仍有人家租住在劳伦斯故居里。其中一间房子里住着一位从中部的陶瓷镇(即班奈特笔下的陶都五镇)退休来的老人,估计是个很特立独行的文化人,或许对劳伦斯作品也是情有独钟者,否则他为什么从中部地区专门选择孤独地住在劳伦斯的故居里?这房子现在的雅号是"拉纳尼姆",这是劳伦斯努力联络一批文人艺术家企图成立的一个远离红尘的理想村落的名字,但终归人们抗不过现实的压力和诱惑,没人响应,劳伦斯只能将这房子命名之。原文典出《圣经》,是希伯来文,意为欢乐。

如今的康沃尔已经成了著名的旅游胜地,但当年却是地老天荒的蛮夷之地。劳伦斯夫妇选择了大西洋岸边沼地上的这个小村住下来,自己种菜,勉强糊口。艰苦的生活并没有泯灭劳伦斯的审美情趣:铺天盖地的紫红色石楠花丛与碧蓝的海水和浅绿的逶迤山影组成了粗犷妖艳的康沃尔景观,劳伦斯从这幅自然美景中获得了安慰和写作灵感。他说他感到了康沃尔的某种魔力:这寂静的荒野,拍岸的狂涛,原始的处女地,让人想到伊甸园。所以劳伦斯说,他在康沃尔有一种通灵的感觉。

劳伦斯1916年来到这天涯海角的蛮夷之地,是因为他陷入了生活与创作的深渊而难以自拔。这是劳伦斯人生中最黑暗和尴尬的一章,有人称之为劳伦斯的"噩梦时期"。

1915年,《虹》被禁毁,他几乎无法在英国出版自己的作品了,立即陷入穷困潦倒的境地。伦敦之大,居之不易,只好选择生活费用低廉的西南一隅康沃尔蛰居。在这捉襟见肘、几乎与世隔绝的日子里,劳伦斯仍然笔耕不辍,完成了另一部号称探索现代人方寸乾坤的长篇小说《恋爱中的女人》。但这部文稿在伦敦的各大出版社旅行数月,最终仍遭退稿(4年后才在美国出版私人征订版),理由很简单,劳伦斯是有"前科"的作家,哪个出版社都不敢承担再次禁书的后果。彼时他能够在英国出版的只有前几年创作的爱情诗和意大利游记这类销量很小、版税很少的非小说作品,既不能给他带来声誉,也不能改善他的贫困状况。

靠着微薄的诗集和随笔写作的收入他顽强地继续着自己的长篇小说写作,同时他准备战后移居美国,为自己移居美国后做一系列的文学讲演做准备,开始写作使他获得伟大的批评家称号的著作《美国经典文学研究》。

但这粗犷美丽的地方生活肯定是寂寞的,尤其是在夜里,漆黑如墨的天地间,只有这几间小屋的灯光燃烧着一点人气。咆哮的大西洋,如注的暴雨和冬天的风雪,能把人逼疯。更为恐怖的是当地人把他们当成德国间谍加以监视,他们认为弗里达在石楠丛上晾晒衣物是在给德国飞机打暗号,连夜间偶尔从窗帘缝里透出的蜡烛光也被认为是暗号,不时会有警察抄查他们破败的小家,抓走他们的朋友去审讯,那段时间他们过得心惊胆战。劳伦斯后来在他的长篇小说《袋鼠》里专辟出一章"噩梦"记述他和妻子在康沃尔海边的生活和遭遇。读了那一章,我才知道,他和妻子就是在从圣艾维斯买日用品回家的这条临海小路上遭到警察无理搜查的,他们把弗里达袋子里的盐包当成了照相机。结果十分尴尬,令劳伦斯夫妇欲哭无泪。他们最终因间谍嫌疑而被驱逐出康沃尔。

这之前他一直在想,即使离开康沃尔,也要等到荒地上的洋地黄盛开、欧石楠绽放、大西洋海边的报春花漫山遍野。真离开时,他感到自己的身体离开了,但他的灵魂已经深深扎进了康沃尔荒地,自己的一部分永远地留在了那里。在这片神奇通灵的天涯海角能留下两部传世大作,还留下了《鸟语啁啾》这样清丽可颂的散文诗,日后还在《袋鼠》中对康沃尔的生灵有长达5万字的记录，这种文学成就应该说是康沃尔对劳伦斯的宝贵馈赠，反之亦然。

离开康沃尔后，他再也没有机会回去过。但康沃尔美丽的荒地永远留在了他的作品里，这就足够了。

离开劳伦斯故居，我是步行在蓝色的大西洋与紫红的石楠花地中的小路上，一路走回圣艾维斯的。劳伦斯则是坐着马车，带着辎重从大路上到了圣艾维斯。

翻译"噩梦"那一章时我曾极力想象康沃尔海边的景色，想象这座空旷潮湿的荒地上的石头房子，想象劳伦斯夫妇和朋友们在这个背景上的活动。如今我真的身临其境，将我的译文与这里的景物一一对照，真有一种还乡的沧桑感觉——我来过这里，我用心的眼睛早就把这里巡视了多少遍了，我这分明是故地重游。现在这里的景色依然如故，陪伴我的还有那首著名的双簧管轻音乐曲子《康沃尔的早晨》，如同一只轻灵的信鸽在蓝天碧海和紫红的石楠丛上飞掠而过，留下一串清越的鸽哨声，让人怀乡怀旧，在心头划出一道淡淡的凄楚苍凉。

私奔伊萨河

打开地图，我们看到德国南方流淌着著名的多瑙河。但这条蓝色的多瑙河也是由多条支流汇成，其中的一条就是伊萨河。伊萨河绝非一条普通的小河，它发源于阿尔卑斯山，澄澈晶莹，湍急浩荡，一路奔腾，汇入多瑙河，其整个流域被称为伊萨河谷。

伊萨河谷地风光奇崛旖旎，牧场山林起伏错落，大小湖泊点缀其间，古堡和教堂塔尖与雪山交相辉映。它蜿蜒于这绮丽的风景中，似一条强劲的生命脉搏跳动在峡谷幽峦之间，串起一座座童话般的城镇，这其中最大的城市就是慕尼黑。当年慕尼黑初具规模时也是一座童话样的城堡。

伊萨河上游有一条支流叫洛伊萨珂河，不如伊萨河那么狂野，经过多年的治理，甚至变得妩媚温柔起来，与伊萨河刚柔相济，像一对夫妻河似的。

我有幸游走在这两条一刚一柔的河流上，仔细品味它们，因此对德国南方河流的了解超过了一般的旅游者。有这样的游历，是因为我是劳伦斯学者，被劳伦斯的踪迹牵引着领略了一般外国游客难以涉足的伊萨河谷风情。

劳伦斯是在自己备受情爱挫折的26岁上意乱迷狂地与威克利教授的德国妻子私奔到伊萨河谷地的，那是1912年春上。从此开始了他一生的流浪生涯，边走边写，像一条丰沛的河流，一路流淌，留下无数小说和诗歌，最终这条时而湍急、时而柔媚的文学之河终止在法国南方的旺斯。

对于滋润并使劳伦斯获得再生的伊萨河谷我早就憧憬向往，神游多年。在劳伦斯初来此地90年后终得置身其中，寻觅劳伦斯的踪迹，即使寻不到他的故居，仅在这山水之间想象一下劳伦斯和弗里达的私奔情景和他在这里从事创作的场景也能获得一种超越时空的神喻。

从慕尼黑市中心坐7号线城铁直向郊外小镇沃尔夫拉茨豪森（Wolfratshausen）而去，那是劳伦斯和弗里达私奔到慕尼黑后的第一个落脚点，弗里达的姐姐艾尔丝在这里有自己的住所。这位当年德国少见的女经济学博士，和妹妹弗里达一样生性风流，相夫教子之外，还频频约会情人并与其中一个育有私生子。小镇往北不远处是她的情人阿尔弗雷德·韦伯教授（马克斯·韦伯的弟弟）的郊外住宅，再往北的森林里才是丈夫的别墅。有了这个姐姐，在这风景如画的慕尼黑南郊，劳伦斯和弗里达可以有很多落脚点。

但弗里达的姐夫还是推荐了更远处的山村布尔堡，帮他们在那里找到洛伊萨珂河畔的一座驿站度"蜜月"，劳伦斯和弗里达历经波折和惊恐，从诺丁汉风雨兼程出逃，又在德国其他地方居无定所生活了一段时间，至此算是到达了一个人生的驿站——我想弗里达的教授姐夫给他们选择这个地方度蜜月，此举暗合了这个比喻（我不知道德文里驿站有没有这个暗喻，英文里似乎没有）。

此时已经是1912年的5月底，春夏之交的阿尔卑斯山北麓，风光正好。劳伦斯似乎在这里才真正初尝爱情的甜蜜，而这之前与女性的偷情不过是苟合，包括与弗里达在诺丁汉的偷情以及出逃路上汲汲惶惶的同居，那些都算不得爱情。只有在洛伊萨珂河畔的驿站里他们才找到了爱的感觉——从容地做爱，悠闲地交谈，轻松地花前月下卿卿我我，毫无顾忌地激烈争吵……似乎这才是爱的全部内容。劳伦斯如此写道：

> 我以前不懂什么叫爱情……这世界超乎想象的神奇、绚丽、美好。以前，从来，从来，从来不知道爱是什么。原来生活可以这么伟

大，如同神仙一般，生活本是可以这样的。感谢上帝，我可以证明这一点。①

他们的驿站就在河边，劳伦斯这样描述驿站一带的景色：

洛伊萨珂河呈现出淡淡的绿玉色，因为它源自冰川，河水奇冷，水流湍急。这里的人都是怪模怪样的巴伐利亚人。酒吧和绿荫下的广场那边就是教堂和女修道院了，一派宁静，屋墙都粉饰得雪白，只有教堂尖塔顶着一个黑帽子。每天我们都在户外度过很长时间。这里的花多得很，令人惊喜大叫，都是些阿尔卑斯山地的花儿。河边上开着大片大片的金莲花类的花，就是我们称之为"单身汉纽扣"的矢车菊，满眼的淡金黄色。报春花类的，有点像紫红的立金花。还有奇特的湿地紫罗兰和兰花。很多风铃草之类的，就像盘根错节的大朵深紫钓钟柳。还有飞燕草之类的花，开得很盛。而林中的苜蓿花是那么粉嫩粉嫩的，简直就像铃兰。啊，花儿，大片的野花儿，开得疯，开得杂，漫山遍野都是。②

我在沃尔夫拉茨豪森下了城铁，估计这车站就是当年的火车站了，娇小古雅的19世纪小站。我特别喜欢欧洲这些小火车站，就像个做工精致的私人别墅，几乎都保持着原汁原味，能让人感到片刻的时光停滞，感到与过去的联系。车站是游子与家联系的第一个参照物，一看到老车站就想家。设想一个地方的车站总在变样，那岂不是意味着找不到家了？这座洛伊萨珂河畔的小城当年以木材运输和酿酒为业，古朴娴静，多少年过去了，如今景色依然：低矮的住房，宽大的木房檐，洁白或米黄的墙壁上挂着棕色的窗板，狭长的木阳台上摆满了鲜花，山林掩映着巴罗克式的教堂尖塔，一派德国南方的小镇景象。这么纯美安宁的山水小镇，如果不是因为劳伦斯的缘故，我这辈子也无缘欣赏。

---

① D. H. Lawrence: *Letters*, Selected by Richard Aldington, Penguin Books, 1968, p.41.
② 同上，p.40.

小镇有通往布尔堡的班车，一小时一趟。一路欣赏着山水森林和古老的村落，十几分钟的工夫车就翻山越岭进了布尔堡小村。这么恬静秀丽的小山村，绿得耀眼的草坪上点缀着一座座红顶白墙的巴伐利亚乡间住宅，每家的窗下都悬挂着姹紫嫣红的盆花，狭长的木制阳台上更是花如落瀑，似乎他们的花园还不够绚丽，他们一定要将整座房子都打扮成花房不可。偶与村民对视而笑，他们会开心骄傲地问我："这里才是真的巴伐利亚呢，好吧？"让我立即觉得他们的脸灿若花朵。这是什么地方？一座家庭酿酒作坊在散发着淡淡的醇香，有几个人在清理着浓郁酒香气的酒糟，除此之外，我实在看不出这里的人们以什么为生，或许这里已经演变为纯粹的乡间住宅区和度假村了吧。我很快就打听着找到了村里的那座老驿站，它居然还是一座旅舍兼咖啡啤酒屋，白墙木窗，朴素淡雅，如同普通住家，静卧在山脚下的河边。那个小广场还在，摆着桌椅，供人们在露天餐饮用。坐在这里看山听水，别有一番闲云野鹤的超然。

对照劳伦斯当年的描述，似乎这里的景色无甚变化：苍翠的山林，晶莹的冰川水，雪白的墙壁，黑色的教堂尖塔真像一顶黑帽子呢。我来的时候是仲秋季节，河边山间不再有劳伦斯描述过的漫坡鲜花，但此时却正是另一番绚烂的秋景儿：清澈泛白的河水倒映着五彩斑斓的夹岸丛林，河面上淡雾如轻烟缭绕，似水气氤氲弥漫，这般雾里看花的秋色拍下来竟有了油画的质感，那淡黄、紫红、草绿、深黄以及隐隐约约非黄非青的过渡色，都是森林活生生变幻过程的涌现，是色块和线条无序涂抹出的世界。眼前的景色与劳伦斯笔下描绘的春景在我眼前交错，似乎就差他和弗里达携手出现在这块画布上了。90年前，劳伦斯和弗里达一定也站在我站的地方听这水来着！

攀着河边淹没在青草中的石阶来到山上的村边，眼前正是劳伦斯当年提到的那座戴了黑色帽子的教堂，那顶帽子指的是教堂尖塔。白墙钩了砖红色边框，配以黑色尖塔，这种乡村教堂我还是头一次见，如此简洁朴素清爽，觉得它少了宗教的神秘和沉重，多了明快和轻松，它让我想到了巴伐利亚人的传统服饰，是那么俏丽鲜艳，很世俗化。

劳伦斯和弗里达在这个明丽恬淡的小山村里度过了他远离亲朋的一周

"蜜月",这良辰美景其实并不是他们生活的全部。他们开始争吵,像一对夫妻那样为家庭琐事激烈争吵。劳伦斯在这里写了怀念母亲的诗歌,字字句句流露着对母亲的眷恋。但弗里达从这些诗句里敏感地意识到了劳伦斯强烈的恋母情结,毫不客气地痛斥之,在诗稿上挥笔批上"讨厌"或"老天爷"之类的字句。她在与一个逝去的女人争夺劳伦斯的爱,她一定要把劳伦斯从对母亲的畸形爱中解救出来。而劳伦斯认为这是她对自己感情的亵渎,自然要愤然回击。而此时的弗里达亦在享受着爱情的同时内心忍受着巨大的痛苦——孩子,她为了劳伦斯而抛下了三个可人的孩子,一儿两女,对孩子的思念常使她夜不能寐,寝食难安。劳伦斯在与弗里达的孩子们争夺弗里达的爱。合卺之初,这种爱的争夺战就在这景色怡人的山村里上演了,而这种争夺却是那么微妙,那么难以付诸表达,所以他们经常陷在某种无名的痛楚与怒火中,经常为一些毫不相干的琐事大动肝火。

他们在布尔堡度过了激情燃烧的一周,然后北上到不远处的伊金小村住下,住的是阿·韦伯教授的房子,看在艾尔丝的面子上,房费全免。激情和怒火继续在这里燃烧。

从布尔堡回到沃尔夫拉茨豪森后,坐城铁,只一站地就到了伊金。这里是伊萨河与洛伊萨珂河交汇的地方。伊萨河从这里开始变得更加宽阔湍急,波涛滚滚直奔慕尼黑而去。19世纪的伊金自然就成了木材的集散地,人们从这里放木排到下游,可以想象当年这里热火朝天的景象。现在的伊萨河上已经没了百舸争流、万排齐发的壮观景色了,伊萨已经成了一条旅游者漂流的风景河。但当地的书摊上仍在出售着记录伊萨河历史的图文画册,看那些发黄的老照片,隐约还能看到当年伊萨河粗砺阳刚的美,当然那时的伊萨也是危险的,时常会发洪水。

火车临近伊金时能闻到难得的马粪味,说明这里是真正的乡村。下了火车,出了小站,下坡地上就是伊金小村。这面坡有几里地长,一直向伊萨河倾斜下去,村民告诉我要走一个小时才能看到伊萨河,这中间的坡地全是牧场、农田和森林,葱茏蓊郁,一望无边。我试图找到当年劳伦斯居住的那座房子,据书上说就在下坡上通往伊萨河的把角处,一座三层小楼,典型的巴伐利亚农家砖木三层小楼,两个狭长的木制阳台。可惜当我发现那座可能是劳伦斯故居的小楼时，天色已晚，无法拍照了。坡下的森林牧场也已经笼罩在黛紫的暮色中。一座座农舍里已经亮起灯光，空气中马粪味与晚饭的奶酪味已经难解难分了。这才意识到，仲秋的阿尔卑斯山下，夜幕降临得比北京要早得多，我来晚了。而我第二天一早必须飞去法兰克福，所以只能遗憾万分地在夜色中离开伊金了。万幸的是劳伦斯传记里有一张这座房子的照片。

劳伦斯曾描述过这里的景色：

"房子下面的路上老牛缓步走过，路那边，农家妇女在麦地里干着活儿。远处是流淌在森林和平原之间淡绿色的河水。再远处，是层峦叠嶂的山峰，山顶上白雪熠熠闪光。"[1]

人们来到这里会很幸运地看到劳伦斯看到的一切，时光似乎在这里凝固了。于是我似乎能够在这个没有改变的背景上幻化出劳伦斯和弗里达当年的身影来，那似乎是一个个蒙太奇镜头的不断组接。

在这里劳伦斯一刻也没有停止自己的创作，此时他已经辞去了教职，自己把自己弄成专业作家了，完全靠稿费生活。除了修改《儿子与情人》，他还写下了大量的诗歌，后来结集为《看，我们闯过来了！》。这些诗歌大多是劳伦斯表现他们结合后的爱情生活的，表达了劳伦斯解除了性的禁忌，体验激情的狂喜。不少诗句赤裸裸地记录下了他们的私密生活。劳伦斯情不自禁地写道："弗里达实在美……身材像鲁本斯画中的女人，而脸像希腊人。"[2]

情欲的激烈释放是和不断的争吵同时进行的，问题的关键是弗里达的丈夫威克利教授仍然在接二连三地发信来奉劝弗里达回心转意，威胁说如果弗里达一意孤行，她将被剥夺探视孩子的权利，这一点最令弗里达难以割舍，她必须在劳伦斯和孩子们之间作选择。威克利甚至提出在伦敦专门为弗里达租公寓，让她与孩子们单住，以此挽回这个家庭。这个主意一时得到了弗里达全家的支持，弗里达似乎也被说动了心，她准备与威克利分居，与孩子们在一起，仍然与劳伦斯作为情人来往。劳伦斯为此难过、痛

---

[1] D. H. Lawrence: *Letters*, Selected by Richard Aldington, Penguin Books, 1968, p. 40.
[2] Brenda Maddox: D. H. Lawrence, *The Story of a Marriage*, W.W.Norton & Company, 1996, p. 137.

苦甚至大发雷霆。他认定弗里达是他的缪斯和归宿，必须要与弗里达结为秦晋，不能只做情人。他已经离不开弗里达。另外，他深知，如果不与弗里达朝夕相伴，泛爱的弗里达一人独居伦敦肯定会红杏出墙甚至与自己断情。

最终劳伦斯胜利了，他以自己的文学天才征服了弗里达，以自己的柔情和对弗里达的至爱感动了弗里达，使弗里达认识到劳伦斯真正爱着她，需要她——需要她的性爱，需要她精神的启迪。而她不仅在给予劳伦斯别的女人所无法给予的，还在与劳伦斯的共同生活中找到了与别的男人在一起时不曾有的满足感——与多个男人相交的经验告诉弗里达：劳伦斯是她最难得的伴侣。

8月的一天清晨，阿·韦伯教授突然出现在房门外，他需要住进来。于是劳伦斯和弗里达不无遗憾地离开伊金。举目四望，英国和德国的生活费用都很高昂，弗里达没有生活来源，他这个穷作家无力支撑一个家庭，于是他们只能选择南下意大利加尔达湖生活，因为那里生活费用低廉。

我也在遗憾中要离开伊金了，我无法拍下一张劳伦斯故居的照片。我要北上法兰克福。

火车在山林中疾行，伊萨河水就在铁路边奔腾，夜色中伊萨河波光粼粼，如星汉灿烂。

加尔达湖畔的《儿子与情人》

我第一次去意大利，不去罗马，不去威尼斯、佛罗伦萨、米兰等所有闻名遐迩的旅游热点，更不参加那种几日游的旅游团。我要一个人独自从慕尼黑乘火车，沿着古代日耳曼皇族南下意大利的路线，翻越阿尔卑斯山，横穿奥地利，去意大利北部的加尔达湖。这正是1912年劳伦斯与弗里达私奔德国后穷困潦倒中落荒而逃的路线。我要寻觅的正是劳伦斯在加尔达湖畔留下的踪迹。寻觅他的传世名著《儿子与情人》这枚英国小说的种子怎么在意大利落地生根并最终长成参天嘉木的轨迹。

他们私奔后先是在弗里达的姐姐艾尔丝的帮助下在慕尼黑南部的乡下度过了几个月，在那里劳伦斯勤奋笔耕，但微薄的润笔难以糊口，房子还是免费借住的（房主是马克斯·韦伯的胞弟阿尔弗雷德·韦伯教授）。残酷的生活现实逼迫他们必须寻找到一个生活开支低廉的地方。于是艾尔丝建议他们去意大利，那里生活费用低廉，但风光绮丽，古风犹存，艺术氛围浓郁，算得上世外桃源了。

于是，病弱的劳伦斯决定和弗里达步行翻越阿尔卑斯山南下意大利。他们走的正是这条皇家大道。古代的皇族们出访意大利车辚辚，马萧萧，威风浩荡，极尽奢华。而劳伦斯和弗里达则一路上忍饥寒、睡柴垛，筚路蓝缕，栉风沐雨。他们身上只有区区23英镑的盘缠。一路走劳伦斯还要记下一路上的见闻，将奥地利和意大利的乡土民风写成游记发表，这些游记后来结集出版，书名为"Twilight in Italy"（意大利的薄暮）。

90年后的今天，我坐在火车里凭窗纵览这一路旖旎风光，时而读上几段手中的《意大利的薄暮》，竟觉得这般锦衣玉食的朝觐颇有点亵渎了劳伦斯，可各种因素都让我无法脚踏实地重走一遍这条路，只能像个旅游者一样悠闲地在车中溜达着观赏峡谷里的景色。劳伦斯蛰居的地方当年都是穷乡僻壤，如今在后工业社会都成了旅游区，如西澳和康沃尔等地。于是踏访劳伦斯的足迹，无形中就成了我自己的"主题旅游"。踏访劳伦斯的纪行也就有了游记的色彩。

车过了奥地利的因斯布鲁克，就开始进入阿尔卑斯山脉。山顶在盛夏时节尚有积雪，但劳伦斯和弗里达当年就硬是顶风冒雪翻过了山。好在下了山又进入了温和的夏天。火车从山口穿过，这里看不到积雪，只微微觉得耳膜发胀，说明到了高山地带，可转眼间就冲出山洞过了布伦纳山口进入了意大利。劳伦斯当年艰苦卓绝的雪山攀登之苦就在我的左顾右盼中轻易地过去了，火车开始沿着碧澄晶莹的阿迪杰河下山，眼前立时铺展开诱人的意大利风情。

一道阿尔卑斯山，山两侧风光迥异：山北麓的奥地利和德国南部森林密布，起伏的田野山梁绿草如茵，开阔的牧场，明澈的溪水，教堂村庄稀稀落落点缀其间，一派森林牧场景色。而南麓的意大利却是依山而起的层层梯田，满山遍野的葡萄架和柠檬架，甘洌的雪山流水在乱石河道中飞溅。那些矗立在陡峭山坡上的房屋似乎不是为居住而建，倒像是风景的点缀，可又确有林中小路通到屋前。还有那些倚在峭壁上坚挺的石头古城堡，似乎不是古代的防御工事，更像古人修给今人观赏的景点。

劳伦斯的游记里没有这样的景色记录，可能当年这里一片荒蛮？还是忙于赶路而无暇顾及？不得而知。但我知道他们经常遇上瓢泼大雨，难得有赏景的心情。有人说劳伦斯流浪世界是受了一种"游荡欲望"（wanderlust）驱使，他们哪里懂得一对贫穷的恋人为生存而跋山涉水的苦痛？劳伦斯和弗里达上演的是一出活生生的《出埃及记》呢！这个时候的劳伦斯至少没有游荡欲，有的只是苦中作乐，在雨过天晴晒干衣服后记录下一些自己的观察。所以劳伦斯只记录了一路上形形色色的基督雕像，那是沿路的农民们按照自己对基督的理解用木头雕刻而成的他们自己心中的救世主模样。受难中的劳伦斯看到的是形态各异的受难中的基督们。可惜，今天的人再也看不到那种独特的景观了。

火车到达山城特伦托，一出车站就见到了对面公园里傲然矗立的但丁塑像，有20米高吧？这是当年劳伦斯在饥寒交迫中到达特伦托这个"肮脏的地方"时为之感到振奋的一景。估计这雕像至少有200年的历史了。

到了加尔达湖北岸的里瓦才真正意识到如今的加尔达湖已不是一般的旅游胜地，这里一派游客如织的景象。感谢劳伦斯，我居然不期来到了一处风景热点。看看90年前的老照片，加尔达湖畔峭壁万丈，怪石嶙峋，几乎没有平坦的边缘，这种难于上青天的地方根本没有公路，从里瓦到任何湖边村落都得乘船才行。如此美丽，但又如此与世隔绝的加尔达湖，这里的农民靠种植柠檬和柑橘为生，所有的东西都要靠船运。当年的加尔达湖上肯定是一片繁忙的运输景象。

苍凉的老照片不可避免地要与今日的瑰丽彩色照片叠印，加尔达湖还依旧清澈碧澄，绕湖的穿山隧道早就修好了，于是我得以在40分钟内乘车从里瓦到达劳伦斯蛰居的加尔尼亚诺，一路上借着山洞里凿出的拱形"窗口"饱览加尔达湖仙境风光，像是在看"拉洋片"。相比之下，瑞士的莱蒙湖景色倒要逊色几分了。这皆因为莱蒙湖柔媚婀娜，却没有加尔达湖这般雄奇壮观，没有加尔达湖这般巧夺天工的地势。

加尔达湖之美，美在其险峻粗砺的地势——四周峭壁耸入云天，峭壁之上山峰巍峨绵延，绿色的山峦为云雾缭绕，山顶的积雪与白云渐成一色。狭长的加尔达湖镶嵌其间，不似为人间所凿，倒似琼浆仙池。加尔达湖之美，还在于点缀湖边的那些村落市镇的建构格局——这些建筑几乎全是依山而起，有些甚至几乎是悬于峭壁。湖边任何一条平地上都能形成一个小村落，然后向山坡上蔓延，形成一个立体的村镇。而那些建筑则风格迥异，构造繁复奇崛，欧洲各个时代的经典风格都在这里汇集，恰似湖畔的建筑艺术博览大观。事实上，这些掩映在果园和绿茵中的房屋，除了旅游宾馆和富人的乡间别墅外，大多数都是民宅。最令人感动的是那云雾之中若隐若现的一座座教堂塔尖和时时响彻山间湖畔的教堂钟楼报时钟声。加尔达湖，有声有色，声画一体。

劳伦斯乘船来到小镇加尔尼亚诺。这里毕竟是热闹的市镇，房价还是令他阮囊羞涩。于是他们继续南行，在二里地外的小村威拉找到了一处名为Igea的私人别墅住了下来。月租金3基尼（合当时3英镑多），他就租下了这座别墅的第二层。他们身上的钱仅够几个月的房租。劳伦斯为报刊撰文的微薄稿酬勉强能供他们生活。苍天有眼，恰在他捉襟见肘的时候，他的第二本小说《逾矩》的50镑稿酬寄到，很为他添了底气，他捧着那50镑支票大叫"天使啊！"

我住进加尔尼亚诺小镇上临湖的一家旅店里。旅店年轻的老板说我是这家店里有史以来的第一个中国游客，很奇怪我为什么独自一人来到这么偏僻的山村，问我加尔尼亚诺在中国有名吗？我道出原委，未曾想这老板对劳伦斯在此地的活动了如指掌，欣然为我画图指路，我得以顺利地找到了劳伦斯故居及《意大利薄暮》中提及的附近所有"劳伦斯景点"。他说他以后要打出劳伦斯的牌子，为感兴趣的旅客提供这类信息，让来他旅店的游客获得意外的惊喜。而我则是第一个享受到此等惊喜的客人，真是我的福分。看来我与劳伦斯的缘分着实不浅，冥冥中有什么在帮助我追寻劳伦斯的脚印。

我先来到镇上的小码头，在这里蓦然回首，眼前的景象和90年前那张黑白照片上的景物几乎可以重叠！还是那么袖珍的港湾，闲适得如同城市公园里的石阶码头，粗黑的木桩子，古朴的木头船坞。还是那几座老楼，其中一座就是我住的旅店，只是90年前这家旅店没有现在的巨大露台，这座露台是后人修的。旅店老板告诉我：人们围湖造地，修建船坞。后来这船坞就改建成了临湖餐馆，餐馆的房顶就成了旅店的露台，用作露天餐厅，我才得以悠闲地坐在这里拍下一张背负加尔达湖的小照。

离开码头，沿着古老的石子路向威拉村走去，僻静悠长的小巷，两边是高墙深宅或朴素的住家小楼。意大利人房子的特色是窗户开得多，但开得小，似乎满墙都是小窗户，窗户外都有百页窗板，做得很是精制，冬天可以挡风，夏天可以遮阳。闲荡在紧闭着窗板的房屋之间，不时还会遇上横跨胡同的骑楼，那骑楼是一间住人的房间，外面也挂着窗板。不经意间就看到一面黄墙上钉着一块小铜匾，上面说明劳伦斯曾在此居住。原来这就是Igea别墅了。那铜匾上的窗户就是劳伦斯卧室窗口，他在书中写道自己经常躺在床上观湖景，看太阳从湖面上升起。这面窗户朝东，正是观湖上日出的好位置。这对私奔的穷恋人总算在几个月的颠沛流离之后歇息了下来，得以凭窗品味美丽的加尔达湖景色了。只有在这时，劳伦斯才能够安心修改他写了几年的自传体长篇小说《保罗·莫雷尔》。

Igea别墅是当地乡绅保利的房产，由两座三层黄色的小楼拼成一个丁字形，楼下是花园，在那个小村里算得上一座大别墅了。劳伦斯对这个地方很满意，甚至感到住在这里很浪漫：屋前水光潋滟，屋后的山上层层葡萄园、橄榄园和柠檬屋，树丛中掩映的"鹰的教堂"不时发出清脆的钟声。如今这幅景色依然没有多大变化。

意大利人散漫自在地过着农耕生活，不为外界的工业文明所焦虑。这里的人和景令劳伦斯诧异，亦感到一种乡恋的认同。他给朋友们写信说，他在这里恨透了工业的英格兰，恨透了黑糊糊的英国中部矿区，那里是非人的景象。加尔达湖的生活则属于纯净的过去。还有，他认为这里的人和景致都是那么自然淳朴，毫无瑞士的那种"旅游气"（touristy）。为此，劳伦斯深深地爱上了这湖边的小村落。

他特别注意到了这里的意大利人的行为方式和情感表达方式，看到意大利人表达爱的方式是那么自然，他深深地受到了触动：英国人太拘谨，太清教，毫无血性，简直要变成行尸走肉了。而这里的意大利人是那么自然，肉感，温情脉脉，以至于一个老头儿伸出晒得黝黑的手去逗婴儿都让劳伦斯感动，让他怀念起家庭的温暖来。在此劳伦斯得出结论：意大利人不要太多的理念，他们只要自然地回应自身的呼唤。他们是肉感的，血性的人，这与工业文明下的英国人形成了巨大的反差。"They only feel and want: they don't know. We know too much."①

在生气勃勃的意大利生活映衬下,劳伦斯感到英国用理性和机械征服自然并使自己走到了尽头。他预言:英国必然会停止这种无休止的征服,必然会改弦更张,否则英国就没有生命了。劳伦斯的生活挫折在这种语境中被反衬得更加夸大变形,导致他做出了如此绝对的结论,把意大利生活看作是无意识的生命象征,而将英国看作是冰冷的生命衰竭的象征。②

现在看来,劳伦斯尽管是出于直觉,他的预言却是多么正确。想想看,一个小小的岛国,竭尽全力将自己变成一个"日不落帝国",终归是要走到强弩之末的地步,终归是要自己将自己拖垮的。大英帝国走到了尽头,几年之后的第一次世界大战,果然应验了劳伦斯的预言。劳伦斯是文学家,他对世界的认识靠的是直觉和感性,可能他发出的预言和断言看上去没有理论,失之偏颇甚至近乎歇斯底里,但那是生命的感悟,是宝贵的。加尔达湖畔的生活居然对劳伦斯发出了神谕般的启迪,这个古朴美丽的湖边小村简直像一面伊甸园似的明镜映出了人性的丑恶。而从这面镜子中看到丑恶的终结的人不是别人,只能是劳伦斯,因为他独具慧眼。

抛开那些尘世的预言不说,仅从生活直感上讲,威拉这个小渔村里人们的生活情景的确让他联想到了故乡矿村朴实的工人们,想到了那些朴素但充满温暖的矿工之家——劳伦斯的家缺少的正是这种朴实与温暖。他开始认为家庭关系的不睦,母亲是有责任的,母亲代表的是文明英国理性冷酷的一面,而父亲代表的是前工业化英国的自然朴实与血性的一面。母亲的理性过于压迫父亲的血性,造成了家庭关系的失调,致使子女们从来就没有享受过家庭的温暖。某种程度上对意大利的偏爱甚至是"误读"使劳伦斯变得脱英国化了。这种触景生情的误读则成全了劳伦斯的小说:他对里面父亲的形象做出了重大的修改。那个矿工父亲不再是初稿中可恨的暴君形象,变得更像个常人甚至更可爱了,连他的粗粗拉拉中都透着某种温情。至少劳伦斯此时不再偏执,开始比较公正地对待父亲的形象了。

意大利的情境对劳伦斯的感观和创作起着关键的纠偏作用,这是连劳

---

① 劳伦斯:《劳伦斯书信集》,剑桥大学出版社,2002年,第539封。
② D. H. Lawrence: *Twilight in Italy*, CUP, 2002, pp.131—132.

伦斯自己都不曾想到的，他为自身情感流溢的变化感到兴奋不已，不断地给朋友们写信表达自己这种新的兴奋点。是在这个时候他发表了自己著名的宣言："我最大的信仰是相信血性和肉体比理智更聪慧。"[1] 这种信仰体现在创作上就是他开始重构小说中父亲的形象，实际上他的感觉上也开始重新体悟自己的父亲。

这部小说在1910年母亲去世前就动笔了，它经历了母亲的病逝、劳伦斯与露易解除婚约和与弗里达私奔，伴随着劳伦斯从英国到德国，劳伦斯一直在不断地抽暇修改或重写它，似乎每一次重大的人生变故都让他生出新的顿悟从而促使他不断提炼出小说的主题并加深小说的生命厚重感。最终它随劳伦斯来到意大利这座水边的别墅，他还不知道他的进一步修改将催生出一部世界名著，它最终的书名是《儿子与情人》。

劳伦斯负责几乎全部的家务，出身贵族的弗里达本是个游手好闲之人，连煤气都不会点，但为生活所迫，到了这里也学着干起了家务，笨手笨脚的她，不是把肉烧糊就是洗床单时打翻了大盆，水流满地。这个时候劳伦斯会放下手中写着的小说或剧本来救驾，耐心地教弗里达做家务。此时的弗里达从私奔后的忐忑中解脱了出来，也开始关心起劳伦斯的创作了。她成了劳伦斯的第一读者。不读则罢，一读而不可收。

弗里达婚前的德国情人是弗洛伊德的学生格罗斯，她从格罗斯那里了解了弗洛伊德学说，而彼时的英国人还对此不甚了了。弗里达读了劳伦斯的小说，立即认定这是典型的弗洛伊德意义上的"俄狄浦斯"式文本。这个发现启迪了劳伦斯，引导他将小说更名为《儿子与情人》。他最终认为自己描摹的是"成千上万英国年轻男子的悲剧"[2]，这就是俄狄浦斯情结。石破天惊的揭示，使这部小说成了弗洛伊德主义的第一个文学文本，劳伦斯从此成为现代主义的先锋作家。

仅仅简略地勾勒劳伦斯情感的变化当然是不够的，我们需要充分地想象，那几个月里，Igea别墅里都发生了什么，Igea别墅里的劳伦斯自身发生了何等脱胎换骨的变化。与弗里达生命的交融改变了劳伦斯的性情；意大

---

[1] 劳伦斯：《劳伦斯书信集》，剑桥大学出版社，2002年，第539封。
[2] 同上，第516封。

利山水人间的生命流溢改变了劳伦斯的生命磁场。从而,《儿子与情人》成为写实主义的终结和现代主义的端倪。这个意大利湖畔意义之重大,无论怎样估计也不过分。山水和人情可以启迪人的觉悟,改变一个人的性情,从而重塑一个人,而这个人碰巧是一个作家,那么这一切改变的就是他的文学创作。

而如果我们真正把《意大利的薄暮》当作劳伦斯思想的笔记来读,我们甚至会在这些字里行间发现,劳伦斯未来闻名于世的小说《查泰莱夫人的情人》也是在这个时候就开始在他潜意识中孕育了。因为这部小说的主题已经在《薄暮》中显露端倪:冷酷机械的英国走到了尽头,只有血性的复苏才能拯救英国。意大利人的热情与活力全然根植于他们对费勒斯的崇拜中,而英国失去的正是这个特质:意大利人还是儿童,而英国已经衰老了![①] 劳伦斯在加尔达湖畔已经通过直觉触到了那部惊世骇俗的压卷小说的主题,他要做的只是等待,等待将这理念附丽其上的人物和故事,从而将这理念戏剧化。这一等就是15年,一直到1926年他最后一次回故乡,看到英国中原地区煤矿工人的大罢工,看到生命在英国的萎缩与凋残,然后他再一次回到他生命所系的意大利,在那里,阴郁的故乡与明丽的意大利再度经历他的两相比较,两相冲撞,于是乎,潜隐心灵深处多年的小说终于破土发芽并迅速长成一棵参天大树,这棵树可谓木秀于林,在世界文学名著的森林里占有自己独特的地位,这就是《查泰莱夫人的情人》,是英国的种子在意大利的阳光雨露下成长的嘉木。

如此看来,意大利的山村真像是一座酿酒的酵缸,注入了纯净甘洌的加尔达湖水,将劳伦斯带来的英国原料在此发酵酿制成醇厚的美酒。有了这最初的佳酿,劳伦斯的生活和创作几乎就与意大利难解难分了,意大利的酒曲和水不断地酿制着他的英国酒。这其中最著名的就是《儿子与情人》、《迷途女》和《查泰莱夫人的情人》,还有不少中短篇小说。详细考察这种酿制的过程并分析其中的意大利成分肯定是件十分迷人的工作,比如考察Igea别墅期间的生活对他写作潜移默化的渗透,还有不同时期他居住的

---

① D. H. Lawrence: *Twilight in Italy*, CUP, 2002, p.124.

卡普里岛、斯佩西亚海湾、西西里岛和佛罗伦萨乡下，不同境遇对劳伦斯的影响如何决定了某部作品的主调等。

要了解，不，要感悟这一切，我们需要踏着劳伦斯的足迹在湖边和山路上寻觅劳伦斯的萍踪。斯人已去，好在景色依旧。沿着《意大利的薄暮》劳伦斯记录的线路，我游荡了大半天，看山看水看人，将那个湖边小村的风情一一摄入相机，算是结束了这趟"主题游"。而对那些充斥这里漫无边际消闲的游客们，多少产生了点怜悯：他们不知道这里的故事，仅仅是在赏景而已。而我是寻着故事而来，无意中游览了这么奇妙的意大利风景胜地，爱上了这么风雅娇美的湖畔乡镇。

我真想告诉人们这里的故事，告诉他们，寻着劳伦斯的萍踪，每一个低回流盼和蓦然回首，都能看到柳暗花明并因此生出欣喜与激动。特别是沿着石阶向山上攀登，每一个峰回路转，都能看到加尔达湖和湖畔小村的别致风景，很多适才熟悉的景物会突然因为视角的不同而变得陌生。最终当你俯瞰小村，发现它竟只是水边一条漫长的新旧斑斓的瓦屋顶组成的马赛克拼图时，你会突然想一下子跳到那片图案上去，在上面翻滚，一直滚进湛蓝的湖水中去。

我就是这样逛加尔达湖畔的加尔尼亚诺和威拉的。其实那里离慕尼黑很近，不过5个小时的火车车程就到了特伦托，换乘汽车走上1个小时就到了。可劳伦斯和弗里达居然走了六个星期。那样的日子，90年荏苒，如白驹过隙，今天的我是无论如何无法对那个年代有切肤之感了，想想不免有点失落。但毕竟来了，寻觅过了，从此觉得比仅仅埋头书本神游要接地气，对《儿子与情人》的"发生学"又有了真质的感受，因此不虚此行。

劳伦斯在西澳

世界上许多"西部"都很相似。中国自古以来就有"春风不度玉门关"和"西出阳关无故人"之说；19世纪初的美国西部，粗犷、荒凉、壮美。这些"西部"早已在我的心目中定型，所以当飞机飞临西澳首府佩思时，我很激动。我想我就要亲自领略一下澳大利亚的"西部"风光了：茫茫沙海、串串驼队、丛丛胡杨林……还有举世闻名的袋鼠！

飞机钻出云层，开始下降。借着几许微熹，恍惚看到下面是坦荡无垠的绿色大平原，平原上蜿蜒的河流、浩渺的湖泊比比皆是。

惊奇之间，飞机又下降了几个高度，怎么，眼前又变幻出另一幅图景来！却原来，那是一片绵延起伏、波浪般的绿色山峰，那些"河流"和"湖泊"是那一壑壑的云霭，飘忽在绿色的峡谷中，从高处看，恰似奔腾的河水！

踏上西澳的土地，"沙漠之城"的猜想被现实击得粉碎，我才如梦初醒：这座西部边城是一个绿色的世界，是一个花的海洋，简直是"香格里拉"。

佩思城的城区很小，从东到西不过二十几分钟就走完了，从南到北也大致如此。但市郊的地盘却很大，片片居民区散落四方，绵延几十里不止。

越往郊外走,房屋的间隙越大,通往山里的高速公路两旁的野灌木丛中不时闪现出一座座"孤傲"的小别墅。宁静、悠闲之余,给人一种空落落的感觉。我把这种感觉告诉澳大利亚朋友,他们说这很正常,他们的邻里关系大都如此漠然。有住了多年的邻居搬走了,大家也不知道。真可谓鸡犬之声相闻,老死不相往来。

  谁知道在这崇山峻岭中住着多少人家呢?汽车疾驶在山路上,我们去瞻仰劳伦斯在佩思的故居。出于对劳伦斯的景仰,也为加深我对劳伦斯的理解,我提出参观他在西澳旅行时住过的房子。格林先生听说我专门研究劳伦斯,热情地说:"那可是个极好的去处,你可以去那儿体会一下劳伦斯是如何在西澳的密林中获得灵感的。"

  就这样,我来到了西澳的达灵顿山中,这里已经成为著名的"约翰森林国家公园"。莽莽群山,云岚出岫。山间一座精致的木宅就是劳伦斯夫妇当年在西澳的驿站。这座老房子当年曾经是一家宾馆,此处有火车通往佩思和弗里曼托港,交通很方便。劳伦斯夫妇在这里逗留了半个月光景,作为著名的英国作家,受到了当时文化不算发达的西澳读者和文化界空前隆重的欢迎,慕名前来拜访讨教的本地作者川流不息,各种茶会和饭局不断。弗里达后来说:劳伦斯在西澳的日子是有生以来最愉快的,他的心情从来没有如此阳光灿烂过,就像西澳美丽的天气。

  但劳伦斯并没有沉溺于这些世俗的崇拜和迎来送往中,一个作家的使命感让他感到这西澳的丛林峻岭值得他探索,这里的异域风景催生着他的一部作品。于是他后来到悉尼不久就挥笔写下了一部以澳洲为背景的长篇小说《袋鼠》。格林先生告诉我,他猜想劳伦斯就是常从他的居室里来这儿散步的,或许劳伦斯就是坐在这片荆棘丛生、令人回肠荡气的峡谷中写下《袋鼠》中有关澳洲灌木丛的那一节的吧!说着他打开《袋鼠》中的一页让我看。我屏住呼吸,一口气把那几页读完,不禁击掌叫绝:"劳伦斯把这西澳的山写绝了。"

    一个满月的夜晚,他独自进了灌木丛中。皓月当空,硕大耀目。漆黑的丛林中树干就像赤裸的土著人,在月光下显得苍白,没有一点生命的迹象，一丝也没有。

……在这儿他可以看到远处海边上的佩斯城和佛里曼托城上的烟雾，还可以看到远处的一座孤岛上闪动着火光的灯塔。多么美好的夜晚啊。有什么人在月光下痴人说梦般地叫着。远处的灌木燃起来了，一堆篝火暗红暗红的，那是一圈渐渐蔓延着的火圈儿，真像一圈萤火虫，在雪白耀眼的月色中飞翔在远处黑魆魆的大地上。

读着劳伦斯这清丽的文字，环顾四周、放眼远眺，那是一种多么难得的享受！"没错，劳伦斯写的就是这儿！"

劳伦斯是1922年5月4日从锡兰赴美国时途径澳洲的。他从佩斯上岸，逗留了半个月后去了东部，却不期留下了一部被称作有史以来描写澳洲风光最为摄魂的小说，被认为仍然无本土作家能与之媲美。其泼墨的手法如此汪洋恣肆，最适合描述澳洲那广袤粗砺的风景：

这片广袤无垠、荒无人烟的大地令他生畏。这片国土看似那么迷茫广漠，不可亲近。天空纯净无瑕，水晶般湛蓝，那是一种悦目的淡淡的蓝色。空气太清新了，还没被人呼吸过。那片地域太辽阔了。可是那儿的灌木丛，烧焦的灌木丛令他胆战心惊。身为诗人，他认为他理应体验一个普通人拒斥的全部人类的情绪和感受。因此，他任凭自己去感知灌木丛带给人的各种感觉。那片幽灵鬼影幢幢的地方，树干苍白如幻影，不少是死树，如同死尸横陈，多半死于林火，树叶子黑糊糊的像青灰铁皮一般。那儿万籁俱寂，死一般沉静无息，仅有的几只鸟儿似乎也被那死寂窒息了。等待，等待，灌木丛似乎是在等待着什么。他无法看透那儿的秘密，无法把握它，谁也把握不了它，它到底在等什么？（《袋鼠》第一章）

溪流边，金合欢花一片金黄，满目的金黄灌木丛似在燃烧。这澳洲的春之气息，世上金黄色花卉中最为馥郁芬芳之气，发自那饱满的一朵朵金合欢花蕾。这里有一种彻底的孤独感。荒无人烟，头顶上的天空一尘不染，还有，稍远处的桉树苍劲晦暗，神奇明快的鸟语啁啾，那么生动，四下里此起彼伏。还有那种难以言表的听似青蛙的奇特叫声。除此之外就是这澳洲灌木丛亘古不变的岑寂了。

这景象很奇妙。桉树看似永生灰暗，据说它一经成熟就从心里开始枯萎。但可喜的是，就在这阴沉、空旷的桉树丛和岑寂的石头荒地，春天里，树上及合欢丛中蓦地泛出最为轻柔的一缕缕、一丝丝毛绒绒的嫩黄来，似乎天使正从天堂里最为嫩黄的地域飞落在这澳洲的灌木丛中。还有这里的馥郁之气，似发自天堂。这里，除去那些怪模怪样艳丽的鸟儿[①]和一群群麻雀的叫声，就是难以言表的岑寂；除去一条溪流在流动、蝴蝶和绛色蜜蜂在飞舞，一切都静若止水。就是伴着这岑寂与荒凉，灌木丛在天堂的门边绽放着鲜花，教人欣喜。（《袋鼠》第十八章）

半个多世纪过去了，这里的风景依然故我，仍保持着劳伦斯初来时的苍劲古朴。只是当初那个古朴的小佩斯城不再，变得太现代了，几乎难辨当年容颜。那个质朴的过去只能从历史照片上细细寻觅了。

在劳伦斯故居前读了那一段文字，从那一刻起我就打算将《袋鼠》翻译成中文，因为我既了解劳伦斯，也见识了西澳的风景，又了解了澳洲人的语言特征。这个决心下了很多年，终于在十多年后重访西澳后才完成了《袋鼠》的译文，了却了心头的一个念想儿，也因此更深刻地认识了劳伦斯文学的要义，否则我还会认为《袋鼠》是劳伦斯无足轻重的作品呢！这主要应该感谢格林先生的启迪，感谢澳洲朋友的帮助，感谢西澳这莽苍苍的山峦和绿玉般的河湖。我与澳洲从此结缘。

十年前的西澳高等师范学院现在已经升级为伊迪斯·科文大学了，或许正是因为它升级为大学了，才能邀请一个中国学者来做访问学者。此时的我与十多年前比自然也有了很大进步，已经出版了两部小说，出版了很多劳伦斯作品译文，还带来了我的小说改编的电影《混在北京》，我可以

[①] 澳洲森林和灌木丛中色彩鲜艳的鸟儿品种繁多，如叫如笑声的笑翠鸟和叫声如英文"28"发音的"二十八鸟"等等。

在文学创作和劳伦斯研究两个领域里开设公开讲座。当然，还因为我来自电视媒体，还应邀开设有关中国电视方面的讲座。劳伦斯肯定无法想象，在他离开这里七十多年后，会有一个翻译他作品的中国人以劳伦斯学者的名义来到此地，却开了些中国文学和中国电视的讲座，因为这里的人更希望多了解的是中国文学和电视，因为这个学院的名字是"语言、文学与传媒学院"，传统的英语系和英语学院正在经历巨大的变化，重点大多开始向实用的传媒研究转移，因为他们要考虑学生的就业问题。因此我知道我能被邀请来，我的学术资质自然是劳伦斯学者，但如果我不同时也是作家和电视台的所谓资深编导，他们就没有邀请我的冲动。我想起文化研究的开拓者霍加特先生多年前一直在问询"英语系存在的价值"问题，似乎那个年代英语系担负着文化启迪和引领一个国家审美价值取向的重大使命。而现在的英语系或学院正渐渐失去这个崇高地位，甚至多数将被传媒学取代，古典的英语学院使命仅仅由少数几所大学的英语院系来承担了。估计这同样的问题在我们国家就是中文系和文学院的走向和使命问题吧。

劳伦斯的年代更没有传媒研究和传媒学院，甚至没有新闻学和大众传播学这样的词汇。因此现在有个中国人以劳伦斯学者的身份来澳洲讲传媒，估计会令劳伦斯瞠目。但我就是在这样的语境中在澳洲访问了两个月，熟悉了很多与《袋鼠》有关的背景和澳洲英语，然后回国后集中精力翻译了这部澳洲主题的小说。如果没有那两个月的澳洲生活，我也能翻译这小说，但隔靴搔痒的感觉肯定会有，而有了澳洲生活的体验，再翻译，我能随时感到我就是身临其境，就是在澳洲，出了门或许就能与劳伦斯邂逅。这样的感觉该有多么好！

有时我真的觉得自己研究和翻译劳伦斯的路数过于奢侈了。居然要两次在春天里亲临西澳，才得心应手地翻译一部《袋鼠》，要有那么多的澳洲朋友指点迷津，而英国的许多劳伦斯学者和专家还没有来过澳洲呢，它们都羡慕我两次的澳洲之旅。我和澳洲，和劳伦斯还真的是缘分不浅。在这方面我简直是上帝的宠儿了。

劳伦斯是在初春的8月离开的澳洲，我两次都是在8月来的，我想我们隔着一个古稀，欣赏到的却是永远不变的澳洲风光。他在《袋鼠》里留下了对澳洲绮丽风光的描述，那是英文里对澳洲最流丽的赞美诗，澳洲人无论如何要对劳伦斯心存感激，他们本土的文学家可能因为"身在此山中"，对澳洲的秉性更有骨子里的体验，反倒无法以如此印象派画家手法描写澳洲的风光。而且，澳洲的作家估计是不会像劳伦斯那样如此激情四射地说："我爱它，它进入了我的骨血，令我陶醉，我爱澳大利亚。"他还说："我这辈子从来没有受过诱惑。如果说是夏娃引诱男人堕落，那么是澳大利亚引诱了我……"（《袋鼠》第十八章）

从澳洲访学归来，我似乎也是受了澳洲的诱惑，写下了散文《烟花十月下澳洲》。我相信，这样的景色劳伦斯肯定也见过，但他没有顾及写这些，他的笔墨都用在了灿烂如霞的金合欢花上了。我因为自感卑微，写不出气势恢弘的澳洲风景，就写了这些小花小草，但这些卑微的小花漫山遍野，居然也开得声势浩大，如烟如霞：

> 却原来，这里并无严冬，冬季里日照依然充足，不少树木枝叶转成草绿甚至微红但仍不肯归根，去意徊徨之际，无声春雨已催发一茬嫩芽新枝，便有了落英与落叶媲美的独特春景。加之澳洲草木品种繁多，其landscape更显得芜杂斑驳，青黄并存。有些树天生灰白沧桑，叶子生就暗淡，如桉树；还有的树无叶，花却绚烂，如火红的"火焰树"；更有无数羸弱但顽强的植物，不肯自生自灭，在这干燥的沙海边缘歪七扭八地长着，树皮皲裂甚至爆焦，但依旧绽开着昏暗的小花，如同蓬头垢面的干花，丑陋地美丽着；最有排山倒海气势的是满目黄绿的金合欢花，一蓬蓬、一簇簇，不鲜不艳，却永远莞尔微绽，涂出这片landscape的底色。难怪实诚的澳洲人敬重它，将它的黄绿定为其国旗的颜色。
>
> 驱车高速公路上，蜿蜒起伏的大路常常将人带入柳暗花明的境地，蓦地展示出一片片色彩各异的野花绣毯来。金黄、洁白、蔷薇紫或三色相间，那是一种叫作everlasting（长生草）的小碎花，耐旱、耐曝，扒上一星儿土就能扎根，就能"星火燎原"，教我想起

我们北方春日里斑斓遍野的"死不了儿"（马齿苋）。世上处处都有这种朴素的美丽景象，品种不同，但民间的叫法都一样（长生——死不了）。只因澳洲地广人稀，这等小花竟成了大气，泼墨般地辉煌灿烂。如果没有它们，那低回的高速路旁就只剩下焦黄或红赤的土地及苦巴巴的沧桑灌木丛了。那变幻莫测的绣毯倒像是大块大块的画布，那些干枯着顽强泛绿的苦难之树恰似一幅幅印象派的静物写生，两者明暗相间，相映成趣，构成又一幅春秋并存的landscape。

冷静与热烈同生，凄秋与荣春一色。

伊特鲁里亚的《查泰莱夫人的情人》

　　一直到上世纪初，史学界流行着这样一个"亘古不变"的定义：继承了古希腊文明的罗马文明是西方文明的起源。但是有人对此提出了挑战，甚至是蔑视，他就是一个当时并非世界一流作家的英国人劳伦斯。在上世纪20年代末，劳伦斯在临死之前亲身考察了遍布意大利中部古代伊特鲁里亚的墓穴，征集了很多古迹照片，以旅游随笔的形式在一些报刊上发表了振聋发聩的一手文章，提出了罗马文明不仅继承了希腊文明，而且也继承了它所灭绝的伊特鲁里亚文明。劳伦斯以优美的散文笔法写到：这些来自东方的人，属于小亚细亚的古老人种。"我们（西方）历史的曙光正是前一个历史的夜幕，而那段历史却永远得不到记载。"[1]

　　这些随笔在劳伦斯逝世后结集出版，书名是《伊特鲁里亚各地素描》。可惜的是，由于劳伦斯的非考古学家和非历史学家身份，也由于其随笔文章的"欠科学性"，这些闪烁着智慧与激情的议论在受到文学出版界欢呼的同时却没有受到历史学家们的重视。另外，在那个年代意大利人更愿意将

---

[1] D. H. Lawrence：*Sketches of Etruscan Places*，CUP，2000，p. 27.

自己看作是罗马文明的真正传人，因此伊特鲁里亚文明从最初被其征服者罗马人隐匿和"窃为己有"到被后来人有意识地淹没，渐渐地被埋没在历史的尘埃中了。这些在公元前10世纪到公元1世纪（相当于中国的西周到东汉时期）由来自东方的伊特鲁里亚人创造出的辉煌人类文明遗产本是西方文明的源泉，却在以后几千年中被人误解为古希腊的一部分，甚至有历史学家否认有这样一个文明的存在。对此劳伦斯认为是法西斯分子刻意埋没伊特鲁里亚与今日意大利的直接联系，试图把自己打扮成罗马人的传人，他是这样写的：

> 法西斯分子认为他们是最罗马化的，他们的罗马是恺撒的罗马，是帝国和世界权力的继承人。可他们却胡乱将尊严的破布片贴给了伊特鲁里亚的地方。其实，所有在意大利生活过的人里，伊特鲁里亚人是最跟罗马不沾边的。同样，所有在意大利站住脚的人里，古罗马人肯定是与意大利人最不沾边的，从今天土生土长的意大利人身上就能得出这样的判断。①

但正如劳伦斯充满悲愤和深情地写到的那样：罗马人野蛮地劫掠和毁灭了伊特鲁里亚文物古迹，但那些遍布这片土地和山峦间华美的墓葬却是劫掠不尽的，一些墓穴的入口还因为山体的滑坡和水流的灌注而堵塞，从而阻止了罗马人的劫掠而得以完整地保留下来，甚至保留了其处女状态。于是劳伦斯高呼："到墓穴去，到墓穴去呀！"伊特鲁里亚文明仍然栩栩如生地保留在他们的墓穴里，因为他们曾经虔诚地相信来世，从而他们把自己的墓穴建造得如同在世时一样富丽堂皇，在死人的葬礼上，生者和死者在墓穴内外一同盛宴饕餮，侍者同时给墓穴内外的生者和死者上菜，服侍他们饮宴歌舞。看到墓穴的摆设和活生生的壁画，就看到了当年的伊特鲁里亚人的真实风貌。②

是的，被罗马人毁灭的文明都葬在这葳蕤的草木下面了。垂死的劳伦

---

① D. H. Lawrence: *Sketches of Etruscan Places*, CUP, 2000, p.31.
② 同上，p.9-22。

斯钻进这些潮湿阴暗的墓穴，寻找灿烂的壁画和古迹，为这个被罗马人判了死刑甚至焚尸灭魂的文明高歌一曲还魂曲。这是我读到的劳伦斯散文中最有激情最有质感的一部。

可喜可贺的是，与劳伦斯一样的人类良知终于没有让伊特鲁里亚文明继续湮灭下去，近些年来世界上大多数历史学家开始肯定这个文明的重大价值，指出过去强大但蒙昧的罗马人捏造了自己的起源，进而隐匿了他们所承袭的伊特鲁里亚文明遗产。从此，伊特鲁里亚学成了一门崭新的学科。一直对伊特鲁里亚文明莫衷一是的意大利人也不再对此态度暧昧，开始明确自己对这个文明的继承，进而将1985年命名为"伊特鲁里亚年"。

2003年，一场被命名为"罗马的曙光——伊特鲁里亚文化展"的大型文物展览从意大利来到了中国，先是在上海举办，年末移师北京。于是我终得置身于那个辉煌的文物盛宴中，一件件地瞻仰，许多劳伦斯随笔集附录中的壁画黑白照片现在以彩色的原貌出现在我眼前，很多珍贵的墓葬照片现在以实物的形式赫然出现了。

这个文物展印证了劳伦斯作品里描述的伊特鲁里亚人充满血性的性格，自由浪漫的生活方式，对神灵的虔诚膜拜，对死亡的豁达，这些与基督教文明下人的物欲横流和人性的异化产生了鲜明的对比。早在劳伦斯写作这本书之前的几年，他就注意到了罗马人之前生活在这片土地上的意大利人真正的祖先伊特鲁里亚人："苗条，优雅，文静，有着高贵的裸体，油黑的头发和狭长的脚板。"[1] 如今我们看到的壁画里欢歌燕舞的伊特鲁里亚人不正是劳伦斯所赞美的吗？他们优美的身材、时尚的衣着、精美的饰物和细腻敏感的表情和舞姿，无不显示着一个高度发达的文明社会的优越和闲适。他们豪华的宫殿、花样繁复的陶制和铜制器皿直至精雕细琢的玉石棺盖和骨灰瓮，无不展示着一个成熟文明的艺术境界。这些都被罗马人承袭了下来，所以我们才看到了完全与伊特鲁里亚如出一辙的罗马的雕刻艺术、建筑艺术和罗马元老院的人们披在肩上的宽松外袍。

这个文明产生了罗马数字、首创出至今还沿用的比赛奖杯、建造了斗

---

[1] 劳伦斯：《劳伦斯书信集》，剑桥大学出版社，2002年，第2334封。

兽场、发明了酿制葡萄酒的技术，伊特鲁里亚的文字虽然没有得到完整的保留，但它被吸收进拉丁文并被进一步吸收进了英文，成了西方文字的最早起源之一。仅仅这些，就足以说明这个文明对整个西方文明进程的贡献和重要性了。

可以想象，当年劳伦斯拖着沉疴渐重的病体，在这些古城遗址和古迹中流连徘徊，凭吊一个被罗马人野蛮地毁灭掉的古老而神奇的文明，该是怎样一个"念天地之悠悠，独怆然而涕下"的情景。他忠实详细地记录下了这一切，夹叙夹议，抒发他的怀古心绪，表达自己的悲愤和对这个文明的礼赞。如今的文物展让他的文字得到了证实。劳伦斯对这些文物如此崇拜，他甚至和妻子合作，将塔奎尼亚的一幅跳舞男子的壁画临摹下来用毛线织成一幅毛织画。看完文物和彩色图片展再读劳伦斯的文字，我似乎感到自己是在伊特鲁里亚的广漠旷野上听劳伦斯诗意地诉说他的一腔情怀：

> 因为一个愚氓用石头杀死了一只夜莺就说明它比夜莺强吗？因为罗马灭了伊特鲁里亚，他就强过后者吗？不！罗马陷落了，罗马现象就此结束。但今日的意大利血脉里跳动的更是伊特鲁里亚的脉搏而非罗马的脉搏，而且永远会如此。伊特鲁里亚的元素就如同这离离原上草，如同意大利发芽的麦苗，永远会是这样。为什么要反过来认同拉丁—罗马的体制和压迫呢？[1]

令我感到欣慰的还有这样的事实：最近读到网上的文章，在伊特鲁里亚文明的旧址——托斯卡纳那片"鲜花遍野"的土地上，到处都有劳伦斯那本书在卖，据说那是让西方读者重新认识罗马文明传承的最引人入胜的一本书，它成了一本最能深入人心的导游手册，对普通读者来说，这本书的作用是史书和考古著作不能代替的。劳伦斯4次在意大利居住，意大利成就了一半的劳伦斯文学，劳伦斯也给意大利留下了这样一些丰厚的馈赠：4部长篇小说、3部意大利随笔集、1部哲学随笔和1本绘画集，另有短篇小说、

---

[1] D. H. Lawrence: *Sketches of Etruscan Places*, CUP, 2000, p.36.

散文、翻译和剧本多部。

　　我要感谢劳伦斯，让我较早地回眸西方文明的曙光。而今天要感谢这个不远万里来到北京的文物展，那些带着远古余温的陶器玉器铜器和震颤着远古足音的舞蹈壁画让这道曙光穿透了我的黑发和我的手。我对这一切都感恩不尽。因为我看到感到了东西方文化交汇大同的又一个有力的根据，从这道来自东方的西方文明的曙光里。

　　我更要感谢的是，劳伦斯对伊特鲁里亚文明的探索，让我们更清晰地认清了《查泰莱夫人的情人》的重大发生线索之一。劳伦斯在动笔写作这些关于伊特鲁里亚随笔大约半年后就开始写作他最终震撼世界文坛的小说《查泰莱夫人的情人》了，与此同时还绘出了后来遭禁的一批绘画。以后这些随笔和《查》书的写作及绘画就几乎是在佛罗伦萨附近的米兰达别墅里交替进行的。因此说伊特鲁里亚的墓穴壁画和墓葬古迹对他的小说理念和绘画应该是产生了很大的影响。

　　其实我在别的文章里谈到劳伦斯在15年前的1912年初次到意大利的加尔达湖畔居住时就已经准确地捕捉到了意大利人对待生命的态度与欧洲北方国家特别是英国迥异，但他并没有从人种和文化遗传的不同这个角度探讨问题。估计他应该是感到好奇，同是欧洲人，同是罗马文明的传人，为什么意大利人的生命状态与不列颠人反差如此强烈。26岁的劳伦斯毕竟阅历有限，那时他还不知道意大利人真正的祖先是来自东方的伊特鲁里亚人，因此他仅仅是凭着强烈的直觉感到了这两者之间巨大的反差。他在给朋友们的信中和在散文集《意大利的薄暮》中不断地发出感叹，其实也是疑问：

　　　　只要住在意大利就一定会爱上意大利。它是个非道德之地，令人心灵自由。而在德国和英国这样的国家，天空是灰蒙蒙的，笼罩着道德审判的阴云，人们惯于道德谴责，行为拘谨。可意大利就不审判什么。[1]

　　对我们来说，意大利迷人的秘密就是这种阳物崇拜。对意大利人

---

[1] 劳伦斯：《劳伦斯书信集》，剑桥大学出版社，2002年，第573封。

来说，阳物象征着个人创造性的不朽，是每个男人的神。而孩子则是这个神的证据。

所以说意大利人迷人、柔和、漂亮，因为他崇拜肉体里的神。我们羡慕他，在他身边我们显得苍白渺小。①

他还写道：

我们变得没有人性，而且无法控制自己了，我们不过是在通往完美的路上自己创造出来的这个庞大的机器社会的附属品。这个庞大的机器社会没有自我，所以就没有同情心。它机械地工作着，毁灭我们，它是我们的主子和上帝。②

到了1926年劳伦斯第四次来到意大利，实地考察了伊特鲁里亚人的墓穴和古迹，多年前的疑问得到了解答：这个问题关乎人种，关乎由人种的不同带来的文化差异，这些差异导致了意大利人与欧洲北方人对待生命的态度上的巨大差异。

在这片古伊特鲁里亚的土地上，劳伦斯又有了新的发现和证据，那就是这些古墓地和山野间的石制阳物。每个男人的墓穴口都矗立着阳物石柱，女人的墓穴上则是一座小石屋，象征着子宫。如果是家庭墓穴，则两样都有。劳伦斯触景生情，感叹："对伊特鲁里亚人来说，死亡是生命的愉快继续……它既非欢天喜地的天堂，也不是惨遭折磨的涤罪炼狱。它仅仅是丰富生命的继续，一切都充满了生命和生机。"③

所以他要写的《查泰莱夫人的情人》正是一部阳物的赞美诗，他同时是对机器文明及其异化恶果的檄文。这两个主题与他对意大利的认识和再认识似乎是十分契合的。

谈到这部小说和同时期的绘画，劳伦斯说：

---

① D. H. Lawrence：*Twilight in Italy*，CUP，2002，p.124.
② D. H. Lawrence：*Twilight in Italy*，CUP，2002，p.125.
③ D. H. Lawrence：*Sketches of Etruscan Places*，CUP，2000，p.19.

> 这是一本非写不可的书。人是得回归那种生命，真正可爱的阳物自我和阳物思维。我想我在我的绘画里也找到了某种阳物的美。①

> 这是一本美好温柔的阳物小说，不是普通意义上的所谓性小说……阳物意识，是一切真美和真温情的源泉。这两样，温柔与美，能将我们从恐怖中拯救出来。②

《查泰莱夫人的情人》与劳伦斯对伊特鲁里亚文明探索的另一个"互文"之处是人与人肉体之间的接触沟通问题。劳伦斯看到塔奎尼亚的墓穴壁画发感慨说："伊特鲁里亚的绘画确实透着接触感：人和动物都真正有互相的接触。这是难得的一种特征，不仅在艺术中，在生活中亦然……在这些褪色的伊特鲁里亚绘画上，有一种沉静中的接触感在流动，是它把长沙发上的男人和女人，沙发背后胆怯的男孩和翘着鼻子的狗连在了一起，甚至连墙上的花环也因此与大家连在了一起。"③

比较一下小说，里面男主人公麦勒斯有一段议论与此有着惊人的相似之处：

> 性确实就是接触，最亲密的接触。可人们怕的也正是接触。我们只有一半觉悟，只是半死不活。我们得活起来，觉悟起来。特别是英国人，必须得相互接触了，细腻点，温柔点，这是我们最需要的东西……其实那才是最美的东西，甚至男人之间，以恰当的男人的方式表现出来，也是如此。它让人们真正像男人，而不是像猿猴。④

而此时的劳伦斯似乎是在启发机器文明时代的人们：人与人之间必要的肉体的亲近是激发生命活力的途径，否则就会加剧机器和金钱文明条件

---

① 劳伦斯：《劳伦斯的绘画世界》，黑马译，金城出版社，2011年，第33—34页。
② 劳伦斯：《劳伦斯书信集》，剑桥大学出版社，2002年，第4343封.
③ D. H. Lawrence：*Sketches of Etruscan Places*, CUP, 2000, p.54.
④ 劳伦斯：《查泰莱夫人的情人》，黑马译，中央编译出版社，2010年，第290页。

下人与人之间的罅隙，社会将变得更加冷漠无情。此时的劳伦斯似乎真的像一个"爱的牧师"在布道，在宣讲他的爱的福音书。在他同时期的一篇随笔《我算哪个阶级》中，这种大爱的福音布道似乎更为直接些：

> 人可以同时有两种亲昵：对自己同胞肉体上的亲昵和精神上或思想上的亲昵。但两者无法均衡，必有一种要占主导地位。精神上的亲昵坚持占先，便一定要毁灭和牺牲肉体的亲昵。
>
> 要进入中产阶级，一个人非得牺牲他身上至关紧要的东西不可，那就是他同其他男人和女人之间肉体上的亲近。就看他还有没有这东西了。如果没了，他就算是变成杂种的中产阶级了。
>
> 可失去的是男人之间和男女之间那源远流长的、根深蒂固的肉体亲近，这种失落造成了阶级之间的鸿沟。而我们的文明恰恰是要顺着这道鸿沟陷落，它已经并且正在迅速地陷落。①

至此我们似乎应该懂得劳伦斯的所谓"阳物自我和阳物思维"其实更多指的是人与人超越阶级鸿沟相接触时发自潜意识中的性情，是温情和美，这种性情之交不是来自理性，甚至也不仅仅是前意识和潜意识，而是来自劳伦斯最为推崇的太阳神经丛，来自交感神经系统。似乎这是与工业文明的理性主义和金钱至上主义相抗衡的"本体"主义。这个理念劳伦斯在其写于意大利的哲学随笔《无意识断想》一书中有详尽的阐述②。所以我一直说《查泰莱夫人的情人》是一部成人的童话，是一个形而上的美丽文本。谁能说，这样的童话氛围不正是劳伦斯在伊特鲁里亚墓穴中寻寻觅觅时经历的一段美丽的梦幻呢？在那样的氛围中，远古的美丽幻想与现实相交，幻化出了这样一个美丽的文本，因此说伊特鲁里亚与《查泰莱夫人的情人》是最美的互文。

---

① 劳伦斯：《劳伦斯散文》，黑马译，人民文学出版社，2007年，第91—92页。
② D. H. Lawrecnce: *Fantasia of the Unconscious*, Penguin, 1976, p.34—50.

第二辑　道之道

作为文化的本体论者，劳伦斯在现代作家中特立独行，笃信人的哲思源自肉体，推崇"血与肉的信仰"——"我崇高的信仰是，相信血和肉比理智更聪慧。我们的理智可能犯错误，但我们的血所感、所信和所言永远正确，理智不过是一具枷锁。我与知识有什么关系？我所需要的，是与我的血相呼应，直接地，不需要理智、精神或别的什么东西来无聊干涉。我相信人的肉体是一团火焰，就像燃烧着的蜡烛一样，永远向上升腾又向下流淌，而人的智力不过是火光照亮的周围其他的东西。"因此劳伦斯的文学是他的肉体感性之道，我们的解读文字就成了劳伦斯肉体之道的再道。

时代与《虹》[①]

D. H. 劳伦斯是20世纪最伟大的小说家之一，其地位得到了越来越多的人承认，因为"占据他身心的问题今天仍与我们休戚相关。对我们来说，他逝去后事态的发展并没能减弱他精辟洞察的重要性，也没能削弱他所带来的积极乐观与启迪——教育——的必要性"。[②]

一个伟大的艺术家，应该反映时代的问题和矛盾，在做一位"时代的社会历史学家"[③]的同时，对社会问题与矛盾进行"充分艺术的表述"[④]，通过"典型的描写和富有典型的艺术把具体性和规律性、持久的人性和特定的历史条件、个性和社会的普遍性都结合了起来"。[⑤]

那么，什么是劳伦斯及其同代人所面临的问题和矛盾呢？他又是怎样对此进行艺术的把握和表述的呢？一个并非思想家的作家能做到这些吗？

[①] 本文最早发表在《外国文学研究》1985年第4期上。多年后笔者对这篇早期论文进行了修改，保留了原文中的基本观点，后分别收入2000年译林版和2010年中央编译版的拙译《虹》中为跋。本次出版又有修改。
[②] F. R. 利维斯：《小说家劳伦斯》，企鹅图书公司，1956年英文版，第11页。
[③] 与拉法格的谈话，转引自《卢卡契文学论文集》，中国社会科学出版社，1980年，第292页。
[④][⑤] 卢卡契：《马克思、恩格斯美学论文集引言》，见《卢卡契文学论文集》，第291页。

20世纪初,资本主义大工业飞速发展,资本主义社会由自由资本主义进入帝国主义阶段。各种错综复杂的矛盾激化,最终导致第一次世界大战的爆发。机器文明的发展,科学技术水平的日益提高,显示出工业文明非人的、异化的本质,人们由采用科学技术发展到惧怕它,这种技术恐惧症所产生的直接后果就是社会悲观主义的泛滥。人们的心理、道德、价值观等开始发生急剧的变化,人的完整性遭到破坏。

作为伟大的小说家,D. H. 劳伦斯的作品反映了他所处时代的特征,这是可以在他的一系列小说如《儿子与情人》、《虹》和《恋爱中的女人》中看到的。在反映时代特征并对工业文明持批评态度上,劳伦斯与他的同代人卡夫卡、茨威格、T. S. 艾略特相似,但劳伦斯的表达方式是独特的。他并没有写《变形记》这样的表现主义作品,可他的小说中常常接触到《变形记》所表达的异化问题,在手法上也多以诉诸主观感受为主;他没有一部茨威格式的意识流作品,可他的很多小说的主题与后者相似,如反对帝国主义战争、性心理分析等;他并没有创造出《荒原》式的史诗,可他的作品中不乏萧索、沉郁的荒原与废墟式描写。总之,"他的注意力集中在那些削弱甚至使人类萎缩的状况上:自然环境的恶化;将个人沦为机器,附属于机器;由于性欲被窒息或误入歧途引起的精神萎缩。所有这些,在他去世后的年月里变得更坏。肉体健康和审美享受都因这种环境而遭危害。劳动正不断地与个人满足相疏远。过多的精力被用于维持生计,其结果是业余生活被动、无生气,无论是在电视机前还是在公共娱乐场里都是如此。性革命,劳伦斯被公认为是其主要领袖人物,现在它扫除了一切障碍,却产生了一种没有快乐、机械的、轻浮的性自由,而这正是劳伦斯猛烈抨击过的"。[1]

劳伦斯以他"惊人的活力,经常是尖锐、敏感的洞察力,对生活中潜在的美之极度真实、细微的感受及其捍卫真实、反对虚假的激情"[2]进行写作。他运用娴熟、细腻的心理分析手法,鲜明、奇异的象征,将优美的传统笔调

---

[1] 乔治·丁·贝克编:《D. H. 劳伦斯》,纽约:弗里德里克·安格尔出版公司,1980年,第143页。
[2]《新不列颠百科全书》第10集,英文版第1219页。

与"朦胧于意识边缘"①的现代手法有机地结合起来,在他的长、中、短篇小说中展示出一幅幅世纪初英国社会经济、政治、宗教和思想生活的画卷,这些画卷艺术地再现了"工业文明给全民族和个人,给人的心理、教育、价值观、恋爱、家庭等等所打上的烙印、所造成的灾难。同时怀着关切和希望的心情塑造了一些不甘沉沦、奋力求生的年轻一代人物"。②

在他优秀的社会批判小说中,《虹》颇为重要。诚然,《虹》是以布朗温一家三代人的恋爱婚姻为主线的,着重写了男女之间的关系、人们的道德观念问题等。我们决不能因为它没有直接描写重大题材而忽视其重要意义,因为"男女之间的关系是人与人之间的直接的、自然的、必然的关系……根据这种关系就可以判断出人的整个文明程度"。③而《虹》所着重反映的又恰恰是一种文明与另一种文明交替的时期、社会处在大变动时期的家庭婚姻关系的转化。从这个意义上来说,利维斯认为《虹》是"对现代文明的研究"④是有道理的。

> 所以,布朗温一家没有拮据之忧。他们辛勤劳作,是因为天性使然,并非是因为缺钱。但他们也不挥霍。他们注意不把钱花得精光。他们本能地连苹果皮也不浪费,而是用果皮来喂牛。他们身边,天地生生不息,这样的涌动怎会休止呢?春天,他们会感到生命活力的冲动,其浪潮不可遏止,年年抛撒出生命的种子,落地生根,长出年轻的生命。他们知道天地的阴阳交汇:大地把阳光收进自己的五脏六腑中,吸饱雨露,又在秋风中变得赤裸无余,连鸟儿都无处藏身。⑤他们的相互关系就是这样的:感触着土地的脉搏,精细地把土地犁得又松又软,踩上去就会感到像有某种欲望在拖曳你。而收割庄稼时,土地已变得坚实硬朗了。田野里麦浪翻滚,像绸缎在庄户人腿边波光荡漾。他们捧起母牛的奶子挤奶,那奶子冲撞着人的手掌,奶头上的血脉冲

---

① 赵少伟:《戴·赫·劳伦斯的社会批判三部曲》,《世界文学》1981年第2期。
② 同上。
③ 马克思:《1844年经济学—哲学手稿》,人民出版社,1979年,第72页。
④ F. R. 利维斯:《小说家劳伦斯》,企鹅图书公司,1956年英文版,第120页。
⑤ 西方有学者将首章的开场视为《圣经·创世记》的笔法。见《创世记》第1—3章,第6—9章。

撞着人手的血脉。他们跨上马背，双腿间夹起生命。他们给马套上马车，手握缰绳，随心所欲地勒住暴躁的马儿。

秋天，鹌鹑呼啦啦飞起，鸟群浪花般地飞掠过休闲的土地，白嘴鸦出现在水雾弥漫的灰蒙蒙的天空，"呱呱"叫着入冬。这时男人们坐在屋里的火炉边，女人们里里外外井井有条地张罗着。这些男人的身心都被过去的日子、牛群、土地、草木和天空占据，这会儿往火炉边上一坐，头脑都变迟钝了。过去生机勃勃的日子里所积累下的一切令血液都流得悠缓了。

在《虹》的开篇中，劳伦斯以他深邃的洞察力和敏感的内心体验，以舒缓、隽永的笔触再现了乔治·艾略特和哈代笔下的英国农村风景，可他的风格是独具匠心的——他并没有陶醉在田园牧歌式的诗情画意中，而是通过一个个意象让读者感到那连接人与自然之间强大的内在力量，体验到现代工业侵入到农村前那种人与自然之间有机的和谐关系——恬静的外表下那种"血液的交融"（blood—intimacy）。要知道，这种铺垫对整个故事的发展起着多么重要的作用：这种blood—intimacy象征着人与自然的统一，或者说这两者的浑然一体。在此，人、人性是完整的——这就是劳伦斯理想的最高体现（我们暂且不论这种理想多么天真）。

以后，我们看到大工业所带来的一切：大草场上开凿了大运河，那高耸的运河大坝让这一带的农民感到与世隔绝了，他们像被关在牢里一样感到窒息，偶尔看到大坝顶上掠过些车马、人影。他们觉得自己像井底之蛙看到"天上"的东西一样；煤矿城发展起来了，矿井里喷出刺鼻的硫磺味；铁路上跑起了火车，那声音震得他们头皮发麻。这些都宣告着远方的文明打进了布朗温家世代耕作的农村。渐渐地，他们生活中那传统的节奏被打乱了。他们也不得不加入到现代世界里来。二儿子阿尔弗莱德进城当了花边厂的绘图员，讨了老婆，在城里安了家，凭这个身份就可以在家里得宠。大女儿嫁给了一个矿工，生活过得很不安定。以后，他们的后代在城里谋生、上学、当教师。现代社会的一切都渐渐浸入这个社会细胞中来了，当然也包括现代人之间的问题和矛盾。

《虹》"表面上是一部跨越三代人的家史,实际上是对处在变化和崩溃阶段的社会内部生活的创造性分析"[1] 对残酷的、非人性的、使人与人之间关系扭曲的大工业文明的抗议,比他前几部作品更为强烈。劳伦斯在这部作品中谴责机器文明,谴责大工业对自然的破坏,揭露出在追求金钱和物质利益的动机下,人与人、人与社会关系的异化,人与天地万物的和谐遭到破坏,从而人们都成为精神上的阉人。正是在人的完整性问题上劳伦斯倾注了自己的心血与激情。卢卡契说过:"在伟大的艺术中,真正的现实主义和人道主义是不可分地结合在一起的。这种结合的原则就是……对人的完整性的关心。"[2]

劳伦斯正是以现代小说的手法艺术地表述了这个问题。在一部不长的小说中,他跳跃式地写了三代人,在结构上打破了旧的写实小说中来龙去脉、生老病死一字不漏的叙述方法,选取了最有典型意义的片段,组成了这部小型史诗。

老汤姆·布朗温是旧的宗法制度下农民的典型:敦厚、勤劳,人性中天然的美在他身上得到了充分体现。他和波兰女人丽蒂雅·兰斯基的结合,由不习惯到习惯,终于变得美满起来,过着自给自足、生儿育女的小康日子。老汤姆的猝死,象征着农业英国的结束。在这对夫妻身上,劳伦斯寄托了自己美好、质朴的理想。当然,这种"浪漫主义"的立场——"企图逃避到较原始的社会里去"[3] 的立场对整个历史进程来说是消极的,甚至是"反动"的(卢卡契语)。劳伦斯似乎在现实面前屈服了,他理想中的老汤姆不能再"活"下去了,于是劳伦斯不得不让他淹死。老汤姆之死,象征着农业英国从此也"死"了,现实主义胜利了。

老汤姆的继女安娜与他的侄子威尔的结合,则象征着一种由旧到新的过渡。威尔是个没什么大本事、目光短浅的工厂雇员,他除了对中世纪建筑着迷外,就是耽于床笫之欢。就是这样一个人,最初吸引了安娜。安娜

---

[1] F. B. 比宁编:《劳伦斯研究指南》,伦敦:麦克米兰有限公司,1978年英文版,第148—149页。
[2] 卢卡契:《马克思、恩格斯美学论文集引言》,《卢卡契文学论文集》,中国社会科学出版社,1980年,第300页。
[3] 同上,第283页。

向往着外界事物，像所有布朗温家的女人那样，她也是"向外看"的，而威尔这个城里人对她来说就代表着外面的一切新鲜事物。他们很快就结合了。可婚后安娜感到家庭天地太小，丈夫又要像占有私有财产一样占有她，这让她难以忍受。威尔生活趣味之单调，这与她当初幻想中的丈夫不一样，他那种把女人当成洪水中的方舟的行为让安娜看不上眼，这位受到工业文明吸引的村姑感到了某种幻想的破灭，在精神上她不能跟他共鸣。于是，这对夫妻展开了一场无声的灵魂战，最后以安娜屈服于威尔的男性力量而告结束——肉体战胜了精神，用劳伦斯的一句典型用语说，这是："火热的生命掩盖下的彻底分离、互不相干。"[1] 他们的婚姻不是劳伦斯所主张的灵与肉的统一，因此是个失败。与老汤姆的婚姻相比较，威尔与安娜的婚姻是一种堕落。当老汤姆与波兰女人生活得幸福美满时，小安娜的身心得到了健康发展。父母像一道彩虹，她就在这美丽的虹拱下快乐地成长，不必为父母的不和而担忧。可厄秀拉就不同了，她的父母，安娜与威尔的婚姻是不完整的，父亲的欲望不能从婚后把注意力投入家庭琐事和"做母亲的狂喜"中的安娜那里得到满足，于是他精神变态了。他先是把感情转向女儿厄秀拉，后又外出与陌生女人调情。他为寻找刺激，身背着女儿跳进运河游泳，险些被淹死。后来和女儿玩秋千，因寻刺激而拼命荡高秋千，以致把小厄秀拉吓得半死。厄秀拉由亲近父亲到疏远父亲，母亲又是个唠唠叨叨的家庭妇女，只能让她讨厌。她尝够了和一大堆弟妹生活在一起的那种乱哄哄的滋味，可母亲却像上了瘾般地不断生儿育女，一直生到第九个才罢休。生孩子已变成了安娜的一种需要——这正是所谓"性欲误入歧途"的一种表现——一种变态。这种变态完全是由于婚姻的不完整所致。威尔的变态也是如此。可倒霉的却是厄秀拉，她感到孤独，感觉不到人情的温暖。

安娜和威尔婚后生活的悲剧，在某种意义上反映了由于社会经济结构的变化所带来的家庭关系的变化。威尔和安娜成家的年代里，封建宗法制度下的"相互依赖的大家族群体"（the organic community of extended

---

[1] 劳伦斯：《劳伦斯中短篇小说选》，毕冰宾译，漓江出版社，2012年，第23页。

family）[①] 即小生产的、自然经济形式的农业家庭已趋于瓦解，一个家庭已不再是一个闭关自守的生产单位。家庭失去了其独立的经济作用，生产走向社会化，古老的族群和群落意识开始丧失和瓦解。总之，这时的家庭与老汤姆时期的家庭已大相径庭，一个家庭不再自给自足，它离开社会就难以生存下去。安娜不甘囿于小家庭之中，她要"展开"自己，要社交，这种倾向正是适应时代发展的。而威尔则固守陋俗，一心要保持父辈那样的一家之主的地位，从而他反对安娜社交，因为这意味着对他的权威的威胁。由此可见，安娜和威尔之间的斗争，正是"新"与"旧"的斗争。这场斗争带来的只能是感情上愈来愈深的裂痕，最终导致精神上的离异。在这种情况下，只有"火热的生命"——床笫之欢、放浪形骸才能使他们产生"激情的交融"，于是他们都"堕落"了。劳伦斯认为，堕落并不意味着犯罪，而意味着失去了人的完整性。安娜和威尔之间没能达到肉与灵的和谐统一，因此是"堕落"。性是美的，淫则是丑的。性与美如同火与火焰、躯体与意识一样不可分。但一当爱的双方之间肉与灵的和谐遭到破坏，则性变为淫、美变为丑。

小说的第二部分写厄秀拉进入社会以后的经历。她在诺丁汉的文法学校毕业后独立谋生，当了一名小学教师。她想和孩子们亲切相处，用人的感情温暖他们，可是整个教育制度就是要把学生训练成机器人，她对学生们的宽容态度招来从校长到教师们的非议，后来她不得不按照校规用藤条惩罚一个学生，可这样做是违背她的良心的。她在学校里感到孤独、怅惘，女教师英格对她好，但那多出于同性恋的动机。一切都使她失望、憎恶。后来她与波兰流亡贵族后代、军官安东·斯克里宾斯基相爱，可安东却是个没有主见、没有是非观念的社会机器：他对现存制度深信不疑，"报国"精神很强。他去非洲参加过殖民主义战争，回来后又迫切希望去印度当统治者。意识到这一切，厄秀拉曾跟他争吵过，反对他这种奴性，可安东是没办法改变的。最后厄秀拉拒绝了安东的求婚，尽管她热烈地爱过他并已和他同居过。厄秀拉失败了，但她的追求本身是对大工业文明所带来

[①] 参见D．H．劳伦斯：《心理分析与无意识》导言(作者：菲利浦·里夫)，伦敦：海盗书社，1972年，第11页。

的一切灾难的抗议。首先，她不愿违背自己的天性，成为一个"无情无义、机械地按照某种强加的制度工作的东西"。[①] 上了诺丁汉大学后，她对学校里教授的陈腐知识感到失望。那些花样翻新的老一套，那些"虚伪的哥特式教堂，虚伪的宁馨、虚伪的拉丁文法、虚伪的法兰西式的庄重、虚伪的乔叟式质朴"[②] 正是教授们津津乐道的学问。这些让她感到了学院教育的堕落、无可救药。她曾倾心过的安东恰恰是这种社会的虔诚信徒，一个可怜虫。厄秀拉不甘心沉沦，她还要继续追求下去，实现自己的理想——那个"贱民"们"由爬行到挺立从而获得新生的理想世界"。[③]

  当然在厄秀拉身上也具备了一切小资产阶级的弱点。技术恐慌使她产生了要捣毁机器的卢德派思想；由于仇恨她认为是虚伪的资产阶级民主但又苦于找不到出路，她甚至觉得血统贵族会比这些"选出来"的贵族好些。过度的悲观厌世使她总是郁郁寡欢，喜怒无常。如果说安东太俗气，而她却又太孤傲。她实际上也面临着易卜生笔下娜拉出走后怎么办的命运。厄秀拉执着地认为：女人的命运不是生孩子，不是做男人的"方舟"，而是做自己的方舟。可她并没有自觉地把这个问题放到社会这个整体中去考虑，没有把妇女的解放与整个历史进程联系起来进行思索。如果她能那样，她就不是厄秀拉了。因此她个人的反抗是苍白无力的，除了把希望寄托在一条绚丽的彩虹上以外再也无能为力了。也许劳伦斯在此是无心插柳吧，他的"虹"实际上带有另一种含义——幻想的昙花一现，"路"在虚无缥缈中——这才是真正的劳伦斯，如果他能为厄秀拉找到所谓的光明出路，他也就不是劳伦斯了。作者的局限反倒成就了厄秀拉这个人物的真实。劳伦斯没有试图虚妄地超越自身的局限，反倒保全了《虹》自身的完整性。

  劳伦斯不能为他的小说中的主人公找到出路，这是很自然的，这是他的世界观局限所致。那种毁灭机器、由血统贵族来统治国家的思想正说明了他历史视野的狭隘，他不能从根本上认识资本主义制度的经济、社会和

[①] 乔治·丁·贝克编：《D. H. 劳伦斯》，弗里德里克·安格尔出版公司，1980年纽约英文版，第54—55页。
[②] 同上，第54—55页。
[③] 赵少伟：《戴·赫·劳伦斯的社会批判三部曲》，《世界文学》1981年第2期。

历史的必然性。他只看到了其违反人性的一面，但他不懂得"人类只有通过这条路才能为自己最后和真正的解放——社会主义——创造基本的物质条件"①。因此他在反对资本主义大工业的恶的方面时，也否定了历史发展的必然趋向。但是，如果从创作上讲，他小说里暴露的这些思想说明他的笔是忠实的，它客观地反映了特定环境下人物的特定性格。劳伦斯没有为自己的主人公违背真实去设计一个浪漫主义的结局，他在反映人物的有力方面的同时也把其弱点甚至致命伤都毫无掩饰地袒露出来。毫无疑问，劳伦斯在政治上是保守的，但唯其如此，他的作品才真实地表现了那个时代知识分子的彷徨无奈与懵懂的价值追求，因此其艺术才富有真实的历史意义，正如伊格尔顿所说："在缺乏真正革命艺术的情况下，只有一种像马克思主义一样敌视自由资产阶级社会的萎缩价值的极端保守主义，才能产生出最有意义的文学来"。②

《虹》即使仅从现实主义的批评角度来看都是一部现实主义力作，虽然它整体的艺术价值更体现为表现主义。如果劳伦斯还活着，也许他会否认这一点，他可能把这部小说的成功归功于"下意识"或"血液意识（blood—consciousness）"，但这又有什么关系呢？《虹》出版后就不仅仅属于劳伦斯，它属于历史、属于人类、属于文学创作规律的胜利，这甚至是不以作者的意志为转移的。连劳伦斯自己在评论美国经典作家作品时都道出了身兼作家和批评家的真知灼见："绝不要相信艺术家，但要相信他笔下的故事。"③

诚然，劳伦斯的哲学思想是不成熟的，甚至有不少人像指责陀思妥耶夫斯基那样指责劳伦斯是个精神病者，甚至要为他做病理研究。鲁迅先生曾说：陀思妥耶夫斯基，即使"是神经病者，也是俄国专制时代的神经病者"。④劳伦斯如果是精神病者，他不也是他那个特定时代的病人吗？《虹》被禁止发行是"劳伦斯遭受到的最大的打击……其真正原因是他谴责了战

---

① 卢卡契：《马克思、恩格斯美学论文集引言》，《卢卡契文学论文集》，中国社会科学出版社，1980年，第293页。
② 特利·伊格尔顿：《马克思主义与文学批评》，人民文学出版社，1980年，第12页。
③ 劳伦斯：《劳伦斯论美国名著》，上海三联书店，2006年，第三页。
④ 鲁迅：《陀思妥耶夫斯基的事》，《且介亭杂文二集》，人民文学出版社，1973年，第163页。

争"。① 以后他又被无端指责为德国间谍。他后来与妻子出国流浪直至抛尸他乡。对《虹》的迫害加快了他悲观思想的发展，最终导致他成为一个"神秘物质主义者"。② 实际上他的经历正是那个时代小资产阶级知识分子的典型写照。

---

① 理查德·奥尔丁顿：《前言——致弗里达》，《启示录》（劳伦斯著），伦敦：马丁·塞克有限公司，1932年，第7页。
② A．赫胥黎：《劳伦斯书信集前言》，载《劳伦斯书信集》，伦敦：海纳曼有限公司，1937年。

血韵诗魂虹作舟[①]

《虹》,恰似一部长诗或散文诗。整个翻译过程就是不断地吟诵和朗诵的过程。其诗的韵律似乎就是我们血脉跳动的节奏:

在这里,薄暮是生命的本质,这为色彩所掩映着的黑暗是一切光明与白昼的萌芽。在这里,天正破晓,最后一缕余晖正在西沉。永恒的黑暗中生命的白昼将会花开花落,重复着平静与永恒隽永的沉寂。

远离时间,永远超越时光!在东西之间,晨暮之间,教堂矗立着,如同一颗沉寂中的种子。发芽前的黑暗,死后的沉寂。这沉寂的教堂,融生死于一体,载着所有生命的喧嚣与变幻,像一颗硕大无朋的种子,它会绽放出难以想象的辉煌的生命之花。但它自始至终都在沉寂中轮回。在彩虹的衬托下,这装饰着宝物的黑暗教堂,沉寂中弹奏着乐曲,黑暗中闪烁着光芒,死亡中孕育着生命,就像一颗种子里,叶子紧叠着叶子,沉静笼罩着根须,花儿将所有的秘密都珍藏在自己的花蕊中。

[①] 此文为拙译《虹》的译者序言(漓江版/北岳版)。后根据企鹅《虹》注释本修改并增加注释,2000年新版由译林出版社再版。2010年中央编译出版社再版。此次有修改和增补。

它挣脱了死亡，投向了生命。它不朽，但它仍会再次拥抱死亡。

在这座教堂里，"过去"和"未来"交织融汇……在此，破晓即是夕照，始末融为一体……

没有时间，没有生命，也没有死亡，只有这超越时光的完美。地面上无数的冲动腾起来在空中相交，汇成狂喜的拱顶。这就是一切，一切的一切。①

多年后我去了这段文字所倾情赞颂的林肯大教堂，由于四面仍然是田园地势与风光，大教堂依旧巍峨耸立在开阔的田野上，威严肃穆，仍能令我感受到年少的劳伦斯翻过一座丘陵，猛然间与这神圣之物相遇时油然而生的宗教激情。或许那一刻他被神的力量击倒在草场上，对此顶礼膜拜过。

一部40万字的小说，成章成章，成段成段，尽是这样折磨人的、非人的残酷文字。没有什么形式、没有什么逻辑、没有什么叙述观点、没有什么性格塑造。只有生命的轮回，只有直觉的涌动，只有对创造性的生的欲望。血韵的记录，用诗一样的语言。欲望的诗魂冲腾，交成一道彩虹。

《虹》是用欲望和血韵的诗样文字谱写的布朗温一家三代人的心灵浪漫传奇。

第一代人——一个英国男子和一个波兰寡妇，经过理智和激情、灵与肉的冲突，终于弥合了彼此间的感情鸿沟，找到了各自的爱和欲望的满足。

第二代人——沉迷于肉欲和本能，疯狂而美丽的蜜月之后出现的是心灵的陌生和心理变态，只有过眼烟云般的床笫之欢还能为这对夫妻的生活带来一点儿色彩。

第三代人——经历着更为痛苦的社会动荡与理想破灭的打击，他们试图追求灵与肉的平衡，放荡的美好与精神的独立并行不悖，其中表现出的两性间依恋与搏斗处处显示了人为实现个体生命价值与自身解放所付出的代价。

无论文学评论还是影视改编，似乎人们都更看重第三代厄秀拉。用"文化研究"大师霍加特的话说，这是自简·爱和安娜·渥伦尼卡以来又一

---

① 劳伦斯：《虹》，黑马译，译林出版社，2000年，第207—208页。

个崭新的现代女性,是妇女解放与自主自立的象征。她超越了前两者,是因为她开始带有女权主义者的特征了。她从始至终追求的是一种新的恋爱关系,既不服从,也不是主宰,在性关系上完全遵从自己生命冲动的引领,其性欲的爆发是非理性的。[1]

《虹》是生命的心灵史诗。这样高品位的艺术作品曾因其大胆而一度成为英国的禁书,惨遭公开销毁,理由是"黄过左拉"。其实这是一场政治迫害,原因是劳伦斯在第一次世界大战爆发之际"不识时务"地谴责了战争。一经开禁,则全然裸露其艺术杰作之本色。它是一道艺术之虹。

《圣经》上说,虹是上帝与尘世立约的记号。云岚出虹,说明上苍有心保佑凡尘免遭洪水之灾。[2]虹不就是方舟吗?劳伦斯是过去的诗人与未来的诗人。虹就是他自己。如果说济慈的名字是写在水上,劳伦斯的名字就写在虹上。

《虹》这部巨构令传统词穷。这部貌似"家史传奇"和"发展小说"其实骨子里毫无因果发展逻辑的表现主义作品倒很有古希腊戏剧的宗教狂热和仪典的灵气。人物更是性格冲突的悲剧产物而非环境的牺牲品。这就导向本体,导向黑暗的自我,导向潜意识与直觉、经验。

《虹》是劳伦斯完成《儿子与情人》后新觉悟的起点,从此他义无反顾地走向现代主义。他在27岁上收到《儿子与情人》的样书后就对自己的文学引路人加尼特挑战般地宣布:"我再也不用那种方式(《儿子与情人》)写作品了。那是我青年时代的结束。"[3]那种方式在他看来就是"生硬、粗暴,过于情绪化,过多的展示。"[4]他转而走向对灵的穿透,几易其稿,筑出这部 F.R. 利维斯称之为"戏剧诗"[5]的巨制。他试图展示"宇宙间强大、自然、时而是爆破性的生命,破坏传统的形式,为的是还事物以本来面目。"[6]他"试图刺破人物意识的表面,触到下面血的关系,摒弃表面的

---

[1] Richard Hoggart: Between Two Worlds, Aurus Press, 2001, p.69.
[2] 见《旧约·创世纪》9:12—17。
[3] 劳伦斯:《劳伦斯书信集》,剑桥大学出版社,2002年,第577封。
[4] 同上,第691封。
[5] F. R. 利维斯:《小说家劳伦斯》,企鹅图书公司,1956年,第139页。
[6] 克里斯特弗·海伍德:《D. H. 劳伦斯新研究》,麦克米伦出版公司,1987年,第125—126页。

'人格',为的是揭示原型的自我。"[①]他宣称:"你别指望在我的小说中寻到人物旧的稳固自我。还有另一个自我,照这个自我行事的人让你无法认得清。"[②]他要"创造一种新的普通的生命,一种根植于我们内心深处的完整的生命。"[③]用劳伦斯自己的术语说,这就是"血液意识"的原型。

"把散文变成诗。"表现主义作家艾德希密德这样说。[④]劳伦斯这样做了。他因此而"穷尽了英文的词库。"[⑤]能穷尽英文词库的人是要为此付出巨大的生命代价的,可能这是他在刚入不惑之年不久即辞世的根源吧。据给他看过病的医生说,劳氏的意志是惊人的,以他的病情他本该早死二年的。看来他在最后二年成了个活精灵了,那么他最后完成的《查太莱夫人的情人》和《启示录》该是非人之作了。

其实他在写完《儿子与情人》后就几乎变成了精灵。君不见,《虹》不就是作者带着十二分的虔诚在谵狂状态下的幻象之作吗?F. R. 利维斯说它是对现代文明的研究[⑥]、是戏剧诗、是英国历史的记录[⑦]。但它决非在传统意义上享有这些名分。它是表现主义文学的力作,同时仍然是一部难得的现实主义力作。1980年代我仅仅从现实主义的角度看待它,写了《时代与〈虹〉》的论文。那之后在层出不穷的现代主义和后现代主义理论观照下,我也开始用新的眼光研读这部英国小说史上的高峰之作,获益匪浅,但我仍然坚持在我的译本后附上早期的现实主义研究论文,希望读者能受到启发,从而关注劳伦斯对现实主义传统的继承和推陈出新。

全部译文曾承蒙中国社会科学院外文所刘若端教授审阅。感谢刘先生的中肯批评。刘先生亲自动笔改正了原译稿中(主要是1—10章拙译)不少缺乏提炼的中国北方方言,填补了漏译的句子及注释条目,使译文增色。

本人还要感谢前莫斯科国立列宁师范学院米哈尔斯卡娅教授赠送一部精装俄文注释的英文版《虹》(苏联虹出版社1985年出版),使译者在没有英文注释本的情况下得以借俄文注释解决一些典故的出源。不少中文注释

[①][②][③] 克里斯特弗·海伍德:《D. H. 劳伦斯新研究》麦克米伦出版公司,1987年,第125-126页。
[④] 孙席珍:《外国文学论集》,福建人民出版社,1983年,第235-257页。
[⑤] 查理斯·罗斯:《恋爱中的女人·导言》,企鹅出版社,1989年,第43页。
[⑥] F. R. 利维斯:《小说家劳伦斯》,企鹅出版社,1956年,第120页。
[⑦] 同上,第126页。

直接译自该版俄文注释。到20世纪90年代我买到了企鹅1989年的注解本，发现是第二版，首版标注是1986年，为此很是后悔：那个时候我们太与世隔绝了，不知道早就有了英文注解本。待我将这个英文注解本与俄文注解比较时，发现两者很接近，就断定是苏联学者比英国人早一年做出了注解本。不久前与英国的劳伦斯专家波普洛斯基通信谈到早年根据俄文注释本翻译《虹》的经历，我向他求证1985年前有没有英文注解本。如果没有就说明苏联的注释本为最早。波普洛斯基客观地告诉我：企鹅1986年的本子是1981年版本的重印，但没标明1981年首版，因为1981年的版本是属于企鹅图书馆系列，发行量不大，而1986年版是属于20世纪经典系列，影响较大。看来苏联的1985版注解本应该是翻译或主要翻译自企鹅1981年的注释版本！否则两者不会那么相似。但也说明苏联学界对英语国家的劳伦斯研究还是跟得很紧，至少比正在开始市场经济，在"双轨制"下几乎无所适从的中国学界要正规得多，他们在英文注释本出来后的第四年就出版了俄文翻译本。而1985年的中国外国文学研究界仍对劳伦斯持极其保守的态度，劳伦斯还背着黄色作家的罪名。整个一年中只有一篇劳伦斯研究论文出现，就是发表在《外国文学研究》上的拙文《时代与〈虹〉》。

《虹》的注解通过俄文本的翻译首次进入中国，靠的还是我那点基本的俄文知识。还要说明的是，第一个英文注解本是沃森教授做出来的，那时他还仅仅是讲师，十几年后才成为劳伦斯研究的权威。原来我是通过俄文间接翻译了他的注解，多年后才以访问学者的身份旁听他的课程，这样的神交与邂逅在我看来都是传奇。

荒原上的苦难历程
——《恋爱中的女人》译序[①]

张爱玲在自己的一本小说序言中曾说:"时代是仓促的,已经在破坏中,还有更大的破坏要来。有一天,我们的文明,不论是升华还是沉浮,都要成为过去。如果我最常用的字是'荒凉',那是因为思想背景里有这惘惘的威胁。"[②]

我以为D. H. 劳伦斯正是以这种心境写作这部巨著的。小说留给读者的,只能是荒芜的寂寥。至于那心灵荒原上的情、欲、爱,真可以用大诗人迈克尔·德雷顿的几行诗来描摹:

爱在吐出最后一丝喘息,
忠诚跪在死榻一隅,

[①]《恋爱中的女人》译者序言最早写于1988年末。北岳版、译林版、台湾千华版、台湾猫头鹰版、中央编译版均采用该序。本次在原序基础上进行了较大修改增删。
[②] 张爱玲:《传奇》再版自序,《张爱玲短篇小说集》,皇冠出版社。

纯真正在双目紧闭……①

　　小说伊始，我们已经看到这样一个女人：她面色苍白，衣着华贵，举止高雅，其实是一个性变态的女人。她凶狠、狡诈，一心要占有男人的灵魂。她为变态的强烈情欲所驱使，对男人可以竭尽温情，一旦遭到挫败，她又会像疯子一样报复，大家闺秀的高雅此时会丧失殆尽，只露出魔鬼的本来面目。她是一个疯狂的刽子手，她就是贵妇人赫麦妮。

　　小说向我们展示出的伦敦城，一片黯淡阴冷，庞巴多咖啡馆更是乌烟瘴气。一群行尸走肉般的男女，无望地及时行乐，鬼混度日。他们心灵空虚，万念俱灰，烟酒也无法排遣心中无端的苦闷与孤独，情欲的放纵只能加深心灵的痛苦。好一幅世纪末的群像！

　　小说以"恋爱中的女人"做了书名，这个书名表达的或许只有小说一半的内容，实则劳伦斯用更多的篇幅描写伯金和厄秀拉、杰拉德和戈珍这两对情人苦涩的恋情，写他们的追求。他们身处在一个悲剧的氛围中，心头笼罩着总也拂不去的阴影。他们试图用爱——异性的及同性的来填补心灵的孤独，可陌生的心总也无法沟通。他们甚至失去了生的意志——爱不起来、活着无聊、丢弃不忍、结着幽怨、系着压抑。郁闷的心境令人难以将息。

　　伯金是一个天生的悲剧之子，他有着过于纤弱的灵魂与羸弱的体质，这些足以铸就他悲剧的气质。这样一个痛苦的精灵在冷酷无情的工业文明时代只能活得更累，苦难更为深重。他冷漠、忧郁、绝望，总在痛苦地思索人类的命运与人生的意义，但得出的都是悲剧性的结论：人类已日暮途穷，机器文明将导致人类的彻底毁灭。

　　这个悲剧之子在爱情上同样苦苦地求索。贵妇人赫麦妮在千方百计缠着他，那强烈的变态情欲令伯金厌恶，可他又舍不得与她断绝关系，最终自食其果，险些被赫麦妮杀死。他追求着才女厄秀拉，他们双双追求着一种灵与肉和谐的性关系。可他们始终达不到这个崇高的理想境界。冥冥中的忧郁、陌生与苦楚阻隔着他们，时有情欲的放纵也成过眼烟云。与此同

---

① 迈克尔·德雷顿：《爱之永诀》，载《英诗金库》，牛津大学出版社。

时伯金无法抵抗杰拉德的魅力，他需要杰拉德的同性友谊做他爱情生活的补充。他与杰拉德时有冲突，无法达到亲同手足的程度。这又是一种折磨。

由此可见，伯金是一个现代的悲剧浪漫者。他预感大难临头，对社会和世界早已绝望，因此要追求一个个人圆满的结局了此一生。伯金是不幸的，个性悲剧与社会现实的黑暗只能把他一步步推向苦难的深渊。他的爱，他的思索与追求，是现代工业文明条件下知识分子的痛苦写照。欲哭无泪、欲罢不能、不堪回首、前景叵测，此乃伯金的苦难历程。

杰拉德·克里奇是一个值得深思的人物。他是一位工业巨子，劳伦斯称之为"和平时期的拿破仑，又一个俾斯麦"。他一心只想发展企业，增加利润，像一台高精密的机器不知疲惫地运转。他对工人冷酷无情，毫无人性与人道可言；他信奉科学和设备，不知不觉中自己却成了机器的奴隶。随着企业的大发展和资本的大幅度增加，他突然发现自己已经异化为非人。他心灵空虚，毫无情感，空有一具美男子的躯壳，深感疲乏无力，生的欲望早已丧失殆尽。他时而会在梦中惊醒，在无限的孤独中瑟瑟发抖，深怕有朝一日变成一具行尸走肉。他是一个精神上的阉人，心早已死了。

为了寻回真实的自己，他想到了爱，想借此良方起死回生。他先是与女模特米纳蒂厮混，后又追求良家女孩戈珍。可是死人是无法爱的，他身上那股死亡气息只能令戈珍窒息。

最终戈珍弃他而去，投入了一个德国雕塑师的怀抱。杰拉德气急败坏，精神错乱中死在冰天雪地的阿尔卑斯山谷中。一具心灵冰冷荒芜的躯体葬在冰谷中，这儿是他最恰当的归宿。

如果说小说里还有什么亮点和纯粹的温暖及感动，这应该说来自杰拉德的父亲老矿主克里奇先生。这是个淹没在喧嚣与骚动的浪潮中时隐时现的人物，似乎游离于主体和主题，但似乎又不可或缺，起着某种平衡作用。这绝不是劳伦斯有意无意中的闲笔，他像长久阴天的寒冬里偶尔透过乌云闪烁一下的太阳，其光芒稍纵即逝，但却能令整部小说富有温暖色调。这个老父亲的角色似乎是劳伦斯理想中最好的父亲，是最理想的企业家，他经过资本的原始积累后良心未泯，内心充满了原罪感，对苦难中的矿工充满同情和怜悯，多有善举。他甚至认为从事劳动的矿工们是最高尚的，这些穷人比他更接近基督,如果不是为了扩大生产,他甚至想要把财产全分给他们。几个不同的章节里时而出现濒死中不断反思生命和生活的老克里奇,同时将果断刚毅与矿工为敌的工业巨子的儿子杰拉德随时置身于与父亲的对比中。最终,生活的逻辑战胜了理想,老克里奇必须死去,虚幻的基督教的爱必须让位于残酷的工业文明的发展逻辑。而且,让他死去的还有那些他自叹不如的比他接近基督的矿工们,他们对他的仁慈并不领情,他们生活在"民主"时代,要求的是生来平等。可是,"一旦人们开始为财产的平等而斗争,如何分得清哪儿是为平等而战的激情、哪儿是贪欲的激情?"① 于是,老克里奇先生抑郁而死。劳伦斯的笔是那样残酷,他让老克里奇缓慢地在心灵与肉体的病痛中抽丝般地死去,多少章过去了,老克里奇一直在背景中隐现,不肯死去,枯竭的身躯和枯槁的病容一再如幻影出现,似乎在用游丝般的温暖平衡小说的残酷,又似乎是用自己的磨难昭示着现实的残酷无情。小说的逻辑遵从了现实的逻辑,老克里奇必死,这个理想人物必须让他遭到现实最残酷的扼杀——恨他如绊脚石的杰拉德们和他深爱着的穷人们一刀一刀地将他处以剐刑,这是文明发展的利刃,掌握在看似对立的两个不同的阶级手中,但都对准了他。但就是这盏风中的蜡炬,给《恋爱中的女人》荒芜的高原增添了难得的亮色。

关于这部小说,学术界的论文与专著已经汗牛充栋,几乎穷尽了全部可以研究的话题和角度。因为这是劳伦斯最重要的小说之一,从时序上说,估计是英语文学中首部现代主义小说。② 小说肇始于战前和平时期,是工业革命如日中天的发达期,背景是轰轰烈烈开发中的煤矿区与矿区附近依旧田园诗般的旧英国乡村,但却重写并杀青于第一次世界大战中期,应该说是少有的"战争"小说。但它又像劳伦斯同时期的很多中短篇小说一样,反倒没有战争场景,没有前线的惨烈杀戮,其故事和人物经历的是内心的战争和两性之间的战争。其荒芜和荒谬的内心世界与外部场景都令人把它比作小说中的《荒原》。但事实是,如果不是因为受它的姊妹篇《虹》在1915年遭禁的影响完稿后拖延4年才于1920年在美国出私人征订版并在次

---

① 劳伦斯:《恋爱中的女人》,黑马译,译林出版社,1999年,第243页。
② 凯斯·萨加:《劳伦斯的绘画世界》,黑马译,金城出版社,2012年,第11页。

年才在英国出版，它会比广为人知的现代主义作品《荒原》和《尤利西斯》早出版几年。即使拖延4年出版，也和后两部作品在同一时间段面世。所以萨加说它是英语世界里的首部现代主义小说。同时，按照文化批评大家霍加特的观点，它是英国小说中的高峰之一。①

既然是如此的高峰之作，其成就自然是有目共睹，并且如霍加特所说，这样的书不可重复，不是别人写小说的模仿物，它更该被看成是丰富的矿藏：任何作小说者必读它，并且会在某种程度上受到它的影响。

劳伦斯曾在《查泰莱夫人的情人》一书中借康妮之口道出对好小说的看法，说："小说，如果写得恰到好处，可以揭示生命之最为隐秘地带。"②

从写实的表象上看，劳伦斯将《虹》中两个英国小镇上的新派女性通过恋爱关系与采矿业的工业巨子和郡政府的教育官员发生接触，很快把小镇的女性婚恋话题转向国家、民族、民主、欧洲和世界的问题上。劳伦斯继承了传统英国小说中对风光绮丽的小镇生活的热爱，刻画了形象各异的小镇人物，这是因为从根本上说英国是一个小镇组成的国家，令人想起《米德尔马契》、《傲慢与偏见》、《弗洛斯河畔的磨坊》、《苔丝》，甚至《简爱》。但他大大超越了哈代、艾略特和奥斯汀们，很快就让两个新女性走入了男人的世界，走向了无比广阔的空间，从伦敦走向了欧洲。这种令人眼花缭乱的场景的蒙太奇般的组接和切换，伴随着人物激烈的争吵和情欲的释放，令读者在紧张的节奏中迅速感受到了英国社会的动荡变迁，感受到工业文明的乱象丛生，人们的内心活动紧张跌宕，在残酷的现实面前无论有产阶级、无产阶级还是夹在中间的知识分子和艺术家们，都无所适从，世纪末的黑云压在每个人心头，看不到乌云的任何金边。生活的镜头迅速切换着，心灵的窗口迅速打开，戏剧冲突犹如一场场祭奠的仪式，场景都笼罩在浓重的甚至是浓艳的色彩下，令人感到有古希腊悲剧的音乐和鼓声在奏响，有上帝的彩笔在涂抹着浓艳的色块。这就是最典型的表现主义写法了，可以称之为戏剧诗。英国现代小说到了这里，算是真正达到了一个高峰，而且是独具一格的高峰，无可比拟。因为它如此凝练、紧张地揭示

---

① Richard Hoggart: *Between Two Worlds*, Aurus Press, 2001, p. 83.
② 劳伦斯:《查泰莱夫人的情人》，黑马译，译林出版社，2009年，第86页。

了太多的现实和心灵的隐秘之处，手法如此反传统，这样的杰作竟然出自一个如此年轻的作家，其价值肯定是要被无情地埋没多年才能被后人认识。特别是劳伦斯在此表现出了超阶级意识，把有产阶级和无产阶级写成一个硬币的两面，让他们中间仅仅隔着利益，实则都是文明的牺牲品。这样石破天惊的揭示只有在后现代主义的视野里才能得到响应，所以劳伦斯受到来自左右两方面的攻击就是再正常不过的了。但真理总是要有先知来揭示，先知往往是要上十字架和火刑柱的。就是在这个意义上说，《恋爱中的女人》是一部非凡的启示录式的作品。

作为文学作品的这本新的启示录意象纷呈，光影迷离，于无声处时而惊雷阵阵轰鸣，似有神的宣判。不错，厄秀拉和戈珍的名字本身就隐含着神话悲剧的启示：一个是历史上的烈女，带领1100个处女出使匈奴，惨遭杀害；另一个是条顿传奇中尼伯龙根国王的公主，杀了自己的丈夫。而在小说中，厄秀拉以新女性的姿态义无反顾地进入与伯金的危险的性关系中，一面体验自己所爱之人的男性神话，也体验性关系中彻底的赤裸和爱到极点时彻底忘却羞耻的极端情色感受，同时明知无望，还是竭尽全力将伯金拯救出同性情爱的迷惘苦海，其实她是在扮演烈女的角色，烈女并非只出现在战场，也出现在情场。戈珍则同样与杰拉德一起体验了彻底的放纵，又遵循自己激情冲动的引领与杰拉德分道扬镳，首先从精神上杀死了杰拉德，最终杰拉德在变成行尸走肉的情况下自己倒毙在雪谷中，他其实是被神话中的戈珍公主杀死的，从一开始就注定是自投命运的罗网。所以两对恋人的性爱体验总是像一场场宗教仪式，令人感到那不是做爱，而是在把他们自己献给神的祭坛。劳伦斯这个时候已经开始将隐含的神化原型与现实世界嫁接，为从现代主义和后现代主义文学批评视角审视他的作品埋下了因子。

这本书里展开的就是一场没有硝烟的性战争，没有刀枪剑戟，但字里行间战火纷飞，人性的隐秘地带一一得到触动。两对情人历经感情折磨，历经疯狂的爱欲宣泄，历经感情和性爱的暴力，最终以杰拉德变疯而死为结束；但故事远没结束，厄秀拉和伯金并没有达到完全和谐，故事的结局是开放式的，结尾是伯金对死去的杰拉德冥冥中的倾诉：那死去的和正在死去的仍然可以爱。[1]

劳伦斯在为这部小说写下的自序中表白道:"男人为其即将生出的欲求而挣扎并寻求满足。如同蓓蕾在树木中挣扎而出,新的欲求之花在磨难中生自人的体内。任何一个真正有个性的男人都会试图认识并了解他身心中正在发生什么,他要挣扎,以得出语言上的表达。这种挣扎决不应该在艺术中被忽略,因为它是生命之重大部分;这决非理念强加于人,而是为获得意识生命而进行的激情抗争。"[2] 这段听似与"恋爱中的女人"关系不大的话是在昭示生命新的隐秘地带。故事远没有结束,甚至只是刚刚开始。

所以"文化研究"的开山鼻祖霍加特才把这本小说推崇为英国小说的一个高峰,霍加特还说,这样的小说能改变读者:读了这样的小说,我们对自己人格潜流的感觉从此变了:改变我们看待自己的方式,看待我们与他人之间关系的方式,看待社会的方式,看待时间与代际、家庭与地域和空间的方式。[3] 总之这部小说完全符合劳伦斯自己给小说下的定义:"闪光的生命之书。"这是因为,作为小说,它揭示的是生命的全部,甚至是劳伦斯所说的人性最隐秘的地带,这是任何哲学、宗教或伦理学都无法在一本自己领域的书里能揭示的。所以劳伦斯说他感觉作为小说家,他比圣人、哲学家、科学家和诗人都优越,因为那些人只能主宰人的不同部分,却不能获得人的整体,而小说家的小说却能让人全身战抖。[4]

---

[1] 劳伦斯:《恋爱中的女人》,黑马译,译林出版社,1999年,第515页。
[2] 劳伦斯:《书之孽》,黑马译,金城出版社,2012年,第261页。
[3] Richard Hoggart: *Between Two Worlds*. Aurus Press. 2001. p. 84.
[4] 劳伦斯:《劳伦斯文艺随笔》,黑马译,漓江出版社,2004年,第238页。

爱与乌托邦的幻灭

——《袋鼠》译者序言[1]

离开了英国,离开了他苦苦爱着的英国,形单影只,只觉得万般情感无以言表。这天很冷,海岸上白雪覆盖的锚地看似尸布一般。当他们的船驶离福克斯通港后,回首身后的英国,她就像陷入海中的一口阴沉沉的灰棺材,只露出死灰色的悬崖,崖顶上覆盖着破布一样的白色雪衣。

《袋鼠》第十二章中主人公索默斯离别英国的这段凄婉文字,恰恰是劳伦斯经历了第一次世界大战期间的精神重创,怀着对英国爱恨交织的复杂情感惜别故土时的真实写照。

他怎能不爱生他养他的祖国?他怎能不爱这片给了他文学灵感的古老而美丽的故乡?即使他不爱英国这个国家,他又怎能不爱那造就了他非凡文学灵魂的诺丁汉家乡?

---
[1] 此文是译林出版社2000年版拙译《袋鼠》译者序言。有修改。

但残酷的现实是：劳伦斯是英国的逐客，没有人下令驱赶他，但他就是无法在英国生活下去。他在第一次世界大战期间想离开英国，但当局不给他颁发护照，走不了。大战一结束，允许他走了，他就不失时机地离开了。他命中注定浪迹天涯，客死他乡。

他的文学理念与表现形式是不见容于彼时的英国社会主流的，那个难得宽容的后维多利亚时代的道德伦理观，那个特殊战争年代里对个性的扼杀，是容不得半点浪漫情怀的。生活在彼时的英国就意味着泯灭个性。他的小说《虹》遭禁后，他基本成了禁书作家，《恋爱中的女人》这部被看作是英语小说中的第一部现代派作品在战争期间杀青，但稿件在英国几乎所有大出版社旅行一圈后，惨遭拒绝，理由很简单，他是禁书《虹》的作者，谁都不敢承担遭到查禁的风险。整个大战期间，他的任何重要作品都难以在英国发表。他对英国十分失望，一直幻想着尽早离开。另外，他是以写作为生的职业作家，没有版税和稿酬他就无法生存，他在英国没有财产，连住所都没有，从生存的角度考虑他也得去消费低廉的意大利。

他自我流放，但怀揣着的是他的祖国，是他的诺丁汉矿乡，是心灵上的创伤与情结。在他的散文《归乡》和《诺丁汉矿乡》中，这种情愫表现得淋漓尽致，读来令人动容。

离开英国4年后，在轮船驶近普利茅斯湾时，他望到了灯塔的微光。此时他这个"灵魂已死的男人"心情如何呢？"我决不佯装我心已死。不，它就在我胸中爆裂着。'这是我的，我自己的故土！'天哪，那灯光之后是什么啊！"他几乎是被逼出了英国，可又永远心系故土。

《袋鼠》第十二章《噩梦》，整整5万字都是劳伦斯于第一次世界大战期间在英国遭受的非人待遇的真实记录，在自己苦恋着的祖国遭受如此这般的辱没，对他的心灵该是何等的摧残。爱自己的祖国实在太难。这一章的标题为"噩梦"是再贴切不过的了。正是在这场噩梦之后，劳伦斯凄然去国，怀着寻找一处净土的念想，奔赴锡兰、澳大利亚和新墨西哥。他甚至没有放弃大战期间就萌发的建立一个名为"拉纳尼姆"的乌托邦的理想。也正是在南天群星照耀下的旅途中，在南太平洋汹涌澎湃的浪涛拍岸声中，在对英国的思念与诅咒中，他挥就了《袋鼠》这部爱恨交织，情理交融，诗画一体，自传、写实和想象浑然天成的长篇小说。

某种程度上，小说主人公索默斯是劳伦斯的精神化身，传达着劳伦斯特有的情结和理念，因此有评论说《袋鼠》是劳伦斯的"精神自传"。当我们谈到索默斯的精神世界时，应该认为它与劳伦斯的所思所想时而有着惊人的一致。

澳大利亚这个处子般的国度最初让索默斯感到了建立一个乌托邦的可能。西澳大利亚蓝海净水般的天空、落英如潮的原野、神秘的桉树林和南太平洋的悬崖狂涛都令他迷恋，成就了书中一幅幅不朽的澳大利亚风景，被认为是有史以来澳洲风光描写的绝笔。如下的段落在《袋鼠》中比比皆是。

> 这是一片广袤粗砺、璞玉浑金的土地。这片广袤无垠、荒无人烟的大地令他生畏。这片国土看似那么迷茫广漠，不可亲近。天空纯净无瑕，水晶般湛蓝，那是一种悦目的淡淡的蓝色。空气太清新了，还没被人呼吸过。那片地域太辽阔了。可是那儿的灌木丛，烧焦的灌木丛令他胆战心惊。身为诗人，他认为他理应体验一个普通人拒斥的全部人类的情绪和感受。因此，他任凭自己去感知灌木丛带给人的各种感觉。那片幽灵鬼影幢幢的地方，树干苍白如幻影，不少是死树，如同死尸横陈，多半死于林火，树叶子黑乎乎的像青灰铁皮一般。那儿万籁俱寂，死一般沉静无息，仅有的几只鸟儿似乎也被那死寂窒息了。等待，等待，灌木丛似乎是在等待着什么。他无法看透那儿的秘密，无法把握它，谁也把握不了它，它到底在等什么？[①]

> 灌木丛正值花季，金合欢花开得正盛。金合欢花是澳大利亚的国花，有三十二种之多。但理查德在此只发现七种。那红茎开淡黄花的小合欢树只有一二英尺高，在沙路边开得如烟如雾，形似小喷泉。那种刺儿合欢一身的苍白绒球，盘根错节长在土坎上。还有生着小铃铛花的荒地合欢，开得像白石楠花，长得高大挺直。在这之上，是茂盛

---

① 劳伦斯：《袋鼠》，黑马译，译林出版社，2000年，第9页。

的金色灌木合欢花，开在细长如线的花茎上，到处都是，美丽的蓝色花朵中点缀着金色的籽粒，三瓣儿，看似芦花，可是那蓝色如此深重，透着澳大利亚的阴暗气息。再往前就是一处空荡荒蛮的地方，一片灰色，有几棵烧焦的桉树。这里曾发生过一场灌木丛火灾。就在这片荒地旁，十二英尺高的枝头开着大朵大朵的花儿，像是树顶端球茎上黏稠的深色百合，血一样深红。再越过一条小溪，又见散落的灌木丛和最为奇特的黄红色天花菜灌木丛，恰似竖起的金色硬毛刷。还有奇特的"黑孩子"①，一条黑色的腿，头上放射着墨绿色的针叶，种茎高高耸立，比人的个头还高。这里一片，那里一丛，到处是黛色细叶衬托的一簇簇金色合欢花。②

天时地利之外该是"人和"了，三者俱备，此地真的可以建立一个现世的乌托邦了。索默斯初抵澳大利亚就轻易地察觉到，这片人情古朴的土地上男人之间的友情表露得率真热烈，这种友情被澳洲人称作"mateship"。此情此景恰恰与劳伦斯一贯追求的"血谊兄弟"之情的境界相吻合。

先是一位澳洲退伍兵杰克向索默斯表示自己忠贞不渝的感情，表示愿与他出生入死，做他的"伴儿"。此情此景令人联想起《恋爱中的女人》中伯金与杰拉德之间的感情流露。这是劳伦斯为之钟情的《圣经》中"大卫—约拿单"式的友情模式。杰克的表达令索默斯既感动又惊诧，但表现出的是有节制的默认。

随后索默斯通过杰克的介绍结识了杰克的上司、退伍兵组织的领袖本杰明·库利，绰号袋鼠。此人以非凡的个人魅力统领着遍布澳洲的退伍兵俱乐部，准备在适当的时候夺取政权。袋鼠并非一介赳赳武夫，而是一个满腹经纶、有情有义的儒帅。他立志拯救澳大利亚，为此苦心孤诣，运筹帷幄，具有铁血人物的一面。但他同时又强调用爱心凝聚同胞，尊重人的生命价值。他因此在退伍兵们心中享有崇高的威望。在索默斯眼里，袋鼠如同一个神，他身上的精英和贵族气与基督教爱的感召力使他具备了救世

---

① 一种特殊的树，通体焦黑，顶部像长着长发的头，故名"黑孩子"。
② 劳伦斯：《袋鼠》，黑马译，译林出版社，2000年，第406—407页。

主的品质。索默斯作为一个随笔作家在袋鼠身上似乎看到了一个乌托邦王国的领袖。袋鼠读过索默斯有关民主自由的随笔，自觉与之产生了共鸣。他能够面晤索默斯自然喜不自禁，不仅向索默斯大发宏论，亦向他示爱。最终索默斯拒绝了袋鼠，全然是因为他作为一个知识分子要保全自身的遗世独立，而一旦陷入任何集团的利益之争，就难保公正。归根结底，袋鼠是个现世的神，他的革命是建立在暴力之上的，这一点叫索默斯不敢苟同，因为这让他回忆起第一次世界大战，想起那种极权主义和大众意志的恐怖。于是他采取了典型的知识分子立场，明智地退缩了。

工党领袖斯特劳瑟斯较为隐晦地向索默斯发出了类似的信息。斯特劳瑟斯同样强调男性之间的爱是建立新的社会秩序的基础。斯特劳瑟斯的表白令索默斯想起惠特曼有关同志爱的理念。索默斯准确地捕捉住了斯特劳瑟斯的信息，亦受到他的吸引。但是当这位工党领袖热烈地邀请他出任工党报纸的主编时，索默斯感到自己又在被迫入伙，斯特劳瑟斯不过是另一个袋鼠。于是他再一次退却了。

最终袋鼠领导的退伍兵们与工党的人发生了激烈的暴力冲突，双方人员鏖战，打得昏天黑地，终于以袋鼠中弹倒地而结束。索默斯身处现场，领教了暴力冲突的恐怖，血的事实宣告了澳洲乌托邦的幻灭，索默斯和妻子又远航美洲。

作为一个手无寸铁的书生，索默斯幻想着的是一个天蓝水净，远离大战后罪恶欧洲的南半球人间天堂。以袋鼠和斯特劳瑟斯为代表的两种势力最初都以其爱的教义及其领袖人物的人格魅力吸引着索默斯投身到他们建立新的人类秩序的迷人事业中去。性情软弱的索默斯在这些以人类救世主面目出现的强者面前，感到自惭形秽，意欲追随甚至生出某种朦胧的感情。但是，他的理想终遭破灭。这是一介文弱书生的必然之路。其破灭不仅来自人欲横流的外部世界的丑恶对他的打击：袋鼠和斯特劳瑟斯们的爱和救世终将走向暴力和集团利益的争夺，这是索默斯不能苟同的；这种破灭亦来自索默斯自身：他是一介草民，又是一个性情高远的个性主义者，在乱世中不仅要求得生命的苟全，亦要保持自身思想感情上的狷介，决不要成为别人的附庸，无论他们的人格魅力有多强。他所认同的mateship是超越现实利益的纯粹人类感情，是近乎神性的爱，在复杂的人欲横流的社会斗争中是不存在的。他苦苦寻觅的，终归是可遇而不可求的空中楼阁。《袋鼠》在描摹索默斯的内心矛盾方面十分熨帖入微，乱世中知识分子的出世与入世理念的矛盾以及微妙的情感与心理冲突在索默斯身上得到了最为艺术的体现。如同《虹》、《恋爱中的女人》、《儿子与情人》和《查泰莱夫人的情人》等优秀作品，《袋鼠》同样把爱的主题与时代、现实完美有机地融为一体，称得上是劳伦斯的又一部杰作。

索默斯/劳伦斯不无惆怅地离开了澳大利亚，在烟花八月的春天里。无论如何，他在这里留下了一段强烈的情感体验，这里的自然美景亦铭刻在心，成为最宝贵的生命财富。他甚至十分感念地表示：如果他有三条命，他就会留下来。如果绕着地球走，再转到这个地方，他就会永远留下来。破灭的只是梦想，留在生命中的则是真实。索默斯/劳伦斯不虚此行。梦想破灭了，但这种破灭在劳伦斯笔下竟是那么美丽。他为澳大利亚留下了一部难得的作品，被很多澳洲人认为是澳洲文学的一部分。

近些年随着后现代主义文学批评的兴起，一些批评家也开始从这个新角度解读这部当年在现实主义和英国小说传统观念中都无法获得其意义的小说，竟然发现这部在当年不合时宜的小说是为今日所写，劳伦斯之先锋性得到了理解，认为主人公索默斯活脱就是一个后现代主义者。在索默斯身上，战后的任何可能挽救人类于危机的政治制度和哲学理念都遭到了无情的消解；在感情上，无论是基督教的兄弟之爱还是现存的婚姻制度都令他无所适从，他感到无处安放自己的心灵，只能在茫茫的精神海洋上流浪。这样的小说自然在1920年代被视为呓语，是痴人说梦，直至近些年才开始获得恰当的解读。我们可以说这是劳伦斯的先锋性和先知风范，但也许劳伦斯的小说的确仅仅是表达了他的迷惘和心灵的真空感，而这些恰恰与后现代主义精神偶合。即使仅仅如此，我们也有必要研究这样的问题：为什么劳伦斯与他的时代如此格格不入，为什么是他写出了这样决绝地与他的时代主流精神如此游离甚至抗争的小说？

本书的翻译得到了不少朋友的帮助，特致谢如下：

在中央电视台工作的法文专家、加拿大作家李莎博士（Dr.Lisa

Carducci）。书中的法文、意大利文和拉丁文均由李莎译成英文，再由译者转译成中文。其中的拉丁文是李莎几次通过 E-mail 与生活在意大利的姐姐联系后得到准确英文意思的。

  澳大利亚 Edith Cowan 大学高级讲师坎·威利斯（Ken Willis）先生。他为译者提供了有关《袋鼠》的评论和作为澳洲读者对《袋鼠》的反馈，并介绍了彼时澳大利亚的政治局势及风土人情知识，这些是课堂上难以学到的，对译者总体把握这部以澳洲为背景的小说颇有裨益。威利斯夫妇亦热心地驱车带领译者深入西澳浩瀚的林海和灌木丛，讲解澳洲的鸟、兽、花，对译者准确翻译劳伦斯的风景描写起到了不可估量的作用。

  澳大利亚 Edith Cowan 大学英语系主任格林·菲利普斯（Glen Philips）教授。1985年译者初访西澳大利亚，格林先生热情地驱车带我进入劳伦斯居住过的达灵顿山区，参观劳氏故居。格林先生在桉树林中打开《袋鼠》，朗读了片段，并告诉我劳伦斯就是在那里远眺弗里曼托小城，写下了美丽的篇章。12年后，格林先生又通过 E-mail 越洋帮助我对书中的几处词典上查不出的人名和地名做了注释，这种帮助是无价的，别人难以替代的。

  澳大利亚 Edith Cowan 大学语言文学与传媒学院（School of Language, Literature and Media Studies）。该学院，1997年8至10月邀请我为客座研究员，就拙作小说、小说改编的电影及中国的电视传媒等题目开设公开讲座。校方体谅到我对劳伦斯的翻译研究，尽量压缩我的工作量，为我提供了充足的时间和良好的条件研习劳伦斯学方面的最新成果，复印了几百页的研究资料。访学期间熟悉了澳洲的语言环境和自然环境，对我翻译作品中的澳式英语十分有益。

  这本译作出版后我远赴英国诺丁汉大学劳伦斯中心做访问学者，其间我的导师沃森教授赠送我一册新出版的《袋鼠》注释本。如果以后有机会再版该书，我会根据这个注释本修订拙译以求更真质地把握小说的精神，更准确地向中国读者传达原作的真谛。

《儿子与情人》论[①]

> 爱的能力,依赖于人从自恋、从与母亲和氏族的乱伦性固恋中解脱出来的能力,依赖于生长的能力和发展一种我们与世界及我们与自己关系上的生产型倾向的能力。
>
> ——E. 弗洛姆:《爱的艺术》[②]

一

在天才辈出的20世纪英国文坛上,既拥有众多的忠诚追随者,又引起激烈争议、召来众多的反对者,这样的作家恐怕只有D. H. 劳伦斯一人了。[③] "劳伦斯是和文学史上一班独特的作家,如法国的卢梭、阿瑟·兰波、

[①] 本文曾发表在《外国文学评论》1987年第3期上,后被劳伦斯研究者广泛引用。时过境迁,修改、增删后曾收入2011年人民文学版《儿子与情人》为跋。本文为最新修改版。
[②] E. 弗洛姆:《爱的艺术》,工人出版社,1986年,第108页。
[③] 尼古拉·巴里切夫:《虹·跋》,虹出版社,莫斯科,1986年俄文版。

美国的爱伦·坡、英国的布莱克等同性质的人物，不是给人骂得一文不值，就是被认为特别伟大的怪才。"① 几十年来，劳伦斯成为人们热衷的话题，但真正了解、细读他作品者寥寥，倒是以讹传讹，人云亦云，对他产生了不同程度的偏见，评家也多有訾议和微词，而从众心理下"慕名"寻"黄"者更不乏其人。他生前文运多蹇，历尽劫难，兴文字狱者甚至以"黄过左拉"②为题蛊惑人心，煽动仇恨。

只是在他谢世多年之后，那笼罩在他卷帙浩繁的作品上的阴霾才逐渐被驱散。他的创作终因其对摧残人性的工业文明的抗议、为人性解放的可能性所做出的努力以及帮助当代人从虚伪的道德羁绊中得到解脱的"真诚不懈的渴望"吸引了众多读者，魅力俱增。③在艺术上，正如大批评家F．R．利维斯所言：劳伦斯"虽然不是莎士比亚，但他有天分，他的天分表现为奇迹般敏锐的洞察力、悟性和理解力。"④ 他的天分特别表现在"诗意地唤起景物、环境和氛围"方面⑤。

笔者以为，劳伦斯之所以魅力不衰，主要是由于他的艺术创作处在批判现实主义和现代主义道路的交叉点上。在他的作品中，对于环境的再现、对生活细节的描述同朦胧神秘的象征、非理性主义的渗透、情节的淡化并代之以氛围的渲染及感觉的强化是有机地结合在一起的。可以说，劳伦斯是以现实主义小说传统的继承人和现代主义小说的探索者的双重身份震惊文坛并占有一席特殊地位的。而使他一举成名并能代表他的"双重身份"的旷古奇作，正是《儿子与情人》。

二

《儿子与情人》，这里没有如泣如诉的年轻爱侣间的哀怨，没有寻死觅

---

① 孙晋三：《劳伦斯》，载《清华周刊》第42卷，1934年 9、10期，第120页。
② 理查德·奥尔丁顿：《一个天才的画像，但是……》，毕冰宾、何东辉译，金城出版社，2012年，第169页。
③ Михальская, Н.П.: Пути Развития Английского Романа,Издадельство"Высшая Школа", Москва, 1966, pp. 104—131.
④ F．R．利维斯：《共同的追求》，企鹅出版社，1963年英文版，第236页。
⑤ F．R．利维斯：《小说家劳伦斯》，企鹅出版社，1981年英文版，第17页。

活的殉情，更没有风花雪月的罗曼。一句话：爱在这里没有它的位置！有的尽是灵与肉的分离之痛，心与心的阻隔，超越普通人性、超越自然的畸形的三角恋——母亲与儿子，既是母子又是情人；母亲既是儿子的母亲又是儿子的恋人的情敌；儿子又是父亲的情敌。多么奇特的世界！母亲—儿子—情人，几重身份的畸形的变态人格。儿子对母亲痴迷地呼唤着："我的爱人，我的爱人，啊，我的爱人啊！"母亲去世前，竟对儿子绽出少女般美妙的笑靥。不，这不是常人的爱，可又发生在人间。有人会说，劳伦斯并不高明，他不过是从弗洛伊德那里借得一缕魂，是在用故事证明弗洛伊德的"俄狄浦斯情结"学说。孰不知，劳伦斯在写作《儿子与情人》时并不知道弗洛伊德，更不懂得"俄狄浦斯情结"为何物。他最初是用小说男主人公的名字给这本书定的书名——《保罗·莫瑞尔》，此时年轻的劳伦斯是凭着生活经验和感悟本真地看待自己的小说人物的，他还不知道这将是一部独特的世界名著。后来，他那位深谙弗洛伊德学说的德国妻子弗里达用弗洛伊德理论对《保罗·莫瑞尔》一书大加分析，才使劳伦斯这位仅凭个人体验创作的小说家恍然大悟，在弗里达的建议下改书名为《儿子与情人》。① 在给他的文学伯乐卡奈特的信中，他阐明了这部小说的现实意义："这是一部伟大的悲剧，我要对你说我写了一部大书。它是成千上万英国年轻男子的悲剧。"② 而在这部小说的自序中他则明确揭示了"俄狄浦斯情结"的悲剧意义："旧的儿子—情人是俄狄浦。而新的儿子与情人却成千上万。如果一个儿子—情人有了妻子，她就不是他的妻子，她只是他的床笫。他的生命也会碎成两半，他的妻子因为失望而渴望生儿子，从而她也就有了自己的情人。"③ 石破天惊的揭示，使这部小说成了弗洛伊德主义的第一个文学文本，劳伦斯从此成为现代主义的先锋作家，《儿子与情人》成为了写实主义的终结和现代主义的端倪。

但《儿子与情人》又基本上是劳伦斯的自传体小说，书中倾注了他对

---

① 参见K.萨加：《儿子与情人·序》，企鹅出版社，1981英文版。
② 劳伦斯：《劳伦斯书信集》，剑桥大学出版社，2002年，第516封。
③ Gamini Salgado：*Sons and Lovers*, A Casebook, Macmillan 1973, p. 37.译文见拙译《书之孽》，金城出版社，2011年，p. 259.

母亲强烈的爱，倾诉了他在性爱上心灵的苦涩——性变态及为摆脱这种窘状所做的挣扎，个中滋味充溢于激情的描述中，把一颗活生生颤动着的心捧给世人看，似乎在让人们相信：世间确有此事。劳伦斯自虐狂般地撕扯着这颗极度矛盾中破碎的心，极力要摆正自己在生活中的位置，还其本来面目。于是，整个故事便充满了张力、矛盾和冲突。但是，等待男主人公保罗·莫瑞尔的却是幻灭。保罗的母亲死了——劳伦斯的母亲死了，可她的灵魂却比死前更有力地控制着儿子，让他更加孤独、更加绝望：

"他画不下画去了。母亲死的那天他完成的那幅令他满意的画是他的最后一幅了……回家后，他再也操不起画笔来了，什么也没有了……"[1]

保罗变成了一具行尸走肉，一个活死人。哀莫大于心死。《儿子与情人》是心灵斗争、挣扎，心与心相撞，心灵幻灭的记录。

诚然，正如米哈尔斯卡娅指出的那样，劳伦斯在书中主观渲染的是人物自身的性格冲突，似乎个人心灵的幻灭是这种冲突的结果，似乎他夸大了生理的作用，而在再现生活环境及揭示其对保罗性格的影响方面做得不够，似乎他简单地认为"保罗·莫瑞尔的命运是由笼罩着他的'俄狄浦斯情结'所决定的"，而工人区的广大群众的生活对他的性格形成或改变没有关系[2]。不错，是这样的。唯其如此，劳伦斯才是劳伦斯。我们没有理由责备他，因为他孜孜以求的是建立新型的人际心理关系，他的小说主观上要强调揭示的恰恰是人的心理因素的遗传、心理—生理上的变态——性爱上阴阳两极的失调，无意去刻意解析人物性格形成的社会因素。劳伦斯写小说时更多地表现出诗人、心理分析家和先知者的风范，他对生活的把握和探索是情感式的、艺术型的、高度个性化的，绝非理性思维所能表达得清的。《儿子与情人》决不是要说明什么，而是展示一段心理体验，是心智的原型。

在写作《儿子与情人》时，劳伦斯曾这样写道：

"我崇高的信仰是，相信血和肉比理智更聪慧。我们的理智可能犯错误，但我们的血所感、所信和所言永远是正确的，理智不过是一具枷锁。

---

[1] 劳伦斯：《儿子与情人》，企鹅出版社，1981年，英文版，第481页。
[2] Михальская, Н.П.: Пути Развития Английского Романа, Издадельство "Высшая Школа",Москва,1966,pp. 104-131。

我与知识有什么关系?我所需要的,是与我的血相呼应,直接地,不需要理智、精神或别的什么东西来进行无聊的干涉。我相信人的肉体是一团火焰,就像燃烧着的蜡烛一样,永远向上升腾又向下流淌,而人的智力不过是火光照亮的周围其他的东西。"[1]

为此,阿尔都斯·赫胥黎称劳伦斯为"神秘物质主义者"。劳伦斯是另一类人,他与普通人的区别是"类"的,而不仅仅是程度上的,因为他"比最天才的普通人都更敏感、更富有强烈的意识和情感。"[2]他不是一般意义上的人,他是一个孱弱、敏感、痛苦的精灵。理解劳伦斯的作品首要的是进入情感的黑暗世界,通过非理性的呼应,追随纷呈的人物心态轨迹,体验方寸间须臾万变的紧张。这就是前面说的劳伦斯的"双重身份"的一面——非理性主义在他作品中的渗透。劳伦斯痛苦挣扎着摆脱理智,将血的呼唤与肉的信仰代替"灵"的干涉,用酒神精神(狄奥尼索斯)感召人类,唤醒艺术。

但是,劳伦斯还有另一面(特别是在《儿子与情人》中)——对现实主义文学传统的继承。巴里切夫谈到,在《儿子与情人》和《虹》等优秀作品中,作家的思考与现实主义文学传统是分不开的。[3]事实是,劳伦斯不可能完全超越他的青少年生活,《儿子与情人》这样的自传体小说是牢牢地根植于他青少年生活的那片痛苦、辛酸的诺丁汉矿区土壤中的,那段生活在他心理上留下无数创伤,在人格发展上打下无法改变的"固恋"及"情结"的烙印。劳伦斯更倾向于把个人经验普遍化,但归根结底他还是遵从了生活的逻辑,再现了特定的真实生活环境(当然他更注重社会和生活中的冲突给人的心理和人格发展所带来的影响,特别注重揭示形成"固恋"与"情结"的社会原因)。英国现当代的不少出身工人阶级和中下层阶级的作家都不同程度地受到了劳伦斯的影响。[4]英国现今的一位著名作家艾顿·钱伯斯曾谈起《儿子与情人》对他的影响。钱伯斯也出身于一个矿工

---

[1] 劳伦斯:《劳伦斯书信集》,剑桥大学出版社,2002年,第539封。
[2] 阿·赫胥黎:《劳伦斯书信集·序》,海纳曼出版公司,1932年,英文版。
[3][4] 尼古拉·巴里切夫:《虹·跋》,虹出版社,莫斯科,1986年,俄文版。

之家，所以他小时候读《儿子与情人》时，竟产生了"一种惊奇、不可遏止的激动"。他说："只是在 D. H. 劳伦斯的《儿子与情人》中，我才发现了自己。"[1] 他援引理查德·霍加特的话说：《儿子与情人》过去是，也许现在依然是"我们所能读到的唯一一部有价值的工人阶级小说"。[2] 并说他那一代人及其他几代人中，在性格转向成熟时期有不少人都读《儿子与情人》。[3] 霍加特则强调说，《儿子与情人》这样的小说能让读者真正触到劳动阶级生活的本质，在这方面，它超过了"更为流行的或者说更为做作的普罗派小说"。[4] 足见这部小说的现实意义，也说明了劳伦斯对生活细节的再现和对人心智历程的再现是何等有力。

弗洛伊德把"恋母情结"归结为人生来就具有的性本能，但劳伦斯在这一点上与弗洛伊德有根本分歧。劳伦斯真实地展示了保罗和母亲的心路历程，客观地证实：保罗对母亲的"固恋"不是先天的，而是后天的（当然遗传因素也是重要的），不是性本能的直接乱伦，而是精神升华后的畸形爱（这种精神爱直接影响了保罗对异性的肉欲）。于是，我们透过这部非理性的小说，可以理性地解释保罗的"恋母情结"及其性变态。可以说，劳伦斯是非理性地写成这部现实主义小说的，这又不能不说是经典的"现实主义的胜利"。劳伦斯说过一句不朽的话："绝不要相信艺术家，但要相信他的作品。"这句话往往对评价劳伦斯自身的艺术主张和艺术实践之间的矛盾最为适用。

于是，透过"恋母情结"笼罩下的保罗—母亲之间情人般的关系，或者说通过观察造成保罗病态人格的社会—心理效应，我们看到了工业文明渗入英国社会时矿区生活的风俗画：恬淡、抑郁，看到了莫瑞尔一家人心态的演变，一种令人心酸、怅惘的悲剧。空灵、荒芜和悲凉的寂寥，这不仅是《儿子与情人》给读者留下的印象，也是劳伦斯大量其他作品给人的深刻感受。

---

[1] Aidan Chambers: Booktalk, The Bodley Head 1985, pp. 80-81.
[2] Richard Hoggart: *Speaking to Each Other*, Penguin, 1973, p. 90.
[3] 同上, p. 107.
[4] 同上, p. 107.

三

小说的第一章《莫瑞尔夫妇婚后的早期生活》，细腻地刻画了矿工莫瑞尔之妻葛都德·莫瑞尔的性格。她出身城里一个中产阶级家庭，受过良好的教育，能讲一口标准英语。20岁时，在一次舞会上认识了年轻英俊的矿工瓦特·莫瑞尔。莫瑞尔舞姿潇洒，热情开朗，像一个顽皮的大孩子一样可爱，葛都德对他一见钟情。

可是瓦特毕竟是来自另一个阶层的人，精神生活过于贫乏，无法与妻子产生理性的共鸣。另外他的生活习惯也是葛都德不能容忍的：酗酒、吹牛、说一口土话。夫妻间常有摩擦。妻子看不起丈夫，摆出傲慢清高的架子教训他，丈夫忍受不了，就打妻子。争吵愈来愈烈，裂痕愈来愈深。在这种情况下，唯一能给她安慰的是孩子，特别是男孩。她为了补偿自己感情上的损失，不仅要从孩子那里摄取男人的爱，还要统治男人，于是"一想到自己是男人的母亲，心里就涌上一股热流"[1]。她从此把全部的爱和希望都寄托在儿子身上，母兽护崽一样地保护自己的儿子。瓦特要打孩子，她就跟瓦特斗。

她先是与大儿子威廉相依为命，威廉夭折，她又全副身心扑在次子保罗身上。保罗自小体质羸弱，性格纤弱，像影子一样伴着母亲。当父亲殴打母亲时，长子威廉会挺身而出，要与父亲拼个死活，保罗因为太懦弱，不敢跟父亲斗，就偷偷祈祷，希望爸爸被砸死在井下。

母亲与保罗相依为命，为保罗的进取操尽了心。但不久保罗就和一位叫米丽安的女子谈起了恋爱，母亲对此大为不满，她几乎是情敌般地对待保罗的女朋友。她发脾气，埋怨儿子忘了她，竭力阻止他们的恋爱关系。可令人奇怪的是，保罗竟陷入了这种"三角恋"中不能自拔，一方面舍不得女友，一方面又情人般地抚慰母亲，对母亲比对女友来得更温柔。

保罗和米丽安一直保持着一种"只是柏拉图式的友谊"[2]，这一点对分析保罗的性格很重要。他们在一起大聊特聊，散步，讨论问题，却连手都

---

[1] 劳伦斯：《儿子与情人》，企鹅出版社，1981年英文版，第68页。
[2] 同上，第212页。

未碰过。米丽安几次要挽保罗的胳膊,保罗都拒绝了。他感到这是在"受折磨"[1]。

母亲因为保罗与米丽安恋爱醋意大发,埋怨保罗"整个儿都是米丽安的人"。保罗听了母亲的倾诉,深感负疚和心酸,他可怜妈妈,于是他终于对母亲说他压根儿就不爱米丽安。母亲激动之下,搂住他的脖子,哭诉:"我从来没有,你知道的,保罗,我从来没真正有过一个丈夫。"[2] 很明显,保罗在精神上已取代了她丈夫的位置。保罗禁不住"抚摸着母亲的头发,吻着她的喉颈"。此时母亲也已取代了情人的位置。

母亲胜利了,保罗决定中断同米丽安的这段"爱情"。他发誓不结婚,与母亲厮守到底。他甚至想自己人到中年,发福以后与母亲在一起会多么有趣。在给米丽安的信中他指责米丽安没有激情,是个修女,指责她太精神化并把他也推向了精神化。可米丽安只消一句话就驳倒了他:"这是我的错吗?"保罗的良心使他无言以对,默认了。

离开了米丽安(或者说仍和米丽安藕断丝连),他和一位与丈夫分居的女子克拉拉打得火热。这个女人同保罗没什么精神恋可言,他们之间的关系仅仅是肉欲的关系。不过这个女人以其独特的感觉,时常能够一语道破天机,击中保罗的性变态的要害。

最终,他谁都没有得到,只剩下与母亲灵魂上的呼应,被母亲的亡灵控制着,漫无目的地在尘世上飘零,变成了一个"零余者"。

四

畸形的家庭关系,不仅造就了畸形的母爱,也加剧了儿子性格的悲剧。

根据精神分析学派关于人的性力发展与人格关系的观点,保罗的恋母是一种"固恋",这种"固恋"使他的"自我"失去了正确的认同能力和判断力,因此他的性宣泄对象一直是母亲,"自我"的失控使"本我"误入歧

---

[1] 劳伦斯:《儿子与情人》,企鹅出版社,1981年,第224页。
[2] 同上,第267页。

途。进一步说，保罗在性准备期的童年阶段爱上了母亲，这本是人的性力发展的正常阶段，但畸形的家庭关系和强烈的母爱使他无法超越这一阶段，"恋母情结"变成了一种"固恋"停滞下来，在"移位"阶段他仍不能找到母亲以外的其他异性来"替代"母亲，从而这种"固恋"使他的情感仍停留在童年时期。因此，保罗的性心理人格永远是不成熟的，他根本无法建立起成熟、正常的"超我"，①像一个正常人一样去正常恋爱，这就导致了保罗一生的痛苦，不管他（或者说他的"超我"）怎样挣扎想摆脱畸形的恋爱都是枉然，何况母亲到死还紧紧地抓住他的感情，扮演着他情人的角色呢！性格悲剧与现实悲剧的相互反馈，只能把保罗一步步推向情感发展的深渊。

保罗的悲剧并不仅限于"恋母情结"。如果我们只抓住这一点而忽视了其他许多同样重要的因素，我们就无法总体地把握保罗/劳伦斯。一位评论家指出："清晰总体地认识劳伦斯一直是困难的，一则是因为他写的作品太浩繁，二则是他不安分，三则是作品中他自传的成分太大……但是……他又极为幼稚，对他自己的问题持不诚实的态度。"② 忽视了这些，人们就容易把劳伦斯简单化，或者被劳伦斯炫目的文采所迷惑，被他的"不诚实"所欺骗。

事实证明，保罗是一个受虐狂、一个精神恋者、一个情感不成熟的清教主义者，这些都被"恋母情结"掩盖了。

保罗无疑是个受虐狂。他缺乏主动精神，缺乏"生产型"性格，他是一个"非生产型倾向占主要地位的人"。他不能给予，不懂进攻，反而等待女性的进攻。他的爱依旧是消极的"共生性融合"的爱，而不是"生产型"的爱③。保罗和米丽安相处了很久，可他们仍停留在精神恋上。保罗

---

① 这里所有加引号的名词均是精神分析学术语。
② Keith Brown：*After the Sexual Revolution*，TLS Oct.1985，p. 18.
③ 弗洛姆在《爱的艺术》中指出：男性成熟的爱应该是"生产型性格"的爱，这种爱的最高表现是给予："给予是潜能的最高表达。正是在给予的行为中，我体验到我的力量，我的财富和我的能力。这种提高生命力的潜能的体验使我充满了欢乐。因为我作为流溢、消耗、活着的我体验着我自身，因此我是快乐的。给予比接受更快乐，并不是因为它是一种被剥夺，而是因为在给予的行为中表示了我的存在。"而不成熟的、精神病型的爱则是"非生产型"的"共生性融合"的爱，这种爱"以孕妇与胎儿之间的关系为其生物学模式"，母亲是世界。患有这种病的人，情感往往停留在孩提阶段，总去渴求母亲的爱。这种爱的消极模式是受虐。

在等待，等待米丽安来唤醒他的男性力量，也等待着米丽安的给予。可一旦米丽安要挽他的胳膊，要抚摸他，他又感到痛苦不安。时间久了，他又抱怨米丽安："你太让我精神化了，我不想这么精神化！"他指责米丽安是个"修女"，可实际上保罗是个清教主义者——他把爱看成是排除肉欲的精神恋，这是他的另一个悲剧所在。

"他会否认他渴望克拉拉、米丽安或他熟悉的女人。性欲是某种超然的东西，它不属于女人。"[①]对母亲的恋爱，使保罗的情感年龄大大低于他的实际年龄，成为性爱的痴呆儿，一个清教主义圣徒。他觉得女人就像母亲一样，他"宁可忍受单身的痛苦，也不冒犯她们"[②]。

后来，保罗为了同自己的性变态作斗争，抛弃了"精神型"的米丽安，与克拉拉同居了。而无奈，他不具备成熟的人格，没建立起正常的"超我"，他的"自我"也是茫然的，因此他的"本我"没有得到正确的疏导，这样他就不能像一个真正的男子汉那样把成熟的爱给予克拉拉。克拉拉一针见血地指出，他没有把他自个儿给了她。[③]可以说，保罗在精神上不依赖克拉拉，肉体上也并没有产生"生产型"的爱，相反，他们的同居，他沉迷于克拉拉，是"非生产型"被虐心理力图自我平衡的结果。按照弗洛姆的观点："如果一个男子的男性特征由于他在感情上还只是个孩子而受到削弱，他就会只通过强调自己在性别上的男性角色来弥补这种不足。结果就是唐璜式的人物，他需要在性上证明他的男性能力，因为他不敢确信自己在性格方面的男性特征。"[④]

保罗终因自己的清教心理、男性性格的不足以及受虐心理的禁锢，无法真正爱女人。这些是"恋母情结"的结果，但又不单单是用一个"恋母情结"所能解释清的。这或许是因为劳伦斯拆散了自己的有机性格，化整为零，同时又极力用"恋母情结"来打扮自己，有意无意地掩盖了其他一些致命的性格弱点。但小说的自传性和生活的真实又不允许他恣意妄为，

---

① 劳伦斯：《儿子与情人》，企鹅出版社，1981年，英文版，第335页。
② 同上，第339—340页。
③ 同上，第434页。
④ 弗洛姆：《爱的艺术》，第35页。

于是他留给我们的就只能是一部多棱体的小说。我们的任务，就是把这些掩映在字里行间的星星点点的线索有机地综合起来，拼出一幅保罗/劳伦斯的自画像。或许是因为他作品自传性太强，劳伦斯"不识庐山真面目，只缘身在此山中"，他太拘泥于生活的真实而无法超脱，反倒无法艺术地把握自己了，从而让我们也无所适从？这真个是应了林语堂的话了："劳伦斯真难读啊！"①

但无论如何，保罗算得上是一个悲剧的原型。

---

① 林语堂：《读劳伦斯》，《人间世》1934年第39期，第36页。

废墟上生命的抒情诗

——《查泰莱夫人的情人》译者序言[1]

摆在读者面前的,是一本在英美长期遭禁,直到20世纪60年代才开禁的世界文学名著。当英国终于宣布开禁这本小说后,一度洛阳纸贵,高踞畅销书排行榜数周并常销至今。但比畅销和常销更重要的是,它的开禁标志着人类的宽容精神在劳伦斯苦恋着的祖国终于战胜了道德虚伪和文化强权。从此,其作者劳伦斯作为20世纪文学大师的地位得到了确认,劳伦斯学也渐渐成为一门英美大学里的学位课程和文学研究的一门学科。时至20世纪90年代,劳伦斯研究早已演变成一种"工业",得其沾溉获得学位、靠研究和出版劳伦斯作品为职业的大有人在。劳伦斯若在天有灵,应该感到欣慰。

在我的祖国中国,这部小说问世不久,中国文学界就抱以宽容和同情,甚至从学术角度对劳伦斯和他的作品做出了积极的肯定。那个年代,正是军阀混战、民不聊生、日本军国主义随时准备发起全面侵华战争的前夜,

---

[1] 本文是拙译《查泰莱夫人的情人》的译者序言,译林出版社的双语版和中央编译出版社的中文单行本都对序言做了删节。现呈献全文,此次有修改。

即使是在这样对文学和文化传播极为不利的形势下，劳伦斯还是开始被介绍了进来。这本书在英国和美国遭禁后，大量的盗版书不胫而走，劳伦斯反倒因此而获得了更多的读者，名声大振，甚至连战乱频仍的远东的中国都不得不开始重视他。这样的重视与劳伦斯在欧美的崛起几乎是同步的。

诗人邵洵美读后立即撰文盛赞。现代作家和戏剧家赵景深曾在1928—1929年间六次在《小说月报》上撰文介绍劳伦斯的创作并追踪《查泰莱夫人的情人》的出版进展。几个杂志上陆续出现节译。其后出版了饶述一先生翻译的单行本，但因为是自费出版，发行量仅千册。当年的中国内忧外患，估计人们都没了读小说的雅兴，这个译本就没有机会再版。光阴荏苒，五十年漫长的时间里中国读者与此书无缘。到20世纪80年代，饶述一的译本在湖南再版，不久就被禁。但幸运的是，中国的学术与出版界对劳伦斯早就有了一个全面公正的认识。

早期的各种报刊对劳伦斯及其创作发表过一些评论，如1930年的《小说月报》第21卷第9号上的《劳伦斯》，1931年《世界杂志》第1卷第2期上的《劳伦斯的最后的小说》。而有分量的研究和介绍文章则集中出现在1934年，至于为何是在这个年份，则有待于以后进行专门的研究。这些文章是孙晋三的《劳伦斯》(《清华周刊》第42卷第9/10期)，章益的《劳伦斯的〈却特莱爵夫人的爱人〉研究》(《世界文学》第1卷第2期)，郁达夫的《读劳伦斯的小说〈却泰莱夫人的爱人〉》(《人间世》第14期)，林语堂《谈劳伦斯》(《人间世》第19期，林语堂在文章中节译了该小说，其译文之传神精当，令后人难以超越) 和《读劳伦斯的小说》(《人言周刊》第1卷第38期)。

孙晋三和章益的文章应该算是中国最早出现的扛鼎之作，其深度大致和当时的欧美学术界的研究同步，至今看来不少观点也不过时，应该说为中国的劳伦斯学术研究奠定了良好的基础。如果说与欧美学术界的研究基本同步的话，这要归功于这两位教授的背景：孙先生是当时稀有的哈佛博士、中央大学教授；章先生则是留美硕士，但研究范围涉猎广博，含科学和人文，亦翻译了大量英国文学作品，后任复旦大学校长，其一大功绩是国共政权交替之际阻止了将复旦大学迁往台湾。这样两位德高望重之学者成为劳伦斯研究在中国的奠基人，足见当初的劳伦斯研究起点之高。

而从影响面看，林语堂和郁达夫的两篇文章则更为广泛，他们的文学地位和大作家的洞察是振聋发聩的，他们尤其结合中国的国情，将《查泰莱夫人的情人》与《金瓶梅》做了深入的比较，认为前者对性的叙述是全书中不可分割的一部分，有着鲜明的时代背景和象征意义，因此不能将其看作是"淫秽"。郁达夫还认为，即使是性的叙述，劳伦斯的手法也是高明的，"使读者不觉得猥亵，不感到他是在故意挑拨劣情"。而郁达夫当年所下的结论即劳伦斯是"积极厌世的虚无主义者"则更是空前绝后精辟，他高屋建瓴地给劳伦斯文学下了定义。林、郁二位文学大家对劳伦斯在中国的普及所起的作用无论怎么估价也不过分，他们的洞见和热情肯定将随着历史的前进而愈加彰显其英明。总之，在当初的中国，有这样四位大家几乎与国际文学界同步肯定和推介劳伦斯和他的《查泰莱夫人的情人》，使国人在这方面的视野大为拓宽，也是中国文学家鉴赏水准之高的充分展示。

1949年后，劳伦斯被看作"颓废作家"，对他的介绍出现了三十多年的空白。对劳伦斯的重新肯定则是以赵少伟研究员发表在1981年《世界文学》第2期上的论文《戴·赫·劳伦斯的社会批判三部曲》为标志。这篇论文应该说全面肯定了劳伦斯的创作，推翻了以往文学史对他做出的所谓颓废的资产阶级作家的定论。以赵少伟中国社会科学院研究员的地位和《世界文学》的地位，这篇文章的出现代表着中国文学界彻底肯定了劳伦斯及其创作，从而开创了劳伦斯研究和翻译在中国的新局面。赵先生以一种晓畅、略带散文笔法的语言，道出了自己对劳伦斯创作主流的独到见解。我们发现一个曾被雅俗双方都一"黄"以蔽之的作家在赵先生笔下呈现出"社会批判"的真实面目；同时赵先生也启发我们"看看这种批判同它的两性关系论点有什么关联"，使我们得以找到整体把握劳氏创作的一个切入点。在一个非文学因素对文学研究和译介产生着时而是致命影响的时代和社会里，赵先生多处引用马克思和恩格斯的著作，恰到好处地淡化了那些曲解劳伦斯作品的非文学不良因素。赵先生广为引用马、恩，以此来观照劳伦斯的创作，对其加以肯定，这是劳伦斯研究上的一种突破。西方学者不可能如此行文，20世纪30年代的老一辈不可能有这种文艺观。赵少伟行文之自然从容，可见他十分精通马克思主义文艺观，而且把马克思主义理论化作了自己自然的话语方式。所以我说，赵少伟在1981年发表的论文具有绝对的开拓性历史意义，在"1949后"这个语境下是真正意义上的滥觞之作。《中国大百科全书》中劳伦斯的词条也出自赵少伟之手。

人的艺术良心和艺术感知是相通的，如同世界上的水是相通的一样。赵少伟的马克思主义艺术观与劳伦斯文学的精义多有契合之处，也因此他的理论在中国的语境下更具有说服力。所以我说，这项开拓工作似乎历史性地落在了他肩上。劳伦斯有这样一位马克思主义文艺学家的知音为他开辟了进入中国的路，应该为此感到幸运。

公正地说，让劳伦斯受益无穷但也深受其害的，都是这本毁誉不一的《查泰莱夫人的情人》。对大多数普通读者来说，是因了这本"黄书"，劳伦斯才真正闻名于世。如果说许多人最终读了他的多数作品后承认他是文学大师，那引玉之"砖"则是《查》，人们首先是慕其情色描写而争睹为快的。

事实上，劳伦斯除了这部小说，还著有另外11部长篇小说，50多部中短篇小说，多部诗集、剧本、游记和大量的文学批评、哲学、心理学和历史学方面的著作和散文随笔。他还翻译出版了俄国作家托尔斯泰和陀思妥耶夫斯基及意大利作家乔万尼·维尔加的长篇小说等，仅凭这些译文就足以称他为翻译家了。这位矿工的儿子，以自己非凡的文学天赋、敏感的内心体验、勤奋的意志和顽强的生命活力，拖着当年还是不治之症的肺病之躯，在短短二十年的写作生涯中，为后人留下了卷帙浩繁的文学经典遗产，这不能不令人肃然起敬。不少研究家称其为天才和大师，不无道理。

大师自有大师的气度和风范，这自然表现在其不同凡响的文学创作上。他的四大名著《儿子与情人》、《虹》、《恋爱中的女人》和《查泰莱夫人的情人》，可说部部经典。《儿子与情人》被普遍认为是文学史上第一部印证弗洛伊德"恋母情结"学说的"原型"之作。《虹》和《查泰莱夫人的情人》屡遭查禁和焚毁，惹出文学和政治风波来，作者本人虽未遭"坑"，却也长时间遭受监视和搜查，心灵备受煎熬，以致对他"爱得心头发酸"的祖国终于失望而自我流放，浪迹天涯，病死他乡，做了异乡鬼。由此，我们甚至无法断定他是因了文学的孽缘才遭此厄运，还是厄运专门来锻造他的文学魂。

这位旷世奇才的作品甚至在1985年上海出版的专著《现代英国小说史》中仍然被指责为"黄色淫秽"并把开禁这本书作为"当前西方社会的道德风尚已经堕落到何种地步"[①]的标志。这也难怪，不用说当年，即使是目前，我们许多读者仍然停留在那个人云亦云的阶段，甚至不少知识分子，十分年轻的大学生，一提起劳伦斯的名字仍想当然地一言以蔽之曰"黄色作家"。

这归根结底是个眼光的问题。偏见往往比无知更可怕，此话极是。

于是，当我们无法要求大多数非文学专业的人去一部部精读劳伦斯作品而后公正对待之时，我们只有对这部家喻户晓的作品作个"眼光"上的评说。艺术的眼光往往需要靠一个人较为全面的发展来培养，需要时间。或许随着时光的推移，随着文明的进程，终于有一天对这本书的争议和赏析都成了一种过时和多余。

当历史把我们毫不留情地置于一个尴尬的叙述语境中时，我们只有毫不尴尬地直面历史。

1984年笔者完成国内第一篇研究劳伦斯的硕士论文时，市面上还没有劳伦斯作品的译本（只有个别短篇小说的译文，劳伦斯只是被当作一般的现代作家介绍给中国读者），这个领域还被认为是禁地，因为他在非学术领域仍被看作"黄色作家"。20世纪80年代后期劳伦斯作品开始大量出版，便有了三五成群突击抢译劳伦斯作品的壮观场面。20世纪30年代的旧译《查泰莱夫人的情人》重印上市后，黑市竟出现高价抢购的热潮。

在这种尴尬的阅读环境中解释劳伦斯的这部最有争议的小说，颇令人生出滑稽感。

称之为废墟上生命的童话，是一种久经考量的体认，是理性认识与情感体验交织积淀的结果。我无法不这样认为。

小说伊始，即是一场浩劫之后的一片废墟。这是第一次世界大战后满目疮痍的象征，更是大战后人之精神荒原的写照。

在这样的背景下，出现了野林子和林中木屋，里面发生了一个男人和

[①] 侯维瑞：《现代英国小说史》，上海外语教育出版社，1985年。

一个女人的生命故事，一个复归自然的男人给一个寻找自然的怨妇注入了崭新的生命，这怨妇亦焕发出女人之本色，唤起了这个近乎遁世的男人身心遥远地带无限的温情，激发出他身上近乎消失的性爱激情。他们在远离工业文明的地方体验着自然淳朴的爱情，体验着创造的神奇，双双获得了灵与肉的再生。浪漫而美丽，不乏乌托邦色彩，这简直是一部成人的童话。

劳伦斯生前好友理查德·奥尔丁顿曾长期从事劳伦斯作品的编辑和评论工作，他说过，这本书根本算不上一本性小说，因为它其实是"关于性的说教……是一种'精神恋爱'"①。林语堂早在20世纪30年代就指出，劳伦斯的性描写别有一番旨趣："在于劳伦斯，性交是含蓄一种主义的。"②这真是一种林语堂式的"会心之顷"的顿悟。时至今日，普遍的研究认为，劳伦斯对性持一种清教徒的观点："他之所以常常被称作清教徒，就是因为他认为性是生命和精神再生的钥匙，也因为他认为这是极为严肃的事情。"③1960年伦敦刑事法庭审判这本书时，文化学家霍加特就特别说这本书"讲道德，甚至有清教之嫌"。此言令检察官困惑不解，转而问询文学家福斯特，福斯特抑扬顿挫地回答说："我认为那个描述是准确的，尽管人们对此的第一反应是觉得自相矛盾。"④看似如此的矛盾，造就了劳伦斯这部小说之性宗教的特质。因此，霍加特在他那篇具有历史意义的《查泰莱夫人的情人》1961年版序言中称这本书是"洁净、严肃的美文"。"如果这样的书我们都试图当成淫秽书来读，那就说明我们才叫肮脏。我们不是在玷污劳伦斯，而是在玷污我们自己。"⑤

克利福德·查泰莱爵士因伤失去性能力，本值得同情，但他的内心十分冷酷，对工人蔑视无情，对夫人康妮感情冷漠。他认定矿工只是工具，

---

① 理查德·奥尔丁顿：《一个天才的画像，但是……》，毕冰宾、何东辉译，金城出版社，2012年，第330页。
② 林语堂：《读劳伦斯》，载《人间世》，1934年，19期，第34页。
③ 克默德：《劳伦斯》，北京：三联书店，1986年，第207页。
④ 见拙文《霍嘉特：回顾<查泰莱夫人的情人>审判及其文化反思》，《悦读MOOK》杂志，2008年第9期。
⑤ Richard Hoggart：*Introduction,Lady Chatterley's Lover,* Penguin,1961,p.5.

非用鞭子驱使不可。康妮只要能为他生个儿子继承他的事业和爵位就行，至于同谁生育，他倒不在乎，但绝对要求孩子的父亲来自上流社会，以不辱查家门楣。同他在一起，康妮虽生犹死。

正因此，当康妮遇上一身质朴但情趣脱俗的猎场看守麦勒斯时，便自然流露出了女性的软弱与柔情，备受失败婚姻折磨和工业文明戕害的麦勒斯立即情动于中，双方情色相生，一发而不可收，演绎了一场性爱激情戏剧。麦勒斯与康妮的丈夫形成了鲜明的对照：他是一个根植于自然、富有生命活力的"下等人"。他受过教育，但厌恶了他认为腐朽的文明生活，选择了自我流放，自食其力，寄情山水。

令人深思的是劳伦斯对现实的选择：他选择了森林为背景，选择了一个猎场看守而不是选择他情感上最为依恋的矿工来做故事的男主人公。猎场看守这种职业的人游离于社会，为有钱人看护森林和林中的动物供其狩猎，另一方面还要保护林场和动物以防穷人偷猎或砍伐树木。这样的人往往过着孤独的生活。他们是有钱人的下人，是劳动者，但又与广大劳动者不同。在劳伦斯看来，这类脱离了俗尘的阶级利益、一身儒雅同时又充满阳刚气的男人最适合用来附丽他的崇高理想。而从根本上说，矿主和矿工虽然是对立的，但他们是一种对立统一的关系：双方都受制于金钱、权利和机械，在劳伦斯眼里他们都是没有健康灵魂的人。

从《恋爱中的女人》开始，劳伦斯的超阶级意识日渐凸显，在今天看来颇具后现代文化意义：劳伦斯从人类文明进程的悲剧角度出发超越了现代经济学理论的认知范畴即资本是靠对劳动力的压榨达到积累。事实上后现代理论认为，资本是靠对不可再生的自然资源的掠夺"转化"而成的，劳动力不过是自然的一部分。劳伦斯注意到劳动力脱离自然后的异化特质，同时注意到劳动力在资本转化过程中主体性的丧失，对工人来说他们经历的是双重的异化。而采矿这一行业更是对不可再生的人类资源无情掠夺的最典型范例，在剥夺自然方面双方都是参与者。矿工的罢工运动不过是在工资待遇上与资本家的对立，这并没改变其异化的本质。在与自然的异化过程中，劳资双方成了对立的统一。劳伦斯从而超越了剥削—被剥削阶级对立的意识，实际上揭示的是整个文明进程中资本对人/自然的物化，揭示出对立的双方都是被物化的对象这样一个真理。所以尽管劳伦斯对于自己生长于斯的矿工阶级在情感上万分依恋,称矿工是这世界上唯一令他感动的人,甚至称之为那是他的"家",但他在理智上却选择脱离他们。有产者的冷酷无情与无产者的萎靡无奈都是文明异化的不可救药的产物。(劳伦斯的有关论述详见其散文《还乡》、《诺丁汉矿乡杂记》和《我算哪个阶级》等。)

在资本主义工业文明如日中天之时,劳伦斯凭着其对人/自然的本能关爱,凭着其天赐的艺术敏感,触及到了现代文明的种种弊端和疾病症候,其作品在后资本主义时代愈显功力,无怪乎他被称为预言家。如果说写实主义作家们如狄更斯、左拉等写的是社会的人,现代主义作家如普鲁斯特、乔伊斯等写的是人的意识的流动,劳伦斯则在写这些的同时,更加注重人的潜意识、前意识和肉体意识,注重性、性别、阶级、权力、劳动的异化和生态伦理,这些都是后现代主义文化关注的焦点,劳伦斯恰恰在文学中表现了这些,因此他的作品跨越了写实主义、现代主义和后现代主义三个阶段而成为文学的常青树,真是难能可贵之至。一个穷工人的儿子能达到这样的艺术境界,除了造化使然,后天的生活经历和精神砥砺亦是关键——生活在肮脏的工业文明与田园牧歌的老英国的交界地带,出身于草根备受磨难,但艺术天分促使他孜孜以求,吸取的是本时代最优秀的文化,从而他的写作超越了阶级出身和阶级仇恨,探究的是超然的真理。而他这样游走在各种文化群体之间的边缘作家本身,就是后现代主义文学研究所关注的话语上的天然"差异"者、意义的"颠覆"者和"消解"者。所以说,劳伦斯文学的魅力愈是到后资本主义时代愈是得到彰显。

劳伦斯试图创造一个文明与自然之间的第三者,这就是麦勒斯。在此劳伦斯超越了自身阶级的局限,用道德和艺术的标准衡量人,用"健康"的标准衡量人的肉体和灵魂,才选择了麦勒斯这样的人做自己小说的英雄。森林在劳伦斯眼中象征着人与自然本真的生命活力,更象征着超凡脱俗的精神的纯洁。而森林中万物的生发繁衍,无不包孕着一个性字。劳伦斯选择了森林,选择了森林里纯粹性的交会来张扬人的本真活力,以此表达对文明残酷性的抗争。

劳伦斯真是用心良苦，也真是书生气十足。他创造的简直是成人的童话！他才是"资本主义时代的抒情诗人"呢！是的，劳伦斯是在废墟和瓦砾上激情高歌的诗人，将全部的悲情化作温情，给人以信心。郁达夫在劳伦斯逝世后不久就读了劳伦斯的作品，他英明地指出：劳伦斯是个积极厌世的虚无主义者。此言极是。所谓厌世，自然是面对汹汹人势表现出的超然与逃避；所谓积极，当然是在看破红尘的同时依然顽强地表现出对人类的信心。于是劳伦斯选择了麦勒斯这样孤独隐居但性力强健的男人做他的理念传达者。这样的男人与世界的结合点只有自己最为本真的性了，他只与脱离了一切尘世丑陋的女人之最本真的东西接触，这就是超凡脱俗的性，与鲜花、绿树、鸟禽一起蓬勃自然地在大森林里生发。谁又能说，麦勒斯不是一棵伟岸但又柔美的橡树？一个复归自然的文明男人，集强健的性力、隐忍的品质和敏感的心灵于一身，对女人和自然界的鸟兽花表现出似水柔情。郁达夫，中国只有郁达夫才能在劳伦斯刚刚逝世不久就做出一个这样透彻的判断。

一个要摆脱代表死亡与坟场的丈夫的鲜活女人遇上了麦勒斯这样一个卓尔不群回归自然的理想主义男人，在童话般的林中木屋里自然而然相爱，演出了一幕幕激情跌宕的生命故事。小说字里行间荡漾着的生命气息，幻化成大战后废墟上人性的希望祥云，富有强烈的艺术冲击力。

这种冲击力在于它童话般的真实性。在这个文本之内，劳伦斯营造了一个有血有肉的故事，用他自己的话说："任何东西只要是在自身的时间、地点和环境中，它就是真实的。"[①]我想这是一种源于现实而超越现实的艺术真实，应当受到应有的尊重。

小说创造的是一种艺术的真实，只有基于这种认识，我们才能说《查》是一部象征小说：小说中每一样事物都具有象征意义，直至最后整个小说本身成了一个庞然的象征。林语堂谓之"含蓄着主义的性交"，可能指的就是小说的象征性。

---

① 劳伦斯：《劳伦斯文艺随笔》，黑马译，漓江出版社，2004年，第230页。

这部小说表层的自然主义与深层的象征主义浑然一体，使其最终成为超自然主义的自然象征主义小说，这应该是解读这部小说的关键词。有西方学者认为，劳伦斯文学脱胎于维多利亚传统，但是对这种传统的反讽式模仿，意在颠覆刻板僵化的传统阅读习俗，洗涤被文明玷污了的字词，还其干净本质，这里特别指的是"四个字母"的禁词，从而劳伦斯文学超越了传统。[①] 以子之矛攻子之盾，这需要非凡的勇气和胆识，将自己置死地而后生，亦需要高超的技艺与雍容的姿态。劳伦斯受到激烈的攻击，多来自人们对其"矛"的世俗解读；劳伦斯受到追捧，则因为人们对其"攻盾"的努力的嘉许。劳伦斯达到了自己的目的，但他付出了惨烈的代价，当了一回烈士："这本书在欧美被禁三十余年，在其他国家则长达七十余年甚至更多。但他最终还是获得了新生，他唯一要感谢的就是时间，时间可以涤荡一切陈腐、僵化和专制。他的创作终因其对摧残人性的工业文明的抗议、为人性解放的可能性所做出的努力以及帮助当代人从虚伪的道德羁绊中得到解脱的'真诚不懈的渴望'吸引了全世界众多读者。"[②]

　　了解了这一层意思，我们就把握住了这部小说形而上的内涵，而不至于停留在其表面的性描写上画地为牢，无端訾议。中国古语曰"形而上者谓之道，形而下者谓之器"。艺术的真实往往是形而上的。从这个意义上去考察这部小说，我们完全有理由称之为"废墟上生命的抒情诗"，算一家之言，聊以代序。

　　与这部小说写作有关的一些历史和个人背景也是不可忽视的。任何一个作家的创作都是其独特的个性和主观性与时代背景和环境的影响互动的结果。而于劳伦斯，这样的互动就更为突出。在此略作交代。

　　1925年，劳伦斯还在美国和墨西哥漫游时，从16岁开始长期困扰折磨他的气管炎和肺炎终于被确诊为肺结核三期，在没有发明出抗生素的年代，这等于宣判了他的死刑。眼看大限将至，自己还在创作上徘徊，劳伦斯肯

[①] 参见 Geoge Levine: "*Lady Chatterley's Lover*", *D. H. Lawrence*, Etd. by Harold Bloom, Chelsea House Publishers, 1986, New York.
[②] Михальская, Н.П.: Пути Развития Английского Романа 1920—1930—х годов, Издадельство "Высшая Школа", Москва, 1966, pp.104—131.

定心急如焚。

他是不甘心自己长时间内写不出力作的。1920年《恋爱中的女人》出版后并未引起轰动；后来的《迷途女》被认为是为钱而写的平平之作；《亚伦之笛》、《袋鼠》和《羽蛇》虽然独具匠心，但一时难以获得认可，评论寥寥，且抨击者为多；《林中青年》是与别人的合作，乏善可陈。而他一系列的中短篇小说和游记等并非他的根本关切。他的写作，特别是长篇小说的写作，才是他的生命支柱，这来源于他对长篇小说的本能认知。查出肺结核三期后，他在给澳大利亚女作家莫莉·斯金纳的信中说：

> 我还是想写一部长篇小说：你可以与你所创造和记录下的人物及经验生死交关，它本身就是生命，远胜过人们称之为生命的俗物……①

这一年是他创作上的"休耕年"，他开始潜心于理论探索，写出了一系列小说理论方面的随笔。他的理论探索为他的扛鼎之作找到了关键词，这就是要张扬"生命"。其实劳伦斯1912年与弗里达私奔到意大利北部的加尔达湖畔时就已经通过直觉触及到了未来十几年后生命最终结束之时一部惊世骇俗的小说的主题了，其理念在游记《意大利的薄暮》中已经初露端倪，他要做的只是等待和寻觅，寻觅将这理念附丽其上的人物和故事，从而将这理念戏剧化。这一等就是14年，等到医生宣判了他的死刑。

随后他在1925年和1926年最后回故乡两趟，看到英国中原地区煤矿工人的大罢工，看到生命在英国的萎缩与凋残。他终于失望而去，彻底与阴郁冷漠的英格兰告别。他再一次回到他生命所系的意大利。在那里，阴郁的故乡与明丽的意大利两相比较，两相冲撞；在那里，他以赢弱的病体考察了意大利中部古代伊特鲁里亚文明的墓葬和完好如初的彩色壁画，以及伊特鲁里亚人充满血性的性格、自由浪漫的生活方式、对神灵的虔诚膜拜、

---

① 劳伦斯：《劳伦斯书信集》，剑桥大学出版社，2002年，第3467封。

对死亡的豁达，这些与基督教文明下人的物欲横流和人性的异化产生了鲜明的对比。劳伦斯深深地迷上了于罗马人之前生活在这片土地上的意大利人真正的祖先伊特鲁里亚人："苗条，优雅，文静，有着高贵的裸体、油黑的头发和狭长的脚板。"意大利的现实和远古都感召着劳伦斯心向往之。于是，潜隐心灵深处多年的小说主题终于得到戏剧化，终于附丽于麦勒斯和康妮两个生命的阴阳交流之上。这就是《查太莱夫人的情人》，一本生命之书，一首生命的抒情诗。

黑马

1993年1月5日

2004年7—10月改写

2009年3月修订

特注：

  1993年伊始便风闻《查》书将开禁。其时供职于漓江出版社的刘硕良先生意识超前，料到出版界很快要走这一步，早早请人将中文译文备好，万事俱备，只欠东风。刘先生十万火急地约我为之作序一篇。急就后交稿，却从此泥牛入海。半年后方被告知开禁令没有如愿下达。于是拙序便与那译文一同等待东风11年。

  到2004年，多年来翻译了不少劳伦斯作品的我欣然领命，翻译这部被译林出版社同好称之为"你若不译就会遗憾终生"的生命之书。这样一来，11年前本来是为漓江的译本所作的序言，却要用在我自己的译本里了。肥水不外流，或许这是天意。

  在此我要衷心感谢译林出版社各位朋友们的好心嘘拂和鞭策鼓励，赐予我机会在译林出版我的第四部劳伦斯长篇小说译文，没有他们的宽容和呵护，很难说我会翻译这部小说。自然我不能忘记的是：这其中最早的《虹》和《恋爱中的女人》是首版于漓江和北岳后转到译林再版，另一部《袋鼠》是因为我生性懒散，误了交稿期限而被退稿后译林出版社仗义接收出版的。还有当初漓江、海天和四川人民出版社最早出版拙译劳伦斯散文随笔集和中短篇小说集。所有这些20世纪80年代开始并一直持续下来的劳伦斯翻译和研究活动，包括我的小说散文创作活动，都为我完成这部《查泰莱夫人的情人》的译文打下了良好的感性、知识和技巧上的基础，是我笔耕上的一次厚积薄发。

但在翻译快结束时却又传来该书不得出版的消息。彼时我已过不惑之年，真修炼到了不惑的境界，置若罔闻。我时不时地学着劳伦斯的样子，在树荫下读书写作，坚持翻译完毕并按合同的最后期限交稿。当然拙译随之束之高阁，因"不可抗力"而无限期拖延下去。我再次想起昆德拉的话："书自有书的命运。"我平静地等待着。

这五年中，我出版了几本散文随笔集，修订了很多弱冠之年的劳伦斯译文重新再版，赫然十余种。写作润色旧译之余，我一直对这本目前我最好的小说译作牵肠挂肚，时常打开文件做些修改，改正了当初匆忙赶活儿时留下的谬误，反倒从心里开始感谢这段长达五年的偃蹇，它让我获得了时间润色译文，这无论对自己还是对读者都是好事。

在英国读书期间，我曾在英国的电视文献纪录片里看到过1960年这本书在英国解禁后读者们排着长队在街头购书的壮观情景，那是我出生的那一年离我万里之外的伦敦的街景。那时我曾在诺丁汉的斗室里向东方遥望，憧憬着某一天在中国读者购买我的译本时的场景，但我知道那个时候的中国读者绝不会轰轰烈烈地排队买书。人们只会带着几分嘲弄的笑容，随便买上一本，当成一个特殊时代的古董买回去，边看边说："真邪门儿啊，人类怎么会干出这样的蠢事，把这么虔诚的书禁了这么些年！"

我能顺利地翻译这本世界名著，还要感谢20世纪80年代湖南出版社重印的20世纪30年代饶述一前辈的译本。饶先生从法文转译过来的译本启蒙了各个不同时代的中国读者，功勋卓著。虽然最早读这本小说读的是英文版，但真正让我读得酣畅的还是饶先生的译本。因为在20世纪80年代曾忘我地恶补了一阵子郁达夫等中国现代作家的文学作品，所以对饶先生译文之明显的20世纪30年代白话文体并不感到隔阂，甚至觉得20世纪30年代作家文雅的散文语言风格应该得到后人的传承。因此我很是服膺饶先生精湛的文字造诣，也艳羡饶先生对英国人生活了解的透彻，这体现在其译文遣词造句的细微处，若非劳伦斯的同时代人并体验过真正的英式生活,是不会用词如此准确的。我为我们国家在劳伦斯谢世不久就出版了这样的优秀译文感到骄傲。70年后当我复译这本书时,我感到我是同时在向劳伦斯和饶先生这一中一外两个良师讨教,我甚至似乎看清了饶先生的身影:一位身着蓝布大褂,戴着金丝边眼镜,灰色的长围巾甩到后背上的教书先生。从当年的译者前言看,饶先生是在北京翻译的这本书。但愿他也是住在南城的某个胡同里,如西砖胡同或南半截胡同,或许也经常在我家附近的绍兴会馆、湖南会馆及法源寺门前散步遛早儿吧。但愿我的想象与现实吻合。我完成了这部译文,想法子寻找饶先生在北京的萍踪,但终究未果。我真的为此遗憾,这样一个有着特殊禀赋的文化人,怎么就在祖国的大地上蒸发了呢?怎么连他的后人都无影无踪了呢?我真想找到他的后人,甚至写一本他的传记。我在等待上天的恩赐,把他和他后人的消息赐给我。让我开始做一件特别有意义的工作吧,苍天助我!在我找不到他之前,我只能凭着想象把他虚构进我最新的长篇小说中去,或许这是身为小说作者的特权。

我要特别感谢2001年在劳伦斯的母校诺丁汉大学劳伦斯研究中心的留学经历,感谢劳伦斯学教授约翰·沃森的开导和点拨。基于认同沃森教授对这部作品的解读,在翻译时特别注意译出原作的"讽刺意味"。至今对沃森教授在课堂上用十分戏剧性的语调朗读本书开始一段的情景仍记忆犹新,虽然没有录音(万分后悔,不曾向先生提出录音的要求),但他的表情和语调永远准确地刻录在我记忆的磁带上了。而在这之前我一直认为那第一段是正剧笔调。是沃森教授的话改变了我的认识。因此我庆幸自己是在赴英伦"取经"后才领命翻译,否则认识上的差异会导致译本风格的偏差。我希望我用中文忠实地传达出了沃森教授启发我理解的劳伦斯风格——当然我相信那就是劳伦斯原著的风格。

跟随沃森教授研读劳伦斯的我,身份只是一介普通访问学者,等同进修生而已,要做的只是选修旁听一些博士和硕士课程,不参加考试,因此也不交学费,保持出勤即可,而作为导师的沃森对我没有任何义务和责任。但沃森教授给了我这个来自中国的进修生特别的关照,主动提出每周专门拨出一小时的固定时间回答我的问题。习性散漫的我,这次必须为了他的

"答疑"而发奋研读，准备出一些值得他回答的专业问题，否则便觉汗颜，丢了中国学者的脸面。每次外出参加有关学术活动，沃森教授都会用他的车子送我回我在普通居民住宅区里租的房子。我向他表示感谢，他会幽默地说他倒要谢我，否则他就没有机会来英国劳动人民的住宅区看看。是沃森教授的善意垂教和特殊的待遇，"逼"我进步，这一点我不曾向先生坦白，估计他一直认为我是个自觉勤奋的学生。想来真是自惭形秽，也深感幸运之至，不知我前生如何修下了恁好的缘分，穷困潦倒时有贵人相助点拨，不思进取时有贵人呵护扬鞭。沃森教授的鞭策便是典型的一例。

2000年—2001年在劳伦斯故乡一年的逗留，使我在感性上深刻体验了英国特别是英国中部地区的生活和风物人情，对我翻译这部扎根于此的生命之书无疑是一种必需。我曾说过，我研究劳伦斯的路数实在是过于奢侈了。但严格地说，翻译研究一个外国作家，如果有条件，确实需要亲历他的故乡，最好是能够追随他的脚步将他走过的路亲自走上一遍。只从书斋到书斋，翻译和写出的文字总嫌貌合神离，读者可能感觉不出，但译者方寸间的隔膜自知薄厚。因此我庆幸自己有过那么好的机会，去了劳伦斯去过的很多地方：英国，意大利，德国和澳洲。这样一来，每每翻译或评论他的作品时，我的眼前总是有一幅幅灵动的风景浮现，总有房屋、森林、街道让我触摸，总有风有雨有山光水影幻化身边。因此我感到我笔下的翻译和研究文字就有了生命质感和张力。我庆幸我的奢侈，我庆幸能做这样的外国文学译者和研究者。同时我感谢为我提供了游历机会的国内外机构和朋友。

本译本根据1994年企鹅公司出版的剑桥1993年版的平装本译出，意译了书后绝大部分注解并针对中国读者可能的阅读障碍增加了一些译者注解，这些译注得益于我多年来对劳伦斯的研究，亦得益于我在劳伦斯故乡的生活常识——我愿意把我读书得来的和在英国生活中得来的与本书有关的知识都通过做注来与读者分享，帮助读者贴近作品，这些是原著的注释所不能提供的。译者所撰的注解条目散落于翻译的注解条目之间，但都一一列出，如有错误，文责自明，以免牵连原注。

渐行渐远，高蹈飘逸

——劳伦斯中短篇小说创作概述

按照国际上一些较为权威的学者理论，劳伦斯的中短篇小说大致划为三个创作阶段，即早、中、晚三期。因为我一直以翻译为己任，不敢率然作研究性大论文，只谈些作为译者的阅读经验，没有高屋建瓴的答疑解惑功用，有些见解并非独家，而是多年阅读他的传记和评论过程中积累下的被我认可的别人的论点，基本上是二手知识综合，仅多了一些自己的"消化"和转述而已。在此我要向很多英语国家的劳伦斯学者致谢，是他们的研究著作滋养了我，培养了我的文学鉴赏眼光并且在一定程度上决定了我翻译的质量。本文试图通过多篇代表作浅析其创作历程，揭示这三阶段里小说在艺术表现上的内在联系、发展和嬗变，揭示劳伦斯的创作从写实主义到现代主义的自然演变，并从当代文论的角度反观其后现代主义的审美潜质。

一

《菊香》(*Odour of Chrysanthemums*)、《干草垛中的爱》(*Love among the Haystacks*)和《普鲁士军官》(*The Prussian Officer*)等作品属于1907年—1914年这第一个阶段。这个时期劳伦斯的长篇小说代表作是《白孔雀》和《儿子与情人》，也就是以写实和自然主义为特征的创作期。这个时期的劳伦斯先是在诺丁汉大学读师范班时开始练笔，后来是在伦敦郊区的克罗伊顿镇当小学教师时开始给新兴的左派文学刊物《英国评论》投稿，一手诗歌，一手小说，成为伦敦年轻作家里的新星，而且作为来自矿工家庭的作家，他被视为难得的"天才"，其作品的活力对苍白浮华的小资产阶级作家文风来说是一种强有力的涤荡和震撼。

20世纪初叶写实主义和自然主义仍是小说写作的主流，劳伦斯写作初期继承的是以哈代和乔治·艾略特为代表的浪漫写实主义风格，但有所创新，从一起步就在继承传统写实主义的同时向现代派借鉴，虽然最终并没有完全成为后来人们推崇的典型的那一批现代派作家，如乔伊斯、普鲁斯特、艾略特和伍尔夫夫人，却也另辟蹊径，自成一家。按照作品出版时间算，劳伦斯颇具现代主义意义的长篇小说《恋爱中的女人》其实是早于现代主义的代表作《荒原》出版的，而且这还是拖延了几年出版的结果。多少年后人们评论劳伦斯时把《恋》说成是小说里的《荒原》，这应该指的是两者在精神和气质上的契合，尽管《荒原》的作者艾略特从来都睥睨劳伦斯。

《干草垛中的爱》应该说是老套的写实主义作品，从中可以看出哈代和乔治·艾略特的影响：一幅幅浓淡相宜的英国乡村风景画如琼浆佳酿醉人，淳朴幽默的20世纪初英国农民形象跃然纸上。让我们想到福克斯所言劳伦斯是"了解英国乡村和英国土地之美的最后一位作家"。但劳伦斯在这个基础上有所突破和创新，因为他更与这温馨风景中的英国劳动者心灵相通、血脉相连。这样的景物中一个平实温婉的爱情故事，其高度艺术化的传达使文本的阅读享受大大超越了故事本身，成为对英国乡村审美的亲历和对英国乡民心灵的造访。在这个故事里，劳伦斯已经开始注重揭示人物的潜意识，因此部分地放弃了严密的叙事形式，叙事结构趋于松散，情节及其发展并没有传统小说里的缜密逻辑和因果关系，一些看似次要的段落反倒成为揭示人物内心的重要线索。恰恰是这种现代叙事形式赋予了这个传统故事以阅读的魅力，否则它就流于一般，仅仅是"乡村和土地之美"的牧歌而已。

在劳伦斯等新晋青年作家眼中，此时文坛上的巨匠是那些"爱德华时期的大叔们"（如班奈特、威尔斯、高尔斯华绥，甚至萧伯纳），他们的作品叙事形式古板，语言雕琢过分，因此无法表现现代人深层次的心理活动，更难以触及潜意识的萌动。所以劳伦斯写作伊始就有突破旧的写实羁绊的冲动并付诸实践，也因此绽露现代主义的端倪。

《菊香》是劳伦斯在《英国评论》上的发轫之作，他以此跻身文坛。作品描写一位矿工的妻子在等待迟归的丈夫时审视他们肌肤相亲但心灵相异的婚姻生活，揭示女主人公凄苦的心境。丈夫在井下窒息而死，妻子为死去的丈夫擦身时，她熟悉的躯体却恍若陌路。小说以强烈的心理震撼见长。有评论家甚至指出这篇小说简直如一幅油画，画的中心是一个悲伤的妻子在为死去的丈夫清洗身体，生死相对时，这位新寡产生"顿悟"。"顿悟"的写法据说是现代派小说的重要特点（以乔伊斯和普鲁斯特的作品为代表），凸现的是人物的心理风景。从《菊香》开始，劳伦斯的小说就在传统的写实与现代派的写意与表现之间营造新的气场，他无法丢弃现实生活，因为现实是他必须依傍的背景，而他又不甘心仅仅成为一支描绘现实的画笔。于是他有意无意之间借助陌生化、表现主义和象征主义的手段重构现实，甚至不惜放弃叙事的严谨，淡化情节，突出主题。其结果就是小说叙事的张力得到强化。这样的写法从技巧上论应该与劳伦斯从小练习绘画和写诗有很大的关系，我们读到的是一个画家和诗人笔下的小说，其文字怎能不是浓墨重彩、紧张而凝练？有人称这样的写法是"戏剧诗"。劳伦斯根据同样的情节创作的话剧剧本《霍家新寡》（*The Widowing of Mrs. Holroyd*）则在这方面体现了劳伦斯的用心，这个剧本后来又被拍成了电影。大段的独白和新寡为亡夫擦身的聚光镜头完全表现出了前面所说的那种油画质感。

至于小说中被认为无处不在的象征、意象、暗示，我认为，青年劳伦斯可能不是刻意为之，而是一种不自觉的非理性写法，与现代主义方法高度契合，在后人看来颇具现代派的风范。如小说伊始，一个妇人走在火车和篱笆之间，被解释为象征着故事中死去的矿工丈夫夹在生活的困境中，暗示着他"窒息"而死的结局。菊花本身就是死亡的象征，一开始就给读者不祥的预兆。小说开头的那一段火车头"came clanking, stumbling down from Selston with seven full waggons"，这一句里很多单词都押头韵，这种拟声的写法被看作是对矿区残酷压抑背景的揭示，是对工业主义的抗议，等等。这样一来，一个简单的故事，却在不简单的叙事中获得了多重的解读，读者在陌生化的叙事和强化的人物内心与外部风景的氛围营造中获得了全新的阅读体验，这是对传统小说的继承和超越。

同一时期创作的不少优秀短篇小说都是写实文学的蓝本，但又都在现代叙事上开始有所突破。值得一提的还有《白色长筒袜》、《受伤的矿工》、《施洗》和《牧师的女儿们》等。

早期的业余创作期，那正是劳伦斯在生活上捉襟见肘、爱情上迷惘焦灼的时期，但也是他在文学创作上生机勃发、清纯质朴的时期。这些小说取材于作者最为熟悉的故乡诺丁汉小城小镇生活，人物性格鲜明，叙述语言清新细腻，浓郁的地方风情和草根人民的道地口语，这些都是其他同时代的英国作家们所难以企及的品质，非劳伦斯莫属。当年的劳伦斯成为伦敦文学界突然闪烁的一颗新星，凭的就是这种鲜活、灵动和血运旺盛的文字。这一段时间的写作为劳伦斯铺就了通往大师地位的最初一段石子小径。看一个大师成名前的小说如何精雕细琢、苦心经营，方能洞悉大师何以成为大师的轨迹。

《白色长统袜》取材于劳伦斯的母亲年轻时参加舞会的一件轶事：在一次舞会上她信手从衣袋中拉出一块白手帕，可却尴尬地发现那是一条白色长统袜。劳伦斯仅仅采用了这一个小小的有趣情节，却苦心经营出一篇精致的短篇小说来。

少妇埃尔茜真心爱新婚丈夫惠斯顿，将他当作可依赖的忠实靠山，但她又隐隐约约感到自己无法抵挡她的前老板亚当斯的挑逗。每年情人节亚当斯都送礼物给她，令她想入非非，不禁回忆起婚前一个舞会上与亚当斯热烈的交往。亚当斯活泼、性感、舞艺高超，这样的人对不谙世事、情窦初开的少女不能说没有诱惑力。故事就这样用白描的手法写埃尔茜潜意识中受着亚当斯的吸引，与之热烈共舞的场景。即使后来她嫁给了惠斯顿，仍然保留着几分孟浪，理智上拒斥着亚当斯的追求，潜意识中仍怀有几分钟情神往。作者并没有刻意描写埃尔茜"良心"上的痛苦与两难，只是通过有节制的叙述细节，让读者去捕捉这一层意蕴。事实上埃尔茜在婚前就处在这种矛盾之中了。道德观的规范使得她"许给"了惠斯顿就无法再同时与亚当斯发展关系。实则她潜意识中既有对性自由的追求又受着道德的约束，婚后依然如此。小说揭示的就是这种下层女孩儿的道德观与贞操观，真是对道德不着一字却处处透着道德的力量。

　　小说的结局是美好的：小两口互敬互谅，和好如初。埃尔茜通过耍弄丈夫也排遣了自己潜意识中对另一个男人的幻想，心理上求得了平衡。而这一切，都是要读者细读方可理会的。悟出这层意思，我们才明白，这篇小说为何不受重视。人们往往会把它仅仅看成是一篇写小两口怄气的小品。

　　因为是青年时代的作品，《牧师的女儿们》尚显青涩，但十分纯美，应该是没有任何理念掺杂其中的纯"血液意识"之作，是劳伦斯最富人性味的婚恋小说。它描绘怀春女子因性的萌动而生出美好的感情，以形而上的肉感美取胜，处处流露着性感与肉感的温情。但小说并未落入"色绚于目，情恋于心，情色相生"的窠臼，而是将这情色二字置于广阔深厚的现实生活背景中，社会地、心理地描摹不同阶级的男女如何冲破偏见相爱，情、性、理熔于一炉，使故事可信，感人。批评大师利维斯在《小说家劳伦斯》中把这篇小说列入"劳伦斯与阶级"的主题下作为代表作进行详细的论述，认为这种爱情超越阶级的鸿沟是"生命""战胜"了势力和阶级偏见。

　　人们倾向于认为《牧师的女儿们》里有后来惊世骇俗的《查泰莱夫人的情人》的雏形，后者从前者脱胎而出。一个作家如果在故乡的成长超过了20年，他的想象力便会终生为故乡的背景所牢牢钳制。劳伦斯浪迹天涯，写下了不少异域风情浓郁的现代主义作品，多年后，在他生命临近终点时，他的虚构与想象的箭头再次射中诺丁汉和伊斯特伍德矿区小镇，以那里的森林为舞台，导演了一场回肠荡气的纯爱戏剧，为世界文学贡献了康妮和麦勒斯这样一对不朽的情人。可谁又知道，两个人物早在十几年前劳伦斯的中篇小说《牧师的女儿们》中就初露端倪，劳伦斯在潜意识中一直在完善和丰富着他们的形象，他们一直在劳伦斯躁动的想象生命中成长。于是牧师的女儿终于成长为康妮。十几年的孕育，终成正果。有心者不妨把《牧师的女儿们》与《查泰莱夫人的情人》做一对照，体验一下这种孕育—成长过程。

而到了1914年的《普鲁士军官》，这种传统与现代结合达到一个高峰，成为早期与中期的分水岭。《普鲁士军官》是一篇有着双层甚至多层解读意义的小说，是一部可以同麦尔维尔的名著《比里·巴德》相媲美的悲剧经典之作。浓墨重彩涂抹出的是沉默中爆发的心灵紧张，与一幅幅浓艳爆裂的印象派写生似的自然景物相呼应，向读者的心理承受力辐射着非人的能量。虐待中发泄的快感反过来成为对施虐者的摧残。但透过这一切，我们冥冥中感受到了一种潜意识中或许可以称之为爱的情愫，但这种美好的人性却因其难以名状而倏忽即逝。爱，这里没有你的位置！似乎只有欲望的煎熬、挫败、变态的激情和涌动着的施虐—受虐欲。当人的欲望被置于某种错综复杂的气场中时，当感情和理性的交锋将其主体——人推向非理性的迷狂境地时，那种悲剧委实令人扼腕。

从现实主义小说的分析角度看，完全可以说成是一位下层勤务兵受到他的凶残上司的恶毒虐待和迫害，忍无可忍，从而"哪里有压迫，哪里就有反抗"，奋起抗争，掐死了这个凶恶的军阀。这样理解大抵是不算错的。那个没有具体姓名的上层军官的确是在利用自己的官职企图达到自己的某种目的，而他的迫害对象又是那样一个朴实、诚挚甚至憨厚纯良的乡下兵，其手段又是那么残忍，读之都会令人对这军官恨之入骨，对那敦厚的勤务兵充满同情。这篇小说无疑揭露了军队中毫无人性的等级观念和残暴的征服欲。仅从这一点出发，将这篇小说冠之以"写实力作"是当之无愧的。

但我们同时又感到我们的阅读经验对这个解释表示不够满足：我们的直觉和情感思维似乎在受着作品"怎么写"的撩动，其特有的叙事方式和浓郁的悲剧氛围在撕扯、在震撼我们心灵的深处，令我们很快发现，刚才得出的"写的是……"被它的"怎么写"推翻了。原来"怎么写"与"写什么"浑然一体时，整部小说的读解才算完整。

这时我们会联想到美国大作家赫尔曼·麦尔维尔的著名中篇小说《比里·巴德》，写的也是一个阴险的军官折磨一个英俊下属的悲剧故事。

于是我们会发现，这种故事的写法与我们中国式的同类小说写法很不一样。

最大的不同在于整篇小说只选择了两个人物，不交代背景和故事线索，不知"前因"，也没有细致的情节发展，而是直接写两个人强烈细致的心理感受和情绪的紧张对峙。继而我们发现整篇小说在揭示人的心理能量时，这种能量在浓烈地向我们的心理承受力辐射着非人的力量；我们还会发现，整部作品中外景的描述与人物内在感受的紧张及其对读者的冲击是"内外呼应"的。这诸种心理能量形成了一个张力场。我们对小说中这一连串成段成段的外景描写感到喘不过气来，那一片片浓烈的色彩恰似一幅幅暴烈的印象派绘画，如梵高的作品那样。

于是我们开始感到仅仅用"压迫—反抗"的视点并不能完成对小说的诠释：在小说写实的表层下或背后涌动着"阶级分析"所解释不清的黑暗海域。

英美一些研究者认为，劳伦斯的创作中这种继承传统（情节、人物、背景及社会环境）的小说要素但赋予小说以新的感觉的写法是"幻象现实主义"（visionary realism）。他的小说中，仍然有具象的写实成分并具有现实主义的解读意义，这是因为他坚持取材于现实生活。但其叙述语言却是超现实的"幻象语言"，使故事脱离表面的有效意义，向深层发展、散射，从而使故事在"迟延"中获得更为复杂的意义。这种幻象语言在以后的长篇小说《虹》和《恋爱中的女人》中达到了登峰造极的地步。不难看出，其特点是在写实成分上以高压的手段加强内心的张力，使人物或生活的表面变形，以凸显现实背后或表层深处最为本质的东西。

于是我们懂得了，为什么一个在传统写实主义的观点中简单的"压迫—反抗"的"阶级斗争"故事要用如此的色彩泼墨般地涂抹而出，为什么那两颗随时绷紧的心永远处在沉默中千钧一发的爆裂前夕。这一切都构成了一台"心理剧"或一部"戏剧诗"。

《普》亦是劳伦斯对同性情色题材的深刻探索。当时德国军队中此类丑闻并不鲜见。劳伦斯对此表现出了敏锐的洞察力，从而艺术地再现并表现了这样的真实。

由此我们读出了两人之间难以言表甚至是无法沟通的同性情色张力。较为明显的是军官一方，他被勤务兵那悠然自得、青春勃发的肉体美所吸引。这种爱欲由于难以名状而令这军官烦躁不安，最终表现为残酷的虐待，他在折磨士兵的暴行中获得快感。而那士兵虽然在抗拒着军官的虐待，但事实上他情感上也受着军官的吸引，对他有依赖。最终士兵掐死了军官，似乎是报了仇，但他却因此精神恍惚而死。他死后，人们把两具尸体并排而放，这个意象被一些人解释为对"结婚"的暗示。

二

《英格兰，我的英格兰》(*England, My England*)、《你摸过我》(*You Touched Me*)、《马贩子的女儿》(*The Horse Dealer's Daughter*)和《狐狸》(*The Fox*)等分别写于1915年之后，属于劳伦斯短篇小说甚至包括长篇小说的第二个创作期（1915年—1922年）。这种划分有时显得过于武断，这一点从1914年的《普鲁士军官》与其后的《英格兰，我的英格兰》在创作特征上的近似就可以看得出来。

从表象上看，《英格兰，我的英格兰》描述的是至纯至美的婚姻如何在现实生活中异化，风清月白的日子如何在世俗的压力下变得难以忍受，进而爱情之花在不知不觉中凋谢枯萎，两性之间的沟通变得难于上青天时，生的欲望就被死的诱惑所替代。表象上是一个凄美的爱情故事，但其意蕴却大大超出了其故事情节的表层，其叙述似乎有着自身强大的生命张力，唤起的是读者感官上的深层次共鸣，这种共鸣的振幅甚至是多层面的。劳伦斯的幻象写实笔法在此达到了新的高度。

1915年—1922年间劳伦斯发表的中短篇小说基本上都有第一次世界大战的背景，从现实的角度说，第一次世界大战彻底改变了大英帝国在世界上的地位，如人们常说的，英国为欧洲和平充当了主力，结果是英国自己从此下降为二流国家，一蹶不振，帝国的威风和辉煌不再。劳伦斯和很多作家一样是所谓的"良心反战"者，但他与其他和平主义者的不同之处是，他认为这场战争从根本上说是英国的工业主义与德国的军国主义之间的矛盾造成的，两者皆为恶。因为他在大战期间因健康原因不能上战场，只能留在后方，耳濡目染，亲身经历了英国国内的种种病态现状，所以他的作品都是间接触及战争的。这一阶段的主要作品当然是《英格兰，我的英格兰》，此外还有《上尉的玩偶》和《狐狸》及《你摸过我》。这些作品除了《英》中有一小部分战场上的情节外，其余都不是直接描写战争的，而是写国内的人们特别是两性之间的"战争"。这些作品因为少了战争的直接动态因素，反而更加深入地对人性和人的心理进行挖掘，作品的情感张力更加得到强化，前一阶段创作中的戏剧诗、心理剧、幻象写实主义、象征主义等元素更为凸显，劳伦斯的写作进一步向现代主义发展。

值得一提的是，同一时期劳伦斯最重要的作品是《恋爱中的女人》，它被文化研究大师霍加特认为是英国小说的最高峰作品之一。劳伦斯在该小说的前言里声称："这是一部在第一次世界大战期间成形但与大战本身无甚关系的小说。不过，我希望不要把小说置于一个特定的时间段中。这样一来就可以把小说人物的痛苦看作是战争所致。"我想这段话足以说明这个阶段里劳伦斯的小说与第一次世界大战的若即若离关系——没有大战但大战无处不在。

《英格兰，我的英格兰》是劳伦斯的短篇精华，被认为是对英格兰（而非广义的不列颠英国）之民族性格和原型意识的深入挖掘，这种挖掘又因为其独特的写法而得到了完美的表现，应该说是立意与手段的高度匹配之作。劳伦斯曾多次表示他是真正的英格兰人，他的英格兰人本性就是他的眼光，他说这番话时使用的是 my Englishness 这个词，而非 British。这个 Englishness 本身透着自豪与狷介，与现在人们讽刺英国人视野狭窄时用的 Englandishness 意思完全相反。由此可见，以当初在英国文坛上惨遭睥睨的卑微之身，劳伦斯坚定地主张自己的 Englishness，他对自己的文学定位是多么明确：他就是立足英国，继承最本真的英国文学传统，为英国人而写作，正如他初涉写作时就说过的那样："我得写，因为我想让人们——英国的人们——有所改变，变得更有脑子。"

小说中一对年轻的夫妻代表了英格兰民族中的两种文化特质：务实的苦行精神与空灵虚幻的审美精神。正是这两种精神造就了大英帝国在物质和文化上的傲世。但一旦这两种并行不悖的英格兰精神体现在一个家庭，特别是一对夫妻身上，就造成了对抗与分裂，水火不相容。艾格伯特以平凡之身沉迷于传统的舞蹈和音乐的收集研究中，与现实生活全然若即若离，与现实的结合点只有激情的性爱。这是个典型的劳伦斯式英国男人。而妻子则代表着基督教苦行务实的一面，她承认艾格伯特是一个高级的生命（a higher being），但婚后日常生活的摩擦让她趋于现实，渐渐意识到了这个高级生命在现实中的苍白无用。他们结合于美的激情，但美与激情终于因为现实生活的琐碎实际而变得暗淡。这两种特质如果在一个民族身上并行不悖，它们造就的是辉煌的文明。但由夫妻二人分别以其化身出现在一个家庭中，就造成了不可避免的婚姻悲剧。同时小说似乎在暗示英格兰在近现代过于偏重务实和物质，轻精神和审美而不可避免地走向民族性格的分裂与堕落。其结果就是幻灭和毁灭。

艾格伯特在生活的压抑下自觉地选择了当兵上战场，这时妻子似乎又开始自觉尽其妇道，但她这个时候绝非出自激情本身，而是出自基督教的理智献身精神，她是在为一个战士尽妇道，而非像她婚姻开始时那样出自激情。这个时候的夫妻性爱毫无激情可言，根本失去了性爱的本质，成为一种堕落。

艾格伯特最终战死沙场，似乎那是他最佳的选择。

《马贩子的女儿》篇幅不长，节奏明快，文笔洗练，寥寥数笔点出一家三兄弟和一个妹妹在马贩子父亲死后家道中衰，树倒猢狲散之前各自的心态，勾勒出三个兄弟冷漠丑陋的小市民嘴脸，从而为那个孤立无援的小妹妹绝望中投湖自尽的行为做了铺垫。

后来好心的弗格森大夫把梅布尔小姐从冰凉的湖中救了上来，从此故事不再是白描的写实了，开始深入描写两个人的心理活动，特别是写他们性的觉醒，被评论家称为"觉醒的诗篇"。

这后半部分的叙述语言透着很强的肉体意识,将触觉与心灵的激情熔为一炉,颇有劳伦斯式的"幻象写实"感。劳伦斯最为拿手的这一"招"往往用在人物性意识朦胧状态的描摹上,读来教人心仪。

当然故事的结尾给人以某种不确定感,这是因为,在那种特殊的场合下(梅布尔小姐被医生脱去湿衣裹在毯子中)梅布尔小姐的感激与温存之心点燃了性欲之火,也触动了医生木然的心。劳伦斯写的是特定环境下人的短促冲动爆发出的性爱火花,这一簇簇火花固然美丽耀目,但火花闪过后,"现实"又让人冷静了下来。他们仍然不知道那是不是爱情:医生只是在冲动下"盲目地"说着"我要你,我要你","这种声调几乎比她唯恐他不要她的那种畏惧心理还使她惊骇"。因此,对这篇小说的赏析也只限于身心交融地对那簇奇艳的短暂火花产生富有张力的移情。当然,能欣赏到这种程度,就够了。

《马贩子的女儿》并非劳伦斯短篇中的最佳作品,但它有一定的代表性,那就是:劳伦斯的作品总也难以"脱俗"——总有一个坚实的故事基础,让人当成写实作品去接近,一旦读起又发现其写实"欠火候",令人们对写实的阅读期待惨遭挫折,往往弃之如敝屣,甚至谴责其功力不够。如果他一二篇作品是这样,受到这样的苛责,那是他的咎由自取;可如果大部分作品都如此这般,我们就该扪心自问:我们是否"看走了眼"。一个作家总在犯同样的毛病,是否有其特别的追求在其中?也许这该叫风格。

这就是劳氏的风格:赋予日常的情境以象征诗意,挖掘表面下面潜流的本质。这就是为什么,他的写实偏虚,仅用经济的笔法点到为止,却不惜笔墨去"赋"去"兴"去超现实。

这样的写法在他的早期作品《白孔雀》和《儿子与情人》中已显端倪,愈到中后期愈成熟,甚至"肆无忌惮",终于由《查泰莱夫人的情人》一书轰轰烈烈地将此种写法推向绚烂。这样"不脱俗"的脱俗,实则是大雅大俗。但在一个非雅即俗、非此即彼的俗世中,这样囿于"俗"的雅往往受到现实利益或由于个人境遇决定的审美误区的限制而难以得到超越世俗的欣赏。因此,欣赏劳伦斯首先需要的是超越时空超越个人的自由心态(如读《查》,至少不该以为劳伦斯在讽刺残疾人)。

《狐狸》是一部中篇小说。与《马贩子的女儿》一样，这篇小说的结局给人一种不确定性。而整篇小说都是在"不确定"中徘徊着，一连串的象征则只能加剧这种感受。

　　两个女人生活在一起，在大战后的沉郁中艰难地撑着日子。她们的关系从一开始就给人一种暧昧感，似乎是一对同性夫妻的样子，但故事并未点透。

　　一个男人的介入，使这两个女人的暧昧关系发生了动摇，也使她们的关系呈现得昭著一些，但仍没有彻底点透。

　　这个叫亨利的年轻军人在玛奇看来就像那只经常骚扰鸡窝的狐狸，他同样撩动了玛奇的情欲。这种象征将小说引入了某种动物性本能的欲望氛围中。很快我们就看到了班福德的嫉妒及由此引起的类似情敌的争夺，她和亨利在争夺玛奇。这种种微妙的关系都是通过象征和暗示来获得传达的，这样看似自然主义的叙述实则是一系列连续的暗示，因此读起来比较沉闷，难以尽快获得意义的所指。

　　同样的不确定感来自玛奇这个人物。她自始至终没有获得自己的终极意义，她的身份终难确定，一方面她与班福德形同夫妻，另一方面她受着亨利的吸引而又对自己的选择将信将疑，夹在两人之间难以确定自己的立场——或许这本身就是她的立场，她注定是要夹在两性之间的，也只有这样，故事才会有展开和继续的缘由，否则《狐狸》很快就会有个明确的结束。

　　不错，故事终以班福德被树砸死成全了那一对有情男女。但事情远不止这样简单。

　　玛奇为班福德的死感到难以名状的忧伤，满是哀愁的目光久久地凝望着大海。另外，她一时还不能适应新的"爱情"方式或者如书中暗示的那样，是新的性别角色。从根本上说，她对未来感到心里没底。劳伦斯小说中痴男怨女们的结局大都是这样不确定的，难得"大团圆"，从《虹》到《恋爱中的女人》到《查泰莱夫人的情人》，从《牧师的女儿们》到《太阳》到这篇《狐狸》，均如此。当然还有更可怕的，那就是小说中一对男女生活了一辈子，临到女人向男人的尸体诀别时，竟发现两人形同陌路。这样的"不确定"发展到如此的极致，足见劳伦斯自己对爱做出的逻辑上的艺术处理是多么悲剧！

《你摸过我》是一个精致凝练的短篇小说，如同冰山的一角，其意蕴之丰富，内涵之深邃，有待得到多方面的挖掘。

战争前后的英国小镇上，一个制陶作坊主的两位千金过着封闭的优雅小日子，与大墙外火热的现实生活全然隔绝。她们寻不到与自己门当户对的男子结婚，她们的优越感也吓跑了很多想求婚的人，她们渐渐变成了老姑娘。而这个时候，父亲当年从救济院领养的养子哈德里安从刚刚结束的大战的战场上回英国探望这门亲戚。姐妹二人立即警觉，以为他是冲父亲的财产而来，对他极力防范并大加冷嘲热讽。一次意外，姐姐错把睡在父亲床上的哈德里安当成了父亲抚摸，结果唤醒了年轻人的激情，坚决要娶这位"表姐"。姐妹二人都认为他是为了巧取家产，对他大为蔑视。而哈德里安则坚称是表姐的那一阵抚摸让他生出了爱情的温柔，他不是为了钱才要娶表姐的。他不断重复的一句话就是"你摸过我呀。"其朴实动情跃然纸上。最终在病危的老父亲的强力帮助下，表姐终于屈就下嫁。

这么一个表面上看来十分有英国中部特色的短篇小说，几乎充斥着传统的一切因素：阶级、金钱、高攀、下嫁，应该是一个很流俗的故事。但在劳伦斯笔下，除了传统小说中对话的生动逼真，除了外在景物和人物的真实描摹，读者似乎感到一些次要的情节和人物暗流涌动，在不断凸显着某种对整个故事的操控力量，这就是那个似乎永远卧病在床的病危的老父亲，还有老人与养子—女婿之间的微妙关系，似乎这些决定了这种看上去不可能和不般配的婚姻终得玉成。劳伦斯的小说之所以是传统与现代的高度融合，其表层似乎永远有一个传统的写实框架，总是有一个可以提炼的故事梗概，但整个故事的叙述却完全脱离了写实主义的轨道。

在这个故事中，我们最终发现，老父亲是一个关键人物，如果不是他为了弥补膝下无子的缺憾领养了这个孤儿，如果不是他以剥夺继承权相威胁，那个清高孤傲的女儿绝不会下嫁。最终我们看到隐匿在小说中的暗流——老父亲与养子的关系居然是一个重要的无声胜有声的没有在场的在场。而两个女儿的喧嚣竟然会退为次要。这个缺席的主线最终由老父亲满意地看到女儿嫁给养子时对养子说的一句话得到"点题"："你终于是我的人了。"

暗流涌动，背景随时取代前景凸显意义，这种写法诉诸读者的情感介入，诉诸读者的全方位体验，这标志着劳伦斯现代小说笔法逐渐走向成熟。

三

《公主》(The Princess)讲述一个家道中衰的望族女子，自髫龄起便被父亲当成公主培养，性情高远但脱离社会生活。作为一个老处女，她到墨西哥旅游时受到剽悍英俊的当地导游的吸引，性意识隐约觉醒，身不由己奉献了自己。但清醒后旧的"公主"意识复萌，意欲逃走。但男子不肯放弃，最终被当成坏人射杀。"公主"从此脱胎换骨，彻底改变了性情。

《太阳》(Sun)，一位美国上流社会女人厌倦了与商人丈夫之间缺乏性激情的苍白生活，带儿子远赴西西里岛接受日光浴治疗。在那里终日裸露身体，接受着太阳的抚慰，生命能量得到恢复，性的意识重又萌发，与当地农夫产生了默契。小说描写女人肉体意识的活动和性意识被唤醒的历程，文笔优美典雅，极具形而上意味。

《爱岛的男人》(The Man Who Loved Islands)被研究者认为是劳伦斯晚期小说中的杰作。他以纤敏的散文笔法，舒展着一幅幅北欧色彩的海景，将一个隐士的向往与现实的挫败丝丝入扣地昭示出来。那种水天一色的惨淡美丽是如此可望而不可即，正如劳伦斯的神赐笔触一样教人望洋兴叹。大师不可模仿，皆因境界不同。同样的视点上，人们的眼光可以差若天壤，皆因其维度不同。同样是男人，未必能参透劳伦斯对男人的独特体验。这里似乎也有那么点儿爱，甚至有了孩子。这种爱，压抑无奈，教人追问：世上果真有这样淡漠隔膜的夫妻吗？

《木马赌徒》(The Rocking Horse Winner)：一个富家男孩在爱情荒芜的家庭中备受忽略，在父母对金钱的追逐刺激下竟然求助于一头摇动的木马，靠着在木马上终日疯狂起伏"奔驰"获得赛马赌博的灵感，以求下对赌注，获得巨额的赌金，挽救家庭，也以此吸引父母的爱。这个孩子最终精神崩溃而惨死。这是劳伦斯作品中收入选本和拍摄电影次数最多的一篇小说,似乎仅仅是因为语言凝练,情节简洁而富有动感。但小说传达的意绪则扑朔迷离,洗练的表面下深藏着多重的心理意义,被视作他最优秀的短篇小说。

《美丽贵妇》(The Lovely Lady):一个心灵扭曲的贵妇,用强烈的变态母爱控制儿子,令儿子面对其他女性无所适从,丧失爱的能力。她的第一个儿子因此抑郁而死,第二个儿子又在她畸形母爱控制下难以将息。只因为贵妇在梦中坦白了自己的内心世界,其卑下心理昭然于世,才使儿子得以解脱厄运,贵妇亦因此精神崩溃而死。

《母女二人》(Mother and Daughter):丧夫的老妇人心理变态,一心要与女儿厮守残生。她毁了女儿的第一次婚姻,竭尽全力讨女儿欢心,建立一个温馨的母女之家,但女儿因为受了性压抑,变得憔悴不堪。女儿终归是要嫁人的,且是嫁给了母亲不屑一顾的老男人。母亲人财两空,黯然神伤。母女二人竟然反目成仇,恶语相讥。

《人生之梦》(A Dream of Life)是典型的劳伦斯式男人体验小说。在温暖的天国夕阳色彩中,一个历尽沧桑的中年男人梦回故土,其情之苦,教人恻隐难抑。男人的故乡永远被他流浪的脚步丈量着,无论它消失得如何彻底,它都在某种气功状态下栩栩如生地被他拥有着,连一片瓦、一扇门都在这种状态下复活。而对故土的眷恋是与对亲情的向往交织难解的,对亲情切肤的体验化作纯美如斯、爱意绵绵的散文体小说,在这个日益物欲化的汹汹世界中显得更为清丽,因此而弥足珍贵。

《逃跑的公鸡》(The Escaped Cock),一部寓言体小说,完成于劳伦斯逝世前半年,是他的最后一部虚构作品。小说以惊人的想象力,讲述基督复活的故事。缠绵的语言缠绵地叙述着半似幻境中基督与女祭司两情相悦的缠绵爱情故事。肉体的复活把基督还原为血肉之躯,播下了生命的种子。当时是冒着渎神的危险写下的血肉文字,但劳伦斯真的是无所畏惧了,因为他的肉体已经感觉到了死亡,他在用这部小说为自己死后超度并祈祷着一个血运旺盛的辉煌复活。

以上是劳伦斯晚期(1923年—1928年)8个中短篇小说的梗概,但这个时期劳伦斯的小说比前两个时期的小说更加难以被"梗概",因为他的创作晚期是一个变幻不定的实验期，他开始尝试更为极端的写作方法，笔触伸向宗教、神话、寓言、童话和讽刺喜剧小说。游历美洲并再次羁旅南欧，他的阅历更为丰富，对生命的反思日趋深刻，这其中对墨西哥的阿兹台克文明和南欧的伊特鲁里亚文明的探索和体验，还有对弗雷泽的人类学巨著《金枝》的研读，对他的文学创作产生了深刻的影响。

  大多数现代派作家和艺术家都有着类似"生活在别处"的经历，甚至生活主要在别处，远离故土，流浪他乡成了他们的基本生活和生存方式，这种行动艺术本身就是他们文学创作的有机部分，无论他们以此反叛故土的压迫还是乞灵异乡文明来拯救他们认为濒死的西方文明，这种流浪都丰富甚至决定性地影响了他们的文学创作内涵和方向。劳伦斯或许是他同代甚至所有英国作家里对以上两个消失的文明之根进行不倦的探索并乞灵于斯的唯一一人。正是这样的乞灵与探索使他的文学创作底蕴更加丰厚，意象与象征纷呈，叙述语言更富挑战性，他在无形中开始成为具有全球视野和文化学、人类学意义的世界级作家。这让我想起劳伦斯曾夸下海口说他要走遍所有大洲，为每个大陆写下一本小说。早年甚至说要步行到俄国去游历。到他中年的时候，他开始实现这样的梦想，至少为澳洲和美洲写下了小说如《袋鼠》、《羽蛇》、《林中青年》，大量小说里欧洲大陆与英国背景交错；其非虚构作品更是充满异域风情和性灵，如著名的《美国经典文学研究》、《墨西哥的清晨》、《伊特鲁里亚各地》、《意大利的薄暮》、《大海与撒丁岛》及"德国随笔"等等，他还苦心翻译了意大利作家乔万尼·维尔迦的长篇和短篇小说。可以说从1912年与弗里达私奔到德国，他就开始超越自己的Englandish视野，作品中欧洲未来派和表现主义初露端倪，被传统的英国文学界看作是unEnglished。可惜他英年早逝，否则或许他能走遍五大洲并真的为每一洲都留下一本小说。有评论家说，到他的创作晚期，他对小说创作的把握全然超出了写实主义的局限，也超出了"后福楼拜"的现代主义小说的范畴，自然主义的写实和现代主义的表现方式都不足以表达他对人类社会和世界的认识，他必须借助神话和寓言及宗教的象征，把人类行为纳入神话和寓言的模式中去表现之。而对词语的游戏把玩，则使他在语言层面上甚至具有了后现代作家的特征。

《公主》和《太阳》与他在美洲时期的代表作《羽蛇》和《骑马出走的女人》大概写于同一个时期，与此同时他还写下了散文名著《墨西哥的清晨》。把这两个短篇与他的一系列美国—墨西哥—意大利题材的作品相联系，就能看出这两篇作品如同一套华美贵重的首饰中的两个精巧的耳坠，借此可对这个时期劳伦斯的创作进行一番管窥。两篇作品分别写了两个白种女人对原始自然力量的膜拜，作品中处处流露出原始主义旨趣，似乎在乞灵原始力量对他认为濒临灭亡的欧洲文明实施拯救。两部小说都精心营造了一个富有原始神韵的现代伊甸园，两个女人都在这样的氛围中失去了文明重压下的自我，开始向自己的女性自我回归，这个过程纯美如斯，宛如童话，两个"人的女儿"似乎在这样的地方被唤醒，几乎找到了"上帝的儿子"，一个是半人半神的墨西哥古老种族的后代，一个是西西里淳朴的农夫。但她们最终又都在现实的重压下屈服了。一个意乱迷狂，一个重归苍白的白人社会。但在这两篇短篇小说中，我们开始看到几年后《查泰莱夫人的情人》的女主人公康妮的雏形越来越清晰了。"康妮"一直在成长，从早期的《牧师的女儿》到这两个小说里的女主人公，再到《少女与吉普赛人》，逐渐成熟。不难看出，康妮最终也是一个"睡美人"的童话原型人物的变种，《查泰莱夫人的情人》本身也是一个成人的童话，康妮与麦勒斯癫狂般的性爱戏剧背景——那片森林和林中木屋不啻于现代社会的一个伊甸园。劳伦斯对于神明的寻找从墨西哥的雪山到意大利橄榄林覆盖的西西里岛，最终回归英国中部的舍伍德森林，将童话的模式嵌入残酷的工业主义煤乡里的一片净土，完成了康妮与麦勒斯的现代神话。因此可以说这两个女人是未来的康妮的一些基因，而童话公主的白马王子则被置换为富有原始生命活力的现代隐士和局外人，他们的社会身份甚至都是"下等人"，但他们游离于社会之外，超然、本能，充满着冥冥的血性力量，似乎肩负着唤醒"人的女儿"的重任，扮演着某种"上帝的儿子"的角色。

《爱岛的男人》全然以人间童话寓言的叙述语言开始，只是没用"从前有个（Once upon a time）……"开头一句是"There was a man who loved islands." 同一时期的《木马赌徒》也被认为是现代寓言，开始的句式相同："There was a woman who was beautiful……"

这部中篇小说的灵感来自劳伦斯的一次赫布里底群岛的旅行，那里的岛屿和岛湖让他感到是世界的晨曦时分，如同《奥德赛》一般的氛围。它貌似现代的《鲁滨逊漂流记》，又令人想起当代英国小说戈尔丁的《蝇王》，从本质上说是对英国文化传统中"岛屿意识"的继承，同时又颇具创新。它集逃避、隐逸、探险、拯救、嘲讽、自嘲于一体，整篇故事与童话的海景交织，被认为是20世纪文学里最难忘的篇章，其叙述语言与作者意欲表达的理念完美相容，可以说是一场孤独的狂欢，是文字的盛筵。这样的小说似乎已经是后现代小说的文本了。

《木马赌徒》以童话的句式开篇，是一个荒谬绝伦的现实故事。整个家像被施了魔法，每个角落里都回响着"要有更多的钱"的窃窃私语，这种声音几乎令人发疯。在贪婪的父母的冷落中，男孩子保罗竟然要借助超自然的办法乞灵上天赐给他灵感去下赌注在赛马会上赌马。孩子赢了钱，但精神崩溃了，死了。这个小说揭示的是现代金钱社会中家庭关系的彻底异化和女性的毁灭力量：保罗的母亲贪恋金钱，不仅夫妻形同陌路，也丧失母爱、冷落孩子。

《美丽贵妇》和《母女二人》则进一步揭示了现代社会中家庭关系异化和女性毁灭力量的主题。前一篇似乎是浓缩的《儿子与情人》，其中母亲的控制欲毁灭了第一个儿子并差点也把第二个儿子扼杀，完全是精神食人者的恶魔形象。第二篇中的母女完全像男人一样组成了无男性的家庭，家庭关系呈病态状。母亲要控制女儿的生活，女儿要寻找正常的爱情生活而备受挫折。最终女儿挣脱了母亲的控制，找到了自己的爱情归宿，但这个丈夫却是个年过花甲、体态臃肿的亚美尼亚人，她似乎找的不是丈夫而是父亲，因为她一直生活在缺失父亲的家庭中。

这三篇小说气氛压抑沉重，但又时而在叙述中爆发出刺耳的嘲讽声。故事情节的荒诞、叙述手段中融入的童话、寓言甚至超现实的哥特式灵异成分与叙述语言的游戏化都表明劳伦斯的晚期写作摒弃固定的形式，开始了肆无忌惮的文体实验游戏了。这种写作更能在后现代语境中获得知音。

以下两篇《人生之梦》和《逃跑的公鸡》以寓言、神话和幻象的语言表现男人最后的孤独、隐忍和神化般的复活，特别是淑世和救世的英雄主义惨败之后的复活。前者幻想的是灭亡的伊特鲁里亚文明和生活方式在英国中部的2029年复活，后者则是耶稣基督对自身前世的反思，神性消弭，人性复活。两篇小说都如梦如幻，闪烁着天国的温暖色彩，散发着男性肉体的热量，叙述语言是劳伦斯所推崇的"阳物语言"（phallic language），这就赋予其寓言以肉感与血性，将劳伦斯的理念与神话完美融合，是劳伦斯式的独特神话，完全属于后现代文学的表现范畴了。

如果说《人生之梦》是劳伦斯借助伊特鲁里亚文明的因子对英国生活的建设性表现，《逃跑的公鸡》则是他借助弗雷泽的《金枝》对耶稣基督的颠覆性表现和解构、重塑，复活的耶稣与女神爱茜丝的女祭司的性爱在1928年的人们看来完全是渎神的笔法。不要忘记，这个中篇是写在《查泰莱夫人的情人》边上的小说，可以说与这个长篇交相辉映，相得益彰。一个是人的复活，一个是神的复活；一个是人在大战后的欧洲废墟上营造着性爱的天国，一个是耶稣基督拯救人类失败后走下神坛，还原肉体的男人本身。耶稣基督复活后陷入了沉重的反思：我试图强迫他们活，所以他们就强迫我死。总是这样，强制。退缩毁灭了前进。现在我该独处了。

他甚至反思自己前生对人类的爱和被爱：说了半天，我是想让他们用死的肉体来爱。如果我是以活生生的爱来亲吻犹大，或许他永远也不会以死来吻我。或许他对我的爱是肉体的爱，可我却以为这爱跟肉体无关，是僵尸之爱……

劳伦斯在最后的小说中仍然在扮演"爱的牧师"角色，这一次，他借助耶稣的复活对正统的基督教精神进行了修正，为它注入血肉，补充肌理，因为它趋于否定肉体生命并回避"肉体的复活"之说。

劳伦斯二十来岁时以一篇短篇小说《序曲》获得《诺丁汉卫报》征文奖并开始在文学上崭露头角，以《逃跑的公鸡》（又名《死去的人》）落幕，似乎这是上天的刻意安排。以诗人和长篇小说作家见长的他误打误撞进入短篇小说的写作领域，不期亦成大家，同样领其风骚。其中短篇小说精致、洗练，反倒避免了他在长篇小说里因其篇幅之长而容易出现的大段的人物说教，读之更赏心悦目，自成风流。其五十多个短篇创作被认为是从拙朴的写实主义到精心铺陈的现代主义到高蹈飘逸的后现代主义的完整历程。

无论什么主义，都是论者各自的观点，作为读者，我们关注的是劳伦斯作品对我们的情感产生的冲击，关注的是读了他的作品我们的内里有什么样的改变，用文化学大师霍加特的话说：读了这样的小说，我们对自己人格潜流的感觉从此变了：它改变了我们看待自己的方式，看待我们与他人之间关系的方式，看待社会的方式，看待时间与代际、家庭与地域和空间的方式。总之，这样的小说是不是符合劳伦斯自己给小说下的定义——"闪光的生命之书"呢？（Richard Hoggart：Between Two Worlds, 2001）

参考书目：

1. Introduction by Anthony Artkins, The Prussian Officer and other Stories by D. H. Lawrence, Oxford, 1995.

2. Introduction by Michael Bell, England, My England and Other Stories by D. H. Lawrence, Penguin, 1995.

3. Introduction by N. H. Reeve, The Woman Who Rode Away and Other Stories by D. H. Lawrence, Penguin, 1996.

4. Introduction by Brian Finney, Selected Short Stories by D. H. Lawrence, Penguin, 1989.

5. Introduction by Keith Saga, The Complete Short Novels by D. H. Lawrence, Penguin, 1990.

6. Weldon Thornton: D. H. Lawrence, A Study of the Short Fiction, Twayne Publishers, New York, 1993.

7. Kingsley Widmer: The Art of Perversity, D. H. Lawrence's Shorter Fictions, University of Washington Press, 1962.

D. H. 劳伦斯第二自我的成长[①]

一

劳伦斯痛恨理性，推崇"血和肉的信仰"，声称"理智不过是一具枷锁"，并颇有诗意地将这种信仰形象化："我相信人的肉体是火焰，如同燃烧的蜡烛，永远向上升腾又向下流淌，而人的智力不过是火光照亮的周围其他的东西。"[②]他甚至说："理智不过是残花，是死胡同。"[③]

"血的意识（blood-consciousness）"[④]与"理性意识（cerebral-

[①] 本文曾发表于1995年中国社会科学出版社出版的文集《现代主义浪潮下》。2011年收入北京大学出版社出版的《欧美文学评论选》。现特此修订收入本书。
[②] 1913年1月17日，致E. 柯林斯信。阿尔都斯·赫胥黎编《劳伦斯书信集》，伦敦：海纳曼出版社，1937年。
[③] D. H. 劳伦斯：《精神分析与无意识》，伦敦：海盗书社，1972年，第74页。
[④] 同上，第202页。

consciousness）"① 的对立成为劳伦斯揭示"西方文化中唯意志论与唯理智论之斗争"② 的个人语型。对于劳伦斯，"血的意识"具有其独特的内涵，即"本能、直觉，即黑暗中知识的巨大洪流，先于理智"③。它最终演变成"费勒斯意识"④。

综观劳伦斯的主要理论著作《美国经典文学研究》和《精神分析与无意识·无意识断想》（与其说是理论不如说是他的社会与文学思想的激情道白）和他的书信及散文随笔，我们有理由认为他在性爱理论上最终走向了对"费勒斯意识"的推崇。

但是，从他种种言论的发表时序看，考察其"费勒斯意识"旨趣情结的发生与衍变是困难的，甚至难以确定这种情结生成与发育的轨迹。

倒是在创作上，笔者认为劳伦斯的5部（或6部）主要性爱题材作品即《白孔雀》、《儿子与情人》、《虹》、《恋爱中的女人》和《查泰莱夫人的情人》所渐现的审美旨趣形成了一个发展的历程。从《白孔雀》到《查泰莱夫人的情人》，即从第一部长篇小说到最后一部长篇小说，完成了对"费勒斯"的礼赞。

但必须指出，我们只能把这种审美意识归属于作者的"第二自我"⑤。布斯很明确地指出：作者的"第二自我"只是"隐含的作者"，绝不可与作者等同。"第二自我"是作者的一个"理想的、文字的、创造出来的替身"。⑥

还有评论家指出："一个艺术家最透彻的传记是他的艺术之传记。"⑦我想，这即是让人们把注意力投向作品和作品的叙述者的"第二自我"。

---

① 1928年3月15日，致C．布朗信，阿尔都斯·赫胥黎编《劳伦斯书信集》，伦敦：海纳曼出版社，1937年。
② 菲利浦·里夫：《精神分析与无意识》序言。载D．H．劳伦斯：《精神分析与无意识》，伦敦：海盗书社，1972年。
③ D．H．劳伦斯：《美国经典文学研究》，企鹅出版社，1983年，第90页。参见拙译《劳伦斯论美国名著》，上海三联版，2006 第86页。
④《劳伦斯书信集》1928年3月15日，致C．布朗。"费勒斯"即阳物，但费勒斯意识却另有含义，是劳伦斯所指的来自人的太阳神经丛的肉体意识，并不仅仅指阳物，泛指人的性意识。因此笔者没有直译为"阳物意识"，望读者明察。
⑤⑥ W．布斯：《小说修辞学》，北京大学出版社，1987年，第77—97页。
⑦ 查理斯·罗斯：《恋爱中的女人》，企鹅出版社，1989年，序言。

综观劳伦斯的这5部小说从时序上渐现出的此种意识,我们有充分理由认为这5部作品背后的叙述者分别是劳伦斯的"第二自我"的不同发展阶段。研究一下这5部作品的叙述者是如何成长为一个人的完整的"第二自我"很有意义,也是在给劳伦斯作一部小小的"艺术之传记"。

问题的复杂性在于,劳伦斯作品(尤其是前期作品)的自传性过强,而后期作品的主题又往往与他当时的一些言论的主旨相契合,也就是说作者与其"第二自我"时而过于重合。

如果说有些小说家的写作就是"发现和创造他们自己"[①],劳伦斯即是这类人——"无论劳伦斯写什么,他首先并且总是写他自己"[②]。他像福克纳一样"用近千种方式……讲述着自己的故事。"但是不要忘记,这些作品构成的不过是作者"变形的传记"[③]。注意,是"变形"。我想这个词与罗斯说的"艺术之传记"是同义语。

毫无疑问,劳伦斯的"第二自我"绝不是作者本身的简单变形而已。他"首先并且总是写他自己",我们可以沿用一个古旧的用语说这些作品的叙述者和不少人物是作者的"化身"。问题在于这个化身是艺术的产物。一旦生活的真实进入文本后,文本作为真实、虚构和想象的三重组合已经成为一种艺术的真实[④]。也就是说,写作是一种"虚构行为(Fictionalizing Act)"。作者对于现实的选择是出自一种"偏爱",偏爱的选择与想象重新整合,使现实的因素失去原有的意义而在文本中构成新的意义——"再现的现实指向一种现实之外的'现实'。"因此,文本的世界只是"现实"的"像似"结构[⑤]。或许就是在这个意义上,布斯说作者是"他自己选择的东西的总和"[⑥]。但这种选择和选择的东西的总和造就的仍然不是作者,而是他的"第二自我"。因此,我们说劳伦斯与其"第二自我"的关系是一种"像似"。

以往的劳伦斯研究常常忽视劳伦斯这种虚构过程而把生活真实与作品人物对比,以期达到对作品的自传性解读。如用"西利尔—劳伦斯","伯

[①⑥] 参看w.布斯:《小说修辞学》,北京大学出版社,1987年,第77—97页。
[②] 菲利浦·里夫:《精神分析与无意识》序言。
[③] 朱迪斯·布里昂特:《福克纳:变形传记》,内布拉斯加大学出版社,1982年,序言。
[④] 参见王逢振:《今日西方文学批评理论》,漓江出版社,1988年,第82—84页。
[⑤] 同上,第86—87页。

金—劳伦斯"等解释人物，给人的印象似乎是劳氏的创作只是"写自己"而已。这样虽然解释了他的部分创作动机和背景，却没有解决什么是虚构后的艺术真实、这种虚构是怎样进行的这些问题。因此这些研究无法对劳伦斯作品的艺术方面做出充分的昭示（往往把他的艺术局限在节奏、用词、意象、象征等技巧方面）。

我想对这个虚构过程的最简捷明确的揭示是克默德的一段话。他在"现代大师研究文丛"之一的《劳伦斯》一书中开宗明义指出，劳伦斯的创作过程是一个"小说家把控幻想、将先知的狂放柔化"和"让先知的身份与故事相容"①的过程。虚构要这样进行，一切服从故事的逻辑，就像劳伦斯所说："绝不要相信艺术家，但要相信他笔下的故事。"②按照故事的逻辑进行叙述的那个叙述者自然就不会完全是作家自己，而是按照故事的逻辑存在的他的"第二自我"。唯有通过对作者的"第二自我"的揭示即作家的"艺术之传记"才能较充分地解读其作品。

二

《儿子与情人》无疑是劳伦斯的成名作，因其强烈的自传性受到人们普遍重视。但它并非劳氏的长篇处女作。探讨他的"第二自我"，起点应该是《白孔雀》，这部长篇处女作（如果不是追溯到更早的短篇小说的话）孕育了劳伦斯"第二自我"的胚胎。可以不夸张地说，劳伦斯的"第二自我"从来没有完全摆脱《白孔雀》的雏形。以后的发展，不过是不断地修改《白孔雀》的过程。如同一个成年人，或许表面上已与儿时判若两人，其实其内核——性格与基本精神仍然可追溯到童年。15年后劳伦斯重读《白孔雀》，觉得它像是"别的什么人写的，奇怪而又遥远"，但他仍然承认："我

---

① 弗兰克·克默德：《劳伦斯》，乔叟出版社，1973年版，第7页。
② D．H．劳伦斯：《美国经典文学研究》，企鹅出版社，1983年版，第8页。参见拙译《劳伦斯论美国名著》，上海三联书店，2006年，第3页。

在风格和形式上虽然变了,但我从根上说绝没有变。"[①]他早期的作品就是他的整个创作的序曲,这样的序曲自然奏响了整部音乐作品的基调。克默德的《劳伦斯》恰恰把劳伦斯的早期作品归在《序曲》一章里叙述,颇具象征意义。

《白孔雀》这部浪漫加写实的传统小说给人的印象是哈代式的"威塞克斯"手法绘出的旧英国农村风俗画。书中大量华美但又有些做作的自然景物描写证明劳伦斯是现代英国作家中"了解英国乡村和英国土地之美的最后一个作家"[②]。不少评论家都精心地将作品中的景物和人物与作者的故乡和作者生活中的人物一一做了对比,说明作品的自传性;亦有评论家指出其现实主义意义,云:"这部小说更主要的是展示了作家透过田园牧歌式的外表感觉到戏剧冲突的危机的能力。"[③]

笔者在此感兴趣的是《白孔雀》中的自传成分被选择进入文本后如何导向新的真实。

在不少人看来,书中描写的景物是他故乡伊斯特伍德附近风景的翻版,但它们一旦进入文本,就不再仅仅是景物而已,"它是小说的一个积极参与者。它是人物活动的背景,亦是其评论者,时而又是优于人物生活的某种道德(或非道德)力量。"[④]在《白孔雀》中,自然描写与人物的命运交织在一起,指向一个新的真实即劳伦斯式主题:摧残自然与复归自然。经过虚构后的真实,"尽管以劳伦斯的故乡伊斯特伍德为蓝本,其景物却变得陌生了"[⑤],变得连劳伦斯的父亲都认不出[⑥]。

小说中的中产阶级女子莱蒂与农家小子乔治真心相爱,可最终她却弃乔治而高攀富家弟子莱斯利。在此劳伦斯绝不是在重复传统小说中通俗的三角恋或讲述一个虚荣女子攀富弃贫的爱情故事。这里"戏剧冲突"已不再是乔治·艾略特或早期哈代式的。格拉姆·海夫指出,在此劳伦斯"想把他

[①] 转引自约翰·沃森:《白孔雀》,企鹅出版社,1984年版序言,第32页。
[②] 福克斯:《小说与人民》,作家出版社,1957年,第105页。
[③] 米哈尔斯卡娅:《论D. H. 劳伦斯》,毕冰宾选译自《英国小说的发展道路1920—1930》,莫斯科:高校出版社,1966年俄文版,载《文艺理论研究》1988年第1期。
[④][⑤][⑥] 见约翰·沃森《白孔雀》序言,第13—14,17页。

认为重要的东西付诸表达或象征",从而开始发展他的形而上学[①]。人们注意到,劳伦斯甚至在写作他的处女作时已发现,他必须"使用某种'形而上学'作为启发性手段",否则"便别无其他出路"[②]。这种通过象征达到的形而上学意义即是"人挣扎于文明和自然之间"这样一个"根本的神话"[③]。

于是,在几易其稿后,劳伦斯创造了安纳贝尔这个人物。"这里非有他不可……只有他能够造就一种平衡,否则小说就太单一了。"[④]安纳贝尔是"自然与文明之间的第三种力量"[⑤]。小说的叙述者西利尔(人们认为少年劳伦斯是其原型)几乎为这个人物着迷,即使当他沉迷于乔治的肌体时仍然想到了安纳贝尔——"我凝视着他(乔治)肩膀上发达的肌肉……想起了安纳贝尔的事儿。"[⑥]安纳贝尔这个人物"成长"为劳伦斯最后的也是最有争议的男主人公麦勒斯(《查泰莱夫人的情人》)看来是很自然的了。

如同乔治一样,安纳贝尔也是被女人毁了的男人;像乔治一样,安纳贝尔是自然之子,属于大地,淳朴而充满生命力。而女人在《白孔雀》中代表着知识,是苍白、虚伪的,是文明的怪物。

不同于乔治的是,安纳贝尔是一个"重返自然"的绅士(麦勒斯亦然),他在剑桥读过书,厌倦了文明世界。只有这样的人才能成为文明与自然之间的第三种力量,才能奏响复归自然的音符。也因此成为阐明劳伦斯式主题的劳伦斯式人物。

《白孔雀》以强烈的自传性始,终于发展到"非有"安纳贝尔不可,即虚构后的真实与想象整合终于导向另一个崭新的真实并成为劳伦斯主题的端倪。这是一个艺术的过程。与此同时,作为劳伦斯的"第二自我"的叙述者西利尔的审美旨趣也就昭然若揭。"他"崇拜乔治和安纳贝尔这样的"费勒斯意识"的象征人物,谴责以女性为代表的文明对自然的摧残,同时

[①][②][③][④][⑤] 克默德:《劳伦斯》,北京:三联书店,1987年,第11—12页。
[⑥] 劳伦斯:《白孔雀》,企鹅出版社,1984年,第294页。

向往着复归自然——"当个好动物,相信你自己的动物本能。"[1]"一切文明不过是在腐朽的东西上涂脂抹粉。"[2]

从此,劳伦斯的作品中不断发展着《白》的意象,到《查泰莱夫人的情人》发展到极致。这正如韦勒克与沃伦在《文学理论》中指出的那样:"一个作家早期作品中的'道具'往往转变成他后期作品中的'象征'。"[3]在本文结束时我们会看到这一理论对评述劳伦斯的创作是十分中肯的。

作为向《儿子与情人》的过渡作品,《逾矩》为我们研究劳伦斯的"第二自我"提供了不可多得的质朴的坦白陈述。这部小说取材于他的密友海伦·霍克的悲伤经历[4],一经劳伦斯的虚构和富于想象的整合,表现的却是一个崭新的主题:在小说中,代表文明的女人在精神上摧毁了代表野性的男人。"叙述者"不无悲伤地谴责这种对男性的"阉割"。

莱蒂和海伦娜不过是《儿子与情人》中的母亲葛都德的雏形,而葛都德的原型是劳伦斯的母亲("父亲"的原型则是他的父亲)。

劳伦斯后来终于承认他改变了对父母的看法。"父亲"在《儿子与情人》中的所作所为与生活中劳氏的父亲很贴近。但劳伦斯后来不再谴责父亲。错的是母亲—"母亲"。"父亲"莫瑞尔这个代表着自然生命和神赐野性力量的活生生存在,竟被清教徒式的精神恶魔——"母亲"所贬毁,沦为醉鬼。肉体的与意识的、血液的与精神的对立,正表现为父亲与母亲的对立。劳伦斯后来承认:"并非道成肉身,而是肉身成道。道来自肉身,道有限,如同一件木器,因此有穷尽。而肉身无限,无穷尽。"[5]尽管父亲(肉体意识的象征)一时被母亲(精神的化身)所战胜,可是父亲"笑在最后,但笑得最久"[6]。其实,即使在《儿子与情人》中,以谴责的口吻描写父亲,但"劳伦斯仍然潜意识地对他那位强健朴实的父亲表示了同情,笔调是温

---

[1][2] 克默德:《劳伦斯》,北京:三联书店,1987年,第9页。
[3] 韦勒克与沃伦:《文学理论》,北京:三联书店,1984年,第204页。
[4] 莫尔与罗伯特:《D. H. 劳伦斯》,泰晤士与哈德逊出版公司,1988年,第20—21页。
[5] 劳伦斯:《儿子与情人·自序》。参见劳伦斯:《书之孽》,黑马译,金城出版社,2011年,第253页。
[6] D. H. 劳伦斯:《美国经典文学研究》,企鹅出版社,1983年,第92页。拙译上海三联书店版第87页。

和的,甚至是善意和喜剧性的"①。足见潜意识中对于"血和肉的信仰"不仅造就了《自孔雀》和《逾矩》的叙述者的态度,又使《儿子与情人》的叙述者也无法摆脱对"父亲"的欣赏和同情:

  那年莫瑞尔27岁,体格健壮挺拔,十分帅气。一头卷发油黑发亮,从未刮过的黑胡子浓密茂实。他红脸膛,嘴唇也是红润的,很引人注目,因为他总爱开怀大笑,那笑声十分爽朗,洪钟似的。葛都德盯着他,不禁心驰神往。他是那么丰采照人、生机勃勃的一个人,诙谐幽默,跟谁都能一见如故,友好相处②。

  平常他总是围上个围脖儿就出门。可这会子却梳洗打扮起来。他兴致勃勃地一边洗脸一边擤着鼻子,然后又蹦蹦颠颠地跑进厨房去照镜子。镜子太低,他不得不弯下腰来照,一边照一边认认真真地分着湿漉漉的黑发……③

  正是这种潜在的信仰使《儿子与情人》超越了进入文本的那些自传成分。萨加指出:"只要劳伦斯能够从生活中取材,他就不觉得有必要再发明什么……劳伦斯除了'改编生活'的方法以外再也没有别的方法来创造人物。通常情况下,他不承认他笔下的人物是'画像',只强调某些一眼即可辨认出的人物虽然是真人,可他们的内在意义与真实生活中他对他们的评价都相去甚远。"④ 杰茜·钱伯斯(《儿子与情人》中米丽安的原型)也承认劳伦斯惯用这种"改编生活"的方式。《儿子与情人》中的米丽安其实是生活中三四位女性的重新整合。⑤ 萨加继续指出:劳伦斯最终要创作的是艺术,而不是生活,这意味着不拘泥于个人经历,而是试图(在个人经历上)引出更广阔的意义。说它自传性强,是因为它直面真实,毫不掩饰;说它

---

① 莫尔与罗伯特:《D. H. 劳伦斯》,泰晤士与哈德逊出版公司,1988年,第37页。
② 劳伦斯:《儿子与情人》,企鹅出版社,1981年英文版,第44页。
③ 同上,第54页。
④⑤ 凯斯·萨加:《儿子与情人》序言,企鹅出版社,1981年英文版。

是艺术，是因为它写得有节制和超越个人，为整个一代年轻人说话。

这种超越个人生活的更广阔的意义之一，即是小说开了弗洛伊德主义在文学表现上的先河——揭示"恋母情结"（俄狄浦斯情结）。同时通过潜意识与"父亲"代表的被精神"阉割"的肉体与血性的认同而使作品成为现代"恋母情结"的挽歌。

需要一再解释的是劳伦斯是在写完这部小说后才从德国妻子弗里达那里听说弗洛伊德的理论并在妻子的建议下将原书名《保罗·莫瑞尔》改为《儿子与情人》，从而一目了然地点明了主题[①]。这表明了他对弗氏"俄狄浦斯情结"理论的某种认同。

同时必须说明的是，劳伦斯了解了弗洛伊德的全部学说后，毅然写了《精神分析与无意识·无意识断想》一书，从根本上否定弗洛伊德。劳伦斯认为弗洛伊德把人的一切行为都归结为性冲动和性压抑是片面的，尽管弗洛伊德的观点"对了一半"。"对了一半总比一点不对要好。"劳伦斯说。但他指出："性并不是一切。不应把性的动机指向一切人类的行为。"他还说，性动机与宗教是"如同男人和女人、父与子，是不可分的"[②]。在劳伦斯看来，只有宗教地看待性才是最健康的性态度，而不是像弗洛伊德那样科学地分析其"因果关系"。为此，他说："宗教是正确的，而科学是错的。"精神分析的最大错误是它对人的性冲动和性心理持科学态度，通过理性地揭示其因果关系，以期达到治愈病人的目的。[③] 而在劳伦斯看来，一切的变态都是文明和理性所致。一切罪恶都是"罪恶感"所致。他形象地指出：亚当和夏娃本是在黑暗中靠"血的意识、直觉和本能"相感知，可吃了禁果就有了意淫（sex in the head），从此开始有了罪恶感。此后，人知错为错。罪恶并非是"破坏了神旨，而是破坏了自身的完整"[④]。在劳伦斯看来，弗洛伊德的科学分析无疑是有害的理性主义（劳伦斯用的是idealism这个词）。他批驳说："各种情结绝非变态。它们是正常的无意识中的一部分。唯一的

[①] 凯斯·萨加：《儿子与情人》序言，企鹅出版社，1981年英文版。
[②] 劳伦斯：《精神分析与无意识》，第146页。
[③] 同上，第15页。
[④] 劳伦斯：《美国经典文学研究》，第90—91，108页。见拙译《劳伦斯论美国名著》，上海三联书店，2006年，第103页。

变态行为就是试图把它们提到意识层面上来（即让人认知——笔者注）。"①

不过，《儿子与情人》中对男主人公"恋母情结"的揭示，是与弗洛伊德的有关理论相吻合的，否则劳伦斯也不会将小说的书名从《保罗·莫瑞尔》改为《儿子与情人》。男主人公保罗的性心理的形成符合精神分析理论的描述，我们不妨用弗洛伊德主义分析之。

但我们要注意的是，劳伦斯不是了解了弗洛伊德的理论后如此这般地创造人物关系的，他是在对此全然无知的情况下按照生活和故事的自然生发去创造小说人物的。而且他在《儿子与情人》的自序中强调的是他的动机是质疑基督教义的根本即"道成肉身"，他要将其颠覆为"肉身成道"，进而提出了"血和肉的信仰"是他最大的信仰，这是他最早的反理性主义的宣言。正因此，克默德将这篇自序的撰写看作是劳伦斯创作成熟的开始，那年他28岁。《儿子与情人》并没有令劳伦斯成熟，而是写完这部书并在弗里达启发下认识到这部作品的"原型"之现代意义即"旧的儿子—情人是俄狄浦斯，而新的儿子—情人却成千上万。"②他还坚称《儿》是"一部伟大的悲剧……是成千上万个英国年轻男子的悲剧"③，在深层意义上说他们都是"道成肉身"的牺牲品，是理性至上的理性主义的牺牲品。因此他要颠覆这个基督教教义，反动为"肉身成道。"

所以说这篇自序的写作使劳伦斯认清了自己的追求，从此走向成熟。

就这样，至此为止，劳伦斯的三部自传成分很大的小说，几乎都在表现"女人毁了男人"这个"阉割"主题。可与此同时，我们又看到了"阉割"的另一面（潜含着的）是对"费勒斯意识"的推崇。《白孔雀》的"友谊的诗篇"一章中西利尔之沉醉于乔治·萨克斯顿的肌体，《逾矩》中西格蒙德的强烈的性冲动，《儿子与情人》中叙述者不自觉地使用的那种男性的"饱含着肉体温存的语言"④，无不是在小说的"主流"之下涌动着的"费

---

① 劳伦斯：《精神分析与无意识》，第9页。
② 劳伦斯：《书之孽》，黑马译，金城出版社版，2011年，第259页。
③ 黑马：《儿子与情人·跋》，人民文学出版社，2011年。
④《儿子与情人》中"父亲"莫瑞尔使用的是德比郡—诺丁汉郡一带的男性矿工们特有的方言和土话，尤其在谈论到女人时和与女人调情时这种粗俗的泥土气息更浓，性信息得到了充分的传达。克默德认为这是一种"饱含着肉体温存的语言"。笔者表示赞同。见克默德《劳伦斯》，第17页。

勒斯意识"的潜流。而这种早期作品中的"背景"发展到晚期就成了作品的"前景"得到凸显。这样的过程值得研究。克默德还指出,有人发现晚期的《查泰莱夫人的情人》中主人公麦勒斯的名字都是早期的《儿子与情人》中"父亲"莫瑞尔名字拼写字母颠倒的结果(Morel-Mellors)。麦勒斯这个劳伦斯式文学形象"成长"于早期作品中的数个主人公,正如同康妮也"成长"于早期作品中的几个女性形象。这些似乎从另一个方面映衬着劳伦斯"第二自我"的成长。

是的,这些小说中的男性都是失败者,他们代表着血和肉的意识,但他们均被女人毁了——被理性毁了。正如克默德评论《儿子与情人》中失败的"父亲"时所说:"他的失败不仅仅是俄狄浦斯意义上的失败,同时也是黑暗中养育的阳刚之气的失败,是不知何为羞怯、自由自在的男性魅力和力量的失败,是根植于泥土中的美的失败。"[①]

同时我们看到了主人公保罗为端正自己的性角色位置而进行的挣扎。正如克默德指出的那样,他拒绝了精神型、修女型的米丽安,其实亦是拒绝了母亲——因为米丽安在精神上是他母亲的近亲。他与对性关系持自由态度的已婚女人克拉拉同居,因为他认为克拉拉这样的人人格低下,不配做他的"母亲"。但正是在克拉拉那里,他克服了把女人当成母亲的心理障碍,"费勒斯意识"得到恢复。这正如与《儿子与情人》同时发表的弗洛伊德的一篇重要论文(《性生活中最为广泛的堕落形式》)不谋而合:"任何希望在情爱生活中得到自由和幸福的人,必须克服对女人的尊重。"同时弗洛伊德坚信,有些人是需要"较低一级的性爱对象"才能得到性爱的满足。[②]

足见保罗这个人物性格代表着文明理性"阉割"自然后的产物。无论劳伦斯本人如何反对弗洛伊德主义,保罗终于成为弗洛伊德主义的文学标本。《儿子与情人》源于生活真实,而通过虚构成为艺术——揭示文明症的心智原型。而其自传性之真切(对环境的再现、方言的自然运用),又使小说成为英国"唯一一部有价值的工人阶级小说"[③]。有人甚至认为,劳伦斯

[①] 克默德:《劳伦斯》,北京:三联书店,1987年,第19页。
[②] 克默德:《劳伦斯》,北京:三联书店,1987年,第23—25页。
[③] 毕冰宾:《畸形的爱,心灵的悲剧》,《外国文学评论》1987年第3期。

"写英国中部的矿工生活，比哪一位左派作家都真切"[①]。看来，在劳伦斯的小说中，生活和艺术是十分接近的。但正是这种"接近"，使不少人仅仅注意到了其"真实性"的一面而低估其艺术价值，从而导致以下两种态度：一是认为《儿子与情人》是一部较好的现实主义小说或"发展小说"[②]；二是认为作者的病态心理妨碍了他在更深的层面上开掘现实生活[③]。这些观点不能不说各有其理由，但也有失之偏颇之处，所谓仁者见仁，智者见智。

《儿子与情人》叙述方法上的崭新之处在于，它已经开始摆脱班奈特、威尔斯和高尔斯华绥等老一辈作家为代表的传统的"物质主义"，不再在"情节"和"逼真"上费大力气，这种力气甚至被认为是"用错了地方，以致遮蔽了思想的光芒"。小说不再"被炮制得恰到好处"[④]，而是走向情节和人物外在条件的淡化，注重人的内心。伍尔夫夫人注意到了这点，指出《儿子与情人》"似乎把各种情景都凝聚、缩略、削减到最简单明了的地步，让人物直截了当地、赤裸裸地闪现在我们面前。我们观看的时间不能超过一秒钟，我们必须匆忙地前进。"[⑤]早在20世纪30年代，我国也有学者注意到了这一点，指出："（劳伦斯）只用经济的笔法勾勒出人物大概的轮廓，以后，人物的心思，实在是他的不自觉。所以劳伦斯的人物似乎都有些反常……结果就产生了新的感情，新的心境，我们虽是不承认，却又觉得也许是有的。这是劳伦斯崭新性的基础。"[⑥]这种重在形而上之魂的小说是写实与现代小说交叉点上的产物，已经无法用严格的写实主义标准去度量。其人物之"反常"以及这样的文本带来的"新的心境"恰恰是伍尔夫夫人所说的那种思想的光芒。

---

①⑥ 孙晋三：《劳伦斯》，《清华周刊》，1934年，第42卷，9/10期，第129页。
② 侯维瑞：《现代英国小说史》，上海外语教育出版社，1985年，第207页。
③ 米哈尔斯卡娅：《论D. H. 劳伦斯》，毕冰宾选译自《英国小说的发展道路1920–30》，莫斯科：高校出版社，1966年俄文版，载《文艺理论研究》1988年第1期。
④ 弗吉尼亚·伍尔夫：《论小说与小说家》，上海译文出版社，1986年，第4—7页。
⑤ 同上，第110页。

三

《儿子与情人》的完成，结束了劳伦斯"自传性"艺术的悲剧三部曲，他的艺术真实所依赖的"现实"开始扩展，其作品的形而上意蕴更加明确也更加深远。

从某种意义上说，母亲的逝世，对于把劳伦斯从强大的"恋母情结"中解脱出来并从此反思自己与父亲认同的美学意义（这种认同是"费勒斯崇拜"这一审美态度的基础）是一个决定性的契机。《儿子与情人》是"俄狄浦斯"情结的挽歌。现在，劳伦斯终于悟出自己从前的作品其实是无意识地反对以母亲—女人为代表的理性，而他要认同的是以父亲为代表的直觉、非知识、自然和激情。他在一封信中写道："我真想写另一本《儿子与情人》了，我母亲是不对的……"[①]

他开始写《姐妹们》（后分为《虹》与《恋爱中的女人》）。从此，他的创作出现了决定性的转折。从主题上说，"阉割"——"血的意识"、"费勒斯意识"这些形而上的意义得到更强烈的昭示；从叙述方式上，则是摒弃了人物的营造和情节的设置而转向"无英雄"、转向原型、转向情结。而与此同时，小说的现实主义意义竟因此出人意料地得到了更进一步的深化，写实与现代主义在劳伦斯这里无形中嫁接成功了，两者相互依存、相得益彰。"真实"、"虚构"和"想象"三者如此和谐地统一了起来，其"第二自我"也随之渐渐成熟起来。

奥尔丁顿指出，在《虹》中，"人物性格的分析退回到了普通的因素上，以至很难分辨和记住书中的人物。"[②] 是的，这正是《虹》的反传统之处。它写的"是每个人而非传统的英国小说中的英雄"[③]。

劳伦斯对1913年以前的生活和创作进行了反思，有了崭新的觉悟。他声言从此要超越以前，创作一部不同凡响的新作，这就是《虹》。不是他

[①] 凯斯·萨加：《劳伦斯的一生》，麦修恩出版社，1982年，第23页。
[②] 理查德·奥尔丁顿：《一个天才的画像，但是……》，毕冰宾、何东辉译，金城出版社，2012年，第145页。
[③] 马克·斯皮尔卡编：《D. H. 劳伦斯》，普林梯斯—霍尔出版公司，1963年版，第38页。

不会写《儿子与情人》那样的小说了，相反，《儿》为他在英国出版界和文学界赢得了很好的口碑，大家都希望他在此基础上继往开来，更上一层楼，这样对一个小说家的发展最为有利，也是出版社对他的要求。更大的成功的阶梯为他架设好了，他只需要继续攀爬下去，就能与威尔斯和班奈特们齐名。但他在小说观念上的巨大转变让他放弃了唾手可得的一切名利，走上了一条荆棘丛生但在他自己看来是精神救赎的彩虹之路。为此他与自己的恩师加尼特决裂，开始在文学的海洋上划起自己的独木舟。他在新的小说里"试图刺破人物意识的表面，触到下面血的关系，摒弃表面的'人格'，为的是揭示原型的自我"。他要"创造一种新的普通的生命，一种根植于我们内心深处完整的生命"[①]。他宣称："你别指望在我的小说中寻到人物旧的稳固自我。还有另一种自我，照这个自我行事的人让你无法认得清……"[②]

这"另一种自我"表现在那些让人"难以分辨彼此"的三代布朗温家的男人身上。这是男性的"原型"。米哈尔斯卡娅批评《虹》的不确定性，是站在捍卫传统现实主义的立场上批评劳伦斯把几代布朗温家的男人写得分不清彼此[③]。但这仅仅是从写实主义角度出发，而《虹》恰恰是劳伦斯的写实主义阶段的结束和现代主义的开始。最终我们会发现，这部小说达到了表现主义文学的高度。《虹》昭示的是几代布朗温男性的原型，属于"另一种自我"。批评视角的不同，决定了对作品要求的不同。用写实主义的标准看待表现主义的作品几乎等于削足适履。劳伦斯起初的感觉是《虹》颇有未来派的风格[④]。他甚至感觉《虹》是用一种自己都不甚了了的"外国语言"写就[⑤]。这位写实派的继承人和掘墓人此时尚在懵懂时期，连他自己都还在苦闷中探索着小说的做法，更何况仍然纠结在写实主义窠臼里的别人？可见从写实主义角度出发自然认不清这"另一种自我"，当然无法从

[①][②][④] 引自或转引自克里斯特弗·海伍德编：《D.H.劳伦斯新研究》，麦克米伦出版社，1987年，第126页。
[③] 米哈尔斯卡娅：《论D.H.劳伦斯》，毕冰宾选译自《英国小说的发展道路1920-1930》，莫斯科：高校出版社，1966年俄文版，载《文艺理论研究》1988年第1期。
[⑤] 转引自利维斯论《虹》，载哈罗德·布鲁姆主编《劳伦斯》，切尔西别业出版社，1985年版，第147页。

表面上分辨他们。

其实《虹》的现实主义意义是极其深远的,透过三代人的婚姻关系的变化,可以感受到时代的变迁。可能也正是因为现实主义的这一面令很多人仍旧用现实主义的框架衡量他,无法适应其变。关键是劳伦斯没有直接地勾勒时代的特征和全景,而是忠实地揭示时代的变幻给普通人的性心理和婚姻关系带来的影响。这不能不说是对现实主义的新贡献。因为对普通人来说,生命毕竟是个体的体验,每个人是以自己的生命方式去感知时代的变幻的。而对劳伦斯来说,生命的体验从根本上说是性的体验。或许是在这个意义上,马克思说:"男女之间的关系是人与人之间的直接的、自然的、必然的关系……根据这种关系就可以判断出人的整个文明程度。"① 而《虹》所着重反映的是一种文明与另一种文明(农业文明与工业文明)交替时期、社会处在大变动时期的家庭婚姻(以性关系为基点)的转化。它是"英国第一部记录肉体激情之常态和意义的小说"。时代的巨大变迁令现代西方人感到旧式的群落的消散,拯救这种失落感依靠的不是别的,而是个体及其过一种激情生活的能力。② 因此,利维斯称之为"对现代文明的研究"③。

但《虹》的革命性,即使劳伦斯成为现代小说家的革命品质还不在于《虹》的写作方式,而是在于其内在的现代意识:随着技术时代的到来,小生产的宗法制度下农业家庭中那种旧式人与人关系让位给新型的社会关系,现代婚姻中的男性失去了旧式婚姻中的统治地位。可他们仍陷在旧的光环中不能自拔,因此他们把希望过分地寄托在性满足上,因为这是维系男性力量的唯一标志。

于是我们在《虹》中看到的是男性神话的解体以及男性为抗拒被"阉割"所进行的努力——冥冥中强烈的肉欲冲动,这是最根本的男性的原型。只从表面上要分清几代男人当然是不可能的。他们之不可分清,是因为他们都在为同一个自我进行着抗争。因此,"我们在《虹》和《恋爱中的女人》

---

① 马克思:《1844年经济学—哲学手稿》,人民出版社,1979年,第72页。
② 马克·斯皮尔卡编:《D. H. 劳伦斯》,普林梯斯—霍尔出版公司,1963年,第34页。
③ F. R. 利维斯:《小说家劳伦斯》,企鹅出版社,1956年,第120页。

中再也看不到清晰可辨的完整的活人，看不到我们习惯了的从费尔丁到福斯特到毛姆的传统英国小说叙述方式中命运相互关联的人物了。"[1]劳伦斯在时代的巨大变化面前，对"真实"进行了偏爱的选择，即选择了性作为主题，表现男性神话在以女性为象征的文明的冲击下的解体。至此，在《虹》中"阉割"的母题与工业文明的社会历史现实有机地结合了起来，使作品具有更开放的品质，虽然给作品的解读带来困难，但也使作品的解读更加多样化，提供了开放性的多元审美角度。

但是作为劳伦斯主义的内核——文明对自然的摧残，其具象化的标志是女性对男性原始自然力量的阉割，这一点在《虹》和《恋爱中的女人》中不仅没改变，反而得到了进一步的表现。在劳伦斯的作品中，家庭与社会背景这些外在的东西与人物性格（如果说还有性格的话）是有机地融合在一起的。《虹》中汤姆·布朗温是旧的宗法制度下农民的典型：他的情感生活是与自然的节奏相吻合的，混沌的美与自然的美是相呼应的。他和别的男人一样劳作、生息，欲望的冲动完全是自然的、不受文明污染的，他的行为全是受着某种下意识的驱使，善与美与真完整地集于一身。《虹》在老汤姆身上不惜花费近三分之一的笔墨，景物的描写和心理的昭示都富有诗义，被不少人称为"诗化小说"。劳伦斯偏爱老汤姆，这艺术地体现了他的"第二自我"——对男性神话的抒情诗般的赞美，这种沉醉的情感在工业文明危机来临的20世纪10年代无不是一种对过去的"乡恋"，除了恋旧就是无奈。但《虹》中的这种恋旧被发挥到了诗化的极致。

到了第二代，老汤姆的继女嫁给了他的侄子威尔。威尔的确与老汤姆十分近似，在本质上没什么两样。但他的男性力量却遭到了妻子安娜的挑战，他的男权地位动摇了。安娜像布朗温家的所有女人一样是"内刚外柔"的，向往着文明。而威尔依旧生活在混沌的激情与欲望中。最后是"安娜胜利了"（一章的标题）。威尔只有在"文明"面前的惶惑、焦虑和无言的愤懑。小说中威尔沉迷于教堂建筑，沉迷于彩窗上的"羔羊"，受到安娜的耻笑。其实这羔羊是一种象征。他迷恋宗教，迷恋耶稣的化身"羔羊"，是

---

[1] 柯林·克拉克编：《〈虹〉与〈恋爱中的女人〉》，麦克米伦出版公司，1969年，序言。

因为《圣经》强调了男人创造了女人，男性的肉体是人类的根本。而耶稣那滴血的肉体正是男性牺牲的崇高体现。威尔在用神话抵抗着现实中代表文明的女性对男性的打击。

而第三代人中的斯克里宾斯基则是现代社会中彻底失败的男人。厄秀拉作为新时代的女性渴望着体验一个更为强壮的男人世界——新女性的强壮要求更为强壮的男性作为性关系的平衡条件。可是斯克里宾斯基却是个太软弱的男人——一个精神上的阉人（或许他象征着现代社会的价值萎缩）。在此，劳伦斯的"第二自我"转到厄秀拉身上，这个"第二自我"并非是在塑造新女性的形象，而是站在女性的角度谴责这个失去真正强壮的男性的现代世界。她认为斯克里宾斯基毫无主心骨，奴性极强，甘当大英帝国的炮灰还自以为高尚。这是一个男性堕落的时代。

你以为印度人比我们笨，所以你就要去统治人家，以此为乐。你还以为你统治他们是为他们好呢。你算老几，也配统治他们去？你这样做对在哪儿？简直让人恶心。你去能统治出什么好来？只能把那边弄得跟这边一样死气沉沉、一样卑贱！

这之中孕育着死亡的种子。每接触一次，她都无法得到自己要得到的，这种欲望越是强烈，她的爱就越无望。每接触一次，他就比原先更依赖她，他越来越感到自己在她面前挺不起腰杆来，没有足够的力量去对付她。他感到自己成了她的附庸。

他的头奇怪地摇晃着，嘴撇了几撇，就开始抽抽搭搭地哽咽起来。他的脸都哭歪了，仍在没完没了地哭，真像丢了魂一样。[①]

因此有评论家认为："没有别的英国小说在如此形而上的语境中将社会

---

① 柯林·克拉克编：《虹》，企鹅出版社，1949年，第467，468及472—473页。

主题与个人主题密切结合起来。"[1] 这种结合点，正是文明使男性神话破灭。这是《虹》的最终形而上意义。而在这个最终意义上的思考，必须与《虹》的续篇（尽管相对独立）《恋爱中的女人》相联系。《恋爱中的女人》不仅在时序上继续了《虹》的主题，而且也在时序上必然地成为劳伦斯"第二自我"的进一步的发展阶段。

四

与其说是"发展"，不如说是变奏。《恋爱中的女人》中，"阉割"的主题发展为"死亡"。而劳伦斯的"第二自我"则表现在厄秀拉、伯金和杰拉德身上，是一种总和效应。

毫无疑问，与《虹》一样，《恋》的现实主义意义是通过人与人的性关系来得到折射的，但透过小说形而上的主题，我们仍可实在地触到英国社会的脉搏。小说中的知识分子群是取材于实人实事的，是英国上流知识分子群的真实写照；小说中杰拉德的形象，是20世纪初英国工业巨头的真实再现——"工业拿破仑"；小说的气氛是典型的一次大战前后的"荒原"氛围。这些通过劳伦斯的虚构和富有想象力的创造，成为他"第二自我"的绝好文本——爱的死亡。我们说这部小说是小说中的《荒原》正是这个意思（事实上这本小说的完稿早于艾略特的《荒原》数年，稿子在英国各大出版社旅行，最终面世时间与《荒原》和《尤利西斯》等现代主义巨著在同一时间段）。

主人公伯金其实是处在一个"三角恋"环境中的：一方面是厄秀拉，另一方面是杰拉德。厄秀拉无疑在此成为歌颂男性力量的人，她深恋着伯金，渴望与伯金一起体验两性关系的完美极致，她把伯金当成十足的男子汉苦恋着，伯金的每一块肌肉都唤起她的崇拜。此时劳伦斯的"第二自我"是厄秀拉无疑。可伯金却同时向往着比他强壮、男子气十足的工业巨子杰

---

[1] 阿拉斯塔尔·尼文：《D. H. 劳伦斯的小说》，剑桥大学出版社，1973年，第60页。原文的"形而上语境"是 metaphysical context。

拉德，虽然两人之间的同性恋爱感情在小说中写得相当节制并升华为某种"血谊兄弟"。

值得注意的是，伯金在某种程度上与杰拉德是一个人物的两个方面，都是被"阉割"的现代男性。

在《恋》中，伯金既无法全身心地爱女人又无法充分表达他对杰拉德的同性爱，这是"时代退化不可避免的症候"。他仅仅把杰拉德看成自己欲望的肉体对象而非精神伙伴，这与维多利亚和爱德华时代后期的同性恋文学中感情的表达方式如出一辙[①]。

但是在劳伦斯的笔下，伯金被处理成面对工业文明造成的心灵荒原的宿命论者，而杰拉德成为机器化的精神空虚的灵之阉人，这就使小说具有了崭新的意义。正如《虹》一样，《恋》也因此把个人主题与社会主题统一了起来。

伯金在精神控制欲强烈的贵妇赫麦妮那里体验到的只是男性力量的彻底被"阉割"，他无法爱也无法征服女人——文明的畸形化身。而厄秀拉则与他保持着一种"平等"，这仍然对他的男性沙文主义是一种污辱。他要求的是一种女性完全的服从[②]。而后来他降求其次，欲保持男女之间的"双星平衡"。这种选择仍无法使他得到性爱的满足，他必须寻求杰拉德的同性爱作为一种真正平衡的力量[③]。

而杰拉德这个"工业拿破仑"虽然有一具美男子的躯壳，却在操纵机器、把工人当成机器对待的同时自己也异化成为机器，精神上毫无寄托，毫无生气。他把爱当成一种寄托，而自己并不能全身心地投入，因此被恋人戈珍拒绝。戈珍看不起他那种精神上的空虚，厌恶他的机器世界，终于弃他而去。一个堂堂的工业巨子得不到自己所爱的女人甚至不明白为什么（戈珍爱上别人后他茫然重复："我不知道。我不知道。"），又无法理解和接受伯金的爱，心灰意冷，终于死在阿尔卑斯山的雪谷里。

伯金面对杰拉德的死，感到的是自己的死，因为他把与杰拉德的感情看成是对抗女性毁灭力量（赫麦妮和厄秀拉）的一种生命本能。他只能哀

[①②③] 查理斯·罗斯：《恋爱中的女人·导言》，企鹅出版社，1989年。

叹:"他应该爱我……就不会是这样的下场!"他相信"那死去的和正在死去的仍然可以爱……"①

劳伦斯的"第二自我"发展到《恋》似乎走入了绝境,无论对现实的取材还是虚构和想象后的文本指向,都从《白孔雀》开始的"费勒斯意识"的崇拜走向"费勒斯意识"的死亡。足见"现实"对虚构和想象的巨大制约力量。

但是,另一种现实为他提供了使"费勒斯意识"复活的可能,为他虚构现实、发挥想象、创造新的艺术现实并最终完成自己的"第二自我"提供了现实的依据。这些与他3年的美洲之旅(1922年—1925年)经验有关。美洲的经验与他对世界所抱的"积极厌世"②态度,最终使他写出了《查泰莱夫人的情人》这一"复活费勒斯意识"③、集"温柔与美"④于费勒斯之源的名著。

五

劳伦斯的美洲之旅是他最重要的出游。墨西哥和新墨西哥粗犷的地貌和印第安人强烈的生命节奏都给劳伦斯以巨大的情感冲击,甚至感到那里是他的归宿:

> 我觉得新墨西哥让我获得了对外部世界最了不起的体验。它彻底改变了我。这话听似奇怪,但新墨西哥确实把我从目前的文明时代中拯救了出来,从这个物质与机械发展的伟大时代里拯救了出来。⑤

> 陶斯的印第安人村落让我感到如同那些古老的修道院一样。你到了那里,你感到你像是到达了终点,你到了目的地,那里的中心结点

---

① 劳伦斯:《恋爱中的女人》,黑马译,译林出版社,1999年,第514—515页。
② 郁达夫:《读劳伦斯的小说〈恰特莱夫人的爱人〉》,《人间世》1934年第14期,第36页。
③④ 劳伦斯:《劳伦斯书信集》,剑桥大学出版社,2002年,第4343封。
⑤ 劳伦斯:《新墨西哥》,《劳伦斯随笔选》,企鹅出版社,1986年,第181页。

依旧。[1]

他发现可以在此找到复活现代文明荒原的象征和希望。他开始深信：欧洲是一场历史循环的结束，而美洲则是另一场循环的开端[2]。这时期劳伦斯满怀宗教激情写下了不少长、中、短篇小说和散文，作品充满着对美洲象征的"费勒斯意识"的崇拜。其中《公主》和《骑马出走的女人》及《墨西哥的早晨》最能代表这种历史循环论，其焦点是原始主义[3]。

这种原始主义情结在他的最后一部小说《查泰莱夫人的情人》中发展到了极致。在此，我们看到的是劳伦斯的"第二自我"找到了"费勒斯意识"复活的途径，一个劳伦斯作品中从未出现的"英雄"麦勒斯出现了。这是一个受过教育的人，一个自我流放回归自然的"文明人"，当然不是变成野人。重要的是这种复归的形而上意义。小木屋，野林子，一个复归自然的男人给一个寻找自然的贵妇人注入崭新的生命。在此，性描写构成了形而上的性宗教。《白孔雀》中的一些稚嫩的描写和场景，在《查》中发展成了象征（如本文开始指出的那样）。"小说中每一样东西都具有象征意义"，直至"最后整个小说本身变成了一个巨大的象征"[4]。

《查》甚至不被劳伦斯看作是一本性小说。奥尔丁顿指出这本书其实"是关于性的说教……是一种'精神恋爱'"[5]。表现的是与后现代主义的性解放截然相反的旨趣。用林语堂的话说"在于劳伦斯，性交是含蓄一种主义的"。[6]正因此，劳伦斯被认为对性持一种清教徒的观点——"他之所以常常被称作清教徒就是因为他认为性是生命和精神再生的钥匙，也因为他

---

[1] 劳伦斯：《陶斯》，《墨西哥的早晨等散文》，剑桥版，2009年，125页。
[2] 詹姆斯·柯文：《D．H．劳伦斯的美洲之旅》，凯斯西保留地大学出版社，1970年，第1—5页。
[3] 毕冰宾：《死的诱惑与局外人的象征》，《名作欣赏》1986年第5期。
[4] 马克·肖尔：《现代英国小说》，转引自侯维瑞《现代英国小说史》，上海外语教育出版社，1985年，第236页。
[5] 理查德·奥尔丁顿：《一个天才的画像，但是……》，毕冰宾、何东辉译，金城出版社，2012年，第330页。
[6] 林语堂：《谈劳伦斯》，《人间世》1934年第19期，第34页。

认为这是极为严肃的事情。"[1]很明显这种含蓄着主义的"费勒斯意识"是向野蛮复归的文明审美态度,这构成了一种性宗教。在给美国意象派诗人蒙罗的信中,劳伦斯明确指出:"这是一本美好温柔的费勒斯小说,不是普通意义上的所谓性小说……费勒斯意识,是一切真美和真温情的源泉。这两样,温柔与美,能将我们从恐怖中拯救出来。"[2]

在为这本小说写下的一篇很长的辩护随笔中,劳伦斯更为象征性地指出:"通向未来的桥就是阳物,仅此而已。"[3]连麦勒斯的名字本身似乎都是阳物——费勒斯一词的拟音。

值得注意的是,麦勒斯不仅是自我流放的文明人,他还具备两套语言:一种是理性状态下有教养的中产阶级语言,而另一种则是全身心投入性交时自然的村野语言。原来劳伦斯的"第二自我"并不像他本人那样推崇毫无文明的"自然人",从安纳贝尔到麦勒斯,都是文明的野蛮人,是介于文明与野蛮中的第三种力量。

需要指出的是,即使是这部以想象的艺术真实取胜的形而上小说,也是扎根在丰厚的生活—生命土壤中的。书中的自然社会背景依旧是劳伦斯的故乡在第一次世界大战后的情景,荒芜与废墟的景象亦与人物内心的荒芜互为表里,令劳伦斯感到这是一个"无性的英格兰",没有美,更没有温柔,因此必须要使英格兰复活。而这种复活"是阳物的复活而非仅仅是性的复活。因为阳物是男人唯一神性活力的古老而伟大的象征"[4]。麦勒斯使用的达比郡方言(劳伦斯父亲所讲的那种阳物语言)是劳氏作品中最为集中、淋漓尽致地得到展示的一次。这是劳伦斯即将离开文明世界时通过他的"第二自我",第一次毫无顾忌地使用自己生长于斯的那块土地上的活生生的语言。他执拗地认为"不使用阳物本身的阳物语言,我们永远也别想把阳物的真实从'高雅的'玷污中解救出来"[5]。

它还是劳伦斯在去国多年并寻找他种文明后最终把复活的希望回归英

---

[1] 克默德:《劳伦斯》,北京:三联书店,1987年,第207页。
[2] 劳伦斯:《劳伦斯书信集》,剑桥大学出版社,2002年,第4343封。
[3][4] 劳伦斯:《劳伦斯散文》,黑马译,人民文学出版社,2008年,第285页。
[5] 劳伦斯:《劳伦斯散文》,黑马译,人民文学出版社,2008年,第292页。

国的努力,为此而创造了一个英国中部地区的"英雄"。同样可以说的是《查泰莱夫人的情人》也是"在如此形而上的语境中将社会主题与个人主题密切结合起来"(尼文语),劳伦斯也做到了"小说家把控幻想、将先知的狂放柔化"和"让先知的身份与故事相容"(克默德语)。这亦是"肉身成道"(劳伦斯语)的过程。

这是因为现实和小说的逻辑要求劳伦斯这样做,他必须遵从生活和小说的逻辑。他最终选择了麦勒斯这样一个"文明与自然之间的第三者"来充当自己"费勒斯意识"的"英雄",而不是他情感上最为依恋的劳动阶级,是因为他看到了在工业文明的语境下,有产者和无产者都是牺牲品,都丧失了真正的活力。"在剥夺自然方面双方都是参与者。矿工的罢工运动不过是在工资待遇上与资本家的对立,这并没改变其异化的本质。是在与自然的异化过程中,劳资双方成了对立的统一。劳伦斯从而超越了剥削—被剥削阶级对立的意识,实际上揭示的是整个文明进程中资本对人/自然的物化,揭示出对立的双方都是被物化的对象这样一个真理。"[1] 所以他毅然在文学中背弃了他的阶级,尽管他称之为他的家:"我退缩着离开他们,但对他们万分依恋。"[2] 选择了麦勒斯这样游离于有产者和无产者的对机器文明的批判者。这样的选择与其他选择的综合造就了劳伦斯的"第二自我"。

因此我们说他的传世大作《查泰莱夫人的情人》背后的叙述者不完全是劳伦斯,而是他的"第二自我"。劳伦斯的"第二自我"到此应该说是完全成熟了。

---

[1] 黑马:《查泰莱夫人的情人·序》,黑马译,中央编译出版社,2010年。
[2] 劳伦斯:《劳伦斯散文》,黑马译,人民文学出版社,2008年,第45页。

细读霍加特之《查泰莱夫人的情人》开禁版序言

读理查德·霍加特为雪耻后的首版《查泰来夫人的情人》所写的序言让我有醍醐灌顶之感，现在就谈谈细读这篇序言的感受，自然多为叙写。（1961版，可以说是该书第一次名正言顺、光明正大地面世。）

作为文化研究伯明翰学派的奠基人，霍加特是以研究诗歌和小说起家的，对文学自有其过人的深邃洞察。不过，这篇序言秉承了他一贯的作风，是写给大众读者的，因为《查》书获得平反昭雪后出的是大众化平装本，几十便士就能买一本，发行海量，可以说一时间平铺了英伦三岛和英语世界。所以，霍加特的序言真正做到了深入浅出，用俗常的语言道出本书的非常之道，言简意赅，又不失理念和哲思的高蹈，同时字里行间充满了对小说作者的同情、对当时英国社会文化氛围的失望和悲悯，是一篇大德大爱之作。作为文化研究学科的创始人之一的理论家，霍加特能如此贴近生活，放下精英身段，完全以 speaking to each other（此乃他的一本论文学与社会的书名）的普通人姿态发言，实在难得。

霍加特继承和发扬了利维斯式的细读文本的学术精神，同时又不囿于书斋式品读，为文本的细读注入了"常识"，补充上现实与历史的肌理，其对作品的解读自成风流。霍加特的言说方式，我想，与他的"我的社会主义（my socialism）"立场有关，他说："我的社会主义是一种道德社会主义——当然希望不是道德说教社会主义，是古老的英国式社会主义，而非理论的、意识形态的，是人道的、自由派的、伦理的社会主义……〔My socialism is a moral（I hope not moralistic）socialism, an old English style, not theoretic or ideological but humanist, liberal, ethical....〕"可见他与正统左派的区别。他曾经批评左翼精英化写作常常流于激烈的谩骂与说教而非发乎人之常情，极左的则与右派批评如出一辙。他特别痛心的是他认作同类的左派批评之堕落。于是他来身体力行地从事他的批评写作，完全出自"人性、道德、自由和伦理"的立场，因此他做到了文笔犀利，寓理于情，冷峻又不失幽默（dry wit），贴近常识而非意识形态和道德的说教。

霍加特开宗明义说，这本书是洁净严肃的美文（Not a dirty book. It is clean and serious and beautiful），如果我们试图把它当作淫秽作品，我们不是在玷污劳伦斯，而是在玷污我们自己（We are doing dirt, not on Lawrence, but on ourselves）。

他明确地指出，当初英国查禁这本书，大的背景是，当时的英国社会对待性问题所持的态度是"肮脏与羞耻感并行"（smutty and ashamed at the same time about sexual questions），要么对这个话题三缄其口，要么在公共厕所的墙上写满下作无聊又苍白的性笑话（boring, sniggering, sterile round of dirty jokes）。可见这位西马理论家对彼时的英国社会的批评是多么严厉刻薄。

而偏偏劳伦斯要逆风飞扬，逆流而上，面对那样的社会环境，竟然要公开、诚实并温柔地谈论性（openly, honestly, and tenderly），岂非大逆不道？所以霍加特说，我们阅读这本书时要把握好分寸（read properly），这对我们是一种挑战，看我们能不能有点滴的进步（a challenge to grow an inch or two），从"肮脏与羞耻感并行"的心态中得以摆脱。

我们常说玉成某事需要的是恰当的人在恰当的时间和地点做恰当的事，指的就是这个proper，四要素都恰当了，事情就圆全了，否则不是差强人意，就是毁于一旦。劳伦斯写这本书是恰当的人做的恰当的事，可惜不是在恰当的时代，他的受众也非恰当的受众而是惯于在这本书所涉及的问题上持"肮脏与羞耻感并行"态度的大英帝国子民。这也就是中国人说的天时地利都不作美，就毁了"人和"，自然也就坏了世间一桩美事。

到了1960年，英国的社会风气和人情世故与1928年比都判若云泥，主要是庶民们所主宰的"情势"和语境都发生了脱胎换骨的变化，这个时候就出现了"天时地利"，"人和"也就水到渠成。审判这本书的过程竟然成了鉴赏和赏析的受用过程，成了民主和知识界的良心在法庭上的狂欢，从辩护律师到出庭证人形成一个豪华的阵容，一连六日，从大作家福斯特到剑桥批评家海夫到新派左翼学者霍加特，一干社会名流在伦敦中央刑事法庭上频频亮相，慷慨陈词，为一本长期受到不公待遇的小说辩护。保守势力对此始料不及，审判结果竟然是寥寥"无罪"二字，从此企鹅平装本《查》风靡英伦。这样高调开场的严厉审判本来是想要企鹅出版社好看，杀一儆百的，结果却是检察官溃败，被霍加特称为一出"光荣的喜剧"（gloriously comical）。英国的和谐社会于是在1960年实现了。桂冠诗人菲利普·拉金感慨而不乏讽刺地对此评论说："生活和性交都始于《查太莱夫人的情人》解禁后。"

霍加特强调说，出自对我们自己的尊重，我们也要对这本书做出恰当的解读才是。他所说的自我尊重，指的是：尊重常识、尊重独立见解、尊重自己对感情的诚实、尊重使人际关系走向成熟的意愿（our common sense, our independence, our honesty about our feelings, our wish to be more grown-up in our relations with others）。而且读这本书要读其全文，而非仅仅读那些为坊间过分渲染流传的段落（not merely those passages which have been so excessively and obsessively talked about）。

谈到小说男女主人公的恋情，霍加特说他们爱情的催化剂是怜悯与欲望的交织（mixture of compassion and desire），这和中国人一般所说的"情色相生"基本是一致的。当然怜悯之情与情色的情还是很有不同，前者强调感情，后者强调愉悦。这里指的是猎场看守麦勒斯偶然看到孤独的查泰莱夫人手捧小雏鸡伤感落泪那一幕：

他再次转身看她，看到她跪在地上，缓缓地盲目将手伸出去，让雏鸡跑回到鸡妈妈身边去。她是那么沉默，那么凄楚，那模样令他顿生同情，感到五内如焚。

不知不觉中他很快靠近了她，又在她身边蹲下，从她手中拿走小鸡，将它放回笼子里去。他知道她怕那母鸡。这时他感到腰腹间那团火突然烧得更旺了。

他面带惧色地瞟她一眼，她的脸扭向一边，自顾哭泣，哭出了她一辈子的痛苦和凄楚，一时间她把他的心都哭化了，化成了一星火花。他情不自禁地伸出手去，手指搭在她膝盖上。

"你不该哭！"他轻柔地说。

她用手捂住自己的脸，感到心都要碎了，径自不管不顾地哭泣着。

他把手放在她肩上，开始温柔地顺着后背轻轻地捋下去，不知不觉地抚慰着她，一直滑到她弯曲的腰窝。他的手停在那里，无限温柔地抚摸着她的侧腰，凭的是不知不觉中的本能。

霍加特说他从这一段里读出的是一个人对另一个人的尊重和同情心，读出了他们之间生情的原委，那不是突如其来的瞬间冲动。难怪劳伦斯最初想到的书名是《柔情》(*Tenderness*)。

依此类推，霍加特说，我们应该读整本的书而非片段，那样我们就会觉得书中的性描述段落是整本书的有机组成部分，它们的意义就在于此，是整体的部分，而不能与整体割裂，更不能断章取义。这本书讲的是如何克服困难建立起人与人之间诚实和健全的关系（relations of integrity and wholeness），与我们休戚相关的人之间的关系意味着不仅是精神关系，还有肉体关系（in body as well as in mind）。

在此霍加特引用劳伦斯自己的话说："若想要生活变得可以令人忍受，就得让灵与肉和谐，就得让灵与肉自然平衡、相互自然地尊重才行。（Life is only bearable when the mind and the body are in harmony... and each has a natural respect for the other.）"而这本小说中的男女主人公所做的就是寻找一种"柔情、肉体激情与相互敬重并行的关系"（relations in which tenderness, physical passion and mutual respect all flow together），因此不能说它仅仅关注的是性关系，远非如此单线条。

与此同时，霍加特指出，人类的语言在性描述上是词不达意的，这表明我们人类在这个问题上困惑、惭愧，过于肮脏和羞耻（our language for sex shows us to be knotted and ashamed, too dirty and too shy），所以才有了所谓四个字母组成的脏字如fuck等。我们从小就知道那些字词是骂人的话，是脏话，而一旦我们要自然简单地谈论性时，我们居然发现我们这些万物的灵长没有恰当的词汇。知与行之间赫然出现了鸿沟，人们为此感到困惑。劳伦斯并非鼓励人们把这些字词当成"口头语"滥用（use these words at every end and turn），但他确实希望人们能在严肃的情境中严肃地使用这些词汇，从而"洗涤这些字词上的污秽，也就清除了人们对性事的困惑"（to cleanse them of their dirt and so to clear some common confusion about sex）。1960年审判这本书时，第一个出庭的辩护证人、剑桥学者格拉姆·海夫上场后提到的就是这个论点。他也谈到英语里缺乏有关的正常词汇让人们严肃公开地谈论性，现有的词汇要么是脱离感情的抽象的医学词汇，要么是多年来被当成脏字的那些词汇。劳伦斯试图在故事情节中"救赎"这些词汇，拭去其污秽。这种以其矛攻其盾的努力自然是造成小说被禁的原因之一，但其攻盾的勇气则是值得赞许的。

霍加特要强调的另一个问题是，男女主人公并非乱性。查泰莱夫人曾有过几次"性自由"经验，但并没有从中获得任何快乐。麦勒斯和他的妻子因妻子过分追求性享乐而分居，他宁可独自生活。所以，这两个人一开始对爱情持抵制态度，因为他们都因为过去的经历而不再相信爱情。他们之间最终发生了爱情，也只是到同情与欲望强烈交织时的事（pity and desire have become powerfully intermingled）。这一点可以从他们发生爱情后麦勒斯目送康妮离开时的心情看得出：

> 望着她远去的背影，他几乎感到心里发苦。在他想孤独的时候，是她又让他有了交融。她让他牺牲了一个铁了心要遗世独立的男人那苦涩的孤独。

从另一方面看，康妮的丈夫和他的那些高谈阔论的朋友们似乎都把性事看作原始的机械行为，她丈夫在结婚前就持这种态度。劳伦斯让他截瘫，令人产生了误解，以为他对性的态度是瘫痪造成的，其实不然：即使他不受伤，他照样讽刺地对待性事。这是解读他性格及康妮与他不和的一个关键。在他看来，"性不过是心血来潮的事，或者说是次要的事：它是废退的人体器官笨拙地坚持进行的一个奇怪程序，真的是可有可无。"

他甚至可能认为性事有点堕落：没它不行，有它又麻烦。霍加特坦率地指出，人类的性器官与排泄器官如此紧邻甚至共享，这个位置本身就令人类尴尬：我们如此扎根于浑浊之中，却偏偏以此诞生了高尚的人类，他们能自我牺牲，诚实，能从事音乐和诗歌这样高雅的文化事业，是莎士比亚赞美的那种"多么了不起的杰作！……宇宙的精华！万物的灵长。"

如果人们都像克利福德和他的高雅朋友们那样看待性，人们实则是在诋毁自身。霍加特提醒人们不要忘记在基督教的婚礼仪式上人们常向对方表达的那句话："吾以吾身崇拜汝（with my body I thee worship）。"仅此一句，就说明了人性几何。

而瘫痪的克利福德居然冷漠地允许康妮和别人生子，为他家延续香火，这就更为可笑，说明他对肉体贬低到何种地步。他关心的仅仅是，那个替他播种的人要出身高贵，不辱他家的门楣，至于那个孩子，则被他用一个it打发了。这残酷的it几乎令康妮无语。或许，这更坚定了康妮对麦勒斯的爱情。他们本可以避孕，但都没有，也没有准备把他们的孩子过继给克利福德当少爷，他们准备负责任地结婚，让爱情圆满。

在爱中，他们也在学习爱，让爱成长。他们体验着爱的愉悦，同时也遭遇到性爱激情的低潮，但他们都直面爱的困难，从而学会相互理解。这些描写都是围绕着真情和真爱而作，不是脱离复杂的情感肌理的孤立描写，因此是整部书的有机部分。第十二章里有一段他们难以琴瑟合鸣，康妮为此难过时麦勒斯对她安慰的话很能说明他们之间的理解和探索的努力：

她实在难过，为她自己的一心二用，因此很受折磨，她开始哭泣。他毫不注意她，甚至都不知道她哭了。哭声渐渐大起来，震动了她自己,也震动了他。

"唉!"他说,"这回不好。你心思不在这儿。"

原来他知道啊! 于是她哭得更厉害了。

"可这是怎么回事啊!"他说,"偶尔是会这样的。"

"我,我无法爱你!"她抽泣着,突然感到心都碎了。

"没法儿! 行了,别发愁! 没有哪个王法非叫你爱不可。该什么样儿就什么样儿吧。"

他的手仍然放在她的乳上,但她的双手都离开了他的身子。

他的话丝毫没有让她感到安慰,她抽搭得更厉害了。

"别,别!"他说,"有时好,有时孬。这回是有点不好。"

她痛苦地哭泣着说:"我是想爱你,可就是不行。只觉得可怕。"

他笑笑,那笑,半是苦涩,半是调侃。

"没什么可怕的,"他说,"就算你那么觉得。你别一惊一乍的就行。也别为你不爱我发愁,千万别难为自个儿。一篮子核桃里总有个把坏的,好的坏的都得要。"

这一对爱人特别看重的是婚姻的价值,正如劳伦斯所说:"婚姻是通向人类生活的途径。"

所以劳伦斯说,他写这本书,就是想让人们"全面、诚实、纯洁地看待性 (to think sex, fully, completely, honestly and cleanly)"。

本书的另一个主题应该是对工业化及其对人类的毁灭性影响的谴责,多处大段的景物描写,都是为工业化的中部地区做出的最真实和惊人的暴露:

汽车艰难地爬上山坡,在特瓦萧那狭长肮脏的街区里穿过。黑乎乎的砖房散落在山坡上,房顶是黑石板铺就,尖尖的房檐黑得发亮,路上的泥里掺杂着煤灰,也黑乎乎,便道也黑乎乎、潮乎乎。这地方看上去似乎一切都让凄凉晦暗浸透了。这情景将自然美彻底泯灭,把生命的快乐彻底消灭,连鸟兽都有的外表美的本能在这里都消失殆尽,人类直觉功能的死亡在这里真是触目惊心。杂货店里堆着一堆一堆的肥皂，蔬菜店里堆着大黄和柠檬，女帽店里挂着难看的帽子，一个店接一个店，丑陋，丑陋，还是丑陋。

书中透露出的对现代文明的批判是掷地有声的，这种批判是与工业化如日中天的进程共时的，因此难以在那个语境中得到理解，只有在后现代的视野中才彰显其力量和"先知"的本质。而这种工业文明的结构又与英国特有的阶级结构相交织，因此本书亦是对英国的阶级隔阂现状的批判。

有趣的是，书中的克利福德男爵瘫痪后开始从事小说写作，靠写通俗小说很是风光，此人还善于"炒作"自己，硬是靠着媚俗和炒作成了风靡一时的流行大作家。一边是发展工业剥削工人发财，一边是附庸风雅，靠着华丽的辞藻描述些空洞的感情成名，可谓是两手都硬的工业大亨与写作大腕。劳伦斯通过对作为作家的克利福德的批判，也道出了小说写作的真谛，应该说这也是一本涉及小说写作的书：

> 一个人不妨听听别人最隐私的事，但应该是对人家的挣扎和倒霉抱以尊重，因为人人都如此，而且应该对此怀有细微、明察的同情心。甚至讽刺也算是一种同情呢。对我们的生活起决定作用的是我们的同情心释放或收敛的方式。对了，小说的至关重要也在于此，如果处理得当的话。它能影响并将我们的同情心引入新的天地，它也能引导我们的同情心从死亡处收敛回来。于是，如果处理得当，小说可以披露生命中最为隐秘的地带：因为，是在生命之激情的隐秘地带，而不是别处，敏锐的感觉潮汐在涨落、洗涤和刷新着。
>
> 但是小说和流言一样，也能激起虚假的同情，制造虚假的收敛，对人的心理造成机械致命的影响。小说能将最腐朽的感情化为神奇，只要这些感情是符合传统意义的"纯粹感情"。在这种情况下，小说就像流言，最终变得恶劣，而且像流言一样，因为它总是昭著地站在天使一边而变得更恶劣。

而克利福德男爵的小说"写的是他以前熟人们的奇闻逸事，文笔俏皮，有点恶毒，但说不上为什么，就是无聊。其观察角度特别，很不一般，但缺少触角，没有实质性的触觉。似乎整个故事都发生在一个人造的地球上。不过，既然当今的生活界面基本上是一个虚幻的舞台，他的故事反倒奇特地忠实于现代生活了，就是说符合现代人的心理。""没完没了地编织着文字的网，编织着意识的细枝末节，这就是被马尔科姆爵士说成空洞无物、流传不下去的小说。"

这一段可能在不知不觉中流露出了劳伦斯对20世纪20年代英国小说创作的揶揄，这是我的感觉。我们读劳伦斯论小说的一些随笔，能发现他对从普鲁斯特到乔伊斯的那些冗长晦涩的小说十分反感，不乏贬损。两相对照，应该能感觉出劳伦斯有所影射。当然这段评说是有机地融于对克利福德人物塑造之中的，意在说明克利福德内心空虚，康妮也忍受着与他一起空虚的日子。但无论如何对评价现代英国小说还是有旁敲侧击价值的。

最后霍加特引用劳伦斯的一段信来阐明劳伦斯创作这本破冰之作的初衷：

  我一直致力于同一件事，那就是让性的关系变得实在而宝贵，而不是可耻。而这本书是我所努力的极致。我觉得它美、温柔，而且如我们赤裸的自我一样娇嫩。(I always labour at the same thing, to make the sex relation valid and precious, instead of shameful. And this novel is the furthest I've gone. To me it is beautiful and tender and frail as the naked self is.)

"痼结"似水

初读弗洛伊德，便被"创伤"（trauma）和"痼结"（fixation）两个用语吸引。

创伤是痼结的前提，是痼结之心理能量的准备，而痼结则是因了创伤的至深而坐下的心病。如同一道表面愈合的伤口，深层仍"貌合神离"，肌肉与神经的深层创伤早已形成自主的记忆，一遇合适的外界条件便会做出自主反应，不以人的意志为转移，成为惩罚人心灵的钝刀。创伤深重进而痼结难解，轻者恍惚抑郁，重者坐病而精神崩溃。

精神分析号称是化解这等块垒的途径，而文学这只无形的手同样可以翻云覆雨，将创伤和痼结玩于股掌，疏导痼结并催生审美能量，造就出小说家这类动物和小说这类东西来。小说家应该是痼结深重的人，是痼结造就了其基本的审美意象，他的使命是将这意象清晰化、形象化并付诸文字的表达。

在这个意义上说，没有痼结的人是无法写出好的小说的。为了自身之外的驱动而写作，获得的充其量是"身外之物"。

基于文学的关注，我们当然并非只关注痼结的化解，尽管它功不可没。

我们更应关注痼结何以生出意义。这是一个审美和审美的完成的历程。

痼结的昭示并转换为审美的能量进而催生出作品,但这样的作品如何具有意义呢?如果只停留在痼结的被昭示,这只在心理学或精神病学的范围内有意义。使之具有普遍的审美意义,这是将作品(artifact)变成艺术品(art)的关键。

这就涉及小说及其人物与特定环境的关系。纯粹心理或病理意义上的痼结昭示和性格描述是难以具备艺术魅力的,充其量是"原型"的再现或重复。任何痼结都是有其原型的,重复或变奏并不能使之具有新的意义。唯其置之于得到真实细腻表现的特定环境和情节中,这样的痼结释放才具有崭新的意义。或许小说的"天下文章一大抄"(也有人将这理解为"互文性")只有在这个层面上才有抄得优与劣之分。爱,情,仇,怨,哪一样不是如此?

说到此,自然想到劳伦斯的小说创作,也可美其名曰其小说的发生研究。

其成名作《儿子与情人》,如果仅仅孤立地宣泄母与子之间强烈的情感依恋,那不过是"俄狄浦斯情结"的现代翻版而已。它的成功取决于将这种痼结置于20世纪初英国矿区工人阶级生活这个广阔的生命画面中有机地表现之,从而使作品的心理、社会、历史、民俗等诸因素浑然天成,构成人与周围环境活生生的关系,痼结的意义从而得到凸显。否则,即使是有本之木、有源之水,仍然难以成长为参天大树和奔流的江河,获得木与水的意义。《儿子与情人》经过历史的检验和过滤,如今最终被誉为描写工人阶级生活最为成功的小说,这个背叛了自己阶级的作家写起工人阶级来比任何左派作家都来得真切。这应该得益于将痼结置于现实背景中并将两者之间的关系表现得丝丝入扣,两者缺一不可,两者必须形成有机的关系方可。

劳伦斯的另一个痼结是对男性力量的推崇,他的小说中不乏对男性神秘力量的礼赞。但如果仅仅是唯美地释放这种痼结,劳伦斯充其量只能作为一个通俗小说家和三流作家风行一时。但劳伦斯懂得节制,懂得小说的道德学——作小说的道德是"展现人与其周围世界在活生生之时的关系"

(见拙译《劳伦斯文艺随笔》之《道德与小说》),而非沉溺于一己情感的宣泄。

于是我们看到在劳伦斯笔下出现了一些空有男子汉外表,实则内心空虚懦弱的男性形象,如《恋爱中的女人》中的杰拉德这样的美男子、工业拿破仑,其实心地冷酷、感情荒芜。《虹》中的斯克里宾斯基,在健美的男人外壳下竟有着那样空虚狭隘的心灵和可怜纤弱的性格。这些实则是对男性力量的消解,是反"费勒斯意识"的。只有到了《查泰莱夫人的情人》中,劳伦斯似乎才真正找到了自己的英雄麦勒斯,倾情赞颂之。对麦勒斯的推崇,如果仅仅限于其与康妮的两性交流关系中,这样的小说就只能说是通俗的私小说而已,再有过度的渲染,反倒物极必反,成为不入流的雕虫小技。但劳伦斯把这一对恋人的关系发展置于工业文明的悲剧氛围中,置于对英国传统阶级意识的批判中,不仅令人物有血有肉,更有精神,从而在整个故事的戏剧化过程中一直有时代的悲剧感如影随形,也就是有批评家所说的那种在一个形而上的文本中将个人与时代主题有机结合了起来的小说。这也是劳伦斯自己对自己的小说理念的实践。

同样是对男性力量的推崇,与他的同时代名作家福斯特相比,劳伦斯的作品更具生命活力。福斯特先于劳伦斯写出了以"猎场看守"为偶像的小说《莫里斯》,但因涉及男风一直秘而不宣,只许在他百年之后出版。劳伦斯在对此一无所知的情况下写成了自己的猎场看守小说《查泰莱夫人的情人》,一时引起轩然大波。同样的痼结,在劳伦斯的笔下,流芳经年的是"查泰莱夫人的情人",一个富有真正男子汉魅力的猎场看守麦勒斯。而福斯特笔下的猎场看守形象虽然美好,却苍白无力。简单地说,就是劳伦斯超越了痼结的狰狞,在更广阔的社会生活背景中有机地表现自己的痼结,使痼结获得全新的意义。而福斯特则拘泥于自己"看得见风景的窗口",在《莫里斯》中除了再现一种痼结的原型,再难有更大的意义可言,充其量算一本较为优美的言情小说。

痼结是小说创作的原始驱动力,没有痼结的写作是身外之物的写作。这样的作家固然也可以将小说操作得炉火纯青,但终归是异己的写作。

但拘泥于痼结的写作,以劳伦斯的说法,则属于缺乏"小说道德"的写作。这种写作难以使痼结获得意义，无论言情还是言性，只是一件写作成品，重复心理或病理的原型，无论如何凄美悱恻，也难以获得艺术的品位，不能不说是件憾事。

痼结似水，能载舟亦能覆舟。受了痼结的驱使走上文学不归途的人们，幸哉哀哉？

劳伦斯的下午茶

英国的文人艺术家们在下午茶时分的社交活动司空见惯，著名的布鲁姆斯伯里文人圈就最为典型。以伍尔夫夫人和莫雷尔夫人为两个中心的茶会和沙龙简直成了20世纪初伦敦文人艺术家交往的经典一景。我们读过的英国文学作品中，似乎多有与下午茶有关的场景，但专门描述下午茶时分的段落反倒没有什么印象，可能是下午茶成了一种生活方式，大家不以为然了。印象最深的是移居英国的新西兰现代女作家凯瑟琳·曼斯菲尔德的短篇小说《花园茶会》。富贵人家为举办一场下午茶会，在花园里搭帐篷，请专门的乐队，做精致的点心，定制昂贵的糕饼，煞费苦心，不亚于一场大型私家宴会。这是我读过的小说中对下午茶最为细致的描述了，自然也是最隆重的。同样是移居英国的美国心理小说大师亨利·詹姆斯也为英式下午茶点的情调折腰，其长篇小说《一位女士的画像》开篇就是泰晤士河畔典型的英国风景中进行的一场雅致的下午茶会，一幅山光水影浓淡相宜的下午茶油画。

有趣的是出身工人家庭的作家D. H. 劳伦斯，他笔下100年前的英国煤镇生活特别是工人家庭的生活却流露着我们无法想象的小资情调。工人家的花园、钢琴、书柜之类自不必表，单单是他们每天必不可少的那顿下午茶就让中国读者初读起来心生疑窦：100年前的英国煤镇的底层普罗们何以有如此情调？别的作品不提，仅那部令劳伦斯名垂青史的发轫之作《儿子与情人》，仔细翻翻，里面的人似乎天天在喝下午茶：工人子女们约会时是用着下午茶谈情说爱的，访亲探友时主人家以下午茶招待，男女情侣进诺丁汉城里逛街时要进咖啡店喝茶，矿工家里星期天家人温馨地坐在客厅里用茶点……

英国下午茶在劳伦斯笔下的工人生活中如此流行，他们的生活为这种下午茶文化氛围所弥漫着。劳伦斯的作品对此做出了鲜明生动的记录，成了英国工人阶级情调追求的忠实写照。如果说以前我对劳伦斯这种描述的真实还有过怀疑，那么我在英国参观了劳伦斯的几处故居，看到客厅里精致的茶具，在曼彻斯特的工业革命博物馆里了解了英国工人的生活方式后，我相信了。后来我又读了汤普森的大作《英国工人阶级的形成》，那部著作以纪实的笔法描绘了英国工人阶级的生活，它使我相信：英国的工人阶级从开始成为一个阶级，就是一个在生活方式上向上流社会看齐的阶级，深受上流社会文化的同化并主动被其同化。我在书评中写道："这是一个不断向上流社会看齐的上升着的阶级，他们明白自己的局限和社会分工，似乎并不在乎夺取权力，而在乎取得合理的报酬，提升自己的生活质量，享受天赋的人权，获得平等的社会地位。"

由此看来，下午茶文化如此深入其骨髓就是自然的了。有人批评劳伦斯势利眼，在作品中拔高了英国工人阶级，是为了自己晋身上流社会做铺垫。说这话的人一定不是出身于英国工人阶级的知识分子。劳伦斯是写实的，他没有拔高英国的工人，他自己就是受着这种情调的熏陶长大的，这种情调是属于英国的，不分王公贵胄和黎民百姓。所以劳伦斯经常铿锵地说："我是英国人，我的英国人本性就是我的眼光。"

读劳伦斯的作品居然品出了英国下午茶的味道来，是个意外的收获，下午茶的醇香就在字里行间浮漾。于是我们看到：

《菊香》里矿工的妻子在昏暗的油灯光下为家人准备着午后的茶点，深怀怨怼但又不无期盼地等待着矿井下的丈夫回家。但最终等来的是丈夫闷死在井下的躯体,一家人生离死别竟是以一顿简陋的茶点做前奏的。好不凄凉的故事。

《儿子与情人》中几乎每一章都出现的下午茶场景,馨香,浪漫,苦涩,那些生活在底层的矿工和他们的子女在下午茶中体验着人生的各种滋味。那个颇有小资情调的矿工妻子铺上上好的桌布,洗净细瓷的蓝花儿茶杯,请来毕业于牛津大学的小镇牧师,共享一个昏暗但暧昧的午后。还有一派田园风光中农舍里的茶点,那些乡间秀才之家的茶点朴素而殷实,普通人之间的感情交流敦厚而真诚。

《查泰莱夫人的情人》中那一介凄艳怨妇,在幽暗的贵族豪庭的下午茶会上与猎艳的三流作家秋波暗送,摩肩举杯之间就通了款曲,定下了幽会的时间地点。但那些身心苍白的上流社会男人终于抵不过那个有着哲人般气质加雄劲性力的猎场看守麦勒斯的魅力,查泰莱夫人还是进了猎场看守的小屋,与他共享毫不精致的茶点,然后共赴温柔之乡,终于找到了自己的最爱。

《恋爱中的女人》里那场幽会茶点更是极尽铺陈渲染,一对恋人冰释前嫌,重归于好,驾车驶过起伏的山林,蓦然瞥见空谷中高耸的大教堂,发现自己来到了南威尔古镇,那是拜伦的家乡。他们来到镇上一座14世纪驿站改建的假日酒店Sarasin's Head,浪漫地享用午后的茶点,不同的是这时已经是暮色苍茫,这顿茶点已经是经典的晚茶(high tea)了。这种介于下午茶和晚餐之间的茶点内容更为丰盛,除了热茶,还有冷盘、色拉、肉饼和苹果饼。这是典型的英国式生活。然后是激情的交流,是爱的狂喜。我有幸置身于那个古老的驿站酒店,在那里想象着劳伦斯是如何以此地为背景构思这段情节的。我相信,劳伦斯还是小镇教师时游历至此,就幻想过与某个上流社会的女人在这个14世纪修建的老房子里共享下午茶。日后他和教授的德国夫人出游,肯定在这里实现了他的奢望,后来他终于与这个贵妇私奔并结为秦晋,写作这部现代主义大作时才有了这个情节。

劳伦斯的作品读到这个份上,也成了一杯卓尔不群的下午茶了。作为一个劳伦斯译者,这杯下午茶估计是要伴我度过今后更多的午后。

丹青共奇文一色
——劳伦斯散文随笔简论

以小说家和诗人著称的劳伦斯亦善丹青，从事文学批评，操觚散文杂文，半生浪迹天涯，一路挥洒丹青奇文。因此其散文随笔内容涉猎甚广，书人书事、饮食男女、鸟兽花虫、风光民俗，无所不包，除此之外还有一类文字谈画，既谈他个人的作画经历和心得，也褒贬国内外的专业画家。看似闲笔的"小品文"于劳伦斯实则是一个文艺通才之文艺理念和情感思绪的结晶。如果说小说和诗歌还受制于题材和体裁的局限难以令作家直抒胸臆，在散文中劳伦斯则可以袒露襟怀，酣畅淋漓地表达自己的观点，时忧，时怨，时而汪洋恣肆。劳伦斯的散文随笔写作构成了劳伦斯文学的一个不可分割的部分，甚至是我们考察劳伦斯世界观的一个更为直观的心智剖面。

劳伦斯的散文随笔写作是从他1912年与弗里达私奔到德国然后到意大利定居阶段开始的。离开英国时他身上只有12英镑，可说是赤贫。而写些德国和意大利旅行散记在英国报刊上发表能给他带来一些"快钱"补贴家用，尽管写这些作品并非仅仅是为挣稿费。其中的意大利游记后来重新整理出版，书名是《意大利的薄暮》，是品位很高的游记散文。因为他们当初捉襟见肘，是从奥地利步行翻越雪山一路跋涉到加尔达湖畔的，有时遇上大雨他们只能住在柴草棚里，可以说这样的游记是在爱情中孕育，是苦中作乐，用脚走出来的。

1914年夏天，劳伦斯从意大利回到伦敦与弗里达成婚。此行的另一目的是与出版社接洽他自以为是创作上颇具突破创新的长篇小说《婚戒》（后改写为《虹》和《恋爱中的女人》出版，果真是劳伦斯最具艺术水准的名著）。这时的劳伦斯刚刚因为新作《儿子与情人》的出版享誉文坛，正踌躇满志甚至是志得意满，前途一片灿烂。有出版社慕名约稿，请劳伦斯加盟一套名家作品鉴赏书系，写一本关于哈代的小书，书系的特点是当代青年名家论当代老名家。这种小小的约稿对一个声誉正隆的作家和诗人来说易如反掌，劳伦斯欣然接受，开始系统阅读哈代的作品，准备一挥而就交稿了事。

不料第一次世界大战爆发，为节约纸张大战期间出版社半年内不再出版新书，将年轻作家的书都做退稿处理。而出版社正对《虹》不满，就借机"名正言顺"退了他的小说。劳伦斯无法得到预期的版税，立时陷入贫困境地，靠朋友捐助维持生活。对这次物质主义加帝国主义的战争，劳伦斯和许多文学艺术家一样持反对态度。但他此时却因身无分文及意大利可能卷入战争而无法离开英国回意大利，只能困居英伦。战争及由于战争衍生出来的社会问题和个人际遇，令他正在写作的《哈代论》"一怒之下"脱离了哈代研究主题，写成了一部"大随笔"，成了一部他自称的"我心灵的告白"甚至是"我心灵的故事"，几乎"除了哈代"，无所不论：哲学，社会，政治，宗教，艺术等，洋洋洒洒地展开去，一发而不可收，可说是一部"文不对题"的奇书。这样的文艺随笔为他以后犀利恣肆、谈天说地的随笔风格打下了坚实的基础。还有，它为劳伦斯写作其史诗般的小说《虹》找到了哲学根据，他的创作肯定与《哈代论》有强烈的"互文"互动，其重要性无论怎样估计都不过分。

在这部长篇文艺随笔里，劳伦斯有两大发现或曰心得。其一是文学创作中作家的观念与创作之间的矛盾问题：一部小说必须有一个形而上的哲学框架，没有哲学理念的作品不成其为大作品；但如何让这个理念的框架服务于和服从于连作家本人都难以理喻的无意识艺术目的而不是相反，最终决定了作品的成功与否。在他看来，哈代和托尔斯泰的小说每当理念大于小说时，都失败了。劳伦斯的这个理论与后来大家熟知的马列主义文艺观里"作家世界观与创作之间的矛盾"及弗洛伊德主义里意识与无意识的冲突理论是不谋而合的。其二是艺术家自身的"男性"与"女性"之间的冲突问题：劳伦斯认为每个作家在写作时都经历着内里两性的冲突，其"男性"代表着理性、意识，决定着作品的形而上的理念形成，而其"女性"则代表着无意识的生命冲动，决定着作品的艺术流向。只有这种两性的冲突和互动才能催生出优秀的艺术作品，只有当这两性的冲突和斗争达到某种和谐状态时，作品才能成为真正的艺术品。劳伦斯的这个理念与后现代理论对于"性别学"（gender study）的痴迷关注是一致的。考虑到劳伦斯在1914年就对此有了如此的真知灼见，即使这本书拖延到其身后的1936年才发表，在时间上都可以说劳伦斯在这一点上是开了"后学"之先河的。

但这毕竟是以哈代研究为目的而开始的著作，书中还是有相当篇幅专论哈代的小说创作及理念，显示出劳伦斯是哈代最好的知音和继承者。这些洞见如此鞭辟入里，以至于批评家哈罗德·布鲁姆颇有见地地指出，劳伦斯甚至在自己的哈代研究中按照自己的体会挖掘出了更深层次的哈代性，看似是哈代在"模仿"劳伦斯。还有论断说，如果哈代晚生一代，很有可能就是另一个劳伦斯。[1] 这本书中涉及哈代创作的一些章节具有很高的文学欣赏价值，完全可以说是优美的书评和散文，其中论及哈代与自然的关系的段落富有强烈的诗歌节奏，应该说是最美的书评了。

与此同时劳伦斯积极地投入当时的反战活动，倡导社会革命，在结识罗素后两人有一段时间成了莫逆之交，甚至准备共同在伦敦开办讲座。在这段时间里劳伦斯写下了一系列的社会随笔，其中以《皇冠》为代表作。但很快他和罗素就从意气相投到互不相容、关系破裂，共同的讲座流产，不仅分道扬镳，日后还成了敌人，特别是罗素对劳伦斯恨之入骨。日后劳

---

[1] Jeffrey Meyers ed. : *D. H. Lawrence and Tradition*, The University of Massachusetts Press, 1985, p60, p90.

伦斯还断断续续写过诸如此类的随笔。这些随笔因其强烈的政治性和哲学性而难以纳入其文艺性散文随笔加以考量，实质上与其文学创作密切相关，如这个时期创作的长篇巨制《恋爱中的女人》里主要人物伯金的一些言论干脆就直接来自《皇冠》中的文章，这至少说明伯金的思想体系的来源，虽然不能说明这些随笔对小说写作有决定性影响。现在这些随笔一般是被纳入劳伦斯的社会思想范畴内加以研究的。一个青年作家的社会政论，处处闪烁灵光，珠玑四溅，难能可贵，并非每个大作家都能有如此之高的哲理写作起点和理性思维的高度。但作为思想的整体来看，应该说是不成体系的，对它的欣赏还是重在其璀璨的思想火花和行云流水的文笔，还是其文学价值。因此有些篇章如《鸟语啁啾》和《爱》作为文学散文经常收入劳伦斯的散文集中。

他的第二部天马行空的文艺随笔是《美国经典文学研究》。最早写于1917年蛰居康沃尔期间，随写随在杂志上发表，到美国后经过反复改写，于1923年在美国出版单行本。这组耗时5年的随笔力透纸背，为劳伦斯一段特殊悲惨的人生体验所浸润。一个小说家和诗人何以花费如此漫长的时光写作"小品文"，其写作背景不可不交代。

这位在1915年前以长篇小说和诗歌风靡英国文坛的青年作家和诗人，此时陷入了生活与创作的深渊而难以自拔。这是劳伦斯人生中最黑暗和尴尬的时斯，有人称之为劳伦斯的"噩梦时期"，但又岂是噩梦二字能形容得了的？

1915年第一次世界大战风起云涌之时，劳伦斯史诗般的小说《虹》因有反战倾向而惨遭禁毁，罪名却是有伤风化，"黄过左拉"。劳伦斯在英国名声扫地。此时的他从《儿子与情人》声誉的顶峰遽然跌入事业与生活的谷底。作品难以在英国出版，贫病交加，几乎全靠朋友捐助过活。伦敦之大，居之不易，只好选择生活费用低廉的西南一隅康沃尔海边蛰居。

官方和右翼文化势力的打压和扼杀以及与英国最有影响力的剑桥—布鲁姆斯伯里文人圈子的决裂使劳伦斯陷入了孤立无援的境地，此时劳伦斯唯一的救命草就是美国。从他的长篇处女作《白孔雀》开始，美国的出版社就一直很关注他，为他的作品出版美国版。在他最困难的时候美国的杂志还约他的稿子。他成了一个从未去过美国的名副其实的美国作家。不难想象，当他在英国几乎陷入了天不应、地不灵的绝境时，这片同文同种的"新大陆"对他伸出的哪怕一只再细弱的手都像苍天开眼。美国这个"新世界"在劳伦斯心目中简直就是天赐的迦南福地，他不断地对友人重复那里有"希望"和"未来"，他准备战后一俟得到护照并获得允许离境就首先去美国。这个契机促使他重温少年时代就喜爱的美国文学作品，并扩大了阅读范围，边读边写读书随笔，这同时也是为自己移居美国后做一系列的文学讲演做准备。事实证明，劳伦斯此举不仅在当年傲视一切的大英帝国是首创，他甚至比美国本土的批评家更早地将麦尔维尔等一批美国早期作家归纳为"经典"，其视角之独特，笔锋之犀利，更无前例。就是这种无奈中的阅读让劳伦斯写出了一部不朽的文学批评集，一枝独秀于文学批评史。可见一部杰出的作品并不一定出自杰出的动机，而是缘于际遇，这也是无可奈何的事，尤其是对当年几乎弹尽粮绝为英人所不齿的异类作家劳伦斯来说更是如此，他是背水一战，绝处逢生。

在《英国评论》上发表的个把篇什并未引起英国文学界的瞩目，作为一个名誉扫地的作家，他的随笔也没有获得出版界的青睐从而在英国出版。劳伦斯则报复性地决定今后他的书都首先在美国出，只让英国喝第二锅汤，英国人不配当他的第一读者。当劳伦斯获得了去美国的机会后，他决定乘船南下绕道太平洋赴美。于是这本书不断的修改和重写过程揉进了劳伦斯周游世界的感受（如塔西提岛和南太平洋的经历为他评论达纳和麦尔维尔的海洋作品提供了难得的感性认识）。而到达美国后他又有了较长的时间修改甚至重写，对美国实地的感受自然发散在字里行间。很多学者都注意到了书中对美国和美国人性格的评论和讥讽。一部被称作美国文化的《独立宣言》就这样由一个身单力薄的英国落魄作家写成了。它比《哈代论》在艺术性和思想性上又有了重大飞跃，加之在美国文学研究上的开拓性，使这部著作一版再版，其中《地之灵》和论霍桑、麦尔维尔、惠特曼的如同散文诗般的篇章经常被收入劳伦斯的散文随笔集中，其本身也成了散文经典。

同样，劳伦斯的另外两本小书《精神分析与无意识》和《无意识断想》亦是滔滔不绝、文采斐然的论人性和文学的精致作品，但因为其过于专业的书名和论题而影响了其传播。其实其中一些片断也很适合收入劳伦斯散文集中，值得发掘。这两本书的完成与《美国经典文学研究》的修改是同步进行的，因此写作风格上亦有同工之妙。

整个20世纪20年代，劳伦斯的散文创作几乎与其小说创作平分秋色，甚至风头更健，如果不是因为最后写出了《查泰莱夫人的情人》这部压卷大作的话。初期他创作了文笔精美的《大海与撒丁岛》；中期《墨西哥的清晨》等墨西哥和新墨西哥随笔成了英国作家探索印第安文明的杰出作品，无人出其右；晚期的《伊特鲁里亚各地》更是无人比肩的大气磅礴、情理并重的大散文；而临终前完成的《启示录》则是与其诗作《灵舟》一样闪烁着天国温暖夕阳的绝唱。这些作品篇幅都不长，但浓缩了劳伦斯的思想精华，叙述语言堪称凝练华美，感情丰沛，如诗如歌，无论是作为单行本还是节选入散文集，都是散文作品中的上乘佳作。

劳伦斯的其他散文随笔则散见于各个时期，但从时间上看集中在1925年前后和他生命的最后两年（1928年—1929年）。1925年劳伦斯在终于查出致命的三期结核病后结束了他的美洲羁旅，彻底返回欧洲，中间两度拖着羸弱的病体回英国探视亲人并与故乡小镇诀别。看到英国中部地区煤矿工人的大罢工，看到生命在英国的萎缩与凋残，他把返乡感触都写进了《还乡》、《我算哪个阶级》、《说出人头地》等散文中，可说是大爱大恨之作，更是他回眸以往经历的生命真言，可谓字字啼血，心泪如注。《为文明所奴役》等随笔在讽喻鞭挞的芒刺之下，袒露一颗拳拳爱心，爱英国，爱同胞，其爱之深，其言也苛，如荆棘中盛开的玫瑰一样宝贵。

待他再一次回到他生命所系的意大利，阴郁的故乡与明丽的意大利两相比较，他写下了《花季托斯卡纳》和《夜莺》等散文，秉承了其诗集《鸟·兽·花》的抒情写意风格并将这种风格推到极致，移情共鸣，出神入化，发鸟之鸣啭、绽花之奇艳。此等散文，倜傥不羁，刚柔并济，如泼墨，似写意，一派东方气韵跃然纸上。

更为重要的是，英国的阴郁与意大利的明丽两相冲撞，让他潜隐心灵深处多年的小说主题终于得到戏剧化，得以附丽于麦勒斯和康妮两个生命的阴阳交流之上。这就是《查泰莱夫人的情人》。他要借此张扬"生命"。

其实劳伦斯1912年与弗里达私奔到加尔达湖畔时就已经通过直觉触及了生命最终结束之时那部惊世骇俗的小说的主题，其理念在游记《意大利的薄暮》中已经初露端倪，他要做的只是等待和寻觅，寻觅将这理念附丽其上的人物和故事，从而将这理念戏剧化。这一等就是14年，等到医生宣判了他的死刑。他的等待和寻觅，其感受更为直白地表现在了他的散文作品里，可以说是与《查泰莱夫人的情人》相生相伴，写在一部文学巨制的边上，与其交相辉映。

写在《查泰莱夫人的情人》边上与之相生相伴的还有一组放谈男女性爱的散文如《性感》、《女丈夫与雌男儿》、《女人会改变吗？》、《妇道模式》、《唇齿相依论男女》等。尤其在《唇齿相依论男女》中，生命之火即将熄灭的劳伦斯集一生的阅历和沧桑悠然地论爱论性论性爱之美，一改其往日的冷峻刚愎，笔调变得温婉亲切，表现出的是"爱的牧师"风范。

《作画》、《墙上的画》和《色情与淫秽》则是劳伦斯以丹青大师的气度坐而论道，对自己多年来体验生命和艺术关系的高屋建瓴之总结，而其文采之斐然，又非单纯的画家所能及，因此并世无俦。这些画论亦与劳伦斯生命最后几年中的激情作画经历相生相伴，是写在他的绘画边上的心底波澜之记录。那是在《查泰莱夫人的情人》备受攻讦、横遭厄运的那一年，劳伦斯不畏强权，委托友人为之筹备在伦敦举办画展，展出自己的25幅油画和水彩画并出版其绘画集。这些画是劳伦斯近3年来身染沉疴坚持笔耕之余的呕心沥血之作。这些绘画一经展出，便颇受观众和收藏家青睐。短短20天中，观众流量达12,000人次，其中几幅画立地成交售出。那些天中，华伦美术馆门前书有劳伦斯名字的鲜艳旗帜迎风招展，观众络绎不绝，称得上1929年夏天伦敦城里蔚为壮观的一景。

在《查泰莱夫人的情人》出版后遭到查禁，劳伦斯的画展也惨遭查抄之后，劳伦斯以羸弱的病体写下了泣血文字《为〈查泰莱夫人的情人〉一辩》，这是他生命脉搏最后顽强跳动的记录。写下这些文字，他又完成了最后一册生命的《启示录》和《最后的诗》，终于撒手人寰，至死也不回那个他爱得心痛又恨之入骨的英国，连骨灰都留在了异乡。一条羸弱的生命发动了最大的马力跑完了44年的旅程，留下了最为独特的文学痕迹。

劳伦斯的散文随笔出了中文版后一直受到出版界和读者的青睐，在过去近20年中不断再版，不断出新的选本，其在中国受到的这种普遍礼遇大大超出了在英语国家的接受程度。这种青睐在英国的劳伦斯学者看来反倒是"奇特"的现象。英国的劳伦斯学博士课程和书单里不包括他的散文随笔，我估计是因为他们要集中精力研究他的小说尽快拿到博士学位，或者说是他们侧重大家的大作，而非大家给大家的小品文。他们只是把这类作品看作研究劳伦斯文学的参考，在这方面劳伦斯的非虚构作品远不如劳伦斯的书信重要。我提到劳伦斯散文随笔在中国的畅销和我作为译者的自豪，他们往往报之以困惑不解的表情。

俗话说"橘越淮为枳"。也有人说翻译是锦绣的背面。劳伦斯独特的散文来到5000英里外的今日中国，在不同时代的不同语境中产生了不同的阅读效应；被我们的译者精心迻译伺弄，行间字里，多少会留下译者及其母语文化的熏陶痕迹，因此难免"背面"之嫌。在中国文化的氛围中生根的劳伦斯散文已经不完全是那个岛国氛围中的"橘"了，在中国读者眼里那是一朵英伦奇葩，分外妖娆。

劳伦斯的美国文化《独立宣言》

——《美国经典文学研究》译者前言[①]

乘着"五月花"木船逃往美洲的英国人和他们的后人在这片新大陆上开创了一个新世界。在这片新生的国土上自然产生了美国人的文学作品，出现了以后为世人耳熟能详的美国著名作家，如爱伦·坡、霍桑、库柏、惠特曼等。但直到20世纪20年代，他们的作品还被老家的欧洲人不屑，被当作儿童故事看待，连美国人自己都对自己的文学自惭形秽，甚至连"美国文学"这个词都让他们难以启口。多年前就诞生了《独立宣言》的美利坚，在文化上并没有完全独立，还"依附在欧洲的裙裾上，行为举止像欧洲学校里失去管制的孩子"。

美国人对自己的文化居然还没有信心，他们需要一部文化上的《独立宣言》。可惜，这部文化的"独立宣言"不是由美国人写就，而是一个在英国被挤迫得捉襟见肘的英国青年作家，他落荒而逃，乘着邮船绕道太平洋万里迢迢来到美国，竟然以"接生婆"自居，为当时被英国和欧洲人看作

[①] 本书曾全文收进一些劳伦斯随笔集中，分别由上海三联书店和商务印书馆于2006年和2013年出版中文单行本。

是"儿童故事"的美国文学正名,赫然称之为"经典",并写下了第一部研究美国经典文学的书。这个人就是劳伦斯,这本书就是《美国经典文学研究》(Studies in Classic American Literature)。从此,"美国文学"甚至"美国经典文学"这样的字样堂而皇之地进入了英文常用词库。在这个意义上说,他是为美国文化写下了一部《独立宣言》。为此,这个英国矿工的儿子劳伦斯可谓功不可没。

它号称"研究"(studies),实为随笔,且是天马行空、恣肆狂放的书人书话随笔。这是一个英国大家对美国经典文学作家和作品的诛心之论,为世人看待美国文学提供了一个独特的视角,从中亦可领略劳伦斯独特的散文风格和品位。这本在世界范围内研究美国文学的滥觞之作在英语国家除了经常出版单行本外,一些篇章还被频繁选入劳伦斯的散文集中出版。在华文世界,这本书也一直全部或部分汇入劳伦斯的散文随笔集中,在大陆和台湾出版再版。从2006年开始出版单行本。

一个青年英国诗人和小说家,耗时6年(1917年—1923年),断断续续打磨一本研究美国文学的著作共12篇随笔,边写边在伦敦的《英国评论》杂志上发表,1922年到1923年间(到达美国后)又经过删改修订甚至重写,在美国一出版就引起美国各大重要文学媒体的关注,褒贬不一。有的认为它不仅是对美国经典文学的研究,也是对美国的研究。有过激的评论则认为劳伦斯对美国文学的圣殿发起了攻击。在大西洋彼岸的故乡英国,这本书杀了个回马枪出了英国版,引起纷纭众说,言辞过激。但事过境迁,热闹一阵,两岸的褒贬就都偃旗息鼓,如风过耳,人们还是更关注劳伦斯的小说创作和诗作,并不重视劳伦斯的散文随笔,虽然这本书多年来都在重印。

但这本小说家论小说和小说家的随笔集自有其独特的艺术价值,而且这种价值随着人们对劳伦斯研究的深入而得到更广泛的认可,被誉为"现代文学批评中少有的杰作之一",它"不仅具有历史意义,亦是对(文学)批评的永久贡献,本身就是一部血运旺盛的文学作品"。其特色是"破坏,涤罪，创造"，是一副"解毒良药"。[①]同时，有人还认为《美国经典文学研究》是"研究美国文化的经典之作"和"新的美国批评文学的基础"[②]——这后两句论断，我相信，会随着时间的推移，得到更多的认同。

"破坏，涤罪，创造"，一语中的。这本书绝非仅限于文学研究，文学只是劳伦斯对美国和美国文化掘入的一个切入点。这些文本不过为劳伦斯提供了借以颠覆的素材，他解构了这些从小就乐读的作品，从中感发出崭新的意义，借以构筑起自己的文本。貌似漫不经心实则用心良苦地为美国文化发功点穴，无论对错，都是经过了一番吐故纳新的运气才下手，因此手劲着实不轻，可以说让这些文本伤筋动骨后变得活络通泰。

比如他对美国国父级人物富兰克林大加讽挞，认为他代表了功利和理性，是个没有血性的人。而对那位写下了经典的《美国农夫信札》的克里夫库尔，则更是冷嘲热讽，说他虚伪做作，为了在欧洲哗众取宠而编织出美洲"高贵的野蛮人"神话，实则是编了一个弥天大谎。对库柏他则一分为二，既嘲弄他虚假的民主和平等观念，又肯定他的《皮袜子小说》具有双重意义：摆脱了旧欧洲的陈腐意识，形成了全新的意识。在他看来，达纳和麦尔维尔两位海洋作家虽然文笔优美，气势恢宏，但他们的作品也因其过分的自我意识而误入歧途：达纳试图靠理性"理解"大海而失败，麦尔维尔笔下的被追杀的白鲸实则是代表了被白人的意识追杀的白种人最深刻的血性，他认为麦尔维尔最终也没有弄懂自己在写什么，但在懵懂中写出了一部最伟大的作品。只有对惠特曼，劳伦斯似乎情有独钟，认为他是新生命的预言家，因为他不再把人的灵魂看作优于人的肉体：

"待在那儿！"他对灵魂说，"待在那儿！"

待在那儿，待在肉体中。待在四肢、双唇和腹中。待在乳房中，待在子宫中。待在那儿，哦，灵魂，待在你所附属的地方。

待在黑人那黝黑的四肢中。待在娼妓的肉体中。待在梅毒患者的

[①] D. H. Lawrence, *A Collection of Critical Essays*, ed. Mark Spilka, Prentice-Hall, Inc, 1963, pp159–160.
[②] Introduction, *Studies in Classic American Literature*, Cambridge UP, 2003, pplix–lx.

肉体中。待在长满白菖的湿地上。待在那儿，灵魂，待在你所附属的地方。

但无论他怎样褒贬美国文学和文化，最终他相信，美国的文学走到了一个新的临界点，那就是挣脱了旧的意识，完成了一个凤凰涅槃的过程，开始了新生，代表了未来，并宣称他是站在未来的门槛上来为美国文学"接生"的。他敢于这样宣称：

> 极端疯狂的法国现代主义或未来派并没有达到坡、麦尔维尔、霍桑和惠特曼所达到的极端意识的顶峰。欧洲的现代作家们都还在走向极端的努力中。而我提到的那些伟大的美国人则做到了极端。所以世界一直怕他们，今天仍然怕他们。
>
> 极端的俄国人与极端的美国人之不同在于，俄国人明晰，仇视雄辩和象征，认为这些不过是伪装，而美国人拒绝任何明晰，总在制造某种双重意义，他们陶醉于伪装，喜欢把他们的真相安全地包裹在草团里，藏之于芦苇丛，直到某个善良的埃及公主来拯救这襁褓里的婴儿。
>
> 好了，现在是时候了，该有人把这襁褓中的真婴儿放出来了，那是以前美国孕育的孩子。这孩子肯定因为多年的冷落变得十分瘦弱了呢。

这种写法，在第一次世界大战期间及结束后不久，简直令正统的文学批评界瞠目结舌之余大加诟病，如果当年有"恶搞"这个词，人们绝对会把它用来痛斥劳伦斯。不过，劳伦斯的确是在"恶搞"美国文学和文化，但他的"恶搞"是满怀激情、心怀敬意的创造性解构和重构。于劳伦斯这样独具慧眼的文学天才，那些经典文本最重要又最不重要，重要的是他自己的借机感发。也正因此，我们读这本书，并不是要获得对这些经典美国作家作品的5个W，那是教书先生的营生，不是一个文学天才的使命；也不是学习劳伦斯的文学批评理念和研究方法，不，劳伦斯是个非理性主义者，从来没有系统的文学理论，在这本书里更没有一以贯之的"方法"和"体系"，否则他就不是劳伦斯；他的书与研究无关，他干脆颠覆了"研究"这个词的经典意思。读者唯一获得的似乎只是一次阅读的狂欢,狂欢在劳伦斯的文本中,狂欢在每一次阅读时激情的顿悟瞬间,狂欢在每一行阅读的会心之顷。这是因为,与其说劳伦斯是在借尸还魂,不如说是借尸招魂,这个魂是又不是那些经典作品的魂,它已经与劳伦斯的魂难解难分,已经构成了劳伦斯通篇的散文诗:劳伦斯是一位出版过多部诗集的大诗人,在这本随笔集里他诗人的才情得到了淋漓尽致的挥发,因此这本书的每一篇章都富于诗的结构和韵律,激昂的语调和铿锵的节奏则时时彰显其诗性,令人恍惚踏歌而行,触到的是作者血脉的跳动节拍。它是诗,是对美国文学和文化甚至"大美国的脾性"颇富诗意的颠覆。因此我们不必太在意劳伦斯说什么,无论其所指、能指、延宕、互文、差异,只须浸淫、狂欢在这个独特的文本阅读中,狂欢在当下的在场,这就够了。每一次的阅读会因着新的阅读气场而生出新的感发,这就是诗,是劳伦斯从旧的美国文学中挖掘出了连美国人都害怕的"新的声音",借以奏响了自己的新大陆交响诗,这就够了。正如《新约·哥林多后书》中所言:"字句叫人死,精义叫人活。"我们不必呆板地记住劳伦斯说了什么,仅仅与他的"精义"在会心之顷共鸣,这真的就够了。这种开放的阅读是一种交融,是一种互动,抑或是一种创造性的背离和颠覆也未可知——劳伦斯当初不会料到,他对文本的颠覆也给我们对他的文本进行颠覆提供了绝好的素材和音符。

  一个英国平民出身的作家从欣然向往这个新大陆到脚踏实地亲历这个"大美国",其视角在不断变化,其洞察开始从书本逐渐落在实处,对开始称雄世界的美国实地观察后写下的文字又平添了十足的现场感,有些观点和判断在近百年后的今天读来,都觉得十分中肯贴切,对我们认识美国和美国精神都弥足珍贵。历史地看,在那个年代,能够像劳伦斯一样介入美国文化和美国生活的外国一流作家并不多(虽然彼时劳伦斯并不被看作是大作家),因此他的观察无论如何都具有特殊意义。在这个层面上说,这本书真真是一本与当时的现实互动的活生生文本,其"互文性"之强往往令不明就里的读者感到扑朔迷离,在其能指和所指之间无所适从。

  这样一本融文学经验与现实体验于一炉的美国文化研究随笔集,不仅在当年傲视一切的大英帝国是首创,他甚至比美国本土的批评家都捷足先登,其视角之独特,笔锋之犀利,更无前例。即使到了20世纪初,美国的多数大学里尚没有设置美国文学的课程,美国的第一个美国文学教授的教席则是在1919年才设立的,美国的第一本《美国文学》杂志则创办于1929年,是在劳伦斯这本书写作后12年和出版单行本后6年。据此,我们可以说,无论美国学界和媒体如何褒贬劳伦斯,都不重要;小肚鸡肠的英国报界当年的发指眦裂更不重要,甚至像一场瓦釜聒噪的闹剧。重要的是劳伦斯这本书开创了美国文学研究的先河。正如劳伦斯自己在本书的序言中声称的那样,他是"这个胎儿的接生婆",这句话可以理解为他自认为是美国文学或美国文化的接生婆,通过这本书让美国以外的人认识美国文学和美国文化。

做一个接生婆,如此诗意的接生婆,这就是劳伦斯。他为美国文化写下了一部回肠荡气、诗意盎然的《独立宣言》。虽然美国人羞于这样承认,但史册已经写就,劳伦斯终将彪炳美利坚的文化史,让咱们的"大美国"暗自汗颜下去。

或许就是基于对劳伦斯在小说之外的这种非凡批评才能的推崇,利维斯在1955年出版的《小说家劳伦斯》这部小说专论中还念念不忘称赞劳伦斯还是个批评天才,是"十分出色的文学批评家——是他那个时代里最优秀的批评家"并表示要对此做专门的论述。[1] 一个甲子过去了,时间证明利维斯的评价是正确的。

---

[1] F. R. Leavis: *D. H. Lawrence: Novelist*, Penguin, 1981, p. 15.

似听天籁[1]

在一个人云亦云、匆匆忙忙赶潮头搭便车的时代，人们从一个梦中醒来又匆匆做起另一个梦，换一个梦后自称比以前清醒了，便开始在新的梦里蔑视起旧的梦，称之为往事不堪回首。到底人有了多大长进？人性有了多大的改变？谁也说不清。当我们在诅咒自己的过去肯定自己的今天时，一旦发现那最基本的需求并没改变时，我们只能扼腕，悲叹人性的不可改变。方式与手段的改变并没有改变人的本性，这似乎就是劳伦斯所说的"人类似乎有一种保持原样的巨大能力，那就是人性"（《女人会改变吗？》）。在昆德拉的作品中我们领略了"媚俗"这个字眼儿的悲凉，尽管我们至今找不到一个更合适的词来代替对人类状况的这种描述（语言是多么贫乏！）。我把其意思理解为无论怎样变幻手段也无法改变的人性之恶。当我们看到昆德拉笔下的人物逃出一种手段或人类状况又进入另一种并非惬意的手段或人类状况时，我们真正感到了人性的悲哀。

由此我想到了劳伦斯文学的革命性，那就是个性，一种毫不媚俗的独

---

[1] 此为拙译《劳伦斯随笔集》序言，海天出版社版/台湾幼狮版。

立性,一种对轰轰烈烈的多数代表的人类惰性的反抗。这种个性正如同媚俗是一种天性一样,它也是一种天性,是少数艺术人格的天性。也正如同媚俗和人性恶有不同的手段甚至是相排斥的手段,这种艺术天性也有不同的表现形式并受制于其生长的环境而带上"地域"色彩。但终归它是一种绝对的革命性。有时一个"地域"的天才的声音仅仅凭着它的一点灵性就能得到另一个"地域"中同类的认同,有时则难以被认同甚至像不同的人性恶相互排斥一样,它们也相互排斥。但独立的声音终究会给人类以不同凡响的启迪,时间会让这些个不同的独立的声音显示出它们共同的本质。于是我们发现:如果把劳伦斯与鲁迅对换一下,如果把萨克雷与林语堂对调一下,如果让鲁迅多活30年,如果让索尔仁尼琴生长在另一个国度……可能最富有说服力的就是昆德拉了,他自己完成了这所有的设想与对换。艺术的天然革命性这一马尔库塞的断言着实令人叹服。当然令人感喟的亦是人类状况、手段、人性恶的难以改变。由此我们发现艺术家这一特殊的超越种族的人种是人性的试金石。

这样空谷足音般独立的声音往往成为一种形态的丧钟和另一种新形态的开场锣鼓。或许只有这样的声音才代表着人类的一点点长进也未可知。也正因此,这样的声音在历史上绝不是太多而是太少。

对这样划时代的声音,我们似乎更该注意的不是它说什么而是怎么说,即它的精神与本质,风格与内涵。其灵魂所附丽的肉体可以死也必须死,但灵魂的转生(metempsychosis)却是永恒的。或许我们读任何一个大师的作品都是在完成着这种灵魂转生。

读劳伦斯似乎更加重在"灵魂转生",尤其在这个仓促的时代、迷惘的时代也是最需要倾听那空谷足音的时代。

劳伦斯属于那种如果就事论事则最容易被迫害、最容易被误解(歪曲)也最容易过时的天才。因为"地域"与"时间"决定了他的文学之灵所附丽的是一个古老的"性"。当20世纪80年代中期劳伦斯在中国还被当成"黄色"受到假正经的攻击和低级趣味的欢呼时,一转眼到20世纪90年代他却因为其纯文学性而受到一心奔钱的社会潮流的冷落。总之,两方面都不需要劳伦斯,因为他代表的是文化,反抗的是金钱文明,所以他过时了。这个时代从来没有真正需要过文化。匆匆的历史进程除了让人们不断地变着手段革文化的命还能怎样嘲弄人类的努力？

所以，在这个时候读劳伦斯的作品倒成了一种对天籁的倾听，成了一种孤独的享受与贫穷的奢侈。若非是有着"过时的"情调，哪有心境手捧劳伦斯作品雪天围炉品茗或深秋凭窗听雨？

但我必须说，只有那一切喧嚣与骚动都过去，劳伦斯只成为劳伦斯的时候——这个时候，我们才能进行他的"灵魂转生"。想当年黑市上炒卖《查泰莱夫人的情人》20块一本时，有几个是在真正读劳伦斯的？真正的"灵魂转生"只有在静谧的心中。

谨在这喧哗与骚动的时刻，默默地译出我喜欢的一部作品供人们闹中取静地消闲，在会心之顷，谛听那一声声天籁。那是一个孤独者在60年前另一个喧哗的时代、另一个骚动的文化氛围内发出的生之感喟。无论他倾诉乡愁乡怨、放谈性爱男女，还是狂论文学艺术，字里行间都透着诗意的真，读之回肠荡气，绝非无病呻吟、为上层楼强说愁，或故作婉约。你看不到人们定义中的那种"散文"。那是滔滔不绝的自白。若非孤独之人，哪有这种自言自语也风流成章的本事？劳伦斯，果真是"一个天才，但是……"。（此乃英人评价劳氏的名言）

珠椟之缘[①]

人民日报出版社推出《名人名家书系》，D. H. 劳伦斯的散文随笔入选。经社科院黄梅博士举荐，出版者决定采用拙译。虽为求珠而惜椟，仍感幸运。弱冠之年曾苦苦研读劳氏作品几年，也曾小心迻译些篇什，发表后叨蒙黄博士高屋建瓴指教，在《读书》上撰文，称拙译"配得上"劳氏原作，令我深感宽慰。几年移文植字经历，至少从不敢率而操觚，尽量用心领悟劳氏心路历程，力求译文神形兼似。筚路蓝缕朝觐一个伟大的文学精灵，总算聊以自慰，可以说对得起劳伦斯的原文。

如今摭拾拙译，仍能唤起清灯陋室感应那个浪迹天涯的英格兰灵魂的氛围与心的律动。甚至，心中再一次幻化出16年前初读劳伦斯著名短篇《菊香》时的情景。那时刚刚"开放"，我是在美国老师开的英美文学作品选读课上听到劳伦斯这个名字的。读了《菊香》这样一篇令人情夺神飞的心理现实主义小说，凄恻哀凉之余，隐隐感觉这个作家与众不同。后来在闽江之畔的一所"三间大学"攻读硕士，最终选择了专习劳伦斯，这绝对

---

① 此文为拙译《劳伦斯散文精选》序言，人民日报出版社。

与大三时尝鼎一脔即久久绕心不去的这吉光片羽的感受有关。毕业后偃蹇数年，戏称"混在北京"，但每每偷得浮生半日之闲，躲进单身破楼中挑灯焚膏，最大的享受却是一字一句翻译劳氏长篇小说和散文随笔。10年下来，笔耕成果中大部分是这些译文。虽然它们没有给我带来一本薄薄的小说《混在北京》那样的"声誉"和热闹，也没有小说被改编成电影后受到的那种注目，但它们却着着实实地支撑着我的文字生命。我的精神生活深受其沾溉浸润，因此在浮躁和世俗如云烟掠过后，唯有我的劳伦斯译文以双倍的生命存在教我依傍。

译书而结缘，这是我始料未及的。但究其根本，总是有缘分这样的东西在起作用。一个人读另一个人的作品而生出共鸣，进而自觉自愿数年与其作品相伴并渐渐生出通灵的感觉，这难道不是缘分使然吗？

劳氏小说，并无传统小说人物辐辏、情节跌宕、布局繁复或妙语横生、幽默俏皮等诸类优秀品质，却以深刻的心理洞察见长，笔墨所致，如同心脑探测并投影于纸上一般，撼人心旌，教人觳觫。一幅幅心理真实的画面，读来叹为观止。

仅仅这些还不足以令我倾倒。冥冥中我觉得"人以群分"的说法是有道理的。隔着遥远的时空，茫茫星汉，何以在对几位同样著名的大师一无所知的情况下独独倾心于劳氏且仅通过一点点管窥蠡测？与《菊香》同在一本集子中的还有意识流大师乔伊斯的《阿拉比》，据说催人泪下，为何我竟无动于衷？

劳伦斯写的是我稔熟的下层人民！这样的阶级意识越来越在时髦的文学理论中成为笑料，刍狗已陈。但我仍固执于此。我庆幸我的美国教授选了《菊香》来供我们管窥探幽，它确是劳氏的代表作，弥漫其字里行间的是劳氏终生作品的韵味。

以后专事研究劳伦斯和他的作品，证实了我最初的感觉。这样一个根植于劳动阶级的血肉之中，但灵魂却徜徉在艺术宫殿中的畸形人，实则太是悲剧的存在。

一篇《自画像一帧》道出了劳伦斯心底的悲哀之所在："阶级是一道鸿沟，人与人最美好的交流全都被它吞没了。"

劳动者生命的流溢在磁铁般吸引着他，如同《虹》中那欲望的土地在拖曳他的双腿。但他悲叹：他无法与之休戚与共，因为他们"视野狭窄，偏见重，缺少智慧，亦属狴犴"。他绝不像他心仪的另一个大作家E.M.福斯特那样全然把劳动者理想化，认为那阳刚健美的体格中必包蕴美好高尚的魂。为此争论，一对相互倾慕的比肩大家竟未结成金兰，这是英国文学史上的一大憾事。他们因为纯粹文学的理念不同而分道扬镳，但他们相互却又在遥遥注目，无言地钦敬着。他们甚至会打破文人的矜持，相互致意。福斯特嘉许劳氏为"在世作家中唯一有狂热诗人气质者，谁骂他谁是在无事生非"。劳氏逝世后，福斯特第一个站出来称他为"侪辈最富想象力的小说家。"而劳氏曾夸奖福斯特"或许是英国侪辈中最佼佼者"。仅仅因为出身、教养和对阶级的看法存有分歧，他们失之交臂。劳伦斯不肯连根拔起，抛弃他与劳动阶级的感情，但又深谙此类人的劣根。而艺术的殿堂又为浅薄虚伪的中产阶级所盘踞，他实难与这个血运衰竭、道貌岸然的阶层沉瀣一气。最终的感叹是："一个人绝对不能成为任何阶级的一员。"

我想我读劳氏作品所产生的感动多是出自对他这方面的理解与同情。当美国教授在口若悬河地用"新批评"方法解析劳伦斯作品的肌理、结构、象征、韵脚、节奏时，我却以十分陈旧的读法感动着自己。"阶级"的血缘本身就是一种共振的频率。这样的缘分是译文神似的根本，形似也就水到渠成了。

待到译劳氏的散文随笔这些直抒胸臆的文章，更觉得心应手。劳氏的散文，一如其人，笔墨铺张扬厉、笔走龙蛇、汪洋恣肆、言之有物，绝无半点阴柔作态、无病呻吟、卖弄玄虚和媚俗媚雅。你尽可领略一个从中原小镇走出的热血青年的激情、朴茂、沉郁，领略那激扬文字，璞玉浑金，掷地有声的不凡气势。

他以诗一样的文字论文、论画、论人；以血的感知、肉的体验纵横捭阖，淹通古今，狂论饮食男女，道出对性爱的玉想琼思和玄机妙处，乃独具匠心的经验之谈，吐露出个性体验的神秘；劳氏亦有数篇纯散文，但依旧以惠特曼的风格，歌颂生命的底蕴和伟大，关注人与人之间生命的流溢而非智识的苍白。

记得林语堂先生最为推崇古希腊式的逍遥讲学（peripatetic）方式，三两弟子，荒草颓墙，与名师"交游接触、朝夕谈笑、起坐之间"受其寻常语与人间未见书的点化。劳伦斯之祖露襟怀的随笔散文，即是这类工牟造化、师法自然的"寻常语"，读来犹如与之剪烛西窗、围炉品茗，谈笑之间会忽闻几声刺耳怒吼，也觉有趣，因为全是情动于中而形于言者。

爱的牧师

——关于《唇齿相依论男女》[①]

劳伦斯写这篇散文时,已经病入膏肓。我们从中已经看不到那个写《儿子与情人》的人纤敏年轻的心;看不到那个写《恋爱中的女人》的作者,一个面对人性的压抑狂暴地否定文明进程的人;更看不到那个写了《查泰莱夫人的情人》的作者,一个用全副身心歌颂生命复苏,在阴郁的荒原上高调亮出生命底蕴的人。我们不得不从字里行间判断出:劳伦斯成了一个语重心长、慈爱善良、一腔热情与睿智的老人(尽管他去世时才44岁),在向世人布道,谆谆教诲。一反他年少气盛时杂文的犀利、尖刻,这篇短文像是牧师的演说。不同的是,牧师们不谈什么性,而劳伦斯却在以一生的阅历,沧桑地布道,且是在病榻上悠缓地讲着他的生死之感悟。本文与《实质》和《无人爱我》是劳伦斯生前一次性投出的最后三篇随笔,他获知它们即将在美国发表的消息后就去世了,文章均在几个月后面世,成为劳伦斯的三篇散文绝笔,之后有人将前两篇合为一篇以《我们相互需

[①] 原名《我们相互需要》。

要》为书名出了单行本，但最新的剑桥劳伦斯随笔选中还是将《我们相互需要》与《实质》分开出版了。

我们不得不承认"人之将死其言也善"的古训。是啊，有谁会相信那个冷峻刚烈、愤世嫉俗的劳伦斯也会随着气血渐虚写出如此温婉亲和的文字来？他不再教训，不再争吵，而似乎是在用最后一口游丝之气劝说着人们相信他的哲学思想。劳伦斯，真是一位名副其实的"爱的牧师"！他一生的文学大抵不离一个爱字，一个性字，且是那样直率、真诚、宗教狂般地对待爱和性，过度的虔诚反倒引起一次次惊恐，在世人眼里成了一个伤风败俗的黄色作家。更不幸的是，他死后几十年，当中国开始打开大门时，不少人是抱着一睹洋《金瓶梅》的激动心情来争读劳氏作品的（我并不认为《金》是黄书）。至今说起劳伦斯，仍有人脱口而出："黄色作家。"当人们无论如何也不能通过劳氏小说读出劳氏的性宗教意识时，那就读读他的非小说作品即杂文或散文吧。依笔者看，这篇短文就是绝好的例子（当然还有许多别的文章）。

记得20世纪80年代初我们重新发现马克思的《1844年经济学—哲学手稿》的意义时，不能不自然地记住这样的句子："男女之间的关系是人与人之间的直接的、自然的、必然的关系……根据这种关系就可以判断人的整个文明程度。"我们曾惊异于一个伟大的哲人对男女之间的关系给予过如此"根本"的重视。这是一个伟人对生命本源下的哲学定义，其理性与逻辑性是不言而喻的。

而劳伦斯则以一个艺术家的感悟，直觉地、情感地道出同样的意思："男人和女人……他们真正的个性和鲜明的生命存在于与各自的关系中：在接触之中而不是脱离接触。可以说，这就是性了。这和照耀着草地的阳光一样，就是性。这是一种活生生的接触——给予与获得，是男人和女人之间伟大而微妙的关系。通过性关系，我们才成为真正的个人；没有它，没有这真正的接触，我们就不成其为实体。""男女关系是实际人生的中心点。"

于是我们从哲学的叙述方式和艺术的叙述方式两方面获得了对同一个问题的认识。

劳伦斯在这篇杂论中用一颗牧师的爱心和艺术的语言向人们讲述着一

个古老但又新鲜的话题。说他是个牧师，我指的是这种叙述语言，完全是一首赞美诗，处处透着对性的虔诚和宗教般的崇高感情。在他看来，性是超越世俗观念的某种深刻的关系，情人、情妇、妻子、母亲这些性关系的角色在世俗观念中成了"一成不变"的概念，应予打破，那么劳伦斯赋予性的概念是什么呢：

> 女人是一条流淌着的生命之河，与男人的生命之河很是不同。每一条河都得循着自己的方向流动，并不冲破界限；男女之间的关系就是两条河并行，有时甚至会交汇，随后又会分流，自行其径。这种关系是一生的变化和一生的旅程。这就是性。在某些时候，性欲则全然离去，但整个关系仍旧向前发展，这就是活生生的性的流动，是男女间的关系，它持续终生。性欲只是这种关系的一种表现，但是生动的、极生动的表现。

一个对性没有宗教感情的人是无论如何写不出如此超凡脱俗的文字的。同样，只把性看作性欲的人也无法达到劳伦斯的境界。

我们可能因此而进一步理解：劳伦斯这样的性宗教狂为何能写出《查泰莱夫人的情人》那样惊世骇俗的作品！可能正因为他把性看得如此崇高神圣，他才会艺术地表现那种狂喜，那是一种形而上的体验。常言道"形而上者谓之道，形而下者谓之器"。世俗的眼光看到的只是"器"而已，因此很容易产生世俗的认同，甚至认为那是黄色。这也是无可奈何的事。

读劳伦斯这类直抒胸臆的杂文，听他谈天说地，谈古论今，有时觉得比读他那些小说更亲切动人。小说毕竟属于"虚构"类，你无法牵强地把小说中的话当成作者的话百分之百地信奉，即使那人物与作者一百个相像。但杂文散论就不同了，它是作者襟怀的袒露。中国古语曰"常思先辈寻常语，愿读人间未见书"，这"寻常语"怕就是指这类不加修饰的闲谈白话了。当人们挖空心思用科学的方法去读解劳伦斯的作品常常百思不得其解时，不妨读读他的散文狂论，有时会感到茅塞顿开。这篇随笔可是他"寻常语"中最为温婉平和的了，如此散论性爱，读之颇让人生出几分享受来。足见好的杂文随笔不只是利刃，还可以是心灵的坦白，是人性的赞美诗。

寒凝大地发春华

——关于劳伦斯散文《鸟语啁啾》

一

《鸟语啁啾》是劳伦斯少有的纯抒情散文之一，发表于1919年，但其实完成于1917年冬春之交，写作与发表之间相隔二年，发表的过程很不顺利，甚至遭到他的朋友、批评家墨里的拒绝。私下以为，这长达两年的延宕对分析此文颇具意义。

这篇在中国读者看来声情并茂的纯散文佳作，在英语阅读的语境中或许并非锦绣文章，盖因英国或者说英语文化下人们对这种纯散文作品的认知度不高。中国文化中的文人散文历来自成一种文体，历代散文经典迭出，在近代小说出现前应该说是文学创作中与诗歌比肩鼎立的两大文体，因此一直被视作文学的主流，堪称国文文体。但在英语文学中并没有我们所理解并推崇的这种举国认可的"散文"。英语里的散文（prose）泛指一切无韵体的文学作品,包括了小说,他们的最佳散文选中常常半数以上选自名家小说片断。如果说英国作家也写我们所说的散文,这种散文或许应该是我们所说的随笔和杂文更为贴切,在英文里应该是指非虚构文学作品(non-fiction)的一种,具体说是传记、游记等大作品外的小品文或论说文或随笔,即essay。如果说19世纪前英国有过小品文的辉煌期,文人随笔空前流行于随着中产阶级兴起而大量出现的报刊这种大众传媒载体,到了近代,这种小品文则更多地被称作"报刊短文与时评"(journalism),连essay这个词都慎用,似乎是现代社会避免"崇高",强调平民化的一种文化行为,因为essay总还是有故作高雅发倜傥之论的嫌疑。于是本该是"新闻"的journalism成了news report,简称news。随笔就被journalism一词所代替。连劳伦斯自己对某个作家的小说感到难入其法眼时都会用journalism一词打发之,意指其缺乏艺术水准。

可以想象,英文里的小品文的特点就是言之有物,要有真实性,每篇文章的"论"点和逻辑论说更为重要,同时强调幽默和文字游戏(特别是双关语的使用最能体现作者的机智和学识,因为英文里一音多字和一字多意现象普遍)。而中文式的状景、抒情、对仗、烘托和宏大叙事类的散文一般反倒不受英文报刊的重视,同样,类似美文的文字中文报纸一般也不发,往往是发表在专业的文学刊物上。而劳伦斯这篇散文是中文语境里读者喜爱的散文,但在英语读者眼里可能显得过于空灵甚至言之无物、华而不实。这种文化差异望读者明察。这或许可以说明,为什么劳伦斯这样的文学大师至今在英语世界里还没有出版过一个体例规范的大众散文选本,他的散文作品都是包括在他的非虚构作品的年代版里出版的,而不是作为文学作品出版。我翻译其散文时要在这些文集里广为遴选方可拿出不同的选本来,可以说在这方面中国出版的劳伦斯散文随笔选本要比英语国家出版的更丰富广泛,这完全是劳伦斯在不同的语境下受到重视的一个重要证据。我戏称其散文是"英伦奇葩墙外香"。

但劳伦斯富有东方神韵的这种"美文"只有《鸟语啁啾》、《夜莺》和《花季托斯卡纳》3篇。前两篇是声情并茂之作,节奏鲜明,乐感悠扬,后者则是落英如瀑、馥郁芬芳的佳构。但在英语文化传统的制约下,他也只写了3篇这类文字。其余的大量随笔多是情理并重的论说文，一般被称作journalism，有些被称作essay，甚至被称作article。还有就是书评。这些在英文中都统统算做非虚构作品，听着与文学无关，倒像是技术词。真正的美文确实很少有人写，所以英文里没有这样的词汇，似乎法文的belles-lettres还能大概表达这个意思，就被收入英文词汇中了。

二

如上所述，即使是《鸟语啁啾》这篇东方气韵充盈之作，也还是有一个远非空灵的现实背景，即所谓"事出有因"。写作时间是1917年1月，彼时第一次世界大战战情犹酣，死伤惨烈，是近代欧洲史上空前的噩梦时期。劳伦斯是"良心反战者"，从一开始就对这次帝国主义战争表示谴责，因为其长篇小说《虹》中有对大英帝国的战争行为的批评，该小说被治以"淫秽"罪遭禁，他的其他作品也就难以在英国出版，一时间他的生活落入泥淖，基本靠朋友救济度日。他想离开英国，但当局禁止他出国，伦敦又居之不易，他便迁居到当时还是穷乡僻壤的康沃尔荒地村舍居住，自己种菜，生活捉襟见肘。而1916年—1917年间英国偏遭遇19世纪以来最寒冷的严冬，劳伦斯目睹荒地上铺了一层冻死的鸟尸，被食肉动物撕烂，叼去肉，只剩下羽毛外壳。但不久天气转暖，大地回春，在遍地鸟尸尚存时，暖风中居然响起了幸存鸟儿们的鸣啭，从弱到强，预示新的春天开始了。这样一幕严酷与温馨的情景对比令劳伦斯大为感慨，触景生情，不禁欣然命笔，写下这篇抒情散文。我想，劳伦斯或许也借此文表达盼望大战尽快结束的心情，期盼人们迎来真正的生活的春天。但在那个时候任何作品里都不能直截了当地提到大战，所以他只能用象征笔法道出自己的渴望。或许也正是因为当时的禁忌，本来他可以写一篇直指战争残酷的檄文，却不得已写成了一篇歌颂自然生命的象征性抒情美文。但因为这篇文字是有源之水，有本之木，所以每每读起，仍然感到不是一篇纯粹的啁啾鸟语，作者的潜台词几乎在字里行间跳跃，鸟语中分明伴有其他声音，复调就不可避免。即使不了解背景，读者也不会仅仅把它当成一篇纯粹的自然之歌欣赏。估计收入中学语文教材时做了很多删减，就是出自这个原因。有些段落读起来因此感到突兀、隔膜。这种所谓的弦外之音就是作品的出炉背景声与劳伦斯当时的心声。

由此我们不难看出，乍暖还寒的冰冷土地上鸟尸横陈，那就是第一次世界大战欧洲战地上惨死的军人的尸体。但是，劳伦斯在幸存的鸟儿们发出的啁啾中得到某种神谕：惨烈的战争终将结束，因为像这些无助的小鸟儿们一样，普通的人们只要看到一丝希望的曙景，都会情不自禁发出心底里盼望和平的歌声，他们甚至可以面对着寒冷和散落着的死尸发出喑哑的心声，来不及哀悼，顾不上物伤其类。劳伦斯几乎是发狂地写道：

当大地被寒冬窒息扼杀过后，地心深处的泉水一直在静静等待着。它们只是在等待那旧秩序的重荷让位、融化，随后一个清澈的王国重现。就在无情的寒冬毁灭性的狂浪之下，潜伏着令所有鲜花盛开的琼浆。那黑暗的潮水总有一天要退去。于是，忽然间，会在潮尾凯旋般地摇曳起几朵藏红花。它让我们明白，天地变了，变出了一个新天地，响起了新的声音，万岁！万岁！

写着鸟儿，劳伦斯的笔触开始自然地转向"我们"，那就是忍受着战争折磨的人们：

我们知道曾有过冬天，漫长而恐怖的冬天；我们知道大地曾被窒息残害，知道生命之躯曾被撕碎散落田野。可这种回顾又说明什么呢？它是我们身外的东西，它跟我们无关。我们现在是，似乎一直是这种纯粹创造中迅速涌动的美丽的清流。所有的残害和撕裂，对！它曾降落在我们头上，包围了我们。它就像一场风暴，一场大雾从天而降，它缠绕着我们，就像蝙蝠飞进头发中那样令我们发疯。可它从来不是我们真正最内在的自我。我们内心深处一直远离它，我们一直是这清澈的泉水，先是沉静，随后上涨，现在汩汩流泻而出。

随之，劳伦斯感慨生与死不能相容，甚至鸟儿都没有"物伤其类"，"清澈的歌声绝不会响彻死的王国"："画眉身上的银斑闪着可爱的光亮，就在黑刺李丛中唱出它的第一首歌。如何拿它与树丛外那血腥一片、碎羽一片的惨景相联系？那是它的同类，但没有联系，它们绝然不可同日而语。一个是生，另一个是死。"在此，劳伦斯借用《圣经》的《马太福音》，道出了他的心声："死人必须去埋葬死人"！这个"死人"并非仅仅是战死的人，还暗指那些战争狂，那些人虽在但心灵已死的战争鼓吹者和从战争中渔利的那些既得利益者。而活着的人——我们呢？"在我们心底，泉水在翻腾，要把我们抛出去。谁能阻断这推动我们的冲力？它来自未知，冲到我们身上，使我们乘上了天国吹来的清新柔风，像鸟儿那样在混浊中优雅地款步从死转向生。"这最后一句并非是海德格尔所谓"向死而生"的哲学命题的阐释，更不能翻译成"向死而生"。"from death to life"指的是死亡的废墟上精神与肉体的复活，与海德格尔的"being-towards-death"（向死而生）的哲学概念完全不同。它仅仅是表达战争受难者心底里不死的期盼，期盼和平，期盼正义，期盼人类生活的春天，期盼人之灭亡的心灵复活，因为精神生命的泉水一直于无声处沸腾，酝酿着寒凝大地后的春华。

　　由此我们看出，这是劳伦斯受到大自然现象的启迪，借鸟语啁啾之酒浇自己心中块垒的象征散文，甚至是一篇优美的散文诗：整篇文章昂扬的调式，诗一般的句式，充满动感的遣词，都使得全文富有诗性的节奏和韵律，分明有着诗的内在结构。请记住，劳伦斯最早登上文坛时其身份是诗人，而且一生中也没有停止诗歌创作。所以他的散文写作经常与诗歌相渗透。而他写作这篇散文时，经历了《虹》的遭禁，经历了自我放逐英国的天涯海角的艰难困苦，经历了饥寒交迫，可他仍在无望出版的困境中书写他心灵的史诗《恋爱中的女人》，写着一些诗歌和散文随笔。经历了《儿子与情人》等小说的辉煌，又遭遇这样的历练，其实他刚刚32岁，应该说还是个相对稚嫩的青年人。苦难和折磨并没有泯灭他的激情和才情，他禁不住要在康沃尔荒原上放歌。所以欣赏这篇散文，我们似乎很难理性地把握之，反倒是欣赏其乐感、诗意和激情更为贴切。我一直推崇劳伦斯是现代文明废墟上的歌者，这一点在这篇散文里应该说表现得淋漓尽致。

游走在唇齿之间的劳伦斯散文
——劳伦斯散文的诗歌节奏浅谈

我们读劳伦斯的散文，时刻要铭记于心并提醒自己的是：劳伦斯从少年时代起直到生命的终点，他一直是个诗人，而且他最初是以诗歌跻身文坛的。他在写作那些传世巨制的小说的同时，一直没有停止自己的诗歌创作，直到去世前他还完成了诗集《最终的诗》。因此我们有理由说，劳伦斯的散文（prose，在这里泛指非诗歌）写作一直与诗歌创作之间有着渗透，这种渗透更明显地表现为诗对其他类别写作的影响，从而劳伦斯的散文不可避免地富有诗的节奏和韵律，从根本上说是为诗性的思维和构架所弥漫烘托。或许这就是劳伦斯散文的高蹈之所在。拙文仅仅提出这样的假说，并非专论，仅仅意在为读者欣赏劳伦斯的散文提出一个或许有价值的视角。我们不妨参看劳伦斯的原文，寻觅其中无处不在的"诗义"。

在《哈代小说与悲剧》一文中我们读到劳伦斯这样富有节奏和意蕴的评论：

> 书中悲剧真正的内容是什么？是这荒原。是在这片原始的土地上，本能的生命在隆起。是在本能深处的野蛮躁动中产生了悲剧。是在事

物的身体附近，能听到那躁动，是这躁动创造了我们也毁灭了我们。大地喘息着，凭着野性的本能喘息，爱顿那黑色的土壤强壮、野蛮、有机，如同野兽的身体。就是从这野性的土地里生出了尤斯塔西娅、威尔德夫、姚伯太太和克里姆等人。

What is the real stuff of tragedy in the book? It is the Heath. It is the primitive, primal earth, where the instinctive life heaves up. There, in the deep, rude stirring of the instincts, there was the reality that worked the tragedy. Close to the body of things, there can be heard the stir that makes us and destroys us. The earth heaved with raw instinct, Egdon whose dark soil was strong and rude and organic as the body of a beast. Out of this body of crude earth are born Eustacia, Woldeve, Mistress Yeobright, Clym, and all the others.

这样的句子恰恰也出现在劳伦斯小说《虹》的开篇：

他们身边，天地生生不息，这样的涌动怎会休止呢？春天，他们会感到生命活力的冲动，其浪潮不可遏止，年年抛撒出生命的种子，落地生根，留下年轻的生命。他们知道天地的阴阳交汇：大地把阳光收进自己的五脏六腑中，吸饱雨露，又在秋风中变得赤裸无余，连鸟儿都无处藏身……他们捧起母牛的奶子挤奶，那奶子冲撞着人的手掌，奶头上的血脉冲撞着人手的血脉。他们跨上马背，双腿间夹起生命。他们给马套上马车，手握缰绳，随心所欲地勒住暴躁的马儿。

But heaven and earth was teeming around them, and how should this cease? They felt the rush of the sap in spring, they knew the wave which cannot halt, but every year throws forward the seed to begetting, and falling back, leaves the young born on earth. They knew the intercourse between heaven and earth, sunshine drawn into the breast and bowels, the rain sucked up in the daytime, nakedness that come under the wind in autumn, showing the birds' nests no longer worth hiding.... They took the udder of the cows, the cows yielded milk and pulse against the hands of the men, the pulse of the blood of the teats of the cows beat into the pulse of the hands of the men. They mounted their horses, and held life between the grip of their knees, they harnessed their horses at the wagon, and, with hand on the bridle-rings, drew the heaving of the horses after their will.

这种韵律的美,是非读原文不得的,特别是那一句"the cows yielded milk and pulse against the hands of the men, the pulse of the blood of the teats of the cows beat into the pulse of the hands of the men",完全可以读出血脉涌动的节奏,完全令人沉醉在两种血脉相互冲撞的肉感之中。为此有批评家把劳伦斯和哈代对自然的描写说成是"性感的风景描写"(sexualization of landscape),这个短语也可用现在时髦的"什么什么化"的西式句法来翻译成"性化风景"。他们所"性化"的是浪漫主义诗人华兹华斯笔下的英国土地。在华诗人的笔下,英国的风景是审美客体,诗人面对客体吟咏风花雪月的诗篇,美则美矣,但能感到审美的主客体是分离的,如《水仙辞》中"I wandered lonely as a cloud/That floats on high o'er vale and hills"的诗句,甚至颇为矫情做作。而到了劳伦斯这一代诗人,风景和自然俨然是主体,诗人要揭示其内在的诗性,体现在诗化的散文中,就有了这种自然的节奏生发于此。这种美,源自浪漫主义,但已经是浪漫主义诗歌望尘莫及的了。浪漫主义的特点是感发,而劳伦斯的诗文转向自然的生发。

在《查泰莱夫人的情人》中对黑暗龌龊的矿区,劳伦斯发出的几乎是咬牙切齿的恨恨然之声,这声音几乎可以通过朗读下面的段落发自肺腑,当然我指的是英文原文,不仅是节奏,用词几乎都有咬牙切齿之音响效果,如连用几个black,几个utter和几个ugly,这样的几个短音节词不断跳跃在字里行间,发自牙缝和舌间,听上去完全是掷地有声的咒符。

黑乎乎的砖房，房顶是黑石板铺就，尖尖的房檐黑得发亮，路上的泥里掺杂着煤灰，也黑乎乎的，便道也黑乎乎、潮乎乎。这地方看上去似乎一切都让凄凉晦暗浸透了。这情景将自然美彻底泯灭，把生命的快乐彻底消灭，连鸟兽都有的外表美的本能在这里都消失殆尽，人类直觉功能的死亡在这里真是触目惊心……丑陋，丑陋，还是丑陋。

　　the blackened brick dwellings, the black slate roofs glistening their sharp edges, the mud black with coal-dust, the pavements wet and black. It was as if dismalness had soaked through and through everything. The utter negation of natural beauty, the utter negation of the gladness of life, the utter absence of the instinct for shapely beauty which every bird and beast has, the utter death of the human intuitive faculty was appalling... ugly, ugly, ugly.

　　如"soaked through and through everything"这样声效与节奏同步的短语，应该说是朗朗上口，逼着你不能不叨念出声。

　　与劳伦斯的原文比较，我那些苦心孤诣煎熬出的译文真的只能滥竽为劳伦斯锦绣的背面，相形见绌，充其量是传达其意思，难以再现其诗性的节奏和韵律。当然，从技术层面说，中文再现英文的音效确有困难，这是因为中文是表意文字，成语堆砌，多追求视觉效果的华丽或整饬；而英文是表音文字，是所谓的"语音为中心"的语言，天然富于乐感。一个重形色，一个重音韵。或许这是我为自己的译文开脱的一个客观理由，如果能开脱一点的话。或许我唯一能感到欣慰的是，表意文字翻译出来的字数比原文要简短，如果只出中文版，能节省很多纸张。也因此我建议读者要研究劳伦斯散文的诗性，必须"念"他的原文，而不仅仅是"看"。这就是劳伦斯留给后代读者的一门功课，也是劳伦斯文学生命之树常青的原因之所在：他的文字不仅活在视觉里，还响彻在读者的唇齿之间，劳伦斯几乎将英文这种表音文字创造性地用到了极至。

　　还有的学者指出劳伦斯散文中通过标点断句，制造出音效和节奏，加强了意思的表达，这样的段落不胜枚举，有意者不妨参看 *Style in Fiction by*

Geoffrey Leech 一书，更为专业地了解其对英语散文的修辞与风格的剖析，体会英文写作大师们的散文之美，可谓淹通古今，面面俱到，读来有醍醐灌顶之感。

"肉身成道"之道

——劳伦斯的绘画与文学的互文性

劳伦斯这位旷世天才,命中注定要在生前百遭劫难,如同他的图腾凤凰那样死后而辉煌再生,其生前受难的深重与其死后声誉的隆盛是成正比的。

他在英国文坛上颇有几次振聋发聩的遭禁记录:被誉为英语《圣经》的长篇小说《虹》出版伊始便遭禁并被付之一炬,理由是"黄过左拉"[1];其如诗如画的寓言小说《查泰莱夫人的情人》更是以"淫秽"罪名运交华盖,在西方直至20世纪60年代才开禁,至今在一些国家仍是禁书,算得上是跨世纪禁书了。而作为一个业余画家,其画展竟也惨遭警察洗劫并险遭焚毁,此事引发的法庭申诉在英伦产生的震荡并不亚于两次小说遭禁。真是命运多舛,祸不单行。以票友画家身份遭难,治罪的根据竟然是七十多年前的1857年制定的"淫秽出版法案"[2],足见英国官方的文艺观念一直刻板保守如斯。这次查禁对劳伦斯打击很大,大半年后,劳伦斯便怀着对故土英伦的万般爱恨病死他乡。但七十多年后,劳伦斯的画作重返伦敦展出,当年的

---

[1] 奥尔丁顿:《劳伦斯传》,毕冰宾、何东辉译,金城出版社,2012年,第169页。
[2] 马克·金基德-威克斯:《劳伦斯传》,剑桥大学出版社,1998年,卷3,第490页。

禁令并没有谁去撤销就自行枯朽。甚至有人调侃，因为有了劳伦斯这个作家的绘画作品，英国的绘画才不至于完全败给拥有毕加索的同时期的西班牙。此乃戏言，但似乎表明劳伦斯的文人画并非文人的消遣或展示其多才多艺的傅彩之作，而是大有深意。

一　回望当年：伦敦城里劳伦斯的色彩天空

那是1929年，在《查泰莱夫人的情人》备受攻讦、横遭厄运的那一年，劳伦斯不甘雌伏，委托友人为之筹备在伦敦举办画展，展出自己的25幅油画和水彩画并出版其绘画集。这些画是劳伦斯近3年来身染沉疴坚持笔耕之余的呕心沥血之作。他感到绘画的冲动时有超过写作的冲动，最初曾有两周内作画3幅的记录。他甚至真的认为自己与生俱来的绘画激情开始寻到了爆发的契机，对友人自鸣得意地表示"我要转而当画家了"。

事实上，他一直忙于在国外出版《查泰莱夫人的情人》并设法将书运进国内，为此而心力交瘁，同时还在拖着病体坚持创作诗歌和文艺随笔，作画仍属业余。但自幼开始的绘画训练，经过多年的实践（如亲手为自己的书设计封面），此时画技已至深湛，进入自由境界，虽未刻意求工，却于大自在中浑然天成，他幽默地用意大利语自称"Molto moderno!（十分现代！）"

这些绘画一经展出，便颇受观众和收藏家青睐。短短20天中，观众流量达12,000人次，其中几幅画立地成交售出。那些天中，华伦美术馆门前书有劳伦斯名字的鲜艳旗帜迎风招展，观众络绎不绝，称得上1929年夏天伦敦城里蔚为壮观的一景。吸引观众的还有劳伦斯那洋洋万言的画展及绘画集自序，实则与自己的绘画技巧无半句干系，全然是对他认为衰败的英国绘画和穷途末路中英国画家和画论家的药石之言。汪洋恣肆，铺张扬厉，是散文，是美文；淹通古今，旁征博引，是论文，是考证；激浊扬清，切中肯綮，是檄文，是战书；嬉笑怒骂，诙谐洒脱，是随笔，是杂文。一时间，恶名与流言齐飞，丹青共奇文一色。劳伦斯此举是在生命的最后一刻竭尽全力对传统守旧的英伦官方意识的反抗，也是对深陷于形式主义而失去生命本体意识的英国绘画艺术和理论的一次高调反拨,虽然难免有失偏颇之处。有人对濒临死亡的劳伦斯仍潜心文学艺术的紧张活动称之为"死亡游戏"(此乃剑桥版《劳伦斯传》第三卷的书名)。此时的劳伦斯真的是以杜鹃啼血的精神在进行最后的努力。

《复活》、《圣徒之家》、《火舞》、《发现摩西》、《薄伽丘的故事》等一系列油画和水彩画,均为人体画,在技巧上虽然有失规范,但无不透着浓郁的生命活力,色调鲜明,形象夸张变形,营造出强烈的视觉张力。不重形似,更重内在的生命表现,这与他的小说做法如出一辙——"展示宇宙间强大、自然、时而是爆破性的生命,破坏传统的形式,为的是还事物以本来面目"[①]。这大抵属于表现主义的范畴。劳伦斯绘画则更专注于表现生殖的美、性爱的纯美。如此世俗的关切通过表现主义的形式凸显在画布上,是足以引起误解和仇视的。劳伦斯的"误区"一直在于将性象征化、诗化、主义化而从不脱离世俗的符号,被林语堂称作含蓄着主义的性交。这个"误区"的美一直在经受着一代又一代世俗的残酷曲解与考验。

1929年的伦敦警察掠走了劳伦斯的画作并扬言付之一炬。此举终于逼急了对劳伦斯颇为不屑的一些英国文学艺术界绅士,包括一直排斥劳伦斯的布鲁姆斯伯里文艺圈子中的名人,甚至劳伦斯画展序言中诛心批评的几位画家和评论家。人们同仇敌忾,奋起抗争,为劳伦斯,也为艺术讨个公道。他们发表请愿书为劳伦斯声辩,组织专家鉴定组证明劳伦斯是真正的艺术家,直至对簿公堂。他们严词谴责警方的恶行,指责警方开了一个恶劣先例,赋予警察随意查抄和毁损艺术品的权利。当法官执意否定专家的鉴定并威胁要将劳伦斯的画付之一炬时,与劳伦斯久已失和的布鲁姆斯伯里文艺圈的女赞助人奥托琳·莫雷尔夫人拍案而起,冲法官发指眦裂道:"该烧的是他。"[②]

生命夕阳中的劳伦斯,一反平日的激昂愤世与刚愎自用,为保护自己心爱的画作免遭火焚,委曲求全,提出折中方案,以永不在英国展出的条件换回被劫走的画作,从而得以苟全——"再也不要钉在十字架上,再不

[①] 黑马《〈虹〉序》,中央编译出版社,2010年。
[②] 参见凯斯·萨加《劳伦斯一生》,纽约,先贤祠出版社,1980年,第238页。

想有烈士,再也不要有火刑"。①

二 文学与绘画:劳伦斯常青树上的并蒂奇葩

　　劳伦斯以这样的妥协使自己的画终于得以保全,被外国大学和博物馆收藏,成为一笔不可估量的财富。如今这些画作堂而皇之地重返英伦,艺术胜利了,人类的宽容精神胜利了。同时更为重要的是,他的绘画开始得到系统的研究,却无心插柳,为传统的劳伦斯文学认知观揭示出一个全新的视角,从这个视角上审视劳伦斯全部的文学作品,会得出较之以前的研究近乎是崭新甚至是颠覆的新意,这就如同打开了一扇久为忽视的大门,进得门来,面对如此浓重的丹青笔墨,人们似有醍醐灌顶之感:原先人们苦心孤诣却又百思不得其解的很多小说创作问题特别是劳伦斯与现代主义文学的关系问题立即昭然。原来从形式上说,这些问题都根植于劳伦斯与现代派绘画的关系中,原来劳伦斯的写作是一个极具天赋的画家的书写行为,而在整个写作过程中其绘画激情一直在他生命的深处躁动喷薄,于是他的文字总是极富画面感,色彩与色块一直如花雨缤纷于文字之间,如此等等。人们从劳伦斯的绘画和小说中同时隐约感到了塞尚、梵高、高更等后期印象派、未来派、表现主义的影响,劳伦斯的绘画与写作就是如此同步,同根同源,内在的交织难解难分,所谓丹青共奇文一色也。

　　而劳伦斯之所以在生命的最后几年中积一生绘画训练和体会而爆发艺术"井喷",更重要的一个原因,窃以为,是他历尽磨难,参透红尘,将人生与艺术互为观照,将生命提高到艺术的高度,以文学与绘画两种形式表现生命活力的艺术美,在艺术的生命这一强烈磁场里艺术与生命水乳交融。这是认识劳伦斯文学与绘画的重要标志。劳伦斯早期的创作中这种追求便初露端倪,在他的《儿子与情人》、《虹》、《恋爱中的女人》等作品中,不难发现他塑造的画家形象和对拉斐尔前派、文艺复兴艺术和未来派绘画的

---

① 劳伦斯:《劳伦斯书信集》,剑桥大学出版社,2002年,第5200封。

评述，甚至对中国水墨画的偏爱。这些见仁见智的一家之言绝非人云亦云，而是颇具个性的真知灼见。待到其生命后期，艺术观念上的顿悟飞跃与艺术手法的炉火纯青珠联璧合、相得益彰，作品着意营造出形而上的生命艺术氛围，如《查泰莱夫人的情人》。体现在视觉艺术上，其绘画作品似更为直观。可以说劳伦斯的文学与绘画这两种天赋和资质在他自身相互渗透、相互补充，造就的不仅是一个作家和画家，更是一个非凡的文艺通才。

劳伦斯晚期小说与绘画表现的是形而上的生命艺术氛围，生命是被纳入艺术磁场和审美范畴中升华到他力所能及的极致的。因此，欣赏他的绘画就如同理解《查泰莱夫人的情人》一样，首先需要的是超越时空和个人的自由心态，是审美的眼光。劳伦斯的绘画便是这种审美意识观照下的生命表现。其落点自然就在人体上，如英国劳伦斯专家萨加所说："所有的精神都体现为世俗的肉身。"[1]

三 追根溯源：劳伦斯与基督教教义的分歧

这样的生命意识令我不得不回溯到劳伦斯早期灵光乍现的一个生命的本体论，那就是他与基督教教义最早的纷争。在他还是个青年作家时写的《儿子与情人》前言中，开宗明义指出《约翰福音》中"太初有道"和"道成肉身"的叙述是"颠倒是非"。他公然反驳说："是肉身成道。"他进一步说："道来自肉身，道有限，如同一件木器，因此有穷尽。而肉身无限，无穷尽。出自肉身的道如花绽放一时，随之不再。每个字词都来自肉身，每个字词都根植于肉身，它定要被道出。圣父是肉身，永恒、不可质疑，是法的颁布者，但不是法本身。而圣子则是颁布法的喉舌。而每道法都是一片布，非碎不可，而道都是刻下的字词，早晚要磨灭，遭弃，如同沙漠中的斯芬克斯雕像。"[2] 劳伦斯的话似乎与后现代主义对字词的质疑有同工之妙，是在质疑字词的有限和不确定性，但劳伦斯真正要表达的是：真正无

---

[1] 劳伦斯：《劳伦斯的绘画世界》，黑马译，金城出版社，2012年，第33页。
[2] 劳伦斯：《书之孽——劳伦斯读书随笔》，黑马译，金城出版社，2012年，第253—254页。

限和本真的是肉身。因此劳伦斯的全部艺术表达的终极是肉体意识的无穷尽与崇高。也就是在大约同一时期，劳伦斯在一封信中用更为直白的语言道出了那段以后广为学界引用的名言："我最大的信仰是，相信血和肉比理智更聪慧。我们的理智可能犯错误，但我们的血所感、所信和所言永远是正确的，理智不过是一具枷锁。我与知识有什么关系？我所需要的，是与我的血相呼应，直接地，不需要理智、精神或别的什么东西来进行无聊的干涉。我相信人的肉体是一团火焰，就像燃烧着的蜡烛一样，永远向上升腾又向下流淌，而人的智力不过是火光照亮的周围其他的东西。"[1]

尚在迷惘中苦心孤诣探索着的青年劳伦斯至此似乎开始寻找到了一根清晰的表达脉络，这就是根植于肉体意识的直觉能修正人的理性，火决定火光进而决定能照亮什么。这之后劳伦斯更明确甚至决断地指出："任何创作行为都占据人的整个意识，艺术上的伟大发现证实了这个真理，科学也如此。真正的科学发现和真正的艺术作品是人全部意识通力合作的结果：本能、直觉、理性和智力融为一体，形成完整的意识去把握完整的真实、完整的想象和完整的有声启示。凡是一种发现，无论是艺术上的还是别的，多多少少都是直觉的和理智的发现，既有直觉也有理智在起作用。整体的意识时时都在介入。一幅绘画要求整体想象的运动，因为它是意象的产物。而想象正是整体意识的形式，它受制于直觉对形式和意象的意识，这就是肉体意识。"[2]

劳伦斯对肉体意识的崇尚令人想起莎士比亚在戏剧中借人物之口发出的人是"万物之灵长"的赞美，而劳伦斯则推崇这万物灵长的本体，纯粹的肉体意识。这种艺术直觉最早来自他临摹英国的经典风景画的经验。他从年少开始就勤于临摹各种绘画作品特别是英国风景画。而后曾沉迷于后期印象派绘画扑朔迷离的光影线条中。后期印象派画展首次在英国展出轰动了伦敦艺术界，为保守的英国绘画和艺术圈子吹来强劲的欧洲大陆风，摧毁了维多利亚和乔治时期的陈腐呆板和因循守旧。这种绘画素养开始体现在早期的小说作品如《白孔雀》和《儿子与情人》中，与小说的英国传

---

[1] 劳伦斯：《劳伦斯书信集》，剑桥大学出版社，2002年，第539封。
[2] 劳伦斯：《劳伦斯的绘画世界》，黑马译，金城出版社，2012年，第99页。

统乡村风景和工业化的城镇背景和主题最为匹配。《白孔雀》里恬淡悠然的英国乡村风景的描述完全得益于劳伦斯对英国传统风景画和后印象派风景画的学习和继承。而《儿子与情人》的画面表现则在继承英国传统写实主义绘画技法的同时因为小说主题开始表现工业化和城镇生活而自觉地向后期印象主义（表现工矿和城市的夜色光影之迷幻感非印象派绘画手法莫属）进而向表现主义过渡，从而这部小说成了劳伦斯从现实主义向现代主义自然过渡的里程碑式作品，此时的表现主义形式恰恰与小说的心理描写相得益彰，达到了内容与形式的完美统一，似乎表现主义对现实的穿透力和变形扭曲以表现真实的手法是天生为文学的心理描写而设。

但不断探索和成熟的劳伦斯很快就发现英国风景画仅仅是背景而已，它缺乏人体，不敢表现的也是人体。印象派绘画又过于偏重于光线的使用和表现而流于技巧至上。这些都难以满足他的艺术表达欲望。

也就是在这样的焦灼状态中，劳伦斯全新的小说《虹》和《恋爱中的女人》开始孕育，这样的小说主题揭示和表现形式显然与新的绘画形式相结合最佳。作为潜在的画家，劳伦斯在这两部最早的英国现代主义小说中充分展示了他的绘画天赋，调动了他的全部绘画潜质，使两部小说成为文字的现代绘画佳构。两部小说在人物心理的穿透、场景的布局和运动及人物的衣着色彩与景物描绘上都自觉地运用了印象派和表现主义的手法，做到了故事中有画，画中流动着故事和人物的思绪，小说和绘画在此浑然一体。表现主义注重的就是人的原始激情的冲动，人物原型性格的涌动，事物和场景表面的扭曲夸张和变形，表现宇宙间强大自然时而是爆破性的生命（如前所述），使小说具有戏剧史诗的感觉。这些恰恰构成了劳伦斯这两部小说的特色。

其中短篇小说如《普鲁士军官》、《英格兰，我的英格兰》、《牧师的女儿们》、《公主》、《骑马出走的女人》和《爱岛的男人》，也无不透着劳伦斯的绘画功底。

这些澎湃着原始激情的篇章如同梵高一幅幅燃烧般的土地和葵花的油画，都在自觉地以弘扬肉体意识的努力与现代社会的唯智主义和机器文明抗争。甚至劳伦斯对自己称之为"归宿"的劳工阶级也感到失望万分，认

245

为他们也被物质主义所摆倒,与资本方形成了对立的统一,对立的焦点仅仅在于金钱的多寡,而真正原始的生命力早已丧失殆尽。在这个意义上说,劳资双方都是机器文明的牺牲品。从而这些世俗的肉身上面全无昂扬的精神气,他们都是在为金钱活着,完全是异化的非人,而他们所剥夺的对象其实是不可再生的自然资源。劳伦斯意识到了这种劳动带来的异化悲剧,试图以某种表现形式唤醒现代人的肉体意识,让人过一种肉体与精神相和谐的生活,也借此矫正人与人的关系,用劳伦斯自己的话说就是:"若想要生活变得可以令人忍受,就得让灵与肉和谐,就得让灵与肉自然平衡、相互自然地尊重才行。(Life is only bearable when the mind and the body are in harmony...and each has a natural respect for the other.)"[①] 所谓平衡其实指的是在机器文明时期更多摒弃唯智主义,更多恢复人的肉体的本真意识,以此"矫枉"。

于是我们看到从1926年开始,劳伦斯一手持画笔作画,一手持笔写作小说,既画出了这些惊世骇俗的画,又推出了惊世骇俗的顶峰小说《查泰莱夫人的情人》。我称之为劳伦斯树上并蒂的奇葩。他的绘画目的是"画出人体的肉质肉感",小说则是公开、诚实并温柔地谈论性(openly, honestly, and tenderly)[②],而且这书对我们是一种挑战,看我们能不能有点滴的进步(a challenge to grow an inch or two),从"肮脏与羞耻感并行"的对待性的扭曲心态中得以摆脱。小说的画面感强烈,达到了"所有的精神都体现为世俗的肉身"的冲击效果。劳伦斯从青年时代起就宣称的"肉身成道"在他生命最后的两年中以绘画和小说两种形式得到了充分的表达,巍然成"道"。这个道不也是劳伦斯用自己的血肉生命铸就吗?大道低回,大道至简,劳伦斯的道最终竟然是这么朴实简单,因为他致力于真,甚至仅仅是分清"道成肉身"还是"肉身成道"的简单道理,为此孜孜以求半生。

[①] 拙译《为〈查泰莱夫人的情人〉一辩》,载中英对照版《夜莺》,中国国际广播出版社,2009年,第177页。
[②] 见霍加特为该书1961年版所写序言,刊《悦读MOOK》第15卷,二十一世纪出版社,2010年。

现实照进改编

——劳伦斯作品影视改编的启示

2007年第32届法国电影恺撒奖暴出了大冷门：最佳影片、最佳女主角、最佳改编、最佳服装和最佳摄影5项大奖的获得者竟然是一部法国人根据英国名作改编的3小时法语故事片。这部名作就是劳伦斯的《查泰莱夫人的情人》，改编后的电影片名是《查泰莱夫人》。这是劳伦斯作品影视改编58年历史上最为辉煌的一次记录。在此之前的两次辉煌分别在20世纪60年代和70年代，同名电影《儿子与情人》和《恋爱中的女人》分别获得奥斯卡最佳摄影和最佳女配角奖及多项奥斯卡奖提名。

劳伦斯的作品从1949年开始被搬上银幕，从此成为各个时代影视改编的热门，其中短片小说和话剧剧本有近20部被改编；他的5部长篇小说得到改编，其中《儿子与情人》三次，《虹》二次，而《查泰莱夫人的情人》则被四次改编为影视，其中两次是被法国人改编为法语作品。似乎这部小说在法国一直受到善待。最早出版时就在英美等国遭禁，但法国不仅没有查禁它，还很快出版了根据全本翻译的法文全译本。不久在1936年中国人饶述一将全本翻译成中文在国内出版，他根据的不是英文本，而是伽利玛出版社出版的法文全译本。所以一直到20世纪80年代中国读者读到的全本就是这个从法文转译过来的译本,道理很简单,因为英文的全本很难找到。所以中国读者要感谢伽利玛出版社的这个法文本,而且当初的序言是著名作家马尔罗所撰写(他曾在战后担任法国新闻部长和文化部长)。他直言:"这本小说揭示了色情文学的划时代意义,因为色情不再是表现个人的手段,而已成为人的一种心态,一种生活方式。"[①] 所以,在20世纪50年代首次将这本小说改编成电影的是法国人就不足为奇了。英国版的电影要等30年后。

一个20世纪30年代就过世的作家,其作品如此高频率触电并长盛不衰,这是文学与影视的互动双赢,但并没有受到劳伦斯研究专家们的嘉许,几乎无一幸免被视作败笔。其理由很简单:即使最为成功的影视作品也难以传达劳伦斯原作文本的精神,更何况乏善可陈的作品,简直是对原作的背叛和篡改。尤其对《查泰莱夫人的情人》这样的大俗大雅之作,在改编上高雅与低俗仅在须臾间,其性爱镜头的取舍调度全靠导演的灵犀,失之毫厘则差之千里。所以专家们均称,劳伦斯的几大名著因其高深的内涵、高度的诗意和心象图景的扑朔迷离而不可改编,劳氏大作更适合私下体悟。影视改编中普遍存在的忠实与背离原作的问题到了劳伦斯这类大家身上就成了彻底的不可改编。

面对这样热与冷的对立和尴尬,劳伦斯影视改编在过去近一个甲子的时光中却依然势头不减,这不仅是劳伦斯的名气之大所致,还因为其作品的张力超越了几个时代,跨越了写实主义、现代主义和后现代主义阶段,其潜质与每个历史时期和文学批评的新潮都有惊人的契合,能得到崭新的读解。其作品所触及的问题和揭示的真理恰恰总有"现实"意义。人们发现,正如大批评家利维斯所说的那样,曾经占据劳伦斯身心的问题正与今天的我们休戚相关,劳伦斯的作品所考量的社会、心理、两性诸方面的问题,其复杂性和紧迫性在他以后的各个时代不是过时了,而是复杂了、凸显了。劳伦斯的结论或许与他们不同,但他的作品为他们提供了可借鉴、可依赖、可创造性背离和误读的扎实文本。可能是劳伦斯作品的

---

① 参见《劳伦斯评论集》,上海文艺出版社,1986年,第58页。

这种丰富潜质激发了一代代影视艺术家们的艺术热情吧。因此劳伦斯不仅是文学的常青树，也是影视改编的长盛招牌。所谓的"不可改编"，其反面恰恰是因为作家对人性的掘入之深广和意义的繁复而更适合被影视作品不断翻新诠释。这个过程当然不是文学专家们希望看到的那种对文本原意的苦苦寻觅和忠实再现，而是不断的创造性背离，在背离中挖掘出新的潜质，从而延伸了文本的意义，也在一定程度上拯救了文本。同时这种创造性背离也使影视改编作品成为了一个崭新的、独立的艺术品，而非跟在原作后亦步亦趋的忠实奴仆——事实上，劳伦斯的作品在本质上因为自身旨趣情结的复杂和洞察的远见性而拒绝这种忠实的奴仆，正如有的批评家所说，劳伦斯的作品不是静止地完成，没有终极的意义，而永远是在"形成"（becoming）中。

所以，我们看到的对劳伦斯作品的影视改编都打上了各个时代的烙印，似乎劳伦斯的作品是应运而生，他是我们同时代的作家一般，这就是他的becoming性质，它决定了各个时期的影视改编都是"现实"强烈观照下的产物。这样"带着时代问题"、借改编探索当代社会和心理症结的影视作品，都是编创者高度的个人信仰与追求的结晶，往往为寻找投资耗时数年，小额的投资往往让导演在拍摄中捉襟见肘，因此绝不会有轰轰烈烈的商业化炒作如全国选秀，也申请不到诸如重大历史题材的政府投资，更不会有苦心揣测奥斯卡等世界大奖评委的胃口靠着什么东方主义视角之类的手腕吸引青睐。把劳伦斯三部名著改编成影视作品并因此获得过奥斯卡奖的英国著名导演肯·罗素（Ken Russell）在导演了BBC的四集连续剧《查泰莱夫人》后竟然要靠拍摄家庭滑稽剧维持生计，为此他不顾老迈，粉墨登场，亲自扮演小丑，惨不忍睹。他们为自己的艺术追求付出了惨重的代价，但乐此不疲。仅以前面所涉及的其四大名著的改编为例，劳伦斯的作品改编从1949年第一个短篇小说搬上银幕始，大体经过了三次改编高峰，每一次改编都是影视改编者们借尸还魂，以此直面自身时代问题的尝试。

20世纪40—60年代是改编的第一个波峰，都是黑白片，以《儿子与情人》为巅峰之作。那个电影基本上置劳伦斯原作中的俄狄浦斯情结意义于不顾，侧重小说的煤矿工人生活和劳动环境的残酷，表现了对劳苦大众的深切同情，潜在意义上是对工人阶级的赞誉，这与世界大战之后的西方左倾潮流盛行是一致的。劳伦斯原作中写实的一面和对矿工热爱的一面得到了淋漓尽致的发挥。为此这个电影获得了多项奥斯卡奖提名并获得了最佳摄影奖。有趣的是，人们对电影中好莱坞红星斯多克维尔从童星转到成人戏的精彩表演视若无睹，而提名扮演矿工父亲的那位老演员参加最佳男主角的角逐。足见这部电影与时代精神有高度的默契。

改编劳伦斯的第二个高峰在20世纪60—70年代末，那个时候的欧洲社会正弥漫着年轻人强烈的反叛精神，反传统，反战，提倡性革命和性自由是那个时代的"主旋律"。在这个时候改编《恋爱中的女人》，就自然要挖掘小说中与这个时代气质相吻合的那些特征。人们甚至把作者劳伦斯本人看作是落拓不羁的嬉皮士与放浪艺术家的先祖。这部小说本来就是在第一次世界大战期间写就，有着强烈的反战背景。小说的社会批判精神在劳伦斯小说中达到了高峰。而小说中对现代人的性心理探索亦达到了前所未有的高度，对同性色情的强烈暗示则在同类小说中独树一帜。劳伦斯的很多旨趣情结居然在半个世纪后才得到人们的共鸣与同情，而且恰恰暗合甚至推动了半个世纪后人们意识上的觉醒。电影在时代精神上对劳伦斯的小说做了精当的取舍，正如导演罗素所说："从今天的高度看过去是为了评判过去对现在有何等影响。"[①] 他关心的是过去和现在的人们同样关心的问题。这个电影达到了罗素导演生涯的高峰，一举获得了多项国际国内奖，最终获得了奥斯卡最佳女配角奖。

第三个高峰是20世纪80—90年代，以两次改编《虹》和两次改编《查泰莱夫人的情人》为登峰造极。对这两部作品的改编，带上了明显的后现代特色，特别是女权主义的特色。可以说这些作品在视角上完全从原作对男性的偏重转移到女性视角上来，更关注女性的命运，关注女人的独立不羁，关注女性的性意识从觉醒到自觉的过程。对这两部小说的改编，使得原作中的男主人公形象相对弱化，凸显了女主人公的"戏份"。《虹》被认为是英语文学中的《圣经》，可两次影视改编都舍弃了劳伦斯最为优美的散

---

① 参见Louis K. Greiff：*D. H. Lawrence, Fifty Years on Film*，Southern Illinois University Press. 1992，p.76.

文诗般的对农业老英国的赞美和对旧英国男人的关切，直接采用了后三分之一的内容，浓墨重彩塑造现代女性厄秀拉的崭新形象，揭示她在现代社会中的困境和为突破困境所做的抗争，从职业困境到性取向的挫折到爱情体验到对现代男性的批判，把一个新女性形象刻画得惟妙惟肖。而对《查泰莱夫人的情人》的"肢解"则更为"明目张胆"，原著更为注重男主人公即查泰莱夫人的情人麦勒斯的塑造，但改编后的影视作品则把焦点转移到女主人公身上，其中一个片名都删除了"情人"二字成了《查泰莱夫人》。男人在改编的作品中起的是催化作用，是背景，真正落笔是在女主人公身上。

2007年得了恺撒奖的法语版《查泰莱夫人》似乎宣告了改编劳伦斯作品的又一个新阶段的开端。据报道46岁的导演法朗在获奖仪式上说因为酬拍这部电影，她几乎穷困潦倒，得奖似乎让她绝处逢生。对此我想到的是"筚路蓝缕"四个字。这些热爱劳伦斯作品的导演们，苦苦地挖掘着劳伦斯文本中超时代的精神，借此启迪当代人的心智、探索当代社会出路，他们做得毫不轰轰烈烈，不虚张声势，既不向钱看，也不向奥斯卡看，仅仅是进行着自己的艺术追求，无心插柳，却得到了"奖"的眷顾，这对任何导演都不能不是个启发。

第三辑　雪泥篇

　　劳伦斯如流星一般倏忽划过现代文明的天空，其短暂的二十年写作生涯与他的个人生活际遇密不可分，他的交友、爱情、流浪本身都是浪漫与悲剧交织的人生故事，其为人与为文之道互为观照，风格与人格多有重合，"爱情的牧师"的人生角色给后人留下丰富的谈资。而这位现代经典爱情大师的作品在中国的传播历程也是一波三折，富有戏剧性，体现了东方文化对西方文化的迎迓与拒斥的复杂轨迹，值得回味和反思。

简单的劳伦斯

这套散文丛书的名称很是别致，叫《简单生活大师译丛》。负责丛书的王平先生决定收入一批拙译劳伦斯散文随笔。领了任务拟出选目后请他定夺，看是否符合本丛书的编选理念。王平肯定了选目的定位，其理由很简单又很有见地，可以说是对劳伦斯作品做出的崭新解读。他给我的信中说："与当代社会甚嚣尘上的物质化追求相比，劳伦斯的生活理想或可归为简单，其所重仅在自然之美、两性之美及艺术之真诚。以此为线索构架本书，应该与丛书意旨非常吻合。"

这段话或可作为本书的短评。引用他的评论，并非说明我的选目如何与之所见略同，事实上是劳伦斯散文随笔基本上不过这几类，恰好符合本丛书的定位。但对劳伦斯的散文从"简单生活"的角度进行解读，这个角度本身确实是独特的：既是一个文学审美的角度，也是一个对生活进行审美切入的角度。而劳伦斯的写作从一开始就很简单朴素真诚，那就是：改变英国，改变英国人的生活态度。他说："我得写，因为我想让人们——英国的人们——有所改变，变得更有脑子。"读遍全世界大大小小的作家有关"为何写作"的言论，狂放豪迈者有，悲壮沉郁者有，玄妙高蹈者有，而劳伦斯这个矿工出身的退职小学教师的回答应该是最简单质朴的了。在一个贵族和精英强势文化坚如磐石的旧英国，一个贫穷的小镇青年作家能如此"简单"地要改变英国点什么，这简单姿态该有多么不简单的激情、学养和志向所支撑，任何一个要从事写作和已经"功成名就"的作家都应该在这个年仅28岁的穷作家的放言面前感到珠玉在侧、感到身为作家的任重道远。

劳伦斯果然是"简单"的，这种简单贯穿于他的生活和写作。自打他立志当一个作家，他就简单地埋头写作，可说是心无旁骛，孜孜以求。也正因此，他才能在短短的20年笔耕生涯中出版了十几部长篇小说，大量的中短篇小说，多部诗集和散文集及翻译作品，还举办了自己的画展并出版了绘画集，是英国现代文学艺术领域内罕见的文艺通才。这样一个命运多舛的边缘作家，以自己非凡的天赋和作品的实力，最终赢得了20世纪最伟大作家之一的称号，在英国作家中与乔伊斯、福斯特、伍尔夫夫人齐名比肩。而在后现代主义理论的视野中，后三位作家则渐渐淡出，只有劳伦斯是一棵文学的常青树，他居然成功地跨越了写实主义、现代主义和后现代主义三个阶段，实属文坛奇迹。这样的成就（这个词应该说过于世俗，不如说成一种现象或结局），不能不说与他的生活态度和写作态度的"简单"有关。抱着朴素的写作信念，怀着一腔热情（和忧愤）专注地写作了20年，其间无论怎样惨遭禁止和迫害，无论怎样贫病交加、捉襟见肘，都没有动摇过"改变"英国的写作初衷。这样简单的作家，坚守着"悲剧就是与苦难奋力抗争"的原则，坚决不与强势的官方妥协，宁可浪迹天涯，也不攀附高高在上的主流文学势力，宁可孤芳自赏。最终留给世间的是一把穷骨头和硬骨头。所以，亨利·米勒曾发出"劳伦斯，我为你哭泣"的悲鸣。

不会长袖善舞，不会巧言令色，仅仅是坚守自我，仅仅追求志同道合，他竟然与日后获得诺贝尔奖的大哲学家罗素从至交变交恶，仅此一例就说明劳伦斯是个怎样的性情中人。

这样的人不仅遭到官方的驱逐，还要自我放逐，浪迹天涯，从康沃尔到澳洲到美洲到意大利，一贫如洗，没有财产，只有几个旅行箱伴随他浪游，但每到一地都能把租来的房子粉刷一新，用鲜花和简朴的挂毯装饰一番，自己种菜、养牛、烤面包，每一段流浪的日子都过得像安居乐业。他的写作生涯成了一种行为艺术，几乎与他的生活状态难分难解。

我乐读劳伦斯的各种传记，了解他流浪生涯的每个细节，其实是间接地体验一种生存方式，学习一种作家的生活姿态。这就是简单、质朴、真诚，对写作，对人际关系，最终是对自己的内心。这是成为艺术家的基本素质，正如劳伦斯告诫我们的那样："无论要成为什么样的艺术家，某种精神上的纯净都是必须的。每家艺术学校的门上都应该写上这样的座右铭：'保佑精神上纯净的人，因为他们身处天国。'"他还说："这是所有艺术的开端，无论是视觉的、文学的还是音乐的：请在精神上纯净。"（《作画》）

劳伦斯达到了这种纯净的境界，尽管他生前惨遭多次禁书，文学界对他少有嘉许，甚至英国的文学圈里都没有他的一席之地，甚至他至死也不回英国，但他一直坚守着"为自己的艺术"的信条，追求着自己内心最向往的表达方式，终归是对得起自己。多少年后，他的同时代作家们渐渐淡出读者的视野，劳伦斯的作品青山依旧——当然这不是他当年的追求，这只是一种结果，他追求的只是对得起自己的信念，为自己的文学信仰活着——一箪食，一瓢饮，不改其志。做文学，要的仅仅是这种精神。没有什么比这更简单的了，劳伦斯以自己简单的生活态度简单地实践了自己简单的信念。

"虽不能至，心向往之。"是为序。

俗话说"橘越淮为枳"。也有人说翻译是锦绣的背面。读黑马翻译的劳伦斯肯定不如直接读原文更能接近劳伦斯的本质。但黑马尽力了，应该说译文品相不俗，做到这一点，肯定不那么简单，尽管黑马的心很简单，那就是做个好翻译，翻译好应该译好的作品。

让我们都活得简单些吧！

此文为劳伦斯散文集《纯净集》译者序言

劳伦斯：文学市场上沉浮挣扎的一生

弱冠之年曾立志要当作家，除了对文字有病态的喜爱，还有一个主要原因是当作家不仅是铁饭碗，而且是金饭碗，一旦进了作家协会当专业作家，工资照发，写了作品还能额外挣钱。一直到20世纪90年代初，因为大家基本上都是低工资，差别不很大，因此当作家挣的那笔千字几十元的额外收入就显得特别实惠，在中国当作家简直是天底下最令人羡慕的事。而西方的作家则没人养，全靠自己写字挣命。结果是很多人写得穷困潦倒、妻离子散，直至写不下去，也有写得大红大紫发了财的，甚至有杰克·伦敦那样一夜暴富，就挥霍无度，最终因幸福空虚而自杀。

过了文学青年的阶段方才明白，在任何一种制度下靠写作把自己变成专业作家都是件很不容易的差事。两种不同的"市场"都很残酷。于是很为自己没有当上专业作家感到点庆幸，虽然也未能体会到奋斗的痛苦和成功的幸福。

但有一种人是无论如何要走上当专业作家的不归路的，无论成功与否都要一条路走到黑，因为他们命定如此且别无选择。英国大作家劳伦斯即是。他要彻底品尝专业写作的甘苦，与写作相伴终生。穷矿工的儿子劳伦斯只读了师范大专班，一生坚持只写纯文学作品，甚至坚持诗歌和实验小说的写作，因此没有像杰克·伦敦那样一夜成名，所以也没有机会挥霍堕落。这样坚守个性写作的人时常捉襟见肘，但终归没有穷困潦倒，去世前居然算得上英国作家中身价不低的一位。劳伦斯确是纯文学作家中苦苦挣扎终得其所的典型，对从事写作的人特别有启发。

劳伦斯初入文坛时很是幸运，诗稿被女友投到《英国评论》便一发而不可收，25岁小小年纪就发表了诗歌、小说和长篇小说而且出版了美国版。他对引他上路的恩师胡佛本是感恩戴德的，但胡佛这样的左倾小资产阶级文人却要把劳伦斯定位为矿区生活作家，不能容忍劳伦斯触及别的题材，尤其不能容忍劳伦斯写城市资产阶级知识分子的生活。对艺术有着独特追求的劳伦斯亦不能容忍这样的限制，只能与恩师决裂，自找出路。结束这段交往对年轻无助的小镇小学教师劳伦斯来说是痛心的，他曾经试图妥协，但他的个性和文学追求不允许他让步太多，最终只能分道扬镳，用劳伦斯的话说就是"胡佛让我自己划自己的独木舟了，我几乎触礁翻船"。但为了自己的艺术追求，他只能牺牲人情和靠山，独自闯荡文坛。他不得不从出版处女作《白孔雀》的海纳曼转到达克华斯公司。

这个达克华斯的老板杰拉德·达克华斯是父亲的遗腹子，8岁上母亲带着他们兄弟二人改嫁，改嫁后母亲生了四个杰出的子女，其中一个女儿就是后来的弗吉尼亚·伍尔夫夫人，另一个女儿瓦妮莎成了著名画家。但杰拉德这个半兄长却在两个妹妹童年时对她们有过性侵行为，给她们的心理和生活留下了巨大的阴影。不过达克华斯还是为弗吉尼亚出版了最早的两本小说。达克华斯的审读人加尼特很器重劳伦斯，先是帮他在达克华斯出版了小说《逾矩》（同时出了美国版），又出了《爱情诗集》（包括美国版），然后修改了《儿子与情人》，令其一炮打响，奠定了劳伦斯的知名作家地位，还出了美国版。这三本书在经济上让劳伦斯站住了脚跟，从此他可以向着真正的专业作家的方向顺风顺水地发展了。

加尼特这位如同父亲一样的伯乐对劳伦斯关爱有加，劳伦斯甚至把自己私生活的秘密都坦诚相告并倾听他们夫妇（加尼特的妻子是一位杰出的俄国小说翻译家）的人生教诲，还与他们的儿子大卫结下了深厚的友情。

劳伦斯和弗里达私奔到德国和意大利后，鬻文为生，入不敷出，全靠加尼特在英国为他的文稿周旋并给予指教，起的是代理人和伯乐的双重作用，但从不收取代理费。劳伦斯夫妇回国无处安身时，就暂住他家，他们夫妇像对待自家人一样热情接待这个文学天才，两家关系甚为融洽。

但即使在与加尼特关系最为融洽的时候，劳伦斯也并非完全言听计从。加尼特将他的小说大段删改，劳伦斯心中不快，但为了生计，还是做了妥协，他知道自己身在意大利，全靠这部小说的版税度日，因此不能过于任性。他很实际地说："我得出版才能生存。"

劳伦斯每在自己小有成功时总是要追求创作上的突破甚至是与以前的作品风格决裂，而他的伯乐们却总是要循规蹈矩，希望他在已经成功的基础上完善和提高。这次，劳伦斯决意要与《儿子与情人》类的写实主义风格决裂，创作出了《虹》这样更具现代主义特色的作品。但加尼特对他的创新很不满意，不仅要他修改，甚至要他回归旧的风格。经过与加尼特多次交锋，劳伦斯发现自己与加尼特的分歧关乎原则，必须与这个如父如兄的恩师决裂方能坚持自己的文学创新。劳伦斯如此决绝，加尼特亦感到自己对劳伦斯仁至义尽，无法与这个自我膨胀的年轻人继续和睦相处，只能了断。声誉鹊起的劳伦斯固执己见，在任何人看来都是忘恩负义，甚至是很不识相。但事实证明劳伦斯是对的。《虹》最终被认为是劳伦斯作品里文学品质很高的一部小说。

他自己雇了经纪人，书稿开始转到麦修恩出版社。劳伦斯对扶持自己的达克华斯还是想从一而终的，就提出如果达克华斯也能付麦修恩标准的版税，他仍愿意当达克华斯的作者。但达克华斯对此嗤之以鼻，傲慢地说："恐怕你得拿别人的高版税了。"劳伦斯转身就去与麦修恩签了约。不过他还是为安慰加尼特和达克华斯，将自己的第一部短篇小说集《普鲁士军官》部留给了达克华斯。劳伦斯于是在三十而立的年纪就出版了四部长篇、一本诗集、一部话剧剧本和一部短篇小说集，还有无数的诗歌和小说、随笔蓄势待发，可谓前途无量，是当时英国最耀眼的新星。此等成就是很多作家一生难以望其项背的。

当然劳伦斯也为自己改变写作风格和脱离加尼特付出了惨重的代价。

他失去了文坛名家的保护，把自己彻底置身于文学的"市场"中去沉浮。随之，没想到，鸿篇巨制《虹》的出版赶上了大战期间军国主义文化横扫英国，小说因为谴责战争遭到禁毁，其余作品也难以在英国出版，生活难以为继。可怜的代理人平克在出版和法律诉讼上无能为力，只能好心地先自掏腰包替出版商为他垫付版税，甚至发动伦敦文学界人士为劳伦斯捐款。劳伦斯从此几乎走入绝境，有时到了饥寒交迫的地步。

伦敦之大，居之不易，难以栖身，劳伦斯只能移居生活费用低廉的康沃尔一隅，自己种菜，勉强糊口，后又因间谍嫌疑被驱逐，颠沛流离。即便如此，劳伦斯还是坚持自己的处世原则，对充满敌意的当局毫不妥协，也不去攀附与他意气不相投的著名的剑桥—布鲁姆斯伯里文学艺术圈子，不去攀附当时的文坛巨擘如萧伯纳和高尔斯华绥等人，反倒时而表示出对他们作品的不屑。这种处世态度本身就将自己置于孤家寡人的境地。在荒凉的康沃尔他苦苦地靠微薄的稿酬生活，同时还不放弃纯文学的创作，写出了被称作探索当代人方寸乾坤的长篇巨制《恋爱中的女人》。这部小说又遭到英国各出版社的退稿。贫病交加中不得不仰仗妹妹为他在老家租了一座简陋山居度日。1918年—1919年是劳伦斯最为难熬的一段时光，随时感到"狼在抓门"（英文成语，意思是饥寒交迫），他甚至愤怒地说还不如淹死了事。如此一来，劳伦斯愤而与平克决裂。从此以后，劳伦斯基本上是靠自己投稿谋生，不得不为报纸杂志写些应景文章赚取稿酬，还要与居心叵测的出版商周旋，因为出版商对一个作品被禁过的作家充满戒心，基本上只是虚与委蛇而已，劳伦斯必须学会应对这种炎凉世态，在夹缝中闯出自己的路，既不丧失人格去逢迎，又不能过于刚愎。

天无绝人之路，劳伦斯的一些"粉丝"和少数作家同人如麦肯齐向他伸出了援助之手，时而仗义疏财，时而为他奔走；美国女诗人艾米·洛威尔生怕捐钱损伤劳伦斯的自尊，改为赠送他一台当初价值不菲的打字机。更为难能可贵的是，这时美国的出版商休伯奇大胆地出版了《虹》的删节版，算是对他的安慰。休伯奇还是在美国第一个出版乔伊斯作品的人，很有胆识。在劳伦斯最捉襟见肘的时候，休伯奇竟然连着出版了他数本书，包括《情诗》、《普鲁士军官等小说》、《意大利的薄暮》（英国版由达克华斯出版）和诗集《看，我们闯过难关》（英国版由查多与温德斯出版）。1915年—1918年劳伦斯困守英国，居无定所，穷困潦倒，基本上就靠这两个英国和美国的出版社微薄的稿费支撑度日。无论如何劳伦斯要感谢他们的情谊。

大战一结束，劳伦斯就迫不及待地告别英国，并且决心将所有的书都先在美国出版，英国出版不出版似乎他都不关切了，他感到自己对英国完全失望了。

1919年之后的几年中，他的书基本上都先由一个美国小出版商赛尔泽出版，实现了对英国的报复。但这时有一个年轻的英国出版人塞克对劳伦斯充满好感，主动要求为他出书，虽然印数不大，但总算让劳伦斯感到了英国对他的关心。于是，赛尔泽在美国与塞克在英国就开始相继出版劳伦斯作品的美国版和英国版了。赛尔泽对劳伦斯忠心耿耿，实属难得，是他支撑着劳伦斯在美国的生活。但他经营不善，破产后，美国版基本上由科诺夫接手。但塞克一直是劳伦斯作品在英国的几乎唯一的出版者。塞克和科诺夫连最不赚钱甚至亏本的一些小随笔如《无意识断想》都出版，甚至还出版劳伦斯作品的袖珍本。

出版劳伦斯的作品，塞克和劳伦斯几乎都没有赚到什么钱，但劳伦斯的作品就是由这么一个英国的小出版社在英国不间断地出版着，塞克让劳伦斯保持住了一个英国作家的地位和与英国的联系，否则他真的就是生活在意大利且在美国出版作品了，英国读者会很难读到他的书，那样的话他就失去了英国。

但劳伦斯与塞克似乎没有成为很过心的朋友，他们一度过从甚密，劳伦斯也喜欢这个温文尔雅的小个子绅士。但塞克不善经营，小富即安，劳伦斯也是个绅士，看在塞克多年的情分上，不愿意另谋高就，说跟着塞克凑合过吧。他甚至对塞克说："我最好现在别走红，等将来你能从我的作品中大赚。"劳伦斯的话后来证明是对的，他后来真的红了，可他英年早逝。拥有他版权的塞克曾因为资金问题在劳伦斯红起来之前把版权转让给了海纳曼，结果是海纳曼拥有了劳伦斯这个蓝筹股，后来很是靠出版劳伦斯作品赚了钱。而海纳曼恰恰是出版劳伦斯第一本小说的出版社，后来放弃了劳伦斯。

当初一本不赔本的小说能为作者赢得三百镑上下的收入,这是劳伦斯当小学教师三年的收入。如果想过比小学教师生活水平高三倍的生活,就要每年都写一本销量可观的小说才行。幸运的话如果加上再版,比较畅销的小说作者如麦肯齐一本书往往能挣到一千多镑。如果再改编成流行戏剧在伦敦西区上演,作者能获得很高的收入,有的高达每周六百镑。但全英国也没几个这样的作家。劳伦斯就没这么幸运。他的几个戏剧都没有给他带来什么收入,他的小说《虹》被查禁后基本上是靠写点诗歌和报刊文章挣命,甚至靠大家救济。后来有了美国版,他的日子开始相对好过,应该说他是知识产权的受益者,靠在美国再版他的书为生活主要来源,绝对不富裕,还要靠为报刊写文章多挣生活费。有时一篇文章发表在流行的报纸上就能赚到相当于一本小说三分之一的稿费,估计这也是劳伦斯散文随笔高产的原因,虽然被称作journalism,但稿酬的优厚是实实在在的,因此也激励着劳伦斯充分发挥他在随笔写作上的才华,这些篇什后来证明成了最受追捧的作品,造就了一个随笔作家。

他最终一本书赚到了他所有的书都赚不到的钱,那就是《查泰莱夫人的情人》,但恰恰这本书他没有靠任何出版社出版,而是自己操作私人在意大利出版的。即使是《查泰莱夫人的情人》出版后,劳伦斯在逝世那年的"身价"也只达到一年两千多镑,比当时的畅销书作家如班奈特等要低十几倍。这样一个勤奋的写作天才,一生艰苦地写作,其收入不过如此,而且早期的日子颠沛流离,捉襟见肘,甚至难以为继。这是真正的靠写字养活自己的专业作家的道路,能成功者寥寥。

《查泰莱夫人的情人》因为是私人版本,自己征订发行,省去了很多中间环节的消耗,因此在发行上小有成功。劳伦斯将收入的一部分在美国买了股票,市值达到6000美元,行情见长时抛售了20股,然后又重新进行投资。这番惨淡经营颇见成效,使得他可以在生命最后阶段悠闲并充满激情地从事少年时代就钟爱的绘画,一口气画出了几十幅作品并在朋友帮助下在伦敦轰轰烈烈地举办了画展,实现了他的一个夙愿。其绘画再次引起卫道士的愤怒,警察没收了其中"有伤风化"的13幅,其余的以劳伦斯不再在英国展出为条件还回。这些画作当场售出几幅,其余的被妻子赠给一些朋友，还有的被博物馆和大学收藏，都已经价值连城。可惜劳伦斯在世时没有享受到这些，但这些画作为后人留下了无价的财富，他的作品在身后成为巨大的文学遗产，泽被众生，当然也包括笔者这样的外国译者，在其作品的版权保护期满50年后可以自行翻译，出版社也可以不付任何版权费用出版，译本的出版成本也随之大大降低，读者或可从中受益。

造就一个大作家的因素很多，但出版是最重要的一环，而出版劳伦斯作品的出版社也就那么几家，在英国就是海纳曼、达克华斯和塞克，最终又转回到海纳曼而已。而在美国，几乎长期只有赛尔泽，前后有休伯奇和科诺夫。就这几家出版社和早期的《英国评论》杂志维持了一个作家的基本生存。海纳曼之后，企鹅接手劳伦斯作品，为《查泰莱夫人的情人》打了一场世纪诉讼官司，出险棋赢了，从此劳伦斯一路狂飙突进，红遍全球。最终还是由剑桥大学出版社真正下了大力气，汇集英美学人的力量，从学术的角度整理出版劳伦斯全部作品，奠定了劳伦斯文学的经典地位，再由企鹅出版剑桥版的平装本，普及到广大读者。这样劳伦斯作为经典作家其作品就在学术和商业两个领域里都获得了自己应得的经典作品地位。

但，这个过程一走就是近百年。经典要这样炼成。

女人：塑造与毁灭劳伦斯的手

——劳伦斯故居中的考证与随想

我数度来到劳伦斯生长了26年的小镇伊斯特伍德，流连于他生活过的五处故居。这些老房子，三处仍住着人家，一处成了劳伦斯纪念馆，另一处则变成了"儿子与情人旅社"，但都原汁原味地保留着当初的特征，让人能从中辨析当年劳伦斯的生活痕迹。

在这里我强烈地感到劳伦斯的早期作品中都徘徊着几个女人的幽灵，劳伦斯爱她们，也恨她们——她们的爱滋润着劳伦斯的文学想象，也窒息着劳伦斯健康的人格成长，因为劳伦斯从小就敏感纤弱。就是这种爱—恨情结，构成了劳伦斯早期创作的特征。

这些房子建得挺实惠，也很体面。围着房子转转，看看屋前的小花园，能看到低处那排花园的阴影中生着熊耳朵花和虎尾草，高处那排花园的阳光下盛开着五彩石竹和粉石竹花儿；能看到每家洁净的前窗、娇小的廊檐、低矮的水蜡树篱和阁楼顶上的老虎窗。但那只是房子的外表，由此看到的是矿工的女人们布置的前厅，前厅是不住人的。

人们生活的房间，也就是厨房，位于房子的尾部，对着后面一排房子乱糟糟的后花园和炉灰坑。两排房子和长长的炉灰坑之间是胡同通道，孩子们在此玩耍，女人们在此嚼舌头，男人们在此抽烟。村根儿上的生活状况就是这样，尽管房子建得那么好，样子那么雅观，可就是住着不怎么惬意。这是因为，人们得在厨房里过日子，而厨房却面对着那条充斥着炉灰坑的破烂胡同。

这是我选译自D. H. 劳伦斯的自传体小说《儿子与情人》中的一段，它是一百多年前的19世纪90年代劳伦斯童年时居住的煤矿工人宿舍楼的真实描写。这座楼依然如故，已经开辟为"儿子与情人旅舍"，成为诺丁汉郡旅游手册上的一个独特景点，那广告词很吸引游客："著名作家童年故居，配有大花园，与开阔的乡村接壤，周边有拜伦故居等景点，一周租金125镑起价。"

所谓的炉灰坑其实就是每家院子墙根上简陋厕所的代名词。因为没有抽水马桶，各家用炉灰覆盖粪坑，每天晚上有淘粪工来清理。现在那炉灰坑已经消灭了，代之以室内抽水马桶。但人们仍居住在祖辈留下的老楼里。这里40岁以上的男人在20世纪80年代还大都是煤矿工人或在矿务部门工作，停止采煤后转产。所以这里的居民大都与煤矿有关，整个矿区是地地道道的英国工人阶级住宅区。但那个厕所的代名词炉灰坑只有工人阶级懂，据劳伦斯专家沃森教授说，这个词连普通中产阶级的人都不会知道，只能直译后加注解。

红墙，青瓦，绿窗，两层楼外加阁楼，一共六间小屋子，劳伦斯家这座房子处于这一条块最西边的十字路口上。当初劳伦斯的母亲执意租下这座把边的房子，为此每周要多付6便士的房租，按照现今的物价折合，每周要多付十几镑的房租，就是为了西边多出一个小花园来，等于房子三面都有园子，可以种花养草。另外，还少了一家邻居，相对环境清静许多。这个从诺丁汉下嫁到矿区的城里女人在任何时候都不惜代价，要在工人阶级群里追求中产阶级情调，总是与她不得不栖身于斯的这个阶级格格不入。

走进劳伦斯故居，但见前厅雅致大方，钢琴、靠椅、沙发、瓷器摆设，没人会相信这是矿工之家。后面的厨房虽窄小也是维多利亚时期中产阶级家庭的氛围。劳伦斯的母亲控制着这个家，她对优雅生活的追求使她与矿工丈夫反目，同时她在家中孤立丈夫，强化了母子之间的爱，使儿子的恋母情结日甚一日，最终成为一种痼结，严重影响了儿子与其他女性的爱情。这一点对《儿子与情人》的写作无疑意义重大。

　　劳伦斯太太确实厌倦了矿工生活区里的庸俗场景，在劳伦斯6岁时，将家搬到山坡上另一套房子里。情调高雅又勤俭持家的劳伦斯太太给这个家装备上了地毯、花瓶、镜框、高档的窗纱和成套的桃花心木家具，还不惜代价挂上了仿制的古典油画，这在当时是很奢侈的举动了。在这里，伯特（劳伦斯的昵称）生活了12年，长到18岁。这是他童年和青年时期最为痛苦的12年。这期间劳伦斯家经历了中年丧子（二儿子）的悲剧。这场悲剧使伯特健康恶化，大病一场，在生死边缘徘徊，母亲强忍失去二儿子的悲痛，全力抢救小儿子，终于使伯特起死回生。从此伯特与母亲相依为命，演出了一场"儿子与情人"的划时代心理剧。这场心理悲剧是如此震慑人心，最终导致劳伦斯以此为蓝本写出了20世纪最具弗洛伊德主义意义的长篇小说《儿子与情人》。由于小说真实反映了矿区的发展和矿工生活，还被评家认为是英国文学史上唯一一部有价值的工人阶级小说。

　　1902年，劳伦斯家搬到更高处的林克罗夫特街97号。劳伦斯家一直住在这里，直到劳伦斯太太在此去世第二年的1911年3月。这段时间里与劳伦斯过从最密的是杰茜·钱伯斯，这个海格斯农场上的朴实女孩子其实很内秀，文学天分很高。但劳伦斯太太从来都对杰茜持敌意，劳伦斯的姐妹也不喜欢杰茜，经常对劳伦斯发表一些冷嘲热讽，决意要拆散他们。父亲亚瑟在家中没有地位，劳伦斯就成了这个家里唯一的男人，深受母亲和姐妹们的宠爱——这种爱甚至强烈到变态的地步，以至于她们容不下一个外来的女人分享她们的伯特。这种畸形的家庭关系令杰茜感到窒息。劳伦斯此时还是个天真的大男孩，与杰茜的交往不过是他青少年交往中的一部分，加之从小在女人们强烈的宠爱中长大，造成晚熟，因此对杰茜还是停留在青梅竹马的认知上，感到杰茜不过是他的又一个姐妹而已，似乎没有"情窦初开"的感觉。杰茜注定守不住她的初恋情人，因为她是在单相思。劳伦斯此时对女人的感情完全寄托在母亲身上。可怜的杰茜怎么能懂得这一点？

劳伦斯的恋母情结与杰茜的爱情，构成了《儿子与情人》的两条主线。

当劳伦斯在伦敦文学界崭露头角时，他开始了与其他两个智力不凡的女性的恋爱，但均受到挫折（艾格尼斯·霍特和海伦·霍克），冲动之下向杰茜提出做爱。杰茜本就盼望劳伦斯回心转意，认为这是劳伦斯的正式求婚，欣然以身相许。但其结果令劳伦斯失望——他感到杰茜像个修女，毫无性的激情。

此时劳伦斯最为钟情的女人还是海伦·霍克，也是伦敦郊区的小学教师，同样是个从事写作的人。她与劳伦斯一见如故，倾诉个人生活的不幸。劳伦斯甚至以她的私人生活为蓝本创作了一本被当时的道德观所难容的私情小说《逾矩》。但这个伦敦女人与两性的情感交往都很复杂，心灵伤痕之重是年轻单纯的劳伦斯所无法理解的，他们不可能走到一起；另外，这个伦敦女人虽然对劳伦斯的文学天分倍加赏识，但对这样一个尚在底层挣扎的穷小学老师的前途似乎并不看好。这就注定他们只能做朋友，甚至是挚友，但不会是情人。天真纯情的劳伦斯甚至可以无视海伦过去的复杂经历，陪伴她出游散步谈心，一心一意帮助海伦走出情感困境并向她求婚。但这位自视甚高的未来的女作家终于没有答应。他们历经感情纠葛，还是以劳伦斯伤心罢手为止。

与海伦恋爱未果，理应收心善待杰茜了。但可怜的杰茜还是没有赢得劳伦斯的心。此时的劳伦斯正值25岁，晚熟的他对婚姻和性爱仍旧困惑不已，他同时与不下四个女性交往，其中还有已婚女性。这些人性格各异，令劳伦斯无法心定，难以选择。爱到底是什么？这个凭着热情和对乡村田园景色酷爱而写出诗歌和小说的青年作家此时仍一头雾水。

他感到杰茜不过是母亲的化身，过于从理性上控制他，而缺乏女性的魅力。相比之下，性格刚毅，身材健硕的露易（《虹》中厄秀拉的原型之一）似乎更吸引劳伦斯。此时的露易已经在莱斯特郡当了小学教师，经常到伦敦来看望劳伦斯。这个女人很性感泼辣，但绝不温顺，不会在婚前同居。而此时劳伦斯工作时间不长，一贫如洗，根本没有条件结婚。25岁的劳伦斯深陷欲望和现实之间难以平衡，自然对露易心怀怨怼，两人的关系若即若离。但露易是不肯轻易放弃劳伦斯的，她的生活圈子中根本没有比劳伦斯更出色的男人让她痴迷，她只是为理性和传统观念所桎梏，不肯跨越性爱雷池。

劳伦斯与故乡的关系被一刀切断，是在1910年—1911年间。那是劳伦斯一生中最为黑暗残酷的一年。操劳了一辈子的母亲，才59岁，就积劳成疾，得了绝症不起，她是心力交瘁了。在母亲就要离开人世的时候，劳伦斯终于正式向露易求婚了。母亲一直反对劳伦斯娶杰茜，但喜欢露易。他对露易说："我必须感到我母亲的手滑出我的手时才能真正握住你的手。她是我第一个最伟大的情人。她是个少有的了不起的女人，这你不懂，她刚强，坚韧，而且像太阳一样慷慨。"

露易同意了，她一直在等待着。

这让人想起《恋爱中的女人》中杰拉德在父亲临死前向戈珍求爱的那一幕，那一章题目是《死亡与爱情》。他们之间的爱为厄星锁定，注定不得善终。

给母亲出殡的头一天，劳伦斯约杰茜在田野里长时间散步，告诉了她同露易订婚的事。最终他要解释的是："你知道，我一直爱我的母亲。我像情人一样爱她，所以我总也无法爱你。"

劳伦斯的母亲去世后不久，1911年3月父亲就和小妹阿达搬进了姐姐艾米莉在女王广场的家，那里离劳伦斯的出生地不远，是中产阶级住宅小区。劳伦斯25岁了，该独立生活了。他时而还从伦敦郊外的克罗伊顿回到小镇上来，住在姐姐家，但他只是个客人了，他不再有自己独立的房间，这里成了他的驿站。

已经订婚的女友露易还是那么若即若离，似乎唯一关心的是怎么共同攒够了钱结婚。道理很简单：不结婚就不能苟合，要结婚先得攒够钱才行。传统的露易此时根本不懂一个欲火焚身的男子的困境，劳伦斯此时已经难以自持了。

就在此时，镇上一个与劳伦斯交往多年的已婚中年女人向劳伦斯秋波频送，劳伦斯便顺水推舟，轻易地被她俘虏。这个女人就是爱丽丝·戴克斯太太，日后成为《儿子与情人》中克拉拉·道斯的原型。爱丽丝搬家到附近的另一个镇子上后劳伦斯仍与她过从甚密，她丈夫居然对此一无所知。

爱丽丝对劳伦斯关爱之深，用情之苦，实属感人。劳伦斯一度深陷她的情网中不能自拔，甚至认定她是自己的终生爱人，意欲与之私奔并当她两个孩子的养父。但爱丽丝是理智的，深知自己大大年长于劳伦斯，恐怕将来婚姻不幸造成两败俱伤，对劳伦斯年轻冲动之下的私奔要求断然拒绝。但她无私地向劳伦斯奉献自己的爱情和抚慰并从这段畸恋中获得了巨大的满足，与劳伦斯分手之后拒绝与戴克斯先生尽其妇道，洁身自好终生。这是个非凡的小镇女人。《儿子与情人》中克拉拉被现今的女权主义理论视为女权主义文学形象的先驱。甚至sexism（性别歧视）这个在20世纪60年代才流行起来的词汇早就在1910年代就出自克拉拉之口了。克拉拉和莫雷尔太太（以劳伦斯的母亲为原型创作的人物）被认为是劳伦斯女性主义创作倾向的端倪，尔后在《虹》中由厄秀拉臻于完善，构成了劳伦斯之女性主义文学形象的系列。据说这还是劳伦斯文学后现代性的一面，是他预言家的一面——他预见到了女性主义的崛起，成了女性主义的实践家。这又成了劳伦斯文学生命之树常青的根据，一系列的著作从此出炉，一批批的专家横空出世，用劳伦斯侄女培基打趣我的话说，这些人算是"找到工作"了—— got a job！培基的话很朴实，但很中肯。后人们不断地在自己的语境中发现劳伦斯新的意义，进而以此拯救着自己的灵魂，这是劳伦斯作品的张力之所在。从事这种精神拯救的同时还能以此为"工作"那自然是更幸福的事了——俗话称之为"吃上"劳伦斯了。

对爱丽丝我们应该充满敬意。这个从利物浦嫁到伊斯特伍德来的娇小金发碧眼女人是一个有着超前意识的社会主义者。她不满意小镇的压抑气氛和趣味单调的药铺老板丈夫，和小镇上的几位知识妇女一起致力于社区建设，福利教育事业，鼓吹妇女参政。她在个人生活上亦是个新潮人物，无论衣着还是家庭房屋装修都与小镇的保守品味格格不入，以致镇上有人威胁要砸了她家的窗户。

就是这样一个女人，爱上了纯良而困惑的劳伦斯，成为劳伦斯一些作品的首批读者之一，给了劳伦斯性爱的启蒙和满足，最终又主动放弃劳伦斯，平静地过自己的生活。劳伦斯求她与自己私奔时，爱丽丝正身怀六甲，朴实的劳伦斯对此毫无顾忌，执意与爱丽丝共奔前程。估计爱丽丝感动备至，但她还是理智地退出了劳伦斯的生活：和一个半疯的天才在一起前途是难测的，爱丽丝毕竟是凡人。刚刚生下女儿时她以为那是她和劳伦斯的孩子，劳伦斯也热切地盼望那是自己的女儿，但最终证明这个推算是错的。劳伦斯终于是没有留下一条根。

几年后爱丽丝见到了劳伦斯为之疯狂的弗里达，评论认为，弗里达才是劳伦斯需要的女人。但这个情欲女王和劳伦斯没有子嗣。据说一方面是因为弗里达和过多的男人有染身患性病而无法受孕；另一方面是劳伦斯自小身体过弱而难以留根。如果是两方面原因都有，劳伦斯和弗里达命中注定毫无希望有后代了。

一心攒钱的露易此时根本不知道劳伦斯与爱丽丝染情，也不知道劳伦斯仍与伦敦的海伦藕断丝连，只知道他最早的女友杰茜还在纠缠劳伦斯，为此露易很是不悦。

1911年1月《白孔雀》顺利出版，一时好评如潮，甚至与其素昧平生的著名作家E. M. 福斯特都情不自禁撰文说："总的来说是一部杰作。"

但这并没有唤起劳伦斯多大的热情。那一年他感到十分疲劳。一边要攒钱结婚，另一边老父亲又需要钱——他自从出版小说得了50镑，似乎算有钱了，理应承担给父亲养老的责任。《白孔雀》预支的部分稿费几乎全用来支付母亲的葬礼和墓碑的费用了。

而露易还在催着劳伦斯加紧写作，挣钱结婚。劳伦斯反感地说："我又不是写作机器！"

但他此时的确开始了长篇小说《儿子与情人》的写作，初稿题目是《保罗·莫雷尔》，是男主人公的名字。

就在那年深秋，劳伦斯又一次遭到严重的肺炎袭击，几乎丧命。没了母亲，是在妹妹阿达悉心照料下才从阴阳界上返回。这场肺炎几乎转成肺结核——当时的不治之症。医生警告他长期不能结婚，最好终生不娶，以防止婚姻生活使肺病恶化造成死亡。

这个判决似乎将劳伦斯从与露易尴尬的关系中解放了出来，他以此为由，解除了与露易尴尬的婚约，重获自由。

这时他似乎又珍爱起杰茜的温柔体贴来，回去看她，并拥抱着她表示自己准备去德国教一年英语，攒足钱回来安心写作。如果一年后他们都没有找到心上人，就娶她为妻。毕竟杰茜与他交往10年，而且是第一个给了他性爱的女人。但这次是杰茜理智了，她经历了也厌倦了几乎每隔两年一次的希望与挫折，已经感到自己不会在劳伦斯心中占有什么位置了，这次她断然拒绝了他。

杰茜之所以拒绝劳伦斯，还因为此时劳伦斯的《儿子与情人》已经写出了初稿并拿给杰茜征求意见，因为小说中的主线之一是以他和杰茜的私情为蓝本的，没了这条主线，整部小说就没了意义。但杰茜从忠于真实的角度看待小说，发现原型即她和劳伦斯都与小说中的人物相去甚远，令她不甚满意甚至感到受了辱没。于是她决定与劳伦斯绝交（小说出版后杰茜家人也感到伤心，并愤然表示不再见他）。

故乡三个爱他的女人最终都与他无缘，他最爱的母亲离他而去了，故乡的家也没了。这一系列生离死别，将把迷惘中的劳伦斯推向一个有夫之妇的德国女人，成就英国文学史上一段最为奇特的浪漫姻缘。劳伦斯最终要靠这个德国女人造就成男子汉，也最终会死在她手里，尽管死得幸福。但此时他还不知道自己的命运将在短期内发生如此重大的变化，他只是无家可归时回到镇上姐姐家里休养。这时他看病养病，小说的稿费几乎花光了。此时是1912年初。

大病不死的劳伦斯，辞去了教师的工作，他的身体状况再也不能承担和孩子们打交道的重负了。文学创作的前景也吸引着他专业从事写作。于是他回到小镇的姐姐家一边养病，一边写作那部不久会成为名著的《儿子与情人》。这部以自家生活为蓝本的小说在自己生活了26年的小镇上写作，实在是再合适不过了。

这时正赶上煤矿上闹大罢工，人心惶惶，前途未卜。劳伦斯目睹罢工场景，触景生情，居然一气写出好几个矿工生活的小说，包括《受伤的矿工》和《罢工补贴》等，这些作品是劳伦斯最贴近矿工生活的白描小说，语言生动，场景真实。

女王广场这个地方其实没有广场，不过是个较为宽敞的拐弯路口罢了。这个住宅区位于小镇中心诺丁汉街的南部，建筑格局明显比北面的住宅区要显得体面。据沃森教授说，北面的房子多为煤矿公司建的简陋住宅，出租给工人们住。而南面的房子大多是私人住宅，住的多是有产者，至少也是小铺子的老板。他还特别指给我看一座很讲究的楼房，告诉我那是世纪初镇上的摩登电影院老板的住宅。

劳伦斯的姐姐艾米莉嫁给了一个有体面收入的人，自然就在镇南面的"高尚"住宅区住了下来。这座房子雅号"布罗姆利宅"，标在门楣上保留至今，这是典型的中产阶级做法，给自家的房子起个雅号写在门楣上，说明这家有身份。房子有外飘窗，房后有比较大的花园，这又是中产阶级的象征。

劳伦斯住在这里，每天在一楼的厨房里写作新的作品，修改《儿子与情人》，闲时和小外甥女培基玩耍。但这部小说此时的书名仍然叫《保罗·莫雷尔》，是男主人公的名字。对这部很快就要成为名著的作品，劳伦斯仍然是很本色地对待之，根本没有意识到它将成为名著。这个时候的劳伦斯，无论其生活还是其创作，都停留在本真的阶段。他需要什么人来给他启迪和点拨。

这个契机到来了，一个德国女人，不仅给了他爱情，亦给了他思想的启迪。她就是弗里达。劳伦斯的生命历程就要开始新的一页。

这时的劳伦斯一心想去德国找个在大学教英文的工作。起因是他的六姨妈嫁给了一个德国的阿拉伯文教授，住在莱斯特，姨妈的德国妯娌听说劳伦斯出息成了一个小有名气的作家，算得上这个家族里的出类拔萃后生，就邀请他去德国小住，姨父借机建议劳伦斯申请去德国大学里教英文。

劳伦斯虽然是个有名的作家了，但他对学术界仍然一无所知。以他小学教师的身份去德国大学当英文讲师能否行得通？他没有把握。这时他想起了大学时期的语言教授威克利先生，他年轻时曾经在德国的大学里当过英文教师，还娶了一个德国太太回英国来。他于是写信向教授求教。威克利教授是诺丁汉大学学院里最著名的教授之一，一派绅士风度，他的课很受学生们欢迎。劳伦斯曾说威克利教授是他最喜欢的少数教师之一。威克利教授完全可以简单告知劳伦斯：没有正规学位的人不可能在德国大学教书。但看在劳伦斯成了作家的分上，也看在劳伦斯的德国姨夫的面子上，他决定邀请劳伦斯来家里做客。劳伦斯婉言谢绝了,因为他缺少与上流社会交际的机会,生怕在教授家里不自在。但教授夫人坚持请他来并第二次发出了邀请。这一次劳伦斯欣然接受了,因为他认为"不能拒绝一个贵夫人的邀请"。不知道当初弗里达为何坚持请劳伦斯来家做客,可能是因为威克利把这个青年作家说成一个天才的缘故,也可能是弗里达在家里当家庭妇女过于寂寞的缘故,或者两者兼而有之,促使她亲自发出邀请。总之,这一简单的午餐邀请改变了劳伦斯的命运,也改变了弗里达的命运。

两个月后,劳伦斯带着《儿子与情人》的手稿和弗里达私奔德国然后在意大利加尔达湖畔的小村威拉住下。在那里弗里达读了他的手稿,惊呼:这简直是弗洛伊德主义意义上的俄狄浦斯情结的文学版本!劳伦斯受到启发,改书名为《儿子与情人》。

《儿子与情人》的完成对劳伦斯来说是一个痛苦的心理治疗过程;对他的不少同时代人来说,阅读这部小说也是个心理治疗的过程。劳伦斯通过文学的揭示,释放了自己的心理郁结,完成了自我人格的完善,从此告别了自己的"恋母情结",成长为一个成熟的男子汉。在创作上,他也就此告别了一个阶段——写实主义,开始了现代主义阶段。

1912年,劳伦斯向故乡和青少年时代彻底告别。这年他26岁。

劳伦斯的定情与私奔

在诺丁汉大学学院读书期间，劳伦斯臣服的教师不多，其中一个就是现代语言学教授威克利。但无论劳伦斯还是威克利教授都没有料到，劳伦斯会与恩师的夫人私奔。

威克利教授是个语言天才，在伦敦大学获得学位后又进了剑桥读书，随后在法国和德国读书并在德国教书，34岁就获得了诺丁汉大学教授的席位，出版了一系列语言学方面的专著。估计劳伦斯在大学期间没有给威克利教授留下什么特别深刻的印象，倒是毕业后他成了一个小有名气的小说作者后令威克利感到欣慰。恰恰是这个威克利，在劳伦斯大病一场辞去小学教职后，愿意帮忙为劳伦斯在德国找一个教授英文的教职。据说他愿意帮忙的原因之一是劳伦斯成了一个青年作家。他提出邀请劳伦斯来家里做客，告诉他的德国妻子弗里达，劳伦斯是个小有才华的作家。弗里达出于好奇，更出于在这座小城生活寂寞，喜欢家里来客人，便向劳伦斯发出了邀请。这一纸随便的邀请造就了诺丁汉城里的一桩罗曼史加丑闻，造就了英国文学史上一桩奇妙的姻缘。一个口袋里只剩12英镑的穷病退教师居然和一个大学教授的夫人私奔了。劳伦斯从此彻底离开诺丁汉，以后又彻底离开了英国，浪迹天涯，客死他乡。

那场罗曼史是在教授家里拉开帷幕的，一切都取决于教授夫人坐在客厅里看着年轻她6岁的劳伦斯步履轻盈地走进来时刹那间的交流。弗里达后来写道："他进到屋里，来到我面前。瘦长的身材，步履轻盈，充满自信。他看上去是那么单纯，可是他吸引了我。"

同样，这个三个孩子的母亲在劳伦斯眼里依然风韵犹存。那个时候弗里达还没有发福，从照片上看，这个32岁的德国女人身着华服，依旧流光溢彩。她是破落贵族的女儿，在德国期间来往的都是望族之家的公子，从小出入德国上层贵族的社交场，举止优雅大方。日后嫁给威克利教授，住在诺丁汉的高档住宅区的别墅里，过着悠闲舒适的生活，自然一派雍容。劳伦斯从小生长在矿区，难得有机会接触如此典雅的贵族女性。他身边的几个女人大多是中下阶级出身的小知识分子，朴实简朴，拘谨矜持，与这个一身贵族气且风情万种的德国女人相比，简直判若云泥。劳伦斯真的不能放过这个机会，他从来没有什么真正的机会。他必须抓住他"终生一遇的女人"。"你是全英国最美丽的女人。"劳伦斯在见到弗里达之后给她写信由衷地赞叹。弗里达则调侃地回信道："你一共见过几个女人？"

他们几乎很快就通了款曲，心照不宣了。而这个时候弗里达的孩子们正在别墅外的草坪上尽情地玩耍着。威克利还没有回来，但他的婚姻已经完结了。

我想象着那幅景象，如果用电影镜头来再现这幅全景，那只能是从室内向窗外的透视镜头。一对情深意切的男女的近镜头，背景是三月的微风撩动的窗纱，窗外虚幻的景物里几个孩子在天真无邪地玩耍。然后是这对男女眉目传情地交谈的特写与孩子们的特写镜头交替切换……汽车声响起，孩子们欢快地叫着"爸爸"扑向儒雅的威克利教授。教授在孩子们簇拥下走进客厅，随之劳伦斯礼貌地站起身和教授握手，但他的手肯定是冰凉的，手上略为冒着冷汗。他爱上了弗里达，就意味着他对威克利教授欠下了终生的债，他为了自己的爱情而伤害了一个好心人。

厄尼斯特·威克利痴迷书斋，性格温敦，缺少浪漫，但他爱弗里达，爱孩子，是个典型的英国中产阶级绅士。他年长弗里达14岁，此时已经46

岁，开始谢顶了。与风华正茂的劳伦斯比自然是魅力不再。如果没有劳伦斯的闯入，他或许一生都会和弗里达及孩子们在这座别墅里平静安逸地生活。但也未可知，因为弗里达注定是要红杏出墙的。她曾背着威克利与她的瑞士情人多次约会，甚至向姐姐借钱做路费将瑞士情人接来英国幽会。她天性就是如此。

弗里达的性格是那么刚烈，性情是那么浪漫，情欲是那么强烈，他和温和柔弱的威克利其实从一开始就不够般配，私生活方面一直不够和谐。婚前就有过几个出色的德国和瑞士情人的弗里达与威克利结合后这些年相夫教子，表面上生活美满，实则内心的狂野一直在受着压抑。她不甘心从属于一个缺乏性爱激情的大学教授，无论他怎么爱她。她此时正等待着一个契机，重新开始自己的本真的孟浪，这个32岁的女人此时正是一条暗潮涌动的河流，只等待有人来挖掘，即可汹涌奔腾。这个时候，才华横溢、一表人才的劳伦斯走进了她的生活。她感到是冬眠很久后被劳伦斯唤醒了，这是让她为之动情的第一个英国男人，一个兼有工人家庭的淳朴和知识分子典雅气质的青年作家。她立即感到这个人比她的那些情人们都优秀，她不能放弃这个机遇。

后来劳伦斯写了长篇小说《努恩先生》，里面很多篇幅都是以他们的相见和私通为基础的虚构，其中男女主人公是这样第一次相见的：

> 她脸上露出被撩拨后的光芒。她抬起眼皮，那奇特的眼神勾引着他。吉尔伯特有生以来破天荒第一遭感到激情荡漾如同血液中发出了电闪。他随她进了她的房间，随手关上了门，那郁闷昏睡的灵魂猛醒，化作欲望的狂风暴雨，从此他一生中时常被这样的欲望风暴所震撼席卷。

一个备受性爱折磨无所寄托的英国男子与一个天生的情欲女王相遇了，后者从来都把自己的身体看作是失意男人的方舟，这之前她曾经把自己奉献给了弗洛伊德的著名弟子格罗斯——一个神经分裂的精神分析学家，奉献给了瑞士无政府主义者弗里克。现在她又遇上了迷惘之中的文学天才劳伦斯，她毫不犹豫地身心相许，做他的启迪者和后盾。

他们的结合是非道德的，但是艺术的。以后的生活证明，劳伦斯的艺术冲动和癫狂使弗里达的浪漫天性得到了完全的释放，弗里达要的就是这种充满创造和想象的生活。而她的艺术修养和学识对劳伦斯的文学冲动是一种理性的补偿，她在性生活上的开放与癫狂更是对从小受着清教教育的劳伦斯的巨大启迪，将劳伦斯从性的拘禁中解放了出来，体验到了阴阳交流的完美，从而能以更加透彻的人性洞察写作出血肉丰满的小说。这之后的几部名著如《虹》和《查太莱夫人的情人》，女主人公身上哪个没有弗里达的幽灵？

我在他们幽会89年后的一个同样明媚的3月天来到诺丁汉城外郁郁苍苍的梅普里山，来寻找当年教授家的别墅。我拐进那条僻静的小街，一路朝山上走去。这条浓荫密布的街道，两旁是爬满青藤的旧红砖墙，颓败的墙里面是一座座古旧的别墅，有着或凌乱或整洁的花园。整个梅普里山上花园洋房错落有致，古木参天，花团锦簇。当年这里是高档住宅区，现在依然是，与城里满街的中低阶层的联体红砖楼形成鲜明的对比。这条路名为Private Road，现在仍叫这个名字，很好找。我相信，当年劳伦斯就是从这个路口走进来的。这个穷工人家的孩子一定让眼前的景色惊呆了，他不曾见过这样的住宅区。

一直走到路尽头，向右手一拐，第一座花园别墅就是威克利家。这座红砖别墅样子依然古朴庄重，与旧照片比没有任何变化，甚至那宽阔的草坪旁碎石砌成的坡墙还是以前的样子。旧照片上整个房子爬满了青藤，而我来的这个3月里，藤蔓尚未返青，但能看到干枯的藤蔓一直爬到了房顶，到5月就会绿意盎然。

劳伦斯与弗里达并没有马上私奔，他们有过一段短暂的恋爱。这个时候的劳伦斯竟然完全不顾威克利是自己的恩师，不停地进城来与弗里达见面。他竟敢和这个大学教授夫人公然出双入对在"皇家剧院"里，令那些上流社会人士百般猜忌侧目，与渥伦斯基和卡列宁娜出现在剧院里的尴尬与挑衅很有一比。

最终劳伦斯决意要与弗里达私奔，口袋里只带着12英镑，当然还有《儿子与情人》的书稿。从此他们彻底告别了诺丁汉，周游世界，边走边写。中间短暂地回过几次家乡。1912年的诺丁汉，成了劳伦斯告别家乡的最后一站。

劳伦斯与德国女人的私奔造就了一部世界文学名著，或许这是他们私奔的最大意义。在这之前劳伦斯仅仅是凭着少年的生活经验写作，小说的书名不过是用男主人公的名字命名，即《保罗·莫雷尔》，毫不动听，毫无色彩，甚至不可能吸引任何读者。这个时候的劳伦斯还停留在"璞玉"阶段。要把这部小说打磨成宝石，他还需要某种点拨和启迪。弗里达恰恰起到了"点石成金"的作用。

他带着《保罗·莫雷尔》的手稿和弗里达私奔德国，在伊萨河谷地度过激情燃烧的蜜月，然后在意大利的加尔达湖畔素雅的小村子里住下。在那里弗里达告诉他这简直是弗洛伊德主义意义上的俄狄浦斯情结的文学版本。弗里达以前的一个重要德国情人是弗洛伊德的学生奥托·格罗斯，弗里达从格罗斯那里学到了不少弗洛伊德主义的知识。经过弗里达的启发，劳伦斯认识到了这个文本的真正所指，最终将小说的书名改为《儿子与情人》。

一场罗曼史加丑闻的结局竟是如此出人意料。

劳伦斯与福斯特

读《福斯特散文选》,其中一篇谈论英国人的性格并拿法国人作对比,行文波澜老成,机智隽永。这种简洁隽永的英文是"全知全能的大一生"不屑一顾的,但会令"全然无知的大四生"望而生畏。英文写到这等可望而不可即的境界,需要纯净的心态和睿智的修炼。

欣赏之余,不由得产生某种"专业"联想,自然想到他与我所研究的劳伦斯的关系。虽然劳伦斯不是我专攻的"术业",但毕竟是我唯一翻译的一个作家,所以看到有关他的同时代文人的雪泥鸿爪,都会想起劳伦斯来。这两人同被誉为本世纪前半叶最具独创性的小说家。他们过从并非密切,但神交不浅,款曲相通,是罕见的灵犀莫逆。但他们之间的金兰交谊也颇为令人扼腕。

他们在英国文坛上相互比肩又相互仰慕,这在文人相轻的作家圈中本属难得,而他们偏偏还会打破文人的矜持而将钦敬之情溢于言表,这就更是难能可贵。福斯特嘉许劳伦斯为"在世作家中唯一有狂热诗人气质者,谁骂他谁是无事生非";劳伦斯则夸奖福斯特"或许是英国侪辈作家中佼佼者"。①劳伦斯逝世后，嫉恨者大失英人绅士风度，恶语鞭尸者有之，痛泄私愤者有之，何其快哉！平日里大气磅礴的《泰晤士报》仅吝啬地发了两行简略的文字报道其死讯。倒是久与劳伦斯分道扬镳的福斯特，站出来公然赞美劳伦斯为"侪辈最富想象力的小说家"。②

这两位大家曾一见倾心，但止于龃龉最终失之交臂，绝非因为福斯特出身剑桥曲高和寡，劳伦斯脱颖于"煤黑子"难以附庸风雅。在理性绅士的福斯特这边，恰恰是出于感性原因；而在感性狂放的劳伦斯这边则是出于理性的原因。匪夷所思，而细思量又觉得在情理之中。

两人是在布鲁姆斯伯里文人圈子的女主人莫雷尔夫人家的晚宴上相识的。福斯特年长劳伦斯六岁，在劳伦斯刚刚出道时，福斯特早已闻名遐迩。但福斯特在对劳伦斯毫不知情的情况下就对其长篇处女作《白孔雀》评价甚高。已近壮年的大作家福斯特与刚刚出版了《儿子与情人》声誉正隆的而立晚辈劳伦斯相见，一个是温文尔雅的绅士文豪，一个是桀骜不驯的矿乡才子，若非是莫雷尔夫人这位文学的施主苦心安排，他们或许永远也不会面晤。

他们之间巨大的阶级鸿沟因相互倾慕对方的才情而立时冰消瓦解。福斯特是个温和的费边主义者，一直倡导他的阶级融合信念，表现在文学上，此时正以名著《霍华德别业》中的警句"Only Connect"（唯有融合）而广为人知。莫雷尔夫人确信他会同情劳伦斯这位寒士天才，福斯特果然纡尊降贵，与劳伦斯相见甚欢。在这之前，劳伦斯一直身处社会主流与文学主流之外，理性上又背弃了劳动阶级的价值观，是名副其实的边缘人。但他从不妄自菲薄。即使接触到布鲁姆斯伯里文人圈子里这些英国文学艺术精英，他的态度也是不卑不亢，对福斯特和罗素这些名人也是如此，这种姿态是符合他的性格的。于是，他初见福斯特便无拘无束，甚至对这位兄长大发一通诛心之论，试图"挽救"福斯特于歧途，令福斯特避之不及。

彼时的布鲁姆斯伯里文人圈子中，南风颇盛。福斯特"身体力行"，当事者迷，并未意识到这种生活作风与文化人格对其文学创作和世界观产生

---

① Paul Delany: *D. H. Lawrence's Nightmare*, Basic Books, Inc, New York, 1978, p56.
② 转译自F. R. Leavis: Introduction, *D. H. Lawrence: Novelist*, Pelican. 1981.

了负面影响。面对这个圈子的各色人等，耳濡目染，劳伦斯产生顿悟，对自身的断袖取向有了清醒认识，为此痛不欲生。但他在道德上一直严于律己，理性上努力与这种风尚决裂并升华自己的力比多，创作上方才有所平衡，不至于在"小说的天平"上失之偏颇——劳伦斯的小说理论认为小说家在小说中流露出的"不能自持的、无意识的偏向"是小说的不道德之所在[①]，而很多小说家往往因为把持不住自己的偏好而让作品流于偏颇。《儿子与情人》至少做到了"平衡"，因此才令世人刮目相看，也教文学泰斗们感到珠玉在侧。此刻他正潜心润色修订其心灵的史诗《虹》，这是他将自己苦心孤诣摸索出的小说理论付诸实践的一次伟大实验，为此正感到将凌绝顶顶览众山之小，事实证明这部小说是英国现代小说的一座高峰，他踌躇满志有其充足的理由。相比之下，福斯特就有马齿徒增之虞。尽管他以文思恬淡、寄意深远而显雍容，但与劳伦斯作品的生命张力相比，他的作品就相形见绌了。或许因为惺惺相惜，劳伦斯出言率直，劝福斯特扩展视野，"不要仅仅从《看得见风景的房间》向外张望"。他还抱怨伦敦文学圈子里的人鼠目寸光，只顾满足自己"immediate need"（眼前私欲）[②]，皮里阳秋暗示福斯特自顾贪欢，不求进取。私下里他则直言不讳：福斯特不可救药，因为"his life is so ridiculously inane（生活空虚荒唐）"[③]，如同行尸走肉。

或许福斯特堕入空想，把劳动者全然理想化，认为他们阳刚的体格中必包蕴美好高尚的灵魂，其阶级融合理想因此带有非理性的乌托邦色彩。而劳伦斯在这一点上却持十分理性的立场，认为福斯特纯属异想天开。这是因为劳伦斯深谙其生长于斯的阶级之劣根，指摘他们"视野狭窄，偏见重，缺少智慧，亦属狴犴"[④]。对劳动阶级感情上的同情与理性的拒斥，令劳伦斯的作品达到了相对的"平衡"，更符合小说的"道德"。这估计是他自认为比福斯特这个中产阶级小说家高出一筹的地方。所以他凭着直觉就对福斯特出言不逊，还自以为是古道热肠。

---

① 劳伦斯：《纯净集》，黑马译，中国国际广播出版社，2009年，第145页。
② 劳伦斯：《劳伦斯书信集》，剑桥大学出版社，2002年，第850封。
③ 同上，第874封。
④ 同注①，第51页。

福斯特的隐私与自尊为此大受伤害，但仍不失绅士气度，写信绵里藏针将苦口良药的劳伦斯拒之千里。他认为这是劳伦斯缺少教养，无事生非，还把劳伦斯的过失归咎于他的德国女人弗里达。这一点上，他与很多英国中产阶级人士观点相似，都认为弗里达让劳伦斯"去英国化"，失去了英国绅士的美德。

　　虽然在莫雷尔夫人的斡旋下两人的隔阂得以化解，劳伦斯一再表示自己有口无心并一再盛情邀请福斯特做客劳家，但福斯特还是心有余悸，对这个心直口快的管闲事者敬而远之。他在给朋友的信中甚至不顾斯文，发指眦裂道："再让着他，我就不是人！（I'm damned if...）"但福斯特毕竟是性情中人，不念旧恶，以后不止一次称赞劳伦斯的文学造诣。劳伦斯也一直对福斯特深表钦敬，发自肺腑道："在我心中，您是最后一位英国人了。我则紧步您的后尘。"

　　这等奇特的友情模式实数罕见。

　　以后的年月里，这两个"最后的英国人"竟在创作上殊途同归，均浪迹天涯，将自己的文学灵魂附丽于异域风情之上。福斯特缠绵埃及和印度，写了名著《印度之行》等；劳伦斯则如异乡孤魂，漂泊羁旅于南欧、锡兰、澳洲和美洲，每至一地，必有数种富有当地异国风情的著作出版，主要著作有《袋鼠》和《羽蛇》等。据说对他乡特别是欧洲以外的较为原始荒蛮地域的地之灵的膜拜与寄寓，是欧洲现代主义文学的一大特征，这些作家相信欧洲进入末日，欲拯救之，其解药则来自某些较为原始的文明，由此很多欧洲文人均怀有深重的"原始主义旨趣情结"。这两个最后的英国人自然是更为典型的此类情结患者。

　　最值得一提的是，与劳伦斯交往时的福斯特刚刚完成了他秘而不宣的小说《莫里斯》。他是早些时期拜访英国著名社会改革家卡彭特时目睹了卡彭特及其龙阳君爱友的行为后受到启发才写出这部小说的，那个时候的福斯特还仅仅是刚刚在这方面有所萌动而已。福斯特坚持该小说在其身后发表，生前只给几位可信赖的朋友浏览过，劳伦斯无缘享此殊荣。（中国人里只有萧乾有幸浏览过这部手稿，前几年该书由萧乾夫人文洁若翻译成中文出版。）但日后劳伦斯的惊世骇俗之作《查泰莱夫人的情人》却与《莫里斯》有惊人的相似：都是主人公与一位猎场看守私奔，区别是劳伦斯小说里是男女私奔，福斯特小说里是男男私奔。应该说在一定程度上两书是异曲同工，但两相比较，劳伦斯的小说更有社会与现实感，其笔下的猎场看守麦勒斯扮演着对现代文明的批判角色，而《莫里斯》似乎更该归类为纯粹的言情小说，所以其在世界文坛上的影响是无法望劳伦斯之项背的。但从小说流露出的"真性情"角度看，无疑福斯特更为纯真，他没有赋予小说更多的功能，而且仅仅是言自我之情，且是当时的社会所禁忌的爱情。这样看来，福斯特就更是性情中人，也更可爱些。也正是因为福斯特为人厚道，才对一再伤害他感情的劳伦斯无所嫉恨，一再褒誉劳伦斯，甚至在1960年为他并不喜欢的《查泰莱夫人的情人》出庭做证，力挺为此书昭雪解禁，这一切都说明福斯特是个仁慈宽厚的大文人。也正因此，疾恶如仇的劳伦斯在世时就很受感动，或许也自责。虽然不能与福斯特以朋友身份交往，但他经常会写信问候，其感激与自责都在不言中了。

一个天才的画像

——奥尔丁顿著《劳伦斯传》译者序言

劳伦斯这位神秘而古怪的艺术天才若能活到今天，该是百岁老翁了。

幸亏他早逝，否则活到耄耋之年的他会令人惨不忍睹。本是一个翩翩少年，英俊洒脱，周围淑女如云，却因着太剧烈的精神燃烧而熬煎得形销骨立，一张清秀的小生面庞在而立之年就已过早沧桑。难怪美国著名作家亨利·米勒在《D. H. 劳伦斯的激赏》一书中悲天悯人地发出"劳伦斯，我为你哭泣"这种伤感之鸣。

还好，他总算英年早逝，一抔黄土掩尽四十年风流，给后人留下的除了一帧帧倜傥优雅的肖像外还有一个个迷人的人生故事。在人们心目中，他永远年轻，他的痛苦追求探索与躁动着生命的一生永远闪烁着青春的异彩。从这种意义上说，天才的早逝有时却是上苍的刻意安排，为的是让他们在后人心中留下一个青春永葆的印象，于是有了普希金、济慈、雪莱、拜伦、劳伦斯……

劳伦斯的名字中国读者并不陌生，他的作品在20世纪80年代的中国大地上不胫而走，很快风靡了这古老的国度。殊不知，他的文学创作和他的生活是难解难分的,他的每一部作品都与他某一阶段的生命体验息息相关,几乎大部分作品中都有他和他的亲人与朋友的影子。更不消说,《儿子与情人》和《恋爱中的女人》这类自传性极强的作品了。以致他小说一经发表总有朋友对号入座,愤愤然找账,使他十分狼狈不堪。至于他自己,则尽兴地在作品中宣泄自我体验并在写作过程中更完美地把握和塑造自我。这个过程印证了他的写作宗旨:"人通过写作摆脱自己的疾患,重复并展示自己的情绪从而主宰自己的情绪。"

但创作与真实生活毕竟难以吻合。劳伦斯是生活在艺术中的人,他用艺术的尺度衡量生活,用艺术替代生活,可在现实中却处处碰壁,头破血流。于是,对他说来,生活与艺术相互颠倒。他悲叹:"生活是虚假的,艺术是真实的。"

就这样,上帝赐给人类这样一个造物:他是一个儿子加情人,一个精灵般超越世俗的天才艺术家,一个疯癫般狂热的"爱情牧师"。

英国当代著名作家、劳伦斯研究专家理查德·奥尔丁顿以劳伦斯式的激情和优美笔调再现了D. H. 劳伦斯悲剧的一生。这部洋洋洒洒三十万言的传记,可谓字字珠玑,写活了这位神秘的怪才。它再一次形象地证实了大批评家利维斯的论断:劳伦斯是"我们时代最富创造力的天才,是英语文学中最伟大的作家之一"。

他是个天才,但是——

生活并不让他成为一个正常人。他性格软弱,温情脉脉,风流倜傥,可发起脾气来又似魔鬼一样可怕。朋友们爱他又恨他;女人们怜他、疼爱他、追求他,各色女人粉墨登场在他生活中频繁出现,扮演着迥然不同的角色,而他却把女人当作通向上帝的一座座门扉;男人们仇恨他、妒忌他,也不乏忠诚的信徒为他两肋插刀、慷慨解囊。他一度与不少大文人如伯特兰·罗素和曼斯菲尔德及著名的剑桥—布鲁姆斯伯里文人圈子的多位精英等因艺术观和性爱观的不同而发生激烈争吵,从中可见劳伦斯强烈的个性和思维的超群之处。他血气方刚,几乎总在跟人们争吵,言辞尖刻,爱憎分明,观点上往往流于极端。经典小说《虹》遭禁后蛰居康沃尔荒地,作品难以出版,生活捉襟见肘。获得迁徙自由后他以反文化的偏激面貌出现,逃离他认为陈腐没落的英国和西欧，浪迹八方，踏遍西西里、南太平洋和南美各地，苦苦寻觅着原始的激情与神明，这种对黑暗上帝的朝圣历程无不是他心灵激情的外化。他醉卧野性的西澳大利亚崇山峻岭，生活在荡溢着原始人欲的西西里群岛的岛民中，跨越凄冷死寂的阿尔卑斯山谷，恍惚在古老的玛雅文化与阿兹台克文化的发祥地那神秘的幻境奇景中，夜游神般地沉思冥想，进行他那独特的、非人的哲学思考。这些都化作了妙笔生花的诗一般的文章，也给后人留下难解的谜。书中更为动人的是他与弗里达之间情绵绵、恨悠悠、两情长久的苦恋。劳伦斯始终以自己独特的方式爱着女人：爱到深处是无言的恨，恨到极点是热烈的爱。由此可见，他创作中绘出的一幅幅爱侣间心灵的搏斗图景在一定程度上是他私生活的折射。

劳伦斯自虐般地修行了44年，终于去到他那理想的极乐世界，终于是客死他乡，甚至没有留下遗言将自己的骨灰运回英国入土，导致骨灰散落他乡。可能他认为自己是世界公民了吧。但愿他涅槃。

笔者有幸与同窗学友何东辉合作译出此书。承蒙吾师劳陇先生披阅数月校订，使我不由回忆起学生时代在河北大学外文系师从先生学习翻译理论与实践时朝夕相处的温馨情景。光阴荏苒，一晃十载飞逝如流星，恩师又悉心批改了我们的作业。这本作业有幸获天津人民出版社出版，可作永志纪念。感谢劳陇先生，感谢天津人民出版社文化编辑室的热情帮助。如译文仍有漏洞则全归咎于笔者才疏学浅。

毕冰宾

1988年12月1日

再版补记：

本书1989年由天津人民出版社出版，以后22年间再也没有重印。此次由金城出版社再版。吾师劳陇于前几年离世，东辉远游美国，我就责无旁贷浏览了全书，根据近年的统一标准做了一些译名（包括著作书名、人物名及各种专有名称）的调整和统一工作，也对首版中的个别翻译错误或不当之处做了修改，但仍保留了当年的译者序言，以志鸿雪。在我们弱冠之年那个贫穷的时代里能有机会在老师的指导下从事名家名著的翻译工作现在看来是十分幸运和奢侈的事情。

　　同时要借此机会向逝世50周年的本书作者奥尔丁顿致敬。他本身是英国现代文坛上的一员主将，著作等身，在小说、诗歌、散文等诸领域颇有建树。但身为劳伦斯生前好友，在劳伦斯逝世后他花费了大量的时间整理出版劳伦斯的作品，撰写权威性的导语，并以自己对至交的耳濡目染和深刻研究，写下了这本情理并重的文学传记。这部传记在迄今为止卷帙浩繁的劳伦斯传记中仍然有着其独特的地位，对了解和理解劳伦斯仍有着独一无二的权威意义，我认为理由有三：

　　一、这是劳伦斯同时代著名作家写著名作家的文学传记，其本身就意义非凡，有着其他作者难以比拟的优势。从情理上说，只有出自真正的热爱、理解、同情，特别是文人之间真正的默契和认同，才有可能。这样的作品本身就是两个伟大的文学灵魂之交情的结晶，读它是在读两个大作家的心路历程。

　　二、既是同时代作家又是劳伦斯的好友，与传主过从甚密，但作者并没有因此堕入偶像崇拜的泥淖，对传主毫无保留地推崇，而是带着对莫逆的热爱和友情冷静地以客观态度审视传主的言行并做出独立的判断甚至批评，有这样的批评态度对传记作品的视角选择颇有裨益，他笔下的传主就能因此而更接近真实，而不是劳伦斯的另一个好友阿尔都斯·赫胥黎所批评的那种"神化捧杀"（destructive hagiography）[1]。

　　三、作者专业的文学资质是这部优秀传记作品的保证，包括两个方面。其一是作者本身是著名的"意象派"诗歌的创始人之一，从现代主义文学在英国兴起就同劳伦斯一起开始了文学创新的实验，一起见证了现代派文学在英国从萌芽到成熟的整个过程并在自己的写作中身体力行，推动了英国现代派文学的发展。事实证明20世纪10年代初未来派主将马里内蒂在伦敦朗诵自己的诗歌时，奥尔丁顿惊呼这种诗歌的表现形式令懵懂的英国文

---

[1] Kim A. Herzinger: *D. H. Lawrence in His Time: 1908—1915*, p.16.

学界瞠目并不知所措①。而之前的后期印象派画展也在伦敦引起轰动②。劳伦斯恰恰在这个时候表现出对未来派的欣赏，因此部分地接受了现代主义影响，并在自己的创作中自然地采取了现代派文学的视角，使《儿子与情人》、《虹》和《恋爱中的女人》成为英国最早的现代主义小说，其后期的绘画作品更是完全的现代派手法，其画展作品与小说《查泰莱夫人的情人》的高度表现主义手法又令英国的保守势力不知所措，只能粗暴地查禁之。

同样是英国文学现代派的先锋人物，奥尔丁顿的传记在对劳伦斯作品的评价上有着其难得的"开拓者"的艺术见解，因此也是劳伦斯的文学创作传记和文学英国的一些侧面的内部纪录，这是其他传记作者难以望其项背的优势。其二毫无疑问就是，奥尔丁顿的传记取材精当，取舍有道，叙述语言有着其他作者难以超越的文学性高度，尽管在生平细节上并不详尽，读之亦是一种悦读体验。正如作者所言，这是一幅天才的画像，而非详尽无遗的传记，否则他本可以写得比目前的篇幅长三倍。这从专业的角度印证了奥尔丁顿意象派诗人的气质：他对传主生平素材的取舍和表现也是意象派诗人式的，正如他和前妻H. D.以及庞德发表的类似意象派宣言所说的那样，优秀的作品要素有三：处理写作素材时要直接；遣词造句非对"表现"绝对有益者不用；注重词组的音乐节奏。奥尔丁顿确实在这部传记里做到了素材取舍的直接和对表现"画像"无用者毅然割舍之。诗人的手段、小说作家的叙述，完成了这部作品的三部曲式结构，画龙点睛地浓缩表现了传主的一生。从某种角度上说，这和劳伦斯作品的表现主义手法又有契合，令人击节。

本书第二部和第三部第一节由毕冰宾译出，其余由何东辉译出。

毕冰宾

2012年1月6日

（本书一直以毕冰宾的本名出版）

---

① Kim A. Herzinger: *D. H. Lawrence in His Time: 1908—1915*, p.126.
② 同上，p.44.

"劳伦斯让他们毁了!"
——与沃森教授的对话

约翰·沃森(John Worthen),英国诺丁汉大学劳伦斯学教授(终身),著有《劳伦斯传》和《劳伦斯文学生涯》等多部专著,主编多卷剑桥版劳伦斯著作,是世界上唯一的劳伦斯学教授(Professor of D. H. Lawrence Studies)。2003年提前退休。

在国内或正业或副业、断断续续研读翻译劳伦斯18年,一直期盼能有机会到他的故乡"朝觐"。终于来到劳伦斯的故乡,在他母校诺丁汉大学的英语系做访问学者,在劳伦斯学教授约翰·沃森门下研读劳伦斯一年。

这一年中,每周除了上课,还经常获得沃森的个别辅导和答疑,随沃森教授多次赴劳伦斯家乡伊斯特伍德参加劳伦斯研究会的活动,踏访劳伦斯足迹,颇得其漫游讲学(peripatetic)之妙。这所大学离劳伦斯家乡只有9英里,为这种漫游讲学提供了方便。劳伦斯家乡尽了最大努力保护修缮与劳伦斯生活创作有关的一切场景,开辟为纪念地,"劳伦斯遗产"的牌子在方圆十几公里中随处可见,这绵延起伏的乡镇成了这种漫游讲学的课堂。

我听完了沃森主持的"劳伦斯与现代"（Lawrence and the Modern Age）的一年硕士课程，参加了劳伦斯研究中心几乎全部博士论文审听会，随时可以向沃森提问，甚至"质问"。沃森每每都坦言相告，毫无遁词，理由除了我是唯一介入本中心劳伦斯研究的中国人外，还有一条竟然是："我反正是要退休的人了，老到足以说实话而毫无畏惧的年龄了。我不用怕因此找不到工作。"这样背景下的坦诚让我既感动又不寒而栗：学术的道路，高处不胜寒，即便是沃森这样享誉世界的教授，也不能遗世独立。这番话居然让我联想起费正清先生在《伟大的中国革命》一书前言中同样的表白，他是到了退休年龄才写作这本他认为会引起争议的书。他说，这本书"需要的，是一个不必顾虑自己的名声会受到什么影响的、够退休资格的教授"。

刚到诺大英语系就发现了一位精神矍铄的皓首长者，浅草绿的布裤子，同样颜色的衬衣，外罩毛背心，脚步匆匆，在走廊里很是引人注目。那天敲开劳伦斯研究中心的门，迎面出现的就是这个人，原来他就是沃森教授。典型的大学者风度，但一身平民衣着，这种平民知识分子的外表至少缩短了我们的心理距离。我说："我来诺丁汉找两个人：一个死了，是劳伦斯；一个活着，是你。"他说谢谢。

谈起我的印象，沃森教授出示了一本校刊，对开本翻开，一面是商学院的院长照片，西装革履，红光满面，气宇轩昂；另一面是沃森教授，身着牛仔裤，羽绒服，手臂环绕着劳伦斯塑像的肩膀，神清气爽。

"看出区别来了吧？"沃森教授微笑道。"当然，"我说，"商学院财大气粗，其院长自然一副资本家派头。劳伦斯是穷作家，你研究他，当然要平易近人，否则谁还敢跟你学习劳伦斯？"沃森教授表情莫测地看着我说，他不是在作秀，而是真的觉得自己和劳伦斯是朋友。那尊铜塑劳伦斯，高绾着裤管，光脚踩着泥土，手里捧着一朵海蓝色的龙胆花。如果他身边是一个财大气粗的资本家形象的教授，岂不滑稽？"但你是世界上唯一的劳伦斯学教授，名扬全球，应该算中上阶级。别忘了你的花园大宅子和名车，劳伦斯可是至死也没有自己的财产。"沃森马上否定道，他只能算中产阶级。他的父母是中下阶级出身，在伦敦当职员，虽有稳定的收入，但在20世纪60年代，他们为了让两个儿子求学升入更高的阶层还是要含辛茹苦，为此母亲把结婚的戒指都卖掉了，给他们交学费。他苦笑道："我母亲是不是很像劳伦斯的母亲，为防止孩子落入劳动阶级而不惜代价？"

那天我们在劳伦斯故居对面的小咖啡馆里喝咖啡，这个咖啡馆是用劳伦斯的小说《白孔雀》命名的。我们聊着天，目光不时地扫向劳伦斯故居和小镇上来往的游客。沃森说："这个咖啡馆是典型的英国小户人家买卖，楼下做买卖，店主住楼上。"我说："我小时候最大的理想就是经营这么个小杂货店，我特别喜欢这种楼上住人楼下营业的氛围。"沃森听了大笑："现在你进了英国小店，满足了童年的愿望。"

我说我的意思是，我同情劳伦斯，因为我对劳伦斯作品中的劳动阶级环境和价值观认同。"你呢？你的出身似乎不是你同情劳伦斯的原因吧？"我问他。

沃森说："出身并不能决定与劳伦斯的认同。想想劳伦斯家乡的底层百姓们，他们政治上肯定选择工党，提倡社会主义，但他们不少人却仇视矿工的儿子劳伦斯。上层社会的绅士们自然对劳伦斯仇视有加。"

我提到劳伦斯说过的话："一个人不能属于任何阶级。"

沃森无奈地点头。

我们不再谈论阶级，这是个敏感的话题，尤其在英国这样一个阶级意识无比强烈的国家里。不少上层社会的圈子里是禁止提劳伦斯的名字的。有一次我随日本的拜伦学者参观附近南威尔镇上的拜伦故居，故居的所有者是上流绅士，买下了拜伦故居，装修得富丽堂皇。他问起我在诺大研究什么，我随口说研究劳伦斯。这位绅士马上说："哦，我还没有读过劳伦斯，但我相信劳伦斯不容易读，就像拜伦不容易读一样。"说得我莫名其妙。出得门来，那位日本学者惊呼："我忘告诉你了，在拜伦研究的圈子里不要提劳伦斯！研究拜伦的都是贵族，他们恨劳伦斯这个穷光蛋。"估计我是唯一一个在这个圈子里理直气壮地说喜欢劳伦斯的人，肯定招人讨厌，就像一脚泥水的庄稼汉进了铺地毯的客厅那样让人难堪。但我不知道这等规矩，所以人家还招待我喝咖啡，用了点心，引我逛了百花吐艳的花园。

而在这种恶劣的总体情形下，诺丁汉大学在我看来则是特立独行，成了劳伦斯的福地了：这里公然把劳伦斯的全身铜塑（据说是世界上唯一的劳伦斯整身塑像）树立在校园茵茵的草坪上，宣布劳伦斯是该校最杰出的毕业生之一；欧盟援建的展览中心建在湖光山色之中，以劳伦斯的名字命名；英语系成立了世界上唯一的劳伦斯研究中心，聘请约翰做其终身教授。

别忘了，一直到20世纪50年代末，在这所学校里劳伦斯的名字是被禁的，战后第一所获得皇家特许的堂堂英国新式大学里，英语系居然不讲授劳伦斯，甚至图书馆连他的书都不购进——因为他忘恩负义，与自己的老师、这所学校的著名语言教授威克利的德国贵族妻子私奔。这一举动惹恼了劳动阶级、贵族和知识精英，三类人都对他侧目。

他们甚至不是恨他，是压根儿不待见他！一个身上只有12镑的病退小学教师居然拆散了一个别墅里的教授家庭，和一个破落的德国贵族女人私奔，这在任何阶级的眼里都算得上无耻攀附了。何况不久英国与德国交恶，劳伦斯居然"是非不分"，广义地谴责战争，甚至被怀疑为德国间谍遭到搜查和监视。"国家"不禁他的书禁谁的？！

于是劳伦斯浪迹天涯，客死他乡，死后的第三天，《泰晤士报》总算给点面子，登了一条短讯，语气居高临下，含沙射影。大学者罗素等不失时机地恶语鞭尸。倒是与劳伦斯反目的大作家福斯特凭着作家的良知发出了孤独的赞赏，称劳伦斯是"侪辈最富想象力的小说家"。但福斯特是边缘人物，人微言轻。他怎么敌得过整个汹汹的社会？

劳伦斯只在英国以外受到礼遇。他的大部分手稿和绘画真迹都被美国德克萨斯的奥斯汀大学收购。现在英国人似乎"觉醒"了，开始亡羊补牢了。劳伦斯家乡诺丁汉现在想收购几封劳伦斯的信和发黄的明信片都要去索斯比拍卖行竞购。

沃森教授那天喜不自禁地告诉我，成了！他和劳伦斯的一个八十多岁的老外甥达成了协议，以大学的名义私下廉价收购对方手中一些劳伦斯小时的横格作业本（劳伦斯在上课时以写作业为幌子在那上面写诗和小说，来蒙骗老师。写顺了，这毛病一直到死没改，留下一堆练习本）。这个"廉价"居然也上了6位数，单位：英镑。如果进索斯比拍卖行，至少也得50万镑，那一锤定音的、维持秩序的、跑腿的人等都要从中分工资呢。"大学没钱，竞购不起呀，只能我一趟趟跑乡下去说情。"沃森说。当劳伦斯教授，其中一项内容就是收购"旧书本儿",破纸值万贯。说不定哪个破本子里的资料就是爆炸性的,能将以前的100本著作下的结论给顷刻间否定,让它们化纸浆去。沃森诡谲地笑着说,既然是世界上唯一的劳伦斯教授,就得拿出"唯一"的东西来。

那天我们去伊斯特伍德镇上的劳伦斯研究会聚会,沃森公开感谢某人捐赠一个价值几十镑的镜框,镶嵌着劳伦斯外甥女培基慷慨捐赠的一张劳伦斯从意大利寄给她的明信片(若拍卖也值几百英镑吧)。人们像看《圣经》原稿似的趋之若鹜,却原来上面除了地址和名字,只有一句话:我和你弗里达舅妈到了某某地。这个镜框是要悬挂在镇图书馆里供读者瞻仰的。图书馆外的街上呼啦啦招展着绘有劳伦斯头像的三面黄旗。

"诺丁汉现在开始以劳伦斯为荣了,不再以将劳伦斯轰出英国为自豪了。时代真是进步了。"我感慨道。

沃森高深莫测地笑笑道:"当然,当然。"然后很反讽地说:"是进步了。所以我成了世界上唯一的劳伦斯教授,驻扎在这所大学里。"这种戏剧腔调让我想起他讲解《查泰莱夫人的情人》一书的开篇时戏剧般的反讽朗读声。他认为那个开篇是反讽式的。而我以前的文章里一直附和郁达夫的观点(相信中国读者读了达夫那段深情的译文都对此毋庸置疑),认为那个开篇颇为悲情。听了沃森活生生的朗读,我对达夫的观点动摇了,感叹还是母语学者的见解独到。也从此习惯了沃森随时的反讽与英国绅士的幽默,开始闻其声并同时观察其眼神,合二为一地理解其微妙之处。

沃森在正午斑驳的光线里似笑非笑着,表情扑朔迷离。劳伦斯中心的窗户朝东开,阳光透过百叶窗勉强地射入。对面大钟楼上镌刻着三行我一个字也不认识的拉丁文,据说意为:布特勋爵赠与热爱人文艺术人士,捐赠内容是这座俯瞰诺丁汉城乡的大理石教学楼(兼校部)和这一平方公里起伏的山林,将之做了诺丁汉大学的校园。如此气势非凡的湖光山色大学,在英国首屈一指。布特是在诺丁汉起家的药业大王,校园里依旧有他家的私人园林和别墅,可谓园中园,门口赫然标着:私家住地,外人免进。劳伦斯对此很是愤愤不平,写诗嘲弄一番,认为那是资本家在作秀、立牌坊,花的是劳动人民的买药钱,其中就有他的零钱。他悲叹:"文化的根深深扎在金钱的粪堆里。"

但布特的公司是诺丁汉也是英国的支柱产业，诺丁汉的发展很是得益于布特等几大工商界巨子（大学里的几座主要建筑均为实业家所捐赠，当然分别冠之以施主的大名）。布特后来晋爵，用的是滋润诺丁汉的特伦特河的名字——特伦特勋爵，意蕴颇雅。

估计沃森的微笑与这种坐标的锁定有关。两个曾势不两立的人，一个人捐了一个壳子，收藏另一个人的灵魂。沃森在这个壳子里当着主教。我们来这个壳子里取经，时而要诵读劳伦斯的课文，时而对答，像教堂里做礼拜。是不是很滑稽？他是为此才发出黑色的笑来？

答案远不止这一点。

"感觉像不像劳伦斯学的主教？"我仍莫名其妙地调笑，"我这样的小牧师们不远万里来你这里取经。"（这一学期外国访问学者中恰巧中、日、韩各一位，人们称之为"亚洲三强"来齐了。）

他苦笑道："我要提前退休，我一退，这个世界上唯一的位子估计就不再设了，我是空前也是绝后。"他的幽默开始向正剧腔调转移，不能不令我严肃起来。

"他们看错了行市，才聘我当了终身劳伦斯教授，而终身教授是无法解聘的！"

他们是谁？当然是把他从斯旺西的威尔士大学请来的校方。沃森剑桥出身，师从理论大师利维斯，后在肯特获博士学位，然后在各个大学教英国文学，年轻时甚至在美国当过助教挣命。最终因为在劳伦斯研究方面的特殊成就才被聘来了诺丁汉。

"解聘，从何谈起？你是这所大学的骄傲。"

"我是被当成骄傲聘来的，"沃森摇着头，"可劳伦斯中心的情况并不令校方满意，与他们想象得相去甚远。"

这我就不解了："他们想象中的劳伦斯中心该是什么样？目前的8位在读博士生可谓才貌双全，男生们是典型的温文尔雅的英国绅士，女生们一派娟秀淑女气，而来自意大利的那位名字与"法拉利"相似的女士则风头颇健，大有雌了男儿之势。另有来自世界各地的十几位硕士生和访问学者。

每次聚会，都是济济一堂，讨论起来，人声鼎沸。多么壮观的阵势，多么好的学术氛围，估计是全世界劳伦斯研究最强大的队伍了。难道校方还希望全世界的人都排着大队来这里不成，那不是研究，那是抢购紧俏商品。"

沃森笑着说："你忘了一个钱字。这些学生大多是英国本国学生，学费很低。外国的学生都是欧盟的，学费和英国学生一样，欧盟国家互利，一律按本国学生优待。"

这样算下来，这个中心估计是亏本的。本国和欧盟学生的学费据说每人每年仅2000多英镑，再有人申请全免或半免，平均下来每个人才交1000多镑。20个人才3万镑。而一个资深教授的年薪据说在5万镑以上（这是常识）。

"明白了吧，他们希望我能招收大量的国际学生，这些人才是目标，但我让他们失望了。但我是终身教授，他们不能解雇我。如果我觉得不自在，就提前退休。"沃森悻悻地告诉我。他说的"国际学生"指的是英国和欧盟以外的学生。

我终于明白了。我同时在写一篇纪实作品，专门谈20世纪90年代以来英国教育与中国人的留英"热"，为此很是调查了一下英国大学的"收费"问题，由此得知：像英语和文学这样毕业后难找工作的"无用"学科，学费最低，但每个国际学生在2001年都要6000多镑。而热门专业如MBA的学费是14000英镑！如果眼下这些人都是"国际学生"，估计这个专业就算"赚钱"专业了。可惜，这么些英国学生和欧盟学生，近乎免费生！大量的高价国际学生，特别是中国学生都不读人文学科，往电脑、金融、工商管理等热门专业蜂拥而去。那些系里响着中国各地的口音，感觉像中国大学。而这些文科系里则鲜见中国人和亚洲人。所以在经营教育的人眼中，虽然劳伦斯中心人丁兴旺，却没有他们期待中的国际学生，这些本国人或欧盟人，在经营教育的人眼中不啻为一个个赤字符号。

当然他们忘了，劳伦斯学作为一个专业，其招生标准高于普通的实用英语专业，对综合素质的要求类似比较文学专业。但这个专业毕业后的就业机会却相对少，除非你准备"学非所用"去教普通英语。而一旦这专业的学生进入普通学科领域，其受欢迎程度反倒低于对口专业的学生，如：

当英语教师，就难以与手持二外教学证书的人竞争。

所以沃森苦笑道："一旦成了劳伦斯学的学生，你就完了，因为别人会认为你除了劳伦斯什么都不懂。同样，成了劳伦斯教授，我也完了。我之所以没有彻底完，是因为在这之前我还是英国文学教授。"

"就是全能教授的意思吧？"我问。

"你可以管那叫全能，我曾经专门攻古典主义，研究乔叟、蒲伯等。教英国文学自然比教英国文学里的一个劳伦斯要难，"他调侃道，"但当了这个教授后，人家的看法肯定就变了，我就完了。"他说"完了"时，用的词是finished。

形势就是这么残酷。作为不赚钱的终身教授，虽然他带着这么多博士硕士生，人才济济，人气上升着，他不会被解聘，但与校方的期待名不副实。这种尴尬令这位学究黯然神伤。作为终身教授，他本可以做到65岁的，但沃森决定到60岁就提前退休。这是个真正老派的英国绅士，别人不过皮里阳秋，他却自惭形秽起来。这样的人按理应该是保守党的支持者，可他却告诉我他决定投工党一票。

如果说招生的压力是来自世俗的一面，还有"高雅"的一面令沃森感到劳伦斯研究在这个国家前景黯淡，谈起来更令人不寒而栗。

劳伦斯生前自然是受到来自社会的迫害和文学圈子的排斥而浪迹天涯的：来自政权的迫害已经令他的作品难以在英国出版；来自著名文学界人士的冷遇则让他彻底感到了世态炎凉。文学圈子的漠视让他的作品被接受的时间推迟了二十多年（批评家们的用词是"一代人"），至死都没有得到文学"界"的承认与公正评价，冷嘲热讽则司空见惯。

沃森说劳伦斯文学是在他死后被他的亲友和朋友们自发的"回忆录热"推动的。这些人——他的姐妹、朋友、记者，特别是作家卡斯威尔夫人和奥尔丁顿等人，不失时机地抛出自己的回忆录，记述一个历尽沧桑、备受精神和肉体折磨的文学天才短暂辉煌的一生。彼时正大红大紫的作家赫胥黎在劳伦斯生命最后四年与之结为莫逆，在劳伦斯身后将他收集的浩繁的劳伦斯书信编辑出版并写下了那篇不朽的前言高度评价劳伦斯的文学成就，奉劳伦斯为"神秘物质主义者"并把劳伦斯比作尼采式的孤魂天才。这股来自"民间"和"非文学"的力量居然敌过了罗素等人鞭尸的恶语，唤起了广大读者对劳伦斯的再认识和同情，出版界亦看中这个市场，推出了各种版本的劳伦斯旧作和遗作。

劳伦斯"热"最终在学术界得到回应是由于大理论家利维斯和剑桥学者格拉姆·哈夫等人的专著推动。这些人由同情其遭遇到发现其被埋没的价值，最终建立起劳伦斯学的体系。劳伦斯文学由此从民间进入学术界。

到20世纪60年代《查泰莱夫人的情人》一书在英国解禁，一时洛阳纸贵，盛况空前（估计也绝后，有当时的纪录片为证），劳伦斯文学就水到渠成地成为市场和学术界的双宠，这在现代文学史上是罕见的。英、美、加、法、意等国前后成立了劳伦斯研究会，《劳伦斯评论》杂志厚得如同一本大书，成百本的专著横空出世，劳伦斯的主要作品都改编成了电影（其中《恋爱中的女人》还在20世纪70年代末获得了奥斯卡奖），直到20世纪80年代中期纪念劳伦斯诞辰100周年的各种活动和20世纪90年代初期权威的剑桥版三卷劳伦斯传记（沃森担纲第一卷劳伦斯青年时代传记，好评如潮，被称为"现代文学研究的主要事件"），劳伦斯"热"一直持久不衰。

但最终欲毁劳伦斯的则是持"后现代主义"研究手段的学者和专业传记作家们。后现代主义注重种族、性别、殖民主义等方面的研究，恰恰是这些新潮视点将劳伦斯推向了恶的边缘：

一、在女性主义者看来，劳伦斯作品流露出了对女性的厌恶，是所谓的"厌女症"。一个"厌女症"足以使不少女性读者和研究家疏离劳伦斯。

二、劳伦斯的"血液意识"理论的主张，被指责为法西斯主义的同义词。

三、从事殖民主义研究的人从劳伦斯的一系列以澳大利亚和墨西哥为背景的作品中看出了劳伦斯的殖民主义倾向。

四、劳伦斯有关"白人意识"话语被读出了"种族主义"。

另外还有诸如对劳伦斯作品中暗示肛交、表现潜在同性恋的指责。

所有这些都是后现代主义批评关注的焦点，以此研究方法研究劳伦斯的著作根本割裂劳伦斯作品的有机发展和连续性，仅仅把劳伦斯作品中能够印证"后学"理论的某些情节和段落抽出作为"案例"孤立地分析，这似乎与当初有人把劳伦斯的成名作《儿子与情人》的时代和环境背景虚化，仅仅将其看成是弗洛伊德主义在文学上的实践一样荒谬，尽管这种理论是无限褒扬劳伦斯文学的。

但"后学"者们对劳伦斯的解读影响如此之大，绝对可以"毁了"劳伦斯。沃森教授很是为此担忧。他似乎坚守的仍然是有机的研究方法，在故纸堆里考证劳伦斯作品的发生、修改、版本变化，将劳伦斯创作的细节与历史事件、生活经历、交友、原型等一一观照，以此说明劳伦斯的创作动机和起因。沃森等人的一套三部传记在这一点上是很一致的，每本书的注解和索引就占全书的四分之一，有时一句话的论点要有很长的一段注解来支撑。劳伦斯研究渐渐成为一项跨文化研究，包括了19世纪末和20世纪初的西方思想流变、英国历史、中原地区史、工人阶级生活方式、方言、教育史、一次世界大战研究等等。沃森甚至向我们展示当年劳伦斯祖父母的生育记录，考证出劳伦斯父亲出生的前一年他们有过一个男孩，名字相同，估计是出生后夭折，劳伦斯父亲出生后使用了其兄的名字。这样的研究，真像我们的"红学"了。无独有偶，我发现一位德国汉学家正在研究茅盾的手稿，他在故纸堆里考证着茅盾创作的演变。不同的研究方法居然可以"毁"一个作家，也可以"保"一个作家。这种现象本身就值得研究。

但毫无疑问，几百万字沉重的劳伦斯评传似乎敌不过一本20万字的短平快"后学"批评，因为后者更能触动当代人"话语"的兴奋点，是把劳伦斯置于"现在"的氛围中进行评价。这样似乎也很有意义，给人的感觉是劳伦斯还活着，是一个患有后现代病的典型作家。如果说1930年劳伦斯逝世后罗素等人对劳伦斯的鞭尸还显得"业余"，是出自个人恩怨，那么现在的后学对劳伦斯的"毁"完全没有个人恩怨，仅仅是学术性的，且颇具理论高度。不知道这是不是从另一个侧面反证了劳伦斯的"现代性"和"后现代性"。

有趣的是，沃森教授一旦换上"后学"式眼光，居然有了新的发现：劳伦斯的《儿子与情人》是最早表现女权的作品，劳伦斯甚至可以说是最早的女权主义男性作家。《虹》中的性别是倒置的：汤姆·布朗温家的男人是生物学上的男人，但是性别学（gender）上的女人；而女性则更富有男性气质，应该算gender上的男人。当然这似乎是沃森的"平常语"，他并没有真正投身"后学"式的研究。

"劳伦斯让他们毁了！"沃森对此不无伤感。有时开研讨会或审听博士论文，听到对劳伦斯的"诋毁"，沃森都会像个孩子一样露出难堪的表情，甚至做鬼脸。其爱憎之分明总是溢于言表。

这个现象引起了我的注意，禁不住问他："你是不是过于迷恋（obsessed with）劳伦斯，才如此维护劳伦斯的名誉？"

沃森忙反驳："千万慎用obsess这个词，人家会认为我有什么病。我本来就被认为finished，再加上obsession，就彻底finished了。"

"那，你是怎么成为专业的劳伦斯研究者的？难道这种专业的选择没有什么必然吗？"我质疑。为了表示我发问的态度之真诚，我告诉他我在1981年决定研究劳伦斯，是因为中国刚刚"改革开放"不久，普林斯顿来的一个年轻博士给我们上现代文学选读课，目的只是"扩大知识面"，只泛泛讲了乔伊斯、伍尔夫、曼斯菲尔德和劳伦斯，我就知道这么三个半现代派作家（劳伦斯只能算半个），便在四个人中选一个做硕士论文，迷迷糊糊做起来的，当然很幸运的是我翻译研究之后开始对劳伦斯obsessed了。

沃森说他走上这条路的过程也大致如此。他是在20世纪60年代劳伦斯的书解禁后接触到劳伦斯作品的。父母的书架上开始有了劳伦斯的书，读劳伦斯是一种时髦。就是在劳伦斯热的时候他开始成为利维斯的学生。"跟利维斯学能不学劳伦斯吗？"他的学位论文自然做的是劳伦斯。但似乎并没有因此对劳伦斯迷恋，做论文是为了拿学位，找工作。作为年轻的博士，他不得不到美国、苏格兰和威尔士去教书，教成了英国文学的教授，主攻古典文学，出版了湖畔派诗人研究专著。那是铁饭碗，是高山流水和阳春白雪。

本来可能就那么高处不胜寒地终了自己的学术生涯，一个偶然契机在他耳顺之年改变了自己的学术和生活道路：他在肯特大学的博士生导师威克斯是一位著名的劳伦斯研究专家，他受命于剑桥大学出版社写作一部详尽的劳伦斯评传，自然首先想到邀请他的弟子加盟并担纲写作劳伦斯青少年时代的第一卷，也就是劳伦斯出生、求学、成长、开始文学创作并最终走出家乡的这一段。

20多年后重拾当年的专业,"这本书的写作彻底把我同劳伦斯和他的家乡伊斯特伍德连在了一起,我把个小小的伊斯特伍德走遍了,研究透了,这里快成了我的家乡了。"他说。

20世纪90年代初沃森的第一卷《劳伦斯:早年岁月1885—1912》出版,它资料翔实,情理交融,文采斐然,笔法颇似20世纪80年代徐迟的"报告文学"。这样将学术与感情熔为一炉的传记文学作品一炮打响,冲破了笼罩在劳伦斯头上的阴霾,在劳伦斯研究陷入低谷时重振雄风。

也是在这个时候,诺丁汉大学开始了其进入国际一流大学的强烈攻势,劳伦斯这个八十多年前的大专生自然成了本校人文学科最灿烂的招牌,与布特勋爵捐助的硬件设施交相辉映。

于是大学里两个人的铜像位置是这样的:作为铁饭碗的布特铜像牢牢地矗立在学校大门口,劳伦斯手捧蓝色的龙胆花赤脚站在图书馆旁的草地上。

于是这所大学成立了劳伦斯研究中心,图书馆里专门设立了劳伦斯档案资料中心,开始重金收购尚散落民间(包括劳伦斯的老外甥和外甥女们)的手稿书信等,迅速建成继奥斯汀大学后第二个最大的劳伦斯资料库。

于是,年富力强的沃森教授被推上了世界上唯一的劳伦斯教授的宝座。沃森终于转了一圈后回到了英格兰,虽然这里离他的老家伦敦有几百里路,但毕竟他回到英格兰了。一本书决定了他回归劳伦斯,回归英格兰。

"以你这样独特的经历,你不可能不受劳伦斯的影响,即使你再不迷恋劳伦斯。"我断定。

"当然被他影响了。"沃森说,"最大的影响是在婚姻观上,相信双方之间应建立起劳伦斯提倡的那种双星平衡的关系。"沃森指的是劳伦斯的《恋爱中的女人》。

"第二个影响是,接受了劳伦斯的信念:通过写作生活,写作造就经验("write to live"、"writing makes experience")。传统的沃森教授听上去似乎很后现代。

"你现在的生活几乎离不开劳伦斯,提起劳伦斯,你最直接的感觉是什么?"

"你参加了我们一年的活动,应该发现,我们是把劳伦斯当成一个自家的亲戚谈论的，他的每一件事都是我们的话题，对我来说，就像谈论故去的一个兄弟。"沃森说。

是的，这一年和劳伦斯中心的师生每周相见几次，老中青三代人，各种肤色和口音的人聚在一起，大家共同的话题就是劳伦斯，细微到他的每一句话，每个趣闻。有时我真的感到像是在谈论一个自家人，好像这个人离我们很近，好像这个聚会就缺他一个人了，而他还在路上耽搁着不知在干什么，或许是车子抛锚了正趴在车下修呢。沃森的话唤起了我这种家人意识，相信大家都有同感。以至于大家经常聊天时引用劳伦斯的话，产生了许多外人难解的"行话"。比如有一次上完课，整座楼被保安锁了，我们一行十来个人在楼里东突西碰，最后终于找到一个没上锁的门，我大喊一声："看啊！"大家不约而同地喊："我们闯过来了！"这是劳伦斯闯过生命中最大的难关后出版的一本诗集的书名。听得旁边的行人莫名其妙，以为我们疯了。

"那么你提前退休后准备做什么呢，你后年才60岁，正是智慧的黄金时期。"我问。

沃森的回答出乎我的意料：他准备写作一本舒曼传，据说他从小至今真正迷恋的是舒曼的音乐。

他还有绝的——研究了一辈子别人的小说，他要开始自己写小说！

估计这本小说被研究劳伦斯的人读了，能做出很多注解，说明哪句话来自劳伦斯。我告诉他我不幸这样在自己的小说里迷迷糊糊写进了劳伦斯的话，当初没意识，再版小说读校样，竟发现了自己的"剽窃"行为，很是为之汗颜。沃森说，这很正常，只要不是成段的，就不算剽窃。我期待着他的小说。或许劳伦斯学者们互相传看自己的小说也会成为劳伦斯研究的一项内容。

沃森退休后果然出版了他写的《舒曼传》，还出版了他的劳伦斯传记收官之作单卷本《劳伦斯：局外人的一生》，此书应该是在诺丁汉期间写的。我发现他在书后向他的一些学生致谢，说与这些学生有教学相长之谊，我的名字在列，我为此深感自豪，虽然我不是注册生。

行到水穷处，坐看云起时

——沃森著《劳伦斯：局外人的一生》序言[①]

拿到本书校样[②]准备作序时，我正在通读拙译《查泰莱夫人的情人》的校样并做最后的润色。两本书的校样并排置于书桌上，交替阅读，感慨良多。一部是劳伦斯的压轴小说巨制，一部是世界上第一位劳伦斯学教授沃森的封山之作，两者在某种意义上说都是"绝唱"，激励着我，鞭策着我。这两个人，一位是我多年青灯黄卷、焚膏继晷翻译研习的文学巨擘，一位是我追随一年、对我谆谆教诲的恩师；一位在诺丁汉成长后浪迹天涯，一位生长于伦敦，而后以诺丁汉为基地，传授劳伦斯文学的真谛。

沃森写完这部传记就告别了劳伦斯研究领域并从诺丁汉大学提前退休。这本封笔之作，既是对他多年在本领域研究的总结和纪念，又是厚积薄发的推陈出新。青壮年时期沃森担纲三卷本剑桥版劳伦斯传第一卷《劳伦斯

[①] 本文是为约翰·沃森《劳伦斯：局外人的一生》中译本所写的序言，首发在《书城》杂志2010年第7期，此次有修改。
[②] 拙译《查泰莱夫人的情人》经过多年搁置，于2010年分别在译林出版社和中央编译出版社出版中英双语本和中文本。

的青年时代》，缜密的推理分析与有节制的情感抒发相得益彰，因此而一炮走红，一跃成劳伦斯学新秀权威。身为"细读"派宗师利维斯的学生，沃森在这本书里自然延续了这种严谨的学术笔法，广征博引，钩沉探幽，对劳伦斯生平的细节多有新的发现。如作者所言："力求忠实于他的本来面目，尽可能清晰地揭示他的写作动机。"同时，于细微处，不难发现作者对传主的同情隐含于字里行间，因为这是劳伦斯的声誉受到近年一些传记和批评著作的"诋毁以来的第一部单卷本劳伦斯生平传记"。很明显，作者的目的是维护劳伦斯的声誉，还原真实的劳伦斯。沃森的解释，让我想起劳伦斯当年写作《哈代论》时的语调，那就是"一怒之下"而写（out of sheer rage）。作为一个后半生致力于劳伦斯学的教授，沃森有理由愤怒，也有理由为劳伦斯的声誉辩护，当然这样的维护与还原是要以充分的史料和事实做依据的。我认为，在本书中沃森做到了一个传记作家应该并且能够做到的，那就是细节翔实，情理并重，高屋建瓴。在劳伦斯的声誉遭到无情诋毁时，沃森以敬业精神和专业功底推出力作，回应学界的曲解和损毁，如此高蹈的风范，令人感佩。这部从容大气的著作在劳伦斯研究领域内是一个新的里程碑，让我想起两句古诗：行到水穷处，坐看云起时。

沃森的高屋建瓴，最终落在书名上，可谓画龙点睛之笔。劳伦斯在20世纪30年代前的英国文坛上，的确是个"局外人"。这个结论，终于解决了多年来劳伦斯研究领域内一直无法解决的"劳伦斯之定位问题"（the problem of placing Lawrence）。一个"局外人"，提纲挈领，为劳伦斯的为人、为文定位，也就说明了劳伦斯何以从本时代的叛逆到今日的被攻讦目标，一路遭到追杀，因为他"似乎知道同时代的人以及后来的人最敏感最忧虑之所在，他的作品就集中描写那几个主题：性，性别角色，权力的行使。他凭直觉揭示出同代人的担忧及焦虑，尽管这么做肯定让他不见容于那个时代，也许，（现在）也不见容于我们的时代。"沃森的话让我想起了他的恩师利维斯多年前的一段话，那是利维斯身体力行将劳伦斯推向学术研究领域时写下的名言："占据他身心的问题今天仍与我们休戚相关。对我们来说，他逝去后事态的发展并没能减弱他精辟洞察的重要性，也没能削弱他所带来的积极乐观与启迪——教育——的必要性。"[①] 利维斯是把劳伦斯当作工业文明时代的先知予以赞誉时说这番话的，而当今的后现代主义文化研究者在诋毁劳伦斯时，则断章取义，称之为"厌女者、法西斯分子和殖民主义者"。

这就是一个"局外人"的独特命运：他因为站在任何文学和文化圈子之外以一个边缘人的姿态孤独地在进行自己的文学探索，试图以此淑世救世，结果是自绝于同时代的文坛甚至自绝于英国；又因为他在文学圈外专注于"同时代的人以及后来的人最敏感最忧虑之所在"，终于在后现代语境中被发现仍然是个另类，在受到继续关注的同时，自然也遭到攻击。他们的攻讦往往是出自社会学和文化学的语境，对劳伦斯的考量多脱离文学这个根本，不过是在劳伦斯作品中寻找符合其语境的实例，恰恰忘记了劳伦斯的作品是文学而非社会生活的简单记录。

文学的根本关乎价值判断，只有具备智慧和富有情感的批评能力的读者才能读懂文学。这里指的还不是明确的价值判断之行为本身，而是指对艺术家语言应用的微妙细腻和作品的复杂铺陈做出恰当和欣赏的反应的能力。[②] 或许利维斯也是先知，预见到了几十年后有些文化学者混淆文学与文化学，误入歧途。有趣的是，在这段话的最后利维斯特别指出："社会学家如果自己本身不是比任何专业的文学导师更为聪慧的批评家的话，他就无法懂得劳伦斯所谈论的现代文明人的问题。"或许那些手持后现代研究武器无情诋毁劳伦斯的文化学家，恰恰成了利维斯半个世纪前所富有预见性的批评的靶子。后现代文化学者把后现代话语引入劳伦斯研究，其实是在开拓这个领域的视野，但却往往因为忽略了劳伦斯作品的文学品质而画地为牢，反倒失之教条。我记得在澳洲讲学时，有的澳洲学者评价劳伦斯以澳洲为背景写的小说《袋鼠》时，就说劳伦斯是以殖民主义者的眼光看待澳洲的。但他们恰恰忘记劳伦斯是大英帝国的边缘文人，在英国本身就是个文化的"差异者"和"颠覆者"，遭到主流文化的排挤和政治当权者的迫害，他的作品《虹》中的厄秀拉毫不留情地谴责殖民者恋人斯克里宾斯基，

---

① F. R. 利维斯：《小说家劳伦斯》，企鹅图书公司，1956年英文版，第11页。
② 见F. R. 利维斯：《共同的追求》，企鹅图书公司，1963年英文版，第193页。

他怎么可能是个殖民主义者呢？尽管《袋鼠》中不乏对澳洲现象的批评，但那是一个作家天然的本性使然，他到美国后不是也对美国颇多微词吗？难道因为美国是个强国而澳洲是英联邦属国，同样的批评在澳洲就构成了"殖民主义"，在美国就成了敢于挑战大美国吗？

但同时也请不要忘记，这个"局外人"因为身处边缘，多方"结缘"，反倒成了文学的常青树或跨时代的病态案例，从写实主义到现代主义直到后现代主义的语境中，他的作品和生平都是被关注的焦点，其文学张力之大，前所未有。"至于文明对本能和欲望的影响，在他之前或之后的任何一位作家都比不上他的洞察力。"沃森如此断言。这样跨时代的张力，似乎只有真正的文学才具有。劳伦斯文学是也。

一个永远的"局外人"，其人格是如何形成的，他何以被赋予了如此永久的魅力、魔力，又缘何遭到跨时代的妖魔化？沃森这部史料丰富、见地高超、寓情于理的传记对此做出了令人信服的结论。

因为选择了写作生涯，他义无返顾地脱离了他生长于斯的工人阶级，如他自己所言："我自己就永远也不会回到劳动阶级中去了，不能回到他们的盲目、愚钝、偏见和群体情绪中去。""我实际上脱离了劳动阶级的圈子，因此我就没有圈子可言了，但我对此感到满足。"[①]

《儿子与情人》大获成功，他在英国文坛上声名鹊起，成功的梯子为他准备好了，只等他攀爬，他会像威尔斯等底层出身的作家一样功成名就。可他在伦敦的各个文学圈子中间困惑了：20世纪初的英国文坛，圈子林立，流派纵横，爱德华时代的文学大叔们依旧高高在上，乔治派诗人锋芒毕露，布鲁姆斯伯里—剑桥文人圈子傲视群雄，意象派诗歌风头正健，旋涡派、未来主义正在兴起，小资产阶级的文化圈子试图把劳伦斯定位为弗吉尼亚农庄里黑奴中脱颖而出的白人似的工人阶级天才作家……那些成功人士对他多有关照呵护，他要做的是攀附或皈依随便哪个圈子或流派，被他们拔茅连茹，沿着现成的路走向名作家的目的。可他没有依附任何一个圈子，因为他凭着自己的血液感知，相信自己不能与他们或融合或沉瀣。于是，

---

① 劳伦斯：《我算哪个阶级》，黑马译《劳伦斯散文》，人民文学出版社，2008年，第90—91页。

在经过一番交往后，他与他们一个个决裂，从罗素到福斯特，从莫雷尔夫人到胡佛到加尼特，逐一决裂，还不时对萧伯纳和高尔斯华绥这样的文坛巨擘发出挑战之声。这种处世态度本身就将自己置于孤家寡人的境地。我们可以说是天性使然，也可以称之为"文人相轻"，但在劳伦斯刚刚开始步入文坛的时候，在别人眼里他是不具备"相轻"资本的，只能被上流文人看作是少年狂妄，遭到孤立被认为是咎由自取。与此同时他的作品又受到右翼势力的扼杀，他只能作为一个拮据的写作个体，靠着几个边缘文化人和还算善解人意的代理人的周旋，在人心叵测的英国文坛上苦苦沉浮，陷于随时都可能被淹没的危险境地。这样的经历，后来又被正统的左派批评家考德威尔等讥讽为背叛工人阶级的悲惨下场。但劳伦斯始终没有向命运屈服，他遵从的是自己内心呼唤的引领，坚持的是自己的文学探索，恪守的是自己的信念："我得写，因为我想让人们——英国的人们——有所改变，变得更有脑子。"① 劳伦斯的写作从一开始就如此简单、朴素、真诚，那就是：改变英国，改变英国人的生活态度。读遍全世界大大小小的作家有关"为何写作"的言论，狂放豪气的有，悲壮沉重的有，玄妙高蹈的有，而劳伦斯这个矿工出身的小学教师的回答应该是最简单质朴的了。在一个贵族和精英强势文化坚如磐石的旧英国，一个贫穷的小镇青年作家能如此"简单"地要改变英国点什么，这简单姿态该有多么不简单。而他又怎能不遭到他要改变的那些人诋毁？

他从一开始就把自己摆在了"局外人"的位置上，他这样游走在各种文化群体之间的边缘作家本身，就是后现代主义文学研究所关注的话语上的天然"差异"者、意义的"颠覆"者和"消解"者。正如沃森所说："他在写作生涯的最后十一年，四处云游，实验性地写作，设法维持生计，时而又在自己的作品中极尽颠覆之能。"

从《恋爱中的女人》开始，劳伦斯的超阶级意识日渐凸显，在今天看来颇具后现代文化意义。他从人类文明进程的悲剧角度出发，超越了现代经济学理论的认知范畴，即资本是靠对劳动力的压榨达到积累。事实上后

---

① 劳伦斯：《劳伦斯书信集》，剑桥大学出版社，2002年，第573封。

现代理论认为，资本是靠对不可再生的自然资源的掠夺"转化"而成的，劳动力不过是自然的一部分。是在与自然的异化过程中，劳资双方成了对立的统一。劳伦斯从而超越了剥削—被剥削阶级对立的意识，认定有产者的冷酷无情与无产者的萎靡无奈都是文明异化的不可救药的产物。（劳伦斯的有关论述详见其散文《还乡》、《诺丁汉矿乡杂记》和《我算哪个阶级》等。）揭示这些真理，劳伦斯凭借的不是任何理论，而是其对人/自然的本能关爱和天赐的艺术敏感。他触及了现代文明的种种弊端和疾病症候，其作品在后资本主义时代就愈显功力。

于是他试图创造一个文明与自然之间的第三者，这就是《查泰莱夫人的情人》中的猎场看守麦勒斯。在此劳伦斯超越了自身阶级的局限，用道德和艺术的标准衡量人，用"健康"的标准衡量人的肉体和灵魂，其"局外人"立场最终以麦勒斯的艺术形象得到诠释，他早年一直憋闷于心的块垒终得释然。那时，为了寻找崭新的小说形式和语言，他曾殚精竭虑，用力捶着自己的胸口说："这儿堵得慌，萨瓦奇，比水泥坨子还重。我要是不把它弄出来，非堵死我不可。"[①]

四海为家、一贫如洗的日子里，他没有为自己的思想冒险后悔，更没有试图走回到《儿子与情人》的老路上去以获得功名和安稳的生活。事实证明，如果没有《虹》、《恋》和《查》这三部压阵大作，劳伦斯个人的文学声望仅仅是个"工人阶级里的天才"而已，得到的仅仅是小资产阶级和知识精英界居高临下的欣赏而已。是《儿子与情人》之后的创新，奠定了他在英国文学史上的不朽声誉，为英国文学在世界文学之林中获得崇高的地位做出了杰出的贡献，更为世界读者提供了一系列超凡脱俗的文学精品，尽管他忍受了生前的清贫、迫害和孤独。

还好，他把那个文学的水泥坨子"弄出来"（Get it out!）了，他没让自己憋死自己；至于世俗让他当了烈士，那总比自己憋死自己要好吧。

"从古圣贤皆寂寞，是真名士自风流。"劳伦斯这个永远的局外人—圈外人—边缘人，在文学的海洋里划着自己的独木舟苦吟至死，塑造出了不

[①] H.T.莫尔：《爱的牧师》，企鹅出版社，1974年，第299—300页。

朽的文学形象，虽然他淑世救世的追求是麦勒斯这样孤独的个体所无法承担的，但他通过麦勒斯的形象在颠覆僵死固化的人类秩序，道出了遗世独立的风流气韵，如沃森所说：这个自1930年以来其讣告被改写多次的作家，"仍继续给我们烦恼也给我们愉悦"。即使是对于劳伦斯的遭到谴责，沃森也说"要是知道他被谴责的缘由是我们作为当代读者最敏感的话题，劳伦斯会极度满意的"。一个圈外人作家，在他的同时代独领风骚的作家们都渐次淡出读者视野，甚至他身后的作家们都"速朽"，他的讣告还多次被改写，在他死后80年还能带给人们烦恼和愉悦，一个穷矿工出身的英国小镇作家，夫复何求？！

2000年，我到诺丁汉大学的劳伦斯研究中心做为期一年的访问学者。当初拿到赴英进修的奖学金，其实我可以选择比诺丁汉大学更有国际声望的其他英国大学，如剑桥和牛津。但我最终选择了诺丁汉，就是因为那里有沃森，而且是劳伦斯的故乡。文学是人学，也是学人，要学人，就要离你学的人或有其人气萦迂的地方近些，再近些。现在，读着恩师的作品，我感到我真的"找到"了这两个人，这两个不同时代的英国人，无形中改变了我。我感激这种改变。

2010年正月十五，飞雪与爆竹声中

劳伦斯的三段秋日

九月的北京，这是郁达夫《故都的秋》所写的秋天的北京，"一层儿秋雨一层儿凉了"。上午还秋阳晦暗迷蒙，傍晚就开始落秋雨。这个时候恰巧读沃森老师的一篇讲演，关于劳伦斯在1924年9月初的写作活动。他是在一个九月天在劳伦斯家乡做的讲演，讲演时他朗诵了他欣赏的一段劳伦斯的文字：

> 坐在落基山脚下的一棵小雪松下，望着苍白的沙漠渐渐没入西边的地平线，那里沙丘在寂静的初秋天儿里影影绰绰。这个早上，附近的松树都纹丝不动，葵花和紫苑花开始在游丝般的晨风中摇曳。这个时候给一份书志撰写导语似乎是自然而然的事。

这是9月1日上午劳伦斯开始写的《书之孽》一文的开头。沃森欣赏的英文原文里，这一段只有一个句号，是一个长句子，中间有5个逗号。可惜按照那个句式翻译成中文就不是中国话了。我毅然给它拆成了三个句子，让劳伦斯说中国话。

但如果不是沃森提醒，我没注意这篇文章是9月1日上午写的。我更不了解，这是劳伦斯有生以来第一次在一篇谈书的文章里首次详细地谈到父母和家人。沃森说，写书的文章本可以不谈家人的，但他谈了，说明他在离开故土多年后在新墨西哥怀乡了。他模仿父亲的口吻，说他一天苦活儿没有干过，写了本小说就挣那么多钱；描摹母亲病入膏肓时拿到他第一本小说时目光如此黯淡，因为她不信矿工的儿子能写出好的小说来，也没力气看。他的父母就是这样看待他这个苦苦写作的年轻作家的。而姐姐则说他运气好。所以劳伦斯的回忆是不快乐的。但他禁不住回忆了，因为即使不快乐，也是和家人在一起。从此他开始不断地在散文中回忆家乡，回忆童年。

似乎是与父亲心有灵犀吧，他写完文章发出去那天是9月10日，第二天就是他39岁的生日了。结果他收到姐姐从英国发来的电报，报告说父亲恰恰是10日离世的。劳伦斯盯着父亲的遗像，面对这个自己一直厌恶误解的人，似乎开始怀念父亲自由、快活、肉感的身影，那是他错过的。于是他说："我在父亲身上看到太多的我自己了。"这文章似乎是送父亲上路的灵舟。多年后的一个清秋日，劳伦斯终于写下了堪与兰波的《灵舟》媲美的自己的《灵舟》(*The Ship of Death*)：

> 打造你的灵舟吧，因为你必须踏上
> 那最遥远的旅程，去向湮灭。

> 死过漫长痛苦的死亡
> 在旧与新的自我之间。

身处葵花和紫苑花丛中，劳伦斯对有人为他编辑书志感到不解。在他看来，出书就是开花，印一版，绽放一次，欢笑一次，然后就是结籽，绚烂从此结束，为何要管它是第几版呢？沃森也说，他提前从教授位子上退下来，再也不用写论文论证什么了，他的讲演不是要说服听众，仅仅是道出自己读书后的心得感想而已。读书后各有感触，各有解法，道出自己的感受就好，就像出一次书结一次籽一样，我们读书后种下的是思想的种子。

沃森不当教授了，心态变得多么自由。劳伦斯的原话是这样说的，或者说我让他用中文这样说的，换个别人翻译，可能他的语气就是另一种了：

> 对芸芸众生来说，秋日的早晨不过是某种舞台背景，在这背景下他们尽显其机械呆板的本领。但有些人看到的是，树木挺立起来，环视周围的日光，在两场黑夜之间彰显自己的生命和现实。很快它们又会任黑夜降临，自己也消失其中。一朵花儿曾经笑过，笑过了就窃笑着结籽，然后就消失了。什么时候？去了哪里？谁知道呢，谁在乎呢？那获得过生命后发出的笑声就是一切。
>
> 书亦如此。对每个与自身灵魂痛苦搏斗的人来说，书就是书，它开过花，结了籽，随后就没了。

沃森这次读了《查泰莱夫人的情人》后结的籽还是很启发我们的：就是从这个秋天开始，劳伦斯的思乡情与日俱增，以后两年中他两次都在九月返乡，游历伊斯特伍德，凝视自己开过花的童年和青年时代，然后回到意大利在佛罗伦萨的秋光秋色中挥笔写下《查泰莱夫人的情人》。沃森认为，这书是继《儿子与情人》后劳伦斯第一次真正书写故乡，回眸自己在英国的青年时代，那麦勒斯的感受是青年劳伦斯与弗里达激情的记录，思想是劳伦斯的思想，而那麦勒斯的外形则是劳伦斯的矿工父亲亚瑟，形神合一的这个形象是真正的英国劳动阶级的"英雄"，同时他让这个全新的英雄与另一个阶级的女人相爱，这一对恋人不再像《儿子与情人》中来自两个阶层的男女互相仇恨，而是爱到极致，等于是让父母在小说中和好。所以沃森说，这本小说是对《儿子与情人》的重写。我似乎可以再续貂一下：劳伦斯似乎是活在了父亲的身体里，麦勒斯是劳伦斯/亚瑟的结合体，而康妮则是弗里达/母亲丽蒂雅的结合体。劳伦斯从这最后一部小说里获得了全部的想象的满足。

这一切，都归功于劳伦斯经历的三个秋天，三个九月的怀乡与还乡。

秋天里，让我们读书，让我们的思想结籽。

（John Worthen, *Experiments: Lectures on Lawrence*, CCCP, Nottingham, 2012）

霍加特：回顾《查泰莱夫人的情人》审判及其文化反思

英国"文化研究"的开拓者理查德·霍加特曾供职于大学及联合国教科文组织。退休后隐居小镇，自称是纯粹的"英国式社会主义者"，手持如椽大笔，向极右和极左派（特别对后者，因为他认为那是他的同类中的怪胎）开战，俨然是英国文化学界遗世独立的一泓清流。他在耄耋之年还出了很多随笔集，文字一派儒雅睿智、辛辣俏皮，一腔爱恨，跃然笔端，绝对是a very English voice。读霍加特的文化随笔，还可以顺便练练朗读，是货真价实的念书，做点笔记，主要以摘要转述霍加特的意思为己任，这比翻译要容易些。我的感想和注解就用"〔 〕"括起来，算是补白。这一篇自然是讲霍加特参加20世纪60年代轰动全球的对《查泰莱夫人的情人》一书的审判过程的回顾和对此所做的文化反思，应该对今天的我们有所启发。

一 20世纪60年代英国审判《查泰莱夫人的情人》的时代和法律背景

20世纪60年，企鹅出版社在劳伦斯逝世30周年之际，推出《查泰莱夫人的情人》的全本（在此之前只有节本或洁本）。闻此，检察官认为企鹅出版社犯法，就令警察去书店买书，在谁家买到书，就可以告谁出售"淫秽物"。企鹅出版社的律师决定送12本书给警察，从而构成犯罪事实，免了书店的麻烦。〔这一举动颇为仗义，也说明企鹅出版社豁出去要与检察官对簿公堂了。这是背水一战，输了官司，意味着企鹅出版社的老板要蹲大狱。〕于是检察官决定就此起诉企鹅出版社。

20世纪50年代末，英国似乎进入了一个性自由的社会，为此有几本书因为淫秽被治罪。但作家协会却感到旧的法律中有关淫秽的条款对含有色情描写的严肃文学构成了威胁。于是延请社会名流对现行法律条款做开明的修订。历经5年努力，终于出台了1959年的"淫秽出版条例"，写进了法律全书。

修改后的条例对旧法律的重要修改内容大致如下：

1. 一本书淫秽与否应从整体考量。〔以防止人们断章取义、以偏概全，仅仅抽出几段"色情描写"以一木代森林。〕

2. 即使一本书有可能对一些人产生误导，但只要它对"科学、文学、艺术或学问或其他普遍广泛的领域有利"，它可以被认定是对公众有益。

3. 应该征集专家对这本书赞成或反对的证词，而不是让没有文学资质的普通公民充当仲裁人。

估计检查机构觉得审判《查泰莱夫人的情人》是一个良好的契机，借此可以通过专家认证判决这本书是淫秽之作，令企鹅出版社遭到严厉惩罚。只是，结果完全出乎他们意料，其实它有利于《查泰莱夫人的情人》的开禁，企鹅出版社也正是看到了这个契机才推出该书的全本。检察官本是要通过公正的条例和手段查禁这本书，结果却是这三项修订条款保护了这本书，最终此书被宣判无罪，结束了长达30年的禁令。从而使英国这个拥有优秀的文学传统和民主制度的国家从"惭愧"中解脱了出来——这是企鹅的辩护律师杰拉德·戈丁纳的说法，他认为一个如此伟大的文学与民主的国家却不能读到一个自己的伟大作家的作品，"不但令世人惊奇，也令自己惭愧"。恰恰是由于有了民主（包括议会制和陪审团制度），英国才摆脱了一根长达30年的耻辱柱。当然，也因为有强大的英国文学传统支撑着人们的良知，才使得那些做证的文学专家和陪审团成员无一人认为此书淫秽，结果是庭上只有检察官一人坚持此书有害的看法。看来刚性的法律还是要被柔性的人性所文明化。

在此特别有必要记下一笔，谈谈企鹅出版社的第一辩护律师杰拉德·戈丁纳。此人生于1900年，出身贵族之家，父母双方都是名流，且家族史显赫。但他从小接受新式的民主思想，对旧的秩序持反叛态度，导致后来加入工党，身体力行，大胆进行司法改革，不断对法律进行"开明"的修订，以后为在英国废除死刑做出了杰出贡献。1964年—1970年曾任英国的掌玺大臣，自然被封终身爵位。

为查泰莱一书的辩护词，简直是一篇篇情理交融的散文诗，有理有力有节，脱口成章，隐约可隔着历史的厚重雾霾见其大律师风采：潇洒、倜傥、激昂，而又内敛、理性。若非是有这样的文才武略者领衔辩护律师团，辩护的成功率会大大降低。当然他是顺应了历史潮流，因此才引领了历史潮流——英国彼时的民主程度和文化诉求都水到渠成，自然要冲毁陈旧的思想与法制樊篱，这才是其辩护成功的根本背景和支撑。英雄与时势相互映衬，有时势的底气，有个人的学养，才有气势逼人、情商大展的脱口秀。以后多年内，其辩护词都被当作法律学生的楷模，学习其审时度势、情理交融的辩才，此乃法律与文学高度结合的行为艺术也。可见在优秀的律师那里，法律与文学本就是同根同源。

由此我们也会惊叹，为一本世界名著翻案，自然要有世界级的法律大师来做方可。此人不久后即晋身英国掌玺大臣，身价仅次于首相，在法律改革上大显身手，是何等叱咤风云之人物。这样的帅才加将才，为一本书翻案，即使不说是易如反掌，也应该说是举重若轻。

二　审判的过程和文化背景

却说那场长达6日的审判，是在"老城郭"（伦敦中央刑事法院）进行的。企鹅出版社给300位有文学鉴定资格的人写信求助，请他们出庭做证，到庭的只有35人，但很多人写来信表示随叫随到。当时还是大学教师的霍加特是到庭的证人之一。

他说这次审判对改变英国人的鉴赏力（the British imagination）起到了具有历史意义的作用，因为它触及了这个国家的很多敏感神经：书籍查禁的限度与合法性、性、文学，还有与这些密切相关的阶级问题。〔英国人当时的阶级界限仍然泾渭分明，阶级观念很重，而这部小说写的恰恰是上流贵妇与其下人的私情，即使性事叙述笔墨不浓，也令上流阶层反感，这也是人之常情。〕

其实，霍加特本人并不认为《查泰莱夫人的情人》是劳伦斯的杰作，但他说他佩服其中的不少部分：如对景色的描写和波顿夫人的人物塑造。他被请来当证人时，还仅仅是个外省的大学老师，刚刚出版了后来被认为是名著的《识文断字的用处》，可能企鹅出版社认为他是个与劳伦斯相像的人物：出身外省的劳动者家庭，从事文学工作，人也朴实。

可笑的是，检察官从头到尾似乎都在问同一个问题："你希望你的妻子和仆人读这本书吗？"这问题着实老套且不合时宜，令人发噱。大家都明白这些检察官的思维方式根本是与英国战后生活脱节的，他们还生活在旧的秩序里：那时男性是主宰，家里雇仆人，男主人有责任指导老婆和仆人阅读。

琼斯检察官态度骄横，令大家不齿。于是立即流传起一个为此编的笑话：琼斯怎么决定起诉一本书？他翘着脚读书，读着读着感觉私处有勃起，就高叫："淫秽！淫秽！"于是就决定起诉。

霍加特被叫去庭上发言。律师问他是否认为这书"恶毒"，他的回答很简单："不恶毒。"并补充说，这书"讲道德，甚至有清教之嫌。"

这话遭到了检察官琼斯的嘲弄和攻击。他说他对"清教"一词不明，愿意就此请教霍加特，霍便简短地打发了他。于是琼斯一时失态，说"多谢赐教"。但那腔调是居高临下的势利腔，大家都能判断，他绝不会对一个牛津或剑桥的大学教师用类似的口吻说话。

在霍加特看来，当时的法官和检察官对这样的文学名著是缺乏审判资质的，他们的文化、智慧和鉴赏力都明显不足，因此无法理解一本小说公然写了性事，用了"那个字"，怎么可以因为其文学品质而不算淫秽作品。在他们，文学品质与性描写是两回事，不管什么文学，只要写了性，就是肮脏之书。亏得有戈丁纳和哈金森（后者日后担任泰德美术馆馆长）这样具有深湛文学艺术素养的律师辩护，才能拯救这本书出苦海。霍加特略带讽刺地说，这两个人简直是司法界那个职业鸟园里的稀有鸟儿（rare birds in that professional aviary）。

霍加特之后出场的竟然是大文学家福斯特。〔他与劳伦斯一度成为莫逆，但后来因为生活态度和文学理念迥异而分道扬镳，但他们两人却有着难得的默契，一直钦敬对方，私下里多有赞词。后来的事实证明，福斯特那时已经写就一本小说，其主人公也和查泰莱夫人一样追随一个猎场看守出走，不过福斯特的《莫里斯》主人公是男性。此书福斯特决定在身后出版，估计怕的是遭到查禁或遭起诉而声名狼藉，因为他的小说涉及同性爱情，更为当时的情境所不容。〕

福斯特被检察官问及对霍加特关于劳伦斯是个清教徒作家的评语作何感想，福斯特操着抑扬顿挫的剑桥口音说："我认为那个描述是准确的，尽管人们对此的第一反应是觉得自相矛盾。"

检察官曾一度从抽屉里取出了大文豪艾略特的书《异神》（After Strange Gods），那里面有对劳伦斯的批评。〔谁都知道艾略特很看不起劳伦斯，认为他出身工人家庭和小煤镇，没有教养。估计法官要搬出艾略特这个大人物来教训这些证人。〕大家很是为此担心。但谁也没想到，艾略特早就对企鹅出版社表示，如果传唤他到庭，他随时都会来，但不是攻击劳伦斯，而是来为劳伦斯辩护。〔艾略特这个大诗人在关键时刻雍容大度，绝不落井下石。〕他果然被传唤来，等在走廊里，但没被传进法庭，因为检察官又莫名其妙地把他的书放回了抽屉里。

奇怪的倒是大批评家F. R. 利维斯，他拒绝出庭为劳伦斯辩护。〔他曾顶着巨大的压力在剑桥讲授劳伦斯课程，是劳伦斯在学术界的坚定支持和普及者，甚至被称为毛遂自荐的劳伦斯侍僧（self-appointed acolyte）。如果没有他的热情推广，劳伦斯在学术界不会那么快得到推崇，可以说利维斯是劳伦斯学的奠基人和强力推动者。他坚定地追捧《虹》和《恋爱中的女人》，喜欢大多数劳伦斯的作品，并推崇劳伦斯为20世纪最伟大的寥寥几个小说家之一。但他就是不喜欢《查泰莱夫人的情人》。本着学术观点，他不来为这书辩护。］

审判过程中检察官不停地抽出个别含有"四个字"的片段朗读，以此证明此书淫秽，但此举反倒弄巧成拙，令人生厌。霍加特说，他觉得他们不是在审判这本书，而是在审判查泰莱夫人，因为她自降身价，侮辱了她的阶级，他们审判猎场看守麦勒斯，因为他无耻高攀，甚至getting on top of her。

经过6天的起诉、辩护、指证，最终《查泰来夫人的情人》被宣判无罪。胜方辩护律师要求诉方赔偿损失，因为这场诉讼花费不菲。但法官决定不予赔偿，因为是公诉失败，赔的只能是国家的钱，有损国家形象和利益。还有，法官认为此次辩护成功给该书做了个大广告，其销售收入肯定巨大。果然，一年内这本书在英国就卖出200万册，一时万人争抢，伦敦纸贵。

三　查禁《查泰莱夫人的情人》的文化心理背景

霍加特认为审判《查泰莱夫人的情人》一书及其后果在英国引起的轰动是一个"very English"的现象，即典型的英国现象。它引发了"本世纪的文化辩论"。个中原因大致如下：

1. 主要原因是fuck一字的公然使用。这个字多次被男主人公麦勒斯道出，引起的反应说明，即使是高度文明的社会也惧怕这样的字词公然写进书里，他们需要别的什么神性的字词来代替这四个字母组成的词。劳伦斯是真诚地希望洗刷这个词上面的污秽物，还其简单的本意。于是霍加特在证人席上公然说了一句"Simply, one fucks"。当然，霍加特说，可怜的劳伦斯注定是要受误解，达不到其纯洁的目的。因为很多英国劳动者为了发泄情绪，几乎每说一句话，里面都会带上这个字，仅仅是发泄愤懑的语气助词而已，根本无涉性事。（霍加特来自劳动阶级，对此有亲身的经验。想想，中国人表达愤怒时不也是经常把这个字当成语气助词用吗？）这就使得这本书难逃淫秽的指责。

他还说，有些"删节本"删节的其实就这一个字，从来没遭到起诉，一直在销售。很多纯粹做爱的场景，因为删除了这个字，顿显温柔可爱，让人想起本书最初的书名《柔情》。

2. 这书给英国社会和文化的固有观念形成了冲击。英国人惧怕无政府主义和工人革命和骚动，上流社会中很多人对性抱有过度的谨慎和清教观点（尽管他们在行动和言语上与劳动阶级一样并非清教）。偏偏劳动阶层的人又过分使用fuck一词，因此这样的书就难免引起恐慌。

3. 事实上，对性的恐惧多来自正经的中下阶级人士，他们认为粗野的劳动者性生活是混乱不堪的。在这一点上，这些中下阶级与中产阶级的观点吻合。因此这些人认为，如果让"普通人"通过便宜的简装书读到性描写，接触到"那个字"，后果不堪设想。

对这种态度，霍加特举了个流行的笑话来嘲弄之：维多利亚女王初尝禁果，问丈夫："那些穷人也做这个吗？"丈夫说是，维多利亚便感叹："天啊，他们不配！"

霍加特说琼斯检察官总问这样的书是否会给老婆和仆人看，其实也是出于这样的心理，怕这样的书落到那些"不配"有性爱的普通人手中。霍加特惊叹："英国的文化改变太缓慢了，其上层人士居然对社会文化的变化毫无感知。"

四　开禁《查泰莱夫人的情人》的历史意义

关于这场审判的长远影响或说历史意义：

霍加特在1998年说，现在人们往往关注的是一部有性描写的书开禁了，但忘了，解禁查泰莱一书的理由不仅仅是允许文学中有性描写，更是因为它首先是一部优秀的文学作品，不能忘了这一点。其实并不是审判查泰莱一书推动了文化的变革，而是文化变革先于那些检察官们发生了，这个事件不过碰巧成了一个社会文化变革的标志。事实证明，那次陪审团中的大多数人都对这种审判感到莫名其妙，认为根本就是大惊小怪，社会早就变了，可这些检察官还在小题大做。霍加特感叹："就是这些大众态度的变化使这本书自然而然解禁了。"

最后霍加特说："即便如此，这次兴师动众的审判并非浪费时间。因为它使大众的民意与保守人士对阶级、文学和书报检查的固有看法之间的鸿沟昭然若揭，后者一直很强势，而这次审判则削弱了这种保守强势。"具有讽刺意味的是，是保守强势的检察官们自己，以为可以借助万能的法律来匡正大众的文化取向，没想到搬起石头砸了自己的脚，弄巧成拙，使这场审判变成了一场"光荣的喜剧"。这个事件一直到今天还令人关注思考。这就是它的历史意义吧。

今天看来，这甚至有闹剧之嫌。可人类就是要经过这样的阶段才逐渐宽容、理性起来。

〔同样，中国普通读者的看法是："有什么呀，劳伦斯的这本小说的性描写尺度比很多70后下半身写作的女作家的书差远了。"在这个问题上（我说的是在这个问题上）现在的中国与当年的英国情境何其相似？人们先不管什么文学价值，仅仅从故事和人性本身考虑，都觉得这样的书"没什么"。为什么每个国家都要经过这样的阶段？这让我想起大"左"派江青来，她不许人民群众看西方电影，可她却天天要在家看进口好莱坞大片，估计她也是认为老百姓不配看，只有她等少数人才配看。

当然过了这个阶段的英国里，少数没过这个阶段的也有人在。我在英国时，有右翼人士听说我这个中国来的人研究劳伦斯，就断定我是个马克思主义者，断定这本书在中国畅销，因为中国是社会主义国家，劳伦斯是社会主义者，它表现的是"工人阶级的胜利"，理应在中国畅销，我肯定翻译这书赚了钱（估计这类讽刺更在意我是否翻译这书赚了钱）。一个卖苦力的人居然吸引了一个贵妇人并让她拜倒在他脚下。这可是21世纪的英国大学里右翼教授的观点，确实令人哭笑不得，因为他既对劳伦斯抱有偏见，也对中国的社会性质基本无知。

我笑说，中国人可能理解不了"工人阶级的胜利"（the celebration of the triumph of the working class）与这本小说的关系。但哪国的"上层人士"也不愿意看到一个工人和一个官太太有染,官员养小蜜的故事他们才能接受。啥社会主义不社会主义的,没那么复杂,世俗常情才是硬道理。我的解释令他们莫名其妙,估计认为我智商有问题。

在英国我总遇上这样的问题,人们会问我这个来自中国的学者信仰什么,我说我少年时代信仰毛主义和共产主义,现在什么都不信。他们会狡黠地看着我问:"你肯定得信仰点儿什么!"(You must believe in something!)最后我被逼承认我是"弗洛伊德马克思主义者",英国教授总算开心了,说:"这就对了,你怎么能不信仰什么呢?"我真想说,世界上有"劳伦斯马克思主义者"这个词吗,我也可以承认我是Lawrentian Marxist!但我不好意思如此跟我的教授开玩笑,他是那么好的一个大学者。我宁可让他认为我是个信仰不坚定的可怜人。〕

萨加：半个世纪的回眸

读英国劳伦斯研究专家萨加的新作《为生命而艺术》，发现他是1934年生人，明年就皤然耄耋了，不禁感叹时光流水。1988年他受英国文化委员会委派来中国讲课，那时还刚过半百，金黄的卷发，白衬衫，潇洒飘逸，声情并茂地讲授劳伦斯的诗歌："Not I, not I/But the wind that blows through me...."其情其景至今难忘。2001年与他在诺丁汉重逢，又聆听一次他的讲座，一晃13年流逝，他已近古稀，略显老态，但还是精神矍铄，风采依然。学养学养，其实学问也养人，能令人神清气爽。

又一晃12年，他的劳伦斯叙论随笔集出版，开卷即读到他回眸五十多年前进入剑桥与劳伦斯作品结缘，以为靠研究劳伦斯拿个学位毕业，过几年就会开始更有意义的工作，但没想到居然一直深陷劳伦斯研究中，一路杰作迭出，成为世界劳伦斯研究的里程碑式人物，直到古稀之后还被诺丁汉大学聘为特聘教授，继续从事劳伦斯研究。这样的经历真是令人感慨万千，只能用淡定、笃定、命定来描摹了。

萨加从剑桥毕业后这五十多年经历了英国劳伦斯研究的开拓、发展和成熟的各个阶段，其贡献时常是独创性的，著作包括了传记、评论、日记和照片搜集编辑、绘画研究、作品校注等，无所不包，应该说全面超越了利维斯这些先驱，因此应该是利维斯之后的一面旗帜。但他并没有以此为晋身之器，也没有在纯学术界占据泰斗地位，仅仅是凭着热爱和执着，在这个领域内以自己的方式辛勤而智慧地耕耘，其安身立命的饭碗却是利兹大学和曼彻斯特大学继续教育（校外成人教育）系的英语和文学课程导师或辅导员，这是个远离文学中心的教学岗位。

萨加的选择非常人所能理解，但他安之若素。因此他的学术头衔最高只到Reader，据说算预备教授，很多人基本就是预备到退休，因为英国大学里某个学科和方向往往只有一个教授，可说是一席难求。他自己的解释是，在20世纪50年代英国兴起校外教育，还有个组织叫"工人教育协会"，负责校外的成人业余教育，参加这种课程的人经过考试后也有希望拿到学士学位，为广大没机会上大学的普通劳动者提供了机会。萨加大学毕业找工作时遇上这样的机会，居然认为这种教育岗位"似乎专为我设置"（that sounds made for me），就欣然离开剑桥英文系，到达比山区当校外辅导员了，令人感觉是北大的毕业生到山西煤矿的工人夜校当老师一样。

年轻的萨加对生活看来很有一种浪漫情怀，而且这种浪漫情怀最终伴随他多年从而让他坚守这样的职业。估计在这个岗位上没有在英语系那种在学术独木桥上奋争的压力，他才能腾出更多时间从事自己喜欢的劳伦斯研究，而在英文系仅仅专门研究劳伦斯是不可能晋身为教授的，英文系不允许专业研究一个作家的人存在。萨加有所放弃，因此有所斩获。但最终还是没有善始善终。20世纪90年代，他所执教的大学的校外教育系解散了，萨加这样的预备教授按说应顺理成章转入英文系，但英文系拒绝了这样的专家，因为英文系需要紧跟形势，开设各种流行的与后现代主义文学批评有关的课程，而不需要他这样教授经典作家作品而且是单个作家作品的教师，所以他的出路是提前退休，怅然离开曼彻斯特。

但他半个世纪的开拓和耕耘还是最终得到了学界的高度评价和认可，在被迫提前退休后他忽然感到莫名其妙地有了好事儿：得了一个劳伦斯研究终身成就国际奖并被年轻的诺丁汉大学学者们聘请为特聘教授，他终于成了教授。他幽默地说："从不相信干坐着等待就能等到喜从天降，但相信有时你放弃一切希望时还是有好事降临。"

林语堂曾说:"常思前辈寻常语,乐读人间未见书。"读了萨加很多学术著作,自然感到如醍醐灌顶。也恰恰是读这样的随笔文章,令我在学术之外找到了这个学者的风骨与情操,所以学者一定要写随笔才好让别人更好地认识你的内心。

从萨加的叙述中我们能读到很多寻常但未见的人间际遇,这些对一个学者的成长和湮灭并非无足轻重,有时甚至举足轻重。

如我们印象中的劳伦斯研究圣殿的大主教利维斯,在萨加笔下竟然也会暴露自己的人性弱点,令人意外又扼腕。仅仅因为萨加不是利维斯的学生,没有紧紧追随利维斯,他这个热爱劳伦斯研究的学生就无法融入利维斯主导的研究圈子。他也就自然了解到利维斯颇为霸气的一面:在利维斯自己研究劳伦斯的经典著作《小说家劳伦斯》出版前,他听说另一个级别不高的剑桥讲师哈夫完成了一本劳伦斯专著《黑太阳》并要先于自己的著作出版就十分恼火。萨加后来很是对利维斯有敬仰之情,甚至把自己辛苦搜集到的劳伦斯旧照拷贝给利维斯,利也感激地接受并表示将照片摆放在自己钢琴上了。他们之间有8封通信的交谊。但当年轻的萨加出版了自己的学术著作敬赠利维斯后,却没有得到任何回音。后来利维斯的夫人甚至写信给萨加说:"我丈夫和我都没有印象见到过你。"这对年轻的萨加是巨大的伤害。利维斯的学术高度确实令人望尘莫及,但这样的高人往往不拘小节且藐视后辈才俊,甚至在研究细节上出了错误还拒绝承认,这样的故事读后实在令人叹息无奈。萨加没能进入学术的庙堂,估计与他和利维斯的交往中出现的这些不和谐的插曲很有关系。如果当初他的学术著作获得利维斯的认可,情形或许就大不同,但萨加恐怕也就不是现在的萨加了。他现在的所有成就都是在权威和圈子之外孤独地孜孜以求获得的,没有仰仗任何权威的垂青和提携,所以更独具匠心吧。一旦学问成了某个特定圈子的产物,大家都按照某个模式和话语机制进行研究,可能对发展某种"主义"有利,但学术的独立性和独创性就会大打折扣,最终反倒不利于这种"主义"的升华,它甚至会走入绝境。利维斯无疑是伟大的,是劳伦斯研究的奠基人和开创者,在沉重的保守文化势力的重压下能在剑桥开拓这个领域确实令人高山仰止,事实上自成一座高峰。但劳伦斯研究不可能仅仅沿着利维斯开创的轨道前行,随着时代的递进它已经成为各种话语交叉对峙的一个平台,也正因此劳伦斯文学才能在后现代社会仍然保持着历久弥新的关注度。萨加承认利维斯的课程帮助他学会怎样阅读,怎样注重作品的词句,但他的兴趣似乎不在于此,因此没有成为坚定的利维斯信徒。他后来更注重劳伦斯的传记、成长史和日记等细节的考证,这些与利维斯的文本研究大相径庭但事实上形成了结构上的互补。事实证明后来的研究者的创新使劳伦斯研究呈现出更具生命力的文化景观。甚至利维斯的嫡传学生沃森教授也是以创作劳伦斯的传记而一举成名并获得了世界上唯一的劳伦斯学教授的职位的,沃森最终也走上了对劳伦斯创作的历史细节的考证之路,因为很多第一手的史料开掘而获得了诠释劳伦斯的高端话语权,比如他找到的一些劳伦斯的德文通信,就是独一无二的考据。

当萨加挎着新式柯达相机、踏着自己的滑板嗖嗖地来到劳伦斯故乡朝觐调研时,这个时髦的青年或许是最早踏访这片苦难土地的少数专业学者之一。他说现在的人简直无法想象20世纪60年代那个煤镇子的肮脏与丑陋,也因此显得镇外的乡村无比葱茏葳蕤。所以萨加最早发出了这样的声音:"在劳伦斯开始写作或形成任何理念时,自然世界一定在他心中成了净洁、健全和圣洁的标准,以此来评判人类的所作所为(The natural world must have presented itself to him as a source of the clean, the sane and the sacred by which the works of men were to be judged.)[1]。"没有体验过大工业化时期煤镇子粗鄙龌龊的人是无法理解劳伦斯何以如此仇视工业化的腐蚀和对钱伯斯家所在的乡村为何如此热恋,进而在自己的心象图中形成了一道工业化与乡村英国的分界线,从而也就形成了他特别的审美眼光和标准。这个标准的落点是人和人心,如同他对绘画的要求:风景虽重要,但最重要的是风景中的人[2]。劳伦斯的文学就围绕着"风景中的人"展开,最终是风景的内化与人的内心风景的外化互为表里。我在自己最早的论文中提出摧

---

[1] Keith Sagar:"Art for Life's Sake":Essays on D. H. Lawrence,CCCP,Nottingham,2012,p. 18.
[2] 劳伦斯:《劳伦斯的绘画世界》,黑马译,金城出版社,2012年,第25页。

残自然和复归自然是劳伦斯文学的母题①，以后所有的故事都在这个基调上奏响。但那时是从书本到书本的理解，并没有血液中深度的认知。而现在读了萨加20世纪60年代身临其境的感悟，再次印证了我最早的信念。另一位美国传记作家卡罗于20世纪70年代造访劳伦斯故乡，惊讶地发现那里的人情世故竟然同劳伦斯作品里所描述的一样。真正的变化发生在20世纪80年代关闭煤矿之后。只要煤矿在，那种采煤方式在，人们的生存方式就不会改变，心态也大致如此。谁能想到在海外称雄的大英帝国的最中心地带还生活着这样一些与大英帝国的地位判若云泥的苦难百姓，金玉其表的英吉利内部还有这样不堪入目的自然毁灭的风景？而劳伦斯在20世纪10年代的作品中就已经揭示出这种病态存在的"后现代性"了，如卡罗所说，劳伦斯用精准的语言和意象表现了现代文明堕落崩溃的整个过程，他起到的是"种子"的作用（A study of Lawrence could reveal the whole process of disintegration mapped out for us in precise language. Like him or not, he is undeniably seminal....）②，这颗种子恰恰生长于工业化最为典型的英国中部丑恶的土壤中，其强烈的对比又恰恰是近在咫尺的老农业英国风景，这种对比加剧了对这颗种子的催化作用。

萨加还告诉我们20世纪50年代末英国青年学生如何把劳伦斯视为他们的代言人，几乎任何专业的学生书架上都有几本劳伦斯的小说，这是企鹅出版社的功劳，它获得了全部劳伦斯作品的版权，开始大规模出版。因此导致了20世纪60年代当局对《查泰莱夫人的情人》一书的公诉，声势浩大地审判之，最终企鹅出版社大获全胜，劳伦斯作品彻底被昭雪成为经典。萨加目睹了此次平反昭雪的盛况和悖谬，评价说："这是劳伦斯的英国发出的最后一喘，从此那个兴文字狱的、言语暧昧委婉、阶级界线清晰的清教的英国（the last gasp of Lawrence's England, the England of censorship, mealy-mouthed Puritanism, and class-distinction）③一去不复返了。"这次胜利是情势所致，是大众文化取向的胜利。但英国的性革命中其实毫无劳伦斯

---

① 毕冰宾：《劳伦斯创作主题的演变》，载《名作欣赏》第3期，1989年。
② Philip Callow: *Son and Lover*, Stein and Day, N.Y., 1975, p. 12.
③ Keith Sagar, p. 25.

作品中性宗教的内涵，因此这样的胜利也就难以体现劳伦斯文学真实的价值，以至于后来的年轻人会认为那样巨大规模的审判和翻案竟显得虚张声势，毫无必要，因为在他们看来劳伦斯的性描写与色情文学的描写比简直微不足道。这正如当年愤然为"查泰莱"一书辩护的霍加特后来指出的那样：其实并不是审判"查泰莱"推动了文化的变革，而是文化变革先于那些检察官们发生了，这个事件不过碰巧成了一个社会文化变革的标志。事实证明，那次陪审团中的大多数人都对这种审判感到莫名其妙，认为根本就是大惊小怪，社会早就变了，可这些检察官还在小题大做。霍嘉特感叹：就是这些大众态度的变化使这本书自然而然解禁了。因此这次审判成了"光荣的喜剧"。解禁的似乎仅仅是情色描写，而湮灭的是劳伦斯作品首先是优秀的文学这样的根本。萨加当时是在庭外关注这件历史事件的发生的，他的观察与霍加特在庭内的感受是一致的。这种情境下，苦口婆心为之辩护的霍加特们与"大众文化"的关切南辕北辙，但在某一点上瞬间契合，就使得一部文学作品解禁并成为一种时代标志，如同日后柏林墙被推倒，那些推墙的人各自心境不同，但在推墙的动作上是一致的，因为这个墙不倒，一切都无从谈起。

萨加的历程中当然还有令人心旷神怡的很多亮点，那就是他去了劳伦斯在世界各地的故居，那些地方现在都是旅游胜地。他遍访与劳伦斯有私交的朋友，收集书信和照片，这种文学研究的确是最赏心悦目的了。劳伦斯之周游世界，为他的作品留下的丰富的衍生产品就是读者对这些地域进行实地探究——旅游。笔者怀着这种冲动，走过一些"劳伦斯景点"，对此深有感触。劳伦斯可谓"胼手胝足"地书写了他的作品啊，我们读之，研究之，也要手脚并用方可。这又与劳伦斯倡导的美与健康高度契合。

唯一感到比萨加幸运的是，他没去过劳伦斯在澳洲的故居，而我去过西澳。相信萨加去了澳洲考察，还会有更加沦肌浃髓的叙述。

（*"Art for Life's Sake": Essays on D. H. Lawrence* by Keith Sagar, CCCP, Nottingham, 2012.）

赵少伟：开先河者

在外国文学研究界，赵少伟这个名字算不得响亮；作为翻译家，他的产量也不高。评论写得不多，翻译作品也不多，但他却做了一件别人没有做也做不到的事：他填补了一个从20世纪30年代至80年代的空白，因此开辟了中国劳伦斯研究和翻译出版的道路。这件事赵少伟如果不做以后也会有人做，但劳伦斯进入中国的时间将会推迟，其进入的方式将是另一番情形，甚至推迟到何时都会成为问题，可能是灾难性的遭遇也未可知。幸亏有了赵少伟，劳伦斯才得以顺利及早地在改革开放初期就进入了中国（也可以说是重新进入）。而我与赵先生的接触，赵先生对我在劳伦斯研究和翻译上的指点，均缘自他那篇具有历史意义的开拓性论文《戴·赫·劳伦斯的社会批判三部曲》。

1980年河北大学外文系来了一位普林斯顿的年轻博士外教，似乎他是系里有史以来的第一个外教，受到了隆重欢迎，专门为他举行了欢迎晚会。他果然出手不凡，一来就给我们本科生开了一门现代文学选读课，讲了乔伊斯、伍尔夫夫人、曼斯菲尔德和劳伦斯三个半现代派作家（劳伦斯严格地说只能算半个现代派）。而在这之前我们读的只是莎士比亚和狄更斯等经典作家和一些左派作家的作品。就这么三个半现代派作家，每人一篇作品，我偏偏只迷上了那半个现代派劳伦斯的《菊香》，估计是那位华莱士博士用新批评的方法解析作品，让我几乎看清了劳伦斯作品的肌理，令我对我们的文学史里称之为颓废和黄色作家的劳伦斯刮目相看：同样是写我们稔熟的劳动人民生活的写实主义作品，劳伦斯小说和我们从小读的《红旗谱》、《桐柏英雄》等实在是大相径庭。这样的作家太值得我们重新发现和研究了，而且我们应该为他"平反昭雪"，在中国普及这样的优秀作家（那个时期并不知道，劳伦斯早就被国际学界认定是20世纪最伟大的作家之一了）。后来上了研究生，选定硕士论文方向时自然地选择了劳伦斯。可劳伦斯在我们国家的教材中还是被当作"颓废作家"一笔带过的，研究他就要冒论文通不过、拿不到学位的危险，而且我听来我读书的福建师大外语系出席研究生论文答辩的一位北京大学教授说，北大刚刚有一位研究劳伦斯的硕士其学位论文被"枪毙"，此人没有拿到学位，仅仅是毕业。我的导师对我选择劳伦斯根本不感兴趣，但对我的坚持还是宽大为怀，不过仍然在不断地警告我研究劳伦斯的危险性。

我到上海和北京各大图书馆查找有关劳伦斯的研究资料，能找到的均是外国人写的，且大多数都是几十年前的出版物。千辛万苦地寻觅，才在北图的一个分馆（在北新桥）里找到几篇20世纪30年代中国人写的文章，有孙晋三和章益两位教授的论文，还有林语堂和郁达夫的杂文及摘译。在那之后，我猛然发现，中国对劳伦斯的研究是个空白！各种大学学报和当年唯一的研究刊物《外国文学研究》的目录里居然都没有劳伦斯三个字。一种填补空白的壮志与激情教我好一阵躁动！但我马上面临的是一种尴尬——1949年后国内学术界对劳氏没有权威人士的研究成果，而人们人云亦云的那个劳伦斯是个"黄透了的"作家。似乎这样的禁区轮不到我去闯，这样的空白轮不到我这样一个师范大学的毛头研究生去填补。

就是在这样的压力下我回到保定的家中度暑假。市中心那条有800年历史的西大街上有一家很小的书店，就一间铺面，但四壁都摆满了书，那是离我家最近的书店，每次回家自然要去小书店里逛逛。那间小屋一直像黑夜里的一盏小灯让我心里亮堂，每次去其实不为买什么书，只是一种童年时养成的习惯动作使然。在那个年代那座20多万人的小城市里（现在迅速成长为一个百万人口的大城市了），这家书店、对面的乐器行和隔壁的老药店就构成了我心目中的文化中心，我总爱出没于此，翻翻书，摸摸乐器，看一排排的中药匣子辨认上面的药名。

可那次逛书店则有意外的收获，我在墙角的旧书堆里看到了一本过期《世界文学》，标价四角。漫不经心地翻开浏览一下目录再决定买不买，这时忽地眼前一亮——目录上竟标出劳伦斯作品的译文和赵少伟先生所著《戴·赫·劳伦斯的社会批判三部曲》。《世界文学》本是一本译文刊物，这次破例刊登了这篇长篇论文。我当下就在光线昏暗的书店里急迫地读起赵先生的文章，读得心里一片金光，感觉如同久旱逢甘霖。《世界文学》1981年第2期（总第155期），花四角钱买下它，似乎标志着我的劳伦斯研究真正开始了。

一位中国社会科学院的研究员说劳伦斯不是黄色作家，而是一位伟大的作家，中国最权威的《世界文学》刊登了这样的文章，这篇文章的出现代表着中国在半个世纪的空白之后重新彻底肯定了劳伦斯及其创作。

赵文客观地、较全面地评价了劳伦斯的文学创作，为此后大陆学者研究劳伦斯定了基调。可能也正因为它是发表在《世界文学》这样权威的杂志上，为此后的年轻学者进入劳伦斯研究这个无形的禁区发放了通行证。

至少对我来说这篇文章是举足轻重的，我"高举"着它像高举着一面旗帜，向我们的论文导师小组宣布：劳伦斯不是黄色作家，他可以成为研究生的研究对象。回首20世纪80年代初的现象，似乎不可思议，但那是千真万确的。后来的一切就很顺利了。我靠研究劳伦斯取得了硕士学位（应该说是大陆第一个研究劳氏获得学位的人），以后不断发表一些这类专论，翻译出版了劳伦斯长中短篇小说、文论集和劳氏传记。即使我没有在高校和研究所专业从事学术研究和教学，但无论从事什么别的职业，我都感到很有精神底蕴。劳伦斯文学已化作了我精神生活的一个有机部分，我怎么能不好好珍藏这本《世界文学》？

抛开以上这些非文学与非学术因素谈赵先生的这篇滥觞之作，即使在今天重读，我们仍可感到它的分量之厚重。它重就重在赵先生以一种晓畅、略带散文笔法的语言，道出了自己对劳伦斯创作主流的独立见解。我们发现一个被"雅"、"俗"双方都一"黄"以蔽之的作家在赵先生笔下呈现出"社会批判"的真实面目；同时赵先生也启发我们"看看这种批判同它的两性关系论点有什么关联"，使我们得以找到整体把握劳氏创作的一个切入点。在一个非文学因素对文学研究和译介产生着时而是致命影响的时代和社会里，赵先生多处引用马克思和恩格斯著作的文章恰到好处地淡化了那些曲解劳伦斯作品的非文学不良因素。当然他的文章是文学地、学术地做成的。赵先生广为引用马、恩，以此来观照劳伦斯的创作，对其加以肯定，这是劳伦斯研究上的一种突破。西方学者不可能如此行文，20世纪30年代的老一辈不可能有这种文艺观。赵少伟行文之自然从容，可见他十分精通马克思主义文艺观，而且把马克思主义理论化作了自己自然的话语方式。所以我说，赵少伟在1981年发表的论文具有绝对的开拓性历史意义，在"1949之后"这个语境下是真正意义上的滥觞之作。《中国大百科全书》中劳伦斯的词条也出自赵少伟之手。从此劳伦斯作品的出版和研究进入正常的轨道，特别在20世纪80年代中期到90年代初这一段，出现了一个前所未有的译介高潮。从此劳伦斯成了我们文化生活的一个自然组成部分。

  这本发了黄的《世界文学》，每次打开，看看学生时代在赵先生文章上画的一道道杠杠，仍然唤起那栩栩如生、奉若神明的醍醐灌顶之状。后来因此缘分而认识赵先生，面容清癯，面相和善，谈吐高雅幽默，真是个教人顿生亲切与尊重的儒雅之士。

  那是我到出版社工作后，我编一本欧美现代派诗集，请了好几位名家做翻译和评析，自然要请赵先生翻译和评析劳伦斯的诗作。结果赵先生是最后交稿的，他的稿件看上去是一笔一画写出来的，字迹如同蜡版上刻出的一样。见到他时，我问他为什么没有翻译劳伦斯而只做研究，他说他要翻译就要翻译得精当，否则就不译。而精当就意味着放慢速度。后来有出版社的朋友告诉我，他们本来约了赵翻译《儿子与情人》，但一年过去他只翻译了几章，眼看着很多出版社几人合译的短平快译本纷纷上市，这家出版社"实在等不起"了，只好婉言与赵少伟解约，另约了别的"快手"来做。估计赵先生那几章就永远不会有面市的机会了。

331

在劳伦斯的作品没有英文注释本的情况下，翻译劳伦斯的长篇确实是勉为其难的工作。看看那个时代的译本，实在是粗制滥造为多。我翻译的《虹》之所以多了别的译本里根本不可能有的大量注解，也是因为我翻译了苏联出版的《虹》中的俄文注解，因此显得较为专业些而已。由于大家都在当"快手"抢译，甚至是多人翻译一本书，质量就显而易见等而下之了。赵先生当然是拒绝做"快手"的，他连一首劳伦斯的诗歌都翻译了很久才交稿，也因此这位开拓了劳伦斯进入中国道路的劳伦斯研究专家就没有自己的劳伦斯译本。

我也应该算是那些"快手"之一，但毕竟忝列劳伦斯学者，因此翻译起来不敢为了抢速度而忽略重大的疑难点，为此我翻译《恋爱中的女人》时准备了很多问题请教赵先生，包括小说里的外来语如法语和意大利语等，足足写了二页。过了一段时间赵先生来电话说都解决了，我提出上门拜访他当面请教，但赵先生说不方便，坚持在电话上念，让我记录。于是我就记录了很久。后来我才知道赵先生当时的居住条件很差，他是不愿意外人进他的家；以后他又和岳父夏衍一家同住一处，因此去夏衍的官邸拜访他也自然不方便。

与我同时翻译这本书的一位老同学告诉我，他把几章稿子交给赵先生提意见，没想到赵先生居然给他修改了整整一章，每一页都改得密密麻麻，令他不好意思再继续"请教"下去，否则就成了让赵先生校改了。

由此可见，赵先生对年轻人是多么慷慨，他把自己宝贵的时间毫不吝啬地用在了为我们答疑解惑上，尽管他明明知道我们翻译出来的东西远远达不到他的标准。现在我的很多时间都用来根据剑桥版劳伦斯作品集修订弱冠之年的译文重新出版，看着当年犯下的翻译错误，就明白赵先生为什么翻译得"不快"，我们这些所谓的"快手"是应该自责的。年轻时敢暴虎冯河，就意味着中年后要悔过返工。赵先生当初一定觉得我们很可笑，但他没有批评我们，也没有阻拦我们，而是默默地为我们指点，甚至包括为我的同学亲自修改。他是个多么好的人！

以后偶尔开会也能见到他，他对年轻人的亲切态度和渊博的学识自然总能吸引大家围绕在他身边，能经常有机会聆听赵先生教诲是件多么幸运的事。可天有不测风云，没过几年，突然有一天就传来赵先生已经去世的噩耗！随后赵夫人沈宁老师约我去她家谈谈，想让我续写赵先生为上海文艺出版社的一本劳伦斯小说写的序言。沈老师把赵先生只写了两页的草稿复印了给我，说赵先生是带着草稿住进医院的，准备在养病期间完成，但没想到病魔如此无义，竟在几天内夺去了赵先生的生命。沈老师还简单地告诉我赵先生年逾知天命时才从新华社的翻译岗位上转到他一直热爱的外国文学研究岗位上，他十分珍惜这份工作，可惜他未能有很多时间施展自己的才华就走了。

我能有机会接续赵先生的序言，这是我的荣幸，更是义不容辞的任务，于是我捧起赵先生的遗稿，接着写了下去。即使是一个短篇小说集的序言，赵先生写的第一段文字里就引用了恩格斯的话。我懂得他那一代人的心结，也诚服他的理念，干脆照抄下来：

> 文学大抵总离不开写人，写人的思想感情和人与人的相互关系。这一点，性爱文学也不例外。1890年恩格斯曾就欧洲文学的源流写道："性爱特别是在最近八百年间获得了这样的意义和地位，竟成了这个时期中一切诗歌必须环绕旋转的轴心了。"八百年的欧洲诗歌里，该饱浸着多少人生体验，多少内心波澜！由此可见，性爱文学采撷之丰富，涵盖之广泛。

这就是典型的"赵少伟文体"，把学问当成散文和诗歌来写，字里行间处处流露着内敛的激情。

写完序言，我向出版社建议不要在封面上给编选者赵先生的名字按常规加黑框，序言也不算我们二人合写，而署我一人名字，在文后标明第一段完全抄录自赵先生的手稿，二、三段部分采借他的观点。

我与赵少伟先生的交往以续写他的文章作为结束，不禁感到很惆怅。如果赵先生还在世，他能写出很多文采斐然的杰作，成为我们研究劳伦斯的范文。把学问写成美文，我想赵先生有限的文字已经为我们做出了示范。

改写这篇文章时，我在网上读到了赵先生一位老友写的文章，得到了些他的简单信息：生于1924年6月29日，抗战后期和解放战争时期，在西南联大外文系和北京大学西语系求学，为当年两校文艺社的主要成员。1948年毕业后考取了北京大学文科研究所英国文学专业研究生。北京解放后，在新华社做英语翻译工作。中间曾到苏联留学，毕业于莫斯科大学新闻系，回国后又成为新华社的俄文翻译骨干。精通几种外语。善书法，现存于云南师大的一二·一运动殉难四烈士墓园的悼诗碑、刻在墓园前两柱火炬上的闻一多先生的《一二·一运动始末记》，都是他书写的。他在音乐、美术方面，造诣亦深，多才多艺。"文革"期间，他因曾留学苏联，并在那里入党，"反右"时喜爱独立思考，又和沈宁结婚，成为"四条汉子"之一夏衍的女婿，都是罪状，受到"四人帮"的残酷迫害。"文革"结束，他调入中国社会科学院外国文学研究所英美文学室，而且兼任党务工作多年。

开拓了中国劳伦斯事业的人有着如此坎坷的人生道路，有着如此执着的艺术追求，如此多才多艺，又如此精通马、恩著作，还多年间兼任党务工作。他的政治热情和艺术热情的结合，晚年最终落在了劳伦斯研究上，这是我国劳伦斯事业的一大幸事。写到此，我不禁想起，劳伦斯其实亦是个有着政治热情的人，青年时代起就热衷于社会改革，一度与罗素结盟，反对第一次世界大战，鼓吹英国经济的国有化以消灭社会财富分配不均。其长篇小说《恋爱中的女人》和《查泰莱夫人的情人》中对工业化摧残人性的一面进行的批判、对人的异化之关注不仅达到了批判现实主义文学的高峰，亦是后现代语境下的优秀文本。

赵少伟先生恰恰是在马克思主义艺术论的观照下发现了劳伦斯文学的崭新意义，这是赵少伟的研究与西方劳伦斯研究的不同之处，是他对劳伦斯研究的崭新贡献。人的艺术良心和艺术感知是相通的，如同世界上的水是相通的一样。赵少伟的马克思主义艺术观与劳伦斯文学的精义多有契合之处，也因此他的理论在中国的语境下更具有说服力。所以我说，赵少伟的滥觞之作对劳伦斯在20世纪80年代进入中国有着不同凡响的意义，这项开拓工作似乎历史性地落在了他肩上。劳伦斯有这样一位马克思主义文艺学家的知音为他开辟了进入中国的路，应该感到幸运。

我想如果当年我有幸跟随赵先生读研究生的话（当然我肯定是考不上

社会科学院的，赵先生也没招收过研究生），我可能会成为他那样的马克思主义文艺论者：一种将马、恩文论自然地化作自己的话语方式但又博采众长、人性地感悟和把握文学的学者。但是任何假设都是矫情的，暂且不去假设，只把这段交往铭记在心就好。

后记：

1. 2007年末读到廖杰锋教授赠予的其研究著作《审美现代性视野下的劳伦斯》，了解到中国作家和戏剧家赵景深曾在1928年—1929年间六次在《小说月报》上撰文介绍劳伦斯的创作并追踪劳伦斯的《查泰莱夫人的情人》的出版进展，很受启发。赵少伟的本名是赵毅深，是赵景深的堂弟。长赵少伟10岁的胞姐赵慧深曾深受赵景深的影响成为著名的戏曲艺术家，与赵景深过从甚密。估计赵少伟在学生时代成为文艺骨干与家庭中这两位艺术家有必然的关系，在与赵景深的接触中可能曾谈到过劳伦斯，或至少间接地了解到赵景深的见解。由此笔者推测赵少伟对劳伦斯的好感或许也受了赵景深的影响。

2. 廖杰锋教授的著作《审美现代性视野下的劳伦斯》中有关劳伦斯进入中国的翔实资料调研将劳伦斯进入中国的时间提前了6年到1922年，得出胡先骕先生是用中文介绍劳伦斯的第一人。该文还对20世纪20年代—1930年代末中国的劳伦斯译介和研究做了深入详尽的调研和评述，是目前我所读到的最为全面的资料。为此我要修正先前拙文中"孙晋三和章益教授20世纪30年代的文章应该算是中国劳伦斯研究的滥觞之作"的说法，改为"应该算是20世纪20年代—30年代中国劳伦斯研究的扛鼎之作"。生于1924年的赵少伟先生在战乱年代才进入青年时代，估计对那个年代里的劳伦斯研究没有了解，所以赵的研究中没有提及那个历史阶段。

劳伦斯进入中国的曲折历程

劳伦斯于1930年3月在法国溘然长逝，去世时尚不足45岁。这个在英国备受压制和禁止的文学天才，从1919年第一次世界大战结束后可以自由离开英国，就迫不及待地出走，此后只短暂地回国三次，其余时间均浪迹天涯，客居美洲和意大利。他仍在不停地写作，但他的口号是不为英国写作，写出的作品多在美国首发，让英国只喝第二锅汤。在人们眼里，他成了一个没有美国国籍的纯粹的美国作家。英国的文学和出版界对他的回击也是致命的，他不仅被视为边缘作家，甚至是可以忽略的作家。

有趣的是，1930年前后的中国文学界却对劳伦斯和他的作品抱以宽容和同情，甚至从学术角度对他和他的作品做出了积极的肯定和欢呼。那个年代，正是军阀混战、民不聊生、日本随时准备发起全面侵华战争的前夜，即使是在这样对文学和文化传播极为不利的形势下，劳伦斯还是开始被介绍了进来。

劳伦斯的名字最早于1922年由胡先骕先生以批评的口吻在文章中提及，

以后几年中出现了介绍文章和几篇散文和小说的译文。[1] 而对他的大规模传播自然是以对他的禁作《查泰莱夫人的情人》的译介为开端的。这本书在英国和美国遭禁后，大量的盗版书不胫而走，劳伦斯反倒因此而获得了更多的读者，名声大振，甚至连战乱频仍的远东的中国都不得不开始重视他。这样的重视与劳伦斯在英国的崛起几乎是同步的。

根据《文汇读书周报》摘引的一篇文字看，早在这部作品出版的当年（1928年），诗人邵洵美就在他主编的《狮吼》上介绍了这本小说。他写道："爱读D. H. Lawrence（他有一篇小说曾登在本刊第7期）小说的，谁都恐怕不能否认多少有些是为了'性'的关系。但他对于这一类的描写是暗示的，是有神秘性的隐约的。不过最近他在Florence自印的《却脱来夫人的情人》，却是一本赤裸裸的小说，往者因为要避免审查者的寻衅而有些遮掩的，现在均尽量地露布出来了。情节是一个贵族妇人爱了一个gamekeeper（猎场看守），句句是力的描写与表现，使读者的心，从头到底被他擒捉住。本书印一千册，签名发行，恐怕不容易买到；但因排字人是意大利人，所以全书很多错字。"（《一本赤裸裸的小说》，载《狮吼》半月刊第9期，1928年11月1日。）估计邵洵美当是劳伦斯这本小说最早的中国读者和介绍者之一。

几年以后，这部小说的多种版本相继流入中国，在北京、上海、南京等一些大城市的西书铺里可以买到[2]。

各种报刊里随之开始出现一些评论，如1930年的《小说月报》第21卷第9号上的《劳伦斯》，1931年《世界杂志》第1卷第2期上的《劳伦斯的最后的小说》。而有分量的研究和介绍文章则集中出现在1934年，至于为何是在这个年份，则有待于以后进行专门的研究。这些文章是孙晋三的《劳伦斯》（《清华周刊》第42卷第9/10期），章益的《劳伦斯的〈却特莱爵夫人的爱人〉研究》（《世界文学》第1卷第2期），郁达夫的《读劳伦斯的小说〈却泰莱夫人的爱人〉》（《人间世》第14期），林语堂《谈劳伦斯》（《人间世》第19期，林语堂还在文章中节译了该小说，其译文之传神精当，令后人难以超越）和《读劳伦斯的小说》（《人言周刊》第1卷第38期）。1935年则有

---

[1] 廖杰锋：《审美现代性视野下的劳伦斯》，群言出版社，2006年，第15—16页。
[2] 见《文汇读书周报》2004年5月28日。

337

《劳伦斯自叙》一文发表(《晨报》，1935年6月25日)。

孙晋三和章益的文章应该算是早期中国劳伦斯研究的扛鼎之作，其深度大致和当时的欧美学术界的研究同步，至今看来不少观点也不过时，应该说为中国的劳伦斯学术研究奠定了良好的基础。如果说与欧美学术界的研究基本同步的话，这要归功于这两位教授的背景：孙先生是当时稀有的哈佛博士、中央大学的教授；章先生则是留美硕士，但研究范围广博，含科学和人文，亦翻译了大量英国文学作品，后任复旦大学校长，其一大功绩是阻止了蒋介石将复旦大学迁往台湾。这样两位德高望重之学者成为劳伦斯研究在中国的奠基人，足见当初的劳伦斯研究起点之高，所受到的重视之重。

而从影响面看，林语堂和郁达夫的两篇文章则更为广泛，他们的文学地位和大作家的洞察是振聋发聩的，他们尤其结合中国的国情，将《查泰莱夫人的情人》与《金瓶梅》做了深入的比较，认为前者中性的描写是全书中不可分割的一部分，有着鲜明的时代背景和象征意义，因此不能将其看作是"淫秽"。郁达夫还认为，即使是性的描写，劳伦斯的手法也是高明的，"使读者不觉得猥亵，不感到他是在故意挑拨劣情"。而郁达夫当年所下的结论即劳伦斯是"积极厌世的虚无主义者"则更是空前绝后地精辟，他简洁明了地给劳伦斯文学下了定义，这一点连西方学者至今还没有做到。林、郁二位文学大师对劳伦斯在中国的普及所起的作用无论怎么估价也不过分，他们深刻的洞察和充满热情的肯定将随着历史的前进而彰显其英明。20世纪80年代以后的二十多年中这部小说的中文本曾一度被列入禁书，此举是一个巨大的历史性退步。

我是在读了郁达夫散文里的这篇论述后才想起去北图查阅解放前的旧刊物的，顺藤摸瓜，找到了其他几篇文章，从而在我的论文里把20世纪30年代的优秀传统与赵少伟20世纪80年代新的开拓有机地接续。从这一点上说，我们的劳伦斯研究也是受益于现代文学研究界当时兴起的对郁达夫的重新发现和肯定。也因此我一直认为，从事外国文学研究的人，应该好好读一读中国现代文学大家作品里对外国作家的议论，也注意查阅一下解放前刊物里的外国文学研究论述，那个时代的中国文学与西方文学基本是同步的,或许我们现在苦苦摸索出的许多结论早在半个世纪前的中国就有过了。我们的外国文学研究者有责任把已经断流的优秀研究成果与当今的研究有机地融合接续,这样才能体现中国的外国文学研究之连续性和整体性。那半个世纪的空白不能阻断一条人文的血脉,我们有责任疏通它。

总之,在当初的中国,有这样四位大师几乎与国际文学界同步肯定和推介劳伦斯和他的《查泰莱夫人的情人》,使国人在这方面的视野大为拓宽,也是中国文学家鉴赏水准之高的充分展示。

这之后的1936年,《约翰声》杂志上发表了部分译文,译名是《契脱来夫人的情人》,译者笔名是T. N. T;1936年3月,王孔嘉翻译的《贾泰来夫人之恋人》发表在《天地人》半月刊上,由于《天地人》杂志中途停刊,该译本只发表九章,成了一个残本。同年8月,饶述一参考法译本、根据英文足本翻译的新译本问世,这是第一部完整的中译本,但因为是自费出版,发行量仅千册。当年的中国内忧外患,战火纷飞,估计人们都没了读小说的雅兴,这个译本就没有机会再版。以后又有一些节译和未完成的残本,在此不一一赘述。

客观地说,饶述一的译本不仅是全本,而且质量最优。或许如果当年林语堂先生译出全本,其质量无疑会高过饶译(根据林的节译推断),但可惜林语堂是写作大师,不肯屈尊翻译,所以中国就少了一个大师级的《查》书译本。饶先生的译本于是就成了最佳,其译文用字准确考究,说明饶对当时的欧陆生活有切身体会,其行文流丽典雅,带有明显的白话文散文风格,是值得后人效法和光大的。我们国家在劳伦斯谢世不久就出版了这样的优秀译文值得我们骄傲。70年后当我复译这本书时,我感到我是同时在向劳伦斯和饶先生这一中一外两个良师讨教,那种文化血脉息息相通的感觉是微妙、美妙的。

于是我们看到,四位学术和文学大师的理论推介和饶述一先生的优秀译本,使我国的劳伦斯研究和翻译都几乎与世界同步,其基础十分坚实。劳伦斯本应在中国一路顺畅的,可惜的是这四位大师奠定下的基础却在之后连年的兵燹战火和解放后的极左控制下完全被埋没了,后人对此一无所知,我找到的那几期刊有林语堂等人旧文的杂志简直如同出土文物。而20

世纪50年代后在极左文艺政策的控制下，劳伦斯又被批评为颓废作家，难以得到客观的译介。检索1950至1980年全国高等院校社会科学学报总目，居然没有一篇与劳伦斯有关的论文。

而1960年英国开禁《查泰莱夫人的情人》，它一度洛阳纸贵，标志着人类的宽容精神终于战胜了道德虚伪和文化强权。从此，其作者劳伦斯作为20世纪文学大师的地位得到了确认，劳伦斯学也渐渐成为一门英美大学里的学位课程和文学研究的一门学科。

但遗憾的是，我们国家当时并没有理会这样的文学事件，劳伦斯作品的翻译和评论仍处于空白状态，没能与世界同步。直到20世纪80年代初改革开放后，才出现了零星的劳伦斯短篇小说译文和一部短篇小说选。仅此而已。我们与世界的距离一下就拉大了几十年。

而对劳伦斯的重新肯定则是以赵少伟研究员发表在1981年的《世界文学》第2期上的论文《戴·赫·劳伦斯的社会批判三部曲》为标志。这篇论文应该说全面肯定了劳伦斯的创作，推翻了以往文学史对他做出的所谓颓废的资产阶级作家的定论。以赵少伟中国社会科学院研究员的地位和《世界文学》的地位，这篇文章的出现代表着中国学界彻底肯定了劳伦斯及其创作，从而开创了劳伦斯研究和翻译在中国的新局面。赵先生以一种晓畅、略带散文笔法的语言，道出了自己对劳伦斯创作主流的独立见解。我们发现一个一直被粗暴地一"黄"以蔽之的作家在赵先生笔下呈现出"社会批判"的真实面目；同时赵先生也启发我们"看看这种批判同它的两性关系论点有什么关联"，使我们得以找到整体把握劳氏创作的一个切入点。在一个非文学因素对文学研究和译介产生着时而是致命影响的时代和社会里，赵先生多处引用马克思和恩格斯著作的文章，恰到好处地淡化了那些曲解劳伦斯作品的非文学不良因素。当然他的文章是文学地、学术地做成的。赵少伟在1981年发表的论文具有绝对的开拓性历史意义，在"1949之后"这个语境下是真正意义上的滥觞之作。《中国大百科全书》中劳伦斯的词条也出自赵少伟之手。劳伦斯有这样一位马克思主义文艺学家的知音为他开辟了进入中国的路，应该是幸运的。

笔者从1982年开始研究劳伦斯，到1984年完成了国内第一篇劳伦斯研究的硕士论文并以此获得了硕士学位，该论文的两部分分别在1985年的《外国文学研究》和1987年的《外国文学评论》上发表，所研究的对象是小说《虹》和《儿子与情人》，应该说是继赵少伟先生的奠基之作后最早的两篇具体作品的研究论文。

1986年是我国的劳伦斯翻译出版史上最重要的一年，这一年在老出版家钟叔河的推动下，饶述一1936年的《查泰莱夫人的情人》译本在湖南再版，饶先生的译者序言写得激情四溢，说它"在近代文艺界放了一线炫人的光彩，而且在近代人的黑暗生活上，燃起了一盏光亮的明灯"，对当代中国人正确认识这部世界名著起到了启蒙作用。林语堂和郁达夫当年的高论也随书出版，中国的学术与出版界对劳伦斯从此有了一个全面公正的认识，这是令人无比欣慰的。

从此劳伦斯作品的出版和研究进入正常的轨道，特别在20世纪80年代末和90年代初，出现了一个前所未有的译介高潮。虽然《查泰莱夫人的情人》出版后又被禁销，但其他小说和非小说作品都得到了翻译和复译，他的几大名著如《白孔雀》、《儿子与情人》、《虹》、《恋爱中的女人》则出现了多个译本，虽然质量参差不齐，但似乎销量大都可观，如笔者翻译的《虹》和《恋爱中的女人》都已经多次再版，而拙译劳伦斯的散文随笔则更是出了无数个选本和中英文对照本。1991年和1993年拙译《劳伦斯论文艺》和《劳伦斯随笔集》的出版，得益于当时兴起的文人散文随笔热，一批现代作家和老作家的小品文大量被重新发现和挖掘，于是国外大师的随笔也因此"借光"成批上市。不同的是劳伦斯随笔是完全首译，国内读者于是发现劳伦斯不仅是小说大师，其散文和诗歌创作亦独树一帜，是一个文艺通才。

1988年可以说是中国的劳伦斯研究与国际的接轨年。这一年北方文艺出版社出版了国内第一套劳伦斯文集并与上海第二教育学院等单位在上海召开了一次劳伦斯学术研讨会，与会的有英国著名学者凯思·萨加和詹姆士·波顿教授，后者是权威的剑桥版劳伦斯作品集的总主编。这之后还成立了中国的劳伦斯研究会，是亚洲继日本之后的第二个这样的学术团体，笔者当年虽只是个年轻编辑，但因为在新时期劳伦斯译介方面是最早的实践者之一，被邀赴会并成为其理事之一，亲历了整个过程。可惜的是该会几年后因经费匮乏和人员流失问题停止了运转。但无疑这次研讨会对国内的劳伦斯研究和出版起到了不可估量的推动作用。

这之后的劳伦斯出版和研究告别了轰轰烈烈，告别了猎奇与好奇，进入了平实、扎实和提高的新阶段，劳伦斯成了我们外国文学大花园中的一棵自然成长的大树，这是最令人欣慰的。不同的是，劳伦斯似乎属于更受青睐的外国作家之一。据不完全统计，仅从2000年到2004年，发表在各类正式刊物上的关于劳伦斯的论文达150多篇，每年30多篇，这是其他许多作家望尘莫及的[①]。还出现了近十种中国学者撰写的劳伦斯评传和评论专集。事实上，这与劳伦斯在国际学术界的地位也是相称的。据说国际上每年出版的作家论著和研究论文中，劳伦斯研究在英国作家中仅次于莎士比亚，位居第二。郁达夫在1934年就凭着有限的阅读英明地预见，劳伦斯会成为现代英国的四大作家之一，这个预言一语中的。他提到的另外三个是乔伊斯、福斯特和赫胥黎，只是现在伍尔夫夫人的地位取代了赫胥黎（不过赫应该算仅次于这四位的第二阶梯作家），所以郁达夫的预言应该算很准确了，我们不得不佩服达夫的直觉和感悟。

2004年人民文学出版社推出的一个《查泰莱夫人的情人》新译本低调上市，它只是作为一套丛书的一种位列其中，并没有任何炒作和宣传。这和劳伦斯目前在中国的知名度和地位是相称的，劳伦斯已经成为了我们的文学和文化生活的有机部分，不需要任何特别的宣传即可走入人们的书架。于是，有出版社也鼓励我译出一个更为优秀的译本，以飨读众，还特别说明以不才多年的翻译和研究，必须用一个高质量的译本来证明自己的水准。在这样的好心嘘拂下，我花了一年的时间推敲打磨，力争做新时代的饶述一。不幸的是，在译本完成之际人文版的《查泰莱夫人的情人》被禁销，约我翻译的出版社告诉我因"不可抗力"无限期推迟出版拙译。这是一个劳伦斯学者和译者最不幸的事，但也只能面对现实。所幸这六年的束之高阁又给了我时间从容校正润色译文，因为我还是对我们的出版人有基本的

[①] 参见2005年10月《成都教育学院学报》载《中国的劳伦斯研究述评》。

信念，相信这样已经享誉世界的文学名著不会永久地在中国被雪藏。我的译本等待六年后平静出版了，正如我多年前在英国时所预见的那样，中国读者不会像当年英国解禁这本书时排大队抢购，1960年伦敦街头人山人海购买"查泰莱"的壮景不会在中国任何一个城市出现，他们会随便地买上一本，仅仅是把它当成古董买去品读。[1]这样的波澜不惊说明了我们社会在性文明上的进化。

最近看到一篇博客文章，其引用的人民大学报刊复印中心的资料显示，从1985年至2001年，仅人大报刊资料复印汇编中出现的有关劳伦斯的论文就有208篇[2]。该文还综述了很多重要论文和论著的内容，颇具参考价值。

我同意该文的观点，目前的劳伦斯作品出版和研究中，其诗歌仍是一个弱项。这是因为劳伦斯的诗歌属于现代派的自由诗，其纷呈的意象往往与西方文化和文学原型密切关联，因此翻译成中文后需要大量的注解不算，其译文还很难在中文里表现其诗意，其自由奔放的韵脚，更是难以在中文中对应。国际上一些研究已经把劳伦斯的诗歌列入解构主义和后殖民主义的研究范畴中，这无疑对我们的翻译提出了更艰难的挑战。目前已经出版的译本不尽如人意，甚至可以说暂付阙如是更好的选择。这有待于有诗人资质的翻译家来逐步推进，这也是不能一蹴而就的事，相信我们同代人当中一定有大才胜任这样的工作，让我们期待。

---

[1] 黑马：《查泰莱夫人的情人》序言，中央编译出版社，2010年。
[2] 见高黎腾冲的BLOG，http://blog.sina.com.cn/ccnueducn。

劳伦斯研究的悦读文本

年末收到廖杰锋教授赠其研究著作《审美现代性视野下的劳伦斯》[①]，如获至宝。在这之前我基本没有读过国内研究界的劳伦斯研究专著，因为我在十几年前发表了几篇论文后就退出了纯研究的界面，只致力于劳伦斯作品的翻译，偶尔写些译者序跋及译后感之类的文字而已。廖教授这本2006年出版的著作估计是过去二十几年中国劳伦斯研究从无到有到比较深入的集大成者之标志性著作，亦有所独创，窃以为值得同好认真学习。作为劳伦斯专门译者，我要不断读点英美学者的最新研究成果，两相比较，廖教授的这本著作很有些独到的见解，特别表现在"审美现代性"这个命题上。至少我还没有读到过西方学者将这个命题导入劳伦斯研究的专著，可能廖教授是第一个这样做的。身为译者，不才视野狭窄，阅历浅薄，不敢妄评，但廖著的命题对我来说是新鲜的。

此外，西方学者的著作中近些年已经涉及"劳伦斯与现代主义"这样的话题，但廖著的参考书列表中没有这类著作，看来廖著对"现代性"和

[①] 廖杰锋：《审美现代性视野下的劳伦斯》，群言出版社，2006年。

"现代主义"的区别对待是显而易见的，本书并非注重劳伦斯与"现代主义"的关系，尽管文中涉及劳伦斯作品的现代主义表现手法及与现代主义的内在关联。

或许廖教授还没有就"后现代主义视野下的劳伦斯文学"这一命题进行探讨，以笔者粗陋之见，这应该是个新的方向。这种研究十分必要，希望我们的学者中能有人尽快写出一部这样的专著。

作为劳伦斯译者和叙写者，我更欣赏廖著的叙述语言，别有一番劳伦斯式散文的神韵，学术的严谨下难掩其内敛的激情，跌宕起伏，珠玑四溅，这或许是研究劳伦斯必需的资质，尤其是在审美现代性的语境中必然的激情流溢。我曾经在评论赵少伟的文章中激赏其"把学问写成美文"的才情，现在看来，廖教授是青出于蓝而胜于蓝。这是劳伦斯研究的幸运，也是劳伦斯研究本质的自然外化。这样的学术著作显然不是多，而是太鲜见。劳伦斯研究之作品应该是一种"悦读"文本，这似乎是这个"产业"的责任，当然更是每个研究者内心的热情与劳伦斯的文本相互激发的必然结果。

我读廖教授的著作最"实用"的收获是，他对中国劳伦斯研究的叙述到目前为止最为全面详尽，推翻了很多学者以前的论断，这包括我刚刚发表在《悦读MOOK》上的一篇文章《劳伦斯作品进入中国：阴差阳错的历程》和尚未发表的《赵少伟：开先河者》。我一直根据我读研究生时查到的有限的档案资料把劳伦斯进入中国的时间算在1928年，把邵洵美看作是介绍劳伦斯进中国的第一人，把孙晋三和章益教授20世纪30年代的文章算作是中国劳伦斯研究的滥觞之作。但廖教授将劳伦斯进入中国的时间提前了六年到1922年，得出胡先骕先生是用中文介绍劳伦斯的第一人。该书还对20世纪20年代—30年代末中国的劳伦斯译介和研究做了深入详尽的调研和评述，是目前我所读到的最为全面的资料。为此，我要修正先前拙文中有关这一阶段中国劳伦斯研究的说法，以廖先生的著作为准，同时把"孙晋三和章益教授20世纪30年代的文章应该算是中国劳伦斯研究的滥觞之作"的说法，改为"应该算是20世纪20年代—30年代中国劳伦斯研究的扛鼎之作"。

从廖杰锋教授的著作中我还了解到中国作家和戏剧家赵景深曾在1928年—1929年间六次在《小说月报》上撰文介绍劳伦斯的创作并追踪劳伦斯

的《查泰莱夫人的情人》的出版进展，很受启发。由此我想到开新时期中国劳伦斯研究之先河的赵少伟先生，他的本名是赵毅深，是赵景深的堂弟。长赵少伟10岁的胞姐赵慧深曾深受赵景深的影响成为著名的戏曲艺术家，与赵景深过从甚密。估计赵少伟在学生时代成为文艺骨干与家庭中这两位艺术家有必然的关系，在与赵景深的接触中可能曾谈到过劳伦斯，或至少间接地从胞姐那里了解到赵景深的见解。由此笔者推测赵少伟对劳伦斯的好感或许也受了赵景深的影响。而赵少伟的研究中之所以没有提及那个历史阶段，是因为他生于1924年，在战乱年代才进入青年时代，估计对那个年代里的劳伦斯研究没有具体的了解。

读廖教授的著作，不禁想起我写过的一篇博客文章中所发的感慨，题目是《我的历史性发现》。我讲到1982年我做劳伦斯的硕士论文时"千辛万苦地寻觅，才在北图的一个分馆（在北新桥）里找到几篇20世纪30年代中国人写的文章，有孙晋三和章益两位教授的论文，还有林语堂和郁达夫的杂文及摘译"。为此我发出如下由衷的感慨：

> 想到查阅解放前的资料，是因为我读当时出版的郁达夫散文时发现了他对劳伦斯的论述，受此启发，才去北图旧馆顺藤摸瓜，找到了其他几篇文章，从而给我的论文找到了难得的支撑。后来大家写劳伦斯的研究文章，都免不了要引用这些人的观点。从这个角度说，我们的劳伦斯研究也是受益于现代文学研究界当时兴起的对郁达夫的重新发现和肯定。也因此我一直认为，从事外国文学研究的人，应该好好读一读中国现代文学大家作品里对外国作家的议论，也注意查阅一下解放前刊物里的外国文学研究论述，那个时代的中国文学与西方文学基本是同步的，或许我们现在苦苦摸索出的许多结论早在半个世纪前的中国就有过了。我们的外国文学研究者有责任把已经断流的优秀研究成果与当今的研究有机地融合接续，这样才能体现中国的外国文学研究之连续性和整体性。那半个世纪的空白不能阻断一条人文的血脉，我们有责任疏通它。

我当年有了那样独到的发现，成就了我的论文。其实是浅尝辄止，故步自封，以后再没有继续挖掘，导致文章失之浅薄，为此很是惭愧。所以我的那通感慨决不是空话，是要落实到行动上的。可喜的是，廖教授是中文系出身，对中国现代文学肯定了如指掌，以其深湛的交叉学术造诣，得出权威的结论，对劳伦斯进入中国的研究做出了宝贵的贡献。

第四辑　他山石

笔者采撷国外劳伦斯研究的成果，有如采来宝石，为中国读者看待劳伦斯作品提供异国文化的参照。这些译文对中国读者来说有"兼听则明"之用。笔者以为，认真的译文有时可与苦心研读的论文有同样功效。

劳伦斯小说点评[①]

奥威尔 著

书评本不该掺杂个人的回忆，但我最早接触劳伦斯作品的情景或许还是值得记上一笔，这是因为我读他的作品之前还没有听说过他的名字，而给我留下的印象是，他的作品资质优良。

还是在1919年的一天，我到校长的书房里去干什么事，校长不在，我顺手捡起桌上一本蓝色封皮的杂志。那时我16岁，正沉迷于乔治时代的诗歌中。我认为的好诗应该是鲁伯特·布鲁克的*Grantchester*那样的诗。开卷伊始，我就全然被一首诗歌所震撼，它讲的是一个女人站在厨房里看着她的男人穿过田野走过来。半路上他从陷阱里掏出一只兔子来把它弄死。然后他进了家，把死兔子扔到桌子上。他手上还粘着兔子毛，就一把将女人搂在怀里。某种意义上说她恨他，但她全然被他钳制住了。我受到打动更多不是因为诗里表现的性接触，而是劳伦斯深深感受到的"自然之美"以及他在表现这种美时驾轻就熟的能力。在此特别举几行写花的诗作例子：

[①] 此文是奥威尔对劳伦斯短篇小说集《普鲁士军官等小说》的书评，译自Tribune, 16 November, 1945。

她光滑的胸乳要袒露

为自己的恋人酿蜜

不过我没有注意作者的名字，甚至那杂志的名字，应该是《英国评论》吧。

四五年之后，还是在没听说劳伦斯的情况下，我得到了一本短片小说集，现在由企鹅出版社再版了。其中《普鲁士军官》和《肉中刺》两篇给我印象颇深。令我震惊的与其说是劳伦斯对军队纪律的恐惧和仇视，不如说是他对其本质的理解。我隐约感到他从来没当过兵，但他居然能把自己置身于军队的氛围之中，特别是那个时期的德国军队的氛围中。我想他写出了这一切，缘自他看到过德国军队在某座军事要塞城市里的活动。从他另一篇小说《白色长筒袜》里（当时收在这部集子里，但我是后来才读的），我推断出这样的道理：有时女人嘴里堵上一条长筒袜她们会表现得好些。

很明显，劳伦斯的小说远不止如此。但我认为那些第一印象的冲击让我大大地认清了他的真实面目。他本质上是个抒情诗人，对"自然"也就是大地狂热的爱是他的一大特色，尽管这一点不如他对性的迷恋更引人注目。最重要的是，他有能力理解或者说似乎能理解与他完全不同的人，如农夫、猎场看守、牧师，还可以加上矿工——尽管劳伦斯自己13岁时下井挖过煤，但他算不上一个典型的矿工。他的故事是某种抒情诗，他之所以写得出这样的作品，靠的仅仅是观察某些陌生莫测的人时自己的内在生命忽然间经受了一段强烈想象。

这些想象有多真切尚可商榷。像19世纪的某些俄国作家一样，劳伦斯似乎通过让所有的人物都同样敏感来躲避小说家的问题。他故事里所有的人，甚至他仇视的那些人，都似乎经历了同样的情绪起伏，每个人都与其他人发生接触，而我们皆知的阶级屏障几乎被忽略了。但他的确经常显得具有非凡的能力靠想象理解他用观察无法理解的东西。在他的一本书的某个地方他说道当你射杀一头野生动物时，其动作与射击某个靶子是不同的。你不是靠瞄准器来射击，你是用全身的本能动作来瞄准，似乎是你的意志在推动子弹射击。这个说法很对，不过我并不认为劳伦斯曾经射杀过野生动物。想想《英格兰，我的英格兰》结尾处的死亡景象吧。劳伦斯从来没有亲历过他描写的那种景象，他仅仅是凭想象懂得了一个怒火满腔的士兵的感受。可能这感受是真实的，也许不是，但至少这种情绪是真实的，因此是有说服力的。

人们普遍认为，除了个别例外，劳伦斯的长篇小说很不好懂。在他的短篇小说里，他的缺点还无伤大雅，因为短篇小说完全可以用来进行纯粹的抒情。而长篇小说则得考虑能不能够抒情，得十分冷静地建构之。在小说集《普鲁士军官》中有一个短中篇写得十分出色，这就是《牧师的女儿们》。一个普通中产阶级国教牧师被放逐到一个矿区小村里，一家人靠微薄的生活费为生，过得捉襟见肘。在这个地方他没什么用，矿区的人们不需要他，对他毫不同情。孩子们在这样一个典型的破落中产阶级家庭中长大成人，自以为高人一等，实则是自欺欺人。于是惯常的问题出现了：这家的女儿怎么个嫁法？大女儿抓住机会嫁给了一个还算有钱的牧师，可这人不巧是个侏儒，内脏有病，是个毫无人味的东西，不像个男人，倒像个早熟的讨人嫌的孩子。用家中大多数人的标准衡量，大女儿的选择是对的：她嫁给了一个绅士。但小女儿则不甘心让自己的活力遭受虚荣势利的泯灭，不惜辱没门楣，嫁给了一个健康的青年矿工。

看得出，这篇故事很像《查泰莱夫人的情人》。但在我看来，它比后者更胜一筹，也更有说服力，因为它是靠独到的想象力支撑着。或许是劳伦斯在什么地方看到过某个牧师营养不良的女儿受尽压抑，弹着风琴消磨着青春，忽发奇想，想象她逃到了劳动阶级温暖的世界中，那里有足够的男人可以做她的丈夫。这个题材适合写短篇小说，但如果拉长为长篇，就会难以驾驭，写长篇不是劳伦斯的长项。这本书里还有一篇故事题为《春天的阴影》，里面的猎场看守被写成一个野性十足的自然人，与过分理性的知识分子形成对照。这类人物反复出现在劳伦斯的书中。我认为他们在短篇中比在长篇中（如《查泰莱夫人的情人》或《骑马出走的女人》。译者注：后者是中篇小说）更可信，因为我们用不着对他们了解得太多。而在长篇中，为了使人物行动起来，就得让他们有复杂的思想，这些思想反倒毁了人之未被损毁的动物状态。另一个短篇《菊香》讲的是一个矿工死于矿井事故的故事。他是个酒鬼，他死之前他老婆一心只想摆脱他。只是到了擦洗他的死尸时,她才感到,似乎是第一次感到,他有多么美。这就是劳伦斯才能写得出的东西,而在故事的第一段里他表现出了奇妙的视觉描述能力。但这样的段落是不能写成长篇小说的,即使有一系列这样的段落,如果没有更多其他的散文成分,也不能构成长篇小说。

《袋鼠》前言

理查德·奥尔丁顿[1] 著

　　《袋鼠》是一部急就的杰作，完全可以同六周内写成的近乎神奇的《盖·曼纳令》[2]相媲美。尽管书中的一些人物和情节是想象的产物或者由别处移至澳大利亚，但书的大部分道出了劳伦斯在澳大利亚的经验。其创作特色是：当他极其准确、惟妙惟肖地记录下一段经历时，其时他正在经历另一段新的体验。待他进入更新的体验时，他注定要回过头来记录下前一段经历。书中澳洲部分的写作并非与他的经历同步，而是他短暂的访问过程中逐一记录下来的。

　　幸存下来的个人日记片断和几封书信（大多收入赫胥黎[3]所编的《劳伦斯书信集》），使我们能够准确地回顾书的写作时间段。劳伦斯夫妇是1922年5月初乘船从锡兰到西澳大利亚佩思的。他们同朋友住在离佩思16英里的

---

[1] Aldington, Richard（1892—1962），英国小说家、诗人、批评家，劳伦斯生前好友，曾编辑劳伦斯《最后的诗》（1932）和散文集《地之灵》，并著有劳氏传记《一个天才的画像，但是……》（见拙译，金城出版社，2012年）。
[2] Sir Walter Scott（1771—1832）的早期小说。
[3] Huxley, Aldous（1894—1963），英国作家、诗人。1915年结识劳伦斯便成为其信仰者和追随者。1926年后与劳氏夫妇过从甚密，在劳伦斯弥留之际守其左右。1932年编辑出版了《劳伦斯书信集》，为此写下的前言被认为是劳氏研究领域内最具说服力、最为公允客观的论断之一。

达灵顿①。5月15日劳伦斯写道。他们已经在澳大利亚待了两周了，马上要乘S.S.Malva号船去悉尼。在一封没有注明日期的信中（在船上写给他的美国朋友E. H. 布鲁斯特），劳伦斯这样写道："我什么也不想做。"这样看来，在1922年5月26日到达悉尼之前，《袋鼠》甚至不曾进入他的构想。《袋鼠》的前四章背景是悉尼，事实上劳伦斯只在悉尼过了周六和周日，周一（5月28日）他们已经住进了离悉尼大约30英里的名为瑟罗的小矿村了。他们所住的一处平房名字颇有趣，叫"威叶沃克"②。住下的第一天他写了两封信，其中一封表达了他"对欧洲、对西西里痛苦如灼的思念"和对澳大利亚"便利设施"的否定——"留着他们的便利设施自己享用吧。"这座平房租期一个月，住到7月6日等另一艘船一到，他们就走。而到7月3日，我们发现劳伦斯的情绪大为改观。他一贯如此。他在给陶斯的梅贝尔·卢汉③的信中这样写道："我开始写一部小说了，我可以一直写下去，在这儿待到我写完，大约到八月吧。"他能够写下去。在6月5号和13号写给布鲁斯特的信中他提到了这本书。6月9号他给岳母的信中写道："我突然又写起来了，是一本充满野性的澳大利亚小说。"几天以后他又写信给他的妻姐，说这本书是"一场奇特的展示"。到6月22号，他给朋友凯瑟琳·卡斯威尔写信说，"这书写了一半，没发生什么事，可很多事确实应该发生。背景是澳大利亚。"7月3日，他的私人日记中有这么一条："几乎写完了《袋鼠》。"5周，15万字（中文30万字）的《袋鼠》，从构思到基本完成，只有最后很短的一章是9月份到了新墨西哥的陶斯后添加的。

《袋鼠》并不是劳伦斯苦心经营、坚韧不拔、一稿再稿的那种小说。像他的大多数小说一样，这是一本"即兴之作"。就是说，他毫无计划地下

---

① Darlington，西澳首府佩思以东40英里处Darling山脉中的小镇。
② 此屋的名称与"为何工作"是谐音，表达一种幽默。
③ Mable Dodge Luhan（1879—1962），美国贵妇，试图在新墨西哥的陶斯建立艺术家基地，以保护印第安文化。她邀请劳伦斯旅居此地，为劳氏的美洲之行提供了方便。此行翻开了劳伦斯思想与创作的新篇章，为其原始主义旨趣情结的释放提供了适时的契机，从而创作出了一系列这种类型的小说，如《羽蛇》。

笔，甚至不知道小说的结局如何。《袋鼠》，像《亚伦的神杖》①一样，未加重构，就付梓了。这本书缺少传统小说的形式与铺陈，但其神奇的新鲜感和生动的描摹足以弥补这种缺憾。劳伦斯的作品所传达出的这种生命直感远胜过他同时期的任何作家。再也没有别人能像他那样让你感到：你切实地体验到了他所写的东西。一位叫Adrian Lawlor的澳洲朋友给我写信说，他从未见过悉尼南面的那段海岸线，可是，"读了劳伦斯的文字，上帝啊，我觉得我到过那里了！"

不过要提醒读者的是：书中这些澳洲人和人与人之间的争斗纯属想象或富有想象地从外界移植而来。劳伦斯写活了澳洲的地域精神，写活了那些时常为日常生计奔波的无名氏们。他们与索默斯和哈丽叶时有交往，这些人和场景，用儿语说，都是"真的"，都确有其事——悉尼的出租司机、拾垃圾的人、公共汽车售票员等都有真人的原型。而那些有名有姓的人和他们的所作所为则出于想象。这是因为劳伦斯在澳大利亚跟别人没有社交。"我没有出示什么介绍信，在这片大陆上举目无亲，这本身就是一个胜利。我有生以来第一次感到在偌大一个国家没有一个熟人该是怎样美妙。除了卖面包和肉食的小贩，我们的住地门可罗雀。不过这些小贩一点儿也不冒失。"杰克、维多利亚和杰兹，其原型或许是劳伦斯从那不勒斯到悉尼的船上认识的澳洲人②。埃德博士③据说暗示过自己是袋鼠这个人物的原型，但劳伦斯激烈地表示否认。大概这位英国小说家惧怕被人告以诽谤罪吧——这种事特别纠缠劳伦斯，因为他惯于把他的熟人写进小说中，其形象不佳且能教人明辨其原型④。《袋鼠》中的次要人物如威廉·詹姆斯的原型就是劳伦

---

① Aaron's Rod，1917年开始创作，1922年出版，是《袋鼠》之前的一部主题与之相似的小说，涉及男性友谊和"领袖"问题。此书名借典于《圣经》中"亚伦的神杖"。亚伦是摩西的兄长和代言人，成为以色列人的第一位牧师，其杖杆体现摩西的意志。这部小说中亚伦随身携带自己心爱的笛子，暗喻"亚伦的神杖"。
② 这一论断被新的研究所否认。事实上，劳氏与几个当地人有过交往，特别是杰克和袋鼠，确有其人其事，与劳氏描写多有重合之处，见《劳伦斯在澳大利亚》(D. H. Lawrence in Australia by Bobert Darroch，麦克米伦出版社，1981年，pp.26-66) 等新著。
③ Eder, Dr. David (1866—1936)，最早在英国实施弗洛伊德理论的人。他发现《儿子与情人》意义非凡，随之成为作者劳伦斯的朋友。
④ 如《恋爱中的女人》中，写进了罗素、奥托琳·莫雷尔夫人及布鲁姆斯伯里圈子中数人，导致莫雷尔夫人与劳氏绝交。参见拙译《恋爱中的女人》，2000年译林版。

斯在康沃尔期间的一个熟人。

这些想象的情境实在真实可信,以致人们会谴责劳伦斯不让他笔下的索默斯对垂死的"袋鼠"说句爱他,尽管这样的人和事并不存在。那么澳洲的退伍兵和社会主义者之间生动的政治斗争场景又是来自何处呢?并非取材于他喜爱的刊物《周日新闻报》,因为彼时澳洲并未发生此类政治暴力事件[①]。或许是取材于劳伦斯1920年—1922年间在意大利所目睹的法西斯和共产主义者之间的残酷斗争,将其移植于澳洲。劳伦斯对权力问题极其感兴趣,《袋鼠》中大量的描写和场景显示出他和妻子之间奇特的意志之战:结婚15年后,他仍然殚精竭虑,力图向她说明,婚姻的基础不是完美的爱情,而是妻子对丈夫完全的服从。索默斯与哈丽叶之间的争斗是本书的主题之一,与劳伦斯夫妇的性格十分吻合。不过劳伦斯似乎是错将一个作家的权力当成了一个领袖的权力,常常把自己想象成生活中男人的领袖。但是,一旦他感到或他的"灵魂"感到这会影响到作为作家的权力,他会本能地断然退却,因为作家需要的是纯粹的个性主义和孤独。正因此,小说中便自然地有了那令人惊心动魄的两章,回忆劳伦斯在大战期间在英国的生活,彼时他深感自己受到了威胁,以一介草民之卑躯,屈从于野蛮的强权。为此他愤然与之抗争,事实上,因为他患有肺病,自然免服兵役,他从未有被强征入伍的危险。但他精神上是非有斗争不可的,他决不退缩。正如劳伦斯·鲍威尔[②]指出的那样,这两章"极其情绪化地纪录下了那些不屈从于疯狂的战争宣传的人们如何遭受仇视和迫害"。但归根结底,如前所述,必须坚持的是:尽管本书在不少方面颇为成功,《袋鼠》最为成功之处在于其对澳洲大陆令人难忘、活灵活现、准确无误的描述。在这一点上,没有别的英国作家可与之媲美。

《袋鼠》最早由马丁·塞克和托玛斯·塞尔泽于1923年9月在英国和美

[①] 据 D. H. Lawrence in Australia 一书披露,第一次世界大战期间和前后,澳洲的确发生过不少政治暴力事件,劳伦斯很可能对此有耳闻并取材于此。另外,1920年间,澳洲确有一个鲜为人知的秘密军事组织,由退伍兵组成。劳伦斯与此有过接触并发誓不泄密。但他未能遵守诺言,以《袋鼠》一书泄了密。
[②] 劳伦斯·鲍威尔(Lawrence Powell,1906—2001),书志学家,文学批评家,时任加利福尼亚大学洛杉矶分校图书馆学教授。

国同时出版。据我所知，澳大利亚的刊物上只发表了两篇评论，其中一篇是印制人P. R. 史蒂文斯写的，日后他发行了劳伦斯绘画的复制品。

《袋鼠》评论

格拉姆·哈夫[①] 著

泛泛地浏览《袋鼠》，会觉得它比《亚伦的神杖》在布局上更加松散，在内容上更加芜杂。如此一来，对它做一番回顾就难免支离破碎，难免在艺术上不成为败笔。但是，重读《袋鼠》，旧的印象会冰消瓦解，取而代之的是其斐然文采和那些散乱成分的活力。进一步的阅读，会发现某种潜在的统一性，它是不易一目了然的那一种。

本书是劳伦斯著作中最为速成的一部，也是构思最急的一部。劳伦斯夫妇在澳大利亚只逗留了两个月多一点（1922年5月至8月），在五周时间里这部小说几乎就杀青了。所以，本书的一大部分都是劳伦斯擅长的游记速描，中心人物是他和弗里达。不过，劳伦斯的旅行是受着理念指引和境遇的制约的。《袋鼠》中思绪的流动是写作《恋爱中的女人》时思绪的继续和发展。Coelum non animum mutant.（拉丁文：天可以变，心不会变）——劳伦斯干脆把长久酝酿于头脑中的问题又带到了澳大利亚。婚姻的问题一度看似已经解决，现在又出了意外。于是书中出现了大量他与弗里达的直

[①] 选译自Graham Hough（1908—1990）：*The Dark Sun*（Octagon Books, New York 1973）中有关《袋鼠》的一节。作者曾是剑桥大学文学教授（1966—1975）。

接传记。如同《亚伦的神杖》,婚姻的问题与男人和男人之间的关系密切相关,这种关系第一次在劳伦斯的作品中带上了决定性的政治色彩,从而对《亚伦的神杖》结尾处利里所勾勒的爱与权力的理念有了进一步的发展。这种对政治观念的新关注是通过一个寓言来体现的———一段纯粹的虚构,其人物和事件全为创造,贯穿于一部意在言他的书中。书写到一半时,题目为"噩梦"的一章为自传,与叙事进程毫无关联,讲的是劳伦斯在一次大战时期在英国的经历。

  对小说情节做一个梗概将有助于了解这本书。作家理查德·洛瓦特·索默斯和他的妻子哈丽叶来访澳大利亚,在那里他们举目无亲。他们巧遇一对典型的澳洲夫妇,杰克和维多利亚·考尔克特,结为友邻。杰克巴望着与索默斯的友谊加深、加固,而索默斯则对这种要求有些反感和抵触。杰克十分关注澳大利亚政治上的未来,加入了一个由退伍兵组成的半法西斯组织,号称"澳洲兵",伺机趁某场危机夺取政权。杰克深受索默斯思想的影响,试图拉索默斯加入这个组织。他于是将索默斯介绍给他们的首领、绰号"袋鼠"的悉尼律师本·库利。索默斯发现了这个人的魅力,对他出奇地佩服。尽管他对"袋鼠"深为同情,但他决不愿为一个运动而牺牲自己的自由,不愿为"袋鼠"牺牲自己。哈丽叶对这一切深表不屑,把这项索默斯认为是在世界上扮演男人角色的事业看成是小学生的胡闹。索默斯心中一直斗争着,不知是该卷入政治斗争还是保持自己的独立。"袋鼠"对索默斯进一步的感情要求受挫。抵制了"袋鼠"之后,索默斯开始惧怕他了。由此他回想起以前对征兵参战时的恐惧,于是他回顾起那一段整个的经历。与"袋鼠"的决裂是致命的举动。此后杰克见到索默斯,称索默斯为间谍。索默斯同时又对工党的观点产生了兴趣。一次他去参加一个集会,会上劳工领袖斯特劳瑟斯发表了长篇社会主义演讲。"澳洲兵"挑起了骚乱,会场上爆发了暴力冲突,"袋鼠"中弹。以后,索默斯在"袋鼠"弥留之际来看他,"袋鼠"借此机会向索默斯示爱。索默斯拒绝了他,随之"袋鼠"呜呼。一切都结束了,索默斯和哈丽叶从此离开澳大利亚。

  与情节密切交织的是澳洲的风土人情。书中不乏对索默斯和哈丽叶婚姻状态、对索默斯意欲在世界和时事中施展才干的欲求所做的长篇分析及对广义上的权威、革命和政治所做的考量。这些主题并未被分别处理——它们时有交织,直白的自传段落与纯粹的虚构相交错。比如书中的政治事件就与澳大利亚的现实毫无对应。表面上看,其素材较之《亚伦的神杖》更为芜杂,其叙述更为松散琐碎。不过《亚伦的神杖》所犯的主要毛病在此消失了。劳伦斯察觉到,在这样一部书中处理利里和亚伦这两个人物时,粗暴地将他们之间的感应分裂开来是个错误;将中心角色给予一个相对缺乏自我意识的人也是个错误。而《袋鼠》则单纯地是索默斯经验的纪录,一切都透过他的眼睛受到关注。于是,索默斯是劳伦斯这一点并不重要,重要的是他有过复杂的体验,它们纠缠一团,那是因为它们是他进程中的因素。《亚伦的神杖》应该在这个规划图上构成,不过题外的社会刻画之诱惑过于强烈,使他做不到这一点。读者看到的利里是孤立的,不是亚伦所感知的利里。而亚伦在其他地方观察到的又超出了其可能性。《袋鼠》就避免了这些缺憾,干脆坦率地写成劳伦斯的精神传记的一部分。不是他处境的传纪,尽管有一点影子,但是忠实地反映了他彼时思想的真实发展脉络。我们开始看到劳伦斯对形式的抨击是什么意思。形式对他来说就是如此——遵从真正的活生生的成长过程。让我们以这种观点来看看《袋鼠》明显琐碎的主题吧。

  其政治主题在第一章中就明确了。索默斯来澳洲,是因为他觉得欧洲完结了。可他又马上感到怀乡。澳洲生活的无拘无束和单调令他怀念起欧洲生活的丰富多彩。不过他发现澳洲有许多令人敬佩之处,便开始思考它与欧洲的不同。他发现澳洲的不同之处在于对权威的否定,这具有真正的民主感。

> 当然,他必须承认,就他目及,澳洲人把自己的城市管理得井井有条。事事顺当,没有麻烦。真令人惊讶,竟然没什么麻烦——总体来说是这样的。似乎没谁找麻烦,似乎也没有警察,没有权威,一切都自然而然地运转,松散而闲适。没有压抑,没有真正的权威——没有高人一等的阶层,甚至没见几个老板。一切看上去都像一条滔滔的江河轻松自如地滚滚向前。

关键就在于此。像一条滔滔的生命之水，全然由滴水汇成，生活处处如此这般。可欧洲却是建立在贵族原则之上的。如果抹去阶级差别，消弭高低贵贱之分，欧洲就会陷入无政府状态。在欧洲，只有虚无主义者才立志消弭阶级差别。

可在澳大利亚，索默斯觉得，这种差别早就消逝了，根本没有阶级差别。有的只是金钱和"精明"的区别，但没谁觉得比别人优秀或高明，只有富裕。要知道，自觉比同胞优秀与仅仅是阔绰点儿的感觉还是有区别的。①

而索默斯恨的就是这个——"尽管他没有这类的祖先，但他感到自己算得上是对社会有'责任感'的一员"。对于一个英国人来说，这种区别是极端的。

即使是最讲自由的自由党人，你还是能认清有责任感的阶级与无责任感的阶级之间的区别。你还是得承认"统治"的必要性。在英国，你要么承认自己是个无政府主义者，要么就得认可"统治"的必要性。在这个问题上英国的劳动阶级和上层阶级的看法是一样的。任何一个坚信自己是对社会负责的劳动者都会感到以某种形式行使权威是他的义务。而无责任感的劳动者则感到自己头顶上压着一个主子，极想冲他发一通儿牢骚以解心头之快。欧洲是建立在权威本能上的，即'你必须如何'。唯一的替代选择就是无政府。②

某种自信本能促使劳伦斯在开篇中就宣布了这个主题，尽管这部构架看似松散的书中话题庞杂，与开篇中的思考并不搭界。婚姻中主宰的问题，承认人与人之间与生俱来的优劣及这种承认的本质（是服从于爱还是服从于权力），个人权力与权威之间的关系，还有"噩梦"一章——这一切都发自一个共同的根。甚至对澳洲自然景色的出神入化描摹（在某种意义上说

---

①② 劳伦斯：《袋鼠》，第一章，黑马译，译林出版社，2000年。

是对一个处子般国度之魅力的服膺）也是部分地承认：只有当自然服从于人的统治时，它在精神上才可以被吸纳。

令人叫绝的第二章"芳邻"，将这些半成熟的考量放进日常生活的背景中，以人与人之间日常的张力方式体验之。比如索默斯夫妇请考尔克特夫妇进晚茶时，索默斯感到自己重返那种无拘无束的劳动阶级孩童之间的亲昵，但他同时又对此不屑，因为他养成了更为矜持、更为清高的生活举止，这种举止才最为适合他。考尔克特对索默斯的清高有点愤愤然并试图探究个中秘密。可维多利亚则全然被索默斯迷住了。

> 索默斯明白杰克的心思，他不会上当的。他挥洒自如地聊着，聊得十分开心，但决不投杰克之所想。他太明白杰克需要什么了：像男人与男人、像伙伴那样谈话。但索默斯绝不会与任何人为伴，那不合他的本性。他像老相识那样开怀畅谈，这样子迷住了维多利亚，她依偎着杰克坐在沙发上，棕色的眼睛却盯着索默斯。①

各种细微的差别——社会的、国家的、智识的和性的及其所构成的压力都得到了完美的区分。

索默斯很快就发现杰克·考尔克特的另一面——他热心政治。在这个澳洲人平淡的外表下是他对自己国家形势的真切关注。当杰克要求索默斯的友情时，他感到那个男人世界的行动对他来说是个挑战，作为一个结婚已久的作家，独处家中的习惯使得他完全与之格格不入。是在这种情形下，婚姻的问题首次出现了。哈丽叶厌烦同考尔克特的谈话，厌烦"所有这一切亲昵和芳邻"。对此索默斯回答道："我必须同男人和男人的世界进行一番斗争——作为男人中的一员，我是没有位置的。"这个主题不断地贯穿书的始终，或许这是《袋鼠》所处理的冲突之个人心理根源。这个主题在第九章"迷惘的婚姻"中十分明白地凸显了出来。在此，索默斯为如此的理念所攫取：完全平等的爱不能长久，主宰的问题早晚会出现。他像大多数

---

① 见《袋鼠》第二章。

男人一样,认为健康的婚姻关系取决于承认男性的主宰。哈丽叶则同不少女人一样拒绝认这个理,她拒绝承认索默斯的主宰地位。劳伦斯并未充分地说明需要明确行使的男性主宰没有太大价值。不过他触及了这个问题重要的一点(索默斯的,或者在自传意义上说是劳伦斯自己的问题):

> 谁能相信这样一个人!如果他天生就是个如军队中的将军或统领着几千人的大钢铁厂的经理般的人主,那样的话她还能相信他即使不是个君王也是个主人。可事实上……除了她,他再没有别的人伴随。①

劳伦斯发现他早期对婚姻的执着此时正遭到报复:将婚姻看得重于一切,你不仅失去了不少必要的体验,还危害到婚姻自身的安全。像大多数情绪暴躁的已婚夫妇一样,索默斯和哈丽叶过于将他们的困难戏剧化了。索默斯用不着非得是将军不可。他需要的是一份从早上9点到下午5点让他走出家门的工作。没有哪个男人能成为英雄,如果他永久地处于她的脚下。哈丽叶呢,如果她的婚姻有什么生物意义——如果她有或可能会有孩子可照看,她就会对丈夫的缺陷不太在意。这一段忠实的自传性漫谈,也很公平,哈丽叶的观点得到了与洛瓦特同样的表述。不过这些观点不够深刻,表现的是私人的和职业的而非普遍的窘境。

这是典型的劳伦斯做法:他拒绝提出一般社会意义上的解决办法,尽管对索默斯和哈丽叶(或说劳伦斯和弗里达)这桩基本上成功的婚姻来说,主要需要的不过是某种微小的调整。承认这一点,可能会将索默斯/劳伦斯这样的艺术家、自由撰稿人囿于社会的一般要求之中。对劳伦斯来说,承认主宰需要他自身发生脱胎换骨的变化,需要某种终极的、受到神明启发的超验思考,而不是对男人世界的庸俗适应。索默斯不情愿地承认了这一点。

他还没有屈从于那个他将信将疑的事实:在人类接收任何一个男

---

① 见《袋鼠》第九章。

人做他们的国王之前,在哈丽叶接收他之前,作为一个君主和主人,对王权有着强烈欲望的理查德·洛瓦特必须打开他的心灵之门,为自己请进一个黑暗的君主和主子,他感觉到了门外有这样一个黑暗之神。让他真正服从这黑暗的君权,向这可怕的人主敞开自己的大门吧,让这主子从下面的门进来吧。就让他自己先接收一个主子,那难以言表的神,其后会发生该发生的。①

所以,最终索默斯拒绝了所有参加政治或社会活动的邀请。尽管在本书中那所谓黑暗的上帝没少提到,我们还是没弄清他是谁,如何乞灵于他。

劳伦斯有兴趣解决的并不是实际的问题。他以沮丧的喜剧笔调承认,要不要女人当家这样的家庭问题颇有点荒诞。劳伦斯关注的是领袖问题,是神圣的优先问题,是个体之间与生俱来的作用和素质上的差别,这种关注是绝对严肃的。他怀疑婚姻中平等伙伴的理论,还怀疑整个的民主观念。索默斯并不想要民主,他要的是另外一种类型的关系。

是什么呢?他不知道。可能那些有色人种知道,在印度还可以感受到这一点,那就是人主的神秘。白人很久以来都在苦苦地与之斗争。而它却是了解印度人生活的线索。人主的神秘,是与生俱来的、天然神圣的优先之神秘。另一种男人之间神秘的关系,这正是民主和平等试图否定并抹杀的。这不是什么任意的种姓或天生的贵族,而是对差别和天生优越的神秘认可,是服从的快乐和权威的神圣职责。②

一个次要人物,威廉姆·詹姆斯很早就警告索默斯说澳大利亚的民主会把他们拖下水的。而当杰克向索默斯介绍了"澳洲兵俱乐部"这个法西斯组织和对权威原则的高度认可后,索默斯很明显仅仅因此对它着了迷。至于这些退伍兵一旦掌了权会干些什么,并不清楚。他的兴趣仅在于权力和权力的根源。确实明确的是,对劳伦斯来说,权力通过个人和不平等来

---

① 见《袋鼠》第九章。
② 见《袋鼠》第六章。

体现，其根源在这些之外，是一个现代社会里未被认可的黑暗之神。问题是何处才能发现这黑暗之神的化身。这亦是卡莱尔不少政治作品的问题。同样，《袋鼠》这本书的很多地方都为言论所占据。

退伍兵们的权威集于他们的领袖"袋鼠"身上，一时间他成了权力的真正源泉。索默斯见到他时，被他的谈话和个人魅力所俘获。不幸的是我们没有被迷住，这本书开始遇上麻烦了。索默斯和哈丽叶两个人物靠的是内在感知的描述活起来的，而杰克和维多利亚则是通过外表的描述显得生动。"袋鼠"则是以另外的方式构思而成的，尽管大量的笔墨花在对他外形的描摹上，他仍然难以让人接受，是唯一一个部分成功的象征性人物。可是象征什么呢？劳伦斯自有想法，但他的传达是不成功的。"袋鼠"被赋予"耶和华般的和善"，尽管也微妙地暗示他颇具政治力量。他希望统治，不过是通过爱来统治。他建议成立一个独裁政府，不过这种独裁是"一个温和的父亲以活生生的生命名义使用其权威，他决然与反生命的一切水火难容"。他以这种父亲的角色自居，索默斯几乎要心甘情愿地接受他了，因为他喜欢权威并迷上了"袋鼠"。在读者看来，"袋鼠"暧昧得出奇；还有，这种关系中存在着一种强烈的感情成分，即奇特的同性恋，劳伦斯似乎从未认为这是同性恋。我们早已在杰拉德—伯金、亚伦—利里的关系中察觉出了这一点。同利里一样，"袋鼠"时而令人感到像母亲而非父亲：

> 他的纯真很迷人，十分迷人……他在场就令人感到温暖，让你感到像被人拥抱的孩子一般，伏在他温暖的怀抱中，你的脚蜷缩在他那大大的肚子上。[①]

毫无疑问，这种写法装腔作势到愚蠢的地步了，因为劳伦斯不敢考量他意欲传达的感情的性质。同样"袋鼠"话语中的虚伪口气也是由于描写上缺少穿透造成的。

在他的第一段长篇演说中，他表示要用他的爱之火与蚁冢般的现代文

---

① 见《袋鼠》第六章。

明作斗争。

　　我是用我热烈的心与他们斗。深渊唤来深渊,火焰引来火焰。而为了温暖,为了同情之火,就该用活生生的心之火去烧掉蚁冢。这就是我的信念。①

后来他又作了一个关于爱的长篇演说。

　　"除了爱的力量,还有什么别的激发人的力量吗?"袋鼠继续说,"没有别的。爱让树开花,撒下种子。爱使动物发情,让鸟儿披上最美的羽毛,唱出最美的歌儿来。人在世上所创造的或者说将来能创造的也就是这些了。请允许我使用创造这个字眼儿,它指的是人最高的生产活动。"②

这些令人强烈地联想到艾尔莫·甘特利③,由此可见,索默斯拒绝这类做作的哗众取宠就毫不奇怪了。令人吃惊的是,他(还有劳伦斯)竟然对此小题大做,从书中可查的事实来看,"袋鼠"这个人物值得严肃对待。索默斯信心不足地将自己的黑暗之神当成宇宙间力量的真正源泉;全身都洋溢着爱的"袋鼠"则拒绝黑暗之神。他们之间存在着矛盾,索默斯是难以说服的。

劳伦斯试图达到的目的没有达到。若对此做出解释,我们必得放弃他的参照用语并彻底跳出本书。不错,"袋鼠"所代表的是基督教——不是教条的或制度化的基督教,而是其整个的宗教世界观,即认为爱是宇宙的动量。他几乎成了救世主的象征。他用粗俗的新闻语言所提倡的爱是对"I'Amor che muove il sole e l'altre stelle"④的效颦,而索默斯(和劳伦斯)所

---

① 《袋鼠》第六章。
② 《袋鼠》第七章。
③ 辛克莱·路易斯的同名小说中的人物。
④ 见但丁(Dante Alighieri, 1265—1321)《天堂》,大意为"爱撼动太阳及其他星球"。

拒绝的则正是这个。"袋鼠"的信念被世俗化了，与惯常的基督教象征相脱离，因为劳伦斯并无意攻击教会或基督化身的教义。的确，基督化身之说全然与劳伦斯的气质吻合，不过他希望的是看到另一种有人性的神。劳伦斯不得不直面两种表现的困难。首先，他别无选择。陀斯妥耶夫斯基笔下的法庭庭长在耶稣那里一无所获，便转而求助于撒旦。可索默斯面对"袋鼠"的要求却无所适从，他的黑暗之神是一个seus absconditus（拉丁文：隐匿的神）。第二个困难是，劳伦斯手中并不掌握足够的象征。他书里的故事大部分在轻松的日常现实生活中展开，这就使得他难以发明某个象征。索默斯和"袋鼠"之间的一些对话教人隐约想起法庭庭长的话，这些已经对劳伦斯带来了不利。不过"袋鼠"这一荒诞人物本身则更像切斯特顿笔下那个名叫星期四的人，①我无法不认为"袋鼠"的这一面很有这个人的影子。劳伦斯居然求助于这些荒诞的恶作剧，这说明他的想象力并没有达到他的使命对他的要求。

"袋鼠"向索默斯示爱，这在自然主义的框架中看似荒诞。不过，"袋鼠"是被当作某种上帝的猎犬的。第七章他与索默斯之间那种怪异的爱情场景里，索默斯做出的是至高无上的拒绝——最终拒绝的是他所属的文化两千年来认作极善的爱。这样一来，这个荒诞、过度拘谨的场景就有了解释，它是男人的相遇。它更为清晰地解释了为何"袋鼠"遭到拒绝后变得可怕，成为一个恐怖之物。"袋鼠"本人或其作为男人的境遇都不能引发这种恐怖。不过索默斯事实上刚刚拒绝了他的全部教养称之为"活神"的东西，他害怕，怕的是会最终落入他的手心。于是他抵制并逃避。拒绝弥留之际的"袋鼠"求爱，同样是明确地拒绝基督教的另一个感召——弥留之际救世主的悲悯。索默斯已经拒绝了示爱，现在又拒绝爱的呼唤：他逃避的是自我和尚未懂得的黑暗之神的本性。

尽管这些段落不足以表现其主题，它们依然具有力度。如果我们能将其本质的情境与环绕其周围的不幸细节区别开来，这种力度就显而易见了。但不少问题也随之出现了。劳伦斯知道自己的所作所为吗？他是否认为

---

① 切斯特顿（G. K. Chesterton，1874—1936），英国诗人和小说家。此处指他的寓言小说《一个叫星期四的人》。

"袋鼠"那谵狂的感伤倾诉就是所谓的基督教之爱？我认为劳伦斯确实懂得自己在做什么。尽管他的文字表达不足，但"袋鼠"身上似乎叫人感到一股莫名的力量，这就说明劳伦斯懂得他正在拒绝的东西其分量之重。"袋鼠"这个人是个标志，是一个观念情结的速描。此时劳伦斯对此了如指掌，它集中表现为：爱是宇宙间的中心力量。但劳伦斯未能在读者心中树立起这个标志，大抵因为他惯于一时兴起，将他的观念置于偶然引起他兴趣的地域背景中，忽视了这样的背景是否适合他传达那些观念。作为一个殖民政客，"袋鼠"其人只能信其有而已；作为索默斯对立面的意识焦点，他也是可以理解的。但他难以同时兼具二者，更不足以成为他应该代表的那些复杂而深刻的理念的传声筒。其背景和情境都过于地域化、过于特殊，无法承担劳伦斯欲加其上的重负。这些背景和情境本可以不失去平衡，如果劳伦斯具有他所应具备的品质，即像陀斯妥耶夫斯基那样感受敌手如同感受自身。

以这些场景作如是观，这书的其余部分则不言自明。如果这份爱要遭拒绝的话，考尔克特及其朋友的澳洲式伙伴情谊也是要遭到拒绝的，尽管这种情谊具有民主的魅力，但它否定的是人类精神之根本的独立与个性。如果袋鼠具有等级和权威意味的爱作为一种政治力量应予以拒绝，我们更有理由拒绝工党领袖斯特劳瑟斯那不清不楚的平均主义，尽管他的不少抱怨颇具正义。但应有服从——服从什么呢？服从权力的神性，这权力并非平均分配给人们，而是依照黑暗之神占据人们心旌之程度的不同而不等地分配。

劳伦斯的黑暗之神可以被轻易地看作一个扑朔迷离的谀词：他时常在关键时刻使用这个词，可其实并不解其意。那些不愿意视其作品为真正探索之作的人，我想，必须拒绝这类晦涩的观念。为劳伦斯辩护的理由是，无论这观念是如何难以定义，他是在逐步地为其做出定义的。作为这第一步，他区分开了他意欲崇拜的权力与纯属群体凌辱的误入歧途的权力。这就是"噩梦"一章的缘由，尽管它看似惊人地游离全书其外。

尽管有点笨拙，但这一章写得颇具创意。索默斯拒绝与袋鼠结盟并拒绝其爱之后，袋鼠在他眼里突然间变得恐怖可怕起来。"他恐怖地站起来，面对那个巨大的闭眼恐怖之物，那就是袋鼠。对，是个物件，不是一个人。是一个庞然大物，恐怖之物。"他感到恐怖，由此回想起他曾经感到恐怖的其他时候：在西西里时的惊恐和在第一次世界大战期间的英国时面对大众精神而生出的更为强烈的恐怖。"在英国，大战的后几年里，留在国内统治这个国家的那些霸王们都开始对活生生的犯罪幽灵万分恐惧起来。从1916年到1919年，一股犯罪欲浪席卷全英国，一帮卑劣的霸王们大兴恐怖统治……"此后的一段是劳伦斯以索默斯的名义回顾自己大战期间的经历。他被召去参加一系列的征兵体检并被愚蠢地怀疑为间谍，因为在敌人可能入侵的情况下，他竟坚持住在康沃尔海岸边，而且言行十分不谨慎。有些人很欣赏这段文字。但我丝毫看不出为何欣赏甚至敬重它。战争的恐怖并不能通过愤怒和呐喊来控诉之。索默斯的愤怒毫无道德基础。他之拒绝战争是因为战争搅乱了他的居家隐私。他并非一个反战主义者或一个凭良知拒绝战争的人，他只是想体检通不过好回家，回到老婆身边，回到他的村舍里。他绝不是像罗素或其他反战者那样将自己的抗议付诸表述，公诸视听。那个坚持权威和服从效应的索默斯竟被最低程度的兵营生活吓怕了，体检也令他惶惶然。

> 是的，他们对他穷追不舍，直至把他脱光了取笑。他们竭尽全力要给他致命一击，把他打入十八层地狱，让他完蛋，从此一了百了！
> 可是，且慢！哦，且慢，且慢。现在还不是时候。当生命还活泼泼的时候，他们就怎么样不了他，绝不会。他们摸了他的私处，窥视了他的私处。让他们眼裂，手缩，心烂，他就这样边等边刻骨地诅咒着他们。①

其最为奇特之处在于，它部分地是文学性的强化再创作。事实上劳伦斯战争期间的通信并非如此歇斯底里，没这么多自私的自怜，比这要理智，心态要平衡得多。对此的解释，我认为就来自《袋鼠》本身。工党开会爆

---

① 见《袋鼠》第十二章。

发骚乱时索默斯在场,他感到有参与暴力的冲动。

> 他想回到城里去,加入那场混战……为什么不去死?为什么要躲在骚乱之外?他从来都是很入世的。①

劳伦斯现在发现他厌恶自己在战争中的角色。客观地说,这很没有必要,既然他如此羸弱,不可能被召上前线。但是他深感羞愧难当,因为他不能参与,既不能与同胞风雨同舟,又不能向他们发出抗议之声。一切都过去后,这一点对他来说变得更加清晰了。充满"噩梦"一章的仇恨和厌恶实则是自我仇恨和自我厌恶。劳伦斯具有不少优秀品质,但他不具备上法庭做证反战的品质。他的抗议失败了,因为这抗议的目的不纯。

这是《袋鼠》中的一个败笔,否则它就是劳伦斯著作中最为令人愉快和最不招人恨的一本书了。不过,它的确是为某种目的服务的,当然不是为了自身心理上的安抚。那个黑暗之神(它被冥冥地奉为袋鼠之爱的替代物)可以轻而易举地被看作仅仅是力量和残酷之神。但"噩梦"这一章禁止我们这样看。神不是爱,但也不是霸主。力量之神可能是可怕的,但他必须亦能给予生命并能愈合伤口才行。劳伦斯有时十分接近虚无主义和魔鬼崇拜,以至于他对魔鬼的否定采取的都是一种狂暴、可怕的剧烈形式,表现得毫无节制。虚伪的黑暗之神遭到了否定,那真实的黑暗之神仍旧隐匿着,我们仍然得等待其本质进一步显示出来。

对于小说中有害的政治——神学方面的思考我已经讲了很多,这些思考本身实则给人们留下了关于这本书的假象。更多的段落则读起来舒服得多。书中有对澳洲生活与习俗宽容并欣赏的描述,亦有对索默斯夫妇这样随和的旧式旅游者融入澳洲场景的描述。新的场景,新的人际关系,某种流浪汉式的无忧无虑感觉总能使劳伦斯表现出其最为和蔼可亲的特点来。他在这里面对的是一个新大陆,是某种从未见识过的东西即一个几乎未被人所触动过的国家。他爱上了它。

---

① 见《袋鼠》第十六章。

  溪流边，金合欢花一片金黄，满目的金黄灌木丛似在燃烧。这澳洲的春之气息，世上金黄色花卉中最为馥郁芬芳之气，发自那一朵朵饱满的金合欢花蕾。这里有一种彻底的孤独感。荒无人烟，头顶上的天空一尘不染，还有，稍远处的桉树苍劲晦暗，神奇明快的鸟语啁啾，那么生动，四下里此起彼伏。还有那种难以言表的听似青蛙的奇特叫声。除此之外就是这澳洲灌木丛亘古不变的岑寂了。

  桉树看似永生灰暗，据说它一经成熟就从心里开始枯萎。但可喜的是，就在这阴沉、空旷的桉树丛和岑寂的石头荒地，春天里，树上及合欢丛中蓦地泛出最为轻柔的一缕缕、一丝丝毛茸茸的嫩黄来，似乎天使正从天堂里最为嫩黄的地域飞落在这澳洲的灌木丛中。还有这里的馥郁之气，似自发自天堂。这里，除去那些怪模怪样艳丽的鸟儿①和一群群麻雀的叫声，就是难以言表的岑寂；除去一条溪流在流动、蝴蝶和绛色蜜蜂在飞舞，一切都静若止水。就是伴着这岑寂与荒凉，灌木丛在天堂的门边绽放着鲜花，教人欣喜。②

  最终，索默斯和哈丽叶忘却了人际的纠缠，受了这种处女般的美丽诱惑，几乎要留下来。对自然生命之欣然、颤抖的感知充溢且流淌于人的生命中，这种感知弥漫于《袋鼠》全书，这是《白孔雀》以后别的作品中所不曾有过的。

---

① 澳洲森林和灌木丛中色彩鲜艳的鸟儿品种繁多，如叫如笑声的笑翠鸟和叫声如英文"28"发音的"二十八鸟"等等。
② 《袋鼠》第十八章。

论 D. H. 劳伦斯

米哈尔斯卡娅[①] 著

大卫·赫伯特·劳伦斯的创作与战后的现代主义有必然联系，这种联系首先表现为他运用弗洛伊德主义分析人的性格。

劳伦斯与乔伊斯和伍尔夫夫人不同。乔伊斯和伍尔夫夫人在小说手法上进行了新的尝试，而劳伦斯并没有醉心于这种形式上的追求。从表面上看，他并没有脱离现实主义小说的传统；但他毕竟在步入文坛不久便背离了批判现实主义的原则。劳伦斯用弗洛伊德的观点去图解人与人之间的关系，这种图解出现在他的每一部小说中并被当作唯一的客观存在。这样，劳伦斯就模糊了生活的本来面目，歪曲了人与人相互关系的真实意义。

[①] 本文选译自Михальская, Н.П.: Пути Развития Английского Романа 1920–1930-х гг. Издадельство "Высшая Школа", Москва, 1966. 标题为译者所加。作者妮娜·巴甫洛夫娜·米哈尔斯卡娅（1925—2009）时为苏联莫斯科列宁师范学院教授，后为俄国莫斯科人文大学荣誉教授。译者于1982年开始研究劳伦斯文学时读到这篇论文，彼时中国的劳伦斯研究基本还是空白。虽然发现其不少论点明显有前苏联文艺批评的说教与刻板且已过时，但在1982年的我眼中看来，有些论点在"社会主义国家"这个语境下看来还是很有包容性和肯定性的，至少比仍然把劳伦斯看成是资产阶级没落作家的中国文学界的观点要开明得多，因此是有利于劳伦斯在中国的传播的。对当时的我来说是弥足珍贵的一篇。故在我的硕士论文里引用了其某些观点，并前后花了些时间将其翻译了出来，发表于《文艺理论研究》1988年第1期。此次有较多改动，加了一些注解。

归根结底，从很多方面看，劳伦斯的创作以自己的形式在当代英国小说史上写下了光辉而独特的一章。劳伦斯一反当时维多利亚时代资产阶级道德对婚姻和性关系避而不谈的传统，最早、最勇敢、最直率地谈论这些问题。他触动了人们生活中的隐私，打破了偏见和虚伪的坚冰，为人性解放的可能性而努力。劳伦斯吸引了当代人，因为他对资本主义社会的反人道主义提出了强烈的抗议，真诚不懈地渴望帮助他的同时代人从虚伪的道德羁绊中获得解脱。

劳伦斯在诅咒冷酷无情、奴役人性、使人丧失个性的资本主义文明的同时，竭力以感情和强烈情欲的自由与之对抗。他深信，人生之真正的美只存在于下意识的纯真状态中。他幻想着"自然人"的复活和人与人之间自然、淳朴和美好关系的复归。在他的一篇题为《男人必须工作，女人亦然》的随笔中，劳伦斯谈到20世纪"机器文明的益处"给人们带来的必然后果：人们对生活产生了贪得无厌的欲望。对空虚的理想的追求（金钱、轻巧的工作和生意上的成就——完全与必要的体力劳动相脱离——在当代男女们的命运上打下了不可磨灭的痕迹）束缚了人们的手脚，同时却促进了人们对消遣娱乐的追求，如看电影、跳舞、打高尔夫球等。渴望财富、虚伪、精神世界充满了有害和腐败的空气，人们远离自然，人的自然需要被道德所压抑，丧失了自己强烈情欲的力量和感情的纯真。人不再像始初那样强壮、骄傲、美好了，反之，他变成了在20世纪取得了胜利的"机器文明"的附庸。

劳伦斯的全部创作对诸如此类的变态表示了强烈的抗议。他幻想着拯救人类，提出使人性"自然本质"复归的乌托邦纲领，以此来对抗"机器文明"时代的非人道主义。这样看来，劳伦斯被称为"新宗教"的预言家和创始人并非出于偶然。诚然，劳伦斯的探索是误入歧途的，他的出发点是极不正确的，这种探索的结果是使劳伦斯陷入悲观绝望中不能自拔。

"我最大的信仰，"劳伦斯写道，"是相信血和肉比理智更聪慧。我们的理智可能犯错误，但我们的血所感、所信和所言永远是正确的，理智不过是一具枷锁。我与知识有什么关系？我所需要的，是与我的血相呼应，直接地，不需要理智、精神或别的什么东西来进行无聊的干涉。我相信人的肉体是一团火焰，就像燃烧着的蜡烛一样，永远向上升腾又向下流淌，而人的智力不过是火光照亮的周围其他的东西。"[①]劳伦斯在写作《儿子与情人》时说的这番话成了他日后文学创作的纲领。

劳伦斯不相信理智的可能性，不相信人的智力，反之，他过分夸大生活中人的生理因素的作用。肉体与血性的呼唤和性本能的要求，劳伦斯试图用这些来解释人与人之间关系的复杂性和社会生活中个人行为的独特性。"劳伦斯与我们大多数人不同，他不可能忘记那些超出人的意识范围的另一个自我"，阿尔都斯·赫胥黎这样评论劳伦斯。此外，劳伦斯不仅不会忘记潜意识的经常存在，他还按照自己的方式对此推崇备至，把"潜意识中黑暗莫测的力量"毫无道理地说成是人的生活中的巨大力量。劳伦斯认为，人性中的自然淳朴之美与原始的东西之间有一种独特的联系。本能的冲动与不可分析的神秘性及潜意识的黑暗世界是紧密相关的。劳伦斯呼唤着"自然人"的复活，呼唤人们放弃那些渗入人们生活中的资本主义文明的意识。他在那些超出人的理智范围、在生活的潜意识中流动着的复杂而神秘不可名状的谜语前徘徊。劳伦斯给欲望套上了神秘莫测的光环，他认为欲望构成了男女关系的基础。对他来说，解释爱如同解释生理问题一样简单。爱是非理性的。理查德·奥尔丁顿说得很清楚：对劳伦斯来说，性的问题与对不可知的神及"神秘莫测的上帝"的认识相关。这"神秘莫测的上帝"感召着人们的同时，也像上帝一样召唤自己。离自然越近，与生活的自然性越近，越可能成为这种上帝。劳伦斯认为，逐渐消逝的人类希望主要通过爱情来得到表现——不仅是主要，而且是唯一。

同其他现代派作家一样，劳伦斯让他笔下的人物脱离了生活，他认为关于生于斯的环境没有进行分析的必要。奥尔丁顿在他的专著中指出，在解释爱情时，"劳伦斯的观点与哈维洛克·霭理斯的《性心理学》和H.G.威尔斯的《安·渥伦尼卡》中的科学观点不同。"真实情况是，如果浮光掠影地谈劳伦斯的作品，也许会得到这样的印象：劳伦斯再现了他笔下人物的生活环境，从这一点上说他没有脱离现实主义小说的传统。但是，这种

---

① 劳伦斯：《劳伦斯书信集》，剑桥大学出版社，2002年，第539封。

印象是片面的。全面地看，这种印象并没有反映出他的创作的独特性。大卫·赫伯特·劳伦斯创作的独特性可以这样概括：在他的小说中常常出现双重性：一方面忠实地再现人物的日常生活，另一方面表达他独特的神秘激情——它存在于欲望和炽烈情欲的深处，不受理性意志的控制。

"艺术有两大作用。"劳伦斯在他的一篇论美国文学的文章中指出，"首先它提供一种情感的体验。其次，如果我们敢于承认自己的感情，我们可以说它可以成为真理的源泉。"[①]

劳伦斯是杰出的。他以宏大的气魄再现了矿区民众生活的真实场景（《儿子与情人》）；在他的优秀作品中，许多优美的篇章比批判现实主义的优秀作品毫不逊色（如对圣菲利浦学校的描写，在那里《虹》中的厄秀拉·布朗温开始了自己艰难的生活；还有《白孔雀》中展现出的大自然诱人的景色）；他以大艺术家的手笔，描绘了资产阶级家庭生活潦倒的气氛（如《迷途女》），不放过最小的细节和日常生活中的细微之处的特点。诚然，只有在偶然的情况下，劳伦斯的这种写法才与他的主观象征相统一，但这种象征过于繁琐并因其哲理性的推断而显得朦胧不清。在劳伦斯的小说中，想象力的具体和对现实世界的再现与具有一定哲学深度的概括是结合在一起的。这种概括，由于其朦胧，更由于作者出发点是错误的，不能被他的小说所表达。格拉姆·哈夫正确地注意到了劳伦斯的这种双重性："他独特的创作不断地从自然主义走向象征主义，从现实走向神秘，只要读者接受了他的一部作品，就当然会接受他的每一部作品。"这种两重性之相辅相成，构成了劳伦斯创作的独特性。这种双重性是逐渐形成的，从一部小说到另一部小说，愈来愈明显。在他的第一次世界大战前的早期作品中，可看出他与批判现实主义联系是十分明显的，可是从《虹》（1915年）开始，这种联系变得模糊了。其变化的发端可以在他早期的作品中看到，这一点在他对个性的解释和促进个性进行的富有刺激性的行动中表现得最为明显。

1906年，劳伦斯开始写作他的第一部小说，1911年《白孔雀》写成。

[①] 劳伦斯：《书之孽——劳伦斯读书随笔》，黑马译，金城出版社，2012年，第4—5页。

这部作品生动地叙述了作家的青年时代、第一次爱得萌动和他初次跻身文坛的情形。这部小说没有脱离现实主义的创作方法，如果说劳伦斯师承了先辈的话，那么在《白孔雀》中他首先师承的是托马斯·哈代——劳伦斯对哈代的作品评价很高并对哈代的作品进行了全面的研究。劳伦斯以哈代的"威塞克斯小说"手法在《白孔雀》中展现了一幅农业英国的真实画面，表现了农业经济的崩溃。这部小说更主要的是展示了作家使读者透过农村田园牧歌式外表感觉到戏剧冲突的危机的能力。小说伊始，快活的情调与青年主人公在大自然中恬静的生活很和谐。但这种和谐被社会矛盾和冲突的残酷所改变（那些消瘦不堪的少年，深夜下井，下夜班后无家可归，在桥下过夜）。主人公兴奋、渴望幸福、憧憬美好未来，其结局却是凄凉、失望和不满。

劳伦斯与哈代相似，还不仅在这一点上。在这些作家对人物的塑造上存在着一种普遍性的东西。劳伦斯在他论哈代的著作中指出，哈代笔下人物的悲剧可以这样概括：他们沉醉于激情的洪流中，与冷静的生活相脱离，追求毫无拘束的生活习俗。他们行为冲动，指挥他们的不是理性而是他们强烈情欲的剧烈冲动。对哈代作品的概括同样也适用于劳伦斯笔下的人物，特别对他后期的作品更为合适。在《白孔雀》中，这些特点不过初露端倪。不过劳伦斯与哈代的主要区别在此时也有显露。哈代笔下人物的悲剧来自他们的情感与压抑人的个性的法律之间的不可调和的矛盾。而劳伦斯则通常避开令人感兴趣的主题之社会方面。就他笔下的人物来说，基本的冲突不是"爱与法"的冲突（他断定这是哈代小说中人物的冲突），而主要是人物自己性格上的冲突。劳伦斯认为，如果作家强调社会意义，那么他就不可能创造出"真正的小说"，不可能塑造出"真正活生生的"人的性格。这种观点导致他对优秀的英国批判现实主义作家威尔斯和高尔斯华绥持强烈的批评态度。比如，劳伦斯认为《福塞特世家》中的人物"没有一个活生生的人。他们是社会生物"[①]。在一篇题为《威尔斯的〈威廉·克里索德的世界〉》的文章中，劳伦斯断言：这部著作简直不能称为小说，因为这本书

---

① 劳伦斯：《书之孽——劳伦斯读书随笔》，黑马译，金城出版社，2012年，第200页。

没有写欲望和激情。①

在劳伦斯的下一部小说《儿子与情人》中可看到他对生理作用的夸大。最初，这部小说计划写男女关系达到和谐的问题。劳伦斯对他感兴趣的问题的展开尚未达到赤裸的程度。可人物塑造愈是娴熟，作家在两性关系问题上的弗洛伊德观点就表现得愈强烈，这是毫无疑问的。他写保罗·莫雷尔和他的母亲之间的感情和情结，这种情结确定了保罗对他父亲的态度——仇恨父亲、对母亲怀有病态的情感依恋。随着岁月的流逝，母亲的感情从孩子般的脆弱变得坚强了，这种感情成为保罗与他女性朋友正常关系中的一种不可抗拒的障碍。保罗感到俄狄浦斯情结是他的厄运，它使保罗不能与爱他的米丽安结婚，俄狄浦斯情结也成为他与克拉拉·道斯继续保持联系的障碍。他的母亲葛都德·莫雷尔却原来是一位彻底占有了保罗感情的特殊女人。

劳伦斯再现了这位充满激情的妇人的内心感情的复杂性：她对少年保罗温存体贴，希望他能摆脱父亲的粗暴习性，摆脱下井干重活儿的命运；她为保罗学业上的成就感到欣慰，可当她知道米丽安爱上了保罗之后，心中立即充满了难以压抑的醋意。葛都德对儿子是专心致志的，在各方面都为儿子着想。她为儿子在工作中的成就感到自豪，幻想着能看到他成为著名的艺术家，她要从儿子那里得到的只是一种强烈的依恋。当然，保罗常常能感到他和母亲之间的这种牢不可破的关系，任何别的女性——无论是感情上温柔诚挚的米丽安还是充满激情、独立不羁的克拉拉对他来说都是不存在的，也不可能存在，因为他对母亲的依恋超过了一切。莫雷尔太太去世后，保罗意识到自己非常孤独和绝望。"一切在这年轻人眼里都死去了，他画不下去了。母亲死去那天他完成的画是他的最后一件作品……对他来说似乎一切都变了样，变得不真实了。他不明白人们为什么在街上行走，为什么房子在阳光下一层层叠起来……他浑浑噩噩，忘却了一切。"②

值得注意的是，小说中保罗·莫雷尔的历史是和他母亲的死亡一起结束

---

① 劳伦斯：《书之孽——劳伦斯读书随笔》，黑马译，金城出版社，2012年，第198页。劳伦斯认为激情和感情是思想的基础，在小说中必须得到体现。
② 劳伦斯：《儿子与情人》，企鹅出版社，1981年，第454页。

的，到此为止。劳伦斯只对他选定的一个主题感兴趣即儿子与母亲的关系，两个人，彼此因为复杂的情结而感到痛苦，这一点是主要的。而在这部作品的大多数篇章里，对生活和矿区居民习俗的忠实、全面的描写以及小说中含有的自传性成分则在其次。劳伦斯不是从莫雷尔一家的生活环境着手解释小说主人公的行为和对外界感知的独特性，而是以他们的遗传因素为依据，认为这些是莫雷尔从母亲的性格中直接继承下来的遗传，用其行为的全部发展来强调根植于人们直觉中的不可抗拒的力量。小说在开拓矿区居民悲惨生活的广阔画面上做得仍然不够。活生生的日常生活细节及对莫雷尔这个矿工家庭的描写都是轻淡的，尽管小说中对莫雷尔的周围环境做了详细的描述（劳伦斯的童年和青年时代就是在这种环境中度过的），可决定小说主人公命运的并不是这种氛围。《儿子与情人》与现实主义小说的一个基本原则相悖：从根本上说，劳伦斯使人物的生活条件与人物的性格相脱离。保罗·莫雷尔的命运是由笼罩着他的俄狄浦斯情结所决定的，而他生活在工人区、靠母亲自我牺牲付出劳动挣来的微薄收入上学，这种因素却对决定他的命运没有多大意义。那么劳伦斯写的都是些什么人呢？他写矿工的儿子和农场主的女儿、无家可归的吉普赛人或资产阶级良家少女、作家或者去墨西哥旅行的英国人，他小说中的这些人都是受着情欲支配的。从《虹》开始（1915年），劳伦斯已经完全公开地宣称他对此深信不疑了。同时，与其他现代作家一样，他开始描写人的无限孤独，这种孤独感是难以打破的，因为，归根结底，所有人都是生活的永恒规律的牺牲品，这个永恒规律给人的命运投下了阴影，其阴影一代大似一代。小说《虹》通过展示农民布朗温一家几代人色彩斑斓的生活画面，清楚地表达了这个思想。劳伦斯强调布朗温家的人与土地的联系，强调它们与大自然的亲近，强调它们的生活是普通的、自然的，充满体力劳动的快乐与日常生活的忧虑。强烈的情欲力量在布朗温家人身上代代相传，这种力量是不可抗拒的。如果说随着时代的变迁，埃里沃斯谷地（玛斯农庄就位于此）的面貌发生了变化——修起了运河，运河直通煤矿，伊开斯顿城发展起来了并吸引着附近的农民，那么在新一代农民的生活中实际上也发生了一些变化。劳伦斯描述了布朗温家四代人的命运，讲述了几对夫妇的生活史，而每次他都过多地渲染"他"和"她"的事，展示主人公的生活条件的特殊性所决定的人物的特殊性格。实际上,能把阿尔弗莱德·布朗温和和汤姆或汤姆·布朗温与威尔区分开来的地方很少。尽管劳伦斯说明威尔·布朗温对绘画、木雕和音乐感兴趣,但他本质上却与他的叔叔和祖辈完全一样,明显地表现出肉欲和不可遏制的激情力量。在很多方面,都可以听到劳伦斯宣称:"女人们则不同……她们的目光却离开这热乎乎的、盲目的农家乐去看远处的有声世界了……女人想的则是另外一种生活,跟这种血液交融没有关系。"[1] 但《虹》中女主人公的意向是很不明确的,其热情也是朦胧的。同时,像她们的男亲戚们一样,"地球引力"对她们来说是同样不可抗拒的。"她们全部的生命都被原始的本能生活所吸引,其吸引力如此之大,以至于她们不可能离开这种生活去顾及周围。"只有厄秀拉·布朗温开始为自己的独立进行决定性的斗争。前几辈布朗温的生活让她感到厌恶。她想过另外一种生活。她在内心里以无政府主义的方式反抗死气沉沉的社会空气。"她不是墨守成规,她甚至愤怒地公开宣称她不需要什么规则和法律。她只考虑她自己,由此产生了她与每个人无休止的斗争,但她终于失败了……后来,经历这种考验后,她才明白她早就应该明白并且继续走自己的路。经验让她变练达了,生活让她变忧愁了。"大学毕业后,厄秀拉选择了到学校去教书,开始了自己的独立生活。

《虹》的许多篇章都充满了劳伦斯和他的主人公对扭曲人生的资本主义文明的批评。厄秀拉充满忧伤地认为她正在工作的那所学校"简直是在进行黑暗的教学勾当。在那里,每个人都被教会去捞钱……那里压根儿就没有什么创造和建树。"她不得不参加学校把学生训练成"奴颜婢膝的物质利益的崇拜者"的课程,这令她恶心。她怀着仇恨的心情谈到文明的冷酷,并用她固有的激昂表达了她要毁灭机器的愿望,她认为机器压迫人。毁灭机器对她来说是件最让人高兴的事。"如果她办得到,她会把机器捣毁。她在脑子里采取的行动就是捣毁这大机器。如果她能捣毁这座煤矿,使威金斯顿所有的人都失业,她会这么干的。让他们挨饿,到地里刨树根,也比给这样一个摩洛克神干活好。"[2] 在对机器文明的抗议中,厄秀拉·布朗温道出了劳伦斯本人所固有的态度。与

---

[1] 劳伦斯:《虹》,黑马译,译林出版社,2000年,第2—3页。
[2] 同上,第366页。

此同时,在厄秀拉的论断中反映出,劳伦斯不能认清事物发展的规律性,也反映出劳伦斯的无政府主义和个人主义倾向。通过女主人公之口,劳伦斯对"旧的、毫无生气的世界"发出了一通愤怒的指责,同时劳伦斯强迫厄秀拉愤怒地谴责民主、赞美和崇拜"血统贵族"的力量。劳伦斯使个人与社会相对抗,其结果是使他的主人公们包括厄秀拉·布朗温成为孤独的个人。她与斯克里宾斯基的爱情终以决裂而告结束。她"对斗争的渴望"、她要"参加为整个世界进行的斗争"并没有导致什么明显的行动。她渴望"到神秘的男人世界去冒冒险,在这个世界里要承担日常的工作和责任,作为社会的一名工作人员生存。对此她有点难言的怨恨。她还想征服这个男人的世界"[1]。但这些都以失望而告结束。归根结底,厄秀拉像其他布朗温家的人一样,是"黑暗的本能力量"的牺牲品。小说的结尾是象征性的:地面上架起了彩虹,望着彩虹,她思考着人类的未来:"她知道,那些给硬壳包着在地上爬行的贱民们,各自都不动声色地活在世间的腐朽表层之中。但是这条虹扎根在他们的血肉里了,它会颤抖着在他们的精神中成活。她知道他们就要挣脱那蜕变中的硬壳甲,用自己崭新、清洁的裸体去迎接那从天而至的光明、劲风和洁净的雨水。透过这虹,她看到了大地上的新建筑,那些陈旧的、不堪一击的糟朽房子和工厂被一扫而光,这世界将在生命的真实中拔地而起,直耸苍穹。"[2]劳伦斯这段描写,有巨大的开拓性篇章的魅力,所描述的图景很具体,导致朦胧的象征性和整体上的朦胧推理。

厄秀拉的历史以及她对独立自由和谐的生活的寻找在小说《恋爱中的女人》中得到了继承。在这部小说里,劳伦斯比以前更坚决地表达了对当代人类文明的敌视。同时,劳伦斯在这部小说中更全面、明确地发展了他的改良社会和人与人关系的纲领。小说主人公伯金就在思考这样的问题,伯金其实就是作者自己的化身。伯金得出了这样的结论:只有建立起新型的人际关系,首先是建立起新型的男女之间的关系,社会在精神上的复兴才是可能的。他驳斥现行的压迫人的个性的婚姻形式,宣扬建立在相互敬爱和承认相互完全独立的基础上的性自由。只有这样,双方的联系才会紧

---

[1] 劳伦斯:《虹》,黑马译,译林出版社,2000年,第348页。
[2] 同上,第517—518页。

密、长久。劳伦斯的观点并不仅限于此。他对20世纪"机器文明"的无政府主义式的抗议导致他否定所有人类智慧的结晶。他认为智慧（理智）是人类经历灾难的一个最根本的根源。劳伦斯崇尚纯感情和情感的心理体验，以此来反抗理智和生活的纯理性因素。他认为这是逃离现代文明的唯一可能出路。劳伦斯宣扬"自由"爱情，推崇个人，崇拜万能至上的个性放纵。

1919年劳伦斯离开英国去欧洲、澳洲和美国旅行，在国外度过了自己生活中最后的10年。这10年中他去过锡兰、新西兰和塔希提岛并在墨西哥住了几年。

20世纪20年代劳伦斯创作的小说——首先是《亚伦的神杖》（1921年）、《袋鼠》（1923年）和《羽蛇》（1926年）——表现了劳伦斯对这样的英雄的寻找：在他们身上，个人意志、战胜周围环境的神秘力量与"自然人"的原始淳朴和蒙昧是结合在一起的。《亚伦的神杖》就是这一系列书中的第一部。主人公亚伦·西松是他那个矿区矿工工会的秘书，在圣诞节之夜离开了妻子和两个孩子出走了。他离家出走，什么明确的借口都没有："没有借口，我只是想在自由的环境里表现自己的感情。"于是他开始了流浪生涯。在矿区主人布里克奈尔家里，亚伦结交了一批非常快活的伙伴。在庆祝圣诞节的时候，这里聚集了文学家、艺术家和漂亮的女人。在他们中间，他一时忘却了那折磨人心灵的不满情绪。可这种情绪终究还是被唤起，促使他去浪迹四方。亚伦到了伦敦，后来又去了意大利，在侯爵家里住了一段时间，侯爵夫人爱上了他，心中燃烧着的情欲以及亚伦美妙的笛声令她恢复了歌唱的能力。与亚伦相识让她得到了复活。与作家里利的相会对亚伦来说意义很大。与亚伦一席谈，里利向他介绍了自己对生活和人的看法。在亚伦最困难的时候，里利和他站在一起并帮助他。里利把亚伦演奏得最熟练的那支笛子称为"亚伦的神杖"[1]，他说，这支笛子应该开花、生根并长成美丽强壮的树。在远游的时候，亚伦回家两次，但每次都是来去匆匆，家中已经少有值得留恋之处。亚伦渴望自由，对他来说，重于一切的莫过

---

[1] Aaron's rod 意为"亚伦神杖"，亚伦是传说中创立犹太教祭司制的第一位祭司，是摩西的哥哥及代言人，他的神杖的顶端长满了花蕾和花朵。根据《旧约全书·民数记》第17章1—11节，亚伦的手杖与摩西杖一样具有神奇的魔力。它还是一种植物的名字，叫秋麒麟草，其茎光滑无毛，高达70厘米，形似杖杆，故英文名为"亚伦的神杖"，但中文俗名"玉梗半枝莲"更传神。

于呼吸新鲜的空气了。

这部小说失去了生活的可靠度和情节环境再现的具体性，这一点是前面谈过的劳伦斯创作的本质。他的小说结构杂乱，情节模糊，人物性格朦胧。劳伦斯放弃了典型个性化的原则。小说中的故事发生在第一次世界大战结束仅仅一年后。"地球上在打仗，可什么也没变样。不，变化很大，可是在这一切变化中，生活的死静却没有变一变。"这句话的特点是观点不明确，这是劳伦斯的一大特色。在主人公简单的回答中，劳伦斯转达了人们对国内建立起来的秩序及对政府的不满情绪。可这是轻浮的、不完整的观点。同时，包含在小说中的一闪即逝的时代标志并未构成完整鲜明的图像。

不过，劳伦斯毕竟能够表达自己笔下主人公意识的断裂、心理的不平衡和内心的慌乱。他描写的是与周围环境格格不入的人——出走寻找新的生活同时又惧怕真正的生活中的斗争与困难。这些人为自己的个性所统治，最终他们落得孤独的下场。

亚伦·西松不能够容忍自己社会中的呆滞空气，他对生活不满，因为"人们生活就是为了金钱"。他认为，既然在现代文明的胚胎中有了"强壮重要的根"，那么，"它会长满坏死的外皮和有毒的枝茎"。可是怎么才能从中解脱出来呢？这个问题从来没有摆在他面前。西松不相信工人运动。"我不指望从中得到什么。"于是他离开矿区，与矿工断绝了关系。他"不喜欢加入到普通人的行列中去，他要努力走自己的路"，劳伦斯这样评论自己的主人公。后来更明显，亚伦选择的道路导致他走向个性与孤独的死胡同。可他对此却没有感觉。"超验的孤独感是他精神生活的真正中心。凭直觉他知道是什么破坏了那种自我感觉即他的生活。他本能地意识到，破坏这种直觉就意味着毁掉自己的生命。他觉得，弃绝爱情，顺从环境，服从思想就是对自己的拙劣虚伪的背叛。""是的，亚伦准备服从的不是女人，不是思想，也不是普通人。"小说的结尾听起来是在赞扬个人主义和对个性力量的崇拜：

你的身外没有神……没有目标。只有一样东西，那就是你的自我。所以你要坚守住它。你不能大于自己的自我，所以你用不着把神请进来。你只有一个使命，仅此而已。你的内里是你本质的自我，如同一个孵化中的卵子，那是你灵魂的珍贵复活节彩蛋。它就在那里，一点点成长，就是你在母腹中孕育，从一个单个的细胞，逐渐成长为奇特别致的复杂整体，它从来也没有停止生长，直到你死去为止。你有一个内在的完整的独特自我，既然这是你现在或将来有的唯一的东西，就别弄丢了它。你得让它长大，从鸡蛋变成小鸡，再从小鸡变成唯一的凤凰，这样的凤凰一段时间内宇宙里只有一只。一个特定的时段里，宇宙里应该只有你这样的凤凰，还有我这样的一只凤凰。所以别忘了这一点。你特有的整体就是你的命运。你的命运来自你的内里，来自你自己的自我的形体……千万别想逃避你自己灵魂自我的责任——不可以爱、牺牲或涅槃的名义来逃避，更不能用无政府主义和投掷炸弹的方式来逃避。你千万不能这样……你是你自己的生命之树，从根到枝到干，都是。①

这番话是里利说的。亚伦·西松欣然接受了他的话并以此作为自己的生活纲领。可是，他自己却是个心慌意乱、在生活中辗转不安的人。他如此轻易地安于做个富有的食客，远非里利言下的那个巨人的形象。在小说《袋鼠》和《羽蛇》中，劳伦斯塑造了迷惑住群众的、有神秘力量的领袖形象。

在《一个天才的画像，但是……》一书中，理查德·奥尔丁顿引用了劳伦斯1921年写的一短话："只要我知道怎么做，我真的想加入革命的社会主义者的行列。我认为真刀真枪的斗争时代已经来临。这是我唯一关心的事：殊死的斗争。我不关心政治，但我知道不久必须而且应该有一场殊死的革命。"② 当然，劳伦斯只不过是这样声明一下而已，并没有去做。他的确是远离自己时代的社会政治斗争的。虽然他一时表达了参加革命的愿望，可他却歪曲了革命的真正性质的概念。他不是从时代的进步运动中去寻找，

---

① D. H. Lawrence: *Aaron's Rod*, 2000, CUP, pp.295-260.
② 理查德·奥尔丁顿：《一个天才的画像，但是……》，毕冰宾、何东辉译，金城出版社，2012年，第233页。

而是从本能的原始力量中去寻找，认为"杰出人物"天生就被赋予了这种力量。

《袋鼠》以及稍晚些写成的《羽蛇》反映了与法西斯的兴起及西方国家中法西斯思想有关的某些影响。这些小说的特点是对"领袖"的崇拜及对镇压群众和迷惑群众的力量的颂扬，说明了劳伦斯观点的反动性。认定作者是法西斯思想的有意识的拥护者是没有根据的，但他对于当时局势性质的理解是过于表面化了。可是被他发展了的强者自命不凡的"天赋权力"思想，与大众对立、吹嘘个人的万能，这些在客观上迎合了反动派的胃口。

在说明澳大利亚的一些现实状况和墨西哥印第安人的日常生活和习俗方面，他的描述是准确的。可他又给这些准确的描述套上了虚假的概念并予以错误的估价，其错就错在这些估价是基于生理因素。尽管掌握了真实情况，劳伦斯离真理及现实图景仍相去甚远。

《袋鼠》的故事发生在澳大利亚，可要想在劳伦斯局限的事件与这个国家战后年代的政治局势中找到一致的地方却是徒劳的。

作家理查德·索默斯和他的妻子哈丽叶乘船来到澳大利亚后马上就与邻居杰克·考尔科特夫妇相识了。这对夫妇都是澳大利亚人，他们帮助索默斯熟悉澳大利亚的生活和习俗。杰克·考尔科特提出了政治问题，讲到他的国家的未来。他自己是个半法西斯组织的成员，参加过战争，号称是"退伍兵"。"退伍兵"准备完成变革并夺取政权。考尔科特竭力要吸收索默斯参加他的组织活动，他介绍索默斯认识了退伍兵的领袖悉尼律师班·古里——以"袋鼠"的绰号而闻名。袋鼠的性格给索默斯留下了不可磨灭的印象。但是他拒绝成为"袋鼠"的伙伴，不参加"退伍兵"组织。在一个短时期内他曾经既想参加政治斗争又怕失去自己的独立性。索默斯和"袋鼠"之间的关系是复杂的，有一次索默斯拒绝了"袋鼠"要与他建立一种他不能接受的亲密关系的企图。拒绝了"袋鼠"的企图后，索默斯却难以消除内心对手段狠毒的"退伍兵"领袖的强烈恐惧。不久，"袋鼠"死了，他是社会主义者组织的集会上由"退伍兵"挑起的骚乱的牺牲品。临死前，"袋鼠"又一次试图亲近索默斯，但这是徒劳的。"袋鼠"死后，索默斯和哈丽叶离开了澳洲。

故事大概就是这样的。小说《袋鼠》显得结构紊乱，在很多方面是由于思想的混乱和不确定性所致。一切都是假定性的、模糊不清的。"袋鼠"不过是一个试图排除他人的专制者、一个追求建立仁爱基础上的独裁者。在劳伦斯的叙述中，法西斯宗派组织的领袖变成了某种道德完美的基督教徒，他认为人是宇宙之爱的根本动力。然而，小说中重点强调的"袋鼠"的病态倾向破坏了作家力图塑造的完整有力的人物性格形象。

在小说《羽蛇》以及最后一部作品《查泰莱夫人的情人》（1928）中，劳伦斯涉及了当代人和当代英国复活的途径及其可能性。他认为其途径和可能性在于古代文明的复活，在于求助于生活的自然形态，在于真正的美和性关系和谐的复归。这些在虚假的资产阶级道德占上风的现代社会条件下都丧失了。

由于劳伦斯熟悉墨西哥的生活，他写出了小说《羽蛇》、《公主》和游记《墨西哥的清晨》等。在这些作品中，他强调了这样的思想：只有长期居住在美洲的印第安部落才有潜在的生命力和生存魅力。这种思想仅仅是：从墨西哥原始人的外表上可感觉到古代文化的伟大与优秀，那反映了宗教仪式的特殊的粗犷和严酷的美，是阿兹台克人的信仰和风格。在他的一部墨西哥特写中，劳伦斯写道：熟悉和了解印第安部落的仪式和他们的宗教，有助于从经常体验到的现代文明的压迫中得到解脱。

劳伦斯构思《羽蛇》，用了两个方案。一个是再现阿兹台克人的生活习俗，二是"神秘的预言"，作家以此来发展出他的思想——归附于自然、生活的自然形态和印第安部落的古老文化。小说中的女主人公爱尔兰人凯特来到墨西哥，同两个美国人一起在这里旅游。她对西方世界的文明感到厌倦了，为此感到苦恼，于是在"野性"的墨西哥找到了充满深刻意义的新生活，把自己的命运与墨西哥人唐·西普里阿诺结成一体。

劳伦斯最后一部小说《查泰莱夫人的情人》，故事发生在英国，克里福德·查泰莱男爵的庄园里。查泰莱曾经上过战场，受了重伤，被迫过一个残废人的生活。他成了作家，出了名，可这并没有给他带来幸福。他的妻子康妮深感不满。她不由自主地感到，她丈夫生活在精神需求的领域内，因病情的缘故，他不得不把自己局限于此。这使她的生活不能得到充实了。

与丈夫的一位友人（是个"他那个圈子里的文明人"）的没有真正爱情的恋爱也没有给她带来欢乐。康妮真正的幸福是爱上了猎场看守麦勒斯。

与劳伦斯的许多其他作品不同，这部作品很朴实，缺少他以往的动人语调，作品中人物关系简明，力图得出完满的确切结论。劳伦斯力图建立起自己的一种"性宗教"，以此来与现代社会里"在机器文明中消亡的肉欲"形成对比。劳伦斯重又诉诸他那病态的、摆脱不掉的思想——人的全部生活及他的社会位置直接取决于他的性生活。劳伦斯认为，让20世纪"病态文明"得到救赎的真正办法在于无条件地推崇"肉欲的权力"，在于人的肉体生活的全部完整的复活。

劳伦斯认为能够使这种"病态文明"得到救赎的源泉在于自然、淳朴以及建立在这个基础上的人与人之间未被文明腐化的爱情。麦勒斯就是这样的人。按照作家的构思，克里福德应该象征劳伦斯所憎恶的"机器文明"。在《为〈查泰莱夫人的情人〉一辩》一文中他写道：

> 我们看到一个克里福德男爵，他是个纯粹的个性之人，与他的同胞男女全然断了联系，只同有用的人还有联系。他身上热情全无，壁炉全凉了，心已非人心。他纯粹是我们文明的产物，但也是人类死亡的象征。[①]

《查泰莱夫人的情人》的出现，标志着一条孤独的路线的完结，他的创作正是沿着这条路线发展的。那种"肉欲宗教"的萌芽即人的生理因素是决定性力量的思想的孕育是在他写作《儿子与情人》时就开始的。劳伦斯的最后一部小说完成了他的追求的循环路线。从本质上说，他没有找到出路。《查泰莱夫人的情人》里那开诚布公的色情主义使这部小说脱离了真正文学的艺术。

劳伦斯的一大特点是他勇敢地在资本主义文明把人类带进的绝境中寻找出路。劳伦斯坚定努力地寻找与资本主义社会的非人道主义相抗衡的意

[①] 劳伦斯：《劳伦斯散文》，黑马译，人民文学出版社，2008年，第291页。壁炉英文是hearth，也比喻家，而心的英文是heart，与壁炉是谐音，两词连用，体现了劳伦斯的遣词艺术。

义，在这一点上他有别于詹姆斯·乔伊斯和弗吉尼亚·伍尔夫，与他们的悲观失望、断言人类的灾难不可避免即不相信人类的前途形成了对比。劳伦斯要捍卫人类的价值并试图为人类寻找反抗的方法。当然，他徘徊着为他的主人公指出的道路不仅与当代人的主要道路向脱离，甚至与之相悖。他并没有起到预言的作用，也不能成为"新宗教"的创造者。

现代派作家在形式上的实验性探索最终走入了死胡同。詹姆斯·乔伊斯、弗吉尼亚·伍尔夫和大卫·赫伯特·劳伦斯在创作上的进步终以不可挽回的危机而告结束。现代派小说毁掉或者说失去了那些基本的东西——丰富的人物艺术形象和置身于事件中心的英雄人物，而没有这些，小说的存在是不可能的。

摒弃对理智的信仰、对人类缺乏信心、心理上的敏感取代了对人物内心世界的真正分析、对病态的性格现象病态地感兴趣——所有这些表现了现代派对人道主义的彻底反动。

在现代派作家的小说里，人性的多面性和复杂性消失了，代之以"概括的人"的公式和假定性的结构。典型的原则被摒弃了——当把人物与社会环境分离开时，典型的原则是不能实现的。拒绝揭示人物的社会本质就不可避免地导致失去人物的个性。在对现实的理解上，主观主义的因素压倒了一切，作家的个性代替了人物。伍尔夫小说中的人物谈吐高雅、枯燥、千篇一律。劳伦斯小说中，夸张、充满高亢激情的冗长句子代替了活生生的自然语言。乔伊斯几乎完全放纵他的主人公，让他们讲些没必要讲的话，用"意识流"来代替对人性复杂性的揭示。但是，在乔伊斯的描述中，正如在其他现代派作家的作品中一样，这种"复杂性"是虚假的，个性的多面性被简单的图解所代替了。意识的分裂与其说证明了他真正的多面性的分裂，不如说是证明了他的崩溃。

弗吉尼亚·伍尔夫的高雅，使她对人类冷漠以对。她的实验是没有前途的。

詹姆斯·乔伊斯创作中的讽刺成分也显得徒劳无益。在他的讽刺中，只有一种破坏性的渴望，没有为人类感到的痛苦，对人类的命运他也不感兴趣。

劳伦斯煞费苦心的探索是建立在他病态的概念上的，他不仅没有展示出新的地平线，甚至要让人类倒退，让人类成为盲目的直觉的牺牲品。

现代派对小说领域的开拓，在以后的发展中并没有销声匿迹。但是，在开拓新的艺术领域时，他们自己却在形式主义的迷宫中迷失了方向，最终走入了绝境。他们的开拓与"创新"赋予他们的创作以独创性，但同时也毁掉了他们的创作。不过，英国现代派作家的创作危机恰恰发生在20世纪30年代——国内社会政治斗争兴起，工人力量壮大，反法西斯运动开展起来的时期，因此是十分自然的。这个时代给每个人提出了一个任务，那就是对世界上正在进行的事情确定自己的态度。这些年中，很明显，乔伊斯和伍尔夫这样的作家形成了多么鲜明的对比！明确时代的任务并响应其号召，这样的作家才是进步的真正人道主义者。现实主义文学过去和现在都在为伟大的价值而斗争，如同过去的年代中一样，为人类而斗争。

画家劳伦斯的历程（节选）[1]

凯斯·萨加[2] 著

从《白孔雀》(*The White Peacock*)开始，劳伦斯的作品里有不少涉及艺术的地方，他的不少描写文字都十分显见画家的功底。劳伦斯晚期与早期散文（包括小说——译者注）描写的一个明显不同处是，其不再受到英国水彩画家的影响，而是受到后印象派画家的影响，特别是梵高（Van Gogh）。杰克·斯图亚特（Jack Stewart）举出《花季托斯卡纳》(*Flowery Tuscany*)中下面这一段作为说明：

> 梨花和桃花同时绽放了。不过，现在梨树已是一身茂盛亮丽的新绿，十分可爱，像青苹果一样翠绿生动，在田野里的各种绿色中闪烁

---

[1] 本文节选自拙译《劳伦斯的绘画世界》，金城出版社，2011年。
[2] 凯斯·萨加博士（Keith Sagar, 1934—）是享誉国际学界的劳伦斯学研究专家。毕业于剑桥国王学院，曾在英国曼彻斯特大学任教。自20世纪60年代始至今，萨加博士出版了二十多部研究著作，多为劳伦斯学专著，包括《劳伦斯的艺术》、《劳伦斯评传》、《劳伦斯：艺术的一生》和《劳伦斯作品考》等。其最新劳伦斯研究论集为《生命的艺术》。萨加博士还身兼英国桂冠诗人台德·休斯和莎士比亚研究专家，著述亦丰。

着光芒：艳绿的半高麦苗，若隐若现的灰绿橄榄，深绿的柏树，墨绿的常绿橡树，波浪般翻滚的油绿的意大利五针松，浅绿的小桃树和小杏树，还有皮实嫩绿的七叶树。纷呈的绿色，一抹，一层，一片，在坡地，在山脊，在叶尖，在高高的灌木丛中，绿，绿，傍晚有时亮丽出奇，田野上看似燃烧着绿色，金光闪烁。

劳伦斯所有的虚构作品都动用了大量的色彩象征，从《白孔雀》的白到《虹》中虹之和谐的光芒（象征着丰富多样的生命潜力和太阳与雨这两种对立物的结合），从《恋爱中的女人》（Women in Love）中戈珍色彩鲜艳的服装（"戈珍的外衣应该是那种可爱的浅蓝中泛绿的颜色，画家称之为翠绿"（《书信集》Ⅲ，44））到《羽蛇》（The Plumed Serpent）中堂·拉蒙的追随者们的羊毛毯上生动的仪典色彩，莫不如此。

劳伦斯交的朋友后来成为画家的比成为作家的要多。厄尼斯特·柯林斯（Ernest Collings）是位艺术家、插图画家和现代欧洲艺术研究方面的权威，他在1912年（此时劳伦斯年仅27岁，只出版了两部影响不大的小说——译者注）写信给劳伦斯，表达他对《白孔雀》（The White Peacock）和《逾矩》（The Trespasser）两部小说的景仰，随信还寄来了他为之画了水彩插图的萨福（Sappho）著作的译本。柯林斯后来送给他绘画作品，他回信发表感想，于是有了劳伦斯书信中最著名而且是最重要的两段话，其中一段的开头是："我最大的信仰是相信血和肉比智力更聪慧"，这段话写于1913年（《书信集》Ⅰ，503），这之后一个月他又写道：

……仍旧感到不安，似乎你还没有击中目标，还没有把画作绝。我知道做到这样有多难。人需要什么东西来让自己的心境深沉、纯净。很多小小不言的烦恼阻碍着我们触到梦幻的赤裸本真。这话听上去像是胡扯了吧。我常这么想，一个人在做什么之前应该祈祷，然后就听任主的发落。同自己的想象来一番真正的较量——让一切都昭然若揭，那是多么艰难啊。我总觉得我是赤身裸体站在万能的上帝面前，等待他的火焰穿透我的身体，那感觉相当令人生畏。一个人要想成为一个

艺术家，非得像信教一样虔诚不可。(《书信集》I, 519)

劳伦斯与柯林斯于1913年会面，一直保持通信联系到1917年。

1914年劳伦斯在加星顿（Garsington）结识了马克·戈特勒（Mark Gertler）和朵萝茜·布莱特（Dorothy Brett），这二位都在斯累德美术学院（the Slade）学习过。劳伦斯对戈特勒的画作《摇动木马》（Rocking Horse）的反应之强烈，说明他有能力透视那些与自己未来画风大相径庭的绘画的内在意义：

> 你那幅恐怖吓人的画到我这儿了，是你的处女作。这还是我看到的最好的现代绘画作品：我认为它画得极好，而且极其真实。可它却教人惊恐万分。我说不上会不会因为被吓破了胆而不敢去看那原作。如果别人说你这画儿淫秽，那算说对了……可话又说回来了，既然淫秽是这个年代里我们激情的真相，那它就成了艺术唯一的或者说几乎算唯一的内容了……我确实觉得，这种爆发和剧烈的机械旋转如此错综纠缠，人的感官紧张达到了极端，恐怖，全然失去了理智，你对这些都做出了真实彻底的揭示……我必须说，看了你的作品，我对你肃然起敬，你达到了艺术表白的极端，了不起，因此我敬重你。(《书信集》II，660-1)

劳伦斯不仅把戈特勒的一个观点和这幅画融进了正在写作的小说即后来的《恋爱中的女人》（Women in Love），而且整部小说的风格也被这幅绘画的表现主义手法推向那个（表现主义）方向。这部小说也受到了未来派的影响，里面有几处游离主题的小场景，如戈珍（Gudrun）在高地牛群前跳舞，伯金（Birkin）向水中月亮的倒影投掷石块。这些无论在心理意义上还是主题上都比班奈特或高尔斯华绥作品中大量的写实主义场景揭示得要多。从创作日期上看，《恋爱中的女人》颇有理由被看作是英语文学中的首部现代主义小说。

1921年，劳伦斯结交了美国画家厄尔·布鲁斯特和阿契萨赫·布鲁斯特（Earl and Achsah Brewster），这对夫妻一直到他去世都在他最亲密的朋友之列。1922年他在向厄尔·布鲁斯特描述澳大利亚荒蛮的景色时，使用的是他觉得能吸引作为画家的布鲁斯特的语言：

> 在某种程度上我为你没看到这个国家感到遗憾。这是个特别微妙、鲜为人知的国家。桉树是灰色的，树干灰白，这种苍白泛银色的枯树干体态往往很生动。还有，这里特别柔和的空气和蓝天，一条条古怪的小溪和沼地，死树，沙漠和绿得发蓝的山丘，这一切让我想起普维斯·德·沙旺的画，而不是哪个我看到的国家。我看到的景色十分单调，可一旦你仔细观察，你会发现那景物十分微妙的不同之处，层次细微，形态奇妙，树，平坦的山丘，好不奇特，都尽收眼底。（《书信集》Ⅳ，265）

那年晚些时候，劳伦斯在新墨西哥认识了丹麦画家克纽德·麦里尔德（Knud Merrild）和凯·郭茨斯切（Kai Gŏtzsche），他们与劳伦斯夫妇在劳伦斯家的农场上一同居住了好几个月。这些丹麦人为劳伦斯画的像和为他设计的图书封面很是与众不同。劳伦斯的继女芭芭拉·威克利（Barbara Weekley）是位艺术家，曾与劳伦斯合作作画。1926年—1928年劳伦斯住在米兰达别墅时，他最亲密的邻居和好友是画家阿瑟·盖尔·威尔金森（Arthur Gair Wilkinson）。劳伦斯还结识过不少别的艺术家并与他们有通信联系，这其中包括乔治亚·奥基菲（Georgia O'Keefe），她十分推崇《查泰莱夫人的情人》。

1912年与弗里达·威克利（Frieda Weekley）私奔到欧洲大陆之后，劳伦斯作画的时间就少了，不过似乎还在继续临摹水彩画。他从加尔尼亚诺（Gargnano）给厄尼斯特·柯林斯的信中说：

> 我自己在画些水彩素描，纯粹是个没有希望的业余练习。不过我发现干这个真能愈合心灵的伤口，画上几笔，哪怕仅仅是临摹都行，我的灵魂已经让那该死的感情之战耗损殆尽了。临摹一幅彼德·德·温特的佳作最能抚慰我的心灵，而临摹弗兰克·布朗温则是件乐事，让我心旷神怡。（书信集Ⅰ，491）

有一幅他1913年画的《意大利风景与船》(Italian Scene with Boat)，或许这是一幅临摹。画的是从通往圣戈登佐（San Gaudenzio）的路上回望加尔尼亚诺的景色，一所农房是劳伦斯夫妇1913年4月住过的，看上去更像是一幅写生。还有一幅画苏黎世的，劳伦斯1913年9月到过那里，这幅画或许是临摹的，但也许是原创作品。在《作画》(Making Pictures)一文中，劳伦斯回忆起临摹许多古代大师作品的经历，这些大师包括弗拉·安吉里柯[①]、劳伦泽蒂[②]、卡帕西奥[③]、皮特·德·胡克[④]、凡·代克[⑤]、皮埃罗·第·科西莫[⑥]和乔托[⑦]，但他没有说临摹的时间。这些临摹作品中只有两幅得以留存下来，一幅是乔托作品的临摹复制品，时间表明是1915年，另一幅临摹的是弗拉·安吉里柯的《逃入埃及》(Flight into Egypt)，劳伦斯是从一张黑白照片上临摹下来的，色彩则是自己发明的，他说，临摹这幅画"让我真正明白了一幅伟大的绘画中注入了怎样的生命，每一根曲线、每一个动作里都注入了强大的生命"。

劳伦斯的健康状况经常迫使他停止写作，在这种情况下他就拿起画笔作画。1919年他在达比郡（Derby）的山间村舍里养病，3月份他给戈特勒写信说：

> 画画让我觉得快活。我最喜欢的是临摹乌切罗[⑧]的那些狩猎和格斗的场景。请给我寄一二本复制品来，黑白的足矣，弗拉·安吉里柯、乔托、曼坦那[⑨]、梵高，谁的都行，只要有'构图'，有实在的人体和主题就行……如果你寄乌切罗的画，请尽量告诉我怎么着色，如猩红色的宽松短罩裤，雪，树干之类，反正你都知道。（《书信集》Ⅲ，341）

[①] Fra Angelico (1387—1455)，意大利早期文艺复兴时期画家。
[②] Pietro Lorenzetti (1280—1348)，意大利拜占庭风格画家。
[③] Vittore Carpaccio (1450—1525)，意大利文艺复兴鼎盛期画家。
[④] Peter de Hooch (1629—1684)，荷兰画家。
[⑤] Sir Anthony van Dyck (1599—1641)，弗兰芒画家。
[⑥] Piero di Cosimo (1462—1521?)，意大利佛罗伦萨画家。
[⑦] Giotto di Bondone (1267—1337)，意大利文艺复兴时期画家、雕塑家和建筑师。
[⑧] Paolo Ucello (1397—1475)，意大利画家，以战争画著称。
[⑨] Andrea Mantegna (1431—1506)，意大利早期文艺复兴时期画家，以画面透视准确著称。

值得寻味的是，这个名单里并不包括印象派画家，而且劳伦斯明确指出了构图与"实在的人体"。他像任何别人一样受到了印象派绘画光环的引诱，但却开始感到，他为此付出了重大的代价，那就是失去了实体。物件、人体、风景，极度缺乏"坚实"与分量，就飘在光影里了。印象派，他觉得，表明了西方文化态度的专横。是梵高和塞尚努力恢复实体而又不失去光线。

在新墨西哥期间（1922年—1925年），劳伦斯画了一些当地印第安的舞蹈家的素描，为朋友斯普德·约翰逊（Spud Johnson）所办的杂志《笑马》（*The Laughing Horse*）设计了封面，还坚决要"改进"朵萝茜·布莱特的两幅画《通往米特拉的路》（*The Road to Mitla*）和《乔瓦农场》（*The Kiowa Ranch*），为它们添加了生机勃勃的动物和人的生活场景。布莱特回忆道：

> 我骄傲地举起我的画来，"哦，布莱特，"你试探着说，"看看这山吧。和沙漠相连的这些坡脚都光秃秃的。这样吧，让我试试看。"于是你坐下来，指尖细腻地给大山添上坡脚。你在山上粗粗地描上些冷杉树，又把蓝天的颜色加深了些……"还需要些动物什么的，那就好了。"你说。于是你又在右下角添了几个女人、几头小驴、山羊和几条狗。"我更喜欢我画的女人，比你画得可爱。"你说。（Brett，193-4）

> 我画了一大幅沙漠中我们农场的生活画。我们都来画上几笔（小鸡是弗里达画的）。你和我画了大部分，当然也争吵得最多。你坚持说风景中缺了人就显单调……"看看我画的圆锥帐篷和印第安人，比你画得强多了吧？……有什么生机勃勃的东西在你的画里丢失了。一些火花……哦，画画儿容易，写作就难多了。"……然后你又说，"那我就把基姆西（劳伦斯的白猫）搁这儿了。"说着你手指细腻地画上了耸着背的基姆西。"好了，走，喝点威士忌去呀。"（同上，241，245，247，253）

他还绘出了他有生以来的第一幅原创风景画（到目前为止我们所能探明的），但奇怪的是这幅风景上没有人物；还有一幅古怪的水彩画，上面是一个女人坐在一间陈设简约的新墨西哥房子里，一个赤裸的黑孩子用三根羽毛为她打扇。这幅画可以看出是在农场期间画的，因为背景上有劳伦斯的白猫基姆西在桌腿旁搔痒。而布莱特和两个丹麦人则绘出了劳伦斯在新墨西哥的画像，其风格迥异。

劳伦斯夫妇在劳伦斯40岁生日的那天，即1925年9月11日，离开了新墨西哥，永久返回了欧洲。

直到1926年劳伦斯才真正开始其原创画家的生涯。在意大利的斯波托尔诺（Spotorno）过冬后，他造访了布鲁斯特夫妇，他们彼时正要离开卡普里（Capri）。厄尔还记得，劳伦斯不由分说地接受了他们所有剩余的绘画材料。5月份，劳伦斯夫妇租下了托斯卡纳山间米兰达别墅（Villa Mirenda）的上层，这里离佛罗伦萨大约七英里光景。10月份，劳伦斯的新朋友阿尔都斯·赫胥黎和玛利亚·赫胥黎（Aldous and Maria Huxley）到了佛罗伦萨，他们确立了关系，在科尔蒂纳（Cortina）刚刚买了房子。玛利亚·赫胥黎一下子就把四块用过的大画布甩给了劳伦斯。那时他还在室内作画，但这些画布让他欲罢不能：

> 自己调好色，劳伦斯就开始放开了快活地画起画来了。我看他画画一看就是几个小时，特别当他开始一幅新作时，我会看得入迷：他可以在随便一块玻璃上调色，用一块破布、手指、手掌和刷子画。"下回试试用你的脚指头画。"我说。有时，我做饭……或洗衣服，他会叫我过去，我得伸出一只胳膊或腿让他画，或者告诉他我怎么看他的画。他喜欢作画……他为此投入了多大的精力呀！（弗里达）

劳伦斯给赫胥黎夫妇写信说：

> 我已经在一块画布上画了一幅了，我把它挂在了新房子里。我给它起名叫《渎神之家》（*Unholy Family*），因为那头上有着光环的孩子正急切地看着那小伙子给那半裸的女子一个热吻。很现代嘛！（《书信集》V，574）

这幅画完成之后的名字叫《圣徒之家》(Holy Family)，因为那孩子是唯一头上没有光环的，他的父母也没有亲吻，尽管那男人的手托着女人的乳房。劳伦斯那对素食邻居威尔金森夫妇不敢看这画儿，说它"太过'色情'"。(同上，576)

罗伯特·米莱特(Robert Millet)曾指出环状物在这幅绘画构图上的效果：

> 确实很难不去注意那些完全的或不完全的环状物，那是丁托莱托[①]和委罗奈塞[②]的风格。那隐蔽处的陶器架子，光环萦绕的头部，桌上的碗，甚至后面的窗户都呈现出这种几何图形。每个构图暗示的都是虹，象征着这个圣徒之家沉醉其中的氛围。(Robert Millet, 115)

米莱特所指的虹就是同名小说里的虹，它象征着和谐，对立物的平衡——太阳和雨水，男性和女性。在那本书里劳伦斯用虹来象征一桩成功的婚姻，在它的庇护下，孩子自由地成长：

> 处在这两个人之间，安娜的心踏实了。她看看这个，再看看那个，发现他们安居乐业，这让她感到平安无忧、自由自在。她在火柱和云柱之间自在逍遥，她的左右两侧都让她感到心安神定。她再也用不着被唤去用一个孩子的力气支撑断裂的天穹，因为她的父母在空中接上了头，从此她这个孩子就可以在这拱门下的空间里自由自在地玩耍了。

这是个神圣的家庭，因为各种关系达到了自然的和谐：男女之间，父母与孩子之间，人与其环境。这种自然和谐在劳伦斯眼里就是"升天致福的境界"。但它同时也是一个渎神之家，因为那种福分与任何神或救世主都无关，反倒与当下的肉身现实息息相关。这幅画与后来的一幅《雨廊上的一家人》(Family on a Verandah) 相映成趣，在后一幅画里那种自然和谐显然没有达到，画里面丈夫和孩子们在那女人面前显得低声下气。

[①] Tintoretto (Jacopo Robusti) (1518—1594)，文艺复兴鼎盛期威尼斯画家。
[②] Paolo Veronese (1528—1588)，意大利威尼斯样式主义画家。

11月23日，尽管紧张地写作着《查泰莱夫人的情人》，他还是完成了第二幅画，题为《男人沐浴图》(*Men Bathing*)，镶了画框并挂在了弗里达的房间里。这幅画不算出色，但说明劳伦斯已经致力于画裸体，特别是男性裸体。

11月24日他在给布莱特的信中写道：

> 我已经开始作画了，很严肃地画，完全靠自己。现在我要画一幅长的，大概是长一码半，宽四分之三码，画的是薄伽丘笔下的园丁与修女的故事。发现自己可以把自己的想法和感受画出来，与写作交替进行，这挺有意思。(《书信集》V，585)

画的是《薄伽丘故事》《十日谈》(*Decameron*)中第三天的第一个故事。罗伯特·米莱特写道：

> 这幅画的场景几乎与这第一个故事相差无几，讲的是农夫马塞多装成了哑巴，得以进入女修道院里和修女同房。这幅画里，那农夫正斜仰在一棵大杏树下睡觉，修女们列队而过，神情专注地看农夫暴露出来的身体。劳伦斯在此唯一擅自处理这个场景的地方是，他把这个故事中相似的两处情节合并了。第一个情节是马塞多佯装睡觉时修女们瞧他，第二个情节是他疲于应付修女们的性要求，累得睡了过去，昏睡中风吹开了他的衣服，让女院长独饱了一通眼福。(Robert Millet，49)

12月12日，劳伦斯在给斯普德·约翰逊的信中说：

> 我佯装写一本小说①，场景是英国，可我更像一个大师在画一幅薄伽丘的故事：修女们发现她们的园丁在炎热的夏天睡在花园里，衬衫被风撩了起来，露出了人们所说的他的阳具，可修女们却称之为他

---

① 指《查泰莱夫人的情人》，动笔于1926年秋。

的坠儿。特好看的一幅画儿!……等我画够了——把他们的衣服都撩起来,就把他们弄伦敦展览一回去。(《书信集》V,600)

直到19号,劳伦斯才告诉布莱特:"我画完了我的薄伽丘故事——很不错,修女们穿着长袍,像紫色的麻袋布做的。"(《书信集》V,606)这幅画的本意并非是要惊世骇俗。在《色情与淫秽》(*Pornography and Obscenity*)一文中,劳伦斯谈到"薄伽丘故事里对性冲动的创造性描写""对完善我们的思想是必要的",因此是"健康的"。

劳伦斯此时觉得自己干起画家的营生来了:

> 我现在要把一块画布运到斯坎第西(Scandicci)去绷直,以便画一幅风景。阳光灿烂的时候,这里冬天的风景就是漫山遍野的橄榄和层层深浅不一的绿色五针松在熠熠生辉,洼地里还有橙色的烟柳。我不知道能不能把它画出来!但我怎么也得试一下子。这儿的木匠在给我做一个画室里的画架子呢!戈特勒知道了看他怎么说吧。(《书信集》V,606)

1月25日劳伦斯给他姐姐艾米丽的信中说:"我刚刚完成了我的一幅红柳与男人沐浴的风景画。我这阵子十分喜爱这幅画儿。画画儿真好玩儿呀。"(《书信集》V,635)与《薄迦丘故事》一样,《红柳》(*Red Willow Trees*)是他最佳画作中的一幅造诣颇深者。沐浴的人们与风景很是和谐。左侧的那个人位置很特别,看上去似乎柳枝是从他头上长出来的。或许画这画时劳伦斯想到的是他自己的一首诗《黄昏中的雌鹿》(*A Doe at Evening*):"身为雄性,我的头长着两只一样坚硬的鹿角吗?"

如同劳伦斯以后所有的风景画一样,这是一幅有人物的风景:

> 可我觉得,风景似乎总在等待什么东西来充实它。对更富有张力的生命眼光来说,风景似乎意味着背景,所以我觉得画出的风景只是

背景，而真正的主体却不在里边。(《劳伦斯绘画集自序》)[1]

"真正的主体"对劳伦斯来说一直是人体，而在他看来，多数英国的风景画要逃避的则正是人体。除了布莱克（Blake），其他英国绘画大家凡是敢于驾驭人体的都没能"超越陈规陋习、感伤和恐惧"。

在米兰达别墅里，一直到1928年6月，尽管劳伦斯在紧张地创作着《查泰莱夫人的情人》《逃跑的公鸡》(*The Escaped Cock*) 和《伊特鲁里亚各地》(*Etruscan Places*)，但他经常同时手头有一幅画在创作中，并且很快就学会了利用油彩达到自己的目的。1927年2月6日他在给厄尔·布鲁斯特的信中说：

> 我喜欢用很湿的油料画，颜色滑爽，看上去不像麦格奈利的画那样干巴巴的。其实我并没有那么自大，觉得靠自己非凡的自我和无双的技艺就能画好一幅画。我喜欢让一幅画成为一个完整的肉感的自己，这就要求画必须有其自身的意义和具象的动作。(《书信集》V，637)

我们深厚的生命在他看来是遭到了双重的否定，这否定不仅来自清教主义者被阉割的精神，亦来自那些大亨和工人们毫无精神的物质主义，这些人被"撂倒了，是让铃声叮咚的寄宿学校、图书、电影院、牧师给撂倒的，整个民族和人类的思想都把物质繁荣当成天下头等大事来考虑"[2]（见广电版拙译《花季托斯卡纳》中的《诺丁汉矿乡杂记》)，至于年轻人，对他们来说性被贬低到一支烟或一杯鸡尾酒的地位。劳伦斯并不否认精神，但他追求的是一种异教的泛神灵性，依此精神，万物生灵都闪烁着精神之光，所有的精神都体现为世俗的肉身。1928年5月，他在给戈特勒的信中这样说：

> 我现在正在最后校订我的小说，不会花太长的时间就能校完。我

---

[1] 劳伦斯：《劳伦斯的绘画世界》，黑马译，金城出版社，2012年，第84页。
[2] 劳伦斯：《纯净集》，黑马译，中国国际广播出版社，2009年，第41页。

估计有些人会为这本书而想把我灭了，可我却相信我的书，这是一本非写不可的书。人是得回归那种生命，真正可爱的阳物自我和阳物的思维。我想我在我的绘画里也找到了某种阳物的美。我知道这些画里掺杂着缺点，那是按照美术学院的标准。可那些画是有意义在里面的。（《书信集》Ⅵ，406）

劳伦斯的下一篇小说《逃跑的公鸡》（*The Escaped Cock*）将要处理的是基督复活的题材，但复活的是奥斯里斯，他是埃及神话中的潘神①。而他的下一幅画《复活》（*Resurrection*），是他画的最大也是最有志向的画，描绘的是垂死的基督肉体复活之前那一刻的情景。他于是开始了重回现象世界的痛苦旅程，一个爱抚与阳物思维的世界。在这篇小说中劳伦斯这样描写那死过一回的男人：

谁想死而复生呢？一有要动的预感，他心里就生出了深深的厌恶。这种重返意识的动作是那么奇怪、难以揣算，他已经对此反感了。他并未期待这个。他一直想身处意识之外，待在这个连记忆都已经僵死如磐石的地方。

在画中试图抓住这种感觉异常艰难。5月13日他给厄尔·布鲁斯特写信

---

① 关于埃及神话中生育和繁殖女神爱伊斯（Isis）和地狱审判官奥西里斯（Osiris）的知识，劳伦斯可能多从弗雷泽的名著《金枝》中获得。从1915年到1922年，劳伦斯至少两次读过这部著作。关于这两个传说人物的情况：奥西里斯是地神赛伯和天女神纳特的后代。他有几个兄弟姐妹，其中，弟弟赛特后来背叛了他，而妹妹爱伊斯则嫁给了他。奥西里斯对埃及人来说是一位重要的神。据说是他教给他的人民种植粮食，他还同埃及人民赖以生活的尼罗河每年的潮涨潮落有直接关系。赛特嫉妒自己的哥哥，就安排人比照奥西里斯的身材特制了一口棺材。在一次宴会上，作为一个游戏，男宾们逐个躺进棺材但身材不符，只有奥西里斯能轻易适合棺材的尺寸。趁他在棺材中伸展身体时，赛特和他手下的人猛然盖上了棺材盖，将盖上的棺材扔进了尼罗河中。爱伊斯立即去寻找死去的丈夫并找到了棺材，但棺材已经神奇地变成了一棵大树的枝干，被砍下来做了叙利亚沿岸某个国王王宫的柱子。爱伊斯想尽办法将棺材复原，携丈夫的尸体回到埃及。赛特发现了这具尸体后就将它切成14段分散到埃及各地。这次爱伊斯忠诚地寻回这些碎片将丈夫的尸体复原。她找到了所有的部位，只有其生殖器没有找到，是被尼罗河中的鱼吃掉了。爱伊斯于是不得不做一个生殖器的模型。太阳神拉怜悯哀伤的爱伊斯，就使复原后的奥西里斯复活了。奥西里斯从此成为冥界的主。由此可见，埃及人是把奥西里斯当成复活的象征的。他还是作物神、树神、丰饶之神（自然和人）。——译者注

道:"我确实画了一幅《复活》图——表情有点悲伤,但看上去还很壮实。我想象中的他没个人色彩,就像一头奇怪的动物!可我就是画不出来。"(《书信集》Ⅵ,56)两周后他告诉布鲁斯特说:

> 我画成了我的《复活》图,而且喜爱它。那是基督从坟墓里走了出来,脸色发灰,他老妈在他身后扶着他,末大拿的玛利亚则在他前面把他拉向她的怀里以此抚慰他。(同上,72)

站起来的基督,他的脸像劳伦斯的脸,这并非巧合。画《复活》的过程中他写信给妹妹阿达说:"我感到我变成了一个隐士,从此以后就同谁都断了联系。"(同上,63)

劳伦斯的大多数画都画得很努力,有的要画几个月才能如愿。《发现摩西》(The Finding of Moses)于1927年6月就开始了,可劳伦斯却给妹妹阿达写信说:"这挺有趣,因为我弄不大清怎么画才行。"(同上,81)他一直继续"涂抹"这幅画,直到第二年的4月才算完成。

劳伦斯认为自己绘画之最根本的任务是画出人体的肉质肉感,就像塞尚画的是苹果的"苹果本质"一样,这就是说,外观不那么重要,重要的是其内在的生命:看到他笔下的苹果就像第一次看到苹果,恰似那苹果刚刚被神的手摘下。这需要富有想象的眼光,仅仅有视觉是不够的。如此说来,一个艺术家的眼光亦是其道德与宗教:

> 我们自己与宇宙之间崭新的关系意味着一种崭新的道德。去尝尝塞尚那远非稳定的苹果吧,而方丁-拉图尔[①]那稳定的苹果则是所多玛[②]之果了。

于是劳伦斯越来越怀疑梵高,觉得他是把自己的自我表现投射于世界,而不是深入到事物生命的内里。也因此他才爱上了伊特鲁里亚艺术,爱其

[①] Henri Fantin-Latour (1836—1904),法国画家与石印艺术家。
[②] 据古代传说,这是一种外表美丽,摘下便成灰烬的果子。

微妙的觉悟和微妙的内在联系，爱其对生命舞蹈的参与，这些与"在艺术观念中处理过的"罗马或现代艺术是对立的。

劳伦斯不再"临摹自然"了，于是，即使是一幅明显的人物画像如《康塔第尼》（*Contadini*）中那位在米兰达别墅干活的农夫皮特洛·第格里·因诺森第，也是等他到了瑞士的格施泰格（Gsteig）后凭记忆画的。

> 图像一定要完全出自艺术家的内心对形式和形体的意识。我们可以称之为记忆，但它不止是记忆。它是活在意识里的形象，活生生的如同幻影，但又是陌生的。（《作画》）

《康塔第尼》日后成为华伦画廊（Warren Gallery）举办的劳伦斯画展里最受赞誉的作品。

皮特洛确实为劳伦斯做过模特，不过可能不是裸体。劳伦斯心里十分明白他对人体解剖一无所知，这会毁了他的一些裸体画。于是他请厄尔·布鲁斯特寄些"裸体研究的照片"给他。这些照片如期寄到了，随后劳伦斯在一封信中这样写道：

> 遗憾的是，大多数姿势都是刻意的，也是艺术造型，其效果差了不少。我希望能得到些绝对自然的照片，照人们随便裸着身体溜达着、蹦跳着或坐着，一点艺术想法都没有……照片对水彩画很有帮助，水彩画里的人体要比油画里的小些，也更熨帖些。（《书信集》Ⅵ,318）

布鲁斯特又送来了第二批照片，就是依据这其中的一帧，劳伦斯绘出了那幅《蒲公英》（*Dandelions*）：

> 我刚画了一幅水彩，画的是一个裸体男人冲墙撒尿，那是《圣经》上的一个场景。画得十分温柔感人，我得在伦敦展出这一幅。（同上，344）

在3月27日，同一天里，劳伦斯听说华伦画廊的主人即奥托琳·莫雷尔夫人的外甥女朵萝茜·华伦有兴趣为他举办绘画展。劳伦斯号称要展出《蒲公英》，其实是在表达自己被迫删改《查泰莱夫人的情人》的愤怒，他甚至被迫删除"我不想要一个不拉屎撒尿的女人"这样的段落。

他给阿尔都斯·赫胥黎写信说："别人还以为我是在鼓吹纯粹的变态，其实我不过是在说些单纯自然的事儿而已。"（同上，352）拉屎撒尿比其他肉体的功能并非有失"庄重"（借用惠特曼的话说）。

在《查泰莱夫人的情人》第二稿里，克里福德·查泰莱男爵是这样的人：

> 他感到，在这个世上，他是个孤立的物件儿，世上别的东西或许带走了生命的一部分，这生命或许是他本来会有的。蒲公英那宽阔的黄脸惹恼了他，那花儿黄得粗野，透着一股子傻劲儿。

这种唯我独尊使得克里福德无法活下去，因为用劳伦斯的话说，生命就是一个人与"世间万物"的关系。克里福德内里本该与蒲公英的黄色相呼应的热烈敞亮和无私的自我已经死了（其象征是他的去势和瘫痪）。画中裸体的男人是克里福德男爵反面，他感到没有必要将自己置于世间其他的东西的对立面。

身兼柏拉图式的精神至上者和煤矿主双重身份，克里福德男爵代表的是"渎神的活"，这种活法将人与自己的肉体和自然世界割裂开来：

> 旧式的宗教是让人与自然和谐相处，与此同时人要保持自己的自我并且在沸腾的生活中让自己的生命之花怒放。可希腊人和罗马人却把这种宗教变成了抵抗自然的欲望，让精神的狡诈和机械的力量来战胜自然并将之全然束缚，直到最终自然中什么都失去了自由，什么都遭到控制和驯服，供人派低下的用场。[《伊特鲁里亚各地》(*Etruscan Places*)][1]

---

[1] Keith Sagar：Introduction, *D. H. Lawrence's Paintings*, Chaucer Press, London, 2003, pp.53–55.

尽管劳伦斯号称偏爱油彩——"你可以甩开胳膊画，而用水彩则只是蜻蜓点水地涂抹"（《书信集》Ⅵ，329），但他越来越趋向于喜爱水彩了，是通过使用水彩，《夏日黎明》（*Summer Dawn*）和《男人再生图》（*Renascence of Men*）这类画作最接近他所追求的活生生的肉体色调。这早已不再需要"实体感"了，而是通过给肉体濡漫上一层晕光，就像珠母的色彩，或者说那皮肤看似刚刚蜕痂。在《男人再生图》里，那些男人通体光晕灿灿，恰似刚刚出生一般。

《男人再生图》的具体创作时间不详，但似乎与1928年3月写的两封信时间相近。他先是给罗夫·格丁纳（Rolf Gardiner）写信，此人热心劳伦斯《羽蛇》（*The Plumed Serpent*）的领袖主题，信中写道：

> 这种领袖和追随者的营生怕是错了……领袖非死不可，死后再生成别样的人吧……领袖死了……然后会再生，或许，新生，改变了模样，其基础是温情的互预。（同上，307）

几天后他给威特·宾纳（Witter Bynner）写信道：

> 总体上我同意你的话，所谓领袖与追随者的关系令人生厌。新的关系应该是某种温情，敏感的温情，男人与男人之间、男人与女人之间的温情，不是一上一下，一领一随的那种事。（同上，321）

在这之前两个月劳伦斯刚刚把《查太莱夫人的情人》改名为《温情》（*Tenderness*）。

矿乡留给他的记忆在《矿井事故》（*Accident in a Mine*）里得到了再现。创作这幅绘画作品的同时他写了《诺丁汉矿乡杂记》一文，文中这样写道：

> 矿工们在井下干活，亲如一家，他们赤裸相处，亲密无间。矿井下漆黑，矿坑远离地面，危机四伏，这使得他们之间肉体上、本能上和直觉上的接触十分密切，几乎如同身贴身一样，其感触真实而强烈。

这种肉体上的意识和亲密无间在井下最为强烈。①

劳伦斯告诉布鲁斯特夫妇说，在一些矿上，矿工们确实是裸体劳作的。

为曼德里克版的画册写前言给了劳伦斯机会总结和发展他的现代艺术观念，而在这之前的许多年里他一直都在自己的书信中表达着这些观念。看了罗杰·弗莱（Roger Fry）的绘画，劳伦斯说自己的作品较之要"强10倍"（《书信集》Ⅵ，564）；读了克莱夫·贝尔（Clive Bell）的"意蕴形式"理论，劳伦斯准确地猜出弗莱最近的著作《塞尚艺术发展研究》或许能为他提供一个焦点和共鸣板："它会成为一个好的起点让我来写一篇辣味十足的前言去反驳那个意蕴形式的一派胡言。"（《书信集》Ⅶ，82）杰克·斯图亚特写道：

> 弗莱认为，头脑通过抽象的艺术结构或精神化的艺术观念只能认识现实的一种形态。而劳伦斯则大胆地主张，在塞尚画的苹果里体现了物质实体的有形和可感知的真实，这种真实可以通过感官直接体会……弗莱否定不可靠的经验，劳伦斯则否定纯粹的形式，两人代表的是两个极端。（Stewart，167，171）

在这之前几个月，劳伦斯在给阿尔弗莱德·斯第格里兹（Alfred Stieglitz）的信中写道：

> 别让这些绘画吓着，它们挺不错的。无论怎么说，它们包含着什么，比你对大多数现代绘画所能说的要多，现代的那些东西尽是些出色的水果皮，但没有水果。因为一幅画有一个主题，它就不仅仅是一幅画了。再者，一把变形的吉他和一块破报纸不是主题又是什么呢？对现代绘画发表的废话达到了空前的地步。如果一幅画要击中感官的深处——那是它的天职，它就必须击中灵魂并深入到头脑中，这就是

---

① 劳伦斯：《纯净集》，黑马译，中国国际广播出版社，2009年，第39页。

说，对人意识中起协调作用的灵魂和精神它要有所意味，而这种意味必得通过感官印象直接获得。我知道我要干什么。至于他们的空间构图和他们的大众反应和精巧的构思，如果那不是什么文学概念和观念还能是什么？这么多的金丝雀笼子，可哪个里面都没有鸟儿！请问，罗杰·弗莱是干吗的？是个文学绅士还是个画家？我的天，看看他的画吧！他的笔比他的调色板要厉害得多。（《书信集》Ⅵ，505—6）

但是，安·弗尼荷（Ann Fernihough）在她的《DHL：美学与观念》一书中声称，虽然劳伦斯攻击布鲁姆斯伯里文化圈，但他和弗莱之间分歧并不大。对劳伦斯来说，弗莱成了形式主义的稻草人（即假想敌手——译者注），但他确实从弗莱开拓性的研究中学到了塞尚绘画之一二。在日后劳伦斯的绘画遭到迫害时，布鲁姆斯伯里文化圈的人很是一致地支持了劳伦斯一次。

最终，劳伦斯的这篇前言成了他"真实思想"的杰作和艺术批评的经典之作（约翰·拉姆斯伯里（John Remsbury）语）。

1928年8月29日，朵萝茜·华伦告知劳伦斯他的画作安全运达。她估计会有一些"假正经的反对和攻击……但我认为你的画作是优秀的，透着自由和个性，所以我愿意展出"（《书信集》Ⅵ，523）。她还建议，那些水彩画应该标价12—15畿尼，但对油画的价格犹豫不定。劳伦斯回信说：

> 那些大的画，咱们得出个高价，高得人们买不起，因为我真不想出售。五百来镑怎么样……我当然没有打算靠画画为生，再怎么也不会。我就仅仅是找乐儿，管它结果如何呢，去它的吧。（同上，536）

华伦画廊的画展于1929年6月15日开幕。劳伦斯身染沉疴，无法前往。弗里达把劳伦斯留在马尔米堡（Forte dei Marmi）与赫胥黎夫妇相伴，独自去了伦敦。她发现画廊外面飘着一面鲜艳的旗子，上面书有劳伦斯的名字。在米兰达别墅空荡荡的大房间里摆放适度的绘画，到了画廊雅致娇小的房间里显得那么"野性嚣张"。一共展出了25幅作品：15幅油画，10幅水彩画。

报界评价不一。大多数都视之淫秽，态度倨傲或轻慢。不幸的是，6月16日第一篇发表在《观察家报》（*The Observer*）上署名保罗·康诺狄的文章就定下了一个普遍认可的调子，把劳伦斯的作品说成"直白而恶心"，说这个展览"有伤大雅"。第二天《每日快报》（*Daily Express*）言之更甚：

> 丑陋的构图、着色和绘制，这些作品令人厌恶至极，而其中一些的主题会吓得多数观众退避三舍。（Nehls Ⅲ，338）

《每日电讯报》（*The Daily Telegraph*）则唱和说"此等粗俗淫秽之人的绘画……出现在伦敦还是破天荒头一遭"。几位批评家虽然没有在道德上攻击劳伦斯，但抱怨说他的画"表明他基本上不会画画"（托玛斯·厄蒲（Thomas Earp）语）。

报界最初的喧闹肯定使观众的人数大增。当局开始没有采取什么行动，直到有人投诉。那是7月5日，警察突袭了画廊。在那之前观众已经超过了12,000人次。朵萝茜·华伦和菲利浦·特罗特拒绝关闭画廊。

共有13幅画被收缴：《薄迦丘故事》《与母夜叉搏斗》《舞蹈素描》《雨廊上一家人》《康塔第尼》《矿井事故》《北海》《春》《天鹅绝唱》《丽达》《哈欠》《火舞》《芒果树下》。警察还收缴了曼德里克版的复制品，乔治·格罗兹（George Grosz）的《看这男人，就是他》（Ecce Homo）和布莱克的铅笔画。那是新近临摹的布莱克的《亚当与夏娃》，但被海斯特先生认定是淫画。他的手指头就是法，指什么淫秽什么就淫秽，对他来说，露阴毛的画就算淫秽。这之后画展还在继续，空出的位置用劳伦斯的早期绘画填补。

袭击画展那天劳伦斯正在马米尔堡生病，听到这个消息他怒不可遏："那头脏猪还以为他们会让我哭呢。"（《书信集》Ⅶ，364）在给朵萝茜·华伦的信中他写道：

> 我知道你们肯定疲惫不堪了。不过还是请您把我的画安全送回为盼，我特别着急。别再以那个价位出售了，我更愿意保存它们，何必卖了呢？
> 十分感谢送我那个漂亮的玉盒子，不过一想到我的《薄迦丘故事》被

收缴了,我会让眼泪落在盒子里的。(同上,368)

后来劳伦斯收到了朵萝茜·华伦的一封信,说她想让这桩公案成为一个"判例案件"(test case),为此劳伦斯回信说:

> 为了改变一条英国的法律而造成我的画被焚,那意味着为我最难认同的国情而牺牲生命。不,无论如何我不想让我的画被焚。别再立十字架了,别再有人当烈士,别再出现中世纪宗教审判所的火刑了,只要我活着,就要防止这些发生。(《书信集》VII,369)

朵萝茜·华伦和菲利浦·特罗特征得了一批声名显赫的艺术家、艺术专家和作家的支持,他们表示要替劳伦斯仗义执言。但米德法官先生(Mr. Justice Mead)却拒绝允许辩护律师传唤专家证人,其理由是"世界上最为优秀的绘画可能就是淫秽的"。控方律师认为:"这些画粗俗,恶劣,无论从任何美学和艺术角度看都不可爱,在本质上是淫秽的。"

依照劳伦斯的旨意,辩护律师提出了一个折中方案,得到了采纳,这就是如果将这些画作还回,就再也不能在英国展出。这道禁令持续半个世纪都没有正式撤销。

他从此没再写小说,也没画什么画,只为黑太阳出版社出版的他的中篇小说《逃跑的公鸡》画了几幅可爱的装饰图。

劳伦斯于1930年3月去世,享年44岁。

参考书目(按在文中出现顺序排列)

1. 《书信集》——The Letters of D. H. Lawrence, Cambridge U. P. 1979–2000
2. Brett——Lawrence and Brett by Dorothy Brett, Sunstone Press, 1974
3. Stewart——The Vital Art of D. H. Lawrence: Vision and Expression by Jack Stewart, Southern Illinois University Press, 1999
4. 弗里达——Not I, But the Wind by Frieda Lawrence, Rydal Press, 1934
5. Robert Millet——The Vultures and the Phoenix by Robert Millet W, The Art

Alliance Press, 1983

    6. Nehls——D. H. Lawrence: A Composite Biography, 3 vols., Wisconsin U. P, 1957—1959

附录

劳伦斯主要作品写作/发表年表

1906年—1908年，大学阶段

白孔雀	1906 Laetitia, 1908 Nethermere, Jan. 1911海纳曼出版
序曲	Oct. 1907, 1907《诺丁汉卫报》, 获征文奖
教堂彩窗碎片	Oct. 1907 Ruby Glass, Sept. 1911《英国评论》发表
白长筒袜	Oct. 1907, 1910/1911改写,《英国评论》退稿, 1913改写, 1914 *Smart Set* 发表, 1914收入集子《普鲁士军官等小说》时再改写
玫瑰园里的阴影	1907《牧师的花园》, 1914 Smart Set发表
艺术与个人	Mar. 1908

1908年—1911年末，克罗伊顿小学教师阶段

矿工的周末晚上	话剧, 1909, 1965收入《劳伦斯戏剧全集》
鹅市	1909与露易·布罗斯合写, 1910劳伦斯改写后由《英国评论》发表
菊香	late 1909, Jun. 1911《英国评论》发表时修改, 收入《普鲁士军官等小说》时再改
诗六首	1909《英国评论》
现代情人	Jan. 1910, 1934出版
逾矩	1910 The Saga of Siegmund, 1912达克华斯出版
儿子与情人	Oct. 1910 Paul Morel, 1913达克华斯出版
霍家新寡	话剧剧本, Nov. 1910, 1914达克华斯出版
旋转木马	Nov. 1910, 话剧剧本, 1965收入《劳伦斯戏剧全集》海

	纳曼出版。
牧师的女儿们	Jul. 1911 Two Marriage,《世纪》退稿,修改再退,收入《普鲁士军官等小说》时再改。
退求其次	1911,1912《英国评论》,收入《普鲁士军官等小说》时再改
干草垛中的爱	Nov. 1911《英国评论》退稿,1913改写,1930发表,Nonesuch Press同名小说集
诗二首	Nov. 1911《祖国》杂志
春天的阴影	Dec. 1911被骚扰的天使,1911/1912修改,1913《论坛》,收入《普鲁士军官等小说》时再改

1912年1—5月,居家养病阶段

居家的矿工	Feb.1912,1912《祖国》发表
受伤的矿工	Mar.1912,1913《新政治家》
该她当家	Mar.1912,1913《周六西敏寺报》
罢工补助	Mar.1912,1913《周六西敏寺报》
已婚男人	话剧剧本,Apr. 1912,1965收入《劳伦斯戏剧全集》,海纳曼出版

1912年5月—1913年,德国—意大利阶段

六首校园诗歌	Jun. 1912《周六西敏寺报》
施洗	Jun. 1912,1914《Smart Set》
油里的苍蝇	Jun. 1912,1913《新政治家》
争夺巴巴拉	剧本,Oct. 1912,1965收入《劳伦斯戏剧全集》,海纳曼出版
迷途女	1912,1920塞克出版
英国人与德国人	May. 1912
德国的法国儿子	May. 1912,《周六西敏寺报》
莱茵河流域的欢呼	May. 1912,《周六西敏寺报》

梯罗尔的耶稣们	Mar. 1913《周六西敏寺报》
儿媳妇	话剧剧本，Jan. 1913，1965收入《劳伦斯戏剧全集》，海纳曼出版
普鲁士军官	Jun. 1913 荣誉与武器，1914《英国评论》发表时被删改，收入《普鲁士军官等小说》时恢复原貌
肉中刺	Jun. 1913 Vin Ordinaire，1914《英国评论》发表时修改，收入《普鲁士军官等小说》时再改
开满报春花的小路	Jul. 1913，后收入1922年的小说集《英格兰，我的英格兰》
托玛斯·曼	Jul. 1913《蓝色评论》
尘世烦恼	Oct. 1913，1917《七艺》发表，1921改写为中篇《玩偶上尉》
意大利的薄暮	游记，1913 意大利素描，1916达克华斯出版
虹	1913 姐妹，1915麦修恩出版
恋爱中的女人	1913 姐妹，1920美国塞尔泽出版，1921英国塞克版
爱情诗集	1913 诗集，达克华斯出版

（1914年出版第一本小说集《普鲁士军官等小说》，达克华斯版）

1914年7月—1915年，伦敦阶段

武器论	1914《曼彻斯特卫报》
哈代论	1914，1936死后出版
诗七首	《意象派诗人》
山峦上的十字架	Jul. 1915
皇冠	Sept. 1915《签名》
顶针	Oct. 1915，1917《七艺》
英格兰，我的英格兰	Jun. 1915，1915《英国评论》

1916年—1917年，康沃尔阶段

马贩子的女儿	Jan. 1916, 1922《英国评论》
参孙与蒂莱勒	Nov. 1916, 1917《英国评论》发表，改后收入小说集《英格兰，我的英格兰》
情诗	1916达克华斯出版

1917年，伦敦阶段

和平的真相	Feb–Mar. 1917, 1919《雅典娜神庙》发表
鸟语啁啾	Mar. 1917, 1919《雅典娜神庙》发表
看，我们闯过来了	1917，诗集
美国经典文学研究	1916-1921，批评集，1923美国塞尔泽出版
亚伦的神杖	1917, 1922塞尔泽出版

1918年，达比郡山间

请买票	Nov. 1918 John Thomas, 1919《斯特兰德》发表，改后收入小说集《英格兰，我的英格兰》
瞎子	Nov. 1918, 1920《英国评论》
一触即发	话剧剧本，1918, 1920塞尔泽出版
狐狸	1918, 1920出版
人的教育	Dec. 1918,

1919—1922年，意大利阶段

范尼与安妮	May. 1919, 1921《哈金森》发表，改后收入小说集《英格兰，我的英格兰》
你摸过我	1919夏，1920《土与水》发表，改后收入小说集《英格兰，我的英格兰》
新诗	1919出版
民主	Sept–Oct 1919
心理分析与无意识	1920, 1921美国塞尔泽出版

奴恩先生	1920，1984剑桥出版
鸟·兽·花	Nov. 1920，诗集，1923塞尔泽出版
大海与撒丁岛	1920，1921塞尔泽出版
欧洲历史运动	1921，牛津大学
无意识断想	1921，1922塞尔泽出版
上尉的玩偶	1921，1923收入《瓢虫》
瓢虫	1921，1923
《堂·杰苏阿多师傅》	译文，Jan-Apr. 1922，1923塞尔泽出版

（1922年出版第二本小说集《英格兰，我的英格兰》，塞尔泽版）

1922年，锡兰—澳洲阶段

袋鼠	1922，1923塞克出版

1922年9月—1923年11月，新墨西哥阶段

某些美国人和一个英国人	Oct.1922，纽约时报杂志
印第安人和一个英国人	同上，1923 Dial发表
陶斯	同上，1923《卡塞尔周刊》，改为《陶斯，一个英国人眼中的墨西哥》
小说之未来	Feb. 1923，1923《国际图书评论文摘》
羽蛇	1923，凯特撒科阿托神，1926塞克出版
林中青年	Nov. 1923，改写自莫丽·斯金纳的小说《艾丽斯的房子》，1924塞克出版
归乡愁思	Dec. 1923
论信仰	同上
论恋爱	同上

1924年，伦敦—新墨西哥阶段

论人类命运	Mar. 1924，《阿戴尔菲》

论人	1924春，《名利场》发表
书谈	1924
吉米与绝望的女人	Feb．1924，1924《标准》发表，入选《1925年英国最佳小说集》
国境线	Feb．1924，1924《哈金森》发表
公主	1924，1925出版
墨西哥清晨	游记，1924，1927塞克出版
骑马出走的女人	Jun．1924，1925《日暮》发表，入选《1926年英国最佳小说集》
圣莫	Jun．1924，1925出版，
潘神在美国	Jun．1924
走下毗斯迦山	Sept．1924
《外国兵团回忆》序	Oct．1924

1925年，墨西哥—英国—意大利阶段

大卫	话剧剧本，1925，1926塞克出版
太阳	Dec．1925，1926《新文人圈》发表删节本，1928收入小说集《骑马出走的女人》，1928黑太阳出版社出版全文
陈年信札	Apr．1925，
艺术与道德	Jun．1925，
关于小说	同上
道德与小说	同上
豪猪之死的反思	Aug．1925
论贵族	同上
欧洲与美洲	Nov．1925
小说为何重要	同上
小说与感情	同上

1926年—1930年，意大利阶段

木马赌徒	Feb．1926，同年《哈泼集市》发表，1933死后收入第四本小说集《美丽贵妇》

爱岛的男人	Jul. 1926，1927《日晷》发表，1928收入小说集《骑马出走的女人》
少女与吉普赛人	1926，1930出版
查泰莱夫人的情人第一稿	Oct. 1926
美国英雄	Apr. 1926，《祖国》发表
夜莺	Jun. 1926，1927《论坛》发表
礼花	同上，1927《祖国与雅典娜神庙》发表
还乡	Sep. 1926
美丽贵妇	Mar. 1927，同年发表于哈金森出版的小说集，1933收入小说集《美丽贵妇》
伊特鲁里亚各地	游记，1927，1932出版
逃跑的公鸡	1927，1928《论坛》
论高尔斯华绥	Feb. 1927，《细读》
查泰莱夫人的情人第二稿	1926–Feb. 1927 John Thomas and Lady Jane
花季托斯卡纳	Apr. 1927，《新标准》
与音乐做爱	同上
德国人与英国人	early 1927
看破红尘的男人	May 1927，《批评随笔》
查泰莱夫人的情人第三稿	Nov. 1927，1928佛罗伦萨出私人版
乡村骑士	译文，1928出版
母女二人	May. 1928，1929《新标准》发表
诗集	Oct. 1928塞克出版
自家的主子	Jun. 1928，《晚报》
母权	Jul. 1928
所有制	Jul. 1928，
自画像一帧	Jul. 1928
乏味的伦敦	Aug. 1928，《晚报》
女丈夫与雌男儿	同上

一个男人的生命礼赞	Sep. 1928
英国还是男人的国家吗	
性与美	原名《性感》，Oct.1928
女人会改变吗	Nov. 1928
为文明所奴役	同上，《名利场》
妇道模式	Dec. 1928, ibid
《三色紫罗兰·序》	1928—1929
直觉与绘画	Nov.—Dec. 1928

1928年出版第三部小说集《骑马出走的女人》塞克/科诺夫（美国版）

三色堇	诗集，1929塞克出版
最后的诗	1929，1932出版
恐惧状态	Mar. 1929
作画	Apr. 1929
色情与淫秽	同上
查泰莱夫人的情人	May. 1929，巴黎平装本
劳伦斯绘画集	Jun. 1929，曼德雷克出版
诺丁汉矿乡杂记	Sept. 1929
启示录	Oct. 1929，1931出版
为《查太莱夫人的情人》一辩	Oct. 1929
唇齿相依论男女	Nov. 1929
无人爱我	同上

1930年

《大审判官》序	Jan.1930

注：正式发表和出版日期前为每部作品写作和修改的重要日期。

新人文丛书书目

NO.01	史仲文	文化无非你和我（已出版）
NO.02	夏可君	无余与感通——源自中国经验的世界哲学（已出版）
NO.03	单　纯	立命·究底·理政三道综论集（已出版）
NO.04	张　柠	感伤时代的文学（已出版）
NO.05	吴祚来	我们要往何处去——价值主义与人文关怀（已出版）
NO.06	敬文东	守夜人呓语（已出版）
NO.07	王向远	日本之文与日本之美（已出版）
NO.08	金惠敏	全球对话主义——21世纪的文化政治学（已出版）
NO.09	谢　泳	思想利器——当代中国研究的史料问题（已出版）
NO.10	陈晓明	守望剩余的文学性（已出版）
NO.11	赵　强	问题转换机（已出版）
NO.12	许志强	无边界阅读（已出版）
NO.13	王清淮	新史记（已出版）
NO.14	黑　马	文明荒原上爱的牧师——劳伦斯叙论集（已出版）
NO.15	尤西林	人文科学与现代性（已出版）
NO.16	江弱水	文本的肉身（已出版）
NO.17	李雪涛	误解的对话——德国汉学与中国学术
NO.18	陆　扬	后现代文化景观
NO.19	汪民安	启蒙与现代家政

NO.20	张 闳	言词喧闹的时刻
NO.21	张 念	性的革命与反革命
NO.22	解玺璋	站在先锋舞台的边上
NO.23	王鲁湘	幽光狂慧——王鲁湘文心雕艺集
NO.24	郭于华	我们社会的生态
NO.25	严 泉	制度崛起——比较政制发展与中国转型
NO.26	李 静	必须冒犯观众
NO.27	何光沪	秉烛隧中
NO.28	朱汉民	经典诠释与义理体认——中国哲学的建构历程
NO.29	彭永捷	汉语哲学如何可能——中国哲学学科范式研究
NO.30	晏 辉	走向生活世界的哲学

【注】新人文丛书将陆续出版；部分书名为暂定，出版时或有调整。

图书在版编目（CIP）数据

文明荒原上爱的牧师：劳伦斯叙论集/黑马著. —北京：新星出版社，2013.9
（新人文丛书）

ISBN 978-7-5133-1257-8

Ⅰ.①文… Ⅱ.①黑… Ⅲ.①劳伦斯，D.H.（1885～1930）－文学评论－文集 ②劳伦斯，D.H.（1885～1930）－人物研究－文集 Ⅳ.①I561.065-53 ②K835.615.6-53

中国版本图书馆CIP数据核字（2013）第133526号

文明荒原上爱的牧师——劳伦斯叙论集

黑马 著

| 策划统筹：陈 卓 |
| 责任编辑：陈 卓 |
| 责任印制：韦 舰 |
| 装帧设计：@broussaille私制 |

| 出版发行：新星出版社 |
| 出 版 人：谢 刚 |
| 社　　址：北京市西城区车公庄大街丙3号楼　　100044 |
| 网　　址：www.newstarpress.com |
| 电　　话：010-88310888 |
| 传　　真：010-65270499 |
| 法律顾问：北京市大成律师事务所 |

| 读者服务：010-88310811　　service@newstarpress.com |
| 邮购地址：北京市西城区车公庄大街丙3号楼　　100044 |

| 印　　刷：三河兴达印务有限公司 |
| 开　　本：660mm×970mm　　1/16 |
| 印　　张：27.5 |
| 字　　数：305千字 |
| 版　　次：2013年9月第一版　2013年9月第一次印刷 |
| 书　　号：ISBN 978-7-5133-1257-8 |
| 定　　价：48.00元 |

版权专有，侵权必究；如有质量问题，请与印刷厂联系调换。